本书得到山东师范大学中国现当代文学学科研究生教育创新项目经费资助

山东省中国现当代文学专业优秀硕士学位论文选（2016）

下册

Shandongsheng Zhongguo Xiandangdai Wenxue ZhuanyeYouxiu Shuoshi Xuewei Lunwenxuan(2016)

主　编　魏　建　张学军

副主编　李宗刚　丛新强

山东人民出版社

国家一级出版社　全国百佳图书出版单位

目录 Contents

鲁迅作品的视觉审美特性与若干美术门类的关系简论

刘　慧*

前　言

国际知名汉学家韩南曾说:“对鲁迅来说,视觉艺术和文学差不多具有同等意义。如果说他对这两个领域的趣味毫无联系,那倒是奇怪的事。他对漫画、动画、木刻的提倡肯定超过了它们的实际效果。他的短篇小说的深刻的单纯和表现方法的曲折也许正可以和这些艺术形式单纯的线条及表现相比美。”①寻找美术这种视觉艺术和鲁迅文学的关系,探索前者影响后者的可能性,正是本文的写作目的。

鲁迅对美术有渊博的知识、丰富的收藏和精深的研究,他精通美术史,对我国数千年的美术历史和丰富的美术门类诸如汉石画像、砖画、碑刻纹饰、笺纸、佛画、民间年画、宋宫廷院画、元人山水、文人画、传统木刻、明清小说绣像、连环画等了然于心,对外国美术史、各种美术思潮流派运动等亦有博大精深的知识、高超的鉴赏力和独到准确的评价。为向大众传播系统的域外美术知识和美学理论,他翻译出版了日本的坂垣峰穗所著的美术著作《近代美术史潮论》。此外,鲁迅还写过一些美术论文和美术评论,他的《拟播布美术意见书》是我国新美术运动的一篇理论力作。他为《凯绥·珂勒惠支版画选集》所作的详细解说,是十分精辟的画论和革命的美术理论。对美术的热爱贯穿了鲁迅的一生,鲁迅自幼年起喜爱描摹小说绣像,在东京求学时弃医而致力于文艺、决心“治文学和美术”,在教育部任职时主管图书文物与美术事业、积极提倡美术,晚年大力倡导现代木刻运动。鲁迅的一生同美术有着密切的联系,美术也深刻地影响了鲁

---

* 作者简介:刘慧,1986 年生,女,山东泰安人,2014 年毕业于聊城大学中国现当代文学专业,获硕士学位;指导教师石兴泽教授。

① 乐黛云编:《国外鲁迅研究论集(1960—1981)》,北京大学出版社 1981 年版,第 332 页。

迅和他的文学创作。

鲁迅在1933年所写的《我怎么做起小说来？》和《作文的秘诀》中明确提到了在文学创作中对美术技法的有意识学习。在《且介亭杂文·论“旧形式的采用”》一文中，鲁迅具体指出：“翻开中国的艺术史来。采取什么呢？我想，唐以前的真迹，我们无从目睹了，但还能知道大抵以故事为题材，这是可以取法的，在唐，可取佛画的灿烂，线画的空实和明快，宋的院画，萎靡柔媚之处当舍，周密不苟之处是可取的，米点山水则毫无用处，后来的写意画（文人画）有无用处，我此刻不敢确说，恐怕也许还有可用之点的罢。”①

旧的形式中，哪些可以拿来采用呢？题材方面，鲁迅认为以故事为题材是可资取法的，故事是宽泛的概念，主体是人物、事件、情节。若是取材社会事件，更有“为人生”的战斗的意义，比之山水、仕女、花鸟题材，于真实人生更有益。题材之外，鲁迅在这段文字中分明还涉及了色彩和线条。佛画的灿烂可以取法指明了色彩可以缤纷，作品可以浓墨重彩。线画的空实、明快可以取法是谓美术作品可以以线描取胜，应该充分重视和发挥线描的重要作用。唐代线画已经达到空实明快的境界，日本的浮世绘正是借鉴了中国线画，西方的印象主义绘画又借鉴了日本浮世绘，皆是重视线条，充分发挥线条的巨大优势，渊源都是在中国的古代美术里。还有美术作品的精神和写实、写意等问题。鲁迅说宋代宫廷画作萎靡、柔弱、媚气的缺点当舍去，这是讲美术作品的精神应是引人昂扬向上的，使人看过之后要发生精神上的感动，这里体现了鲁迅的美术观。晚年的鲁迅一直倡导版画艺术，也是看中新兴木刻版画的“力之美”和战斗精神。鲁迅批评宋代的翰林画作的柔弱气质，但是肯定它们的精工细致。周密不苟是写实里面的一种做法，可谓之工笔细描。同时，周密不苟也贴近西方严谨不虚的科学精神，和现实主义的追求有吻合之处。鲁迅不喜米芾父子的皴法山水，因为米点山水不取工细，用毛笔笔尖在纸上横点，后世模仿者甚众，又不得要领，画面黑压压一片，影响甚坏。对于文人画，或者说写意画，鲁迅没有明确说好或者不好，但是认为也许有可用之处。相对于精工细致的写实画，写意画重视的是表现画作的主体精神，在这一点上，文人画或者写意画是与西方现代绘画相通的，真实反映客观世界的追求退居其次，画家追求的是画面表象之外主体精神的张扬。

在《论“旧形式的采用”》一文中，鲁迅把古代的艺术分为消费者的艺术和

① 《鲁迅全集》（第6卷），人民文学出版社2005年版，第24页。

生产者的艺术，唐佛画、线画、宋院画、米点山水、文人画皆是消费者的艺术，鲁迅身体力行所提倡的是生产者的艺术，比如小说的插画、新年的花纸、连环图画、创作木刻等，它们是生产者所生产的艺术或者是为生产者所服务的艺术。在这篇文章里，鲁迅旨在说明在艺术的创作中，旧的形式是可以采用的，来反驳聂绀弩的要实现艺术的大众化只有探求新形式这唯一一条路的观点。当然鲁迅不仅说明了哪些旧形式可以采用，也点明了采用旧形式的科学做法，那就是绝不是“断片的古董的杂陈”，而是拿来使之融化在新作品中，“加以提炼”，这是“无须赘说”的。不论是俗的艺术还是雅的艺术，各有其形成的原因和不同的功用，佛画可以云烟满幅，是豪华的做派；花纸的几乎不留空白，是节俭爱惜纸张的结果；唐寅的仕女图中的美人，是文人士大夫的品味；花纸上的纤腰女子仅是为了使普通的欣赏者增长见识，满足好奇心所用。殊途亦可同归，鲁迅认为“为大众的画家，都无须避忌”，这两种艺术皆可拿来为我所用。前进的艺术家需要着眼于现在社会上“有流行的可能、且有流行的必要”的艺术，加以引导，力求为大众服务，力求大众易懂。旧的形式有删有增，结果就是新形式的出现。

从此文可以看出鲁迅对于传统美术持怎样的观点、态度，精到的评点、独立的观点背后是鲁迅对传统美术的了然于心，可见其深厚的美术素养。1935 年 2 月 4 日，鲁迅在写给李桦的另一封信中说：“我的意思，是以为倘参酌汉代的石刻画像，明清的书籍插画，并且留心民间所赏玩的所谓‘年画’，和欧洲的新法融合起来，也许能够创出一种更好的版画。”①结合上文可知，鲁迅认为唐佛画、线画、宋院画、文人画、花纸年画、明清小说插画和汉石刻画像都是极值得借鉴和学习的资源。

关于“鲁迅与美术”的研究林林总总，但是其中涉及“鲁迅的文学作品与美术”领域的研究还是一个薄弱环节。

涉及“鲁迅与美术”研究的力作有以下几篇。1986 年李欧梵的《鲁迅与现代艺术意识》论证了为大众所忽视的鲁迅艺术观的另一面。文章关注到鲁迅的个人主观爱好中“唯美”的一面，他并不排斥“颓废派”艺术，“公”“私”两方面的兴趣存在差异，私人兴趣中有对“唯美”“颓废”艺术关注和喜爱的一面。文章重视鲁迅向国人引介比亚兹莱和珂勒惠支的作品这一事件，并且提出在鲁迅的作品中是否存在珂勒惠支和比亚兹莱的影子或者西方现代艺术的形象这一引人深思的问题。1995 年魏韶华的《鲁迅与表现主义》联系表现主义大师梵·

---

① 《鲁迅全集》(第 13 卷)，人民文学出版社 2005 年版，第 373 页。

高、蒙克、高更、珂勒惠支等的美术作品，以新的眼光审视鲁迅，发现鲁迅的作品和个性受到了西方表现主义文艺的影响。2001 年《鲁迅的"呐喊"与蒙克的"呼嚎"——纪念鲁迅先生诞辰 120 周年》一文，再次从西方现代美术的视角介入鲁迅艺术兴趣的研究，强调学界应该看到鲁迅与美术之间的内在精神关联。

目前已经有研究者将注意力转移到"鲁迅作品的视觉审美特性"这一研究领域，并且在探寻其成因时，指出了来自美术的影响因素。研究者们试图探讨鲁迅作品的特殊面貌与他喜爱的美术之间的内在关系。这方面的研究已经取得一些成果。刘艳在发表于 1994 年的《鲁迅小说的绘画效果及其成因探寻》一文中指出，鲁迅在小说创作中使用了民间绘画技法，比如设置小说情节背景时采用绘画思维，用素描法勾勒小说人物，作品黑白对比强烈，有木刻的"刀味"，认为民间美术素养助成了一个真正的小说家。阎庆生作于 1996 年的《论美术活动对鲁迅的影响》引入了心理学知识，认为鲁迅幼年酷爱绘画为后来走上文学之路奠定了心理基础，中青年时期的美术活动对文学创作心理产生影响，促成艺术构思与表现的高度浓缩性。顾晓梅作于 1999 年的《仿佛是木刻似的——鲁迅小说艺术形象的造型特色及其成因》认为小说有黑白木刻似的造型特色，与鲁迅的木刻情结有关，是构成作品"表现深刻"、"格式特别"的重要因素。张素丽作于2013 年的《鲁迅小说的"绘画性"形式分析》分析鲁迅对中国画"白描"技法的文学化用，以特点扩张法"白描"人物，以简笔速写法"白描"场景。贺智利的《木刻艺术对鲁迅创作的影响》等都是这方面的研究成果。

这一领域的硕博论文有以下几篇：2003 年金禹彤的硕士论文《鲁迅作品绘画艺术特征研究》主要从色彩、线条、明暗等方面细读了鲁迅作品中的绘画现象，还重点分析了鲁迅作品的漫画性。崔云伟 2006 年的博士论文《鲁迅与西方表现主义美术》系统全面地研究了鲁迅与西方表现主义美术的关系，看到了鲁迅与西方表现主义大师梵·高、蒙克、罗丹、珂勒惠支等的精神相遇，把鲁迅作品和表现主义绘画大师的作品放在一起进行了比较研究和审美阐释，分析了作品的表现主义木刻感、表现主义油画感和表现主义漫画感。论文认为鲁迅在"十年沉默期"汲取了梵·高、蒙克的精神营养，是他独战众数思想的重要来源。向红 2008 年的硕士论文《关于鲁迅的文学与美术之关系的跨学科研究》简要涉及鲁迅的作品和国画、木刻、漫画、印象派、表现派绘画的关系。宋石磊 2010 年的硕士论文《鲁迅作品中的绘画意象》较系统地研究了属于中国画传统的某些绘画意象，对雪、枣树、月亮、夜色这些意象进行了研究，并探索了这几种主要意象的生成机制。

关注鲁迅作品的视觉审美性的研究还有如下几篇。1990 年钱初颖《论〈野草〉语言的绘画美》探讨了《野草》语言的“绘画美”，具体分析了几篇极富绘画美的散文，并指出《野草》是鲁迅拥有高度美术修养，将文学、美术相结合而结出的硕果。2000 年郑家建《论〈故事新编〉的绘画感》解读了《故事新编》的色彩感、线条感、明暗对比和漫画性。王家平和张素丽的《鲁迅作品色彩诗学研究》采用统计分析法，寻找到出现频率最高的黑、白、红三色，对其进行了诗学研究。江弱水《论〈野草〉的视觉艺术及渊源》探讨了《野草》在视觉艺术上的特色和成因，将《野草》中的明暗对比、精劲线条指向木刻影响，构图和设色的水墨味指向与陈师曾的交往，奇异的意象指向李贺的诗篇影响。曹新发的硕士论文《黑·白·红：鲁迅作品色彩运用及其意蕴》从黑色意象、白色意象、红色意象的角度解读鲁迅作品，并对其色彩意蕴进行解析，与鲁迅“冷”与“热”和“爱”与“憎”的个性特征相联系。杨霞的《鲁迅二十年代小说中的视觉因素解析》关注小说中的视觉因素、图像问题，从视觉观照的角度出发，把鲁迅的小说当作在社会转型时期发生的系列影像故事来解读并研究。冯志才、尹成君的《论鲁迅小说的绘画形式美》分析绘画的形式在鲁迅文本中的体现，集中在“有意味的线”、“诗意的空白”和“有生命的色彩”三方面。可见，“鲁迅作品的视觉审美特性”这一领域的研究已经取得一些成果，并且展现出振奋人心的前景。

透视“鲁迅与美术”总体研究历程与状况的文章主要有王颖于 1993 年发表的《美术视野中的鲁迅——鲁迅美术活动研究述评》和崔云伟 2004 年的《新时期“鲁迅与美术”研究述评》。两文都指出直到 20 世纪 80 年代，鲁迅与美术的研究仍在进行收集和整理资料的基础工作，90 年代至今的研究或多或少取得了部分突破性进展，但是相比于鲁研界其他领域，“鲁迅与美术”这一研究领域仍旧是较为宁静的原野。

“鲁迅作品与美术”的关系研究是“鲁迅与美术”这一研究领域的一个方面。本文试图探究鲁迅作品的视觉审美特性和美术之间的潜隐关系。笔者在阅读中外文学作品的过程中，发现在一些作家的作品中广泛存在视觉审美的元素和特征，而且很多作家都明确谈到了他们在文学创作时对美术的自觉吸收和借鉴。文学和美术作为两种重要的审美表现艺术，两者之间必然相互影响。如果美术对文学尤其是作家的创作发生了影响，这种影响是如何实现的呢？具体到鲁迅身上，鲁迅一生热爱美术，他的美术素养和一生的美术活动是否对他的文学产生了影响并在作品中留下印痕？如果这种影响的确存在，在作品中有什么表现，又是怎么实现的呢？这都是值得思考的问题。考察前人的研究，关于

“鲁迅作品与木刻的关系”的研究已经成果丰富，与表现主义美术关系的研究已经很深入，“鲁迅作品与国画艺术”这一方面关于作品特点和国画技法的关系研究也取得了一些成果。本文择取中国传统绘画、民间美术、汉石刻画像、比亚兹莱的插图作为关注重点。因为中国传统绘画、民间美术和鲁迅童年经验紧密相连，对鲁迅创作的影响极为丰富，“鲁迅的作品特点与汉画像”的关系研究还很薄弱，“鲁迅作品与比亚兹莱插图”的关系研究更为稀少。

一、鲁迅作品的视觉审美特性与重彩绘画

鲁迅的笔下有一个重彩世界，部分作品呈现出重彩绘画似的艺术效果。这和他对中国重彩绘画的吸收借鉴有着内在联系，后者是生成鲁迅作品重彩绘画感的原因之一。

（一）鲁迅作品的重彩绘画感

鲁迅笔下的文学世界是一个色彩丰富的艺术花园。这个艺术花园里有春天的杂花绿树、夏夜金黄圆月下的碧绿西瓜地、深秋色彩斑驳的病叶、深冬赫赫如火的冬花；有女娲造人之初瑰丽的天地，有昏沉的夜里梦到的美如云锦的幻境，有超越想象力的在现实中寻不到的红珊瑚似的“火的冰”和“死火”，有粉面朱唇、“鬼而人，理而情”、可怖又可爱的“无常”和作厉鬼以复仇、比一切鬼魂都美的“女吊”。因此，仔细分析鲁迅笔下的文学世界，可以发现在黑白世界之外，还有一个重彩世界。鲁迅在部分作品中呈现色彩时喜爱用重彩，使得读者在阅读时容易体会到一种类似于观看中国传统重彩绘画的感觉，在这里且把作品的这种视觉效果称之为“重彩绘画感”。

就色彩来区分，传统中国画可分为重彩绘画和水墨绘画。重彩画是中国画的一类，以线描勾勒形象，傅色采用渲染或者铺垫法，用色鲜艳明朗，摆脱自然色彩的束缚，富有装饰风格①。重彩画派，是我国绘画艺术的一个主流。五代顾闳中的《韩熙载夜宴图》是重彩画中的名作，壁画名迹如敦煌千佛洞及山西永乐宫的壁画等，都是著名的重彩绘画。此派绘画结构谨严，用色绚丽，颜色对比强烈，和水墨淡彩不同，作画时使用鲜艳的石青、大绿、朱砂描写物象，而不流于甜俗。重彩画家十分懂得色彩的韵律，并非五色杂陈，宋代名作《千里江山图》全

① 刘凌沧、郭慕熙：《中国名家画谱·刘凌沧》，人民美术出版社1994年版，第3页。

幅画面用大青绿画法画成，非但不刺目，反而使观者觉得秀润非常，苍翠欲滴，气象宏大，因画家把山峰上渲染的石青石绿用得十分协调之故，从而成为工笔重彩的杰作①。

鲁迅作品中有丰富的重彩绘画感，且看鲁迅笔下的四季之景象。《补天》一文中，女娲从梦中醒来，看到大地上一派绿树繁花的美妙景致："地上都嫩绿了，便是不很换叶的松柏也显得格外的娇嫩。桃红和青白色的斗大的杂花，在眼前还分明，到远处可就成为斑斓的烟霭了。"②创世之初，不知有无四季的变换，但是此处的文字倾泻出一派春光的明丽。一片嫩绿之上，有桃红色和青白色的繁花，花大如斗，杂花生树，在近处明晰地盛开，红红与白白，清清楚楚。一个"在眼前还分明"，到远处成一片色彩斑斓的烟霭，恰似远近镜头的调转。近镜头中是清晰的红红与白白的杂花，"在眼前还分明"之句不禁使人联想到《题榴花》中"五月榴花照眼明"之"明"字，花开得耀眼，璀璨夺目，极富视觉的冲击力。醒目的繁花，尽收眼底，举目远眺，读者随着女娲的视线看去，杂花在远处模糊成一片斑斓的烟霞雾霭，就像是调到了远景模式，视野中没有了具体景物的明晰的轮廓，只有一大片色彩斑斓，如烟霭一般铺展弥漫开来。鲁迅的写景，用字极为简省，绝无赘言，然而，简短的文字里面却含有极多的视觉审美元素。这样一幅春之卷，衬托出人类始祖女娲的美好，呈现出未有人类之前的大地美景，反衬出女娲创造了"小东西"之后大地上的乱糟糟和惹人厌烦，前后对比鲜明。

《故乡》中亦有极富重彩绘画感的情景再现。回忆中的故乡在鲁迅的心中和笔下是亲切和温馨的，童年时的小伙伴闰土在作者的心目中是个小英雄的形象，且来看作者得知不久就要见到闰土时脑海中浮现出的这幅神异的图画：一轮金黄的圆月悬挂在深蓝的天空中，海边的沙地上是无边无际的碧绿西瓜，项带银圈的少年，手捏一柄钢叉刺向猹，灵巧的猹却将身一扭，从他的胯下逃走了。这是一幅色彩绚丽、色度鲜明、对比强烈的图画，明显具有重彩绘画的特征。作者用画家的手笔和技法重现心目中的小英雄。先是用线勾画出形象，然后用渲染法来傅色，作者使用了色度明亮的"深蓝"、"金黄"、"碧绿"、"银白"等颜色词，明快而鲜艳。天空是深蓝的，金黄的圆月悬挂其中，海边的沙地上，碧绿一片的是西瓜地，带银项圈的少年英勇刺猹的一幕生动浮现在读者眼前。这段精彩的文字具有瞬间凝定、色彩浓丽的画面感。这是一幅夏季月夜卷，重现

① 刘凌沧、郭慕熙：《中国名家画谱 · 刘凌沧》，人民美术出版社 1994 年版，第 11 页。

② 鲁迅：《补天》，《鲁迅全集》（第 2 卷），人民文学出版社 2005 年版，第 35 页。

了永不掉色的儿时回忆，作者在这幅神异的图画中寄予了美好的希望，呼唤少年闰土的生机、活力和小英雄精神的回归，重现民族活力，去走出“地上本没有”的希望之路。

作品的重彩绘画感不仅出现在鲁迅笔下的春景夏夜里，也呈现在秋色和冬景之中。鲁迅这样描绘深秋的一棵枫树和它的一片病叶：“他也并非全树通红，最多的是浅绛，有几片则在绯红地上，还带着几团浓绿。一片独有一点蛀孔，镶着乌黑的花边，在红，黄和绿的斑驳中，明眸似的向人凝视。”“通红”、“浅绛”、“绯红”、“浓绿”、“乌黑”、“红，黄和绿的斑驳”这样鲜明的色彩词密集出现在短短两个句子中。从中我们可以获得这样的印象：鲁迅的色彩感是非常敏感而且是极为准确的，通过描摹物象，傅色布彩，寥寥数语就使事物在文字中跳脱出来，真实生动，使人印象深刻。作者把这片腊叶上虫蛀的小孔比作明眸一点，似乎是正在向人凝视。喻体“明眸”更加突显了本体的视觉审美特质。“向人凝视”使得文本的视觉感无疑又加深了一层。作者怜惜这片即将飘落曾被虫蚀过的色彩斑斓的叶子，摘下它来小心地放进书中保存起来，使它免于飘散秋风的命运。联系许广平在《因校对〈三十年集〉而引起的话旧》一文，这片斑驳的枫叶乃是鲁迅的自况。《〈野草〉英文译本序》里也说明同一个问题：“《腊叶》，是为爱我者的想要保存我而作的。”此文极富深秋的萧瑟之气，“我”或者说当时鲁迅的黯淡、寂寥、低落的心情也在文字中流露出来。通过保存它的行为本身和因它的变化而起诸多叹惋透露出我的爱怜之意之外，“我”对病叶视若自身和怜惜的感情还通过一个蛀孔像明亮的眼睛一般“向人凝视”这样的书写传达出来，病叶的“向人凝视”是作者自身的感觉，“明眸”看“我”的文字背后是“我”在看“明眸”，“看”与“被看”里隐藏的是病叶的值得怜惜和我的爱怜之情，也是文本视觉审美感觉的又一次呈现。这幅深秋卷流露出鲁迅作为一个“精神界之战士”的另外一面：疑虑自己像一片病了的叶子，是否值得别人去爱去关怀。秋枫去年色彩斑斓，跳动着浅绛、绯红、浓绿的色彩，惹人绕树徘徊，细细赏玩，而今年枫树早已秃尽了叶子，病叶也成黄蜡色，眸子不复灼灼，今年“我”亦没有赏玩的余闲。作者思虑连一片病叶的斑斓好像也只能“在极短时中相对”，那么，世间的爱的情感，会永远新鲜、不掉色、不消逝吗？当曾经斑斓的色彩都回忆不起来的时候，主人还会保存这片叶子吗？保存它的人是一片爱怜呵护之情，病叶配不配去拥有这份情意？重彩画面之中充满了淡淡的柔情，能不能去爱的思虑通过一枚枫叶的故事微妙地渗透其间。

鲁迅喜爱描绘冬之雪景，深冬盛开的繁花形象在鲁迅笔下尤为鲜明，独具特色。冬花不惧严寒、不畏环境险恶、兀自绽放的战斗精神的塑造在作品中有时是通过拟人手法来实现,有时是通过形象的描摹来实现,赋色热烈鲜艳、色彩对比鲜明是表现这一精神的重要手段。在呈现雪中寒花这个蕴涵丰富的视觉意象之前,作者先点明"我"的眼睛已经惯于看待北方的事物,这是作者有意引导读者用"惯于北方的眼睛"来看这方景致,又用"惊异"一词调动起读者的观看欲,使读者边读边想象,在脑海里构建起大雪中寒梅和山茶凌寒盛开的形象:几株老梅不畏寒冬傲然盛开,山茶树的数十朵红花从"晴绿"的密叶中抽出来,在雪中"明得如火",飞雪和寒风中,一枝被积雪压弯了腰的山茶重新伸直了枝干,"乌油油的肥叶"以及"血红的花"显露出来。红梅映雪,密叶晴绿,山花赫赫明如火,肥叶乌油,茶花血红,此处景象极似一幅重彩绘画,用色重,工渲染,画面效果重。冬花卷中对寒冬之景傅用重彩,更突显了形象的感染力,鲜明地彰显了鲁迅"孤独的战斗"着的战士形象和坚韧精神。

这四处描写似乎像四幅重彩画卷浮现在眼前。春之卷、夏季月夜卷、深秋卷和冬花卷一一铺展,作者轻盈的想象、美好的回忆、丰富的情感、深沉的思考和独特的气质也通过斑斓的画面传达了出来。

鲁迅笔下的重彩世界有着无穷的艺术魅力,这个重彩世界色彩明丽,迸发着精神的亮度,闪耀着思想的光芒。女娲造人之初瑰丽的天地,金黄明月下的碧绿西瓜地,深秋色彩斑驳的病叶,粉面朱唇的"无常"和"女吊",深冬赫赫如火的梅花,还有红珊瑚似的"火的冰"和"死火",它们都属于这个重彩世界。这个重彩世界不是画出来的,是用简省的文字创造出的,以其明丽的画面感带给读者强有力的视觉审美。有些景象中寄予了作者美好的理想和希望,有些形象中寄托了作者深沉的情感,有些意象中张扬着战斗的精神。它们有着重彩绘画般的视觉美,凝定的画面中融入了作者内心的思想和情感,文字简约而内蕴丰富。

(二)鲁迅作品的重彩绘画感与重彩绘画关系探析

前文指出鲁迅作品有一种类似中国传统重彩绘画的视觉审美效果,可以称之为"重彩绘画感"。鲁迅文本具有重彩绘画感和他对中国重彩绘画的吸收借鉴是有联系的。

鲁迅在《论"旧形式的采用"》一文中明确指出:"在唐,可取佛画的灿烂,线画的空实和明快",这是对唐代佛教绘画的推崇,同时也指出了唐代佛教绘画最鲜明的两大特点,一是色彩绚烂,二是线条流动如生,这也是唐佛画对后世绘画影响最为深远的两点，可见鲁迅对于唐佛画有着很深的理解，而且极为赏识。鲁迅所推崇并且希望青年画家来借鉴的灿烂的唐佛画是重彩绘画派的杰出代表。探析鲁迅在作品中傅色时喜爱重彩的原因，大概能寻到这样几点：

首先，重彩本身具有强烈的感染力，利于表现主体的精神气质。正如鲁迅在《且介亭杂文末编》《记苏联版画展览会》中谈到苏联版画家克拉甫兼珂（Alexander Kravchenko）的作品时说："他的浪漫的色彩，会鼓动我们的青年的热情。"鲁迅在《看司徒乔君的画》中亦赞赏司徒乔"抱着明丽之心"，"将他自己所固有的明丽，照破黄埃"。西方表现主义大师梵·高、高更、蒙克等的画作也是以大色块造型，使作品表现出强烈的主体精神。

其次，鲁迅自幼对色彩就极为敏感，喜爱民间戏曲和年画，这些和重彩密切联系的民间艺术和童年经验融合在一起，进一步强化了鲁迅对重彩的敏感和兴趣。鲁迅童年时得到的第二本《山海经》是彩色的："每卷都有图赞，绿色的画，字是红的。"《山海经》是鲁迅心爱的宝书，对鲁迅有极深的影响。鲁迅自幼所喜爱的"无常"和"女吊"，皆是粉面朱唇。"无常"是一条黑如漆、粉面朱唇的雪白莽汉。"女吊"则身穿大红衫子和黑色长背心，披散着长发，颈上挂着两条纸锭，她的脸是和石灰一样白的圆脸，有着漆黑的浓眉，眼眶乌黑，嘴唇是猩红色的。这些民间戏曲的形象直到鲁迅的晚年在他记忆里仍然鲜明如初，鲁迅在《且介亭杂文末编》《女吊》中写道："假使半夜之后，在薄暗中，远处隐约着一位这样的粉面朱唇，就是现在的我，也许会跑过去看看的"，可见对其喜爱至深。鲁迅从小就喜欢的年画也是重彩绘画的一种，是设色艳丽的一类艺术。它们都是对鲁迅影响深刻的艺术形式，并在其创作中发挥作用。

再次，鲁迅对中国重彩绘画有丰富的知识和极多的接触。按色彩来分，传统中国画可分为重彩绘画和水墨绘画。重彩画派是我国绘画艺术的主要流派，热爱美术的鲁迅自然极为熟悉。而且，鲁迅和一些画家有着密切的往来，如陈师曾、郦荔臣、戴克让、孙福熙等。其中有些画家就擅长画重彩写意的国画（重彩并不限于工笔重彩）。陈师曾在民国初期的北京画坛很有影响力，师承吴昌硕，是革新文人画的重要代表人物，很有创新精神。鲁迅和他早年交游密切，两人是同在南京求学和日本留学时的同窗好友。鲁迅在教育部供职时，两人又是同事。据鲁迅日记记载，鲁迅曾得到陈师曾的《冬花》四帧，分别为《牡丹》《天竹》《红梅》和《水仙》①。郦荔臣是鲁迅少年时期的好伙伴，是鲁迅的表兄弟，鲁

---

① 王锡荣、乔丽华：《藏家鲁迅》，上海文化出版社2009年版，第14页。

迅也曾得到郦荔臣赠送的画作四幅，其一是《孔雀牡丹》[①]，色彩艳丽，熠熠生辉。又有鲁迅好友孙伏园之弟孙福熙，这位画家和鲁迅来往密切，曾为鲁迅设计《小约翰》和《野草》的封面画，鲁迅收藏有他所作的一幅《菊花》，画面题款有"春茂翠叶秋曜金华"[②]，是浓墨重彩的国画。和画家们的交游增进了鲁迅对重彩绘画的理解和认识，进一步影响其文学创作。

鲁迅对重彩的高度敏感和浓厚兴趣，对重彩绘画的熟识和极多的接触，使得他成功汲取到重彩绘画的艺术精华，并融化进文学创作中，使得作品呈现出鲜明的重彩绘画效果，获得了强烈的艺术感染力。

二、鲁迅作品的视觉审美特性与民间年画

鲁迅的一些涉及童年经验和乡土题材的作品具有民间年画感，这样独特的视觉审美效果的形成和鲁迅自幼对民间年画的喜爱与自觉的吸收借鉴是分不开的。鲁迅在文学创作中汲取了民间年画的艺术资源。

（一）鲁迅对民间年画的喜爱和收藏

现代中国最早注意收藏木版年画的就是鲁迅先生。鲁迅在书信中经常提到"花纸"，花纸是鲁迅自幼就十分喜爱的。所谓"花纸"就是一种旧式木版年画，绍兴方言称之为"花纸"。幼时鲁迅的床前就贴有两张花纸，一张是"八戒招赘"，一张是"老鼠成亲"（图 1），这幅老鼠娶亲图中新郎、新妇、傧相、宾客、执事皆尖嘴细腿，身着红衫绿裤，鲁迅认为十分可爱，非常喜欢。因为受这幅年画和江浙旧时传说中正月十四午夜为老鼠成亲日的影响，鲁迅曾经和弟弟周作人熬夜守着，等着看"老鼠娶亲"的仪式而不得，可见这张日日得见的年画对于幼时鲁迅的巨大影响。对这幅年画的喜爱连同对小隐鼠的喜爱和隐鼠之死引起的悲哀，一起促成了后来鲁迅对猫的憎恶态度。

不独这幅老鼠娶亲的年画为鲁迅所喜爱，鲁迅还收集了大量其他的年画。单在上海鲁迅纪念馆就珍藏有鲁迅收藏的 26 幅产于开封、于 1933 年间印制的朱仙镇年画作品，有门神画——《马上鞭》《燃灯道人》《刘海戏蟾》，小幅门神画——《福禄寿》《天仙送子》《五子登科》《天官赐福》，故事画——《罗章跪楼》

---

① 王锡荣、乔丽华：《藏家鲁迅》，上海文化出版社 2009 年版，第 16 页。

② 王锡荣、乔丽华：《藏家鲁迅》，上海文化出版社 2009 年版，第 22 页。

《铁弓缘》《风筝计》《打鸟封宫》《祭塔》《飞熊入帐》《打虎收孝》《举虎》《天河配》《破孟州》《四平山》《锁阳城》《三娘教子及牛王》等，可见鲁迅对于年画这种民间艺术的热爱。

图 1　《老鼠娶亲》（湖南年画）

不独喜爱，鲁迅还多次在文章和书信中谈到花纸有值得借鉴的重要价值。鲁迅在《论“旧形式的采用”》中说新年的花纸作为一种旧的形式是可以采用的，“为大众的画家，都无须避忌”。在《“连环图画”辩护》一文中，劝青年的艺术学徒应该更加“注意于中国旧书上的绣像和画本，以及新的单张的花纸”，因为大众是爱看的。在 1933 年 8 月 1 日致何家骏、陈企霞的书信中，再次谈到创作连环图画极为紧要，在画法上可用中国旧法，“花纸，旧小说之绣像，吴友如之画报，皆可参考”①，目的是使没有经过观赏艺术训练的人，也能看得懂，一目了然。

鲁迅非但建议青年艺术家们在连环画的创作和新兴木刻的创作中借鉴年画的技法，还亲自总结年画的创作经验，并且运用到自己的文学实践中去，融画论于文论之中。且看这段重要的文字：“我力避行文的唠叨，只要觉得够将意思传给别人了，就宁可什么陪衬拖带也没有。中国旧戏上，没有背景，新年卖给孩子看的花纸上，只有主要的几个人（但现在的花纸却多有背景了），我深信对于我的目的，这方法是适宜的，所以我不去描写风月，对话也决不说到一大篇。”②这段文字取自《我怎么做起小说来?》，在这段文字中鲁迅明确说明了自己在小说创作中汲取了中国旧戏和年画的艺术资源。鲁迅爱看戏，爱收藏花纸的兴趣爱好实实在在地影响了他的文学创作。

① 《鲁迅全集》（第 12 卷），人民文学出版社 2005 年版，第 426 页。

② 鲁迅：《我怎么做起小说来》，见《鲁迅全集》（第 4 卷），人民文学出版社 2005 年版，第 526 页。

(二)民间年画对鲁迅作品视觉审美的影响

阅读鲁迅部分乡土题材的作品时,可以品味出质朴温馨的乡土味。将作品中一些画面定格时,亦会捕捉到其中的民间年画感。这和鲁迅喜爱的民间年画之间有千丝万缕的联系。

且来看《社戏》中的一段文字:“最惹眼的是屹立在庄外临河的空地上的一座戏台,模胡在远处的月夜中,和空间几乎分不出界限,我疑心画上见过的仙境,就在这里出现了。这时船走得更快,不多时,在台上显出人物来,红红绿绿的动,近台的河里一望乌黑的是看戏的人家的船篷。”[①]这两句话中有丰富的视觉审美元素,作者在这里试图用文字重现当时在心里急迫想看到社戏并且已经临近戏台时的情境。缥缈在月夜中的戏台,模糊而美丽,作者用“‘画上的仙境”这一充满视觉美感的短语来引导读者调动起丰富的想象力,在想象中来完成这一幅画面。然后,船行更快,离戏台愈加近了,台上的人物也进入视野里了,作者又用了一个精妙的富有表现力的短语——“红红绿绿的动”,来呈现台上的风光。活动着的色彩,自然有极强的视觉冲击力,读者读到这里很容易在脑海中呈现一幅动态的多彩画面,阅读文字的过程中获得了如同观看电影时的视觉体验。因为“我”想看社戏的急切心情,“我”所瞩目的自然是戏台,所以作者先注意到戏台上红红绿绿的人物,然后才描述近台的河里是黑压压一片的船篷,视线是先到远处后又收回到近处。这段文字表现了“我”内心的期待和兴奋,这是情境描摹的过程中流露出的。如果将作者描述的景象定格,也许会得到一幅年画般的图画,从而捕捉到文本的戏曲年画感。

戏曲年画在民间年画中占很大的比重。戏曲最初对年画的影响是表现在题材上,即择取戏曲中的人物、故事情节表现在年画中,后来又出现了戏曲的舞台画,就是把演出戏曲时的舞台场面也搬到画面中,集中表现出一个舞台场景,有时连戏台也一起画进去。戏曲年画的描绘方法经常是由年画画师亲临戏台,择取有代表性的精彩场景或者名伶的优美身段和表情,当场描下底稿,回到作坊,再经过反复修改,刻印而成。全国各地都有刊刻的戏曲年画,河南开封朱仙镇就是戏曲年画的集中刊刻地之一。鲁迅收藏的木版年画中,有很多是朱仙镇年画,其中戏曲题材又占了很大比例。《社戏》一文中,作者先写了两次在北京看戏的经历,台上是“东东喤喤的敲打,红红绿绿的晃荡”,台下是人满为患的人

① 鲁迅:《社戏》,见《鲁迅全集》(第2卷),人民文学出版社2005年版,第592~593页。

群，“我”不待戏终，便离开这“不适于生存”的戏园子。然后又忆起自己幼时也曾看过好戏，在野外散漫的所在和一群热心肠的小伙伴们月夜里撑船去看的社戏。其实，这次看到的戏并无甚精彩之处，甚至可以说是有点令人失望的。开始是“一个黑的长胡子的背上插着四张旗，捏着长枪”和一群赤膊的人打仗，但是未见这个白胡子的老生像白天一样翻八十四个筋斗。“我最爱看的是一个人蒙了白布，两手在头上捧着一枝棒似的蛇头的蛇精，其次是套了黄布衣跳老虎”，但是等了许多时都不见，唯有“一个红衫的小丑被绑在台柱子上，给一个花白胡子的用马鞭打起来了”，这一段才稍见精彩。作者对戏文的书写和戏曲年画的表现内容是相似的，好似都在抓取人物“亮相”的一刹那，对演员的相貌、服装道具、经典动作进行表现。用“黑的长胡子”、“花白胡子”来代替具体的“人”，也和戏曲年画中通过形象夸张来表达人物的表现手法有相通之处，年画中往往夸张人物的长长的胡须或者其他的体貌特征。

再看另外一段可以从中品味出民间年画感的文段：“这一次船头的激水声更其响亮了，那航船，就像一条大白鱼背着一群孩子在浪花里蹿，连夜渔的几个老渔父，也停了艇子看着喝采起来。”①看戏归航，孩子们加紧地摇船，作者这时用了一个精妙的比喻，把夜航的船比作一条大白鱼，于是便出现了大白鱼背着孩子们在浪花里急蹿的景象，很容易让人联想到年画中的经典之作——胖娃骑鱼或者胖娃抱鱼的吉祥图。年画《连年有余》，因为画面上的莲花、娃娃和鲤鱼形象美好以及“连年有余”、“生活富足”的美好寓意，极为人们所喜爱，成为年画中的经典，广为流传。作者不经意的比喻里面或许有着“抱鱼娃娃”形象的潜在影响，生活中常见的年画图案隐秘地作用于潜意识，生成了喻体选择上的独特之处。

图2　杨柳青《连年有余》年画

图3　《莲年有鱼》

① 鲁迅：《社戏》，见《鲁迅全集》（第2卷），人民文学出版社2005年版，第595页。

《社戏》一文展现了一幅幅美好的理想的生活图景，平桥村是一个偏僻的小村庄，这里风景秀美、人情质朴，村人多不识字，但对于“我”来说，这里是“乐土”，也是心里的一处“世外桃源”。作者用优美的饱含情意的文笔细细描画这片桃源的美好：水村的农家少年们机智勇敢、活泼热心，有着美好的品质，村人多不识字，但是种田打渔，生活也过得其乐融融。在这里没人想得出“犯上”这种字眼。来了远客，会热心招待，礼数周致。即使村庄太小，请不起戏，也要年年和别村合作演戏，沿袭传统，重视风俗，为平凡的生活增添乐趣。人与人之间能够相互体谅，通情达理，和谐相处。“我”急迫地想看戏，母亲说没有叫大人一同去的道理，因为他们白天都有工作要做，熬不得夜，若是叫大人去不合情理，是谓对他人的体谅。看戏归航，小伙伴们要煮豆吃，阿发让小伙伴们偷自家豆田里的豆吃，因为他摸着自家的豆子比六一家的豆子大得多，可见其大方慷慨、朴实直爽。双喜怕偷多了阿发家的豆，阿发的娘知道了会生气骂阿发，又让大家去摘六一公公地里的罗汉豆，这是能够为他人着想、考虑周到又善解人意。伙伴们煮豆用了细心的八公公的船上的柴火和盐，担心会挨骂，但是第二天并没有听到有关八公公柴盐事件的纠葛，可见其宽厚大度。六一公公爱惜自家的罗汉豆，心疼孩子们“踏坏了不少”，但是听到“我”对他的豆子“中吃”的夸赞后，送了许多给“我”的母亲和“我”，其善良宽厚、淳朴好客的形象清晰展现。

《社戏》所展现的清新的水乡景致和淳朴的乡土人情让人心生向往，阅读过程中随着作者的书写，好似在这片桃源里流连了一番。这样一篇追忆童年经历、怀念乡土、表现乡村美好风景和人情的小说，同《故乡》里“我”回到家乡眼见农村残败凋敝、人民“辛苦麻木”或“辛苦恣睢”地生活而心生失望的小说迥然不同。但是一起收在《呐喊》这样一部集子里，可见作者的用心。《社戏》中所刻画的充满生气、活泼开朗、友爱无私的少年形象是作者寄予了无限希望的中国的未来，和月夜瓜地里刺猹的小英雄少年闰土的形象一样。作者在他们身上看到了使民族焕发新生的品质。作者把他们表现出来，正是为了这些中国的未来，作者原意“自己背着因袭的重担，肩住了黑暗的闸门，放他们到宽阔光明的地方去。此后幸福的度日，合理的做人”。作者呼唤民族精神里重现这些少年所具有的活力、勇敢、真诚和友爱，可以以此“立人”，重塑民族精神。这样的旨意和《狂人日记》里“救救孩子”的呼声同是指向未来，有一致的目的，只是表现手段不同。其他的小说是通过表现弱小者和被损害者的艰难的生存状态来实现。《社戏》是用表现美好来实现，用充满视觉美感的情景交融的“桃源”画面来告诉人们什么才是理想的生存状态。

三、鲁迅作品的视觉审美特性与汉画像

关于汉代的石刻画，鲁迅是极为赞赏的。据许寿裳回忆，鲁迅在1917年曾告诉他：“汉画像的图案，美妙无伦，为日本艺术家所采取，即使一鳞一爪，已被西洋名家交口赞许，说是日本的图案如何了不得，而不知其渊源固出于我国的汉画呢。”①他对汉画像的喜爱可见一斑，并引以为傲。鲁迅之所以喜爱汉画像，是因其线型的表现形式与恢弘的精神。1935年9月9日，鲁迅在致李桦信中说到：明木刻大有发扬，但极有纤巧之憾。“惟汉人石刻，气魄深沉雄大，唐人线画，流动如生，倘取入木刻，或可另辟一境界也。”②可见汉石刻的精神气质是为鲁迅所称道的。如果将对其表现形式和精神气质的喜爱以隐秘的形式融进文学作品的创作中，无疑会生成作品的独有风貌。本章通过文本细读，来探寻汉画像与鲁迅文本视觉审美艺术的隐秘关系。

（一）鲁迅对汉画像的收藏和欣赏

鲁迅爱好收藏汉石画像拓片，为此投入了巨大的精力，花费了众多的时间和财力。据鲁迅日记和书账记载，鲁迅最早得到的汉画像是1913年9月11日胡孟乐赠送的武梁祠画像佚存石拓本十枚（见癸丑日记并癸丑书账），此后，鲁迅对汉画像石刻拓本的搜集活动一直未停止，或者自己买进、或者得友人赠送，或者托友觅拓。鲁迅在一二十年代收集的汉画像拓片主要来自山东地区，30年代收集的拓片主要侧重河南南阳，尤其是在自己生命的最后两年里，鲁迅对南阳汉画像极感兴趣。鲁迅有选印汉画像的计划，但是一直未能实现。根据北京鲁迅博物馆编写、2005年出版的《鲁迅珍藏汉代画像精品集》的出版说明，鲁迅收藏的汉代画像石拓片有650件，其中山东等地有404幅，南阳地区是246幅。另外有别处统计数据显示鲁迅收藏的汉画像拓片总数为696幅，包括山东362幅、南阳292幅、四川39幅、江苏甘肃3幅。总之，鲁迅收藏的汉画像数量巨大，且其中不乏精品、珍本。

据鲁迅日记记载，1915年5月1日，鲁迅前往琉璃厂购买了武梁祠画像并题记等51枚，花费8元③。1915年10月4日，收到富华阁送来的杂汉画像拓本

① 许寿裳：《亡友鲁迅印象记》，当代世界出版社2015年版，第46页。

② 《鲁迅全集》（第13卷），人民文学出版社2005年版，第539页。

③ 《鲁迅全集》（第15卷），人民文学出版社2005年版，第170页。

137 枚，主要是一些嘉祥、汶上、金乡等地的拓片，花费 14 元购买[①]。1915 年 10 月 30 日，前往琉璃厂购买《郭氏石室画像》10 枚，《感孝颂》1 枚，并题名及杂题记等 9 枚，还购买了沂州画像 14 枚，《孔子见老子》画像 1 枚[②]。在 1916 年 5 月 7 日，于琉璃厂购买《朱鲔室画像》15 枚[③]。1916 年 3 月 25 日，又得到济宁州学汉碑拓本一份共 17 枚，其中有孔子见老子画像 1 枚[④]。这一时期鲁迅收藏的汉画像大多是山东的汉画像拓片。这些汉画像表现的内容极为丰富，以山东嘉祥武梁祠画像为例，画面内容广泛取材于神话传说、历史人物和当时的生活情景，有祥瑞图案、东王公和西王母、怪兽神异、伏羲女娲、三皇五帝、孝义节烈人物和故事、宾客拜谒、庖厨和车马出行等。在山东武梁祠的汉石刻画像中，女娲和伏羲位于祠堂西壁的第一层画像，两位始祖皆是人首蛇身，蛇尾相互交缠。在两人之间，还有一个双蛇尾的小人用手拉着两人的衣袖，象征着两人孕育的人类。画面中伏羲一手持规，女娲一手执矩，规和矩不仅用于生产劳动，还有其鲜明的象征意义。画面说明伏羲女娲是人类的孕育者和生产活动、礼仪规矩的教导者。武梁祠祠堂的主要内容在左右两壁和后壁。祠堂的设计者将三面墙壁画像分成上中下三部分。上层位于左右两壁山墙尖顶部分，是神仙的世界，有东王公和西王母，下层是表现墓主现实生活的画面，中层是古圣先皇和历史故事。伏羲女娲两位人类的始祖就位于中层的第一幅，可见对二者的尊崇。在历史故事类画像中，除去孝义、节烈故事之外还有忠臣义士的故事，有舍身尽忠的“荆轲刺秦”、“专诸刺王僚”、“聂政刺韩王”、“要离刺庆忌”、“豫让刺赵襄子”等刺客的故事。

鲁迅收藏的汉画拓片多来自山东和河南南阳地区，取材丰富，涉及神话传说、历史故事、祥瑞图腾、现实生活，人物有神仙、帝王、忠臣义士、孝子贤妇，社会生活类涵盖车马出行、家居庖丁、宴饮舞蹈等各个方面。汉画像中涉及神话传说、祥瑞图腾、天文星象的一类，更是充盈着劳动人民丰富的想象力和崭新的创造力，表现出对自由的追崇和向往。汉画像中诸如东王公和西王母图、伏羲女娲图、雷公电母、仙人出行、象人斗兽图、嫦娥奔月、后羿射日、羽人戏凤图，再如天文星宿类的东官苍龙星座、白虎、朱雀、玄武，三足乌和北斗图，以及祥瑞辟邪类的凤凰飞龙、神雀神鹰、二龙穿璧、龙虎鱼鸟拉车图和神仙出行图等，无不

① 《鲁迅全集》(第 15 卷)，人民文学出版社 2005 年版，第 190 页。
② 《鲁迅全集》(第 15 卷)，人民文学出版社 2005 年版，第 193 页。
③ 《鲁迅全集》(第 15 卷)，人民文学出版社 2005 年版，第 226 页。
④ 《鲁迅全集》(第 15 卷)，人民文学出版社 2005 年版，第 221 页。

张扬着汪洋恣肆的想象力和飞腾的自由意志以及深沉外放的气魄。即便是汉画像的一些花纹装饰也表现出一种自由疏放的精神，传达出崇尚天然质朴美的气质。那些美妙的龙纹、鸟纹、云纹、水纹、几何图纹、垂幛纹、纺织纹等汉石画图案无不展现出不同凡俗的气质与魅力。

鲁迅对汉画像有着极高的评价，在1917年曾对许寿裳说汉画像的图案可谓美妙绝伦，即使一鳞一爪，也已经被西方名家赞不绝口。在1935年9月9日致李桦的信中赞美“汉人石刻，气魄深沉雄大，唐人线画，流动如生，倘取入木刻，或可另辟一境界”。可见鲁迅认为汉画像是一种“气魄深沉雄大”的艺术。从汉画像图案中可以看到一个民族强大的自信心和腾飞的想象力，看到未被奴化的性灵之光。

汉画像中表现的精神气质属于中华文明博大开阔、大气蓬勃的那一面，后来的艺术虽然越来越圆熟，但是伤于纤巧、内敛、郁结。汉画有着奔腾的美，舒展的美，开放大气、质朴粗犷凝重的美，这种美来源于自由奔放、未经束缚的性灵和精神。这些民族的精神亮片在四书五经中难觅，在正史中难寻，倒是闪落在一些被世人忽视的野史子集和民间艺术中。汉画像就是保存了先民原初的生活和想象，有着精神亮度的珍贵艺术。它的精神对后来饱受伤害的民族精神是有力的补充。鲁迅之所以热心收藏和推介它，也正是看中了它的精神亮度。

鲁迅对汉画像石刻不仅仅是产生兴趣而已。汉画像如果没有和鲁迅的精神发生联系，鲁迅也不会多次建议木刻青年们去学习借鉴它的精神和高超的艺术技巧，也不会在自己编辑出版的书籍封面中引入汉画石刻的图案。引汉画石刻入封面设计是鲁迅喜爱的书籍装帧方式。鲁迅设计《桃色的云》的封面时，参考了汉石刻的祥云图案，镂空型的云朵铺在红色之上，和“桃色的云”暗合。《唐宋传奇集》和《工人绥惠略夫》两书的封面上端也都采用了汉石刻游猎出行的图案作为装饰，风格独特别致。这从另一个角度证明了汉画像对鲁迅的影响之深。

（二）汉画像对鲁迅创作的影响分析

汉画像的图景和表现内容极可能影响了鲁迅小说创作题材的选择。鲁迅早期收藏的汉画像主要来自山东地区。女娲和伏羲创造人类、荆轲刺秦、孔子见老子等故事是鲁迅早期收藏的山东汉画像经常表现的题材，这些题材的汉画像极可能对鲁迅创作相同故事题材的《补天》《铸剑》和《出关》产生了启发。除了直接的题材影响之外，汉画像的精神在一定程度上也会影响鲁迅作品的“文气”。鲁迅的有些作品表现出大气磅礴的气势和汪洋恣肆的想象力，充满生机勃勃的“精气神”，这和鲁迅长期沉浸在气魄雄大的汉画像世界里是有联系的，对汉画像的收藏和欣赏助成了鲁迅作品气韵生动的艺术魅力。

1.《出关》与《孔子见老子》汉画像

据鲁迅日记记载，1915 年 10 月 30 日购得《孔子见老子》画像一枚①，1916 年 3 月 25 日，得到的济宁州学汉碑拓本 17 枚中有一枚也是《孔子见老子》画像②。鲁迅在 1935 年 6 月所写的《在现代中国的孔夫子》中说曾经见过三次孔子的画像，一次是《孔子家语》中的插画，一次是日本报纸上的卷头画，再有就是刻在汉朝墓石上的《孔子见老子》的画像。鲁迅收藏的几幅《孔子见老子》的汉画像，既有拓自山东地区的，又有拓自南阳地区的，应该还有来自其他地区比如江苏射阳的。1915 年 4 月 25 日，鲁迅在琉璃厂买《射阳石门画像》等五纸③。其中亦有孔老相见图。射阳石门门扇的背面一幅上层即为孔子见老子图，上刻孔子、老子和弟子三人，各有题榜文字曰“老子”、“孔子”、“弟子”。画中老子居左面向右，孔子居右面左，虔诚地站立。孔子身后有一弟子跟随，手执束帛。老子、孔子皆长袍高冠，双手拱于前，作互相施礼状。济宁州学汉拓中的这幅汉画像应当是嘉祥武梁祠汉石画像，据记载，最早的一块《孔子见老子》汉画石像的左边有题跋：“孔子见老子画像载洪氏《隶续》，乾隆丙午冬，钱塘黄易得此石嘉祥武宅山，敬移济宁州学。”乾隆五十一年(1786)，清代黄易发现了嘉祥武梁祠等处 20 余块汉画像石之后，为了妥善保存它们，黄易等人出资将画像石嵌入房屋四壁保存，并且单独将孔子见老子这一块运到济宁州学保管。这幅汉画刻孔子与老子相会的情景。孔子在左边，躬身，手捧贽雁，有榜题曰“孔子也”，老子在右边，手扶着曲杖，榜题“老子也”，二人相对而揖。二人中间站一孩童，是项橐。孔子后有一随从和一辆轩车，驾双马，题“孔子车”，老子后一辎车，车后三人躬立。画面中的孔子谦恭、诚恳。

图 4　武梁祠石刻画像《孔子见老子》

① 《鲁迅全集》(第 15 卷)，人民文学出版社 2005 年版，第 193 页。

② 《鲁迅全集》(第 15 卷)，人民文学出版社 2005 年版，第 221 页。

③ 《鲁迅全集》(第 15 卷)，人民文学出版社 2005 年版，第 169 页。

且来看写于1935年12月的《出关》中的相关描写。孔子来见老子，边问好边行礼，"'先生，您好吗？'孔子极恭敬的行着礼，一面说"。孔子和老子交谈，得老子解惑后，孔子"起身要告辞，一面照例很客气的致谢着老子的教训"。"老子也并不挽留他，站起来扶着拄杖，一直送他到图书馆的大门外。"孔子"上了车，拱着两只手极恭敬的靠在横板上"，孔子的车子走动了，"待到车子离开了大门十几步，老子才回进自己的屋里去"。细心的读者可以发现，《出关》中的孔子和老子会面时皆是谦恭有礼，出关中孔老两次见面的情形几乎没有什么不同，两次描写会面和辞别送别时的文字完全一致，不同的是两次谈话的内容和两人各自的心思有了巨大的转变。鲁迅对古代的故事进行了新编，但是人物的动作和礼节却是严格遵从了表现这一故事的文献和汉画的内容。《出关》的文本中呈现的孔子见老子的画面和汉画像中的画面一致的地方就是表现出了两人的"以礼相待"，虽然在文本中第二次相见之后两人已经明了和对方不是同道之人，此后也不必相见，但是在表面上依然待之以礼。鲁迅在描写文本中两人的再次会面时，辞别送别的情景描写与第一次完全一致，呈现的是完全重复的画面，但是画面背后的内容截然不同。和第一幅看似相同的第二幅的画面中隐藏着的是孔子的机心和老子的无奈。

孔子见老子图是汉画像中经常表现的题材，也是其经典。关于孔子见老子，是否真有其事，是一桩疑案，但是描述和表现这一故事的文字和图画形式将其演绎得如同真实的历史一般生动。鲁迅选中了这个故事展开演绎，在文本构思和写作的过程中，他所收藏的那些孔子见老子的汉画像极可能成为创作资源。关于孔子见老子，《礼记·曾子问》《史记》《庄子》以及章太炎的《诸子学略说》都有相关文字，都可能成为潜在创作资源。但是，创作资源可以来自古代的文献和学者的研究，也可以来自那些更加直观化和形象化的图画。

《出关》中老子出关前大致只有两个场景，老子和孔子相对的场景以及老子和弟子庚桑楚相对的场景，这仅有的两个场景充满了汉画像中的内容和风貌。汉画像中用"躬身"这一人物的整体动作语言来表现两位先贤的博学、谦虚、智慧和伟大，达到形神统一的境界。鲁迅在《出关》中详细且不避重复地描写孔子和老子会面时的礼仪。孔子恭敬地行礼，领受了教诲之后致谢，在车上俯首凭轼以示敬礼，老子送孔子直到图书馆门外，目送车子走出大门十几步才返回。而且这样的礼节每次如是，丝毫不变。先暂不论人物的内心，在刻画人物表面形象的谦恭上，《出关》和汉画像达成了一致，甚至可以说汉画像很可能影响了《出关》。汉画像中画面简洁，绝无装饰和旁枝逸出，《出关》也体现了这种极为简约的风格,出关之前除了人物的对话、表情和动作,再无其他背景。

再者,汉画像中孔子手中有一雁鹅要赠给老子,《出关》中也出现了雁鹅的身影。老子对弟子庚桑楚说,“哦,孔丘送我的一只雁鹅,不是晒了腊鹅了吗?你蒸蒸吃去罢。我横竖没有牙齿,咬不动”。雁鹅是古代士大夫初次相见时,下位者给上位者的见面礼。汉画像中象征诚意和恭敬的雁鹅出现在《出关》中后来成了挂在檐下的腊鹅,可谓“故”事“新”编。此处的腊鹅,增添了生活气息,还原出一个生活中的老子形象。重要的是,这只鹅也是联系《出关》和汉画像的一个精巧密码。《鲁迅藏汉画像(二)》中的孔子见老子图(来自嘉祥武氏祠),有榜题明确写着“孔子车”,表明孔子拜见老子时是乘车而来。在这一点上,《出关》这和汉画像也取得了一致,《出关》中写孔子辞别老子上车,并且两次重复描写孔子在车上俯首凭轼的恭敬样子。孔子乘车马拜见老子,《史记》《庄子》都有说明,但是来源于汉画像的图案更有助于编织文本,参与文本构建。据史记记载,老子曾做过周朝的“收藏室之史”,类似现在的国家图书馆馆长、档案馆馆长。在鲁迅收藏的汉画像中,有老子向孔子提供书籍的直观性画面内容。《鲁迅藏画欣赏》的图五(孔子见老子图,嘉祥武氏祠画像之一)画面中,老子身后有三个怀抱简册的人,表示老子在为孔子提供借阅的图书。《出关》中,老子问孔子:“你怎么样?所有这里的藏书,都看过了罢?”这和汉画像表现的内容取得了一致。《出关》一文在情节、礼仪的细节上如此贴合鲁迅收藏的几幅孔子见老子的汉画像内容,后者极可能成为前者在文本细节构建过程中的参考资源,它的影响可能以潜隐化的方式存在。

图5　孔子见老子汉画像局部

值得注意的是,汉画像要表现的是两位先贤的谦虚、恭敬、博学和伟大。《出关》中塑造的两人却是另一番风貌,孔子成了一个心机深藏、貌恭心倨、外柔内险之人。他得到了老子的学问之后,容不得老子,表面上对老子谦恭,实则已经心怀叵测①。文中老子对弟子说孔子以后将不会再来，也不会再叫他先生，只叫他老头子，“背地里还要玩花样了”，就是对孔子的揭穿。文中孔子在老子面前表现得极为恭敬，礼节上毫无差池，这样的描写恰恰表现出孔子极深的城府，和典籍以及汉画像中胸襟博大的圣人形象迥然相异，所以《出关》在构思和写作中如果借鉴了汉画像的视觉形象的话，目的却是和汉画像决然不同，孔子表面上的谦谦有礼在文中成了虚伪的注脚。相对于对孔子的改编，《出关》塑造的老子和典籍及汉画中的老子形象出入不算太大，文中老子形象以“静”、“柔”为主，但是被“漫画化”，文章有五六处刻画老子的静态形象，用“呆木头”作喻体，使文字极具视觉效果。一开篇，老子毫无动静地枯坐着，好似一段呆木头。孔子再次拜访是三个月之后，“老子仍旧毫无动静的坐着，好像一段呆木头”。孔老说完话后，“大家都从此没有话，好像两段呆木头”。老子在函谷关前城墙边被人发现并遭喝止，“连忙勒住青牛，自己是一动也不动，好像一段呆木头”。老子讲学前“像一段呆木头似的坐在中央，沉默了一会”，才慢慢开口。老子讲完学之后，被送到厢房休息，“喝过几口白开水，就毫无动静的坐着，好像一段呆木头”。总之，老子“静穆”的形象在《出关》中被用“漫画”的笔法描成了“呆木头”的静态视觉形象。这个“呆木头”般毫无动静的老子，鲁迅把他“送出了关”。老子身着黄袍，一头白发，骑着青牛，带着装有关尹喜给的十五个饽饽和一包胡麻、一包盐的白口袋消失在黄昏里漫天的黄尘中。

2.《铸剑》与《荆轲刺秦》汉画像

前已提到嘉祥县武梁祠的历史故事画像中，有“荆轲刺秦”、“专诸刺王僚”、“聂政刺韩王”、“要离刺庆忌”、“豫让刺赵襄子”等刺客或者义士的故事，其中“荆轲刺秦王”的石刻画像尤为著名。《鲁迅藏画欣赏》图八即是武梁祠汉画像《荆轲刺秦》，鲁迅得到它的时间应是1915年5月，画面选取的是最紧张又最富有表现力的匕首刺中铜柱的一瞬间的情景。图当中有一立柱，已刺入一匕首，柱子左侧是荆轲，怒发冲冠，扬手跨步，欲向前冲，取秦王性命，被旁边一人拦腰抱住。立柱右侧的秦王，衣袖断落，惶急回首逃避。立柱下方右侧是装有樊於期头颅的方盒。秦王脚边是被吓得瘫软倒地的秦舞阳。画面中人物形象极为传神，荆轲的英勇无畏、秦王的狼狈惊惶、秦舞阳的怯懦胆小可谓表现得淋漓尽致。整个画面传达出极其紧张的气氛。

---

① 王学谦：《鲁迅为何改写老子和孔子？——从〈出关〉看鲁迅晚年心态的复杂性》，《文艺争鸣》2012年第5期。

图6　武梁祠汉画像《荆轲刺秦图》

写于1926年10月的《铸剑》表现的同是刺客的故事。眉间尺和黑色人复仇的传说和荆轲刺秦的历史故事在本质上有着相同的质素，两者皆是刺杀和复仇的题材，表现的都是百姓反抗强权暴政，以机智、勇敢、侠气和暴君正面交锋的故事。故事中的主人公荆轲和黑色人皆是胆略智慧超群的侠士，面见暴君的资格都是献上暴君想要的头颅，头颅的献出者都是舍生取义之人，为了达到复仇的大目标心甘情愿献出一己之生命。“荆轲刺秦”中的樊於期自杀，使得荆轲可以拿着他的首级面见秦王；眉间尺自知自己报仇无望而黑色人能替己复仇，果断割下了自己的头，以头颅和宝剑赠黑色人。复仇的手段皆是运用计谋，希望以智取胜。荆轲把匕首藏在献给秦王的燕国地图里，图穷匕首现时拿起匕首刺秦王。黑色人以万般奇妙的沸水头颅舞引大王伸颈观看，趁其不备割王头。二者都可谓设计巧妙。复仇的高潮部分都是紧张万分、惊心动魄。荆轲刺秦王，秦王惶急反抗，群臣慌乱。《铸剑》金鼎沸水中三头相战，激烈撕咬，群臣皆失色。复仇的最后是黑色人和荆轲都以身殉使命，黑色人和大王同归于尽，荆轲刺杀失败，死于大臣侍卫乱刀之下，两人皆是“壮士一去兮不复还”。《铸剑》和荆轲刺秦的故事一样，都是赞美了反抗暴政、以血还血的暴力复仇行为。唐代韩愈说过：“燕赵多慷慨悲歌之士”，赞美的就是荆轲、高渐离这样的舍生取义的豪侠之士。鲁迅在《且介亭杂文附集·女吊》中借明末王思任的“会稽乃报仇雪耻之乡，非藏垢纳污之地”赞美绍兴地区的复仇精神和复仇传统。这种复仇观的集中体现就在《铸剑》一文。

可见，这两个故事有众多鲜明的相同元素。在暗藏杀机的情节安排和紧张无比的场面气氛上尤为相似。且看《铸剑》中头颅厮杀的场面。王头落入沸鼎，与眉间尺头颅相遇，仇人狭路相见，格外眼红，王头刚一落水，眉间尺的头颅便迎上来，在他耳轮上狠咬一口，鼎中水即刻沸腾翻涌，澎湃有声。两头颅在水中死战。约二十回合，眉间尺不敌狡猾的王，被咬定不放，失声痛叫。王后众大臣之前看得神色凝结，这时也被惊骇得应声活动起来，皮肤上都起了栗。千钧一发之刻，黑色人从容劈下自己头颅，助眉间尺共战王头，头颅一入水，直奔王头咬其鼻子，王张嘴，眉间尺挣脱，转脸下使劲倒咬王下巴。两头咬住王头不放，全力上下撕扯，王头再也合不上嘴，失去了战斗力，于是黑色人和眉间尺如饿鸡啄米，一通乱咬，王头鳞伤遍布，四处乱滚，终于丧气。情节紧张之处，令人屏气凝神，一如荆轲投匕首，秦王急奔走的紧张气氛。在视觉审美效果上，《铸剑》呈现的峻急之美和《荆轲刺秦》一样使人过目不忘。无论是题材、故事情节、人物形象还是环境气氛，写于1926年10月的《铸剑》同鲁迅早在1915年5月得到的武梁祠画像《荆轲刺秦》之间存在极大的相似性，鲁迅在把一个古代眉间尺复仇的故事加以铺展和演绎的时候，具体情节的渲染需要借助极其丰富的想象力来完成，而来自汉石画像的直观、明了、扣人心弦的画面极可能成为其隐性的创作参考资源。

（三）鲁迅作品与汉画像的互文性解读

《故事新编》一共8篇，涉及的人物主要有女娲、后羿、嫦娥、大禹、伯夷叔齐、眉间尺、孔子老子、墨子、庄子等。鲁迅从众多的神话传说和历史故事中挑选出了这些原型加以艺术化处理作为小说人物。仔细考察这些人物和典故，可以发现其中女娲、后羿、嫦娥、孔子老子都是汉石画像中经常表现的人物形象，女娲伏羲造人、后羿射日、嫦娥奔月、孔老相见等故事均是鲁迅收藏的汉画像的重要表现内容。基于人物和故事素材的相同，可以把《故事新编》和鲁迅收藏的汉画像做一个互文性的阅读。这时，可以发现在鲁迅的作品中存在一种类似汉石画像的美感。

《故事新编》的《补天》一文中有这样一段描写："天边的血红的云彩里有一个光芒四射的太阳，如流动的金球包在荒古的熔岩中；那一边，却是一个生铁一般的冷而且白的月亮。然而伊并不理会谁是下去，和谁是上来。"①这段文字展示的画面充满了远古神话传说的色彩，是女娲一醒来看到的天空的瑰丽景象。太阳和月亮同时在天上，太阳光芒四射，像是一个流动的金色的球体，它在火红的云彩中的包围之中，就像包藏在荒古的熔岩里。作者把血红的云彩比作荒古时代的正在流动着的巨热的熔岩，太阳则像是流动在熔岩里的金球。在天的另

① 鲁迅：《补天》，见《鲁迅全集》（第2卷），人民文学出版社2005年版，第357页。

一边，月亮是白色的而且是冰冷的，像生铁一样的冷。一个巨热，一个阴冷，一个是光芒四射，像是在熔化在流动，一个则像是静态的凝固的金属，同处于宇宙间。文本中，人类的始祖女娲并不去关心太阳和月亮哪个上去，哪个下来。这是神话传说中女娲时代的天空，也是先民想象中的神秘宇宙中的景象。这幅画面中不仅有冷热的对比、动静的对比，也有色彩的冷暖的对比，色彩的冷暖比照更加重了冷热的效果，同时画面还存在着阴阳的调和，冷暖动静在视觉上形成对抗性力量的同时，也形成了调和性的力量。画面中的阴阳调和首先是表现在视觉意象太阳和太阴上，月亮就是太阴星。太阳和太阴共存于一个画面中，构成了阴阳平衡。

在鲁迅收藏的汉画像里也有日月同存题材的拓片，南阳汉画像石《日月同辉》中，左边的日轮内刻有阳乌，右边满月内刻有蟾蜍，日月之间有云气缭绕。其中蟾蜍象征月亮，阳乌自然代表太阳，两者共存于同一张画面上。鲁迅的收藏中有一张名叫《阳乌、星辰》的拓片，阳乌指代白天，星辰代表夜晚。此外，还有一张《一日正出、一日回归》的汉石画像。细心的读者可以发现《补天》中描写远古太阳、月亮的这一段和上面提到的几幅鲁迅收藏的汉画像之间存在相通之处。远古的太阳月亮分立两处天边，像极了蟾蜍、阳乌左右分布，中间云气缭绕的“日月同辉”之景。太阳月亮共存天边的视觉景象和汉画像中“日月同辉”的景观是一致的。文中说女娲并不理会太阳和月亮哪个上那个下，这很容易联想到那张《一日正出，一日回归》的拓片。值得注意的是，汉画像中关于神话传说的一类，多取自《山海经》《故事新编》中的诸多故事和人物形象，也是出自《山海经》。《山海经》是幼年鲁迅嗜读的书籍，对其影响深远。《山海经》的故事里，充盈着先民丰富瑰奇的想象力，汉画像和《故事新编》中的小说亦是如此。鲁迅喜欢收藏汉石刻画像，创作的作品里极多瑰丽奇妙的形象，其中应该有来自《山海经》的影响。

鲁迅作品中有很多瑰丽奇妙的形象，他收藏的汉画像中亦是如此。但是，研究二者之间的隐秘关系时，需要注意时间的考察。鲁迅收藏的神话传说一类的汉画像多来自南阳地区，南阳汉代画像石是在 20 世纪 20 年代才被考古学专家发现。据鲁迅的日记记载，他得到南阳汉画像的时间多在 1935 年和 1936 年，即多在鲁迅的晚年。分别是 1935 年 12 月 21 日，得杨廷宾寄来南阳汉石画像拓片65枚[①]；1936年1月28日，得杨廷宾寄来拓片50枚[②]；1936年4月9日，得南阳王正今寄来拓片49枚[③]；1936年8月17日，得王正朔寄来南阳汉石拓片67枚[④]。所以，研究鲁迅的作品和汉画像的关系时，需注意到鲁迅得到同题材或者形象的汉画像的时间可能远在写作文学作品之后，也缺乏直接的证据证明鲁迅在写作某些作品之前就以其他渠道（非收藏）接触到和作品同题材或同形象的汉画像。因此，研究时要慎用影响研究的方法，但是如果有证据证明汉画像对某些作品创作确实发生影响，那就另当别论。

四、鲁迅作品的视觉审美特性与比亚兹莱的插画

比亚兹莱是鲁迅十分喜爱的一位画家。鲁迅爱看他的画，收藏并出版了他的画册。那么这种喜爱是否投射进了鲁迅创作并在作品中有所表现呢？或者说在鲁迅作品中是否有着比亚兹莱的影响的痕迹？笔者认为比亚兹莱的插画艺术是鲁迅小说创作的隐性参考资源，并在鲁迅小说中有明显的表现。鲁迅作品的视觉审美与比亚兹莱的画作之间存在潜隐性的关系，是值得深入探讨的话题。

（一）鲁迅对比亚兹莱插画的欣赏和推介

鲁迅接触比亚兹莱的时间颇早，他的第一本关于比亚兹莱的藏书来自弟弟周作人，时间追溯至1913年。当时两兄弟几乎每星期都有书信往还，相互交流自己的读书生活和感受。“在鲁迅藏书库中发现有1912年德文版的Aubrey Beardsley一书，此书注有‘1913年3月9日，二弟所寄’。”[⑤]说明早在1913年鲁迅就已经关注到比亚兹莱了。10多年后，鲁迅又两次购买了比亚兹莱的传记。据《鲁迅日记》记载，第一次是1924年4月4日，鲁迅收到了之前向丸善书店订购的《比亚兹来传》一本，鲁迅书账记载花费一·五零元[⑥]。这是鲁迅的第二本比亚兹莱的藏书，书名为“Aubrey Beardsley”，鲁迅译成《比亚兹来传》，此书附

---

① 《鲁迅全集》（第16卷），人民文学出版社2005年版，第567页。

② 《鲁迅全集》（第16卷），人民文学出版社2005年版，第588页。

③ 《鲁迅全集》（第16卷），人民文学出版社2005年版，第601页。

④ 《鲁迅全集》（第16卷），人民文学出版社2005年版，第617页。

⑤ 徐霞：《“比亚兹莱”的中国旅程——鲁迅编〈比亚兹莱画选〉有关文化、翻译、艺术的问题》，《鲁迅研究月刊》2010年第7期。

⑥ 《鲁迅全集》（第15卷），人民文学出版社2005年版，第507页。

整页插图多幅，也是德文版[①]。第二次是 1925 年 10 月 6 日，《鲁迅日记》记载："往商务印书收版税泉五十，买《Art of Beardsley》二本，每本一元七角"[②]，该书共收图片 64 幅，可以说带有画传的特点[③]。10 月 9 日《鲁迅日记》又有寄"璇卿《Art of Beardsley》一本"的记录。就是说鲁迅 6 号上午从商务印书馆收过版税之后就买了两本《琵亚词侣图画集》，10 号又把其中的一本《Art of Beardsley》寄给了"璇卿"即鲁迅十分器重的绍兴籍画家陶元庆。

鲁迅不仅自己购买，欣赏，寄赠他人，而且还向广大读者播布。1929 年 4 月，他精心选印《比亚兹莱画选》，收录作品 12 幅，并为其画选撰写了千字小引《比亚兹莱画选小引》，列入《艺苑朝华》第 4 辑，由朝花社出版。这是一本制作极为精美的中文版比亚兹莱画册，其中包含了鲁迅的大量精力和心血，可见鲁迅对比亚兹莱的喜爱。在世人看来，比亚兹莱是一位带有唯美颓废色彩的画家，他的画也确实表现出唯美颓废的艺术倾向，但这并没有影响鲁迅向国人推介他。鲁迅赞赏的不是他的唯美颓废，而是看重了他画作所表现出来的强烈的线条、锐利的锋芒和审美冲击力。在 1929 年 1 月 12 日为《蕗谷虹儿画选》所写的"小引"中，鲁迅说比亚兹莱的画集一传入中国，"那锋利的刺戟力，就激动了多年沉静的神经"[④]。在鲁迅心目中，比亚兹莱强烈的线条和锐利的锋芒是神经沉静又疲弱的中国人所需要的，这才是鲁迅推介比亚兹莱的真正原因。

比亚兹莱是一位天才的画家，作品具有强烈的个性风格，深深撼动人们的精神。在其笔下，黏稠的黑色血液，带着惊悸的质感；从湖泊中伸出来的神秘的手持的宝剑，指向空虚和死寂；造型怪异的恶魔，面目狰狞邪恶；线条挺拔刚健的人体，表情里显露着内心的真实情绪；惊恐的张开嘴巴的头颅，带着对死亡的抵御和呼唤；极具毁灭力的爱和恨的表情以及死亡、复仇、颓废、绝望等都是比亚兹莱擅长的题材和主题。这些都给鲁迅留下了深刻的印象。而繁密的花朵，黑的沉寂的夜，夜里隐秘着狂喜的心情的恶魔，人物空洞或者圆睁的眼睛、邪恶的微笑……这些经常出现在比亚兹莱画作中的人物、场景、情绪、气氛，也时常出现在鲁迅创作中，表现出更为复杂的意蕴。

---

① 徐霞：《"比亚兹莱"的中国旅程——鲁迅编〈比亚兹莱画选〉有关文化、翻译、艺术的问题》，《鲁迅研究月刊》2010 年第 7 期。

② 《鲁迅全集》(第 15 卷)，人民文学出版社 2005 年版，第 586 页。

③ 徐霞：《"比亚兹莱"的中国旅程——鲁迅编〈比亚兹莱画选〉有关文化、翻译、艺术的问题》，《鲁迅研究月刊》2010 年第 7 期。

④ 《鲁迅全集》(第 7 卷)，人民文学出版社 2005 年版，第 342 页。

（二）鲁迅作品视觉审美和比亚兹莱插画的关系探析

比亚兹莱的插画对鲁迅创作的影响和启迪是多方面的，在不同时期各种体裁的作品中均有表现。《铸剑》和《白光》便是较为突出的两篇。笔者拟对两文的视觉审美效果和比亚兹莱插图之间的潜隐性关系进行考察。

1.《铸剑》与比亚兹莱的插画

《铸剑》是一篇关于复仇的小说。小说的写作是因为鲁迅在“五卅”惨案、女师大事件和“三·一八”惨案中目睹了暴虐和凶残，流血和牺牲，被激起的愤怒呼唤以血还血的复仇精神的到来。古代的传说故事挟裹着现实社会里的腥风血雨和恐怖黑暗，以一个严肃沉重又诡异荒诞的面目出现。文中眉间尺和黑色人复仇的手段是“以头换头”，眉间尺自刎其头送给黑色人，黑色人用眉间尺的头颅为大王表演沸水中头颅跳舞的戏法，趁其不备，割掉暴君的头颅，落入沸水中，于是金鼎滚水中眉间尺的头颅和暴君的头颅激烈撕咬，黑色人关键时刻亦刎首，助眉间尺的头颅一同咬死暴君的头颅，使其殒命，最终三头并葬。这种奇异、惨烈、诡异、极其震撼人心的复仇场景充满了瑰丽的想象力，有着强烈的视觉效果。小说的故事轮廓源自中国古代眉间尺的传说。这个传说在《列异传》以及《搜神记》等古籍中都有记载，《列异传》约200多字，《搜神记》较为细致，但内容大致相同。据《列异传》中记载：“遇客，欲为之报；乃刎首，将以奉楚王。客令镬煮之，头三日三夜跳不烂。王往观之，客以雄剑倚拟王，王头堕镬中；客又自刎。三头悉烂，不可分别，分葬之。”鲁迅在1936年2月17日写给徐懋庸的书信中说，《铸剑》的出典“其原文大约二三百字，我是只给铺排，没有改动的”[①]。那么，鲁迅在“铺排”中是否又“拿来”或者化用了其他资源呢？答案是肯定的。笔者认为颇受鲁迅激赏的比亚兹莱的插画是重要的影响源。或者说在鲁迅“铺排”想象中，比亚兹莱的某些插画曾经给他重要的启示。

（1）“画面”的相似

《铸剑》和比亚兹莱的插画之间存在很多共同质素。首先，《铸剑》中有些“画面”和比亚兹莱的插图画面十分相似。如眉间尺跟黑色人相遇，以头赠之这一段。眉间尺用青剑削去了自己的头颅，又将青剑交给黑色人。这时出现了这样一个视觉“画面”：黑色人“一手接剑，一手捏着头发，提起眉间尺的头来，对着那热的死掉的嘴唇，接吻两次，并且冷冷地尖利地笑”。这是颇怪异的场面，《列

① 《鲁迅全集》（第14卷），人民文学出版社2005年版，第30页。

异传》和《搜神记》中均没有相关的文字。鲁迅所写，与比亚兹莱的《莎乐美》系列插图中的《舞者的报酬》和《高潮》画面极为相似。在《舞者的报酬》（The Dancer's Reward，图7）中，莎乐美提着施洗者约翰被割下的头颅上的一缕头发，细细端详，好像在欣赏自己的杰作，但表情狰狞。这与《铸剑》所写黑色人"一手接剑，一手捏着头发，提起眉间尺的头来"的画面十分相似，而莎乐美狰狞的表情也让人想起黑色人"冷冷地尖利地笑"；而黑色人亲吻死者并尖笑的情景则与《高潮》（The Climax，图8）画面叠合。在《高潮》画面中，莎乐美捧着先知约翰滴血的头颅，瞪视着他的眼睛，将要亲吻他的嘴唇，莎乐美表情邪恶，流露着夙愿终偿的欣喜。这是比亚兹莱最具代表性的作品，鲁迅在编印《比亚兹莱画选》时收录了进去，是鲁迅从看过的几百幅插画中精心挑选出的12幅作品之一。可见鲁迅对这幅经典之作极为欣赏并且印象深刻，也许正是印象太深，所以在"铺排"《铸剑》细节时受到启迪，并在作品中出现了与之相似的艺术画面。

图7 《舞者的报酬》（The Dancer's Reward）

图8 《高潮》（The Climax）

此处有个问题引人思考：莎乐美亲吻约翰是因为她变态邪恶的爱，那么《铸剑》中黑色人又为什么要两次亲吻那热的嘴唇，还冷冷地尖利地笑呢？为什么他在眉间尺刎首之后的表现如此之阴冷，透着一股寒意？也许可以作出以下解释。第一，黑色人亲吻眉间尺的头颅，是出于爱，眉间尺自知自己已经无法为父报仇，黑色人愿意替自己复仇之后就果断自刎，拿头颅和宝剑赠黑色人，故黑色人接受他的头颅、宝剑并亲吻眉间尺，是接过复仇使命的一种庄重仪式。黑色人冷冷地尖利地笑，是看到了复仇希望的曙光，是自信复仇使命会在自己手中完成，而暴君终会被铲除。如果这种解释成立，那么那尖利的冷笑和莎乐美在亲吻情人的头颅时内心的欣喜有相同的成分，那就是复仇产生的快乐。莎乐美因为约翰一直拒绝她的爱而心生怨恨，而一再向希律王要求得到先知约翰的头颅，最终在亲吻约翰的头颅之后得到了"瞬间而永恒"的快乐，也是复仇的快乐。第二种解释是：黑色人和眉间尺实际是同一个人的不同阶段，性格优柔的眉间尺在自刎之后成为坚定果断的复仇者黑色人。眉间尺自杀，黑色人吻其头颅，眉间尺被林中饿狼顷刻间就撕皮、吞掉身体、舔舐干净的一幕幕是眉间尺完成蜕变的一个过程。依据这样的解释，就很好理解黑色人对眉间尺说的"我一向认识你"、"我一向认识你的父亲"、"你的就是我的，他也就是我。我的魂灵上是有这么多的，人我所加的伤，我已经憎恶了我自己！"这些话。而从最末一句话中亦可看出摒弃旧我、和旧我决裂、走向新我的决心。尤其是当黑色人说完"我已经憎恶了我自己"这段话后，紧接着就是眉间尺自断其头，前后衔接如此之紧密，宛若憎恶自身的话是眉间尺所言，黑色人和眉间尺在本质上是同一人的阅读感受更加强烈。当完成了蜕变之后，黑色人转身，在黑暗中向王城的方向扬长走去，并且声音尖利地唱起了歌。按照两人是同一人的假设，再来看黑色人亲吻眉间尺的头颅，就可以理解成这是与旧我彻底决裂、决心走向新我的一个告别过往的仪式，并且发出尖冷的笑声，乃是对于灵魂上有着太多"人我所加的伤"不能实现复仇的旧我的憎恶和嘲笑。亲吻死者头颅这样一种诡异的行为中隐藏着告别旧我的严肃用意。

总之，《铸剑》中的画面和莎乐美对约翰的死亡之吻一样在视觉效果上存在高度契合，都透着恶魔般的狰狞邪恶之美，有着沉迷和激情的热度，又因为头颅所蕴含的死亡指向，显示出死亡对亲吻者的神秘的吸引，最终，黑色人和莎乐美也都是走向了死亡。

(2)艺术氛围的吻合

《铸剑》和比亚兹莱的插图在画面所营造的艺术氛围上也有吻合之处。莎乐美亲吻约翰滴血的头颅和黑色人亲吻眉间尺的画面均非符合生活逻辑的写实场景，也非一般的夸张渲染，作者借这变态、怪诞的情景营造了神秘诡异而又阴森冷冽的艺术氛围，令人毛骨悚然。《舞者的报酬》触目惊心且血腥邪恶。莎乐美像欣赏杰作一样看着约翰的头颅，狰狞的表情使人窥见她邪恶变态的内心。她身着由形状诡异的玫瑰点缀的长衣，头发像鱼鳞一样堆积。约翰黑色的鲜血像浓胶一般从托盘上滴下，现出黏稠的质地。他的双眼紧闭，嘴唇惊恐地张开，头发凌乱，缕缕散落如接连下坠的鲜血。可以看出，比亚兹莱在这里要表现的是一种类似于波德莱尔在《恶之花》中所追求的“恶魔的美”的效果。在《高潮》(The Climax)画面中,约翰的头颅滴着鲜血,滴成长长的绸带状的模样,鲜血汇在地上开出了一朵挺立的百合花,莎乐美腾空而起,头发诡异地飞扬如灵蛇,其身后是密集的泡沫似的图案,又像孔雀羽毛般魅惑的眼睛,象征莎乐美疯狂的欲望。约翰的面容现出死亡的恐怖和阴冷,整个画面诡异邪恶、冷气袭人。

《铸剑》的许多情景中也缭绕着这种诡异冷冽的气氛。比如复仇使命交接时,黑色人两次亲吻眉间尺“热的死掉的嘴唇”以及“冷冷地尖利地笑”的情景,黑色人像亦庄亦邪的幽灵,眼光面向“无物”舞蹈且唱着尖利的歌曲的情景,眉间尺的头颅带着狡黠魅惑的笑容在沸水中悠游舞蹈的情景,还有三头激战、追逐撕咬,最后皮肉消失、唯剩白花花头骨的情景,都诡异阴冷,令人毛骨悚然。可以想见,鲁迅构思这些情景时,或许比亚兹莱的作品中那些相同气氛会如缭绕上升的烟雾一般弥散,给他以灵感,遂在想象中将那些模糊又清晰的视觉画面转化成文字,而又复原了相似的艺术氛围。

感受到两种不同艺术形式所传递的相似的艺术氛围,有理由相信,《铸剑》中那些诡异冷冽气氛的形成,是鲁迅长期浸染了比亚兹莱画风的结果。

(3)“诱惑—复仇”的模式

再次,《莎乐美》系列插图和《铸剑》中都存在“诱惑—复仇”的模式。莎乐美迷恋约翰,却一再遭到拒绝,她由爱生恨,为达到目的,她答应希律王再三让她跳舞的请求,条件是割下约翰的头颅。她美艳的身体披着七层纱,赤着脚在血泊中跳完魅惑无比的舞蹈,希律王遵守诺言,让士兵割下约翰的头,装在银盘中送给莎乐美。莎乐美如愿以偿,捧着血淋淋的头颅说道:“哼,我还活着,可你却死掉了,你的脑袋归了我。我可以拿它任意处置。扔它去喂狗,扔它去喂天上的鸟儿。或者把狗吃剩的再给天上的鸟儿……啊,约翰,约翰,在男人之中你是我唯一爱过的人!”①莎乐美希冀得到约翰的头是因爱不得而产

图9 《莎乐美之舞》(The Stomach Dance)

① [德]王尔德:《莎乐美道林·格雷的画像》,孙法理译,译林出版社1998年版,第42页。

生的变态的复仇行为，而充满诱惑的舞蹈则是实现复仇的手段。比亚兹莱的《莎乐美之舞》或者《肚皮舞》(The Stomach Dance，图9)表现的就是这段魅惑的舞蹈。画面分为两部分，下方是恶魔样子的弦乐手，乐手羽毛般的头发向上飞扬；上方是瞪着眼睛的莎乐美，头发上生出怪异的花朵和绒毛，袒胸露腹，衣袖飘扬，一圈玫瑰花组成漩涡状，传达出腹部的律动和舞姿的曼妙。莎乐美的足下是大片的黑色，隐喻的是阴谋和血腥，脚踝上圈满一串长长的花朵，却又将邪恶装点的十分艳丽诱人。画面中的莎乐美表情中透着邪恶，像个美丽的女巫一般既让人不安而又充满诱惑。这正是波德莱尔努力营造的"恶魔的美"的艺术效果。

《铸剑》中同样存在"诱惑—复仇"的模式，而且手段有些相似——舞蹈，即黑色人以眉间尺充满诱惑的头颅之舞为手段达到了复仇目的。更进一步说，眉间尺的头颅之舞和比亚兹莱的《莎乐美之舞》一样传达出迷人的诱惑，在诱惑外衣背后隐藏着强烈的复仇欲望。只不过，在比亚兹莱那里是以舞换取头，先跳舞后割头；而在鲁迅笔下则是先割头后舞蹈，但以舞蹈为诱惑达到复仇的目的是相同的。就像比亚兹莱淋漓地展示了魅惑的舞蹈一样，鲁迅也放开笔墨书写了怪异的头颅之舞。宫殿外摆好了注满水的大金鼎，金鼎下生起了火，黑色人看炭火变红，打开包袱"两手捧出孩子的头来，高高举起。那头是秀眉长眼，皓齿红唇；脸带笑容；头发蓬松，正如青烟一阵"。黑色人捧着头颅转了一圈，松手，头颅坠水，水花四起，待水沸炭旺，黑色人伸手向天，"眼光向着无物"，舞蹈歌起，于是，鼎口涌起像小山一样的水，整体不停地回旋。头颅跟着水"上上下下，转着圈子，一面又滴溜溜自己翻筋斗，人们还可以隐约看见他玩得高兴的笑容"。忽而逆水游泳，打旋加穿梭，激起一片热雨。黑色人歌止，头颅亦顿住，"面向王殿，颜色转成端庄"①，十余秒后，又上下慢慢抖动、起伏游泳，"但不很快，态度很雍容"，绕水游过三圈，"忽然睁大眼睛，漆黑的眼珠显得格外精采"，也唱起玄妙的歌来。忽然头颅停在水的尖端，翻跟斗，上下升降，"眼珠向着左右瞥视，十分秀媚"，开口又歌，唱完之后，眉间尺的头颅表演行将结束，等待复仇时刻的到来。歌声消了，涌起的水落了，大王等得不耐烦了，黑色人骗大王去看鼎底的团圆舞，王伸头去看，只见静水中眉间尺的头颅仰面躺着，两眼正看着他呢！"待到王的眼光射到他脸上时，他便嫣然一笑"②，王觉得似曾相识，惊疑之时，黑衣人剑起，大王人头落鼎，和眉间尺头颅在水中展开激战。

①② 鲁迅：《故事新编》，见《鲁迅全集》(第2卷)，人民文学出版社2005年版，第445~447页。

这段文字极其细致地刻画眉间尺头颅的动作和表情。眉间尺的表演十分卖力,花样迭出,表情也极尽魅惑。那头颅是秀美长眼,皓齿红唇,面带笑容,表情时而端庄,时而雍容,眼神忽而格外有神采,忽而十分秀媚,最后对着王嫣然一笑:这分明是在竭力地吸引大王。这段头颅之舞妖媚诱惑,包藏复仇的心机,和莎乐美所跳七层纱舞之间有共通的东西。动感的舞蹈抓紧了国王的眼球,舞者的复仇就要实现,暴虐的国王的头颅或者拒绝自己爱情的约翰的头颅就要得到了,舞动的眉间尺和莎乐美的内心充满了隐秘的狂喜。无论眉间尺的头颅之舞还是莎乐美的以舞蹈换取头颅,都表现得酣畅淋漓,既阴冷邪恶,又刻画细腻逼真,美艳动人。

"头颅之舞"和"三头相战"的原型在《列异传》中有所记载,但是十分简略,只有"客令镬煮之,头三日三夜跳不烂。王往观之,客以雄剑倚拟王,王头堕镬中;客又自刎。三头悉烂,不可分别"这样简单的情节描写。而鲁迅在《铸剑》里用大量的篇幅,浓墨重彩地来"铺排",并将其纳入"诱惑—复仇"的模式,使复仇场景极尽其详,精彩异常,推动情节一步步走向高潮。作品表现出汪洋恣肆的想象力和颠覆常规、反抗传统的美学色彩,诡异妖艳,撼动神经。比照小说《铸剑》和比亚兹莱的插画,感受其间的诸多相同,自然会联想揣度:鲁迅"铺排"的那些怪异、瑰丽的想象,如果不是凭空而来,那么比亚兹莱——这位鲁迅极为喜爱的小说插画家的插图极可能潜在地影响了鲁迅的艺术想象,而且这种影响力不可小觑。

《铸剑》原稿写于1926年10月,1927年4月3日修改完成①。在此之前,鲁迅已经大量接触比亚兹莱的插画和莎乐美的故事。尤其是1924年、1925年和1926年3年期间,鲁迅接触了比亚兹莱的许多画作和关于莎乐美的各种艺术形式比如剧本、电影和绘画,并对其中一些内容极为喜爱。鲁迅接触莎乐美故事的渠道是多方面的,王尔德的剧本、比亚兹莱的系列插画、影院放映的电影等都是接触渠道。1924年4月12日,鲁迅曾经到平安电影公司观看过电影《萨罗美》(即《莎乐美》,根据王尔德小说改编的电影,美国联艺电影公司1922年出品)②。因为众多媒介的作用,莎乐美的故事在20年代的中国已广为人知。多种媒介形成合力,激发了兴趣,也加深了印象。但就《铸剑》的创作而言,似乎比亚兹莱的插画对鲁迅的影响更为直接和深刻。

---

① 《鲁迅全集》(第16卷),人民文学出版社2005年版,第16页。

② 《鲁迅全集》(第15卷),人民文学出版社2005年版,第510页。

2.《白光》与比亚兹莱的插图

《白光》中因十六次落榜而变得神经错乱的陈士成追随一团神秘的白光，这片白光诱惑着他掘地寻宝，直至丧命。开始白光如团扇，摇摇摆摆闪在房里，后又分明的从地上起来，比硫磺火更加白净，比朝雾更加霏微。白光引导着陈士成在寂静的黑夜里掘地锄土，摸索着挖出了一个骇人的笑吟吟的下巴骨。白光又引诱着惊恐的陈士成奔向城外三十五里的西高峰，最后丧命万流湖。这篇小说明显带着安特莱夫式的“阴冷”，不禁让人想起比亚兹莱笔下的一些情景。

比亚兹莱的画面中多的是白色的月亮、骇人的骷髅，诡异的笑容。那月亮有时是王尔德的笔下《莎乐美》中的月亮。希罗底的侍从这样描绘它：“噢！月色多么怪异。你会认为这就像一个死去的女人，伸手找寻她的裹尸布。”比亚兹莱的白月亮中有时就会浮现出一个诡异的人脸，诱惑又恐怖。《白光》中的月光也是出没得神秘诡异。月亮对陈士成注下寒冷的波光来，当初不过是像新磨出的一面铁镜子，而这面镜子却“诡秘的照透了”他的全身，在他身上映出“铁的月亮的影”，阴森、凄冷一如陈士成的心境。

陈士成幻觉中出现的白光像是比亚兹莱画面中来自于死神的蛊惑和呼唤。在《亚瑟王之死》的一幅插图中，那从湖泊中伸出一柄剑和握剑的一只手，像是在传达死神的旨意，湖边的人向它招手，两者之间似乎有着隐秘的问答和默契。陈士成和他追随的白光也是如此，白光，像功名利禄的美好幻影，又像可以解脱一切的死亡的诱惑的笑，白光最终把他引向了山巅，引向了湖泊，引向了死神。陈士成费心尽力怀着巨大的期望挖出的古怪东西，拿到灯下细看，斑斑驳驳烂骨头一般，还带着零落不全的一排牙齿，他终于想到那也许是个下巴骨。在幻觉中，那下巴骨也就在手里“索索的动弹起来”，甚至还“笑吟吟的显出笑影”。这样骇人的骷髅骨在灯火辉煌的夜里发着恐怖的嘲笑，“异乎寻常的怕人”。这个诡异的笑吟吟的笑影里不止有陈士成幻觉里出现的“这回又完了吧”的嘲笑成分，它的出现还是对陈士成死亡的预示。同时，下巴骨也是在像死神一样正对着陈士成发出引诱，死神喜欢用包藏祸心的笑容引诱它的猎物。这样的内容在比亚兹莱的画作中经常出现，表现来自死神的呼唤是构成比亚兹莱作品诡异气氛的关键之一。

图10　《亚瑟王之死》插图之一

这些相似的视觉意象出现在《白光》里，使得整篇小说的气氛阴冷、诡异，凄惨，身心都浸透在其中的陈士成，形象既可憎可悲又可怜，作者表现了他的利欲熏心、对功名利禄的疯狂追逐和迷失，也流露出作者对他的悲悯之意。那道作者用来隐喻的功名利禄的白光，在给予穷途末路的陈士成以仅存的一线希望的同时，也像死神一样亲手给他披上了死亡的外衣。和孔乙己的时代一样，封建科举许诺给投身它的少数被选中者以富贵功名、锦绣前程，它像是一个巨大的希望支撑着陈士成参加了十六次科举考试，这是他们的生存所赖以的希望。但同时，对于陈士成和孔乙己之类来说，它又是一个可怕的致人死命的陷阱，一旦踏进去了，生命也就被它吸进去，大半生穷困潦倒，受人嘲笑白眼。这所谓的“希望”成为可笑又可怕之物，甚至是死神伸过来的抓人的手。希望不是拯救人的力量，反而是能带来“绝望”的诱惑，是通往“绝望”的骗人的路。在更广阔的层面上来思考这个问题，会发现这其实是对“人”的一种生存状态的书写。在某些人生里，希望是虚妄的，它是一道白光，吸引着人，使人怎么都不放弃对它的追逐，但是，它吸引你所去的地方却是可怕之地，人正是被它所吸引着，也才走过了生命里的这许多道路。这是对“人”的“存在”的一个隐喻。小说命名为“白光”，作者用这道神秘莫测的触动视觉和心灵的光源引导读者抵达更深一层的思考。象征“希望”的白光指向的是“死亡”，死亡所昭示的思考最终指向的是生存的本身：存在的黑暗，或者存在的虚无。

“死亡”是比亚兹莱经常表现的内容，这或许和他短暂的人生和患病的经历有关。比亚兹莱只活了26岁，7岁时就被诊断出患有肺结核，死亡的阴影笼罩着他的人生。他经常因为剧烈的咳嗽而肺部出血，在他有限的生命里，死神一直逼视着他，他把心血都倾洒在了笔下坚定的黑白的线条里，好像末日前的狂欢，绝望中的舞蹈。他患病的身体非常虚弱，创作的激情维持着他的生命，对于艺术他有着非凡的耐心和狂热的追求。在他的笔下，有复杂精致的构图、流畅细腻的线条、繁复细碎的装饰，细节的处理可见用心的程度非同一般。艺术点燃他激情的同时，也燃烧着他的生命，即使贫病交加中，只要他能握住笔，就会一直地画下去，直到1898年3月16日在一家法国的小旅馆中逝去。鲁迅在《比亚兹莱画选》小引中说他是个有理智的人，画他所“思想”的事物，即使终日都与药炉为伴，他还能驾御自己的神经和情感，并且说“他的理智是如此的强健”，可见鲁迅对比亚兹莱的赞赏。

3. 鲁迅作品与比亚兹莱插图的“恶魔之美”

在这篇小引中，尤其值得注意的是鲁迅针对比亚兹莱的作品提出的“恶魔的美"的观点。"比亚兹莱是个讽刺家,他只能如 Baudelaire 描写地狱,没有指出一点现代的天堂底反映","有时他的作品达到纯粹的美,但这是恶魔的美,而常有罪恶底自觉,罪恶首受美而变形又复被美所暴露"[①],这种"恶魔的美"是颓废主义开出的花朵。颓废主义的思想是独特而深刻的,最早表现在法国诗人波德莱尔的象征主义诗歌创作里。波德莱尔认为"丑恶经过艺术的表现化而为美,带有韵律和节奏的痛苦使精神充满了一种平静的快乐"[②],《恶之花》的法文原意就是"病态的花朵",宣扬的是要"发掘恶中之美",表现"恶中的精神骚动",掘出一个丑恶的真实的地狱,揭示出心灵的病态与阴暗,这病态的花朵就是从丑恶和悲哀中提炼出的美。颓废主义和象征主义是开启西方现代主义文学的重要思潮,有力地影响了世界文学的发展。

鲁迅和比亚兹莱的创作都曾受到波德莱尔的影响。比亚兹莱的创作直接秉承了波德莱尔的美学思想和风格,《莎乐美》系列插图便是突出表现;鲁迅创作中的集中表现是《野草》,而《铸剑》和《白光》则是《野草》之外的一个个案。也就是说,鲁迅与比亚兹莱都接受了波德莱尔的影响,相同的影响源是鲁迅喜爱并接受比亚兹莱的重要原因。而《铸剑》等文的创作,从"远缘"上说,受波德莱尔"恶之美"的影响,但就近而言,则是受到了比亚兹莱插画的影响。

秉承了波德莱尔风格的比亚兹莱极大地影响了 20 年代的中国文坛,闻一多、田汉、郭沫若、郁达夫、邵洵美等无一不在接触了他的作品之后喜爱上他,在他们的文学创作中可以清晰地寻觅到来自比亚兹莱的影响。而最早接触他的鲁迅也是其中的一员,只是比亚兹莱对他创作的影响表现得更为隐秘、微妙和复杂,以更加难以把握的形态出现在他的作品里,单在文本的视觉审美这一块就表现出了这种隐蔽性和潜在性影响的存在。

五、鲁迅作品视觉审美特性成因

鲁迅的作品呈现出极强的视觉审美效果,其间充满了丰富的色彩之美和光影之美。同时,鲁迅的作品在视觉审美上还呈现出空白的余裕之美、线描的简约之美、连环画面的动态之美和刻画人物尽显神韵的传神之美。这些视觉审美

---

① 《鲁迅全集》(第 7 卷),人民文学出版社 2005 年版,第 356 页。

② [法]波德莱尔:《波德莱尔论泰奥菲尔·戈蒂耶》,郭宏安译,见《波德莱尔美学论文选》,人民文学出版社 1987 年版,第 85 页。

效果的出现和鲁迅长期受美术的影响有关，鲁迅在文学创作中采用了与美术技法理论相通的艺术手法。某些美术的精神气质也影响了鲁迅的文学创作，鲁迅作品崇尚战斗之美、力量之美、自由之美、天然之美的精神品格和许多美术门类的精神气质是相通的。

（一）鲁迅的美术素养与色彩光影书写

1. 鲁迅作品的色彩世界和美术素养联系密切

鲁迅的作品富于视觉审美的一个重要原因是作品中存在着一个丰富的色彩世界，以黑白为主，兼具缤纷，这个色彩世界的形成和鲁迅的美术素养、美术积淀有着内在的联系。同时，这个色彩世界是主观化了的色彩世界，充满着“鲁迅的光与色”，就是说，作品中的色彩浸入了作者的主观情感，故而色彩表现出强烈的精神气质。色彩一经主观化使得作品的视觉审美效果进一步增强，这是鲁迅的作品具有视觉审美特性的又一个重要原因，也是和鲁迅的美术修养相联系的。

鲁迅笔下的文学世界就主体而言是一个黑白世界。探索形成这个黑白世界的成因，可以找到诸如鲁迅的人生经历、精神气质、个人复杂深刻的生命体验、作品沉重的表现主题、国民的灰色性格、时代的低沉气压、民众严酷的生存状态、鲁迅喜欢夜间写作的创作习惯等等一系列的影响因素。但是，除了上述原因之外，鲁迅喜欢黑白的审美趣味以及鲁迅的美术素养、美术积淀也是极为重要的影响因素。

追溯形成作品黑白世界的美术源头可以找到鲁迅大量接触的那些美术种类。线描的明清小说绣像、中国的传统水墨画，尤其是黑白大写意山水、汉代石刻画像、传统木刻、现代木刻、比亚兹莱的插图绘画等这些和鲁迅的人生发生密切关联的美术种类都是黑白的世界。来自美术的长期视觉冲击和视觉影响极可能会潜移默化地对文学创作产生影响。所以鲁迅的笔下有那么丰富的黑色、白色组成的视觉世界，凭借黑白所独有的简约、厚重、震撼和力量之美呈现出极富魅力的视觉审美效果。

当然鲁迅的文学世界不独黑白二色，而是有着斑斓的色彩。鲁迅有着高度的色彩感，对色彩的感知、捕捉、再现和表现有着高超的本领。追溯形成鲁迅笔下色彩斑斓画面的艺术源头时，会寻到中国传统的工笔重彩绘画、灿烂的唐佛画、色彩丰富的年画、日本的浮世绘等风俗画、鲁迅收集的各个国家的色彩鲜艳的明信片、现代美术中的印象主义油画和表现主义油画等艺术。这些都是鲁迅曾经重点关注过并且和他发生了精神联系的美术种类。

中外美术的色彩观在一定程度上影响了"鲁迅的光与色"的形成。中国的重彩绘画挣脱了事物固有的色彩，而代之以画家感情中酝酿的色彩。受中国和日本绘画影响的西方印象主义绘画倡导走出画室，描绘自然光线下事物在瞬间呈现的色彩，创造出印象主义的"光与色"。和印象主义紧密联系的后印象主义绘画或者表现主义绘画，它的色彩更是奋力挣脱客观对象的色彩束缚，力求色彩表现出画家强烈的主观情感。鲁迅文本中的很多色彩明显吻合上述这些美术流派的色彩观，它们是浸透了鲁迅情感之后的主观化了的色彩，是有着鲜明鲁迅气质的个人化了的色彩，可以称之为"鲁迅的光与色"。这些光影和色彩组合成文本中瑰丽无比的视觉世界：冬天有血红宝珠山茶、白中隐青的梅花、深黄磬口腊梅花和冷绿杂草的江南雪野，沿山阴道旁澄碧的小河里镶着日光，闪着水银色焰，并游鱼浮藻一同荡漾摇动的诸物倒影，上下四旁皆青白的冰谷，颜色瑰丽似红珊瑚枝的"死火"，上升如铁线蛇的黑烟，弥漫太空，旋转而且升腾，在日光下灿烂地生光的朔方的雪花……

2. 鲁迅作品的光影世界和美术素养紧密相关

鲁迅的作品呈现出极强的视觉审美效果，这和作品中有大量的光影书写是分不开的。鲁迅在作品中有时直接描写光线的变化，有时将事物置于光影中去表现，这些和光影有关的文字在鲁迅作品中大量出现。鲁迅喜爱光影书写和他的美术素养之间有着极为密切的关系。对美术的熟悉和精深的造诣给了鲁迅一双敏锐捕捉光影变幻的慧眼。

(1)作品中有丰富的光影和明暗变化

鲁迅对光影极为敏感，喜欢在小说中表现光影的变化。小说《明天》《白光》《肥皂》中有极为丰富的光线的变化。光线的变化有时贯穿全文，比如小说《明天》以光线的变化表现时间和故事情节的推进，以及人物命运的变化。小说一开始就是深夜，作者以一副《慈母守幼图》展开单四嫂子和她幼儿的悲剧。单四嫂子抱着宝儿坐在床沿上，纺车在地上静静地立着。黑沉的灯光照着宝儿的脸。夏天夜短，很快"东方已经发白；不一会，窗缝里透进了银白色的曙光"，但是单四嫂子在等待中却觉得时间缓慢非常，"现在居然明亮了；天的明亮，压倒了灯光"。作者在这里用了"居然"一词，正是强调单四嫂子在黑的夜里浸得长久，突显等待的漫长。单四嫂子带宝儿问诊买药回来的路上，"太阳早出了"，宝儿吃过药，已经是午后，下午宝儿的病情加重，最终没了呼吸。帮忙的人都离去后，前一晚的单四嫂子守护幼儿的情景再次呈现，纺车还是在旁边静静地立着，只是宝儿已死。画面弥漫空虚之感。单四嫂子“张着眼”，又是一夜未眠。许久，“鸡也叫了；东方渐渐发白，窗缝里透进了银白色的曙光。银白的曙光又渐渐显出绯红，太阳光接着照到屋脊”。安葬了宝儿，招待过了吃饭的人，“太阳渐渐显出要落山的颜色”，所有的人都走了，单四嫂子点上灯火，纺车静静地立着，这个多次出现的纺车的形象尽显空虚、寂静之意，失去了宝儿和依靠的单四嫂子感觉到屋子的“静和大和空虚”，哭泣后朦胧地睡去。小说最后，还是以静的夜作结：鲁镇完全落在寂静里，“只有那暗夜为想变成明天，却仍在这寂静里奔波”，暗夜在寂静里奔波，暗示的是时间的流逝和人物命运的前路未卜。

在小说《白光》中，作者直接借助白光这个形象来表现人物的心理。随着人物的精神一步步失控，人物眼中的“白光”也随之变化。当初的月亮“不过像是一面新磨的铁镜罢了”，现在陈士成却觉得这面镜子照透了自己的全身，在身上映出“铁的月亮的影”，十六次落榜后的陈士成眼中的月亮如同冰冷的铁，一股寒凉之气浸透身心。这光在陈士成的眼中先是铁的严酷的，后来又成了诱惑和催逼，“铁的光罩住了陈士成，又软软的来劝他了”，“白光如一柄白团扇，摇摇摆摆的闪起在他房里了”。他狮子似的扑过去，却不见了白光的影踪，再定睛看时白光又起来了，“这回更广大，比硫黄火更白净，比朝雾更霏微”，他被白光所引诱，在书桌下挖出了骇人的下巴骨，被惊吓得躲到檐下阴影里才觉得安全。最后，追逐白光的陈士成朝离城三十五里的西高峰奔去，因为他看到月亮向那隐去，西高峰周围“放出浩大闪烁的白光”来，陈士成追逐而去，最后葬身在万流湖里。小说中的“白光”的形象是不断变化的，从“镜子”到“白团扇”，后来“比硫火更白净，比朝雾更霏微”，最后“浩大闪烁”。就是说白光的亮度越来越明，范围越来越浩大，当然这是在陈士成眼中的变化。作者用这种视觉变化表现希望层层破灭中的陈士成对财富越来越疯狂的追逐和自我迷失，人物形象的可悲可憎可怜步步凸现。

以光线的变化表现时间的流逝、人物心理的变化，以及烘托小说气氛，在鲁迅的文章中俯拾皆是。《肥皂》中四太太听四铭讲完孝女的故事，“昏黄只显得浓密，已经是晚饭时候了”。四铭起身踱步，“不多久，那唯一的盆景万年青的阔叶又已消失在昏暗中，破絮一般的白云间闪出星点，黑夜就从此开头”。文中说四铭在这时候，不由得感奋起来，生出和“坏学生和恶社会”宣战的“勇猛意气”。可见此处对光影明暗的描写有着隐喻般的意义。一个虚伪顽固的卫道士的形象再次加深。小说最后，四铭因为觉得周围的人都不能理解自己卫道的“苦心”，“感伤”于“世风日下”和“人心不古”，“内心很有些悲伤”。他又去庭院踱步,“他看见一地月光,仿佛满铺了无缝的白纱,玉盘似的月亮现在白云间”。四铭在这样的情境下感到没有知音、不被理解、孤身一人捍卫封建道德的孤苦伶仃。再有,光影的描写也贯穿了《祝福》的全文,开篇说就连鲁镇的天空也显出了新年将到的气象。“灰白色的沉重的晚云中间时时发出闪光”,到下午时,“天气愈阴暗了”,下起雪来,雪花漫天飞舞。傍晚时,我听到了祥林嫂死去的消息。“冬季日短,又是雪天,夜色早已笼罩了全市镇。人们都在灯下匆忙”。“我”独自坐在发着黄光的油灯下,回忆起祥林嫂的半生事迹片段。祥林嫂悲苦的人生便在这种阴沉雪天的气氛中展开在读者的面前。浸在回忆中的“我”被爆竹声所惊醒,“看见豆一般大的黄色的灯火光”,连绵的爆竹声和飞舞的雪花拥抱了整个沉在“祝福”中的鲁镇。《风波》中,也是以“临河的土场上,太阳渐渐的收了他通黄的光线了”开始小说的叙述,中有“太阳收尽了他最末的光线了”,承接上文,表现故事时间的流逝,烘托作品气氛。光影的流转中潜藏的是人物命运的变化。

鲁迅作品中的光影是丰富的,太阳光、月光、长明灯、剑气青光、波光倒影、无量红影等等都有出现。《长明灯》和《白光》一样,直接以“光”这一富有视觉效果的形象作为小说中最重要的意象。小说最后,想熄掉长明灯的“疯子”被封建秩序的守护者们关起来了,“暮色下来,绿莹莹的长明灯更其分明地照出神殿,神龛,而且照到院子,照到木栅里的昏暗”。长明灯的形象成为统治百姓的封建势力和秩序的象征。从梁武帝时点起就未曾熄灭过,暗示黑暗封建统治的漫长和强大。与之相对照的是“疯子”眼中射出的光:疯子浓眉下的大眼睛中,“略带些异样的光闪”,看人时许多工夫不眨眼,总含着悲愤疑惧的神情:“他两眼更发出闪闪的光来,钉一般看定阔亭的眼。”这是反抗封建统治的战斗精神的光芒,和《孤独者》中魏连殳眼中的光芒是一样的。“我”初见魏连殳,他瘦削短小,发与须眉占了脸的小半部分,“只见两眼在黑气里发光”。在他祖母的葬礼上,开始魏连殳始终没掉一滴泪,只是坐在草荐上,“两眼在黑气里闪闪地发光”。《铸剑》中有色如桃花的红光和充塞宇内的青光,宝剑出炉,哗啦升起一道白气,白气升到天半变成白云,罩住处所,“渐渐现出绯红颜色,映得一切都如桃花”,在炉中躺着的是通红的两把剑,宝剑经华井水滴注,转成青色,七日七夜之后,炉中剑已成“纯青”“透明”的“两条冰”。星月和松明都黯然失色,“惟有青光充塞宇内”,宝剑溶在青光中,看去像虚无。《好的故事》中,“我”忆及行船经山阴道时看到的美景,两岸美好的景致都倒影在河中,“随着每一打桨,各各夹带了闪烁的日光”,并萍藻游鱼同荡漾。河中的各种倒影的边缘“参差如夏云头,镶着日光,发出水银色焰”。一丈红的影子在水里面浮动,茅屋、狗、塔、村女、云等等的影子也都在水里浮动着。大红花的影子被拉长像是红锦带,斑红花影也碎散伸展和塔、村女、狗、茅屋、云的影子织在一起,日光、波光和倒影组成美好的景致。更为瑰丽奇妙的光出现在《死火》里,高大的冰山上下四旁冰冷青白。“而一切青白冰上,却有红影无数,纠结如珊瑚网。”“我”的脚下是死火,死火映着冰的四壁,化成无量数影,把这冰谷映成红珊瑚色。”

(2)光影书写和长期的美术浸染紧密相关

鲁迅在文学作品中喜爱书写光影和明暗的变化,这和他长期沉浸在美术世界中接受美术潜移默化的影响有一定的关系。西方绘画表现立体感的重要方法是明暗造型法。很多优秀的美术作品显示出画家创作时运用明暗的精深造诣。事物因光而产生明暗的变化,明暗和事物的色彩、画家的主体精神结合为一,是极为重要的美术语言。

鲁迅表现事物时,喜欢把事物放置在光影中去表现,文本因此呈现出特殊的视觉审美效果。这样的写作技巧亦同鲁迅极为熟悉西方印象主义绘画有关。西方的印象主义绘画尤为重视光线的变化,画家们对光的变化高度敏感。此派画家认识到一切色彩皆产生于光,色的变化源于光的变化。因此,他们走出画室,观察沐浴在自然光线下的景物,努力描绘在自然光下事物于某一个瞬间呈现出的色彩。鲁迅亦是经常将事物置于光影中去表现。在《雪》一文中,作者描写了两种不同的雪,滋润美艳的江南之雪和如飞如沙的北方之雪,作者偏爱的是后者。鲁迅将朔方的雪放置在日光之中,那旋风忽来便“在日光中灿灿地生光”,蓬勃纷飞,使整个太空也旋转升腾起来的朔方的雪,是孤独地战斗着的战士。置于光影中的事物因为这光影的存在,更加突显了主体的精神。

长期浸染于美术使得鲁迅对光影格外敏感。夜间写作时,唯有光影相伴,更容易在伟大的孤独中感知光影的变幻,当无数个黑夜与清晨之间光影的流转成为生命体验之后,鲁迅笔下出现如此之多的光影描写,便不难理解了。鲁迅有常在夜间写作的习惯。萧红在《回忆鲁迅先生》中写到鲁迅在下半夜时开始工作,全楼寂静,没有一丝声音,鲁迅坐到书桌边,在绿色的台灯下开始写文章。“有时许先生醒了,看着玻璃窗白萨萨的了”,“先生的背影是灰黑色的,仍旧坐在那里”,“先生刚一睡下,太阳就高起来了”,“照着隔院子的人家,明亮亮的”。夜间写作,唯有灯光和影子相伴。在这个过程中,窗外由夜色逐渐加深到光明一点一点到来,有着丰富的光影变化,这或许成为鲁迅的生命体验,投射进了作品中。因为鲁迅在安静地思考时常会注意到事物的微妙变化。《一觉》中,窗外的白杨嫩叶在日光下发着乌金色的光，榆叶梅也比昨日开得更加烂漫。“在编校中夕阳居然西下，灯火给我接续的光……身外但有昏黄环绕。我疲劳着，捏着纸烟，在无名的思想中静静地合了眼睛”，“忽而警觉，身外也还是环绕着昏黄”，烟篆在空气中飞升，“徐徐变幻出难以指名的形象”。这是情景再现，也是鲁迅工作思考时关于光影流转的生命体验。对光影有格外敏锐的感知和自幼受美术的熏陶、长期的沉浸痴迷有密切的关系。

（二）鲁迅作品的视觉审美与美术技法

作品具有视觉审美的效果，是因为作家采用了一定的艺术手法。鲁迅作品的艺术手法是独到的。鲁迅是身体力行的“拿来主义”者，文学的创作中吸收、借鉴、运用各种哲学的、文学的、历史的、思想的、艺术的资源和养分。文学领域的资源诸如外国小说的创作技法等是鲁迅文学创作借鉴吸收的显性资源。即以俄罗斯文学为例，诸如果戈理的“伟大的写实本领”、精妙的讽刺，陀思妥耶夫斯基的灵魂解剖、精神自审、复调品格，安特莱夫的“阴冷”、“神秘幽微”、“消融内面世界与外面表现”，契诃夫的对“小人物”命运的关注，对其丑陋的揭示和哀其不幸、喜剧形式杂糅悲剧本质的艺术风格等，都为鲁迅拿来所用，成为创作的养分。而鲁迅自幼年起就极为喜爱并且关注了一生的美术，是对鲁迅创作产生影响的隐性资源。

中外美术的技法和理论是一座巨大的宝库，走进这座宝库并且在其中流连的人定不会空手而归。鲁迅长期沉浸其中，他所知晓和把握的美术的技法理论也会“拿来”“化用”到文学创作中去。《我怎么做起小说来？》和《作文的秘诀》两文中明确提到了这种对美术技法的有意识学习。

鲁迅塑造人物、呈现景物和场景时主要运用白描手法。作品常留有“空白”，从而舒缓了峻急紧张的文气，实现了文章的余裕之美。鲁迅的有些作品中小说叙事推进是移步换景似的几个场景画面的快闪，好似一幅幅的连环图画呈现在阅读视野中。有些小说的叙述空间是移动式的叙述空间，叙述空间自由转换。人物塑造常常寥寥几笔就画出了大致情形，重点突显其神韵，表现出人物的内心世界。这些文学创作中的艺术手法都可以联系美术的相关技法理论。诸如中国画用线造型的“白描”手法，画面留出大片空白的“计白当黑”画法，不制约画面表现内容，利于展现全景的散点透视构图法，在同一幅画面的不同场景中展开故事，即将不同情节放置于同一个画面的连环画式构图法（五代顾闳中的《韩熙载夜宴图》和晋顾恺之的《洛神赋图》），以形写神、形神兼备的塑造人物法则等等，这些传统中国绘画的艺术理论和艺术手法就是文学创作中可资借鉴学习的对象。这样融会贯通、化用创新的结果是促成、实现了文本独特的视觉效果。鲁迅的文本在视觉审美上呈现出了线描的简约之美、空白的余裕之美、连环画面的动态之美和刻人画物追求神韵的传神之美。

（三）鲁迅作品的视觉审美与美术精神

鲁迅的作品在视觉审美上表现出战斗之美、力量之美、自由之美、天然之美，鲁迅文本的精神气质和某些美术的精神气质是相通的。鲁迅欣赏美术中表现出的品格和境界，他相信好的美术作品会对人的精神产生影响，发生精神上的感动。从影响人的精神这一点上看，美术和文学有相同的功用，都是理想的工具，而且是美的工具，因为它有着美的形式和内容，是实现启蒙的理想途径，亦能实现“立人”的目的。故在东京求学时鲁迅就放弃医学而致力于文艺，即“治文学与美术”，看中的就是美术对人的精神的影响。

鲁迅欣赏现代木刻、汉石画像、唐人画作、民间艺术呈现出的精神气质，赞赏西方现代派大师梵·高、蒙克、高更的作品表现出的主体精神。鲁迅认为元人的水墨山水虽可以说是国粹但不必复兴，对文人画喜爱但不推崇，也是因为元人水墨山水和文人画向往林泉高致和抒发归隐情怀的内容及主题和鲁迅“为大众”、“为人生”的艺术主张相去甚远，不是当时的时代和社会迫切需要的艺术。元人山水或文人画里多的是“静穆悠远之作”，少的是坚定有力、对抗不公现实的精神，艺术境界虽高超，技巧亦圆熟，但是画家和画作却缺乏强烈的主体精神。大体而言，现代木刻、汉石画像和西方现代美术的精神气质和鲁迅及鲁迅作品的精神气质是相通的，甚至可以说这些鲁迅长期沉浸其中的艺术，它们的精神气质在某种程度上会对鲁迅的精神世界发生微妙的联系，影响的方式可能是在潜移默化中以“润物细无声”的方式实现。这种影响亦会最终落到作品上，渗透进作品中，在作品中表现出来，对形成作品独特的视觉审美特性有所帮助，使读者在视觉审美的过程中发生强烈的精神上的感动。

鲁迅作品崇尚自由意志和反抗斗争的精神，崇尚自然真实、天然质朴不造作不虚伪、活泼原生态不被束缚的个性气质，这些精神品格、气质个性在现代美术、汉画像、唐画、木刻、笺纸、年画、碑刻花纹等鲁迅喜爱的美术门类中都可以觅到，即使是鲁迅并不向大众和青年推介的元人山水、文人画之类，它们也是和鲁迅以及鲁迅的作品发生了精神上的联系的，因为它们属于鲁迅的私人兴趣范畴，自己喜爱但是因其缺乏现实意义而不向大众推介。

鲁迅最为欣赏的是木刻艺术的启蒙和战斗精神。鲁迅推崇木刻艺术，一方面是因为木刻艺术简便可行易于推广，正如他在1934年3月24致姚克信中提到过的：当时中国的环境最不利于艺术的生长，青年们甚至连一幅欧美名画的原作都无法看到，都在“摸暗弄堂”[①]。因此，木刻较之于昂贵的油画水彩更适合青年们学习。另一方面也是因为木刻天然具有力量之美，常表现出战斗的精神。

鲁迅在《集外集拾遗集》的《近代木刻选集》(2)小引中提到，木刻中有复制木刻，有创作木刻。“创作底木刻”，要求作者捏刀向木，直刻下去，和绘画不同之处在于画家要以刀代笔，在木板上作画，画家要有“放笔为直干”的精神，这种放笔直干的艺术，可以逼真精细，但是逼真精细之外有美，有力，即使到了复制的画面上，总还可以看出其中“有力量的美感”。鲁迅说，“有精力弥漫的作家和观者，才会生出有‘力’的艺术来”，“放笔直干”的艺术，怕是难于生存在一个颓唐小巧的社会里。或者可以说，颓唐小巧的社会难以创造出气质硬朗的艺术，而鲁迅所处的时代呼唤反抗和战斗的精神，特别需要利于表现战斗精神的艺术形式，木刻艺术可以说很合乎当时中国的需要。这也是鲁迅从众多美术门类中选择了木刻，并且大力推介这种艺术形式的原因之一。鲁迅看到木刻和文学一样，也可以表现现实社会和人生，达到由审美而启蒙的目的。鲁迅在集外集拾遗的《〈母亲〉木刻十四幅》序中谈到青年木刻家亚历克舍夫的木刻作品时，夸赞到它们生动有力，活现了原书的神采，即便是没有读过小说的人，也可以在这十四幅木刻作品中看见“暗黑的政治和奋斗的大众”。可见，鲁迅欣赏的是木刻艺术表现出的觉醒反抗和战斗精神。因此，鲁迅在《木刻创作法》序文中说木刻“好玩”、“简便”、“有用”、“正合于现代中国”。在《无名木刻集》序文中夸赞现代木刻是刚健分明的艺术，是属于新的青年们的艺术，是“好的大众的艺术”。

鲁迅欣赏有动作表现的木刻作品，这和鲁迅批评“静穆”的美学观、反对艺术的最高境界是“静穆”的观点是一脉相承的。何白涛寄给鲁迅的几幅木刻里，鲁迅想抽掉一幅名为《望》的木刻作品，原因是《望》专在表现一个人的等待，作品显出“沉静之感”，故而鲁迅以为无须公开[②]。鲁迅认为陈烟桥的作品《游击队》比《拉》更有缺点，“其一就是‘《拉》’是动的，这幅却有些‘静’的了，这是因

---

① 《鲁迅全集》(第13卷)，人民文学出版社2005年版，第48页。

② 《鲁迅全集》(第12卷)，人民文学出版社2005年版，第518页。

为那主体缺少紧张的状态的缘故”[①]。从鲁迅对作品的取舍，可以看出鲁迅的精神气质，鲁迅欣赏的是坚定有力的，能表现强烈主体精神、产生精神感动的作品。在《且介亭杂文末编·记苏联版画展览会》中，鲁迅赞美这些来到上海展览的200余幅苏联版画是真挚、美丽、愉悦、有力的，它不是静止的，“它令人觉得一种震动——这震动，恰如用坚实的步法，一步一步，踏着坚实的广大的黑土进向建设的路的大队友军的足音”。这里的“震动”，即是观看者能感受和会产生的精神上的震动。

鲁迅欣赏斗争的精神，人和现实的争斗，人和自然的争斗，艺术家和表现内容的争斗，人和自我的争斗，这些争斗中体现的精神是鲁迅为之激赏的。在《三闲集·看司徒乔君的画》中，作者这样赞美司徒乔君和他的画。司徒乔的画中表现出人和自然的争斗，“在黄埃漫天的人间，一切都成土色，人于是和天然争斗”，“深红和绀碧的栋宇，白石的栏干，金的佛像，肥厚的棉袄，紫糖色脸，深而多的脸上的皱纹”。这些北方的景物都是人和恶劣自然苦斗的结果，更为鲁迅所欣赏的是画家和表现内容的争斗，“我发见了作者对于北方的景物——人们和天然苦斗而成的景物——又加以争斗”。那就是作者将主观情感投射到表现对象身上，即“将自己所固有的明丽，照破黄埃”，鲁迅欣喜于画家的这种“争斗”，这种创新，并且说“无论如何，这是胜利”。与画家笔下的江浙粤风景相比，这些南方风景虽然爽朗或热烈，又像故人一样为画家所熟稔，但是鲁迅表示他更爱看画家笔下的黄埃，因为从中可以看见“这抱着明丽之心的作者，怎样为人和天然的苦斗的古战场所惊，而自己也参加了战斗”。青年们肩负起历史的重担，竭力拂去黄埃，使中国现出彩色，这正是鲁迅所期望的。

结　语

鲁迅的文学作品具有不朽的艺术生命力，从思想内容到表现形式都很独特。他的部分作品呈现出视觉审美的效果，这和鲁迅在进行文学创作时吸纳了美术的资源和艺术经验是有关系的。对美术的吸收和化用是鲁迅文学创作成功的艺术经验之一。

鲁迅涉猎的美术领域非常广阔，种类繁多。鲁迅的美术素养和他的作品之间的关系非常复杂。美术对鲁迅文学创作的影响体现在多个方面，从鲁迅部分

① 《鲁迅全集》(第13卷)，人民文学出版社2005年版，第54页。

作品的内容题材、表现形式或者精神气质中可以寻觅到这种影响。鲁迅在文学创作中有时化用了美术作品中的题材形象，有时吸收和借鉴了美术中的理论思想和艺术技巧，有时接受了美术作品的精神气质的影响，进而表现在作品中。一些美术作品的形象、气氛、表现精神留存于脑海中，在文本构建时跳脱出来影响其艺术想象。有的美术种类（如民间年画）的题材内容直接进入了鲁迅的小说和散文，有的美术种类如汉画像可能有助于生成鲁迅作品从容质朴大气的特点，有的美术种类比如比亚兹莱的插画可能影响了鲁迅作品的异质风格。有的美术作品是鲁迅“聊借画图怡倦眼”或单纯拿来自我欣赏的。有些美术作品会撼动神经、引发共鸣，比如西方表现主义绘画可能影响了鲁迅“独战众数”思想的生成。还有些美术活动比如少年时代描摹绣像和喜看画谱可能陶冶了他的性灵，培养了他的艺术感受力和想象力。自幼喜爱美术，其细致观察力、形象记忆力和艺术想象力会得到培养，对色彩、光影、空间、视觉形象等更加敏感，随之在作品中出现大量相关书写。长期接触美术，美术亦会涵养其性灵，影响其思维方式、文学表现方式和个人气质，并对其精神产生深远的影响。总之，美术对鲁迅的作品产生了影响，有些影响是直接发生的，有些影响是间接产生的，这种来自美术的影响多是以微妙的方式实现的。

鲁迅的美术素养渗透进作品之后对作品的文学成就有什么贡献呢？首先可以肯定的是，这增强了作品的审美感和艺术魅力。其次，鲁迅作品在思想内涵和形式格调上都体现出现代特质，美术对其作品的现代性魅力是有帮助的。从精神层面来说，鲁迅作品的精神内蕴和现代美术精神之间存在着相通的内容：对社会底层人物的同情和哀伤，对存在的绝望、孤独感和对它们自身的反抗，对未来走向的迷茫、困惑和不安；张扬主体的精神对抗来自外界世界的暴虐、不公和禁锢，呼唤自由意志和反抗精神的暴风骤雨；表现自我精神世界里的搏斗、矛盾、痛苦、挣扎和动荡等等。这些内容在鲁迅作品和现代美术中同时存在。现代美术的精神是否助成了鲁迅精神的生成是一个复杂的问题，但是，鲁迅在接触和欣赏现代美术作品时会引发精神上的共鸣是可以肯定的。从作品内容来说，独特意象的生成有赖于作者汪洋恣肆的想象力，长期的美术浸染会涵养这种艺术想象力。因此，《野草》和《故事新编》中那些具有现代特质的奇特意象诸如唱歌的头颅、告别的影子、红珊瑚似的“死火”、化为长蛇自噬其身的游魂等等才会在鲁迅笔下出现。再次，使鲁迅的作品也具有了视觉艺术的美感，读者在极富画面感和艺术想象力的文字中进行严肃的思考，实现了借由审美的途径来启蒙的效果。

鲁迅一生热爱美术，他的美术活动丰富而复杂，美术究竟在多大程度上影响了鲁迅的文学创作，对其文学创作产生了怎样的影响，在他的作品中留有哪些印痕？很多问题还需要全面深入地进一步研究。综合研究美术与鲁迅作品独特性之间的关系，考察美术资源渗透进鲁迅作品的机制，还有待研究者们未来的努力。

文学与艺术是相互渗透的，早在两千多年前就有诗画相通说揭示出文学与美术之间存在极为密切的联系。文学和美术皆属于人类的审美—表现领域，和人类的审美活动息息相关。文学是具有审美属性的语言艺术，和绘画处处以形象感人一样，文学的审美属性也表现在以形象感人，文学和美术的形象都渗透了虚构、想象的精神过程，这两种艺术是相互影响的。在作家的创作中广泛存在着的对美术吸收借鉴的现象，莫言在题为"讲故事的人"的文学演讲中明确谈道："小说领域的所谓创新，基本上都是这种混合的产物。不仅仅是本国文学传统与外国小说技巧的混合，也是小说与其他的艺术门类的混合，就像《檀香刑》是与民间戏曲的混合，就像我早期的一些小说从美术、音乐、甚至杂技中汲取了营养一样。"它山之石，可以攻玉。热爱美术的优秀作家从美术中获得精神和创作的滋养，古往今来皆是如此。有很多文学作品经由画家的妙笔入了画，有些绘画作品经由作家的神笔入了文学，但是，除了故事题材之外，应该还有其他的东西在美术和文学的交流中传递和产生。长期沉浸在美术中的作家对视觉元素会有更敏锐的感知、捕捉和更多的呈现。美术亦会对其艺术想象、思维方式和文学表现方式产生影响。

在文学与美术两者的关系这一更宏大的研究领域中，通过美术对鲁迅作品的影响研究这个个案，可以考察美术对文学的影响渗透机制和在文本构建时发挥的作用，探析作家是如何运用和借鉴美术资源进行创作的，研究文学吸收美术后使文学作品表现出独特风貌的问题。鲁迅对美术的热爱和推介也可引发今人的无限思考。图像在传递信息时自有其独特的优势，有时这种优势是文字难以替代的。视觉艺术与语言艺术的深度融合，对跨媒介文学在未来的繁荣发展亦会发挥重要作用。

文化罅隙中的呼喊

——试论新时期西南少数民族汉语诗歌创作

翟孔荣*

绪 论

之所以选择这样一个题目，首先是源于自己对于诗歌的喜爱，其次是看到了新时期（指20世纪70年代末80年代初至20世纪90年代末）中国文学现实和史料叙述中所存在的严重的文化隔膜和对于西南少数民族诗歌一定程度上的漠视，因此就想去聆听和触摸那些被主流文学所掩盖和忽视的声音，想通过一己或许微弱的力量来提醒主流文学对新时期少数民族文学特别是新时期西南少数民族汉语诗歌的关注。随着我一步步进入这个复杂而深广的文学领域，就明显地感觉到西南少数民族诗歌所具有的生命力，它们的存在是具体的，不容忽视的，也是富有亲和力和感染力的。新时期以来处于汉族文化主流或中心地位的沿海都市经过狂飙突进般的现代化运动，城市变得千篇一律而失去了自己的特色，而文学也逐渐切近消费主义的大潮，其民族特色和内涵逐渐淡化。汉语诗坛也处于一种躁动的喧嚣之中。在朦胧诗落潮后，第三代诗人齐齐亮相，而后知识分子写作与民间写作百花齐放，各领风骚几年，然而在本民族文化、汉语主流文化和西方文化三者在场的罅隙中还存在着另一群诗人——新时期少数民族汉语诗人或双语诗人。他们以低调的姿态默默地在诗歌这块土地上耕耘着，他们充满民族特色和文化意蕴的诗歌创作值得我们去认真的梳理和探讨。这是一个值得我们去作深入研究的领域。

就"文化罅隙中的呼喊——试论新时期西南少数民族汉语诗歌创作"这样一个题目来说，本论文的研究对象应该包括新时期西南各少数民族汉语诗歌、新时期西南各少数民族母语诗歌等。新时期汉族主流诗歌已经被研究者进行

---

* 作者简介：翟孔荣，1988年生，女，山东淄博人，2013毕业于山东师范大学中国现当代文学专业，获硕士学位；指导教师杨庆东副教授、顾广梅副教授。

过较深入的研究，然而新时期西南少数民族汉语诗歌一直被忽视甚至抑制，我们难以从主流文学的叙述中发现新时期少数民族诗歌发展的具体情况，而新时期少数民族的母语诗歌创作由于传播和翻译的局限，也较难被深入发现和研究，所以我将重点定位于新时期我国西南少数民族汉语诗歌的创作上。所谓的少数民族汉语诗歌，在本论文中主要指少数民族的诗人们用汉语进行创作的诗歌作品。本文以西南少数民族汉语诗歌为代表，努力对它们发生的语境和背景、它们的主题意象和审美空间、它们诗歌的诗艺等进行梳理和研究，努力去展现和探究这一领域的诗歌景观。

近年来，对于新时期西南少数民族汉语诗歌的研究，重要的专著有马绍玺2007年出版的《在他者的视域中——全球化时代的少数民族诗歌》、姚新勇2010年出版的《寻找：共同的宿命与碰撞——转型期中国文学多族群及边缘区域文化关系研究》等少量作品。这些批评以文化全球化为背景，从文化的角度对新时期以来的少数民族诗歌进行了把握，提出了在文化全球化语境中少数民族诗歌的“文化流散”和“文化认同”[①]等问题，指出少数民族诗歌中“家园情感”[②]是诗人们最执着和真诚的情感。代表性的学术论文有：2002年马绍玺的《少数民族诗歌的坚守与新生——来自一份诗歌创作访谈的思考》，从作家的创作访谈进行思考，对少数民族作家的创作心理进行了分析；2004年涂鸿的《当代西南地区少数民族诗歌创作的现代意识探析》，从西方现代主义的影响角度对诗歌进行了解析；2005年耿占春的《藏族诗人如是说——当代藏族诗歌及其诗学主题》，从空间的圣化、历史的神话化、圣俗之间的紧张、宗教语境与当代生活语境的糅和等方面对当代藏族诗歌的诗学主题进行了综合性的论述；2007年陶君、刘鹗的《论中国当代西南少数民族诗歌中的乡土意识》，以当代西南少数民族诗歌为研究对象，从家园意象、民族文化等方面对诗歌中的乡土意识、家园情感进行了阐释；2008年于宏的《当代藏族诗歌的主要意象及文化和审美特征》《当代藏族诗歌流变》，前者从诗歌意象入手，解析了当代藏族诗歌的美学特征和文化内涵；后者梳理了当代藏族诗歌基本的发展脉络；2008年谢卫平的《这边

① 见《在他者的视域中——全球化时代的少数民族诗歌》和马绍玺发表的论文《诗歌中的自我和他者——全球化语境中少数民族诗歌的文化认同问题》《“文化流散”与西南少数民族诗歌创作中的家园情感》《文化撕裂、文化身位与少数民族诗歌的文化认同问题》等。

② 见《在他者的视域中——全球化时代的少数民族诗歌》和马绍玺发表的论文《诗歌中的自我和他者——全球化语境中少数民族诗歌的文化认同问题》《“文化流散”与西南少数民族诗歌创作中的家园情感》《文化撕裂、文化身位与少数民族诗歌的文化认同问题》等。

风景依好——当代湖南少数民族诗歌创作浅论》,从当代湖南少数民族诗歌创作反映出来的时代精神、民族特色、乡土情结三个方面论述了其总体特征;2010年奔厦·泽米、马绍玺的《"文化流散"与西南少数民族诗歌中的家园情感》,对于处在"文化流散"状态的少数民族诗人的"流散写作"状态和"家园情感"进行了论述;2011年云南民族大学王艳芳的《接受美学视界中的当代少数民族诗歌》,从接受美学的角度对少数民族诗歌的创作立场和主题意蕴进行了探究。代表性的硕士学位论文有:2007年浙江大学吴晓的《文化融合与碰撞中的民族性生存——论十七年的少数民族诗歌》,针对"十七年"少数民族诗歌备受冷落的问题进行了重新的思考;2007年四川大学李洁的《论新时期少数民族汉语诗歌创作》,对少数民族汉诗的创作成就、意象系统、诗艺、先锋诗人的实践、少数民族女诗人的创作这些方面对新时期少数民族汉诗进行了总体上的把握;还有一些论文针对特定少数民族(如藏族、彝族等①)的诗歌或者突出的少数民族诗人(如鲁若迪基、吉狄马加、南永前等②)进行专门的分析和研究。综观这些研究,不难发现大部分的批评者认为新时期少数民族汉语诗歌的主题、诗美诗艺都体现了少数民族特有的风貌,肯定了少数民族诗歌对于丰富当代主流诗歌的意义。第一,在研究方法和视角上,文化学研究是最普遍的研究方法。而较为单一的诗歌主题研究又是文化学研究或者其他视角(如接受美学视角)研究的共同对象。从不同的视角对新时期少数民族诗歌进行主题意蕴、诗歌技巧、内在文化和审美特质和外在艺术特征的研究是近几年的基本趋势。第二,相对汉诗的研究,少数民族诗歌的研究资料较为分散和稀少,研究的对象多集中在某几个诗群或诗人身上,缺乏对少数民族诗歌更为翔实的论证和整体格局的把握。第三,有些研究对于少数民族诗歌创作的总体把握和鉴赏存在表面化现象,不能够深入少数民族诗歌的深层结构。第四,对于新时期少数民族汉语诗歌所具有的诗美研究和女诗人的诗歌创作的研究都较为匮乏。第五,对于新时期西南少数民族汉语诗歌的创作方法的研究较为笼统。所以,我们认为,从全球化和现代化历史进程中我国西南少数民族所处的文化处境入手,以西南少数民族汉语诗歌为对象,分析其发生语境和背景,将重点放在新时期西南少数民

① 参见于宏:《当代藏族诗歌的主要意象及文化和审美特征》,《西藏民族学院学报》2008年第5期;柳爱江:《边缘的意义——新时期彝族诗歌简论》,《贵州民族学院学报》2007年第4期。

② 参见李美皆:《眷恋与泪水——鲁若迪基诗歌论》,《南京理工大学学报》(社会科学版)2011年第4期;马绍玺:《鲁若迪基诗歌论》,《南方文坛》2009年第7期;张景忠、赵银花:《论南永前图腾诗的审美特征》,《淮阴师范学院学报》(哲学社会科学版)2010年第11期。

族诗歌的主题意象和审美空间上并兼及诗艺的探讨,有利于把握这一时期西南少数民族汉语诗歌的创作风貌,也对整个汉语诗歌的研究有重要的启示作用。

新时期西南少数民族的汉语诗歌创作和活动已经成为当代文学史绕不过去的所在。新时期西南少数民族汉语诗歌以其鲜明的民族意识和民族文化本位的价值取向,形成了一股生机勃勃的力量,对主流文学形成了明显的冲击和补充。由于界限的模糊,也由于批评的缺位,新时期西南少数民族汉语诗歌从产生之日起就处于众多语义表达之中,文学史对其的命名也较为暧昧,有的被划入其他文学流派,如第三代诗人,缺乏单独的命名,这些都给我们研究的范围和对象的确定带来一定的困难。无论是从新时期西南少数民族汉语诗歌创作的自身来看,还是从对其的批评来看,它产生的文化背景,它的特质,它的主题意象和审美属性,它的诗歌艺术技巧,它与中心或者主流诗歌的关系等很多方面都需要批评的深入。从实际操作来看,这包含着庞大而繁琐的内容。新时期少数民族诗歌创作和诗歌活动虽然是过去时,但它在历史的叙述中总是现在时的,尤其是新世纪以来,有关少数民族诗歌创作的问题不断被提出,并引起批评界的关注。在新时期的西南少数民族汉语诗歌逐渐经典化和继续进入文学史的过程中,相对应的文学批评有理由受到重视。在对新时期边地诗歌进行研究的时候,笔者希望通过对新时期西南少数民族汉语诗歌范围的确定,产生的话语背景,诗歌文本的分析,诗歌审美品质的形成,以及创作方法等几个方面的问题的研究,在认真梳理和阅读的基础上,推进这一时期少数民族汉语诗歌研究的发展。

美国社会学家安东尼奥·葛兰西和希尔斯认为,文化中心在任何社会都广泛存在,中心往往拥有边缘文化所没有的霸主权力,它拥有强大的话语权力,支配着社会成员的生活方式和价值取向,在政治、经济、文化等方面都有着不可取代的优越性,吸引着这个中心内部和边缘的人们向其聚拢和靠近。我国西南地区是众多少数民族聚居的地区,因为处于地理特别是政治、经济、文化等方面的边缘地带而具有一种神秘古朴原始的色彩。简单而言,西南少数民族地区在地理维度上代表着偏远的边疆地带,这里往往荒蛮与淳朴并存;在政治和经济的维度上,它们处于政治势力薄弱、经济发展落后的地区,与“中心”的文明和繁荣形成鲜明对比;在文化维度上,西南少数民族地区的文化往往为“中心”或者主导性的文化所遮蔽和漠视,而在它们的内部,自身的文化在外来文化的入侵下往往处于一种弱势地位。在全球化的语境之下,少数民族地区所带有的异质性或者是异域性,越来越引起人们的关注。文学则完成了对于边地的一部分想象、描绘和呈现。所以本文题目所指的新时期少数民族地区的汉语诗歌创作主要是指处于我国西南少数民族地区，如位于西藏地区的藏族，位于四川、贵州、云南等地区的藏、彝、傣、哈尼、拉祜、基诺、景颇、傈僳、布衣、纳西、土家、普米、白族等少数民族地区的少数民族诗人的汉语诗歌作品。这些地区大部分被群山、高原、湖泊、草原、雪域、荒漠等地貌覆盖，这里的生产方式和生活方式与“中心”地区明显不同。西南少数民族地区文化以其异质性和差异性与其他文化共存，是人类精神文明的重要部分。在当今全球化的背景下，少数民族文化在各种文化的发现和理解中成为一种宝贵的资源和值得探索的领地。

后殖民主义（Post-colonialism），是上个世纪70年代开始兴盛于西方学术界的一种具有强烈文化批判色彩的学术思潮，自上个世纪90年代传入中国以来，一直都是学术界的热点。在全球化的语境中，后殖民主义理论家爱德华·萨义德（Edwardsaid）、霍米·巴巴（HomiK·Bhabha）等优秀批评家关于流亡或流散的描述为我们提供了一种审视新时期西南少数民族汉语诗歌创作的角度和方法。米歇尔·福柯（Michael Foucault）关于话语、权力的论述是后殖民主义重要的理论基础之一。按照福柯的理解，世界上的任何一种知识都是对话语或者权力的描述，话语即是权力，当话语代表一方时，必然对另一方形成压制或遮蔽，同时话语和权力总是处在关系和动态之中。也就是说，中心文化与弱势文化之间、汉族主流文化和少数民族非主流文化之间、全球化传播的西方文化与少数民族本民族文化之间并非是界限清楚的铁板，而是始终共存于一种互动的复杂的关系之中，并不断地进行着互动、碰撞。在这种文化罅隙中，对于自我和他者的定位和关系的分析和认识是一个比较重要的切入点。在全球化和后殖民的语境中，以自我为立足点，理性面对无处不在的他者，并能依据他者，跳出自我，反观自我、自我与他者之间的关系，不一味沉浸在自己虚构出来的静止的文化中，不对他者文化的影响视而不见，而是以一种开放的胸怀面对自我和他者，从他者镜像中认识并能动地建构自我的文化，是弱势文化群体普遍采取的一种更为积极的、开放的、成熟的文化态度。文本不是封闭的独立结构，而是内含着不同的文化和声音的碰撞、交织和统一，这是我们能够对新时期西南少数民族汉语诗歌进行文化分析的原因。新时期中国西南少数民族进行文学创作不约而同地拥有民族文化流浪、民族文化身份认同和文化寻根等创作主题，这为我们的探究提供了线索和可能。

位于我国西南地区的少数民族汉语诗歌创作，以现代性的眼光重新审视自己的民族和文化，建构起一个独特、丰富、富有张力的诗歌世界。在这个文学想象的空间中，新时期的少数民族诗人们在找寻和重新审视本民族文化的过程中，既表现出了民族文化本位的诉求，又表现出了独特自在的美学追求。少数民族汉语诗歌创作基本可以划分为两个大的时期。首先是从1949年到70年代末期的产生时期，这一时期主要是社会主义性质的诗歌作品，其主题、形式、意象都与社会主义意识形态密不可分，也出现了主流诗坛所有的政治性太强而文学性偏弱的问题。而新时期是上个世纪70年代末到90年代末的觉醒时期，觉醒时期是在政治和社会觉醒的背景下，作为主体的人重新被发现和建构的事情，人的觉醒这样的表述并不陌生，主流文坛现代文学的产生和发展实际上就是人被发现的历史、人的觉醒的历史。对于少数民族现代诗歌而言，从20世纪70年代末80年代初开始，逐渐摆脱歌功颂德式的、千篇一律而缺乏自我的诗歌创作，以汉语为诗歌语言进行创作的诗人群体蔚为大观，成为新时期西南少数民族诗歌创作的中坚力量。据笔者粗略统计，这些诗人包括藏族的远泰、阿来、班果、列美平措、阿布司南、维色、旺秀才丹、才旺瑙乳、伊丹才让、桑丹等；彝族的吉狄马加、阿库乌雾、王红彬、倮伍拉且、鲁娟、巴莫曲布嫫等；白族的晓雪、栗原小荻等；普米族的鲁若迪基；哈尼族的哥布、泉溪、艾吉等等。这些诗人在新时期开始自觉地观照本民族文化的方方面面，反映民族文化、本土文化在文化全球化的形势下的命运，自觉融汇多种文化资源和创作方法，自觉地进行民族文化认同、文化家园的建构，这样的诗歌作品渐渐成为诗歌的主流，与汉族主流文学的寻根潮相呼应的同时，对整个文坛而言，也是一种必要的补充。

一、全球化语境中的诗歌主题探索

全球化指“世界的压缩(Compression)，又指认为世界是一个整体的意识的增强”①。严格意义上的全球化是从20世纪50年代随着信息革命的发展而到来的社会潮流，可以说，全球化是西方的经济和文化向全球推进的一种方式，所以全球化不可避免地带有了殖民的或者后殖民的色彩。全球化是一把双刃剑，对于一些人来说可以带来便利生活和幸福，对于另一部分人来说则意味着伤害甚至是悲惨。可见，全球化是一种不可逆转的世界潮流，它朝我们每个人疯狂轰炸，它是任何人都避免不了的过程和命运。20世纪80年代，由于受到主流文

① [美]罗兰·罗伯森：《全球化：社会理论和全球文化》，梁光严译，上海人民出版社2000年版，第11页。

学的影响，西南少数民族诗歌出现了一个勃兴年代。在这个短暂的年代里，出现了大批优秀的诗人与诗作。我们应该注意到，随着城市现代化和文化全球化的迫近，90年代以来有关少数民族诗歌的声音已经鲜被听到。全球化带来了交流的便利、生活的舒适、信息的爆炸，同时也使人们的生活发生着变革，这一点对于少数民族来说尤其如此。而根植于现实生活的诗歌也必然受到了影响，似乎诗人们的感受更为敏感和强烈。在西南少数民族诗人的汉语诗歌中，对于文化全球化带来的变革和变化有着充分的表现，在今天看来这样的书写是弥足珍贵的。

在全球化时代，不管是民族个体还是每个自然个体，都面临着本土自身文化与全球外来文化的矛盾的冲击和选择。不同文化之间的交流、强势文化和弱势文化之间的碰撞，使得个体处于一个个复杂而艰难的文化"场"[①]中。在布迪厄的文学场域中，场(Field)"可以被定义为在各种位置之间存在的客观关系的一个网络(Network)，或一个构型(Configuration)。正是在这些位置的存在和它们强加于占据特定位置的行动者或机构之上的特定性因素之中，这些位置得到了客观的界定，其根据是这些位置在不同类型的权力(或资本)——占有这些权力就意味着把持了在这一场域中利害攸关的专门利润的得益权——的分配结构中实际的和潜在的处境，以及它们与其他位置之间的客观关系(支配关系、屈从关系、结构上的对应关系，等等)"[②]，也就是说，主体在场域中的地位和位置也就决定了主体的行为方式，处于各种场域交叉和纠缠境遇的人的文化身份不再固定，而是变得模糊和不确定，这就是文化边缘人。斯图亚特·霍尔在《文化身份与族裔散居》中研究加勒比地区的黑人文化身份时，曾用三个在场来说明问题的复杂性和交叉性，即"非洲的在场"、"欧洲的在场"、"美洲的在场"[③]。因此，我们在分析新时期少数民族自身的文化定位时可以参考这种分析问题的方法。尽管在汉语主流文化看来，新时期少数民族的作家们是典型的民族作家进行典型的蕴含民族特色的创作，但在他们本民族的文化观照下，他们已经不是纯正的民族文化的代言人，因为他们的价值观念、认知方式、话语结构等方面都已经受到了汉族主流文化的渗透而离本民族的文化越来越远，这一部分人成为

---

① [法]皮埃尔·布尔迪厄：《实践与反思——反思社会学导引》，李猛、李康译，中央编译出版社1998年版，第133~134页。

② [法]皮埃尔·布尔迪厄：《实践与反思——反思社会学导引》，李猛、李康译，中央编译出版社1998年版，第133~134页。

③ 罗钢、刘象愚主编：《文化研究读本》，中国社会科学出版社2000年版，第212页。

全球化语境中站在文化罅隙的名副其实的边缘人。西南少数民族的诗人们处在这样的生活境遇之下，同时也参与了这种不可逆转的历史进程，他们思考着民族的生存现状也为民族文化的未来而担忧，这些都成为他们诗歌的创作源泉。

（一）文化流浪

全球化特别是文化的全球化给新时期西南少数民族诗歌带来了深刻的影响，它打破了处于西南边陲的少数民族地域、经济特别是文化上的封闭性和独立性，让处于经济和文化弱势地位的边地少数民族几乎可以说是被迫接受了全球化的入侵和改变。世界的压缩使一种新的时间观念和时空观念融入古老闭塞的边地生活，人们的生活范围和思想边界被不断扩大，与之相伴而来的最重要的文化体验之一就是“文化流亡（Diaspora）”[①]。在全球化时代里，西南少数民族的成员们成为边缘人和民族文化的流浪者。当少数民族本民族文化、汉语主流文化、西方文化同时出场，对于少数民族的作家们来说，它们之间并不是简单、条理、系统、规范、顺利和完全自觉的关系，而是混杂、痛苦、暧昧、矛盾、被动、反复和非逻辑的关系。本民族传统文化不断消失，一些原本就没有书面语言文字的少数民族面临着母语消失的危险，更多的民族尽管有自己的语言文字，但在文化罅隙之中却不得不采取用汉语甚至英语等外语进行创作的文化策略；世世代代打猎、种田为生的青年们涌向城市，希望在城市中实现自己的价值；原本贫穷落后但淳朴的小镇变得灯红酒绿，城市化的进程给居民们带来了生活上的方便、经济上的发展，但也让他们惶恐；珍贵的技艺随着老一代民间艺人的去世而死去；尽管传统的生活习惯、习俗存在于他们的血液之中，但是更多人的生活方式已经渐渐与城市和主流文化趋同；仅仅剩下的一鳞半爪的传统元素，被当作旅游资源大加开发，吸引着不同的人到这里争相观看；进入城市的少数民族知识分子、务工者在钢筋混凝土之间分不清自己的文化身份……

不可避免的全球化进程，加深了地处西南边缘的少数民族在文化罅隙中的挤压感和边缘感，处在自我与他者、传统与现代、本土文化与汉族主流文化、本土文化与西方文化的碰撞、交融、盈亏的过程中的个体，怎样定位自己的身份、怎样确认自己的价值取向，成为全球化时代的艰难命题。

---

① ［美］爱德华·W. 萨义德：《知识分子论》，单德兴译，生活·读书·新知三联书店 2002 年版，第 44 ~ 45 页。

踏着夕阳的影子走向大山/啊，妈妈，你在哪里？/纵然用含着奶汁的声音喊你/也不会有你的回音

——（彝族）吉狄马加《我愿》①

……我的恋人，我的金丝鸟/你们在哪里？你们在哪里/我用嘴轻声呼唤你们/可我的心脏几乎震裂

——（彝族）吉狄马加《森林梦》②

在城市宽厚的街道上/在密密匝匝的人群里/我寻找着牧人的眼睛/我寻找着忧伤和欢乐的渊源/当一辆辆漂亮的车流/从身边匆促而过/像一群发狂的野马群/孤独便从心底淌溢/我泪水盈盈可以告诉你/我是一个农牧民族的儿子/打从森林来到这个城市/我就注定属于一种孤独的边缘

——（佤族）聂勒《牧人的眼睛》③

虽然很多少数民族汉语诗人生活在都市之中，身处在主流文化的中心，但他们的流浪感和孤独感更加深重，他们已经呼唤不回曾经梦中的家园，也没能在都市和中心寻得自己灵魂的一席之地。他们在孤独的边缘用凄厉的歌声呼喊着，却没有任何应答。自然万物犹如魔印嵌入原始先民的灵魂深处，并一代代遗传下去，成为一种集体无意识。然而随着现代文明的入侵，少数民族的知识分子们敏感地察觉到了危机的到来，他们原本拥有的原始的信仰，他们一直坚守的传统的信仰正在走向消亡。少数民族文学在新时期遭遇了自身文化逐渐走向消亡、自身文化身份被模糊和淡化的境遇。在全球化语境下，流亡不仅指主动或者被迫离开自己的故乡和家园，也指自身文化传统的丧失和落魄使得人们失去了归属感和方向感。丹麦著名的文学批评家勃兰兑斯在论述19世纪文学主流时就把流亡文学单列一章，对法国大革命背景下处于流亡状态的夏多布里昂、勒内、斯达尔夫人等人的作品进行分析。毫无疑问，这种文化流亡感已经深刻影响了新时期处于地理和文化边缘位置的少数民族群体，作为诗人和知识分子，他们对此的感受更加深刻，因此他们的民族认同感更加强烈。他们已经目睹到自己民族传统不再，村落和村寨逐渐被水泥的坚硬覆盖，语言和古老的艺术正在痛苦地走向消亡，毕摩唇齿之间的声音已经微弱无比。在彝族诗人

① 吉狄马加：《初恋的歌》，四川民族出版社1985年版，第26～28页。

② 吉狄马加：《初恋的歌》，四川民族出版社1985年版，第33页。

③ 聂勒：《心灵牧歌》，云南美术出版社2004年版，第64页。

王红彬的笔下,小镇上的黄昏是这样的:

> 音乐会刚刚散场/少女们含着冰棒/走上大街/讨论流行小说流行歌曲流行服装/青春在大街上流行/盛夏的流行色/涌满了大街小巷/道路/是城市熨不平的领带吗/被迪斯科之风/吹拂飘过玫瑰色的夏夜……
>
> ——(彝族)王红彬《山恋》①

全球一致的文明使人们的确获得了生活上的便利、感官上的放纵和极大满足。从这样的诗歌中,我们没有看到焦虑、不安、撕裂,我们看到的是美好、新鲜、和谐,似乎出现了自我文化与他者文化(主要指汉族现代文化)和谐相处的一面,但少数民族的诗人们很快意识到在这种和谐的假象中,他们民族的个体的色彩被无情淡化甚至取消,文化流浪带来的焦虑和痛苦根本无法回避。如果诗歌一味地去粉饰现实,那么诗歌就失去了它存在的意义。这正是萨义德提出的文化流亡的典型群体,"对于大多数流亡者来说,难处不只是在于被迫离开家乡,而是在当今的世界中,生活里的许多东西都在提醒:你是在流亡,你的家乡其实并非那么遥远,当代生活的正常交通使你对故乡可望而不可即。因此,流亡者存在于一种中间状态,既非完全与新环境合一,也未完全与旧环境分离,而是处于若即若离的困境……"②新时期逐渐觉醒的少数民族诗人处在本民族文化、汉民族主流文化和西方文化构成的文化罅隙之中,他们的流亡体验更加深重,他们的"灵魂的阵痛是任何一个所谓的文明人无法体会得到的"③,他们中的一部分具有理性的知识分子便感觉到了这种危机,开始为民族的未来而担忧。有关民族文化认同而引起的身份认同、文化流亡、文化焦虑情绪的诗歌是新时期少数民族汉语诗歌最重要的篇章之一。

(二)文化认同

"Identity",一般翻译为"身份"、"认同",在文化研究的领域内,还含有"个性"、"特征"等含义。世界上的任何一个民族个体或自然个体,他们的民族身份(Ethnical identity 或 National identity)或者文化身份(Culture identity)是第一件

① 王红彬:《绕山的游云》,广西民族出版社 1989 年版,第 7 页。

② [美]爱德华·W. 萨义德:《知识分子论》,单德兴译,生活·读书·新知三联书店 2002 年版,第 44~45 页。

③ 吉狄马加:《一种声音——我的创作谈》,《吉狄马加诗选》,四川文艺出版社 1992 年版,第 282 页。

作为个体的民族和个人所要确认的事情。只有确认了自己是谁、自己属于哪里，才能获得个人关于这个世界的归属感与安全感，才能够获得关于思想和行为的评价尺度和标准。“历史如此，后者说我不够黑，算不得他们中的精粹；我曾接受坚实的殖民地教育，我体内有荷兰人、黑人和英国人的血，要么我谁也不是，要么我就是一个民族。”①圣卢西亚诗人德瑞克·沃尔科特曾在他的诗作《飞行号双轨船》中这样呼喊。圣卢西亚位于加勒比海地区，这里没有鲜明的民族划分，聚居着从世界各地来的白种人、黄种人和黑种人，在多元混杂的文化环境中，定位和价值这些东西被抛到一个荒原当中，这位诺贝尔文学奖获得者如此来倾诉自己处于文化撕裂中的痛苦，如此来确认和宣告自己的民族身份。正如萨义德在《东方学》中的描述：自我并不是静止不变的东西，而是一个不断建构的处于权力场中的认识和形成过程。“每一种文化的发展和维护都需要一种与其相异质并且与之相竞争的另一个自我（Alter ego）的存在。自我身份的建构……牵涉到与自己相反的‘他者’身份的建构，而且总是牵涉到对与‘我们’不同的特质的不断阐释和再阐释。每一时代和社会都重新创造自己的‘他者’。”②全球化时代里，处于弱势的西南少数民族文化受到来自于汉语主流文化、西方文化的压力和包围，其在自我身份的不断确认和认同的过程中，一方面承受着本民族古老的传统文化消逝的苦痛，面临着无法标识自我的境遇，另一方面又在努力地记忆和复活那些被遗忘和遗弃的文化，艰难地进行自我身份的辨识。

> 我的一切都属于我的父亲/我的一切都属于我的母亲/就像我不折不扣地属于大山/就像我不折不扣地属于平原/我真的真的知道一间木屋/一间飘起蓝色炊烟的木屋/它在中国母亲的土地上/在我土地般黝黑的灵魂里
>
> ——（彝族）吉狄马加《木屋情思》③

诗歌以直白的语言，以排比的气势，以真挚的情感表达了自己的文化归属的需要。诗歌以四个“属于”的并列句式，向读者倾诉着自己对于以“父亲”、

① ［圣卢西亚］德瑞克·沃尔科特：《飞行号双轨船》，见德瑞克·沃尔科特：《20世纪世界诗歌译丛·第五辑·德瑞克·沃尔科特诗选》，傅浩译，河北教育出版社2003年版，第3页。

② ［美］爱德华·W. 萨义德：《东方学》，王宇根译，生活·读书·新知三联书店2000年版，第426~437页。

③ 吉狄马加：《初恋的歌》，四川民族出版社1985年版，第34~35页。

“母亲”、“大山”、“平原”、“木屋”为代表的母族文化的归属感和认同感。少数民族原有的民族文化认同感面临着消失的危险，由此带来的认同危机对西南少数民族诗人的诗歌创作产生了深刻的影响。他们在痛定思痛之后，意识到文化认同对于民族文化命运的重要性，强烈的文化认同感成为他们诗歌创作的又一主题。

作为新时期西南少数民族地区的诗人，他们十分坚定地向世界宣布他们的民族身份，宣扬他们的民族文化，其中最强的声音莫过于对自己文化身份的认同和坚守。藏族诗人才旺瑙乳的诗歌坚忍粗犷，语词之间流淌着一个藏族汉子的温热的血，他在诗歌中向读者这样表白道：

> 我的书本在阳光下打开/你们可以看到一个吐蕃特男人/如何歌颂自己的母亲/土地和牛羊：冬天/我像鹰一样蹲在高高的岩石上/迎着料峭的寒风歌唱故乡/嘴喙犀利，眼中满含着雪/秋天，就在大草原的上空/颤抖或者燃烧/洒下血的羽毛和爱情/那些痴迷的野花/被我滚烫的热情浇疼/不像你们这些纯洁的读者/在阳光下静静翻看我的书/她们全都伏在我绚烂的歌中/并且痛哭失声
>
> ——（藏族）才旺瑙乳《我的书本在阳光下打开》①

诗人设计的读者是“纯洁”而与自己不同的人，诗人表白的自我是像鹰一样的吐蕃特男人，他的生命力和生命热情超乎常人的想象，无论是满含着血的鹰，还是高高的岩石、料峭的寒风、洒下血的羽毛都显示了一个藏族汉子强烈、自豪、近乎雄壮与悲壮的民族文化认同感，字字珠玑穿透读者的心灵。

彝族诗人吉狄马加也在诗歌中向世界疾呼：“我——是——彝——人！”②因此，在全球化语境中，少数民族的汉语诗歌显示出了比以往任何时代都强烈的文化认同感和文化自觉意识，他们站在祖先所在的天空和大地之间，站在母族文化的森林和河流之上，他们要改变原本那种被言说、被猜测的地位，主动掌握自己民族和文化的“话语权”③，以自己的实际行动来反对文化霸权和文化殖民。清晰和坚定的文化认同是他们最为坚定的文化立场。

① 才旺瑙乳：《我的书本在阳光下打开》，见才旺瑙乳的博客：http://blog. sina. com. cn/caiwangnao-ru。

② 吉狄马加：《初恋的歌》，四川民族出版社1985年版，第84页。

③ ［法］米歇尔·福柯：《知识考古学》，谢强、马月译，生活·读书·新知三联书店1998年版，第194页。

(三)文化重构

在他者文化(The other culture)的强势包围下,西南少数民族文化处于相对弱势的地位,与此同时,全球范围内的文化多元主义(Multiculturalism)也悄然盛行。我们不可否认强势文化所拥有的话语霸权和文化主导地位,但是,强势文化不可能完全取代和涵盖弱势文化,多元的弱势文化还是拥有存在的空间与可能。与文化趋同的趋势相左,强调文化的相对主义、多元主义也是文化全球化的重要一极。文化多元主义和文化相对主义不是一种理论,更不是一种研究方法,而是一种看待世界和问题的视角和方法,一种面对强势文化所持有的积极态度和对话的精神。多元的文化具有保持社会价值和文化积淀的功能,是社会文化活力和竞争力存在的保证。世界上也很难存在一种弱势文化,可以拥有足够的胸怀、信心、能力去全盘接受或者全盘否定他者文化而完全放弃或坚持自己固有的文化。"一个民族的文化,需要不断地走向社会、走向全国、走向全世界,就不能封闭自己,不能只局限于本民族的语言文学。只有以开放开发的观点和大文化的眼光,学习和借鉴他民族的先进文化和经验,才能更好更广泛地发展自己的文化。"①因此,珍惜本民族文化、加强本民族文化的自信心和自尊心、建构或者重构(Constitutive)本民族文化也成为新时期西南少数民族所采取的文化策略,他们寻根探古,企图向着民族的传统回归,重构属于他们的文化精神故乡。他们认识到本民族的传统和文化并不是静止的、纯粹的、一成不变的铁板一块,而是处在自我与他者文化的不断辐射、对话、碰撞、发展的动态过程和状态中。只有在积极地建构中,才能实现对本民族文化和传统的继承和保护。彝族诗人和学者罗庆春(阿库乌雾)的态度开放而积极,可以代表新时期少数民族诗人们普遍的文化策略:"我把'罗庆春'这个符号及其所代表的文化意义称为'遭遇汉语';我把'阿库乌雾'这个符号及其所代表的文化意义视为'捍卫母语'。……面对当下彝族母语文明体系正在全面坍落的时代,我以为用汉语来抒写、呼吁并唤醒部分已经或正在丧失母语能力的本民族成员的文化自觉和母语意识是可行的,也是必要的。……我的写作使命是打通古老的、母语的彝族文化精神与现代的、汉语的彝族文化变革时代的时代精神之间的脉息,诗意地揭示这些文化意象的原始意义,同时使其焕发出现代光芒,具备现代审美价值,让彝族文化真正自觉地迈进彝、汉双语叙事、双语抒情共生共荣的崭新的

① 马德清:《汉语文与当代彝族文学》,《中国少数民族文学学会·通讯》,总第27期,第19页。

历史时期。”[①]哈尼族的哥布这样表白：“我本人既是哈尼族传统文化的热心拥护者，又是先进知识和积极学习者。两者并不冲突，而是相辅相成，互为补充的。”[②]因此，在他们的诗作中，更多的篇幅都以开放的胸襟、包容万物的豪迈，书写着具有现代之光的诗篇。

> 把你放在唇边/我嗅到了鹰的血腥/我感到了鹰的呼吸/把你放在耳边/我听到了风的声响/我听到了云的歌唱/把你放在枕边/我梦见了自由的天空/我梦见了飞翔的翅膀
>
> ——(彝族)吉狄马加《鹰爪杯》[③]

这首小诗以彝族独有的用鹰爪做的酒杯为诗歌的中心意象。诗人用身体和灵魂接近和抚摸这只代表了民族深层文化的酒杯，他感受到的不是脆弱和痛苦，而是祖辈们的英勇和血气，是风和云的自由，是天空的辽阔，是飞翔的梦想。诗人们抛弃了文化自卑感，以一种谦虚、自豪、郑重、不卑不亢的态度展示着自我文化，显示着他们文化自我重构的信心和力量。

> ……古老的莲花，圣洁的莲花/不沾污泥，一开千年/仙子们至今善良如初，真诚如初/站在花瓣上，以微笑对待所有远客和人心……
>
> ——(藏族)班果《雪域》[④]

“莲花”古老而圣洁，“仙子们”善良真诚，以从容和美好的微笑面对世人，在新时期西南少数民族的诗歌创作中，这种强烈的文化自尊和文化重构意识表现尤为突出，可以说，在诗歌世界中，纯粹而单一的文化回归已经被诗人们摒弃，而积极主动的文化建构成为他们身体力行的努力方向，少数民族的诗人们已经建构了一个精神故乡。这个故乡以高山、森林为背景，以祖先、父辈、母亲、猎人、孩童、少女为主要形象，以牛羊、河流、植物为次要补充，完美地阐释了自我文化的诗意、和谐、美好、温暖，拥有了自我文化的阐释权和话语权。

---

① 明江、阿库乌雾：《同构同辉的双语人生》，《文艺报·少数民族文艺专刊》，2011年11月9号，第005版。

② 哥布：《空寨》，云南民族出版社1998年版，第227页。

③ 吉狄马加：《初恋的歌》，四川民族出版社1985年版，第39页。

④ 班果：《雪域》，青海人民出版社1991年版，第13页。

二、主题意象与审美空间

怎样才能写出一个民族的魂灵，一群居民内心的幸福和痛楚，一个村落的历史和未来，一条河流的心事，一片田野、几处高山的灵气？怎样让他人来了解这些民族的历史和文化？找出新时期西南少数民族汉语诗歌中的主题意象并分析这些意象背后的内涵无疑是切入这个问题的关键。意象是诗歌的核心和灵魂，在中国古代，“意”和“象”最早见于《周易·系辞上》，言“圣人立象以尽意”①，“象”在这里为八种卦象之意。后来“意象”经过东汉王充、曹魏的王弼、晋代的挚虞、南朝梁代的刘勰等人的阐释，“意”与“象”合为一体，被看成是“艺术家内在情绪或思想与外部对象相互融化、融合的复合物，是客观物象主观化表现”②，成为一个专门的诗学学术词语并被广泛用于诗学批评中。在西方，也有很多批评家对意象（Image）作出过自己的解释，他们从心理学和发生学的角度来阐释“意象”。庞德认为“意象是在瞬息间呈现出的一个理性与感情的复合体”③，韦勒克和沃伦认为“意象是一个既属于心理学，又属于文学研究的题目。在心理学中，‘意象’一词表示有关过去的感受上、知觉上的经验在心中的重现或回忆，而这种重现和回忆未必一定是视觉上的”④。他们认为，意象既来源于诗人的感性生活，也来自诗人的理性积淀，意象不仅体现诗歌的主题，还成为诗人精神的象征。我们可以说，在诗歌研究领域，透过诗歌语言洞悉语言背后的诗歌意象，然后通过对诗歌意象的分析，可以触摸诗人的情感律动，感受诗歌的艺术魅力。以彝族为例，彝族人口 6500 万，聚居于云南、贵州、四川三省，是西南地区少数民族人口数量最多的一个民族。对黑色和对火文化的崇拜、招魂等观念和传统都是彝族社会特有的，诗人吉狄马加曾这样说过：“我写诗，是因为我的部族的祭司给我讲述了彝人的历史，掌故、风俗、人情、天文和地理。”⑤新时期，彝族许多优秀的诗歌篇目都是直接以民间的传统文化为意象入诗，如吉狄马加的《黑色的河流》《做口弦的老人》《一支迁徙的部落》《木屋情思》，倮伍拉

---

① 李学勤主编：《周易正义》，北京大学出版社 1999 年版，第 291 页。

② 吴晟：《中国意象诗探索》，中山大学出版社 2000 年版，第 14 页。

③ ［英］庞德：《回顾》，见潞潞编：《规则与尺度》，北京出版社 2003 年版，第 198 页。

④ ［美］韦勒克、沃伦：《文学理论》，刘向愚等译，生活·读书·新知三联书店 1984 年版，第 210 页。

⑤ 吉狄马加：《吉狄马加的诗》，四川文艺出版社 2010 年版，第 408 页。

且的《诗歌图腾》《躺下成为一朵云》，王红彬的《南高原》《年轻的彝村》《故乡的山》，霁虹的《我们的民族》《我们的太阳》等都对彝族神秘、温暖、野性的传统文化进行了富有内涵和诗意的找寻和重构。彝族以山为家、以火为魂的民俗催生了新时期彝族汉语诗歌的“山魂”和“火魂”为中心的意象世界。总体而言，新时期西南少数民族汉语诗歌的意象群体可以简要做如下概括：传统文化意象群（包括毕摩、做口弦的老人、口弦、银线、古老的木门、朵洛荷舞、鞭麻弹歌、古老的歌、火塘、少女、母亲、父亲、斗牛、孩子、狩猎的男人、织布的女人、牧羊女、火镰、野火、火草、火把，火枪等），家园文化意象群（包括瓦板屋、古老的山寨凉山群、山野、土地、山谷、群山、旋转的河、羊群、母性的土地、云雀、充满野性的风、太阳、月亮等），宗教文化意象群（包括丧礼、黑色灵魂、送葬、召唤、祭师、巫师、佛、经幡、圣洁的莲花、摇经筒的老人、僧人、披红袈裟的喇嘛们、祈祷、还愿、神山、念珠、佛塔、朝圣的人们等）。本章节即是通过对西南少数民族汉语诗歌意象的把握，来分析主题意象及其呈现出来的审美面貌。

（一）断裂疼痛之美

1. 断裂之痛

语言的断裂、民间传统技艺文化的断裂，甚至是民族精神的断裂给新时期西南少数民族的诗人们带来了深重的断裂之痛。彝族诗人鲁娟曾这样描述过这种文化罅隙中的痛苦：“我常常为自己不能用母语来表述而困惑。‘彝’原本为‘夷’，有一个人扛着大弓在大地上奔跑之形，而这样野性的血液在我的脉管中奔腾，我为不能用汩汩而淌的母语来诉说而忧伤。”[①]而索绪尔对于语言的意义曾做过以下的表述：“语言中的一切，包括它的物质的和机械的表现，比如声音的变化，归根到底是心理的。”[②]鲁娟所表达的困惑和忧伤更深层次上体现出一个彝族儿女面对自己民族文化断裂的心理痛苦。新时期少数民族汉语诗歌的许多篇章都表现出了这种深切的断裂之痛。

唇齿之间生长过无数语言的草木/草木之上栖居过无数智慧的禽兽//如今猎人去了都市/都市里猎物成群结队丰肥无比/你留在寨子/超度最后一位死者的时候/你没有忘记超度/你那两片厚厚的老唇/此刻有两颗/洁

① 鲁娟：《为谁而歌》，见《星星诗刊》，2007 年 6 月上半月刊。

② ［瑞士］索绪尔：《普通语言学教程》，高名凯译，商务印书馆 1980 年版，第 27 页。

白如玉的牙齿飞起/击穿你/神圣的经卷/你立刻念念有词/先祖呵/我用两颗旧牙/换你两颗新牙

——（彝族）阿库乌雾《毕摩》①

毕摩被彝人看作先祖，是他们民族文化的创始者和传承者，是连结神、人和魂灵的形象，千百年来一直是彝人进行驱邪、消灾、祈福的承担者。毕摩文化蕴含着对先祖的敬重、对现世的祈祷，类似于宗教的精神。诗歌的前两句描绘了毕摩创世的辉煌过去，可是现在村寨里连猎人都去了猎物成群的都市，传统的毕摩守候的除了最后一位老者就是自己了。在全球化面前，代表传统文化的毕摩失去了原先的作用和意义，价值被抽空，最终只能自己把自己超度，成为本民族传统文化的送葬者。在强势文化的包围和入侵之下，边地少数民族体验到的文化断裂的悲剧感在这首诗中得到了淋漓尽致的表现。

……后来，鞭麻铿然一声断了/他的马群跑光/一生的收藏付之一笑/夜黑了//……早听说桂树死了芬芳碎了/至此/不再有夜雨如泪……红月亮干脆就不再升起了……

——（藏族）班果《歌手的红月亮》②

具体的鞭麻弹歌在诗歌中被抽象成传统文化的精神代表。诗篇开头描述的跑光的马群、付之一炬的一生的收藏都显示了明晰的断裂的开始，歌手是传统文化的传承者和守护者，但现在桂树的芬芳死了、碎了，歌手的红月亮消失了，惋惜、痛惜的心情在字里行间充溢。这种忧伤、痛苦、悲壮的情绪，这种对母族命运的忧虑和关注是新时期西南少数民族作家比较普遍的创作主题。那消逝的山歌，丢弃了的口琴，寂寞的毕摩都成为诗人们感伤的对象。诗人艾吉走在故乡的田埂上，发现曾经在高树上安家的喜鹊、曾经放鸭子的孩子、曾经相爱的口弦和唱山歌的村姑都不见了，“如今不知去向”（艾吉《曾经多么幸福》）。不知去向的消逝和丢失给诗人带来了巨大的心灵创伤，遗憾、惋惜、痛惜的忧伤充斥在诗行当中。

远远的天边/远远的天边/你这棵树哟/穿越漫漫的迷惘的岁月/云那

① 阿库乌雾：《阿库乌雾诗选》，四川民族出版社2004年版，第71页。

② 班果：《雪域》，青海人民出版社1991年版，第54页。

样飘荡/我的忧伤的灵魂/你的无语的故乡

——(彝族)倮伍拉且《冬季里的树》[1]

诗人选取了冬季里树的意象和云的意象。这棵树经历过的岁月漫长而迷惘,冬季的树沉默、坚忍、萧瑟地存在于远远的天边。在飘荡不定的云下面,是冬天孤独的树。无语的故乡让流浪的诗人感到忧伤。故乡和传统文化是沉默的,在沉默中改变了,声音稀微了,诗人的心灵就像飘荡的云一样无处安放,诗人借助这 意境形象地象征了自己民族在全球化文化罅隙中不能言语的孤独姿态。

对于本民族的传统,诗人的态度有时候是矛盾的,既愿意吟诵它的原始、自然、温暖,又对它的保守、落后、脆弱感到可惜与无奈。

那是一只多年独居/峭壁与峭壁之间/不安分的老羊/每个黄昏让目光的野果/结回到岩壁高处/偶尔从深幽的裂缝/伸出的草木四季如秋/每个清晨用坚硬的老蹄/扣亮一些属于岩石的音符/那是一只从没听到过/枪声的岩羊/是一块自由运动着的/旷古的岩石/很多年以后/他其实是一面/不曾有过铭文的碑

——(彝族)阿库乌雾《岩羊》[2]

诗中的这只特立独行、思想深沉、离群索居的岩羊成为彝族精神的标本和象征,它自然、孤傲,与大自然同生同在,不知道枪声,也不知道所谓的文明,但它又是深沉而富有哲理的存在,它的四季如秋,它的四肢苍老而坚硬,它的目光深远忧伤如黄昏。从这样的诗歌中,我们可以感觉到作者内心对本民族传统的认同。但深沉的担忧还是弥漫在诗行,特别是诗歌寓意很多年之后这只岩羊只是一面没有铭文的碑,诗人似乎已经在预言民族传统不可避免的消亡的命运,其中流露出的痛苦、悲伤情绪通过"不曾有过铭文的碑"的结局被传达出来。

我无从想起/从什么时候开始/习惯了西装/和狗舌头一样的领带//我无从想起/从什么时候开始/习惯了米饭/吃着月饼/还真望望窗外的月亮/想起黑屋里的母亲//我无从想起/从什么时候开始/习惯了柏油路/钢筋混

① 倮伍拉且:《诗歌图腾》,四川民族出版社 1997 年版,第 70 页。
② 阿库乌雾:《阿库乌雾诗选》,四川民族出版社 2004 年版,第 41 页。

凝土的房子//我无从想起……/我的泪水也无法让我想起

——(普米族)鲁若迪基《我的泪水也无法让我想起》①

“西装”、“狗舌头一样的领带”、“米饭”、“月饼”、“柏油路”、“钢筋混凝土的房子”这些意象代表的是汉语主流文化和西方文化的同时在场，这两者的强力挤压已经使诗人再也无从想起本民族的文化。在全球化的时代，在现代化的进程中，这样的文化断裂之痛普遍存在于西南少数民族新时期的民族心理当中。

事实上，新时期西南少数民族的诗人们并不是一味沉浸在文化罅隙中的断裂之痛中无法自拔，痛定思痛之后采取更加积极的姿态是他们普遍采取的文化策略。需要指出的是，新时期西南少数民族诗人们面对文化断裂所体现出的忧虑并不是消极的，生于忧患死于安乐，忧虑和忧患对于少数民族如何保护自己的文化传统、如何改变自己的文化命运有重要意义，而这种断裂之痛成为他们诗歌吸引和震撼人心的重要审美空间。

2. 身份迷失和价值迷失之痛

全球化是任何人都无法拒绝的潮流，处在文化罅隙中的少数民族的知识分子，他们对于全球化潮流更加敏感和深刻。在新时期少数民族诗人的诗歌中，少数民族在全球化时代的生活方式、思想状况以及他们的担忧和希望都得到了表现和书写。踏入以城市为代表的汉语主流文化世界的少数民族边缘人，首先面对的就是对自己身份的确认，才旺瑙乳有过这样的诗歌：

我是最后一名苦难的流放者/草原啊，无边的草原……流浪的盗火者/不能抵达家园的孤儿/迎风而立，手握着灰烬和血/比哑巴更加寂寞……

——(藏族)才旺瑙乳《火焰十四行》②

吉狄马加有过这样的诗歌：

我站在这里/我站在钢筋和水泥的阴影中/我被分割成两半//我站在这里/在有红灯和绿灯的街上/再也无法排遣心中的迷茫/妈妈，你能告诉我吗？/我失去的口弦是否还能找到

——(彝族)吉狄马加《追念》③

① 鲁若迪基：《鲁若迪基诗十首》，见《诗探索》，2001 年第 2 辑。

② 才旺瑙乳：《火焰十四行》，见才旺瑙乳的博客：http://blog.sina.com.cn/caiwangnaoru。

③ 吉狄马加：《吉狄马加诗选》，四川文艺出版社 1992 年版，第 237 页。

在全球化的巨大潮流中，处于弱势的少数民族文化面临的是失语甚至是死亡的境遇，对母族文化的追寻也就成为诗人们自觉的使命。在这首诗中，诗人处在钢筋混凝土的都市文明的包围之中，流亡感和迷失感充塞于诗行，沦落为流浪的盗火者和无法抵达家园的孤儿。诗人生活在都市，可是诗人的根却在处于消亡过程中的母族文化那里，所以诗人感觉到自己被分割被撕裂，迷茫中的诗人只能把追寻的希望投向了母亲。“妈妈”和“口弦”代表的就是对于母族文化的坚守和追寻。诗人的被割裂感和无法排遣的迷茫是诗人的现实境遇，也是诗人对自己身份迷失的失控感的情绪把握。

> 汽车领我到高楼的墙角/高楼的地板映出我的身影/五颜六色的等闪亮着/我的心已经空空荡荡/乘着电梯上楼去/拉开窗帘眺望城市/高楼向竹笋一样生长/世界这样大/人是这样多/我像夏天的雨中/掺杂的一粒雪雹/一下子就消失了
>
> ——(哈尼族)哥布《留宿在城市高楼》①

诗人用密集的高楼、高楼的地板、五颜六色的灯、电梯、城市、人群等意象来表达他者文化包围中的密集的窒息感，而自我在这种高强度高硬度的强力围攻下没有任何挣扎的力量，也没有任何与之共存的空间，自我渺小、脆弱、无力、没有任何根基，就像夏天雨中的雪雹，“一下子就消失了”。他者文化无比强大，自我被抽空，在他者面前几乎毫无反抗之力，这就是哈尼族诗人哥布诗歌中对民族生存状态的描绘。

商业文化的侵袭、城市化的进程使得在文化罅隙中生存的西南少数民族的价值观念已经悄悄发生着改变，很多诗歌捕捉到了这种不易察觉的改变：

> 我在山谷独坐/枪在一棵大树旁睡了/的梦里没有鸟的声音/的梦里也没有人的声音/头在落叶和手指间对话/也许是个寂寞的时刻……我在山谷独坐/想石头们会想象着我的模样/找机会拥抱我/能说这样的日子不幸/我走出山谷/到人们聚集的地方/到有房屋和文化的地方/们好像有一种默契/觉得我的猎仓空空如也”
>
> ——(哈尼族)哥布《我在山谷独坐》②

① 哥布：《母语》，云南民族出版社 1992 年版，第 186 页。

② 哥布：《母语》，云南民族出版社 1992 年版，第 134 页。

独坐的诗人在山谷中沉思默想，放弃了去获得物质利益的机会，然而这种珍贵的默想和沉思在有房屋和文化的人们看来一无是处。面对自然和生活的虔诚信念似乎已经被村民们遗忘，取而代之的是对物质的追逐。在消费主义时代，原先少数民族的价值观念就这样被无情放弃，诗中主人公难以难说的失落和忧伤并不是个人的，而是对已经逝去的价值和文化的忧愁和痛惜。

游荡的总是关于我的传闻……其实我曾被一些鸟翅们驮着飞翔/其实我的浅溪一直被鱼弹响/深深浅浅使石头解渴/优美的身姿泛滥一次次月晕/却有一天，我被高贵的马蹄踏伤/无端地遇难/伤口逐渐凹陷下去/我渐渐聚成一潭寒气逼人的泥沼/令一切骄狂的蹄子失去声音/……自那次疯狂的拥抱之后/一切就都化成了飘去的水，跌落的云

——（藏族）班果《黑沼泽》①

黑沼泽在诗中是一个有感情有思想的存在，原本是绿草原上一片美好的“宿地”，但“无端遇难”之后，一切美好的“绿草”、“芬芳”、“飞鸟”、“白唇鹿”都消失了踪影，黑沼泽不得不承受了对逝去的美好岁月的追忆、对现实的无限怅惘以及若有若无的那么一点希望。

“面对这个世界，面对这瞬息即逝的时间，我清楚地意识到，彝人的文化正经历着最严峻的考验，在多种文化的碰撞和冲突中，我担心有一天我们的传统将离我们而远去，我们固有的对价值的判断，也将会变得越来越模糊。”②实际上，最原初的本民族的文化家园已经如同现实中并不存在的世外桃源，少数民族的后人和我们一样，只能从神话传说、习俗宗教、语言和文学等方面来感受和推想。这种感受一方面是直接的生活感受，一方面却又仅仅是遥远的追寻。家园已经失落，隔着时空的推想和追寻便有了一种忧伤和无奈，一种只能呼喊不能到达的悲剧感，只能追寻无法停留的流浪感。

3. 文化自卑之痛

在这些诗歌中还不时流露出弱小文化的文化自卑感。文化自卑，即认为自我的文化比不上他者文化，认为他者文化相比之下更加流行和先进。

那些破破烂烂的蓑衣/是一件件含蓄的绘画吗/那些低低矮矮的小茅

① 班果：《雪域》，青海人民出版社1991年版，第56页。

② 吉狄马加：《我与诗》，《中国文学》1990年第3期。

屋/是一尊尊精美的雕塑吗/那些长不出甜蜜的土地/是一首首沉默的诗吗/不！父亲没有诗/父亲没有诗一样的生活//诗在哪里啊/面对一片贫瘠的土地/没有幻想/无暇期盼/挥汗如雨/也长不出一首诗/从秋天到秋天/又从秋天到秋天/从父亲的父亲的父亲/到我的父亲/总把头垂得低低//一行,两行,三行……/一首,两首,三首……/父亲数着我的诗/那是我在田头窝棚里/大胆而新奇的设想/那是一个没有文字的民族/用文字描述的愿望/父亲数着我的诗/蚂蚁一样密麻的字眼/数也数不清儿辈的憧憬……

——(哈尼族)哥布《父亲数着我的诗》①

哥布诗中描写的小村庄贫穷、破烂、苦涩、沉默,这样的小村庄广泛地分布在我国西南的少数民族聚居地区,生活在这里的人们勤劳而贫穷。然而,比物质上的贫穷更可怕的是文化上的贫穷和无知,哈尼族没有自己的文字,这就意味着要想保护自己民族的文化就必须借用外文。诗人哥布感受到了这种切切实实的文化自卑感,在为自己贫瘠的土地扼腕哀痛的同时,也在努力地叩醒自己的村庄:

醒来吧醒来吧/我的营养不良的小山村/把干柴一样的日子/统统丢进火塘焚烧/再长出个肥肥胖胖的小山村/阳光很明媚/快快醒来快快醒来/我的小山村

——(哈尼族)哥布《早晨,我敲钟》②

在汉语主流文化和西方现代文化的强力冲击下,诗人哥布明显地感受到了自己民族的弱小、无能、脆弱和落后,在他的诗作中也包含着对本民族文化的反省和反思。需要指出的是,在经过反思之后,哥布们并没有一味地不加选择地放弃和否定本民族的文化,而是更加尊重和珍惜自己民族的文化,因此诗歌的指向依然是民族文化的找寻与重构。诗人们的确已经意识到外来文化来势汹汹,隐藏在不动声色背后的是一个民族尴尬、无奈、警觉又无法作为的文化处境。

……我是彝族人/翻开祖先旱涝保收的太阳历/我却找不到太阳/我的日

① 哥布:《母语》,云南民族出版社1992年版,第64~65页。

② 哥布:《母语》,云南民族出版社1992年版,第112页。

子依旧黯淡/太阳历成了残酷的镜子/映出我衣履的破烂/我像个丑陋的老妇/无颜迈出山寨的门槛//我是彝族人/难道我的土地上从来没有过阳光/难道我的小路上只有崎岖和艰难/难道我的祖先留给我的/只是住岩洞吃野果穿树皮的耻辱/那些山一般崇高的骄傲呢/那些神话中的虹桥呢/我要大声发问——为什么我们永远走不出大山/永远——走不出——大山！

——（彝族）王红彬《我是彝族人》①

诗人从祖先的太阳历中找到的不是阳光，而是满布着民族印迹的贫瘠、落后，就像个衣履破烂的“丑陋的老妇”。强烈的文化自卑感使诗人无颜面对自己的祖先，更无颜面对他者文化。在诗歌的结尾，诗人用加强的音节表达了自己对民族文化深沉的忧虑和深沉的反省。

从以上的分析我们可以看出，这一类的诗歌在新时期少数民族诗歌创作中占据了重要的地位。它们的语言简单而朴实，它们的锋芒又刺进现实，表达着属于一个族群的痛苦。这类诗歌不再以风俗和民族作为引人眼球的谈资，也不单纯是对本族古老文化的浪漫抒情和吟咏，而是属于他们自己民族的最真切的痛楚和追寻。文化上的焦虑、文化身份的迷失、文化上的断裂之痛成为这类诗歌的关键词。

（二）温暖自然之美

文化全球化把世界各个民族文化朝着同一同质的方向推进，对于我国西南的少数民族来说，文化认同和文化身份的确认显得尤其必要和重要。承受着灵魂碎裂的痛楚和无奈，新时期西南少数民族的诗人们坚定地走上了追寻新生的道路，用自己的语言和文字确立和宣告着自己的文化身份，建立自己的文化家园。他们对于本民族文化精神的感受与传达，对民族心理的探索和揭示为民族文化认同提供了道路和方法。努力摆脱框架和桎梏，努力追寻少数民族自身的民族文化身份、追寻自己的民族之根和民族性，是新时期边地少数民族诗歌最为动人的篇章之一。

1. 重构自我与民族——为民族代言的诗歌写作

我要寻找的词/是祭司梦幻的火/它能召唤逝去的先辈/它能感应万物

① 王红彬：《初恋的红峡谷》，广西民族出版社1989年版，第55页。

的灵魂//我要寻找/被埋葬的词/它是一个山地民族/通过母语,传授给子孙的/那些最隐秘的符号

——(彝族)吉狄马加《被埋葬的词》①

新时期西南少数民族诗人们的汉语创作走上了一条坚实的民族文化找寻的路,他们在艰难的寻找中,通过祖辈留下来的词、符号、信仰实现了自然个体和民族个体的共同发现和成长。

……天哪!我正/穿越着的土地是多么广阔/那些稀疏的村落宁静而遥远/穿越许多种人,许多种天气/僧人们紫红的袈裟在身后/旗帜般噼啪作响,迎风飘扬/我匍伏在地,仔细倾听/却只听见沃土的气味四处流荡/我走上冈,又走下山冈……泥土,流水/诞生于岁月腹部的希望之光/石头,通向星空的大地的梯级//就是这样/跋涉于奇异花木的故土/醇香牛奶与麦酒的故土/纯净白雪与宝石的故土//舌头上失落言辞/眼睛诞生敬畏,诞生沉默……

——(藏族)阿来《三十周岁时游诺尔盖大草原》②

在新时期西南少数民族诗人那里,与个人的觉醒伴随而来的是诗人们在对民族文化苦旅般的找寻中民族文化的觉醒。在诗歌中,诗人已经不是纯然自然的自我,而是民族坚强有力的子孙,用自己的双脚和身体丈量着对他发出召唤的大地,穿越土地、村落、人群、天气、僧人,触摸着民族的历史、传统和文化,诗人感受到震撼、敬畏,在沉默中吟唱,在吟唱中沉默。在这个过程中,小我与大我都得到了发现和重构。三十周岁的诗人,与让诗人震撼、思考、体悟、成长的故土合而为一,发出了新时期藏族汉语诗歌洪亮、深沉、坚定的声音。

与新时期藏族汉语诗歌的深沉、隐秘相异,新时期彝族诗歌更加轻快、明亮,情感也更加外露。诗人倮伍拉且这样描述自己的文化认同:“有一根无形的链子把我们连在一起,‘我’是指我和生我养我的土地以及这块土地上生长的所有植物和动物。这是无法摆脱的。所以,我的语言、声音甚至呼吸都弥漫着大凉山美妙的气息。”③所以,对于诗人来说,面对着普普通通的植物或者动物,就

① 吉狄马加:《吉狄马加诗选》,四川文艺出版社1992年版,第235页。
② 阿来:《前定的念珠(诗歌卷)》,四川文艺出版社2002年版,第13页。
③ 倮伍拉且:《大自然与我们·序》,四川民族出版社1992年版。

常常有一种感动和归属的力量埋藏于心间：

> ……那样一个时刻/我常常从树木的形状和纹理之中/看到我的父亲母亲的影子/看到我的爷爷奶奶的影子/看到我的祖先的影子/看到我的影子我的还没有出生的子孙的影子/那样一个时刻我常常泪流满面……
>
> ——(彝族)倮伍拉且《常常有那样一个时刻》①

诗人总是以个体的灵性为触角,深入故乡的大山中,深入树木的形状和纹理中,带着虔敬的心态去细细描摹心目中祖先的形象。这样的哲学沉思往往在诗歌内部形成巨大的张力,诗人的情思贯穿现代和古老,所跨越的时空范围极为宏大。高缨在倮伍拉且的诗歌序中说,"他童年的瞳仁里,尽是危崖峭壁、草地花丛,以及他父辈艰辛的身影。彝族的漫长历史,一度璀璨而又隐没的文化,神秘的原始宗教,忧郁悲凉的歌谣,封闭、贫困和豪迈曲折的金沙江,都是诗人宿命的遗产。……他回归凉山,回归大自然,回归自己的民族及其未曾挖尽的文化宝库,回归于变奏过的谣曲……他与一草一木对话,且心灵交汇,他与历史对话并思索人生真谛。他抒发自己真实的爱情、苦闷和探求。这种心灵的表白化为自然的韵律,于是,诗人回归于诗的本体"②。正是通过回归于故乡的草木、回归于故乡深沉而濒于消逝的文化,诗人才感觉找寻到了站在大地上的根基和力量,双足踏着大地歌唱,敦实、纯朴、温暖又略带忧伤的诗歌之风迎面而来。

> 永不熄灭的火塘里的红红的火/染红了我的血液我的心肝脾脏/照亮我的眼睛/照亮我的黑暗……心中有团火熊熊燃烧/血脉里流淌着滚烫的血液/如果每个人心中都有冰山和雪原/那么我的心中只有苍翠的山峰和碧绿的原野//有了永不熄灭的红红的火/就有了生生不息的生命/我的生命我的短暂的生命过程/与大凉山的所有动物和植物血肉相连/息息相通/故乡土地上一块普通的石头/与我的呼吸也有着相同的节奏
>
> ——(彝族)倮伍拉且《永不熄灭的红红的火》③

在这首诗中,永不熄灭的红红的火成为彝族原始、温暖、热情、生命活力的

① 倮伍拉且:《绕山的游云》,四川民族出版社1992年版,第93页。

② 高缨:《回归的诗人——序》,诗集《诗歌图腾》,四川民族出版社1997年版,第1~3页。

③ 倮伍拉且:《绕山的游云》,四川民族出版社1992年版,第27~28页。

精神象征,成为像作者这样的彝族子孙走到哪里都念念不忘的温暖之源,成为连结生命与生命的内在之物。这火塘里的红红的火,可以把一切的白天和黑夜都照得金碧辉煌流光溢彩,就连故乡土地上的一块普通的石头,都与诗人有着相同的呼吸和节奏。诗人艾吉在他的诗歌中这样表白:"只有在故乡/我才不会失眠/一枕蓑衣/可以做最安宁的梦"(艾吉《在故乡我不会失眠》)。故乡公鸡的高亢的嗓音、狗的吠叫、老人的咳嗽等寻常而朴实的画面在诗人的脑海里就是故乡特有的味道,也是古老民族的味道、精神家园的味道。在中国近现代的诗歌史上,我们很难找到具有如此强烈的民族文化归属和认同的诗歌。真挚而强烈的民族认同感是新时期边地少数民族诗歌的非常重要的特质。

> 记忆中的大黑山顶/长年不化的冰雪/如同神话里遗落的/洁白草帽/山间/外婆弯腰割草的姿势/被朝晖定格/成为一种世人难以描画的/经典//……//外婆漫不经心把一串串/贮藏已久或刚刚收割的/动人传说/随手扔进火塘/……/坐在外婆补丁垒成的/膝盖上/我梦见天堂……
>
> ——(傣族)柏桦《乡村人物素描(组诗)·三、茅草房里驼背的外婆》①

诗人把自己深厚浓郁的情感和体验,投射到诗人所熟悉的景物和人物中,在具体事物和民族文化的交融里,完成了对民族精神的还原和个人言说。

诗人吉狄马加更是对世界直接宣告:

> 我是这片土地上用彝文写下的历史/是一个剪不断脐带的女人的婴儿/我痛苦的名字/我美丽的名字/我希望的名字……我传统的父亲/是男人中的男人/人们都叫他支呷阿鲁/我不老的母亲/是土地上的歌手……我是一千次死去/永远朝着左睡的男人/我是一千次死去/永远朝着右睡的女人/我是一千次葬礼开始后/那来自远方的友情/我是一千次葬礼高潮时/母亲喉头发颤的辅音//这一切虽然都包含了我……啊,世界,请听我回答/我——是——彝——人
>
> (彝族)吉狄马加《自画像》②

"支呷阿鲁"、"呷玛阿妞"都是彝族神话传说中的人物,对熟悉这些传说的

① 柏桦:《乡村人物素描(组诗)·三、茅草房里驼背的外婆》,《边疆文学》1999年第11期。

② 吉狄马加:《初恋的歌》,四川民族出版社1985年版,第84页。

彝族人来说，具有丰厚的神圣性和感召力，是具有民族原创性和独一无二特质的彝族魂，找到了他们，就找到了彝人千百年来的文化命脉。强烈的民族文化认同感和自豪感充斥于诗行，这是对诗人民族身份和文化身份最明确和有力的确认和宣告。新时期西南少数民族诗人的汉语创作一个突出的特点就是不约而同地摒弃了个人狭小的一己空间的抒情，选择和接受了为民族代言的重任。在文化罅隙中，少数民族的诗人们被赋予了责任和勇气，一种使命感郁积在他们的胸腔，使得他们的声音一发出就是民族的声音，是强烈的民族文化认同的声音。正如吉狄马加所言："我敬畏群山。因为我的部族就生活在海拔近三千米的群山之中，群山已经是一种精神的象征。在那里要看一个遥远的地方，你必须找一个支撑点，那个支撑点必然是群山。因为，当你遥望远方的时候，除了有一两只雄鹰偶然出现之外，剩下的就是绵延不断的山脉。群山是一个永远的背景。在那样一个群山护卫的山地中，如果你看久了群山，会有一种莫名的触动，双眼会不知不觉地含满了泪水。这就是彝族人生活的地方，这样的地方不可能不产生诗，不可能不养育出这个民族的诗人。"①在文化罅隙中，以自己民族的精神传统为支撑点，确认自己的文化身份，描绘和讴歌自己所依赖和挚爱的故土家园，是诗人们自然而然的选择。在吉狄马加的诗中一直有一种非常明显的民族身份的认同的观念。诗歌中的意象特别是人物意象往往是通往诗义的密码和钥匙，是诗人灵魂的外在表现形式。吉狄马加笔下的人物有两个大的类型，一类是父辈形象，比如父亲、母亲、爷爷、毕摩等；一类是我辈形象，包括孩子、猎人、少年以及诗歌中的"我"等。这两类人物意象在吉狄马加的诗歌世界中成为文化的象征，有着特定的文化蕴指。吉狄马加给自己设定的角色是一个纯正的"彝人"，一个与民族文化剪不断脐带的"婴孩"，他的父辈叫作支呷阿鲁，他的母亲是大地上的歌手，他的情人叫作呷玛阿妞，这样强烈的文化归属和文化认同使吉狄马加的诗人之音充满力量。我辈形象代表着彝族的现在和将来，在诗人的笔下，这类人物意象一方面有指向未来的寄托和希望，另一方面与父辈形象的苍老气质相契合，显得深沉、忧伤、哀婉，包含了诗人对民族文化深深的思考。

2. 建立温暖美好的诗意家园

我的家园在哪？/我的方言在哪？/我必须找到自己的道路，山脉，河

① 吉狄马加：《吉狄马加谈诗歌》，《延安文学》2009 年第 4 期。

流和湖泊

——(藏族)阿布司南《歌谣开始的地方》[①]

家园啊/唯驼铃的音符才能谱就的歌是你/唯驼铃的旋律才能交响的歌是你/回家的途中/到处洋溢着故土的气息……家园的庄稼/是泥土掌心中的少女/还在羞涩的微笑/期待收割/大河之水/洗亮岁月生锈的往事/洗亮家园久违的民谣/家园家园/只要弥漫你的炊烟/只要洒泄你的月光/我们就永远不会迷失

——(撒拉族)韩文德《永远的家园》[②]

家园是人类永恒的皈依,在全球化时代,处于文化弱势的少数民族知识分子的家园意识更加突出,他们的失根感和无家可归的流浪感更加突出。远离之后的找寻和回归是历史的必然,温暖家园的建构和回归是新时期边地少数民族诗歌又一重要的主题。在彝族有这样一个传说,彝族先民中有一对父子穷其一生都在寻找"天边",经历过无数的困难挫折,父亲在这个寻找的旅途中老去了,儿子继续寻找,最终回到了起点。新时期藏族小说和诗歌中也存在这样的找寻主题,实际上,回归是流浪的身体和灵魂宿命的选择,无论是对于自己民族山河、高原、雪域、湖泊等外在景观的描绘,还是对于民族内在精神和心理的发掘,都共同地指向了归宿和家园的意义。这一点在新时期西南少数民族汉语诗歌中得到了典型的表现。

(1)诗意家园的意象构成

藏族诗人格桑多杰游走于西藏的高山雪域之中,用丰富、瑰丽的现代汉语对民族的山川、土地、草原、河流、善良的人们进行了真挚热情的咏吟:

枪斧交锋的疆场鲜花绚烂不凋/七彩的英灵与三春的红霞紫云并升/山花的芳香与牧羊女的笑靥并蒂/悠悠千载的古土百花怒放……雪山驮扶起一个诱人的传说:贤惠的吐蕃母亲点燃万颗星斗的乳房/熔炼女性宛如秋月般明丽纯净/冻土上始拓千姿百态的岁月/束束花蕾常伴人间的辛酸/磨练吐蕃母亲采掘女性的力量/走向雪崩的险岸种植/奔向大火的草原耕播……

——(藏族)格桑多杰《北国花蕾》[③]

---

① 阿布司南:《歌谣开始的地方》,《西藏文学》2006年第3期。

② 韩文德:《永远的家园》,《中国民族》1999年第4期。

③ 格桑多杰:《中国少数民族经典文库1949—1999(诗歌卷)》,云南人民出版社1999年版,第250页。

诗人用富丽、美好、繁多的意象塑造出一个诗意丰盈的人间天堂，不是过滤掉苦难和艰辛，而是以感恩的心态来面对吐蕃母亲，以虔敬的姿态面对自己民族古老的土地和辛劳的族民。

在对本民族传统文化的找寻和确认中，诗人们建构了一个由众多独特意象组合而成的诗意家园。意象是诗歌的灵魂所在，是诗人熔铸情感的所在和通向读者的媒介。新时期西南少数民族汉语诗歌的家园意象系统包括群山、森林、高原、雪域、岩石、河流、村寨、小土路、瓦板屋、火塘等，由此组成了先祖、父辈、我辈人物谱系活动的场所。在这个意象世界中，温暖和美好的家园感和归宿感是最重要的情感标签。群山和高原是这个诗意家园的主背景，群山和高原是西南少数民族祖先和神灵诞生的地方，在新时期诗人的诗歌中，群山是神性的，高原是有生命的，是温暖而有人性的，同时也承载着他们的梦想和精神。诗人们大都擅长从自己民族的传统和文化中，从自己生长的大山和土地中寻找诗意和灵感，以现代性的眼光实现了当下语境和民族传统之间的对话，这是一个回首的过程，也是一个找寻的过程，尽管这个过程中不乏苦痛和焦虑。

彝族诗人倮伍拉且围绕高原和群山题材的诗歌，通过具有浓得化不开的情结的大山、具有超脱灵魂的游云和一个无所不在的圣地的吟咏，反映了新时期彝族人的心理变迁。诗人痴迷着家乡清新、自然、朴素、纯净的群山和游云，南来北往的山风，生长阳光的土地，红色土地的高原。在他的许多诗篇中都体现出了诗人对家园的眷恋。

> 在我的故乡大凉山/在大凉山的怀抱里/我的身躯我的心灵和我的思想/舒展在阳光下/与美丽的鸟儿一起/快乐地飞翔/歌唱/与阳光照耀下的河流一起流淌……我的声音空空荡荡的声音里/却没有一点点快乐的音调/其实欢乐也一样哭泣也一样/只有在大凉山我才能够真实的表达和歌唱//从平坝到山梁/从冬天到春季/穿过密林走过峡谷/雨水和雪花润泽我的身躯我的灵魂/我的思想/大凉山广袤的土地上/我与每一棵树木每一棵庄稼一同生长
>
> ——（彝族）倮伍拉且《我的思想与树木庄稼一同生长》[①]

大小凉山所处的地域是彝族最主要的聚居区，位于四川的南部和西南部。

① 倮伍拉且:《我的思想与树木庄稼一同生长》,《凉山文学》1998 年第 4 期。

对于诗人们来说，大小凉山既是自己民族封闭落后的苦难之地，同时又是他们温暖诗意的永恒家园。对于彝族子孙来说，他们的梦想永远升起在故乡群山的上空。这是一个落后而淳朴、诗意而美好的文化家园，诗人们与大山和高原对话，与森林和村寨交流，与先祖和神灵融汇，在这里，群山高原、神灵先祖、村寨土地、气候风物都有了难得的整体性和一致性，共同构成了一个富有蕴涵的、具有包容性和开放性的诗歌意象系统，同时也构成了一个美好的想象中的民族精神家园。

也只有在作者的故乡大凉山，作者的心灵和思想才可以舒展自如，只有与大凉山的"平坝"、"山梁"、"密林"、"峡谷"、"雪原"、"树木""庄稼"在一起，作者的思想才能完成生长，在具体、生动、自然的意象的呈现中，作者对家园和故土的眷恋表露无遗。

> 这里/你没有级别/无论你是乘坐凯迪拉克/还是骑毛驴/你只是作为一个人/走在湖边/与那些数念着佛珠的老人擦肩而过……这里不是天堂/天堂永远在我们头顶之上/这是失落在人间的仙境……
>
> ——(普米族)鲁若迪基《泸沽湖》①
>
> 雪后/那些山脉/宛如刚出浴的女人/温柔地躺在/泸沽湖畔/月光下/她们妩媚而多情/高耸着乳房/仿佛天空/就是她们喂大的孩子
>
> ——(普米族)鲁若迪基《女山》②

对于自己的家乡，对于小凉山和泸沽湖的信赖和坚守，使得鲁若迪基的诗歌与他脚下的土地形成了一种亲密的血缘一般的联系。在这两首诗中，简单、率直的诗歌语言与凉山少数民族的民族气质相契合，诗人建立了一个"失落在人间的仙境"，这里如同天堂，家园的万种风情与这里的独有的生活方式不可分割，这里的人们遵守着最原初的生活方式和最虔诚的信仰，在它面前任何人都是平等的。所以对于泸沽湖的描述，不是外在的和概念上的接近，而是对于泸沽湖文化内涵的揭示。这里的自然万物因为有了一种文化的内涵而富有了生命的色彩，接近这里的生活，就是接近万物的本源，就接近少数民族精神上和文化中的家园。

---

① 鲁若迪基：《泸沽湖》，《民族文学》2001 年第 4 期。

② 鲁若迪基：《中国少数民族经典文库 1949—1999》（诗歌卷），云南人民出版社 1999 年版，第 354 页。

还有一些诗歌通过对具体意象意义的生发和引申，来达到对民族文化和民族心理、精神的确认和把握。

> 雄性的弯角/装饰着远走的云雾/背后是黑色的深渊/它那童真的眼睛/泛起幽蓝的波浪
>
> ——（彝族）吉狄马加《古里拉达的岩羊》[①]
>
> ……你的头索玛花一样/朝东方/东方洒下亮丽和晨露/怪异地缀满/彝人山石般渴慕天空的眼睛……你的脚西南方原始深谷中/踩碎蘑菇菌苦涩的传说/甚至踩碎自身/从此天空仿佛缺少了些什么/西南有彝人狩猎归来/透过弹丸偷窥/你风中时明时暗的/虎迹终究/彝人习惯养虎为患
>
> ——（彝族）阿库乌雾《白虎》[②]

彝族是一个身处大山怀抱中的山地民族，彝族人纯朴沉稳、冷峻睿智、坚韧勤劳。承载着少数民族文化的各种物象，如鹰、羊、虎、岩、葫芦等，都能激发诗人的创作灵感，引起诗人们对于民族文化家园的强烈共鸣。他们的诗歌吟诵着家园，风格自然、真实、质朴。有关母族的一切风物都能唤起他们的诗思。岩羊充满力量，有着雄性、纯真、深广的特性，能够通向浩瀚的宇宙，能够过连结神秘的现在和永恒，是彝族传统文化家园内涵的象征。虎是彝族自古崇拜的图腾一般的存在，它高傲、珍贵，在西南的深谷之中，它是深藏于森林之间的精神。采用象征、比喻、隐喻等表现手法，诗人们复活了存在于彝民心中逐渐黯淡的昔日的影像，同时也赋予彝人家园重构的精神内核。

(2)母亲崇拜与温暖家园的建构

在新时期少数民族的汉语诗歌中，对母亲的赞美和崇拜与对母族的崇拜常常合而为一，母亲不是作为一个女性形象而存在，而是与传统、大地、文化联系在一起，成为新时期少数民族汉语诗歌建构的诗意家园中的核心意象。

> ……就这样向右悄悄地睡去/多么像一条美人鱼/多么像一弯纯洁的月牙/多么像一块沉默的礁石/她睡在土地和天空之间/她睡在死亡和生命的高处/因此江河才在她身下照样流着/因此森林才在她身下照常长着/因此山岩才在她身下照样站着/因此我苦难而又甜蜜的民族/才这样哭着，才

---

① 吉狄马加：《吉狄马加诗选》，四川文艺出版社1992年版，第16页。

② 阿库乌雾：《阿库乌雾诗歌选》，四川民族出版社2004年版，第12页。

这样喊着，才这样唱着//就这样向右悄悄地睡去/世间的一切都要消失/在浩瀚的苍穹中/在不死的记忆里/只有她的左手还漂浮着/那么温柔，那么美丽，那么自由

——(彝族)吉狄马加《母亲们的手》①

恬静的山寨/母亲开始呼喊/晚归的孩子//那声音/在我眼里/渐渐长高/最终支撑起/那一黑色的天幕

——(普米族)鲁若迪基《爱》②

在这样的诗歌作品中，母亲既是给自己生命的普通母亲，又是给予自己文化生命的民族母亲。母亲被比作"美人鱼"、"纯洁的月牙"、"沉默的礁石"，这些美好崇高的意象显示了彝人母亲美好、崇高的人格和高高在上的生命境界，在母亲光辉的普照下，江河、森林、山岩等自然景物才有了无限的生命活力。母亲的爱不仅润泽了晚归孩童的心灵，还润泽了彝族的自然万物，是充盈于天地之间的伟大之爱。正是因为有母亲的爱，才驱赶了彝人生命中的黑暗和恐惧，有了母亲的爱，才有了家园和光明。

一位母亲阵痛的声音/沐浴着整个苍宇/无规则的翅羽占据/无规则的世界/此间，语言与文字守护人类/足足千年万年/唯有诗歌/以长者的姿态/目送春天自大地/离去

——(彝族)阿库乌雾《春殇》③

透过瓦板房的缝/真想和星星说话/但它太遥远了/可我的身边/还是有星星/那是母亲的/眼睛

——(彝族)吉狄马加《一个山乡孩子的歌》④

在那有着瓦板房的地方/当她们袒露出丰满的乳房/深情地垂下古铜色的额头/去给自己的孩子喂奶/黄昏就像睡着了一样

——(彝族)吉狄马加《黄昏》⑤

母亲已然成为诗人们与自然、故乡亲密接触的情感媒介。自然母亲与文化

① 吉狄马加:《初恋的歌》，四川民族出版社 1985 年版，第 116～117 页。
② 鲁若迪基:《我曾属于原始的苍茫》，民族出版社 2000 年版，第 51 页。
③ 阿库乌雾:《阿库乌雾诗歌选》，四川民族出版社 2004 年版，第 68 页。
④ 吉狄马加:《初恋的歌》，四川民族出版社 1985 年版，第 57～60 页。
⑤ 吉狄马加:《初恋的歌》，四川民族出版社 1985 年版，第 104～105 页。

母亲自始至终都在哺育民族的后代，哺育诗人们的心灵，给人们以希望和勇气。美好、温暖、甜蜜、神圣的母亲的眼睛被赋予了与自然界的星星相媲的美感，它就在孩子们的身边，它的安静、温暖感动着每一个彝族孩子的心。母族文化的哺育是彝族子孙割不断的脐带，母亲崇拜就是母族文化崇拜，就是对自己血缘和家园的追踪和眷恋。母亲的哺育这一个寻常的细节具有了象征的意义，这样的普通而不平凡的美感震慑着诗人，以至于诗人觉得黄昏都如痴如醉，现实与自然又融为一体，体现出彝诗自然之风气。

与同时期汉族主流文学的寻根相比较，担忧和痛苦或许是一种相似的情绪，但新时期西南少数民族汉语诗歌所引向的最终的审美体验却不尽相同。在汉语主流文学那里，作家们通过想象虚构了一个寻根的乌托邦，或者给读者一种无法进入的封闭感（如韩少功的《丙崽》《爸爸爸》《女女女》等），或者没有在最后达到意义或者家园的归属感（如王安忆的《小鲍庄》等），尽管都是追寻，却没有像同时期少数民族文学一样建构起一个家园，而只是更加注重表达失根的痛楚。

温暖的心灵家园的建构同时也是作家们在后殖民时代所采取的文学策略之一。由于边地少数民族地区更多地保留着本民族的传统，在文化全球化的语境下，他们通过重建家园而进行的自我拯救也就更加迫切。在庞大又无情的消费时代，享乐主义和便利主义盛行，极易给人带来身体的消弭感和消失感、身份的飘零感和无依无靠感。正如马克思或黑格尔理论中所提到的“异化”（Alienation），人失去了自己的生命本来的意识，而只以物的形式存在着，不断地占有物质成为现代人追求幸福和获得归属感的途径。地处中国边地的新时期西南少数民族诗歌以其单纯、质朴、自然的诗美和鲜明的文化品格冲出突围，拥有了自己文化和文学上的高地。简单、直接、真实，而不是刻意复杂化、抽象化，用最清晰自然的汉语传达内心深处的情绪和感受，这就是最能感动人和震撼人的力量。

需要指出的是，新时期西南地区少数民族诗歌创作中所反映出的这种温暖恬静、古朴单纯的诗美空间，在一定程度上也可以看作是中华民族远古生活景象的缩影。自给自足的小农经济形态、温柔敦厚的民俗民风是典型的“中国气派”和“中国作风”的文学想象世界，从这个角度我们可以说，新时期西南少数民族的诗歌创作已经以一种具有民族特色的姿态汇入了中国当代文坛的主流之中，并发出了与众不同的声音。

（3）森林童话世界与孩童视角呈现出来的原始自然之美

孩童虽然弱小,但是单纯,尚未完全融入成人的世界,孩童的心如明镜、如露珠,能照见最美好的自然。孩童代表着希望,代表着人类文化的初生状态,孩子的眼睛、孩子的情感、孩子的梦成为诗歌通往遥远而温暖的精神家园的一种方式。就个体来说,人生来都是干净的,没有沾染任何污迹,渴望回到圣洁的原初状态和童年时代几乎是每一个流浪者的愿望,这成为诗人们总倾向于选择童年视角的原因之一。另外,从自然地理上看,位于西南地区的少数民族聚居区是我国森林资源丰富的天然林区,大多数以打猎为生的少数民族大都生活在大森林中。孩童与森林这两个意象进入新时期的汉语诗歌,为少数民族诗歌带来了一股原始的自然之美。与新时期边地少数民族诗歌质朴、单纯、自然的美学追求相一致,孩童视角与森林意象共同为新时期西南少数民族汉语诗歌营造出一派郁郁葱葱、单纯美好的原始自然之美。

孩童视角是许多西南少数民族诗人诗歌创作的重要角度。这一点对于吉狄马加来说更是如此,仅《初恋的歌》这部诗集中,就有诸如《童年的梦》《孩子的祈求》《一个猎人孩子的自白》《永恒的誓言》《孩子和猎人的背》《孩子与森林》《我愿》《一个山乡孩子的歌》《初恋》《孩子·船·海》等以孩童视角切入的诗歌篇目。在这个诗歌王国里,孩子们有着纯真的小脸,他们都有一个猎人爸爸,他们的"梦想很简单","祈求很有限","只求森林里常有月亮/只求森林里常有星星","只求有母爱,又有父爱"(《孩子的祈求》)。

> 爸爸/我看见了那只野兔/我还看见了那只母鹿/可是/我没有开枪/此刻我看见的森林/是雾在那里泛起最蓝的海洋……就是这时我把世界忘了/忘了我是一个猎人/没有向那只野兔和母鹿开枪
>
> ——(彝族)吉狄马加《一个猎人孩子的自白》[①]

诗歌直接以一个彝人孩子的口吻谋篇。在彝族孩子的眼里,雾的森林如同蓝色的海洋,"黄昏"、"树梢"、"小溪"、"蟋蟀"、"草地"、"月亮"、"星星"、"鸟"、"青蛙"、"母鹿"、"三叶草"在这个孩童的世界中全部以诗意、美好、天真烂漫的方式出场,共同营造出人间少有的大美境界,美得这样让人窒息,美得这样纯粹,美得这样惊心动魄,连身为猎人后代的"我",也在这个时候"把世界忘了","忘记了我是一个猎人"。森林、孩童、自然融合在一起,建构了一个美好的

① 吉狄马加:《初恋的歌》,四川民族出版社1985年版,第6~8页。

森林童话世界。

> 我看见一个彝人的孩子/躺在山岗上/我看见一只小羊睡在他身旁/我看见他睁着一双黑色的眼/长久地望着一只鹰在盘旋/长久地望着一只鹰在翱翔/在他的透顶上/那无垠而又辽阔的天空/就像一片迷人而沉寂的海洋/那温柔而多情的山风/正在轻轻撩动着他那绣花的衣裳
>
> ——(彝族)吉狄马加《我渴望》①

诗人们在诗歌中努力地呈现他们族人的生活状态,无论是猎人,还是猎人的孩子,还是放羊的少女,都是美丽的画卷中纯朴自然的生命存在,看似平凡普通的画面在诗人笔下呈现出了让人震撼的美。由孩子、山岗、小羊、鹰、山风、天空构成的诗歌世界单纯而美好,有孩童时代的无忧无虑的甜美,也有对无知的广大世界的好奇和忧虑,那双黑色的眼睛代表着单纯,也代表着深沉。这就是彝族孩童的世界,是他们长大的方式,也是他们认识和看待这个世界的方式。华兹华斯拥有静谧的湖畔,拜伦拥有激情的高山大海,夏多布里昂拥有神秘的北美原始景观,沈从文拥有醇美天然的湘西世界,徐志摩有他挚爱的巴黎和康桥,对于吉狄马加们来说,他们拥有一个童话般的森林世界,这里的自然万物有一种和谐的美丽,这里有猎人父亲留下来的精神和信念,这里还有母亲深厚、完满、包裹一切的爱,诗歌创造出了原始、丰盈、自然的审美境界。

> 山雾,柔柔软软的/鞭子抽不碎/利刀砍不绝/风吹得无影无踪/阳光留下成串的眼泪?/山花的娇丽/稻穗的芳馨/山雾不衰的精灵!/山雾柔软朦胧/朦胧而不混沌/有着清醒的心!/柔软中,蕴藏着/不屈的苍劲/朦胧中,繁衍着/崛起的生命!
>
> ——(壮族)农冠品《雾的深山(二首)》②
>
> 面对洁白的游云/我们悄然无语/与肃穆的山峰一起聆听/森林吟诵的无限启示/……山是彝人之家山是彝人之母/绕山的游云/是彝人祖先净化的灵魂……
>
> ——(彝族)倮伍拉且《绕山的游云》③

---

① 吉狄马加:《吉狄马加诗选》,四川文艺出版社 1992 年版,第 62 页。

② 黄桂秋:《大山的泪与笑 – 读农冠品的大山诗》,《南方文坛》1998 年第 2 期。

③ 倮伍拉且:《绕山的游云》,四川民族出版社 1992 年版,第 73 页。

诗人们以一颗童真的眼睛和心灵感受描绘着自己心目中的乐园。在这个森林童话世界里，山雾是柔软而苍劲的，在朦胧中有着清晰的心。游云是洁白而富有灵性的，无论是山雾还是游云，这些自然、原始的意象，都倾注进了诗人浓烈的情感，成为民族精神的写照、祖先灵魂的化身。

云南人太神奇了/每天都让很多的云/擦拭着自己的天空/擦得那么干净/蓝得没话可说/干净的云南的天空/擦拭它的云/也不染一丝灰尘/那样洁白/白得让人想起稿纸/忍不住想在上面作首诗

——（普米族）鲁若迪基《云南的天空》①

凭着祖先的荣耀/我们成为星星/我们成为树木/与天空土地/共呼吸

——（彝族）倮伍拉且《祖先的荣耀》②

最早醒来的是公鸡/然后是寨子里的母亲们/狗和猪醒了，鸡和鸭醒了/老人和孩子也醒了/早晨的太阳照亮了寨子/鸽子在天空飞翔……

——（哈尼族）哥布《早晨》③

就好像这片土地上的任何一件普通的风物都可以调动诗人创作的激情和灵感，面对干净的蓝色的天空，诗人想象这是云南人让云擦拭的结果，天“蓝得没话可说”、云“白得让人想起稿纸”，自然的美就是原初的、明亮的、温暖的、沁人脾肺的，它往往简单、新鲜、单纯、透明而直达人心。在这片圣洁的天和云的下面，因着祖先传承下来的“荣耀”，这里的人们与星星、树木，天空、土地同呼吸共命运，与天地万物心心相印。这里的母亲们、老人们、孩子们与公鸡、狗、猪、鸡、鸭具有平等的身份和地位。在西南少数民族原始自然的生活状态下，一切物种都是平等的，动物们不是人类的附属，而是人类的伴侣和朋友。这样的诗作透露着原始、自然、混沌、迷人的蓬勃力量，这种原始与自然的魔力又因为与中心主流文化不同而具有了珍贵的价值和意义。

“我力求自己的诗能体现出真正的民族精神，希望自己诗的世界是一个充满了人情和友爱的世界。”④文学是作家对人类的生存状态进行思考与选择的艺术形式，新时期西南少数民族的汉语诗歌创作，无论是重构自我与民族的呐喊、

① 鲁若迪基：《不一样的天空（组诗）》，《边疆文学》2000 年第 10 期。
② 倮伍拉且：《倮伍拉且诗选》，《凉山文学》2008 年第 7 期。
③ 哥布：《母语》，云南民族出版社 1992 年版，第 41 页。
④ 《吉狄马加简介》，《星星》1984 年第 12 期。

美好诗意家园的建构，还是森林童话世界的诗意描绘，实际上都是对人类的未被异化的生存状态和精神状态的呈现，饱含着作为自然之子的人对自然家园和精神栖息家园的拳拳之情。人本是自然之子，本能地可以同自然万物沟通交流，切近自然、切近家园是人性的内在需要，但随着科技、经济日新月异的发展，人日益严重地沦为机器和物的奴隶，日益严重地异化为现代城市这座机器上的零件。城市的逼仄、现代科技生活的精算处世使人丧失了原本敏感诗意的感受生命的触角，横流的物欲使人的精神生命日益萎缩和虚空。在这样的时代背景下，新时期西南少数民族的汉语诗歌创作所具有的意义不可小觑。

（三）神性虔敬之美

少数民族文学正因其民族性而受到文坛的关注，我国的西南少数民族地区地理环境构成复杂，高原耸起、山地茫茫、大河相间，这里是雪山高耸的中央，也是江河奔流的源泉，大自然赋予这块土地以灵气和宝藏，而宗教在这里的扎根和成长，给予了少数民族面对自然和生命的勇气。在西藏的任何一座庙堂附近，总有虔敬的教徒向着他们的信仰匍匐跪拜，他们的身体紧贴大地，干裂的双唇和苍老的额头同时亲吻着脚下的土地。由于民族、地域、历史、政治等原因，少数民族聚居的地区总是蕴含着多种宗教形态。佛教（其中包含藏传佛教、汉传佛教等不同种类）、道教、基督教、原始宗教以及由几种宗教衍化而成的民间宗教在这片大地上有着广泛深远的传播。在云南、贵州等地的少数民族聚居区，古老的鬼神崇拜、祭神祭祖活动、对万物虔敬的信仰等宗教观念根深蒂固，我们可以称之为“普化的宗教”①。所谓“普化的宗教，是指一个民族的宗教信仰并没有系统的教义，也没有成册的经典，更没有严格的教会组织，而且信仰的内容常常是与一般日常生活混合，而没有明显的区分”②。这种普化的宗教在西南地区非常普遍。无论是传统意义上纯然的宗教，还是这种普化的宗教，都对西南少数民族的民族文化心理有深刻的影响。文学作为一种着力于表现复杂广袤的现实生活和自然世界的意识形态，一直是文化系统中极其重要的组成部分，任何一个民族或者一个地域的文学，都在一定程度和范围上承载、折射、蕴含着这一民族或地域的文化特征和文化内涵。“任何民族的文学，凡能遗留下

① 李亦园：《文化与修养》，广西师范大学出版社 2004 年版，第 154 页。
② 李亦园：《文化与修养》，广西师范大学出版社 2004 年版，第 154 页。

来的重要杰作,大都是现实主义的。"[①]百年来在西南少数民族心目中刻骨铭心的宗教文化自然成为文学表现的现实。在新时期西南少数民族的汉语诗歌中,无论是词汇、意象的使用,创作诗歌的思维,还是诗歌情感的表达都留下了现实宗教生活的印迹。正是有了宗教文化的滋养,西南少数民族的汉语诗歌显得更加深沉、复杂、玄妙、多义,也拥有了高贵、神性和虔敬的审美维度。

1. 宗教意象的呈现

当诗人们以一种对神灵和信仰朝圣和虔敬的姿态生活并进行诗歌创作时,丰富的宗教意象便在诗行间流淌,无论是对于抒情主人公自己的朝圣之路的倾诉,还是对一个民族虔诚的宗教信仰的表现,还是对于宗教建筑、场景的描写都丰富了诗歌的想象空间,增加了诗歌的玄妙感和异质性。

> ……天然卷发/我看见了绕阿尼玛卿神山转经的牧人/他们的卷发从出生那天/就被一串念珠指示/永久地向一个方向旋转/他们绕着神山转经……这些遍地的/坚硬而无情的石头/它们的存在布满高原/使牧人的脚永远疼痛无法治愈
>
> ——(藏族)班果《转经路上见了我的兄弟》[②]
>
> 在美丽而陌生的远方我和一李花朵混得很熟/故事里有鹰在飞动,佛祖把它称其为灵魂部落的酋长……我在神山圣水里饮水洗尘,血是洁白的/为此我双手合十,在寻找我的命运……悠然抬头看天,有人低头看路/而我只是一个左手腕上套了一串前定的,圆满的,一百零八颗念珠的人……
>
> ——(藏族)阿布司南《歌谣开始的地方》[③]

诗歌中神山、佛祖、虔诚的教徒三者融合在一起,共同表现了藏民族在信仰支撑下毫无功利之心的、单纯的、符合生命原本意愿和生存体验的宗教行为和宗教心理。这样的虔敬不禁让人思考:这是一条什么样的转经路,使普通的人们一辈一辈走下去?其实,藏传佛教的宗教信仰从藏民出生那天就印刻在他们身上,自然而然如同胎记。神山的自然、现实、冷酷教给这些转经的人们执着和坚定地面对高原上如同石头一样普遍的困难和苦难。宗教是他们躲不过的劫

① 李长之:《中国文学史略稿》(第1卷),50年代出版社1954年版,第5页。

② 班果:《雪域》,青海人民出版社1991年版,第52~53页。

③ 阿布司南:《歌谣开始的地方》,《西藏文学》2006年第3期。

数，支撑着他们生命的信念，即使这种信仰并没有带来实实在在的救赎和福音，即使坚硬无情的现实让他们永远处于疼痛之中，他们也没有放弃那根深蒂固的宗教信仰。这种与生命搏斗的方式和力量足以让他者愕然和肃然。

在藏族诗人班果的诗集《雪域》中，宗教意象经常自然地分布在诗行中，成为诗情表现的方式。“佛的慈悲”、“黄昏经幡”、“圣洁的莲花”、“摇经筒的老人”、“僧人”、“披红袈裟的喇嘛们”、“祈祷”、“还愿”、“人世苦海”、“彼岸”、“神山”、“念珠”、“佛塔”、“仓央嘉措”、“宗客巴大师”、“朝圣的人们”等意象结合在一起构成了诗集独有的朝圣姿态和宗教气息。白族诗人晓雪以白族中的一些“圣物”为意象主体，创作了一系列具有宗教性和神性的诗歌作品，《美人石》《望夫云》《蝴蝶泉》《羊龙潭》《飞虎山》《大黑天神——洱海边的传说》等诗篇中的意象，都有属于自己的一段不同寻常的故事，它们充满灵性，沟通着人间和神界。《大黑天神——洱海边的传说》以佛教人物大黑天神被玉皇大帝贬到人间为故事题材，对大黑天神敢于牺牲、敢于奉献的精神进行了高度的赞扬，从侧面反映出了原始居民期待大神保护的愿望。在白族人的观念里，神不仅能降妖除魔，还能保护人们心灵的纯洁。

彝族诗歌中的诸多意象也与宗教文化密不可分，在全球化带来的文化罅隙中，他们的很多现代诗歌都与宗教有关：

书之声：萤火虫；萤火虫！/火把节；火把节！/书之形：祭师的手；草人的骨！/蚂蚁的血；城市的疾！

——（彝族）阿库乌雾《书光》①

巫师在语言的石级上/轻捷而沉重地爬行/身边带着所有祖传的法器/以及铣火积薪般的学徒……

——（彝族）阿库乌雾《巫唱》②

守望毕摩/我们悼念的不但是/一个民族的心灵/我们的两眼泪水剔透/那是在为智慧和精神的死亡/而哀伤

——（彝族）吉狄马加《守望毕摩——献给彝人中的祭司》③

你听见它的时候/它就在梦幻之上/如同一缕淡淡的青烟/为什么群山

① 阿库乌雾：《书光》，见《阿库乌雾诗歌选》，四川民族出版社2004年版，第13页。
② 阿库乌雾：《巫唱》，见《阿库乌雾诗歌选》，四川民族出版社2004年版，第13页。
③ 吉狄马加：《守望毕摩——献给彝人中的祭司》，见《吉狄马加诗选》，四川文艺出版社1992年版，第115～117页。

在这样的时候/才充满永恒的寂静/这是谁的声音？它漂浮在人鬼之间/似乎已经远离了人的躯体/然而它却在真实与虚无中/同时用人和神的口说出了/当它呼喊太阳、星辰、河流和英雄的祖先/招魂神灵与超现实的力量/死去的生命便开始了复活！

——(彝族)吉狄马加《毕摩的声音——献给彝人的祭司之二》①

“火把节”、“祭师的手”、“草人的骨”、“蚂蚁的血”这些包孕着强烈的宗教意蕴的词语为我们勾勒出一幅神秘的宗教活动场景。西南少数民族民间普遍存在着鬼魂观念，认为人的生命和魂魄休戚相关、不可分离，假如出现魂不附体的情况，就需要毕摩或者先知来进行招魂的仪式，以唤回灵魂，所以毕摩就有了无与伦比的崇高的地位，在彝民们看来，毕摩不仅是操持宗教祭祀活动的祭司，还是民族古老文化的传承者。毕摩的声音可以漂浮在人鬼之间，可以远离人的躯体，达到与人、鬼、神相沟通的境界，这种神奇的沟通足以使死者复生。浓郁的宗教气息和宗教激情充斥于这样的诗行，宗教成为彝人普遍而神秘的民族心理特征。在这种心理体验中，生命、生理、精神、生活、灵魂都处于一种沉迷和飞扬的状态，正是这种民族心理使诗人们的诗歌有了神秘、曲折、隐晦、虔敬的特殊内涵。

2. 以禅宗为核心的思维方式

宗教文化与宗教思维是一个民族心理素质的重要内容。黑格尔曾经说过：“宗教涉及的与其说是行动本身，毋宁说是人的心情，是心的天国。”②佛教在中国社会的生存与佛教的本土化息息相关，禅宗就是佛教中国化的产物。禅宗“虽然根植于印度禅学，却融汇了印度佛教其他方面的种种理论，并与中国土生土长的老庄思想及魏晋玄学相结合，形成了一个既具有精致的世界观理论，又具有与世界观相契合的解脱方式和认识方法的宗教流派”③。简单地说，禅宗精神看重人的内心，以心观物，心物合一，从内心世界中即可以达到佛性；禅宗精神看重凝思和顿悟，以静观和凝思为修行方式，可以在瞬间发现永恒。新时期西南少数民族汉语诗歌与中国的禅宗精神有着高度的契合。无论是在藏传佛教占统治地位的藏族，还是普化宗教气息浓厚的西南其他少数民族，强调静观

① 吉狄马加：《毕摩的声音——献给彝人的祭司之二》，见《吉狄马加诗选》，四川文艺出版社 1992 年版，第 115 ~ 117 页。

② [德]黑格尔：《美学》，朱光潜译，生活·读书·新知三联书店 1979 年版，第 135 页。

③ 葛兆光：《禅宗与中国文化》，上海人民出版 1986 年版，第 7 页。

与凝思、强调顿悟、强调虚静与坐忘、强调直觉、强调简省浓缩等以禅宗为核心的思维方式对本民族的现代诗歌创作产生了深远的影响。

> 牦牛神颈挽红绸，踱步草原/如黑色巨灵翻越雪山/发亮的犄角像初升的新月，在/山巅照耀一切悠久的传闻/摇经筒的老人含泪远送、远送/群山在身后久久地沉默、不语/牦牛神一走过这古老的草原/一支深沉的歌谣便从雪域上亘古地升起
>
> ——（藏族）班果《牦牛神》①

在这首诗中，诗人的目光所及是深沉、冷静的，在静观之中，藏族特有的牦牛也以静态的神的形象出现，牦牛神的形象已经成为藏民对土地和草原的深沉之爱的代表。诗歌具有宗教的思维特征，是典型的宗教式的认知方式和文化心理。

> 黄昏的经幡无比庄严……风的来临使它们痛苦/牛群冷眼观看/布幡的厮打无比沉重/动人的想象被遏制，千万片/鸟的翅翼无法飞翔……
>
> ——（藏族）班果《挽歌：黄昏经幡》②
>
> 在高原黄金的八月/想象驶出深长的峡谷/理智仍然沉默不语
>
> ——（藏族）列美平措《八月》③
>
> 黎明前的倾听/唯有突然出现的异动/远方的狗吠、鸡鸣/而沉睡的城市/人们即将醒来和不曾入睡的呼吸/开始融入逐渐浓郁的早晨的气息/灯光骤亮/我默想生命与诗的关系
>
> ——（藏族）阿布司南《似是而非》④
>
> 一条狭长的山道/一条断裂的河谷/在我们久远的眺望中/闪烁成轻柔的飘带
>
> ——（藏族）阿布司南《走不出的河谷》⑤
>
> 清澈的泉水跃出肮脏的山谷/一只鹰扛着旗帜飞过高声为它叫好/隆起的山峦孕育着下一个春天/山上的岩石满怀希望/小草全部在奔跑，向着

① 班果：《牦牛神》，见《雪域》，青海人民出版社 1991 年版，第 17 页。

② 班果：《挽歌：黄昏经幡》，见《雪域》，青海人民出版社 1991 年版，第 10 页。

③ 列美平措：《八月》，《西藏文学》1987 年第 6 期。

④ 阿布司南：《似是而非》，《滇池》2001 年第 1 期。

⑤ 阿布司南：《走不出的河谷》，《滇池》1994 年第 1 期。

时间的另一处所/云朵再次举起幻想的花苞/岩洞长着嘴大声吼叫/经幡饱浸了日光无穷的荡漾/而炊烟奔向蓝天的深处蜜蜂离开绚烂的花园/一只吸收了全部黑暗的号角/在泥土的胸中吹奏愤怒的光辉

——(藏族)班果《日间所见》①

我们可以看到,在藏传佛教占统治地位的藏族地区,宗教的思维方式已经与藏民们的生活方式融合在一起,诗人们建造诗歌的方式也受到了深刻的影响。在诗人笔下,经幡的飘动有了庄严和沉重的力量,它让人们的思维静止,连牛羊都有了智者的冷眼观看,狭长的山道、断裂的河谷在眺望中成为飘带。无论对象是宗教意味深厚的经幡、寺庙、布幡,还是寻常的山峦、高原、山道、河谷、泉水、岩洞,无论作者身处高原的腹地、小屋的一角,还是城市的一隅,他们观照这个世界的方式永远是以心观物,他们的心很小,能感受到最细微的响动,他们的心同时又很大,能与天空的视线平行,他们用静观、凝思、顿悟的方式来品味和体悟自己在瞬间看到的、听到的、感觉到的世界。

不为缭绕的香烟相诱/佛本来就是我自己/仅仅为了一点新奇/我步入遍长经幡的密林/即使怎样的放纵/甚至满面戏谑的神情/凝神屏息的虔诚很快/如一汪迅猛而无声的浪潮/亵渎和邪念的欲望被镇压在/所有人无法选择因痛苦/而纯净的世界离开圣地/我感觉我的意志/从此将有一段空白

——(藏族)列美平措《圣地》②

在小屋的一角老戈静静地倾听/娓娓清晰的是情侣飘在风中的絮语/模模糊糊的是心中尚在流动的血液/没有先知和圣人支撑的混沌岁月/狂风也不能吹偏鹰在心中飞行的路线……

——(藏族)列美平措《老戈的小屋》③

很多诗人会在诗歌中再现自己皈依宗教的心理变化轨迹。《圣地》以一个并不是虔诚的佛教徒进入圣地的心理变化为内容,写出了圣地带给人的灵魂的震撼。诗中的主人公本来并不信仰佛教,认为佛本来就是他自己,仅仅是因为

① 班果:《雪域》,青海人民出版社 1991 年版,第 130 页。

② 列美平措:《圣地》,见才旺瑙乳、旺秀才丹主编:《藏族当代诗人诗选》(汉文卷),青海人民出版社 1997 年版,第 112 页。

③ 列美平措:《老戈的小屋》,见才旺瑙乳、旺秀才丹主编:《藏族当代诗人诗选》(汉文卷),青海人民出版社 1997 年版,第 115 页。

新奇去圣地探险，但圣地洗礼的结果改变了主人公的意志和灵魂，满面戏谑的神情很快被肃穆庄严取代，亵渎和邪念等欲望在佛的威严面前消失殆尽，这就是虔诚的信仰带给普通人的心理感受。特别是《老戈的小屋》这首诗，列美平措用流畅的汉语塑造了普通的藏民老戈，在四十岁的不惑之年，他躲进了一幢“久远的小楼”，任世事变迁，任“虚无”、“破碎”、“孤独”、“荒凉”进驻他的心扉，任外面的世界喧嚣美好，他坚持着自己的选择，深深陷落在诗歌的语词中。我们可以发现，以禅宗精神为核心的宗教般的思维方式已经成为老戈们认定的生活方式和创作方式。老戈的形象其实就是诗人的自画像，我们甚至可以把老戈的形象看作是新时期少数民族汉语诗人们的一个缩影或者是背影。老戈们是沉默的，面对这个喧嚣的世界时甚至是一种逃避的心态，但老戈们又是坚忍的、敏感的，有着自己的思想和追求，他们在“没有先知和圣人支撑的混沌岁月”，他们在时代和文化的洪流面前，坚持了自己守护和坚守的姿态，成为这个时代的先知和圣人。

3. 天人合一的境界追求

“境界”是源于佛教的词语，通过六根（眼、耳、鼻、舌、身、意）可以达到六种感官之境（色、声、香、味、触、法），由此产生六识（眼识、耳识、鼻识、舌识、身识、意识），这就是佛家的十八境界。佛教的境界与文学中的审美境界、审美意境固然有不同的内涵，但两者有着相通之处，佛教的十八境界可以看作感官经验的积累，加上外物景观与感官经验的融合，就可以形成有哲学意味的审美境界。“意境是造化与心源底合一。就粗浅方面说，就是客观的自然景象和主观的生命情调底交融渗化。……艺术的境界，既使心灵和宇宙净化，又使心灵和宇宙深化，使人在超脱的胸襟里体味到宇宙的深境。”[①]受到宗教观念的影响，新时期西南少数民族地区的人们普遍持有一种宗教性的天人合一的观念，他们的诗人创作出的诗歌自然包含着天人合一的大境界。天人合一的诗歌艺术境界是中国古诗的传统境界之一，《老子》二十五章就有“人法地，地法天，天法道，道法自然”的思想，然而这种境界的追求在汉语主流诗坛已渐渐式微，新时期西南少数民族的汉语诗歌难能可贵地继承和延续了这种诗歌境界。当诗人们与自然家园对话，不自禁会产生对万物生命的追问和体悟，对天与人的关系的思考也更加深入。因此，在新时期西南少数民族的汉语诗歌中会有这样的作品：

---

① 宗白华：《中国艺术意境之诞生》，见《宗白华全集（2）》，安徽教育出版社 1994 年版，第 17 页。

常常有那样一个时刻/风的声音水的声音鸟的声音/所有声音都隐退到了时间的背后/那样一个时刻常常降临在黄昏时分/我常常在那样一个时刻/陶醉于树木的形状/树木的纹理……所有的声音浮出时间的水面/我满面的泪水/与满天的星光交相辉映/时间的水流静静地不息流淌/我与天地万物浑为一体

——(彝族)倮伍拉且《常常有那样一个时刻》①

读这样的诗歌,不能不被诗人真挚热烈的感情触动。在诗人所描绘的那个时刻,诗人的身体和灵魂都亲吻着他所爱的土地和树木,用心倾听着属于家园的每一种声音,这种纯粹和沉醉让诗人泪流满面。同时这首诗歌的时空范围被无限扩大,诗人的泪水与星光相辉映,在时间之水中,达到了与天地万物融为一体的震撼人心的美感。自然、纯粹、大气、真挚,这样的诗歌在当代诗坛中异常珍贵。

……猎人,猎人,我们的猎人/森林是蓝色的蜜蜡珠/被你戴在了男性的耳垂上/让宇宙女神浴着银河欣赏/照耀你的是永恒的太阳

——(彝族)吉狄马加《森林,猎人的蜜蜡珠》②

森林竟然被猎人戴在了耳垂上,猎人与森林、宇宙女神、永恒的太阳并列在一起,诗的最终境界高远而纯净,脱离世俗而又与世俗相连,是一种具有民族气息的天人合一。天上的星辰、云朵,与地上的野兽、树木,以及栖息在天地之间的人相亲相融合,就是天人合一的最高境界。

有一座山/有一头白牛/白牛啊山的心脏/不落的月亮//有一个人/有一头白牛/白牛啊人的灵魂/不落的太阳//每个人都有一座山/都有一头白牛/永恒的天空/左耳挂着月亮/右耳挂着太阳

——(彝族)倮伍拉且《白牛》③

山和白牛都成为一种图腾式的存在,白牛是群山的心脏,是彝人的灵魂,白牛所代表的彝人的精神存在于每一个彝人心中。山、牛、人、天空、月亮、太阳作

① 倮伍拉且:《常常有那样一个时刻》,见《绕山的游云》,四川民族出版社 1992 年版,第 23 页。
② 吉狄马加:《森林,猎人的蜜蜡珠》,见《初恋的歌》,四川民族出版社 1985 年版,第 20 ~ 21 页。
③ 倮伍拉且:《白牛》,见《绕山的游云》,四川民族出版社 1992 年版,第 57 页。

为一组和谐的意象出现在诗歌中，体现着人的精神理念与天地万物的和谐统一。

对待死亡的态度是宗教和哲学都面临的基本问题。“对人的命运的关注，哪怕是对一个小小的部落作深刻的理解，它也是会有人类性的。”[①]新时期西南少数民族的诗人们虽然身处时代和文学的边缘地带，却以宗教的虔诚的精神叩问着这个时代的中心问题。在这些诗歌作品中有很多主题都是关于死亡的，当然在汉语主流诗歌中也不乏这样的题材，但与汉语主流文化不同的是，它们诗歌中呈现出来的对于死亡的态度、对于丧礼的诗意描摹、对于人死后魂灵的存在与否等问题普遍有着一种宗教化了的、蕴含着天人合一情结的情感倾向。他们对死亡的描写，往往过滤掉了死亡的悲痛。在他们看来，死亡就是另一种重生，死后灵魂依然存在，并且死者会成为家人和族人的保护神。所以，在那些正面描写死亡的诗歌里，死亡在诗人的层层铺垫下，成为一种具有象征意义的存在，死去的族人们的母亲在他们的心目中是美丽温情和动人的。“多么像一条美人鱼/多么像一弯纯洁的月牙/多么像一块沉默的礁石”（吉狄马加《母亲们的手》），诗人把死者比喻成美人鱼、纯洁的月牙、沉默的礁石等美好动人的意象，使死亡具有了脱离世俗和悲痛的美感。死亡于他们来说，只是睡去，并且是“睡在土地和天空之间”、“睡在死亡和生命的高处”（吉狄马加《母亲们的手》），死去的人的肉体和精神都万物合一，江河、森林、山岩才得以继续存在。死亡不仅是单纯的美学意义上的提升，还是富有哲学意味的升华，西南少数民族对死亡有着不同于他者的理解，他们诗歌中的死亡也获得了一种特别的生命的美感。

……当子夜时分叩响/潮湿的安魂曲/我在森林世界的/母腹里睡去/耳朵里灌满了泉水的声音/嘴唇上沾满了母亲的乳汁……

——（彝族）吉狄马加《最后的传说》[②]

……他的头颅上有远古洪荒时期群山的幻影/他褐色的胸脯是充满了野性和爱情的平原……那最后一支暗器/射穿了他的胸膛/他倒下了很像一块星光下充满了睡意的平原/他睁着眼正让银河流出一些无法破译的语言……

——（彝族）吉狄马加《最后的召唤》[③]

---

① 吉狄马加：《吉狄马加诗选》，四川文艺出版社1992年版，第282页。
② 吉狄马加：《初恋的歌》，四川民族出版社1985年版，第49页。
③ 吉狄马加：《初恋的歌》，四川民族出版社1985年版，第53页。

……我看见人的河流，汇聚成海洋/在死亡的身边喧响，祖先的图腾被幻想在天上/我看见送葬的人，灵魂像梦一样/在那火枪的召唤声里，幻化出原始美的衣裳/我看见死去的人，像大山那样安详/在一千双手的爱抚下，听友情歌唱忧伤。

——(彝族)吉狄马加《黑色的河流》①

在虔诚的宗教信仰之下，死亡对于西南少数民族来说，意味着另一种形式上的重生，意味着在天地间与万物合而为一的通向彼岸的必由之路。死亡不再伴随着难以接受的痛苦，而是伴随着与大森林呼吸一致的安魂曲，在家园的母腹里安然甜蜜地睡去，一切回到土地中，回到在星光下，回到他们曾经生活过的群山和平原上；原本丑陋、难以入目的尸体腐烂的过程也被诗意地美化了，那种过程好像"耳朵里灌满了泉水的声音"、"嘴唇上沾满了母亲的乳汁"；而送葬的队伍在诗人的笔下是一条充满寓意的"黑色的河流"，在这种古老的送葬队伍中，人们的信仰如同闪着黄金的光。用自然的永恒和美丽，用古老的智慧和坚定的信念来化解丧失生命的痛苦，是新时期西南少数民族汉语诗歌哲学宗教味的重要体现。死亡不过是"就这样悄悄向右睡去"，去大自然中散步去了。从新时期西南少数民族汉语诗歌中体现出来的少数民族对待死亡的态度，恰到好处地延伸了诗歌的宗教意味，让人体会到一种具有宗教味和哲学味的天人合一的审美境界。

(四)温婉柔韧之美

在全球化时代，少数民族的女性的身份具有多重性和复杂性，其民族身份和女性身份的交融和分离是值得注意的现象。性别包括自然的生物性别(Sex)和社会的文化性别(Gender)②两个层面，在两者杂糅的生存空间里，新时期西南少数民族的女诗人们为我们呈现了新时期诗坛上一片美丽的风景，温婉和柔韧或许可以代表她们诗歌的审美意蕴。意象是一种具有意味的文化隐喻象征符号，在少数民族女诗人的笔下，诗歌意象包含着与男性诗人笔下的意象相异的文化内涵，映射出新时期少数民族女性意识的发展和进程。她们笔下别具特色的意象群包含"不开的玫瑰"、"不漏的网"、"黑的鸦"、"闺中辫子垂地的女子"、

---

① 吉狄马加:《初恋的歌》，四川民族出版社1985年版，第87~88页。

② 王政:《美国女性主义对中国妇女史研究的新角度》，见鲍晓兰主编:《西方女性主义研究评介》，生活·读书·新知三联书店1995年版，第273页。

“沼泽”、“镜子”、“苹果”、“月亮”、“夜”、“身体”、“爱情”、“瓮”、“木船”、“巢”、“床”、“贝壳”、“门”、“鱼”、“嘴唇”、“小指甲”、“卷曲的头发”、“昏黄的酒吧”、“一个男人的眼”、“吻”等等，这些女性汉语诗歌中独有的意象成为我们揭示新时期西南少数民族女诗人的汉语诗歌密码的钥匙。具体而言，她们的诗歌可以以女性意识的强弱分为两类。

1. 女性意识的隐秘存在——民族意识与女性意识杂糅的诗歌创作

与新时期汉语主流诗坛上女性话语的觉醒和突进并不同步，在最开始，新时期西南少数民族的女性诗歌创作与民族书写并未分离，而是结合在一起，甚至是以民族书写为依托，显示出隐秘的女性意识。与汉族主流文学中女性个体和自我从他人和群体中解放的道路不同，新时期边地少数民族诗歌写作中的女性话语是随着民族意识家园意识的建构而建构的。在许多少数民族男性作家那里，女性形象是母亲、情人、姐妹的同时，更是民族精神或文化传统的象征和代表，这些形象虽然与父亲、猎人等男性形象同时存在，但已经是去性化的存在，鲜有对女性自身的身体、精神、命运的真正关注。扎西达娃在《西藏，隐秘岁月》《西藏，系在皮绳扣上的魂》《岁月》等小说中塑造的很多女性形象便是如此，她们要么被看作半人半神的圣母形象（如贝吉曲珍），要么被当作家族通灵的护佑者（如次仁吉姆们）。在新时期边地少数民族的诗歌创作中，这样的现象也较为普遍。

> 你们在动，劳作或是歌唱/我从未见过你们足踝上舞蹈的脚铃/而听到阵阵锁链，太沉重……死亡就在身边像草丛里出没的恶狼/就像孤独的羊羔一样/谁都将倒在它的牙齿下/你们仍然响动锁链排列经幡/劳作或是歌唱//女人女人们哪
>
> ——（藏族）班果《女人》①

这是新时期男性诗人的诗歌对女性形象的认识，她们是奉献的母性的代名词，勤劳、美丽、善良、安然地面对苦难和死亡，对生活持有一种坚韧的态度。但她们却戴着“太沉重”的“锁链”，她们“没有羽毛”，改变不了自己不能飞翔的命运，无法掌控自己的自由和梦想。在这样的诗歌作品中，诗人难能可贵地看到了女性在民族中的从属地位、受压迫的命运。由于传统因袭，女性在现实生活

① 班果：《雪域》，青海人民出版社1991年版，第50页。

中并不能实现自己的价值和梦想，只能在宗教中寻找自己的庇佑之地。但也应该看到，诗作对女性意识的发掘还并不明显，女性形象与母亲形象还没有完全分离。真正的女性意识在少数民族女性诗人那里才得以真正出现和凸显。

面对民族文化的失落，女诗人们的感受更加感性，痛苦和困惑纠缠在一起。维色是一个皈依佛门，对藏传佛教文化极度认同的诗人，爱情和宗教是贯穿维色诗歌的两个重要的主题。抒情长诗《前定的念珠》的发表为维色赢得了声誉。这首长诗表面上写了主人公从拉萨到安多的朝圣之旅，路途了经历了种种困惑和疑问，受到佛教的洗礼，最终潜心归佛的故事。在诗中那一串前定的念珠仿佛是有感召和命定的力量，在更深的层次上，也象征了诗人在本土文化和外来文化之间、在传统文化和现代文化之间、在宗教观念和世俗生活之间的一种选择，诉说了诗人在皈依佛门的道路上的种种动念。在《生日》这首诗中，那匹“稀罕的马”成为民族文化隐秘的象征，表达了维色对脆弱的将逝的文化的痛惜。

> 让她出生在山高水清/盛产英雄和史诗/神话和歌谣/节日时节敲响羊皮鼓/神灵与人共舞的地方……在灵与光的交界时刻/让她的母亲在疼痛的喜悦中/满心欢喜地抱起她/让她行走一个个村庄/翻涉一座座山岗/与一些神秘古老的/文字符号同路/让她去叩拜一个遥远的部落/叩拜一个做口弦的老人……
>
> ——(彝族)鲁娟《自画像》①
>
> 她的腰身是匀称的白杨/她的秀眉是弯弯的月牙/她的眼睛是夜空中的星辰/她的牙齿是晨光下的露珠/她的十指是山林里的金竹/九十九座山的月琴都为她弹//她捻的羊毛线柔如蚕丝/她梳的线排艳如索玛/她织布的梭子快如飞燕/她煮出的洋芋香如蛋黄/她背来的清水甜如蜂蜜/九十九座山的小伙都把她想
>
> ——(彝族)鲁娟《呷嫫阿牛》②

《自画像》中，“她”出生的地方是“山高水清”、“盛产英雄和史诗”、“神灵与人共舞”的地方，民族文化和民族意识存在于一个个村庄和山岗之间，在一些神秘古老的文字之中，在做口弦的老人那里。面对古老而悠久的民族，“她”的姿态是虔诚的，还要寻一颗诗歌的种子。女性的生命个体尽管是在民族文化、

---

① 鲁娟:《自画像》,《诗选刊》1999年第4期。

② 鲁娟:《呷嫫阿牛》,《诗选刊》1999年第4期。

地域文化的包孕下存在的，但是“她”的形象的出现已经显示了女性意识的苏醒和萌芽。尽管共同生活在同一片土地上，“她”们还是有着不一样的语言，不一样的思想，不一样的感悟生活的方式，不一样的人生和不一样的选择。《呷嫫阿牛》塑造的是一个典型的彝族女孩的形象，在男性诗人的笔下，纯洁而勤劳的女子往往被想象成“仙女”或“神女”，而在鲁娟的笔下，彝族女子不仅更具有生活的气息，作家的笔触还延伸到了女子的腰身、秀眉、眼睛、牙齿、十指等纯洁美好的身体上。在这样的诗歌作品中，虽然女性意识还没有明显地呈现出来，而是被民族的、文化的、宗教的话语所遮蔽，但我们要注意的是，在这一阶段的女性诗人那里，女性及女性心理、女性形象已经摆脱了被描写、被叙述、被塑造的历史，而变得积极主动。简单而言，女性已经在掌握自己的话语权力。以维色和鲁娟为代表的新时期少数民族女诗人们用自己的民族身份、文化身份为坚实的依托，写出了少数民族女性意识的存在和觉醒，这一点在新时期的文化语境中显得尤为典型和珍贵。在新时期少数民族女性主义诗歌的萌芽阶段，女诗人们的民族身份和女性性别身份在她们身上的表现是自然而和谐的，民族身份意识与女性性别意识杂糅在一起。一方面这是女性诗人们面对全球化语境和本民族文化时的自然倾诉，另一方面也可以归因为少数民族女性主义的艰难旅程。新时期少数民族女诗人们女性主义萌芽的诗歌创作正是在这种隐秘的状态下呈现的。

2. 女性意识的张扬——个性化诗歌创作

在全球化不断深化的历史条件下，20 世纪 90 年代的少数民族作家更加注重个人经验的表达，这一点在女性作家那里表现得尤为突出。那些张扬女性意识的诗歌作品可以被看作是新时期少数民族女诗人自觉的文化追求，因此，真正的女性话语是在少数民族女性作家那里浮出地表的。如藏族作家维色、桑丹、梅卓和彝族作家鲁娟（阿赌阿喜）、巴莫曲布嫫等，她们的创作已经表现出鲜明的女性意识和女性独立解放的要求，新时期少数民族女性话语的发出是少数民族诗歌走向成熟的标志，对于民族女性、整个民族文学以及少数民族文化的变革和发展都有重要的意义。

女性诗人们开始有勇气正视自己的身体和内心，普遍使用第一人称进行自我肉体乃至精神的认识和塑造。对女性占有绝对统治权力的叙述语气，与女性特有的温婉、柔软的言说融合在一起，形成了内敛坚定而不见狂妄与极端的女性话语。

请把我想象成一个贝壳/赤裸着,却不为谁开放……

——(藏族)维色《要求》①

……我的门被随便打开又关上/我的面前常常有许多正经的人/用一些天经地义启蒙着我/我像淑女一样温文尔雅/我对谁说他们走后我会笑个不停……

——(藏族)维色《现状》②

我看见持续数日的似是而非的爱情正在结束/也看见晶莹的露珠化为乌有的过程/千万朵桃花快要凋落,我抓不住青春的尾巴!/……我多么希望你依然在深夜拥抱我/……那么,让我们一度过几个芬芳的日子/一起徜徉在异国他乡的梦幻境界之中/把敞开心扉,肌肤相触当成一回事儿……

——(藏族)维色《六月五日正午》③

……其实我好比土地/因为希冀果实/过早地交给人耕耘/只留下沟壑纵横的心/维持着远古至今的沉静……

——(藏族)白玛娜珍《我是一个温柔的陷阱》④

这样一个美丽的女人/孤独而咆哮/像一只发情的母狼/'我需要持续不断的温热/和爆发力'/美得绝望而无人问津

——(彝族)鲁娟《美人·夤夜》⑤

绝望这个瓮/找到女人,罩住不放/女人唉声叹气,四处碰壁/直到女人束手就擒//像鱼游在海里/被水的柔韧消融、安葬/爱情这门玄妙的艺术里/女人必须是善于驾驭的主角……一滴泪滴下/滴破迷一样苦恼的瓮/不是脆弱的呼救/而是参破水柔韧的禅机

——(彝族)鲁娟《美人·瓮》⑥

……这是我久而久之的愿望/即便水草已经腐败/伤口早已褪却颜色/无人理会辉煌的理想//我已无力挥霍激越的爱/把那些青春岁月的幻想/以及所有疯狂的热爱和疼痛……如今我以一个女人的身影站立/挺立着乳头环抱温软的子宫/美丽不可言及//若你以陌生人的方式/误解并攻击我

① 维色:《要求》,《诗刊》1989年第6期。

② 维色:《现状》,《诗刊》1989年第6期。

③ 维色:《六月五日正午》,《民族文学》1995年第7期。

④ 白玛娜珍:《我是一个温柔的陷阱》,《西藏文学》1994年第5期。

⑤ 鲁娟:《美人·夤夜》,《诗选刊》1999年第4期。

⑥ 鲁娟:《美人·瓮》,《诗选刊》1999年第4期。

时/我将沉默如水/坚强如石

——(彝族)鲁娟《美人·独语》[1]

在这样的诗歌作品中,"我"、"我们"始终处于诗歌的中心位置,女诗人们对于"女人"、"个人"、"女性身体"的关注,对于"女人"、"个人"的心理和形象的探索,使女诗人们的诗歌创作突破了民族意识、民族传统的束缚,成功建构了属于自己的、女性的书写方式和言说技巧。诗歌的语言充满女性主义的色彩,女性的身体以一种大方而美丽的姿态出现在诗歌中,诉说着女性的故事,构筑起女性独有的私密空间,这是一个属于女性自己的审美空间,独立的女性意识是这个空间的核心观念。在这个观念的普照下,独立的女性形象、叛逆的女性意识冲出了诗歌的表面,改写了女性一直被当作欲望想象对象和被表达被塑造对象的历史命运。觉醒了的少数民族女性们发现了自己的性别和美丽,渴望有属于自己的"一间老屋子"或"一个温暖的巢",即渴望拥有自己独立的空间,而不愿意再做传统上附属在他物上的一件好看的附属品。只有这样才会拥有自己言说的自由,才会有自由表达自己、自由选择生活的权力。

长期以来,由于地处偏远,又加上历史上长久积淀的封建思想存在,中国西南少数民族的女性往往被禁锢在围裙、发辫和罗锅帽之间,生存权利和生活空间被严重挤压,自己不能掌握生活、爱情、婚姻、生育的权利,还要忍受男性的酗酒、踢打、辱骂等肉体和精神上的摧残,成为名副其实的第二性。但是在新时期少数民族优秀的女诗人的汉语诗作中,我们欣喜地看到,女性的声音终于穿透迷雾,在新时期边地少数民族诗坛亭亭玉立。这样的女性形象,已经不再是温暖、母性、苍老的代名词,也不再是民族精神的承载者,而是充满魅惑的、美丽的、欲望的、孤傲的、有着自己独立的身体和人格的女性。特别是在《美人·独语》这篇优秀的诗作之中,女性的自我成长成为诗歌最感人的部分。诗歌坚实而柔美,诗情饱满而感人,不愧被称为"冲破千年禁锢的第一人"[2]。

对于女性作家来说,书写民族性和书写女性自身都是最真实的需求,她们的民族身份和性别身份使得她们的诗歌别具特色,她们吟唱的声音也格外引人注目,为新时期西南少数民族汉语诗歌贡献了温婉柔韧的审美维度。

---

① 鲁娟:《美人·独语》,《诗选刊》1999 年第 4 期。

② 鲁娟:《冲破千年禁锢的第一人》,《凉山文学》2011 年第 4 期。

三、在文化罅隙中成熟的诗歌创作技巧

本民族传统与文化如同一堵坚石,沉默而无法回避,当全球化的海浪汹涌而至,在文化罅隙之中必然会存在岩石的痛苦和浪花的撕裂,必然会存在痛苦和涅槃之后新的生机和生命。我们不仅要聆听这罅隙之中生命力强劲的歌声,还要注意到在这罅隙之中成熟起来的诗歌创作技巧。新时期西南少数民族汉语诗歌对于诗歌技巧非常注重,理性和技巧有时候会成为诗歌创作的镣铐,但对于他们来说,喷薄欲出的诗情和自然而然的歌唱在逐渐成熟的理性和技巧的规制下,没有沉重感和压力感,而是显得巧妙、轻盈、浑然天成。无论是面对文化流浪、文化焦虑的诗歌主题,还是文化找寻和文化建构的诗歌主题,无论是对忧伤的痛感的描述,还是对温暖的自然的咏吟,都与诗歌创作娴熟的技巧有关。新时期西南少数民族汉语诗歌的创作离不开少数民族传统文化的滋养,更离不开诗人们对现代汉诗和西方现代诗歌的借鉴和学习。新时期少数民族汉语诗人们一方面以一种积极主动的姿态将汉语作为他们的创作母语,他们有着对汉语及汉语诗歌的较强的领悟和把握能力;另一方面又将汉语诗歌民族化,在汉语诗歌创作中融入自己民族的元素、理念、意象,拥有了打着自己民族文化烙印的现代汉语诗歌。

(一)借用现代汉诗的酒瓶

1. 对现代汉语诗歌语言模式和抒情方式的模仿和借鉴

在诗歌的语言模式和抒情方式方面,新时期西南少数民族汉语诗歌更多地表现出对现代汉语诗歌的模仿和借鉴。从最开始的简单模仿学习,到后来的民族化运用,诗歌的创作技巧逐渐成熟。以马绍玺的《一场突如其来的大雨》为例:

大雨深入事物的内部/如同直插而来的刀/中断了我跟朋友的交谈//一场突如其来的大雨/收买了整个的空间……并用带寒的手/划破我们的深处……它湮没了我们以及昆虫的叫声/我们谁也说不出什么感慨/除了满世界的风声和雨声

——(回族)马绍玺《一场突如其来的大雨》①

① 马绍玺:《在他者的视域中:全球化时代的少数民族诗歌》,社会科学文献出版社 2007 年版,第 237 页。

不难发现，这首诗与冯至先生的《我们听着狂风里的暴雨》如出一辙，写的都是在狂风和暴雨中人和世界相对立的独孤感，把相互依偎着获得温暖的人们对如同深渊的世界的敬畏表现在诗歌中。我们暂且不论诗歌水平的高低，但现代汉诗对少数民族诗人的深刻影响可见一斑，这种影响不仅仅是表面化的个别语词的影响，在语词的覆盖之下，构造诗歌的思维方式、对世界的认识和感受都成为汉诗魔力中心的影响力的表现。

再如聂勒的《大山》：

> 后来呢/大山是一封叠了又叠的家书/在夜深人静的时候/读起它/就像读亲人一张张亲切的面孔/现在/大山是遥远的岸堤/我像是一条失修的帆船/搁浅在异乡的港湾/等待风把我吹灭或吹散
>
> ——（佤族）聂勒《大山》①

这首诗从诗歌主题到修辞的运用都与余光中先生的《乡愁》相类似，表达的都是浓郁而颇具美感的诗情，如同一位饱经沧桑的老人在诉说他一生的乡愁。不过少数民族的聂勒与汉族诗人余光中先生的诗歌内涵不尽相同，聂勒的诗歌更表现出一种身处孤独、边缘地带的弱小者和流浪儿所独具的疼痛和忧伤。

随着少数民族诗人本身水平的提高，单纯的模仿和借鉴已经不能满足他们诗歌创作的激情。在经过初步的摸索之后，一大批具有民族特色的汉语诗歌产生了。以彝族诗歌为例，《自画像》《冬季里的树》《古老的土地》《秋的寻觅》《一支迁徙的部落——梦见我的祖先》《我是彝族人》等作品在语言形式上的共同点是抒情主人公为第一人称的“我”或者“我们”，用这样的抒情主人公代表自己和自己所在的民族；所采用的章法句法结构一般为排比反复式，以此来达到对于诗歌形式美的追求，同时也实现了情感的层层推进；在修辞上，采用与现代汉语相同的比喻、暗喻、拟人等修辞……这种传统的现代汉语诗歌的语言模式和抒情方式被新时期少数民族汉语诗人们普遍借鉴和使用。而繁密的民族性的词语和意象，真挚诚恳又自然的抒情，坚实的、朴素的、民间的诗歌风范，都体现出现代汉语这个酒瓶依然是民族化了的酒瓶，是与新时期西南少数民族汉语诗歌内容相匹配的酒瓶。

---

① 聂勒：《心灵牧歌》，云南民族出版社 2004 年版，第 221 页。

2. 对现代汉语语言的敏感把握和灵活运用

对汉语的灵活运用,成为促使新时期西南少数民族汉语诗人诗歌创作走向成熟的动力之一。这一点尤其表现在诗人们对于动词和形容词的把握和运用上,体现了他们拿来现代汉语这个酒瓶的高超技巧,以表 1 为例:

表 1 对汉语动词、形容词的个性化运用及例句

篇目	作者	例句
草原	班果	要是渴了就去摘下牧女的酒窝 你发现日蚀以后太阳掉了一块 生长不出回声的草原太大/生长出回声的世界太小 乘一支牧笛我们飞渡
古老的山寨	吉狄马加	高傲踩着孤独站立/野性伴着温情生长
藏民	班果	使鹰一般刺穿了紧闭的空气
龙	班果	龙,抓烈了痉挛的时间

在新时期西南少数民族诗人的创作中,诗歌的语言、形式、技巧无一不留下了汉语诗歌的印迹。就诗歌的形式来说,自由体现代诗歌的创作数量占了很大一部分,遵循着五四以来现代汉语诗歌的内在规律,融合了现代汉语诗歌的技巧。但他们对于现代汉语这个酒瓶的运用决不是简单地拿来,而是努力使酒瓶适合自己的创作。新时期西南少数民族汉语诗歌的着眼点都非常具体、细小,但都融入了诗人的情感和价值观,他们善用动词和形容词(见表 1)。让人耳目一新的形容词和名词、名词和动词的组合,产生了西南少数民族地区独有的诗意。比如《古老的山寨》中,"软绵绵的,紫云英的梦"、"孤寂的花朵"、"少女的舞步",都是"对着土地"、"对着黎明"、"对着遥远"的,以具体对抽象,以细小对应宏大,其间丝丝缕缕的、词语与词语之间的情谊可由读者尽情联想,传达出诗歌轻盈的美感、剔透的美感、脆弱而温暖的美感。比如"高傲踩着孤独站立/野性伴着温情生长"(吉狄马加《古老的山寨》)这两句,高傲被拟人化,踩着孤独站立着,野性也温情脉脉,如此一个倔强、孤独、自尊、骄傲、原始、野性、温暖、诗意的民族形象展现在诗歌的意境当中。

(二)酝酿民族现代诗歌的醇酒

1. 对本民族文化资源的选择和利用

得益于民族文化的浇灌,新时期西南少数民族汉语诗歌中的意象与中国当代主流诗坛有所不同，即使他们用汉语词汇进行表达，我们总能感受到那种异于汉民族诗歌的诗歌风情。诗人的眼光总是会多情地停留在本民族的文化内。哥布说他总在他的乡村生活和民族文化中获得诗歌创作的灵感，总是站在梯田间眺望世界，总是在捕捉我们的文化和我的经历中诗意的东西。因此这些有所不同的诗意的东西激发了诗人们的灵感，异质的、民族的、风俗的意象进入诗歌，甚至成为支撑和传达诗歌情感的主体意象和中心意象。对本民族文化资源的选择和利用成为新时期西南少数民族诗人诗歌创作自然而然的创作方法之一。

传统风俗和传统仪式等具有文化代表性的意象进入诗歌，增加了诗歌的文化内涵。《慈母的爱》就用剃“天菩萨”头（彝族男性在头上留的一种发式，喻示吉祥）这一传统风俗为切入点，写出了彝族母亲对儿孙的美好祝福和期待。“头颅上圆圆的建筑/布裹成了尖端/盘山路在这里结尾/绕山的河在这里流完/对着天空湛蓝的海洋/伸着一根长长的鱼竿”。在《英雄结和猎人》这首诗中，诗人还是以彝族男子的一种布裹的头饰为中心意象，并发挥想象，将英雄结比喻成对着湛蓝天空的鱼竿，写出了彝族猎人的勇敢和独一无二。传统的风俗意象总是和具有民族特色的想象和表达融合在一起，不管是英雄结，还是路、河、天空、森林，都展现了诗人本民族特有的澄净、美好、细致、悠远的韵味。

源于本民族文化的异质性，西南少数民族汉语诗歌中有很多与汉族主流诗坛的内涵不尽相同的意象。以黑色为例，在汉语主流文化中，一般情况下，黑色代表的是沉重、死亡、压抑、消沉、不愉快等文化或心理内涵，而在彝族文化中，黑色是最高贵的颜色，是彝族值得骄傲的颜色，代表着勇猛、正直、鲜活的生命力和不死的希望。《黑色的河流》用黑色来描写人的河流：“……在一条黑色的河流上，人性的眼睛闪着黄金的光/我看见人的河流，正从山谷中悄悄穿过/我看见人的河流，正漾起那悲哀的微波/沉沉地穿越这冷暖的人间/沉沉地穿越这神奇的世界……”人的河流是黑色的，他们的历史也是黑色的，他们的祖先和后代以这一种黑色为标志生活在这个世界里，黑色就代表了他们的生活状态和心理状态。

需要指出的是，在新时期西南少数民族汉语诗人的创作中，具有民族性和异质性的文化资源入诗，不是把故事情节和叙事模式搬到诗歌中，而是点到为止，以意象为中心，重抒情而轻叙事。在这些诗歌中，故事或风俗往往，被特意浓缩和淡化为一种象征或者是一种背景。古老的传说和神话，异质的风俗传统以一种轻盈的姿态出场，这就使得少数民族新诗摆脱了传统的窠臼，也避免了模式化的创作和内容上的单一重复。

2. 具有民族特色的修辞手法的运用

修辞即是对"语言的修饰和调整"①,是对语言的艺术性加工。在古今中外的诗歌作品中,排比、反复、比喻、拟人等修辞手法都非常常见,正是修辞手法的运用使得诗歌的内容呈现在生动的艺术形式里,内容和形式结合在一起,诗歌才可能走向完美。在新时期西南少数民族的汉语诗歌这里,修辞手法在民族文化的滋养下呈现出民族的特色。

(1)比喻:本体和喻体的民族化

精妙的比喻在新时期西南少数民族的诗歌中俯拾皆是,诗人们用隐喻、明喻、暗喻使每一个平凡的词语背后的普通的器物有了神性的光。比喻体现了天地间相反相成的道理,因为不同事物的相似之处总能给人留下深刻的印象,如果善于运用比喻,那么语言就能带给读者新奇、浪漫、生动的感觉。

表2　比喻修辞及例证

篇目	作者	例句
大地	倮伍拉且	母亲般的大地
月琴丁当	倮伍拉且	月琴丁丁/月琴当当/血液流淌的旋律/泪珠滚动的节奏
做口弦的老人	吉狄马加	这是谁的口弦在太阳下闪光/多么像蜻蜓的翅膀
冬季里的树	倮伍拉且	片片树叶/都是甜蜜梦境/温暖的眠床
南高原	王红彬	高原今夜是一只酒罐
秋千	莫然	秋千/是古老的钟摆 踏板/是梦中的小船 蔑索/是母亲的手臂
藏民	班果	时间像一座雪山/挡住我的去路
草原	班果	城市像一只电动狗汪汪地叫唤
藏民	班果	天空像一位巨大的勇士被射杀/太阳像一面护心镜随他缓缓倒下
羌域	班果	布匹一般铺展的羌域/铜器一般闪亮的羌域

在新时期西南少数民族汉语诗歌这里,比喻首先使抽象的事物形象化了。其次无论是本体还是喻体,都是民族化了的自然风物,很多新奇的比喻蕴含着

① 黄伯荣、廖序东:《现代汉语》(增订三版)(下册),高等教育出版社2002年版,第208页。

与汉语主流文化相异的精神内涵，因此他们的诗歌显得清新特别。大地具有母亲般的宽厚和温暖，闪光的口弦就像美丽轻盈的蜻蜓的翅膀，高原如同酒罐，时间好比雪山，城市如同电动狗，恰当的比喻显示出诗人的传统文化底蕴和情感倾向。青藏高原被藏民们描绘为温暖丰盈的天堂，冰川如同藏民们身体中的血液，这片最接近天堂的地方产生的宗教成为他们的灵魂，雪山是他们的祖先，是他们的母亲，当藏族的诗人们用诗歌进行吟唱时，这种瑰丽的自然景观自然成为文学想象中支撑和骨架；大小凉山地处闭塞荒蛮之地，这里的人们世世代代生活在大山的怀抱中，大小凉山、乌蒙山、哀牢山、金沙江、雅砻江、南盘江等高山大河纵列期间，这里的大山、河流、森林、湖泊对生活在这里的人们的思维、观念有深刻的影响，在彝族诗人的作品中往往很难区分客观的景物描写和主观的感情表达，物即是我，我即是物，主客观的高度和谐统一成为他们诗歌境界的重要特征。新时期西南少数民族汉语诗歌的比喻，无论是本体还是喻体，无论是明喻还是暗喻，都显示了自己民族特有的文化传统和风俗习惯。

(2)拟人：万物有灵观念下的拟人

简单而言，拟人就是把事物比作人，用人的外貌特征、行为方式、思想情感来状写原本没有情感和思想的事物，自然风物因被人格化而显得生动形象。在西南少数民族地区，藏传佛教和其他原始宗教有着极为广泛的传播，万物有灵观念根深蒂固，图腾崇拜文化历史久远，天然地影响到了诗人们善用拟人修辞手法的诗歌创作思维。万物有灵是一种相信世间万物都有生命和灵魂的信念，山川大地、雪域高原、星辰日月、飞禽走兽都充满着灵性，且掌握和主导着人间的祸福凶吉和生老病死。生活在青藏高原以藏传佛教为信仰的藏民族，其心理中的万物有灵观念尤其突出，他们对于严峻、残酷自然有着较为深厚和广泛的崇拜。“青藏高原的每一座高山，每一条大的河流，每一个大的湖泊，几乎都伴随着一个美丽的神话传说。由此产生了无数个神山神湖。对于神山神湖的崇拜，是藏族先民自然崇拜的一个重要方面。”①这种观念影响到新时期藏族的文学创作，几乎藏民族的作家都擅长于描写藏区的高原、雪域、山川、河流、雄鹰、牦牛等自然生物，而这种描写，往往都使用拟人的修辞手法。图腾崇拜的观念内含于宗教文化之中，实际上是一种自然的、非逻辑性的、原始的宗教意识，在位于西南少数民族地区的白族、彝族、哈尼族、傈僳族等中都流传着关于牛、犬、虎等图腾的传说。图腾文化反映了先民对于本民族起源的天真想象，其神秘性

① 张云：《唐代吐蕃史和西北民族史研究》，中国藏学出版社2004年版，第67页。

和文化的包孕性对于后人来说具有不可思议的团结和吸引的精神力量，即使在当今的社会条件下，图腾文化或已趋于淡化，但图腾崇拜的文化依然存在，并深深扎根在很多少数民族传统文化的土壤中，这样的文化资源进入诗歌艺术创作就带来了陌生化的效果。善于描写图腾诗歌的倮伍拉且笔下的白牛、狼、泥土、獐子、森林、月琴、牛群等动物几乎都具有人的行为和思维模式，对于诗人们来说，善用拟人的修辞手法一方面是对汉语的积极学习，更重要的原因是民族民间文化的滋养和灌溉。

表3　拟人修辞及例句

篇目	作者	例句
獐子的牙	倮伍拉且	森林越发孤单/日益哀伤
秋的寻觅	吉狄马加	这时晒坝上有一条笑声的河流
黄昏——一个民族皮肤的印象	吉狄马加	黄昏就像睡着了一样
心志——给你一朵雪莲花	伊丹才让	有林可栖的鸟儿常衔来如虹的云彩/不断源泉的小溪敢拜访遥远的大海
母亲的手	吉狄马加	这时独有一支古老的歌曲/托着一弯最纯洁的月牙
冬季里的树	倮伍拉且	你这棵树哟/牵着冬季的翅膀 你这棵树哟/穿越漫漫的迷惘的岁月 你这棵树哟/扎根于我冬季的心房
南高原	王红彬	(酒罐)陶醉南风/夜色洞开门扉 大地捧着金秋的酒碗/斟满汗斟满笑声斟满岁月的甘甜
山恋	王红彬	山峰站起来/把天撑高/白云挤着白云/风很瘦很瘦/也只能贴着江面行走
雕像	王红彬	大青树上的小鸟/将最后几滴夜色啄尽/黎明在青山上/挂出一幅初春的草图 南来北往的山风/奔忙着/梳理老人的头发/准备刻一座/活的雕像

（续表）

篇目	作者	例句
喂奶的少妇	艾吉	风赶开又跑来/在她身上调皮/风没有照看它们的妈妈
黑沼泽	班果	我渐渐聚成一潭寒气逼人的沼泽/令一切骄狂的蹄子失去声音

天地的灵性来源于诗人对拟人的娴熟运用，与其说这是一种后天习得的技能，不如说这是特殊地域特殊文化下的天人感应。古老清新的语言，饰以天真生动的拟人，无论是单个句子的拟人还是整体篇章的拟人，都显示了人与自然亲近和谐、与自然万物融为一体的诗歌境界。丰盛的想象力与民族传统文化相结合，看山看水都是一个个曲折的故事。所以在诗人的笔下，山可以在沉思中回忆，可以坚硬可以温柔。泸沽湖是一个不是少女的处女，是一个贞洁得不该贞洁的女人，泸沽湖是那样美，就像一个神女，裸露着全身，在自己的梦中。这样新奇、诗意的拟人手法在西南少数民族诗歌那里非常普遍。“水一样洁净，风似的流动，土地一样厚实，图腾似的奥秘。这些诗，不是诗人的外在之物，而是他的灵魂与骨肉。不论写到山、水、树、木、湖泊、草和牛羊，也不论写到刀、月琴、经书和少女袖上的花纹，都赋予对象以人格化、人性化。于是大自然和历史文化，都与诗人融为一体，成为他本身。”①拟人手法的运用让每一个平凡的词语背后的普通的器物有了少数民族独有的神性的光。

总的来说，新时期西南少数民族的汉语诗歌是借用现代汉语这个新的酒瓶，酝酿属于自己民族的现代诗歌的醇酒。诗歌的语言简洁，意象单纯，用词恰当而简省，不论轻轻白描还是用力渲染，都纯然天成，在简单自然之间传达诗情。他们总是能巧妙地运用现代汉语的词法、句法、章法，来满足自我抒情的需要。他们总是能在抽象的民族文化和民族精神面前找到一个合适的物进行浓缩，继而把这个物形象化、丰满化、美化，使这个物具有丰厚的内涵和美感。在文化的罅隙中，用新瓶酿醇酒的创作方法让新时期西南少数民族的汉语诗歌有了属于自己的文化和艺术高地。

---

① 高缨：《回归的诗人——序诗集〈诗歌图腾〉》，见倮伍拉且：《诗歌图腾》，四川民族出版社1997年版，第1页。

结　语

通过研究和阅读，我发现和惊叹于新时期西南少数民族汉语诗歌的美和力量，在其中许多优秀的作品中，诗歌的外形和诗歌的内核完美地包裹在一起，让人们感受到语言的美和思想的美。然而令人叹惋的是，由于地处地理和文化意义上的边地，新时期西南少数民族汉语诗歌并没有受到应有的关注。

唐拉德·艾肯对诗歌有过这样的理解："诗并不是装饰品，也不是消遣品或女人的止痛剂，诗是人类征服可知世界的前驱。诗是额上流汗、手上流血、心理痛苦的人的绘像，牵涉到他的欢乐、荒谬、淫秽，也牵涉到他的信仰和怀疑。"[①]从这个角度来看，新时期西南少数民族汉语诗歌确已完成了诗歌的时代使命，正是在新时期多元的文化语境中收到的挤压和震动激发了他们艺术创作的灵感。不可否认，新时期西南少数民族汉语诗歌也存在一些创作上的缺陷，比如过分重视民族性、创作主题和创作手法上的单一和重复等，但这丝毫不能削弱其价值和意义。诗歌永远是一种昭示，一种阳光，一种希望，一种辽阔的美的力量。作为民族诗人群体，他们摒弃了与诗歌创作实践不相符合的宣言和口号，杜绝了扯旗树派的行为，没有接受某种统一的诗歌理论。他们深深依恋着本民族古老的文化，在反思和追忆里，他们认为诗歌创作最重要的就是纯然的个体灵魂的舞蹈，认为诗歌就是对人类的生命和环境进行宗教般的关注和揭示，对人类的文化和历史进行哲学般的浓缩和提炼。正是这样不约而同的对于诗歌的理解，新时期西南少数民族汉语诗歌往往是沉默而内敛的。没有朦胧诗的隐晦，也没有第三代诗人的狂放，更没有言说的犹疑和软弱。新时期西南少数民族的诗人们写诗的态度是虔敬的严肃的，没有消解，没有嚎叫，也没有游戏文字。他们不是垮掉的一代而是清醒的一代，不是颓废的流浪儿而是负重的鸵鸟，在文化大潮中他们就像是荒野中思考着的芦苇，他们的诗普遍追求着一种文化品格，具有集体性、民间性和朴素性，在很大程度上摆脱了中心文化的统摄，而拥有了自己的思维方式和话语权力，显示了新时期边地西南少数民族汉语诗歌的独立追求。新时期西南少数民族汉语诗歌正是以这样的姿态站在汉语主流诗坛之外，同时又融入主流成为中国当代诗坛的重要一脉，对当代汉语诗歌思维的拓展、视野的开阔、语义的开掘、意境的创造等方面作出了突出的贡献。

① 转引自[美]霍华德·奈莫洛夫:《诗人谈诗》,陈祖文译,生活·读书·新知三联书店1989年版,第9页。

“向内转”与新时期文学建构

段晓琳*

引言 “向内转”与“新时期”

(一)重返“向内转”

“向内转”是当代文学的一个关键词,关于“新时期文学‘向内转’”的讨论是从上世纪80年代中后期一直延续到90年代的一场“旷日持久、规模可观、持论截然对立、反响相当强烈”①的文坛论争。“向内转”既是新时期文学的一种重要美学风格,又是新时期文学区别于此前文学的一个重要特征,也是“新时期”尤其是80年代颇具代表性的理论批评话语。同时,作为80年代文学的重要构成,它还关联着“新启蒙”、“文学本体论”、“主体论”、“纯文学”、“重写文学史”等其他重要思想、文化、文学命题。“向内转”对新时期文学第一个十年进行了评价与总结,对80年代文学规范的建构、90年代的文学走向都产生了深远的影响。进入90年代乃至新世纪以来,随着中国社会、思想、文化和文学的转型,在“重返80年代”的学术热潮中,“向内转”的重提、重申、重评进入学界视野。在对90年代文学、新时期文学30年、当代文学60年的反思中,又有学者倡导“向外转”,于是引发了“向内转”、“向外转”的再争鸣。因此需要以当下的眼光,去反观“向内转”,寻找出“向内转”与新时期文学建构的深层关系。

关于“向内转”的研究资料卷帙浩繁,但深入探讨“向内转”与新时期文学建构之内在关联的重要成果却十分稀少。与“向内转”直接相关的学术资料,可以分为四类:(1)“境况中”的“向内转”与“向内转”争鸣。以鲁枢

---

* 作者简介:段晓琳,1989年出生,山东莱芜人,2015年毕业于青岛大学中国现当代文学专业,获硕士学位;指导教师王金胜副教授。

① 鲁枢元:《向内转》,洪子诚、孟繁华主编:《当代文学关键词》,广西师范大学出版社2001年版,第171页。

元、周崇坡、曾镇南、童庆炳、林焕平等为代表，八九十年代"向内转"的提出与争鸣史料是研究"向内转"的第一手资料。(2)对"向内转"与"向内转"争鸣的反思与研究。关于"向内转"的反思从80年代末至今从未中断，80年代末至90年代的"向内转"反思多为对"向内转"争鸣的阶段性总结与判断，90年代末至今的"向内转"研究比较多元，从文艺学领域进行反思的以陶东风、杜书瀛等为代表，从知识谱系进行"重返"的以程光炜、白亮等为代表，从"新时期"整体反思介入或涉及"向内转"的以金理、肖鹰、刘锋杰等为代表。(3)反思、"重返"基础上的"向内转"当下再争鸣。在"重返80年代"、"重返新时期"的研究热潮下，在对90年代以来文学创作的种种弊端进行反思的基础上，当下学术界又引发了"向内转"的再争鸣，以李建军、张光芒等为代表。(4)作为"方法"的"向内转"。"向内转"在成为一种有效的批评/学术术语后，作为"方法"的"向内转"广泛地运用于现当代作家作品研究（如颜纯钧、徐珺等）、文学批评（如翟业军论刘醒龙《天行者》等）、文学史重写（如钱理群等著《中国现代文学三十年》）等领域。

由于以上"向内转"研究资料在本论文行文论述中或作为研究对象或作为重要论据论及，或在注释中简述、列出、注明，故在此处不再详述罗列。本文无意于仅仅在前人研究成果之上进行总结加深或开拓补充，而更倾向于将"向内转"的第一手资料、研究资料、研究之研究资料等均纳入反观的视野，对学术史料与历史资料进行尝试性穿透，探寻当代学术中"向内转"问题的阐释与流变，以及学术研究缝隙中所透露出的"谱系"、"对话"、"关系"。

（二）重返"新时期"

"新时期文学"并非一个具有固定本质内涵与外延的文学史术语，与"向内转"或"纯文学"等当代文学关键词一样，"新时期文学"在不同语境中有着不同的内涵，即便以线性时间角度来看，"新时期"也没有明确的开端，亦没有明确的终止限定。在不同的文学史著作、研究视域中，"新时期文学"的内涵与外延都存在着不同的界定①。但是，流变、分歧、多义，要比明晰、本质化、一体化更利于"新时期文学"的研究与反思。重返"新时期"的意义也正在于此，对大多数重

① "新时期文学"的不同界定，参见程光炜：《怎样对"新时期文学"作历史定位》，见《文学讲稿："八十年代"作为方法》，北京大学出版社2009年版；丁帆、朱丽丽：《新时期文学》，见洪子诚、孟繁华主编：《当代文学关键词》，广西师范大学出版社2001年版；李杨：《重返"新时期文学"的意义》，见洪子诚等著、程光炜编：《重返八十年代》，北京大学出版社2009年版。

返者而言，"'新时期文学'已经不再是我们共同亲历的那一段既亲切又真实的'历史'，而是一个以'文学'与'历史'为名的文学史建构"①，正是在建构的视域中，对"新时期"、"80 年代"、"向内转"等建构本身的反思才可以展开。本文所论述的"新时期文学建构"主要覆盖范围以 80 年代为核心，前涉 70 年代末，后延至 90 年代初。首先，之所以不直接以"'向内转'与 80 年代文学建构"为论题，一则是因为 80 年代在时间外延上无法涵盖 70 年代末与 90 年代初，更重要的是作为时间段或代际的"80 年代"无法容纳"新时期"概念本身所具有的意识形态性、话语现场感与内在知识权力象征义，而这些都是与"向内转"本身直接相关的重要话题。其次，之所以选择以 80 年代为核心，一则是因为硕士论文容纳度有限，必须将论述问题尽量集中，更重要的是"新时期"文学规范与制度的建构正是以"80 年代"为核心进行、开展并完成的。而且 80 年代所建构的"新时期"文学规范在进入 90 年代后，一方面沉淀为文学常识，另一面又经受着 90 年代的挑战与解构，这实际上已经进入了建构之后的另一个大问题，因此本论文暂不容纳。

（三）方法与借鉴

本论文主要由三章组成：第一章，"向内转"的东西方语境与语义，以"向内转"的术语内涵为核心关注点，以从西方到中国、从鲁枢元到中国知识界的"向内转"接受与变异为考察重点，为流变与多义的"向内转"内涵作相对确定性提炼，从"主体性"与"文学本体论"两大方面对"向内转"内涵进行集中概括。第二章，"向内转"与 80 年代思想文化/文学谱系，将"向内转"置于 80 年代"主体论"、"文学本体论"、"纯文学"三大相互交织、彼此纠葛的谱系话语中，以"向内转"为切入点，探讨"向内转"与 80 年代知识谱系的关系，及其所透露出的新时期文学建构线索。第三章，"向内转"与新时期文学历史实践，在前两章论述的基础上，反思"向内转"的洞见与盲视。论文三章，内容层层递进，问题环环相扣，每一章每一节均以解决本章本节核心问题为骨干架构论文，同时自然引出下一章节要解决的问题。由于各章节所解决问题的具体需要不同，各章节论述上不求全面，篇幅上也详略不等。

① 李杨：《重返"新时期文学"的意义》，见洪子诚等著、程光炜编：《重返八十年代》，北京大学出版社 2009 年版，第 1 页。

陶东风、和磊所著的《当代中国文艺学研究(1949—2009)》[①],洪子诚主编的《中国当代文学史 · 史料选:1945—1999》[②],洪子诚、孟繁华主编的《当代文学关键词》[③],查建英主编的《八十年代:访谈录》[④]等为本论文写作提供了重要的史料索引帮助。程光炜主编的《八十年代研究丛书》(《文学讲稿:"八十年代"作为方法》[⑤]《重返八十年代》[⑥]《文学史的多重面孔:八十年代文学事件再讨论》[⑦]),贺桂梅所著的《"新启蒙"知识档案:80年代中国文化研究》[⑧],夏中义所著的《新潮学案》[⑨],以及南帆、旷新年、洪子诚、陈晓明、陈思和、王晓明、王金胜、吴义勤等关于"新时期文学"、"80年代文学"的相关研究为本论文的写作提供了重要借鉴与启发。

此外,本论文全篇架构,尤其是第二章借鉴程光炜、贺桂梅的"知识谱系"[⑩]研究方法,并受南帆的谱系"对话"[⑪]研究启发。全文文体风格受洪子诚《中国当代文学史》影响,行文力求精简,冗言务去,借助注释将相关问题作互文式补充阐发。另外,由于知识储备与研究视域有限,本论文对问题的发现与解决只是尝试性地介入与展开,因此有诸多不完善之处。最后,本论文虽然一直试图以批判与反思的视角"重返"与反思"向内转"、"80年代"、"新时期文学",但未免也吃了几片80年代的肉,有着无法挣脱的血中沉疴。

---

① 陶东风、和磊:《当代中国文艺学研究(1949—2009)》,中国社会科学出版社2011年版。

② 洪子诚主编:《中国当代文学史 · 史料选:1945—1999》(下),长江文艺出版社2002年版。

③ 洪子诚、孟繁华主编:《当代文学关键词》,广西师范大学出版社2001年版。

④ 查建英主编:《八十年代:访谈录》,生活 · 读书 · 新知三联书店2006年版。

⑤ 程光炜:《文学讲稿:"八十年代"作为方法》,北京大学出版社2009年版。

⑥ 洪子诚等著,程光炜编:《重返八十年代》,北京大学出版社2009年版。

⑦ 杨庆祥等著,程光炜编:《文学史的多重面孔:八十年代文学事件再讨论》,北京大学出版社2009年版。

⑧ 贺桂梅:《"新启蒙"知识档案:80年代中国文化研究》,北京大学出版社2010年版。

⑨ 夏中义:《新潮学案》,上海三联书店1996年版。

⑩ 如程光炜:《一个被重构的"西方"——从"现代西方学术文库"看80年代的知识立场》(见《文学讲稿:"八十年代"作为方法》);贺桂梅:《"纯文学"的知识谱系与意识形态——"文学性"问题在80年代的发生》(见《重返八十年代》)等。

⑪ 谱系"对话"研究,参见南帆:《空洞的理念——"纯文学之辨"》(《上海文学》2001年第6期),《关于文学性以及文学研究问题》(《江苏大学学报(社会科学版)》2005年第6期),《论"纯文学"——在常熟理工学院"东吴讲堂"上的讲演》(《东吴学术》2010年第3期)。南帆认为"纯文学"并没有固定不变的本质或定义,应当置放于具体语境与相关谱系中去,以"对话"反观自身。

一、“向内转”的东西方语境与语义

（一）西方语境中的“向内转”——以意识流小说为代表的深层心理探索转向

1. 里恩·艾德尔的“向内转”

鲁枢元的“向内转”术语来自于里恩·艾德尔的《文学与心理学》，由于国内的“向内转”研究对此篇原典文献提及甚少，因此，有必要对艾德尔的“向内转”作简单介绍。在《文学与心理学》中艾德尔针对19世纪末至20世纪精神分析学对心理学的渗入事实，分析研究了心理学尤其是精神分析学对文学创作及文学研究的渗透与影响。西方文学对内心世界的观察与探索可上溯至亚里士多德时代，浪漫运动时期的作家对深层心理也进行了探知，但弗洛伊德之前的探索者只是洞见了“梦幻”，而弗洛伊德则洞见了“梦幻”与创造力之间的关系。而与20世纪早期精神分析学对深层心理的探索相并行的，是文学领域内由“意识流”或“内心独白”作家们所进行的“向内转”探索，即试图“从内部”叙事让读者进入到人物的意识中去，这种转向带来了小说的叙事革命，小说中的时间由“水平”变为“垂直”，全知作者隐退，由读者来参与推演故事与人物的发展。这种表现人的主观的小说，部分起源于柏格森的哲学与威廉·詹姆斯的心理学研究，也受到了瓦格纳主题歌剧的激发。“意识流”或“内心独白”与传统的内心表现不同，传统的“独白”往往是理性而合乎逻辑的，而象征派及其后者则力图表现“浮在意识之流中的残破碎片”①。完全“从内部”叙事的最早尝试者是爱德华·杜雅尔丹，他试图捕捉内心深处接近于潜意识的思想；亨利·詹姆斯的小说则使读者“从内部”来看经验，尽力再现“心灵所感受到的气氛”②，预示了现代专写主观意识的小说；道罗茜·M.理查逊与普鲁斯特也进行了主观意识小说的有益实验；但小说中书写主观运动的真正突破者却是詹姆斯·乔伊斯，他不但对个体的意识流进行了富有层次的表现，也为探索种族记忆中的集体无意识进行了创作试验，对20世纪20年代后期的伍尔夫、福克纳等产生了深远影响。“内视”小说在乔伊斯笔下取得突破时，其他国家的文学也进行了类似的试

① ［美］里恩·艾德尔：《文学与心理学》，韩敏中译，见北京师范大学中文系比较文学研究组编：《比较文学研究资料》，见北京师范大学出版社1986年版，第582页。

② ［美］里恩·艾德尔：《文学与心理学》，韩敏中译，见北京师范大学中文系比较文学研究组编：《比较文学研究资料》，北京师范大学出版社1986年版，第583页。

验。需要指出的是,"文学上的'向内转'运动在其最初的阶段中并没有怎么得益于精神分析学。与其说它是弗洛伊德学说发展和影响的产物,不如说两者是并驾齐驱的。然而第一次世界大战后,文学和心理学日益抹去了它们之间的疆界,精神分析学则开始直接结出了文学创作的累累硕果"[①],如福克纳、奥尼尔、卡夫卡等的创作,可以说 20 世纪名作家中极少有人能真正避开精神分析学直接或间接的影响。除了对文学创作的影响外,精神分析学对文学批评、创作过程研究、传记写作及读者/作者关系研究也颇有裨益,但是精神分析学的应用也存在着僵化、简化分析,易遮蔽作者独特性,自身概念不清等弊端。

在《文学与心理学》中,艾德尔并没有为"向内转"作出明确界定,但通过以上论述,可以为其"向内转"作出归纳总结:艾德尔的"内"主要指灵魂深处的主观意识世界,既包括个体深层心理中的意识、潜意识、无意识、臆想、幻觉等,也包括种族记忆中的集体无意识,这与精神分析学中的深层心理探索有诸多契合之处。从小说领域来看,"向内转"指在小说内容上转向探索与表现现代人的主观意识世界,在叙事方法上采取内视角与内叙事,并期待读者参与推演作品中的留白。从文学整体来看,"向内转"主要指 19—20 世纪西方文学转向内在主观世界探索的文学动势,初期与精神分析学的深层心理探索并行,后受到精神分析学的强力渗透,这不仅体现在心理学对文学创作的影响上,也体现在精神分析学对文学批评、文学研究等领域的影响。

2. 19—20 世纪西方文学的"向内转"

对于 19—20 世纪西方文学由传统到现代的转向,尤其是一战前后的文学转折,许多作家、批评家与学者都作出了转向判断,这些判断可以作为辅证帮助理解艾德尔的"向内转"内涵。赫伯特·里德认为现代艺术虽然多元复杂,但也具有统一倾向,使其与以往艺术迥然不同,即"不去反映物质世界,而去表现精神世界"[②]。梅尔文·弗拉德曼认为一战后不久,"内心独白"或"意识流"这种新的文艺技巧受到极大欢迎,"它几乎完全阻止了作家自己在作品中插手,使得

① [美]里恩·艾德尔:《文学与心理学》,韩敏中译,北京师范大学中文系比较文学研究组编:《比较文学研究资料》,北京师范大学出版社 1986 年版,第 585 页。鲁枢元在《向内转》(《南方文坛》1999 年第 3 期,后收入《当代文学关键词》)中言及"向内转"术语的渊源时,指出里恩·艾德尔对比论述西方当代文学与心理学的论文中写道:"第一次世界大战后,西方文学的'向内转'运动,使'文学和心理学日益抹去了它们之间的疆界'。"这段话很合乎鲁枢元的心意,于是"向内转"术语开始出现在他的言谈和文章中。

② [英]赫伯特·里德:《现代绘画简史》,刘萍君译,上海人民美术出版社 1979 年版,原序第 2 页。

模拟内心活动的片断在文学上成为可能，并且毋须加以解说”[①]。而在“现代文学”中创作与理论都十分自觉的弗吉尼亚·伍尔夫，虽然并未在文论中真正提及“向内转”，却对19—20世纪的文学转向有着身处其中的当事人的敏感、惶惑与焦虑。在作为现代文学宣言的《论现代小说》中，精神主义者乔伊斯以“不惜任何代价来揭示内心火焰的闪光”[②]获得了伍尔夫的赞赏，伍尔夫指出，当代小说家必须有勇气声明，现代人的兴趣集中点很可能就在心理学“暧昧不明的领域”之中（潜意识的发掘与心理隐曲的披露）。在《论心理小说家》中，伍尔夫以亨利·詹姆斯、普鲁斯特、陀思妥耶夫斯基等为代表，重点评述了心理小说家的创作特点，指出这类作家总是有一种从作者身上泛滥而出的情绪，使沉思、分析的心灵营造出犹疑、痛苦甚至绝望的气氛。

在《贝内特先生与布朗夫人》中，伍尔夫以1910年为界，将作家划分为两个阵营，威尔斯、贝内特、高尔斯华绥等属于爱德华时代，福斯特、劳伦斯、乔伊斯、艾略特等则属于乔治时代。爱德华时代的作家极端强调事物的外部结构，而乔治时代的作家则试图关注并拯救布朗夫人（人性、生存的灵魂、生活本身），所以，乔治时代看似即兴、晦涩、破碎的“失败”作品却预示着真正伟大时代的到来。

这种将现代小说家与传统作家作对比式分析以突出“向内转”的方法，在布斯的《小说修辞学》中也有所体现，布斯将亨利·詹姆斯与福楼拜进行对比，以突出詹姆斯“幻觉的强烈性”[③]。与詹姆斯相比，福楼拜从外部开始的现实主义过于表面化，而詹姆斯则力图表现出影响现实的“可信的内心”，在詹姆斯看来选择外表的“描绘”是不够的，因为他所欲忠实的生活，与其说是客观表面的生活，不如说是内心的真实生活。可以说，深处“向内转”动势之中的伍尔夫直觉地觉察到了新的文学动势，她在新旧作家的对比中也试图去捕捉与解释文学的新变化，但是身处其中的她却并没有对“向内转”文学作出明确、清晰的判断，动荡不安、变革迭起的时代令她深感焦虑，知识分子与文学自身的双重身份危机

① ［美］梅尔文·弗拉德曼：《〈意识流〉导论》，宋授荃译，见伍蠡甫、胡经之主编：《西方文艺理论名著选编》（下卷），北京大学出版社1987年版，第119页。

② ［英］弗吉尼亚·伍尔夫：《论现代小说》，见《论小说与小说家》，瞿世镜译，上海译文出版社2000年版，第9页。

③ ［美］W. C. 布斯：《小说修辞学》，华明、胡晓苏、周宪译，北京大学出版社1987年版，第46页。

令她顾虑重重。相较而言，托马斯·曼借用叔本华的观点[①]来论述小说的“内向化”原则是“使小说走上这条对于人类意义重大的道路的原则”[②]时，不但表现出对文学创作上转向动态的洞见，更表现出“转向者”对此转向动势的价值肯定。

3. 西方“向内转”的典型代表：意识流小说

在以上关于19—20世纪文学“向内转”动向的论述中，亨利·詹姆斯、乔伊斯、普鲁斯特、伍尔夫、福克纳等现代意识流小说家成为西方文学“向内转”的典型代表，其中处于转折点上的亨利·詹姆斯的提及率颇高。在19—20世纪的文学转向中，詹姆斯兄弟在意识流小说的理论与创作两方面都具有开创意义，因此对身处转折点上的詹姆斯兄弟作具体考察对了解西方语境中的“向内转”内涵十分必要。威廉·詹姆斯在《心理学原理》中首次提出“意识流”概念，用河流将意识比喻为“思维流、意识流或主观生活之流”[③]。威廉·詹姆斯的意识流（实体部分、过渡部分、无名状态部分）已经涉及了意识、前意识、无意识等深层心理问题，并着重突出传统心理学所忽视的意识流的“活水”流动特性。而亨利·詹姆斯不但在小说创作中进行“意识流”先驱实践，也在理论上为以心理分析为特色的小说进行辩护：小说“越能成功地反映一个与众不同的独特的心灵就越成功”[④]，“除去在意识之中（受感动而且也感动人的角色的意识），在能够精微深化和宽广扩大的意识之中，从来就没有看到过人类奇险活动的主导兴趣”[⑤]。这种作者的全部题材由人物的感情与精神性质所决定，在感情和智力上“过分”投入甚至将人物抽象化的小说自有其引人入胜之处，这不仅是詹姆斯最为“同情”乔治·艾略特的地方，也是其自身小说的显著特质与本能倾向，即追

① 托马斯·曼在《论小说艺术》中引用阿图尔·叔本华的话：“一部小说越是多描写内在的、越少描写外在的生活，就越高级和具有高级的性质；这种情况作为揭示特性的标志，将伴随着小说发展的各阶段……写小说的艺术在于：尽可能少地着墨于外在生活，而最强有力地推动内在生活。因为内在生活才是我们兴趣的根本对象。——小说家的任务，不是叙述重大事件，而是把小小的事情变得兴趣盎然。”引文详见伍蠡甫、胡经之主编：《西方文艺理论名著选编》（下卷），北京大学出版社1987年版，第306页。

② ［德］托马斯·曼：《论小说艺术》，伯杰译，见伍蠡甫、胡经之主编：《西方文艺理论名著选编》（下卷），北京大学出版社1987年版，第305页。

③ ［美］威廉·詹姆斯：《意识流》，象愚译，见胡经之、张首映主编：《西方二十世纪文论选》（第一卷作者系统），中国社会科学出版社1989年版，第189页。

④ ［美］亨利·詹姆斯：《小说的艺术》，巫宁坤译，见伍蠡甫、胡经之主编：《西方文艺理论名著选编》（下卷），北京大学出版社1987年版，第142页。

⑤ ［美］亨利·詹姆斯：《卡萨玛西玛公主·序言》，张玲译，见胡经之、张首映主编：《西方二十世纪文论选》（第1卷作者系统），中国社会科学出版社1989年版，第201页，编入《文论选》时以《意识的中心》为文题。

求“心”的性质。

结合前文论述，可以对西方文学“向内转”的典型代表——意识流小说作出总结。所谓意识，应当指注意力的全部范围（包括渐趋向无意识和完全觉醒），而20世纪小说家的显著特点之一是企图将全部意识进行直接或间接地多维呈现，如果说叙述体小说是在表现直接的思想，那么意识流小说则是呈现梦想（幻想）。梅尔文·弗拉德曼将意识流技巧总结为三种：内心独白可以反映任何范围内的意识，以内心叙述的形式可独立存在，企图将意识的实际变化，按其秩序（非逻辑秩序）将“不断的幻想”表达出来；内心分析主要涉及前意识领域，在不脱离作者的介入下仍完全着重于小说人物的内心世界；感官印象涉及距离注意力中心最远的一部分意识，接近于意识本身和完全无意识。因此，弗拉德曼指出意识流的出现产生了与传统小说截然不同的作品：文学中“初次有了涉及全部意识范围的小说”①。同时，由于表现领域与思维方式的变革，意识流小说为了控制与表现自流的意识，必须进行小说艺术形式的创新与变革（模仿音乐、诗与小说结合、借鉴电影艺术等）。罗伯特·汉弗莱把所有意识流作家的目标总结为要揭示“人物的心理存在”，但内心的真实生活并“不包含形式”，如果要进行传递或表现，就必须赋予作品以合适的新形式②，因此以意识流小说为代表的现代小说，不但在表现内容上发生了19—20世纪的“向内转”转向，也因这表现领域的突破而引发了小说的形式创新与修辞革命。

在考察了里恩·艾德尔的“向内转”，西方文学19—20世纪的现代转向，以及西方“向内转”的典型代表意识流小说之后，可以对西方语境中的“向内转”进行总结：“向内转”是指19—20世纪西方文学（主要是小说）转向探索与表现人的主观心理世界的创作动向；柏格森哲学、詹姆斯心理学、主题音乐、精神分析学等是促成“向内转”的重要因素；“向内转”所转向的主观心理世界与传统内心思想情感不同，涉及人的意识的全部范围，尤其是19世纪所少有涉及的前意识、无意识、非理性的感觉印象等，部分作品涉及种族记忆与集体无意识；19—20世纪西方文学“向内转”以意识流小说等现代派文学为典型代表，亨利·詹姆斯、乔伊斯、伍尔夫、福克纳等为代表作家，在《尤利西斯》《喧哗与骚动》等典型“向内转”作品中，意识、心理

① ［美］梅尔文·弗拉德曼：《〈意识流〉导论》，宋授荃译，见伍蠡甫、胡经之主编：《西方文艺理论名著选编》（下卷），北京大学出版社1987年版，第125页。

② 罗伯特·汉弗莱的相关论述，参见［美］W. C. 布斯的《小说修辞学》第二章中《论现实主义之间的区别》一节。

成为表现的中心骨架，而文体、语言则结合起来形成肌理以增强艺术上的控制，作品的表现始终不脱离它所期望表现的意识水平；文学“向内转”带来了小说艺术形式的变革与创新，现代内心独白（以区分传统独白）、内心分析、感官印象等艺术技巧，内视角、内叙事、全知作者隐退等叙事方法，对音乐、诗歌、电影等艺术的借鉴等均成为与意识流小说相伴随的小说界形式、方法革命；19—20 世纪西方文学的“向内转”不局限于小说创作，还应包括与创作并行的小说理论、文学批评、作家作品研究等领域的转向与革新。

（二）中国当代语境中的“向内转”——主体/本体：“向内转”的两个维度

1. 鲁枢元的“向内转”

鲁枢元的《论新时期文学的“向内转”》①正式提出了中国当代文论与批评中“向内转”术语②，也正是这篇论文引起了后来“旷日持久，规模可观”的“向内转”争鸣。在该文中，鲁枢元通过对西方现代文学的考察，发现文学的“向内转”是整个西方文艺 19—20 世纪过渡时的主导趋势，而在中国当代文坛，文学的“向内转”在 20 世纪 80 年代也显现出一种“自生自发、难以遏止”的趋势：（1）小说创作中“三无小说”等完全悖谬于传统写法的小说，试图从

① 《文艺报》1986 年 10 月 18 日。

② 早在鲁枢元正式提出“向内转”之前，当代文坛关于“内向性”、“内倾”的讨论就已经开始了。诗歌领域，20 世纪 80 年代初关于“朦胧诗”的讨论中，孙绍振等已经注意到朦胧诗表现心灵秘密，向情感、潜意识倾斜的新的美学原则；小说领域，高行健、李陀等对现代小说“内向性”的赞赏引起了张德林、王先霈、朱晶等的质疑；理论领域，鲁枢元、畅广元、陈丹晨、董学文等关于文艺心理学的讨论推动了文艺心理学的研究，也推动了对文学“向内转”的思考。1984 年 12 月由《上海文学》编辑部、杭州市文联、浙江文艺出版社在杭州陆军疗养院联合举办的青年作家与评论家的对话会议上，据周介人《文学探讨的当代意识背景》记载，鲁枢元在会议上的发言主旨是：“研究人物的心理环境比研究物理环境更为紧要，当代文学正在‘向内走’。”1985 年年初，刘再复在《文学研究思维空间的拓展》中指出，中国文艺学研究在 80 年代初，发生了研究重心从文学外部规律转向内部规律的深刻转机，转向内部规律即从外部社会生活转向文学自身（审美特点、文学内部要素、文学形式等）。刘再复的文章引起了关于文学审美本质的激烈讨论。1985 年 8 月鲁枢元的《用心理学的眼光看文学》使“向内转”转向文学自身的内涵大大地心理学化，即从“外宇宙”转向“内宇宙”。1985 年 9 月，鲁枢元在北戴河文艺学方法论研讨班上作题为《文学心理观》的讲学，在第一部分“新时期文学的整体动势”中侧重阐发了“向内转”观点。1986 年 4 月，鲁枢元在由鲍昌发起组织的中外文艺理论信息交流会上，作《新时期文学与心理学》的发言，重点论述了新时期文学与心理学的融会贯通，造成新时期文学“向内转”的必然趋势，后该讲稿压缩后以《论新时期文学的“向内转”》为题刊发于《文艺报》。在《论新时期文学的“向内转”》中，鲁枢元正式用“向内转”概括了新时期文学的重要审美变化与总体发展趋势，正是此文引起了八九十年代旷日持久、声势浩大的“向内转”争鸣。

人物的内部感觉体验来反观外部世界，并借此构筑起小说的“心理学意义的时间和空间”；(2)以“朦胧诗”为代表的新时期诗歌创作，由外在表现转向内向思考，将诗歌的重心转向内在情绪的动态刻画，由主题和思想的单一性转向“内涵的复杂性与情绪的朦胧性”；(3)在选材和写法上都倾向于传统的军事题材和现实主义的作品中也都发生了“向内转”的倾斜和位移。鲁枢元认为中国现代文学的“向内转”开始于“五四”，却在20世纪30年代转入外倾，文学渐渐充任了工具与武器，并在“十七年”与“文革”中愈演愈烈，直至“新时期”才又回到“文学艺术自身运转的轨道上来”。最后，鲁枢元分析了新时期文学“向内转”的原因。除了世界现代文学的影响和五四文学的诱发，新时期文学“向内转”还有其特定的社会文化心理动因：(1)前摄因素的作用：“向内转”体现了“文革”后强烈的社会心理对于文学艺术书写“内伤”的需求。(2)逆反心理的导引：“向内转”是对长期以来桎梏创作的机械文艺理论的反拨。(3)民族文化积淀的显现：“向内转”是对我国古代道家文化的继承和发扬。(4)主体意识的觉醒：“向内转”是对人自身认识的深化，是对个体独立性与精神创造性的启蒙与恢复。

在《论新时期文学的“向内转”》中，鲁枢元只是对新时期文学的“向内转”做一种直觉性地模糊描述，90年代末，鲁枢元在《文学的内向性——我对“新时期文学‘向内转’讨论”的反省》①和《向内转》②中对“向内转”作出了亡羊补牢式的界定：“‘向内转’，是对中国当代‘新时期’文学整体动势的一种描述，指文学创作的审美视角由外部客观世界向着创作主体内心世界的位移。具体表现为题材的心灵化、语言的情绪化、情绪的个体化、描述的意象化、结构的散文化、主题的繁复化。‘向内转’是对多年来极左文艺路线的一次反拨，从而使文学更贴近现代人的精神生存状态，为中国当代文学的发展开创出一个新的局面。中国当代文学的‘向内转’显示出与西方19世纪以来现代派文学运动流向的一致性，为从心理学角度探讨文学艺术的奥秘提供了必要性与可行性。”

对鲁枢元“向内转”的内涵理解，可以从两个角度切入：一是从文学主体与新时期文学“向内转”的关系来看，创作主体及其内心世界与创作心理是鲁枢元理论批评研究的重点，但是从客观上来看，鲁枢元对对象主体即

---

① 《中州学刊》1997年第5期。

② 《南方文坛》1999年第3期。

人物，和接受主体即读者和批评家也有所关注。重视人，重视人的心理，重视人的精神生存状态成为鲁枢元“向内转”研究的重要立足点，而这也是鲁枢元成为新时期“主体论”拥护者的重要原因；二是从文学本体与新时期文学“向内转”的关系来看，鲁枢元的“向内转”强调文学“转向文学艺术自身的存在，回归到文学艺术的本真状态”①，即转向文学本体。可以说鲁枢元的“向内转”是“文艺心理学 + 文学主体论 + 文学本体论”的混合直觉描述。

鲁枢元的“向内转”概念本身含混地包蕴着转向文学主体与转向文学本体的双重内涵，由于鲁枢元的文学本体论是一种心灵、精神本体论，因此对于鲁枢元来说转向主体与转向文学本体不存在逻辑上的分歧。从《用心理学眼光看文学》②《文艺心理阐释》《“神韵说”与“文学格式塔”——关于文学本体论的思考》③《大地和云霓——关于文学本体论的思考》④中的主要观点来看，鲁枢元的文学本体论是建立在文艺心理学之上的，在鲁枢元看来，文艺的世界是心理的世界，文学是“人的心灵创造性的自由表现”⑤，属于意识形态形式和精神形式，从文艺的内在价值和内在规律来看，主体心灵的创造性才是文艺的本质属性。因此鲁枢元的文学本体不同于作品、语言或形式本体论，而是一种心灵本体、精神本体，在此本体基础之上的文学“向内转”，在内转向主观心理精神世界的同时，也内转向了文学本身，即内转向了文学本体。

此外，鲁枢元在《向内转》中还提出了“相对向内转”概念。在共时性的意义上来看，所谓的“内”与“外”都是相对的。以艾布拉姆斯的四维文学理论环道来看，社会、作家、作品、读者四维之间密切联系又各自独立，以任何一维为核心，这一维就是“内”，其他几维便是“外”；在历时性的意义上来看，文学的“向内（主观精神）”、“向外（客观写实）”的转动并非一成不变，而是与人类社会历史发展的重大变革密切相关，也就是说“向内转”不仅具有学科含义，还应具有历史含义。可以说鲁枢元的“相对向内转”是具有反思与超越意义的，但却没有产生太大的影响。鲁枢元之后的“向内转”争鸣与研究，既缺乏对西方“向内转”理论来源的切实考察，也存在着对鲁枢元“向内转”的误解，对于鲁枢元的

① 鲁枢元：《向内转》，《南方文坛》1999 年第 3 期。

② 《文学评论》1985 年第 4 期。

③ 《文学评论》1987 年第 3 期。

④ 《文艺争鸣》1988 年第 1 期。

⑤ 鲁枢元：《用心理学的眼光看文学》，《文学评论》1985 年第 4 期。

“相对向内转”也少有关注，由于对于“向内转”缺乏扎实的作品分析，而又总是纠结于大方向的选择，因此看似热闹非凡的“向内转”百家争鸣实际上缺乏真正的实质性交锋，也缺乏真正的建设性成果①。但是，如果跳脱出纷繁复杂的“向内转”思潮本身，以主体/本体的“向内转”双重维度来俯瞰80年代至今的“向内转”争鸣、反思、研究，则可以在乱涛浊浪与回沙涡漩之上探出河流的总体动向。

2.“向内转”的双重内涵及其历史性展开

在鲁枢元之后的“向内转”争鸣、反思、研究中，“向内转”的转向主体、转向文学本体的双重内涵愈加明显，并在“向内转”话语内部出现了分歧。在80年代以《文艺报》为主要阵地的“向内转”争鸣中，不同知识背景与文学立场的诸多作家、批评家、学者在不同层面上对“向内转”予以褒扬、挞伐，并未形成真正的思想交锋，但这些关于“向内转”的讨论总是含混地包蕴着主体与文学本体双重话题②，如：张炯指出新时期文学构成对五六十年代文学的超越，关键在于这时期普遍重视了艺术创作规律，“还文学以审美的本性和作为多层结构系统的多重功能”③，包括重视创作主体的作用和艺术个性的表现。再如，江岳指出新时期文学在当代文学史发生了前所未有的三个重要变化，其中纯文学探索中，形式技巧更新与个人丰富内心世界的地位得以确立，开拓了“对社会人生观照的‘审美’视角和‘自我’视角”④。正如张炯和江岳⑤，《文艺报》“向内转”大讨

① 关于“向内转”争鸣实质性交锋的缺失，参见潘凯雄、贺绍俊：《“内”与“外”——由新时期文学“向内转”的讨论而引发的对话》，《作家》1988年第5期。

② 80年代的“向内转”大讨论以《文艺报》为主要阵地，先后刊发了14篇文章和一篇来稿综述。即：周崇坡《新时期文学要警惕进一步“向内转”》，童庆炳《文学的“向内转”与艺术创作规律——兼评〈新时期文学要警惕进一步“向内转”〉》，伍林伟《“向内转”与文学的现代意识》，阮幸生《评对一种文学现象的描述——与周崇坡同志商榷》，张炯《也谈文学“向内转”与艺术规律》，杨朴《“向内转”：新时期文学发展的必由之路——与周崇坡同志商榷》，王仲《什么是新时期文学的“总体趋势”——与鲁枢元同志商榷》，杨劼《关于“向内转”的命题与概念》，江岳《回顾与展望——新时期文学“内”“外”观》，吴秉杰《面对发展了的审美形态》，曾镇南《新时期文学“向内转”之我见》，叶廷芳《内向化——一种矫正片面的倾斜》，林焕平《略论“向内转”文学》，朱向前《我看新时期文学的“向内转”——兼论近年来的军旅文学嬗变》，《文艺报》编辑部《关于新时期文学“向内转”讨论的来稿综述》。后来林焕平、曾镇南、潘凯雄、贺绍俊等又围绕“向内转”与“向内转”讨论进行过反思与再讨论。

③ 张炯：《也谈文学“向内转”与艺术规律》，《文艺报》1987年8月15日。

④ 江岳：《回顾与展望——新时期文学“内”“外”观》，《文艺报》1987年10月10日。

⑤ 其他“向内转”讨论中的代表性观点也含混地包蕴了主体/本体双重话题，如：童庆炳认为新时期文学“向内转”的趋势与作家们重新审视了文学的固有功能与特殊价值密切相关，对文学自身认识的深化，导致了创作上的突破（详见《文学的“向内转”与艺术创作规律——兼评〈新时期文学要警惕进一步“向内转”〉》，《文艺报》1987年7月4日）。叶廷芳认为新时期文学的发展总趋势离不开现代世界文学的发展背景，而“现代文学”内容上的突出标志是文学与社会科学的联姻，形式上的突出标志是审美视点的根本位移，即“向内转”倾向（详见《内向化——一种矫正片面的倾斜》，《文艺报》1987年12月26日）。

论的多数参与者，其“向内转”内涵都与鲁枢元有着相似的双重语义，而且在“向内转”的转向文学本体内涵上发生了分歧，含混而笼统的“回到文学自身”、“回到文学审美”大致有两种内涵：一种是以鲁枢元、周崇坡等为代表的人学本体论（包括生命本体论、心理本体论），即“文学是人学”，如周崇坡[①]虽不支持鲁枢元的“向内转”，却也不得不承认“向内转”文学，对冲破极左文学观念、使文学恢复到人学的本义具有积极意义。另一种观点以伍林伟等为代表，则明显受到以韦勒克、沃伦《文学理论》为代表的形式/语言/符号批评的影响，以形式/语言/符号为本体，即形式本体论，如伍林伟[②]认为“向内转”不可能给创作带来现代意识，文学的现代意识不是存在于作家主观愿望中，而是存在于作家实际的语言营造过程之中，因此如果使用“向内转”，则应将其界定为对文学自身结构追求的描述，其最根本的就是语言问题。也就是说“向内转”在80年代的争鸣中有着含混的转向主体与文学本体的双重内涵，而转向文学本体又含混地包蕴着转向人学本体与形式本体的话语内部分歧。

而且，“向内转”的双重内涵与内部分歧在90年代至今的“向内转”反思、研究中一直存在。如果说在80年代的“向内转”争鸣中，“向内转”的转向主体（心理）是核心“显学”，转向本体（审美）是附属的含混“共同体”，那么在90年代至今的“向内转”研究中，“向内转”的文学本体意义/审美启蒙意义越来越具有独立的新时期建构意义（文学/思潮/历史/学术价值），并与转向主体（心理）内涵齐肩并行共同成为“向内转”的历史语义。如杜书瀛[③]的新时期文艺学反思将新时期理论批评“向内转”的主要表现概括为五个方面：一是重提“文学是人学”，并从强调书写外在现实转而强调表现内在心灵；二是“文学主体性”的提倡；三是文艺心理学成为新时期文艺学的一门显学；四是文艺美学作为新兴分支学科的创建；五是文艺学研究的关注点从文学的外部研究转向文学的内在规律与自身问题研究；刘锋杰[④]在研究中指出“向内转”包含的去政治化思考是在文学的“心理学”与“固有属性”的双重视角下实施的，作为出发点的“心理学”从事物的内在方面提出去政治化的可能，作为文学核心价值的“固有属性”为文学的去政治化提供理论依据，双重视角未必出于同一个逻辑层面，但却交叉产

① 周崇坡：《新时期文学要警惕进一步“向内转”》，《文艺报》1987年6月20日。

② 伍林伟：《“向内转”与文学的现代意识》，《文艺报》1987年7月25日。

③ 杜书瀛：《内转与外突——新时期文艺学再反思》，《文学评论》1999年第1期。

④ 刘锋杰：《文学“向内转”：由外而内的“去政治化”策略研究》，《文艺理论研究》2010年第2期。

生了去政治化的合力；再如金理[1]在研究中认为“向内转”文学以反抗某种“外在的”文学方式来确立自身，强调关注文学语言和形式自身的意义，关注人物的内心世界，从外部研究转向内部研究，回归到文学自身[2]。

同时还需注意的是，在90年代至今的“向内转”研究中，“向内转”之转向文学本体内涵，一直存在着转向人学本体（生命本体/心理本体）与转向文学形式本体（语言/结构/形式本体）的话语内部分歧，但在脱离了80年代建构大写的“人”的时代氛围后，90年代至今的“向内转”文学本体内涵，转向文学形式本体逐渐压倒转向人学本体，成为与“向内转”的主体内涵齐肩并行的文学本体内涵，即“向内转”的双重内涵逐渐演化为转向主体（心理）与转向文学本体（形式本体）。在新世纪的“向内转”、“向外转”再争鸣中，“向内转”的主体/文学形式本体双重内涵得到了更加明晰的提炼与反思。李建军在《当代文学亟需向外转》中指出“向内转”作为从“新批评”理论和弗洛伊德学说中提炼出来的口号，至少对当代文学造成了两方面的消极后果：一是只关注作家个人的内心生活，导致“个人化写作”、“反文化写作”等“消极写作”的泛滥；二是对技巧、形式等“内部研究”的过分强调，导致文学与社会生活的脱轨以及作家责任感的消解[3]。可以看出，在李建军这里，“向内转”有着明确的心理（主体）、形式（本体）双重内涵。在第三届中国青年作家批评家论坛[4]上，在“文学既要‘向外转’，更需要深化‘向内转’”的讨论中，毕飞宇与谢有顺的观点非常有代表性。毕飞宇

① 金理：《“不得不如是之苦心孤诣”与“外部的批判支点”——“境况中”的文学及其释读》，《南方文坛》2011年第1期。

② 其他代表性观点如：

陶东风的80年代文艺学反思将“向内转”看作是对于80年代中国美学文艺学三个主导话语之一的“集中概括”：对于审美和艺术，以及美学文艺学学科自主性与独立性的强烈诉求，对于文艺与审美的超功利强调，对于工具论美学与文艺学的激烈批判。详见《80年代中国美学文艺学主流话语反思》，《文论报》1998年6月4日；《80年代中国文艺学主流话语的反思》，《学习与探索》1999年第2期。

肖鹰将新时期文学的“向内转”归因于美学精神赋予文学超阶级的审美共同感，即肯定感性、个性为基础的主体性和艺术对于现实（政治）的自律性，文学向内转是美学的主体性（自律）原则对现实主义的真实性（反映论）原则的超越。详见《论新时期文学的现代主义转化》，《文艺研究》2000年第5期。

王万森认为新时期文学史建构有两条线索：一是“人”的总主题，此为经线；二是文学的本体意识与文学性叙事，此为纬线。其中“文学性”在文学史建构中的表现之一即“向内转”的文学思潮，“向内转”启发了文学本体意识的自觉，是从文学外部为文艺“正名”之后转向文学为自己“正名”的自觉要求。详见《新时期文学30年回顾》，《山东师范大学学报（人文社会科学版）》2008年第2期。

③ 李建军：《当代文学亟需向外转》，《文艺报》2004年2月26日。

④ 中国青年作家批评家论坛为国内四大文学批评杂志之一的《南方文坛》主办，通称为“南方论坛”。第三届论坛于2004年10月20－21日举办，由李敬泽主持，《人民文学》《南方文坛》主办，浙江文学院、温州市作家协会协办，韩作荣、李洱、毕飞宇、须一瓜、张新颖、吴义勤、吴俊等作家、批评家参加。

提出在中国作家有了相对自由度后再次提出“向外转”，将目光重新放到外部现实上，对开拓作品前景，建立内心与外部世界更厚实的联系是非常必要的。谢有顺则认为“向内转”和“向外转”，也即“怎么写”和“写什么”，中国作家经过这么多年“怎么写”训练之后，应当重新考虑“写什么”[①]。面对同一个“向内转”话语，毕飞宇反思的是心理（主体）意义上的“向内转”，而谢有顺反思的则是形式（本体）意义上的“向内转”。

至此，可以用张光芒的观点，为八九十年代至今的“向内转”双重内涵作出总结：“在新时期的创作实践与文学观念中，‘向内转’包含着两层内涵：其一是从外在的物质世界转向内在的精神世界，即回到‘文学是人学’的命题上来；其二是从‘工具论’转向文学内部，即回到文学的审美本质。可以说，作为对于此前文学异化的反动，20 世纪 80 年代以来文学的‘向内转’的确承担了审美启蒙与思想解放互为根据携手共进的双重使命”[②]。80 年代的“向内转”双重内涵，转向主体（心理）是核心根基，转向本体（审美）是附属包蕴，而在转向文学本体的内涵内部，转向以“文学是人学”为主要内涵的人学本体论（生命本体论/心理本体论）要比转向形式本体（语言/符号/形式本体）更为主流。而在 90 年代及以后的“向内转”研究中，“向内转”的转向文学本体内涵越来越成为具有独立探讨价值的话题，并与转向主体（心理）共同构成“向内转”的两大核心内涵，同时在向内转的“文学本体”内涵中，形式本体（语言/符号/形式本体）逐渐压倒人学本体（生命本体论/心理本体论）构成“向内转”本体内涵的主要内容。所以在新世纪的“向内转”再争鸣中，对“向内转”的界定与反思，对 90 年代“二度内转”[③]的评价与批判基本上都围绕着转向主体（人、个体、私人/心理、深层心理、非理性心理）与转向文学形式本体（技巧/语言/结构/形式等）的双重内涵来

---

① 毕飞宇与谢有顺的观点，参见南方论坛：《文学在当下的艺术可能性——第三届中国青年作家批评家论坛纪要》，《南方文坛》2005 年第 1 期。

② 张光芒：《论中国当代文学应该“向外转”》，《文艺争鸣》2012 年第 2 期。

③ 张光芒在《论中国当代文学应该“向外转”》（《文艺争鸣》2012 年第 2 期）中，提出了“二度内转”概念：“这场与五四文学革命遥相呼应的革命性潮流，在度过它抵抗文学的外化与异化的短暂辉煌之后，渐渐出现了‘真正的问题’，这在 20 世纪 90 年代以后尤其严重，这里称之为‘二度内转’”，“文学‘向内转’的初衷和动因是实现审美的解放、个体的解放与精神的解放，但‘二度内转’之后，在这三个层面上分别表现为：其一，从有意味的形式再度‘内转’为能指的游戏，从自律的审美的追求，再度‘内转’为自足的封闭的空间营构；其二，从个体化写作再度‘内转’为私人性独语；其三，从思想的自由再度‘内转’为身体的自由，比如从灵与肉的统一性追求再度‘内转’为欲望化叙事，从上半身的自由再度‘内转’为下半身的自由等等。从林白、陈染到卫慧、棉棉，再到《乌鸦》的作者九丹以及《遗情书》的作者木子美，就可以显示出这种视线下移的趋势”。

进行。从鲁枢元的“向内转”到80年代“向内转”争鸣再到90年代及以后的“向内转”研究、反思、再争鸣,“向内转”的双重内涵发生了波动与流变。这种波动与流变暗示出新时期主体论与文学本体论尤其是形式本体论之间暧昧不明而又相互扶持,矛盾重重而又和谐统一的复杂关系。可以说,新时期文学主体论话语中暗自包蕴着文学本体论话语,文学本体论话语中又隐藏着主体性问题,二者明明分歧密布却又携手同行,明明是两条谱系却又纠缠不清,因此以“向内转”为切入点探索新时期主体论与文学本体论尤其是形式本体论的关系将是一个十分有意思的话题。

(三)从西方到当代中国:“向内转”内涵的接受与变异

“向内转”术语从西方文论到中国当代批评的移植与运用看似偶然,实则是鲁枢元长期研究文艺心理学与反复思考新时期文学动向的必然选择。但是从艾德尔到鲁枢元,从西方到中国,“向内转”的内涵与视域发生了诸多变动。首先,西方“向内转”之“内”主要指深层心理的主观意识世界,与传统的心理、情绪、思想书写完全不同,多为非理性的意识、无意识、潜意识、集体无意识的探索与表现,而且西方“向内转”不局限于创作主体的创作心理研究,而是更普泛的心理探索;而鲁枢元之“内”主要指个体主观心理世界,他并没有明确指出新时期文学的“向内转”与传统心理书写、情绪表现的不同,且透过鲁枢元对军事题材、现实主义作品的论述,可以看出鲁枢元之“内”是一个内涵与外延都明显泛化于西方之“内”的概念,一般的个体主观心理、情绪、情感都可以归入鲁枢元之“内”,而鲁枢元对创作主体心理世界的特别强调又在另一个层面上窄化了西方之“内”的内涵。

具体的作品与作品批评可以帮助分析东西方“向内转”之“内”的不同。张洁的《沉重的翅膀》在鲁枢元①看来是现实主义作品中“向内转”的典型代表,张洁不讲究情节与人物的外部描写,而着力于描写感情世界与渲染氛围,以音乐化的叙述,追求内向的小说美学。在80年代的“向内转”争鸣中,周崇坡、王仲②等人认为张洁的《沉重的翅膀》不应是“向内转”的代表作,其思想性艺术性成就的取得不是因为“向内转”,而恰恰是因为作家主体性与实践性结合、兼顾内

① 鲁枢元:《论新时期文学的“向内转”》,《文艺报》1986年10月18日。

② 周崇坡:《新时期文学要警惕进一步“向内转”》,《文艺报》1987年6月20日;王仲:《什么是新时期文学的“总体趋势”——与鲁枢元同志商榷》,《文艺报》1987年8月29日。

外开掘、审美统一的结果。杨朴[①]在反驳周崇坡以支持鲁枢元的观点时又指出，《沉重的翅膀》虽不是纯心理描写的作品，但刻画人物时有不同于传统的内向开掘，不应排斥于“向内转”作品之外。这些以《沉重的翅膀》为论据所作出的“内”、“外”之争恰好说明了《沉重的翅膀》中“内”的非特殊性，即并不具备典型“向内转”作品的突出特质，这可以从另一个侧面证明鲁枢元“向内转”之“内”的内涵具有情感心理世界的泛化外延。2005 年人民文学出版社出版的“茅盾文学奖获奖作品全集”系列中的《沉重的翅膀》，保留了 1984 年张光年为《沉重的翅膀》修订本所作的序，并以 1997 年蔡葵《沉重的话题——重读〈沉重的翅膀〉》为跋（附录），这一序一跋在八九十年代的观点中颇具代表性。张光年指出，长于心理描绘的张洁在表现工业现代化的沉重起飞时“特别是保留了、或者放任了以主观表现干扰客观描写的不良习惯（不是主客观有机的有效的结合）”[②]。而在蔡葵看来，现实主义作品《沉重的翅膀》没有曲折的情节，甚至不追求故事的完整性，也不注重刻画人物的外在行动，而是取日常中最富典型化的细节，全力刻画“人物心灵深处的微妙活动”，创造了“富有时代内容和个性特征的成功的典型”[③]，张洁通过细密的心理剖析揭示出人物性格，展现了心灵间的思想碰撞与交锋。一序一跋，对张洁的心理书写一贬一褒，但在褒贬之中均可以看到张洁的心理表现仍属于一般的主观世界（情感、思想、情绪、心理）表现，并未脱离理性的心理分析与作者介入。如果将《沉重的翅膀》与《红豆》《洼地上的“战役”》等“十七年”作品作对比，会发现张洁的心理刻画及情感表现领域与宗璞、路翎等属于同一层面，更接近于传统的心理刻画，而不是“现代”心理表现。相应的，鲁枢元、朱向前所认为的军事题材中的“向内转”，或“由传统的写敌我对垒、生死角逐之类的外部冲突”，转为书写“生死关头人与人之间的‘内心冲突’”[④]，或将和平时期军人的精神历程与心灵辩证法加以展示升华，从描绘英雄行为转到开掘军人心灵的运动轨迹，在手法上充分调动记忆、情感、直觉、想象和追溯，以借助相对静止的“物理空间”来展示流动不止的“心理空

① 杨朴：《“向内转”：新时期文学发展的必由之路——与周崇坡同志商榷》，《文艺报》1987 年 8 月 29 日。

② 张光年：《序言》，见张洁：《沉重的翅膀》，人民文学出版社 2005 年版，“序言”第 2 页。

③ 蔡葵：《沉重的话题——重读〈沉重的翅膀〉》，见张洁：《沉重的翅膀》，人民文学出版社 2005 年版，第 338 页。

④ 鲁枢元：《论新时期文学的“向内转”》，《文艺报》1986 年 10 月 18 日。

间”，即“客观冷静的现实主义写真被主观情感的抒发所取代”[①]等，仍然属于一般意义上的主观情感世界书写，更接近于传统小说中的心灵世界。

如果说现实主义作品与军事题材是因为“或多或少地发生了某些‘向内转’的倾斜和位移”[②]而不具备典型内转的突出特质，那么作为极端案例的以王蒙为代表的“东方意识流”和以刘索拉为代表的“中国现代派”，与西方“向内转”相比仍然存在着本质上的差别。在《夜的眼》《春之声》《布礼》《风筝飘带》等一系列格式新颖、独具魅力的借鉴西方意识流技巧的“东方意识流”中，王蒙有意将情节中断，以文本时间为链条，透过心理闪回等将复杂丰富的“内宇宙”呈现出来，同时在语言技巧上加以创新以适应“关注焦点‘向内转’后人物的意识流动和心理转换”[③]。但需要指出的是，王蒙小说中的意识流，明显地经过了理性的安排、梳理、措置，也不排除叙述者的介入，这种以理性为主干的意识流，属于将意识流技法与其哲学内涵相抽离的剥离式借鉴，并非真正的意识流小说。在“真正的”现代派小说[④]《你别无选择》中，刘索拉运用戏谑、荒诞、夸张，将骚动不安、疲惫压抑，而又无法遏制的精神暴动作了幽默式而又掷地有声的呈现。但是如果细作考察会发现，西方现代文化对刘索拉等人的渗透影响更多的是形式与手法上的，而不是内在哲学精神上的，因为“中国当代文学对人的内心世界的揭示主要还是有意识的社会层次和道德层次，而有意识的层次必然是相对明晰的、有序的，因而也就不完全适应于西方现代文学的表现形式”[⑤]。鲁枢元泛化式的“向内转”内涵，不把新时期文学的“向内转”特征完全往西方现代派文学上靠，一方面可以减少因追随西方现代派文学所必然引起的批判攻击阻力，另一方面则由于新时期前十年的文学中完全符合或比较符合西方“向内转”典型特质的作品极少，不泛化“向内转”的概念，无法概括出“整体动势”。再者，鲁枢元的“向内转”是一种直觉描述，本不具有明确的规范概念内涵，因此东西方之“向内转”的内涵差异无可避免。

---

① 朱向前：《我看新时期文学的“向内转”——兼论近年来的军旅文学嬗变》，《文艺报》1987 年 10 月 24 日。

② 鲁枢元：《论新时期文学的“向内转”》，《文艺报》1986 年 10 月 18 日。

③ 朱栋霖、朱晓进、龙泉明主编：《中国现代文学史 1917—2000（下）》，北京大学出版社 2007 年版，第 168 页。

④ 80 年代，“真正的”现代派小说，以刘索拉的《你别无选择》、徐星的《无主题变奏》，残雪的《山上的小屋》等为典型代表。

⑤ 刘晓波：《一种新的审美思潮——从徐星、陈村、刘索拉的三部作品谈起》，《文学评论》1986 年第 3 期。

其次,东西方"向内转"之"内"在内转作品中的地位也颇有差异。在典型的西方"向内转"作品中,对于"内"的开掘与表现成为作品的主要表现意图,"内"成为作品的骨架与核心。而新时期的"向内转"作品,对于"内"只是有所侧重,而且"内"往往是表现与反思"外"的手段与策略,"内"在作品中居于普通审美地位,并不具备独立的核心审美意义。

再次,西方"向内转"不局限于个体心理探索,也对种族记忆与集体无意识有所表现,西方"向内转"不仅在文学表现领域与表现内容方面进行了内化开拓,在小说叙事技巧、艺术表现手法等方面也往往同步变革。再者,西方"向内转"在创作领域主要指小说、戏剧创作中的"向内转",而鲁枢元的"向内转"中则明确谈到了诗歌"向内转"。诗歌作为最具主观内向性的体裁,很难去清晰界定诗歌有没有"向内转",但鲁枢元的诗歌"向内转"突出了新时期之前中国当代诗歌创作的怪相与弊端,是对极左文艺路线的批判与反驳。而且,西方"向内转"不局限于创作领域,也涉及文学批评与文学研究等领域。这不仅是鲁枢元的"向内转"所欠缺的,也是新时期前十年的创作与研究所欠缺的。

很明显,鲁枢元的"向内转"是一种中国特色的"向内转",是对新时期文学,主要是新时期前十年文学创作的直觉性、描述性、模糊性总结,鲁枢元基本上概括出了新时期文学的一种重要变化趋势,试图以肯定"向内转"来肯定新时期文学的宝贵实绩,并以此来对长期束缚文艺的极左机械文艺路线作出批判与反叛,以推动新文学时代的到来,同时对文学主体、创作心理的突出与强调也体现了以鲁枢元为代表的80年代知识分子的人道主义反思与"新启蒙"意图。

最后,需要指出的是,艾德尔、伍尔夫的"向内转"本不具有转向文学本体的意义,正如前文所述,西方文学"向内转"所带来的文学形式变革与"向内转"之间是一种因果关系,即为适应"向内转"(文学表现领域的深层心理探索),现代文学尤其是现代小说进行了形式修辞上的创新与突破。因此,转向主观深层心理与转向文学本体在西方文论中是两个完全不同的层面,但在鲁枢元这里却得到了和谐统一。从艾德尔到鲁枢元,再从鲁枢元到当代文学界、批评界与学术界,"向内转"发生了从特指转向人的主观深层心理意识世界,到转向宽泛的主观"内宇宙"并同时转向文学自身,再到转向主观心理(文学主体)与转向文学审美本质(文学本体)双重内涵的接受与变异过程。东西方"向内转"的语境语义差异(包括东西方"意识流"、"现代派"的真伪之辨)并不是问题的关键所在,具有启发意义的是产生这一差异/选择的知识谱系与话语结构是如何发生的。同样的,从鲁枢元到中国当代文学界"向内转"的接受与变异、争鸣与褒贬也不是问题的关键所在，具有启发意义的是“向内转”与相关话题是如何参与了新时期文学的建构历程，以“向内转”为参照系是否可以洞悉新时期文学的内在历史脉络，这便是第二章与第三章所要解决的问题。

二、“向内转”与80年代思想文化/文学谱系

（一）“向内转”与“主体性”话语

“主体性”话语是70年代末—80年代转型期以及整个80年代人文主潮中的主潮。围绕着“人”、“人性”、“主体”等关键词所展开的启蒙精神，无疑构成了新时期“最为醒目且持续时间最长的一组话语形态”①。从钱谷融的“文学是人学”，到李泽厚的主体性哲学、刘再复的“文学主体性”，再到李劼的“文学是人学新论”、刘晓波的“个体主体性”，从人性论到人道主义，从主体论到人本主义，80年代“主体性”话语走过了一条不断深化的启蒙之路，建构起80年代屹立于天地间的大写的“人”。在这条“主体性”启蒙脉络中，鲁枢元与刘再复属于同时期，位于李泽厚之后，李劼、刘晓波之前。一方面，“向内转”话语借助“主体性”话语资源支持自身，在“人的文学”的时代主潮中迅速获得有效性与合法性，并在参与“新时期”启蒙建构与文学建构的同时又深化了“主体性”内涵，为“主体性”话语带来“现代”前瞻与20世纪的气息；另一方面，以“向内转”的视角来反观“主体性”启蒙脉络，会发现从钱谷融到刘晓波，“新时期”人的启蒙链条本身即是不断“向内转”的历程，即“主体性”的深化借助个体、感性、精神内涵的不断膨胀得以完成。

1.“主体性”话语的向内转与作为“主体性”话语的“向内转”

“新时期”关于文学主体性的论争肇始于刘再复，而刘再复的文学主体性是将李泽厚的主体性哲学加以生发改造，并运用至文学领域的。“李泽厚讲的主体性对我很有启发，他是中国主体性实践哲学的始作俑者，我使用了这个概念，并用以说明文学的本质”②。李泽厚的主体性概念③包括两个双重内容和含义：“第一个‘双重’是：它具有外在的即工艺—社会的结构面和内在的即文化—心

① 贺桂梅：《“新启蒙”知识档案：80年代中国文化研究》，北京大学出版社2010年版，第51页。

② 刘再复、杨春时：《关于文学的主体间性的对话》，《南方文坛》2002年第6期。

③ 李泽厚在《批判哲学的批判：康德述评》与《康德哲学与建立主体性论纲》中均多次提及主体性的概念，但《关于主体性的补充说明》中的主体性概念最为简要凝练。

理的结构面。第二个'双重'是:它具有人类群体(又可区分为不同社会、时代、民族、阶级、阶层、集团等等)的性质和个体身心的性质。"①这四层含义的关系是:"人类群体的工艺——社会的结构面是根本的起决定作用的方面。在群体的双重结构中才能具体把握和了解个体身心的位置、性质、价值和意义。"②因此李泽厚的"主体性"首先是指人类群体,首先是指物质实践。虽然作为基础的外在工艺—社会的客观结构是历史的原动力,是人类主体性的本体现实,但李泽厚却意在突出主体性的主观方面:文化—心理结构问题。而文化心理结构也有着集体和个体两个层面,首先是"大我",即人类群体的文化心理结构。个体心灵的差异性必须透过社会意识的浸入与人类心理结构的形成,才能展示出其个性特征。所谓主体性的人性结构就是"'理性的内化'(智力结构),'理性的凝聚'(意志结构)和'理性的积淀'(审美结构)",对应地落实在个体心理上即"'自由直观'(以美启真)、'自由意志'(以美储善)和'自由感受'(审美快乐)"③。而人性主体性所要探索的基本课题,即普遍(人类)的心理结构形式与个体心理的创造性功能。

完成了人的内在宇宙科学的卢梭,令康德看到对人自身尊严与权利的信念可以成为新的形而上学根基,如果说黑格尔展现了人类主体性的客观运动,康德则抓住了人类主体性的主观建构,人类本体(主体性)的双向进展(外在客观进程即物质文明,内在主观进展即精神文明),标志着"自然向人生成"即自然的人化的两大方面——外在自然界和内在自然的改造变化,而康德的贡献正在于突出了第二个方面,即全面提出了主体心理结构问题。可以说,李泽厚的主体性哲学在历史唯物主义的基础上,在历史、实践、人类、物质的前提下格外重视文化心理结构(主体心理/精神文明)。如果说《启蒙与救亡的双重变奏》是在以启蒙的发生、深化、泯灭与复归来考察1916—1986中国现代启蒙的未完成,那么《二十世纪中国(大陆)文艺一瞥》则以20世纪中国现代知识分子主体思想情感方式的产生、深化、泯灭与复归来反思"文革"与中国现代化。也就是说,李泽厚的社会本位/人类本位的主体性哲学在唯物辩证法与历史实践哲学的前提

① 李泽厚:《关于主体性的补充说明》,见《李泽厚哲学美学文选》,湖南人民出版社1985年版,第164页。

② 李泽厚:《关于主体性的补充说明》,见《李泽厚哲学美学文选》,湖南人民出版社1985年版,第165页。

③ 李泽厚:《关于主体性的补充说明》,见《李泽厚哲学美学文选》,湖南人民出版社1985年版,第168页。

下已经发生了"内转"的偏向,即主体性不仅是合理有效的,主体性的主观心理建构方面也有着独立的不可忽视的巨大价值。

承继李泽厚的刘再复,其全面探讨主体性的目的,正是要反抗机械反映论的束缚,推动建构起自由、健康、强大的现代文学心理结构(审美心理结构),使文学健康发展。与李泽厚相比,刘再复的主体性内涵大大的主观化、精神化。刘再复的文学主体性观点主要蕴含于长篇论文《论文学的主体性》[①]中,但在《文学研究思维空间的拓展——近年来我国文学研究的若干发展动态》[②]与《文学研究应以人为思维中心》[③]中已经看到了文学主体性理论系统的前奏:"应当构筑一个以人为思维中心的文学理论与文学史的研究系统",也就是说"应当把人作为文学的主人翁来思考,或者说,把主体作为中心来思考","加强主体的研究,使研究重心从外向内移动,从客体向主体移动"[④]。在刘再复看来,人既是主体又是客体,既有能动性又有受动性。其中人的主体性包括两个方面,首先人是实践主体(按照自己的方式行动),其次人是精神主体(按照自己的方式思考、认识),文艺创作所强调的主体性亦应包括这两层内涵,而且尤其应该强调人的精神主体性即内自然、内宇宙或第二自然、第二宇宙。"文学是人学"这一"不待论证"的不朽命题在文学领域恢复了人的实践主体地位,但要深化此命题,则必须要向内宇宙延伸,不但要承认文学是人学,还要承认"文学是人的灵魂学、人的性格学、人的精神主体学"[⑤]。而精神主体本身则具有双重结构,表层结构为意识,深层结构为积淀于精神主体内部的潜意识,介乎二者之间的则是情感,而文学最根本的原动力正是情感。且文学不仅是个体的精神主体学,还是人类精神主体学。具体来看,文学主体包括三个方面:创造主体——作家,对象主体——人物,接受主体——读者与批评家。作家的主体性包括实践主体性与精神主体性,但创造主体性主要指精神主体性,即内在精神主体的运动规律;对象的主体性,即文学对象结构中人的主体地位与主体形象,尊重对象的主体性,不但要承认人物的实践主体性,更要尊重人物的精神主体性;而接受主体性,则直接需要读者与批

---

① 原连载于《文学评论》1985 年第 6 期、1986 年第 1 期,后收入《文学的反思》。

② 原连载于《读书》1985 年第 2、3 期,后收入《文学的反思》。

③ 原载于《文汇报》1985 年 7 月 8 日,后收入《文学的反思》。

④ 刘再复:《文学研究应以人为思维中心》,见《文学的反思》,福建教育出版社 2010 年版,第 44、45 页。

⑤ 刘再复:《论文学的主体性》,见《文学的反思》,福建教育出版社 2010 年版,第 57 页。

评家在接受过程中发挥主观审美创造能动性,并借此实现人性的复归即人的本质还原。

可见,"实践"、"客观"、"外在"虽仍是前提,但在刘再复的主体论中已经被精神主体性排挤至边缘。而且刘再复不但将精神主体性提至实际的首要位置,而且将精神主体性深化至人的潜意识等深层心理。可以说,李泽厚主要从人性发生学出发,从主体的外在方面去探查人类(群体/社会)主体的历史发生与独立价值,而刘再复则从人性形态学出发,从主体的内在方面去洞悉个体主观精神的能动作用与独立价值①。而且对精神、变态心理、情感的格外推重已经使刘再复的文学主体性偏离理性人性,而向感性人性倾斜。再到鲁枢元的"向内转"、李劼颇具20世纪现代意识的"文学是人学新论"、刘晓波的"个体主体性"时,"主体性"话语已经明显转向"内宇宙",并在"20世纪的情绪"中突出强调20世纪的深层心理探索与个体感性价值。

值得注意的是,李泽厚、刘再复、鲁枢元、李劼、刘晓波等新时期"主体性"话语均可从属于新时期"人道主义"思潮。新时期关于人道主义、异化问题的论争延续和深化了"文革"前人性、人道主义的讨论②。"文革"浩劫所引发的全社会关于人性的大反思,西方思想文化著作的解禁与传播③,人道主义与马克思主义

① 关于李泽厚与刘再复的对比,本文观点受夏中义《新潮学案》启发。

② 在中国现当代文学史上,曾有过数次关于人性和人道主义的论争。20世纪30年代,以鲁迅为代表的左翼文人主张文学的阶级性,而以梁实秋、徐志摩等人为代表的新月派,则坚持文学乃是基于普遍的"人性"。左翼文艺界在批判了梁实秋等人的普遍人性论后,还发动了对第三种人、自由人的批判,以阶级论反对"为艺术而艺术"、"艺术至上"等观点。1942年,毛泽东《在延安文艺座谈会上的讲话》批判了所谓的"超阶级的抽象人性论",主张具体的、以阶级性为基础的人性。20世纪40年代的北平,自由主义京派文人与左翼文学之间也发生了人性、人道主义的论争,并以中华人民共和国的成立而结束。由于与阶级论直接对立,人道主义在建国后基本属于禁区,但在"双百方针"影响下,20世纪50年代出现了弥足珍贵的人道主义先声,但随后以巴人、钱谷融为代表的"人性"、"人情"、"文学是人学"等人道主义主张遭到了持续批判。新时期关于人性、人道主义的讨论,延续并深化了"文革"前数次人道主义讨论的命题、方法、话语资源,但结果却大不相同,新时期关于人道主义的论争,是新时期初期拨乱反正、解放思想的重要思潮,人性的合法性,以及"文学是人学"等已成为普遍共识,使以人道主义为核心的启蒙建构成为新时期主潮,至此,在理论性、系统性、逻辑严密性都不及马克思主义阶级论的人道主义思潮取得压倒性主流地位。关于人道主义论争的相关资料,参见陶东风、和磊:《当代中国文艺学研究(1949—2009)》,中国社会科学出版社2011年版,第十三章《关于人性和人道主义的讨论》;贺桂梅:《"新启蒙"知识档案:80年代中国文化研究》,北京大学出版社2010年版,第一章《"回到19世纪"——人道主义思潮》;程光炜:《文学讲稿:"八十年代"作为方法》,北京大学出版社2009年版,"文学思潮和批评研究"第二讲:《人道主义讨论:一个未完成的文学预案》等。

③ 在新时期初期的全民读书热中,萨特、弗洛伊德、尼采的影响之大尤为显著。萨特的"存在先于本质"、"自由选择",弗洛伊德的"性本能",尼采的"生命意志"等对"个人"、"生命"、"意志"强力凸显的哲学命题对年轻人产生了剧烈震荡。

关系的研究[1]，推动了新时期个性意识、主体意识的觉醒与复苏。钱谷融的《论“文学是人学”》是50年代人性、人道主义论争中最具影响力的文章[2]，对新时期“人道主义”思潮也产生了深远影响。高尔基“把文学叫作‘人学’”在钱谷融看来道出了文学的根本特点。“人”才是文学的对象、题材，而不仅仅是反映整体现实的手段、工具。从文学的任务来看，文学的首要目的与根本任务乃是改善人生，将文学的目的与任务归于揭示生活本质，乃是“抽掉了文学的核心”，要“扼杀文学的生命”[3]。从作家的世界观与创作方法来看，所谓熟悉并尊重艺术的规律，也就是熟悉并尊重人物的个性。从评价作品的标准来看，“人道主义”是最基本、最必要的最低标准。从各种创作方法的区别来看，人道主义以及什么样的人道主义（即人道主义的性质）是区别自然主义与现实主义、过去的现实主义与社会主义现实主义等创作方法的本质区别。从典型、阶级性与个性的辩证关系来看，文学中的典型人物必须是“一定历史条件下的具体的、活生生的人”[4]，阶级性正是从具体的人身上概括抽象出来的，而不是依照抽象的阶级性来制造具体的人。艺术之别于历史，是因为历史讲的是人类的生活，而艺术讲的是人的生活，“文学是人学”之“人”，不是人类之人，亦非某一阶级之人，而是具体的个别的人。钱谷融在《论“文学是人学”》中运用19世纪批判现实主义话语资源、19世纪人道主义思想以及马克思主义阶级论，以带着镣铐跳舞的方式，挣扎呐喊、振臂呼吁将文学回归到以人为中心，以反抗机械反映论与庸俗社会学，倡导尊重人性，张扬个性价值。到了80年代，钱谷融在新时期的人道主义论争中仍然坚持50年代的“文学是人学”观点[5]，并得到新时期启蒙主潮的认可与大力弘扬，“清污运动”仿佛将人道主义论争终结，但实际上，80年代前期的“美学热”、80年代中后期的“主体论”以及80年代后期的“诗化哲学”等均是这一话语形态的不同表达方式。

---

① 在80年代人道主义与马克思主义关系的探讨研究中，戴厚英的长篇小说《人啊，人!》是个典型个案，小说中核心人物何荆夫所撰写的著作即名为《马克思主义与人道主义》。小说以人道主义立场反思当代政治对人性的压抑，以及对以家庭为代表的私人领域的践踏，表现了当代知识分子的悲剧命运。对这部作品的争论，是80年代初人道主义论争的重要组成部分。

② 50年代人道主义论争中的代表性文章有：钱谷融：《论“文学是人学”》，《文艺月报》1957年5月号；巴人：《论人情》，《新港》1957年第1期；王淑明：《论人性与人情》，《新港》1957年7月号；陈梦家：《论人情》，《人民日报》1957年5月8日；徐懋庸：《过了时的纪念》，《文汇报》1957年6月7日等。

③ 钱谷融：《论“文学是人学”》，见《钱谷融文论选》，上海文艺出版社2009年版，第27页。

④ 钱谷融：《论“文学是人学”》，见《钱谷融文论选》，上海文艺出版社2009年版，第59页。

⑤ 参见钱谷融：《我怎样写〈论“文学是人学”〉——当时的想法》，《文艺研究》1980年第3期；《关于〈论“文学是人学”〉——三点说明》，见《新文学论丛》1981年第1期。

以“向内转”的视角来反观新时期主体性话语，从钱谷融到李泽厚、刘再复、鲁枢元，再到李劼、刘晓波，新时期“人的文学”主体性启蒙话语，本身经历了不断“向内转”的深化历程：从利用马克思主义理论本身来反对机械反映论与庸俗社会学，到运用19世纪人道主义话语建构现代主体人格，再到引入20世纪现代话语资源张扬感性个体，主体性启蒙话语中的“精神主观”与“个体个性”内涵不断膨胀扩展，并最终取得绝对压倒性地位。在这一新时期主体性不断“向内转”的历程中，主体性的“向内转”不仅意味着方法论与话语资源上的进化，还包蕴着新时期主体性由破而立的不断建构过程。而这建构的加深过程，也就是新时期主体性危机、知识分子自我认同危机与本土现代化危机不断产生、克服、再产生的复杂过程。也就是说，新时期的“主体性”启蒙话语与“人的文学”的建构从一开始就具有文化反思与重建的企图，其建构的文化意义要远大于文学意义，即作为“现代化”建构主要表现形态之一的“主体性”话语，以建构新时期文学，更重要的是以建构现代个体人格来参与、推进中国“现代化”进程。鲁枢元的“向内转”话语显然也可以归入这一启蒙话语链条，“向内转”对主体心理结构的格外突出，对人的主观情感、情绪的格外肯定，对文学表现现代心灵的格外推重，对“内向化”文艺观念的主流化价值建构，将“向内转”归入人类自身“内探索”的重要方面，将“向内转”提升至审美意识的“时代变迁”与“新文学创世纪的开始”①，正是与钱谷融、李泽厚、刘再复一脉相传、殊途同归。也正是由于与主体性启蒙话语（人的启蒙/现代化启蒙）有着血脉亲缘关系，“向内转”思潮尽管百家争鸣、终无定论，但无可怀疑的是“向内转”与“向内转”文学符合、并十分符合新时期破/断裂“十七年”、“文革”，立/建构“新时期”主流的急切需求，因此“向内转”借助“主体性”现代化启蒙话语迅速获得了合法性与有效性，成为当代文学的关键词，并以此参与并深化了“新时期”的文学建构。

2.“主体性”话语与“20世纪的情绪”——作为转折与过渡的“向内转”

李泽厚的主体是理性主体、群体主体，李泽厚的人是理性的人、社会性的人。人作为自然存在，并不比动物优越，但是作为实践理性（道德）的主体，则超越一切价格。李泽厚的人性主体性即沉积在感性中的理性，以客观历史规律为前提基础，但在此基础上，李泽厚又充分肯定个体、个性的存在价值，并强调随着社会的发展，个体自我的存在意义将日益突出。但总体来看，李泽厚的主体

① 鲁枢元：《论新时期文学的“向内转”》，《文艺报》1986年10月18日。

性哲学，是在以工艺—社会（历史/实践/物质）、人类群体为基础、第一性的前提下，将文化—心理（主观/精神）、个体作重点突出。原因在于李泽厚哲学的建设性，其批判康德、追溯启蒙与救亡的双重变奏、描绘20世纪中国（大陆）文艺、探索中国传统，都是在反思"文革"、推动新启蒙的基础上，"为争取一个光明的人类和自由的个体未来而努力"①，在建立"现代个体人格"②的前提下，以理化于情、西体中用来推动中国的社会主义现代化进程。如果说新时期人道主义思潮是在"无法告别的'19世纪'"③与"19世纪文学的幽灵"④所渗透形成的知识范式与集体无意识基础上所形成的"不证自明"，还带有情感化与直觉化特征的话，那么李泽厚的主体性哲学，则利用马克思主义历史唯物主义实践哲学对康德哲学进行批判，为新时期的"人"建构起系统性的哲学合理性。刘再复的文学主体性是在对李泽厚的选择与"误读"中继承而来的通俗本主体论，其所构建的"个人"虽有意去蔽人的阶级性，并在80年代强大的"现代化"话语主流中迅速获得合法性与权威性，但其"人"仍"停留在抽象的'集体'人格之中"⑤，并在新的话语权威中造成潜在的压制危险。从知识谱系与话语资源来看，"19世纪"与鲁迅是刘再复的主要理论资源，缺乏"属于20世纪的感觉、情绪和理想人格"⑥的刘再复，其承继人文启蒙的古典人道主义立场无法完成真正意义上的个体解放。真正实现"向内转"的个体本位与"20世纪的世界情绪"⑦则要由李劼、刘晓波来完成。

---

① 李泽厚：《循马克思、康德前行》，见《批判哲学的批判：康德述评》（附录），生活·读书·新知三联书店2007年版，第462页。

② 李泽厚：《启蒙与救亡的双重变奏》，见《中国现代思想史论》，生活·读书·新知三联书店2008年版，第46页。

③ 戴锦华：《涉渡之舟：新时期中国女性写作与女性文化》，陕西人民教育出版社2002年版，第35页。

④ 贺桂梅：《"新启蒙"知识档案：80年代中国文化研究》，北京大学出版社2010年版，第81页。

⑤ 杨庆祥：《"主体论"与"新时期文学"的建构——以刘再复〈论文学的主体性〉为中心》，见程光炜主编：《重返八十年代》，北京大学出版社2009年版，第241页。

⑥ 陈燕谷、靳大成：《刘再复现象批判——兼论当代中国文化思潮中的浮士德精神》，《文学评论》1988年第2期。

⑦ "20世纪的世界情绪"出自［德］阿多尔诺的《美学理论》。"这类小说（指20世纪现代小说笔者注）虽然缺乏语义的确定性和明晰性，却仍然提供了产生某种意义的暗示，仍然可以被读者赋予各种形而上的意义，如世界的荒诞、人生的无意义、主体的失落、人的绝望和精神危机感等等。阿多尔诺把这种感受归纳为'20世纪的世界情绪'，并称，西方现代艺术是这种情绪的'象征'（［德］T. W. 阿多尔诺：《美学理论》，法兰克福1970年版，第41～43页）。"——章国锋：《从"现代"到"后现代"——小说观念的变化》，原载《社会科学战线》1993年第4期，收入柳鸣九主编：《从现代主义到后现代主义》，中国社会科学出版社1994年版，注释引文内容见该书第11页。

"文学是人学"在刘再复那里是不待论证的,但在李劼这里却必须重新澄清。当"文学是人学"在新时期已成应有之义后,渐渐地在一片现代化热潮中被冷却淡忘。而李劼正是要站在科学主义与现代主义的交集处重申人道主义立场。相对于19世纪的人道主义,20世纪文学中的人性获得了更为深广的内容。20世纪文学不再停留于对理性人的盲目崇拜,而将人所陷入的非人化处境加以揭示与呈现,不再把人当作社会历史图景,而是将探索"向内转"到"人的下意识心理"与"集体无意识世界"①,而李劼"文学是人学"的新高度正是来自于文学的20世纪现代意识内涵。李劼将主体置于历史、追求、战争、孤独、性、死亡等种种现代意识中进行考察,发现20世纪文学中的"人"不再是抽象而理性的上帝,而是一个个具体而痛苦的实在自我。这个自我不是一种创造结果,而是一个个创造过程,这种人的自我意识成为人道主义从19世纪到20世纪深化的突出标志,即"人向自我的递归"②。李泽厚在《批判哲学的批判》中以实践美学所规划出的自然向人的生成历程,在李劼看来不过是一种单向度的思维方式,因为历史是自然向人的生成与人向自然生成的双向同构过程。在自然向人生成的过程中,每一步都充斥着生成自然对人的异化,而人正是在反抗异化中,在自然向人生成的同时向人自身递归,即人的自然化。正是20世纪真正发现了人的异化,并在异化中发现了自我,这自我是实实在在的具体的孤独的个体自我,从19世纪到20世纪,人的发现由人的抽象理念发现进化到了人的具体实在发现,人类不再作为"集合性概念体现其内涵",而是"具化为每一个自我呈示其实在性"③,因此最丰富的人性也就是最实在的个性。因此具备了20世纪意识的以个体为本位的李劼,对于李泽厚的"大我"/集体、"小我"/个体理论颇为怀疑。"大我"由于本身的非实在性和不确定性是非常可疑的,以"大我"为前提的中国传统文化心理,常常以"大我"对"小我"进行暴力干预与野蛮吞噬,因此与"大我"/我们相比,"小我"/自我更为重要。而20世纪文学在"孤独"中所发见的自我,并不意味着与世隔绝,而恰恰因为可以不通过"我们",而是以"自我"来与世界直接对话,因此孤独的自我意味着真正自我的发现与生成。不同于李泽厚对传统文化的自信,李劼与刘晓波一样,对以儒道互补为精神内核的传统文化颇为忧

① 李劼:《文学是人学新论》,花城出版社1987年版,第123页。
② 李劼:《文学是人学新论》,花城出版社1987年版,第124页。
③ 李劼:《文学是人学新论》,花城出版社1987年版,第99页。

虑。古老稳定、死而不僵的传统文化以一种强大的向心力形成一个“内向性极强的黑洞体吞噬着所有的个性因”[①]，因此民族的更新，正在于“如何充分发展每一个成员自己的个性”[②]。在异化中发现“自我”的20世纪，更新了人类整体与个体自我的辩证关系，人类由此发现，每个具体自我实在都意味着人类整体，自我既是人类的基本要素又是人类的最高抽象，自我既是一种社会关系，又是一个孤独的个人。因此人向自我的递归也就是自我向人类的自由生成，就是自我向自我生成，也即人类向人类生成。至李劼，主体论已经完全迈入了20世纪，并在对20世纪主体自我的现代思索中，将触角探入人的深层心理、非理性异质与个体自我的生成辩证法。如果说李劼的个体本位主体论在类与个体的辩证法中，还残存着对类的基本认可，那么到刘晓波的极端个体本位主体论，则已经完全抛却了理性与集体，极度张扬非理性与个性。

较之李泽厚、刘再复，与李泽厚、中国传统、当代中国知识分子对话的刘晓波，力图在对话中证明一个独特个体的存在价值。刘晓波反思“文革”、中国传统文化与近现代历史，主张必须以鲁迅式的极端与残酷来反传统、反封建、反士大夫性格，张扬个体、个性、个人。“现象、感性、个别、具体是无限的，而本质、理性、一般、抽象是有限的”[③]，任何具体的存在背后都没有本质。血色的、深邃的、无限的人性，需要审美，审美最忠实于一切被理性、社会所压抑的感性个人，忠实于具体的和无限可能性的人，忠实于人的最深层的潜意识。审美对一切既定规范有着彻底的怀疑，对一切不确定的人有着绝对的虔诚，因此审美给予了感性个人所不曾有过的主宰地位。所谓艺术是个体生命的纯形式，而“纯诗”、“纯艺术”也就是超道德、超社会的“纯感性”与“纯个性”。人的生命是审美的，而审美是非理性、反理性的，审美将个体解放，永远在社会的统一性中发现超统一的个性化，使个性走向极端，并使生命获得不可重复的一次性完成。而理性社会只是手段，感性的个体生命才是永恒的动力与目的。艺术作品是非理性的丰满的感性，其深度不在理性与本质，而在于刹那直觉与瞬间体验，因此审美是从理性、共性中提炼感性、个性，是使异化的、理性的、群体的人还原为回归为非理性的、独立的原初个体。

---

① 李劼：《文学是人学新论》，花城出版社1987年版，第110页。
② 李劼：《文学是人学新论》，花城出版社1987年版，第120页。
③ 刘晓波：《选择的批判——与李泽厚对话》，上海人民出版社1988年版，第16页。

在刘晓波看来，李泽厚的主体性是理性/社会本位的抽象概念式主体性，其内在实质是客体性或无具体主体的抽象主体性，李泽厚抛却了感性个体生命，代之以理性/道德/社会主体，“即以整体主体性来取代和否定个体主体性”①。刘晓波则认为，人的主体性具有双重意义：在人对自然的征服与改造中，人具有类的、理性的、社会的、一体化的整体主体性（社会本位论）；在人对社会的反抗与超越中，人具有个人的、感性的、多元的个体主体性（个人本位论）。而个体本位显然更具有进步意义，因为整体主体性根本上取决于每个人能否真正作为独立于群体的主体而存在，以个体主体性为核心的民族才能真正作为独立于自然的主体而存在，即个体主体性是整体主体性的根本前提，个体主体性是人之根本，离开了个体主体性的整体主体性只能是非主体性即非人化。而中国传统以“血缘伦理”为基础的社会本位论和以“天人合一”为基础的自然本位论，长期积淀为厚厚的心理板结层，将个体奴化为顺民，因此必须破积淀、重建个体主体性。如何抗衡以民本思想（虚幻的群体意识）、孔颜人格（自觉的奴性人格）、天人合一（虚幻和谐所导致的生命力阳痿）为基础的中国传统文化？——个体本位。反传统的核心正在于“彻底摧毁旧的国人人格，重建国人全新的现代人格”②，即解放感性个体生命，突破传统“积淀”，以冲突为美。而美在冲突，即敢于否定传统、卸下因袭的重担，敢于正视自我灵魂冲突中的黑气，在审美中发现并完成一个绝对特殊的生命。

李泽厚与刘晓波整体对比来看：李泽厚是社会本位—理性—整体主体性—积淀—回归传统—美在和谐；刘晓波是个体本位—感性—个体主体性—突破—否定传统—美在冲突。从李泽厚、刘再复到李劼、刘晓波，主体性的感性、个体、非理性内涵不仅已经膨胀至首要地位，而且将非个体的理性、社会、整体、人类主体性放置于非主体性（非人、异化）地位。前文中已经提及，钱谷融在《论“文学是人学”》中也将其“文学是人学”之“人”规定为具体的个别的人，但这具体的人是针对极左文艺路线中理念的、阶级的、典型化的人而提出的实在的、具体的、生活中的人，而且于钱谷融而言，这具体的人是具有普泛人性的活生生个体，是具有可歌可颂人性价值的 19 世纪个人，显然不同于李劼、刘晓波的 20 世纪个人。可以明显地觉察到李劼、刘晓波的感性个体主体性已经真正脱离了古典的人道主义的“19 世纪”，迈入现代的个人本位的“20 世纪”，并具有鲜明的

① 刘晓波：《选择的批判——与李泽厚对话》，上海人民出版社 1988 年版，第 42 页。
② 刘晓波：《选择的批判——与李泽厚对话》，上海人民出版社 1988 年版，第 111 页。

“20世纪的世界情绪”[①]。而刘再复则不能理解“20世纪的情绪”，“20世纪”于他是一种隔膜[②]。李泽厚、刘再复本人也毫不讳言自己的历史“滞后感”，正处在两代人中间的他们，一方面觉得自己走得太远，一方面又觉得自己太保守[③]，有意思的是，20多年后，当刘再复反思80年代“主体性”时，认为人道主义必须落实到对个体生命、价值的充分尊重，肯定天才的“异数”性与“个案”性以及文学的“偶然性”，并主张个人忏悔即以自审性反思来自救[④]，这些观点与80年代的刘晓波、刘小枫[⑤]高度重合。但李泽厚、刘再复、刘晓波都在反思“文革”，并主张重建国人人格，即建立健康的中国现代个体人格，以在传统/现代、本土/世界、群体/个体的多重现代性焦虑中，探索、推动中国的现代化进程。

将“向内转”置于李泽厚、刘再复与李劼、刘晓波之间，会发现“向内转”是对新时期“主体性”话语本身的深化。刘再复的“文学主体性”虽然已经将精神主体深化至“潜意识”，但刘再复与钱谷融、李泽厚一样仍属于19世纪的人道主义，而鲁枢元的“向内转”则是来自20世纪用于表述19—20世纪世界文学转向的西方文论，其本身有着浓厚的“现代”色彩。“鲁枢元”的“向内转”之“内”内涵相较于西方虽然仍停留在一般主观心理情感（内宇宙）上，但已经有了明显的现代倾向，倾向于潜意识、无意识、意识流、直觉、非理性等，即已经有了“20世纪的世界情绪”倾向，但也应当看到的是，鲁枢元更接近于李泽厚、刘再复而不

---

① 需要格外指出的是，刘晓波的观点与阿多尔诺（“20世纪的世界情绪”的提出者）有诸多相似之处。阿多尔诺的否定的辩证法认为：“总体”、“整体”、“同一性”是虚假的，“整体是虚假的”这一反叛性口号目的在于摧毁强加于客观社会之上的“总体性”囚牢，以调动具有差异性的千万个体来反抗“整体性”压抑，否定的辩证法正是要揭露现代工业文明的整体划一化所造成的“非人化”与“异化”，以否定总体性来捍卫个体性，拯救人生；艺术的否定性本质打破了传统艺术的完美性与整体性幻想，用不完美、反和谐、零散化、碎片化的外观来实现对现实的否定，即“反艺术”并不意味着消灭艺术，而是在放弃外观美的同时反抗生产伪艺术的丑陋异化现实；艺术具有批判和拯救功能，现代艺术以与既存社会的分离、决裂来批判社会，但批判的目的在于拯救，通过再现人性与希望来拯救人性与人生。关于阿多尔诺的主要观点，参见朱立元主编：《当代西方文艺理论》（第2版），华东师范大学出版社2005年版，第10章第4节“阿多诺的否定性文论”；胡经之、王岳川、李衍柱主编：《西方文艺理论名著教程》（下卷），北京大学出版社2003年版，第19章“阿多尔诺的文艺美学思想”。

② 刘再复对20世纪的隔膜，参见陈燕谷、靳大成：《刘再复现象批判——兼论当代中国文化思潮中的浮士德精神》，《文学评论》1988年第2期。

③ 李泽厚与刘再复的“滞后感”，参见刘再复、李泽厚：《文学与艺术的情思——刘再复与李泽厚的文学对话》，刘再复：《论中国文学·代前言》，见《论中国文学》，作家出版社1988年版。

④ 刘再复对80年代的反思，参见刘再复、黄平：《回望八十年代——刘再复教授访谈录》，《现代中文学刊》2010年第5期。

⑤ 刘小枫在《走向十字架上的真——20世纪基督教神学引论》（上海三联书店1995年版）、《拯救与逍遥》（修订本）（上海三联书店2001年版）等著作中，将感性个体的灵魂救赎置于核心位置，其所主张的现代信仰的出发点乃是对个体人生的崇高化追求，其核心仍是人本主义的。

是刘晓波,其"向内转"有着19—20世纪的过渡性质。再者,从个体解放角度来看,鲁枢元的"向内转"关注的仍是"人类"的内宇宙,而缺乏对个体个性的明确凸显,因此在现代个体建构方面,鲁枢元的"向内转"仍是过渡性的。鲁枢元这一19—20世纪过渡性质的"向内转"也在一定程度上暗示出新时期文学的19—20世纪转型走向。

3. 主体/本体:由"向内转"看"主体性"话语的隐性维度

以"向内转"的双重内涵视角来反观新时期"主体性"话语,会发现"主体性"话语对"人"的回归同时也包蕴着文学本体意义上的回归。从钱谷融到刘再复再到刘晓波,回到"人的文学"也就回到了文学自身,即回到文学本体。于钱谷融而言"文学是人学",回到普遍人性(以普遍人性为基础的人道主义)也就回到了真正的文学;于刘再复而言,回到主体的精神主体(情感、心理)也就找回了文学的根本特性;于刘晓波而言,艺术是感性个体生命的纯形式,回到了感性个体生命也就回到了审美与文学本体。而"向内转"本身也含混地包蕴着文学主体性与文学本体论两个核心话题,于鲁枢元而言,文学本体在于人的心理世界,因此"向内转"也就同时回归了文学自身。尽管在后来的"向内转"讨论中,转向主观心理与转向文学本体(尤其是语言、形式等审美本体)这两个命题更加明显地区分开来,成为两个不同话题,但更需要注意的是,本体意义上的"向内转"(包括先锋文学的形式实验等)与"主体"仍有着深层次的精神血缘,也就是说80年代中后期的本体"向内转"是主体"向内转"的深化,其背后是主体自我认同危机的深化。

与钱谷融相比,李劼的"文学是人学新论"除却在现代意识、个体本位等20世纪层面上的深化外,更是在主体(自我本体)/本体(文学本体)的双重同构维度上将人道主义提升至文学的本体精神地位。在李劼看来,人的自我递归是一个异化与反异化的过程,而文学的自我递归也是一个规范与反规范的过程。文学借助于规范以界定自身,又在规范中被异化,文学一方面在规范中建构自己,又在反规范中不断逼近自身,这是一种双向同构的悖论式自我搏斗。现实主义规范的可疑性就在于,文学的意义并不在于如何忠实于客观现实,而在于必须展现出创作主体的主体意识,这包括意识层的情绪情感,也包括下意识层的心理暗涌,因此现代主义文学的反形式规范性就使"真实"具有了更深厚的自由内涵,即创作中的主体意识使文学真实具有了建构主体的主观性。在这里,李劼实际上是在文学本体(文学向自身递归)视域中,在文学形式规范层面上,为文学的"向内转"提供了主体论意义依据与价值基础。李劼不但由对主体(自我)

的思考，同构起对文学本体的思考，而且在文学本体的自我递归中，又包蕴起对主体建构问题的回响，并将文学向内表现心理世界的转向给予了主体与本体双重意义上的肯定。因此，李劼高度评价现代派文学，在主体层面上，现代主义文学发现了真正的人并展现了人向自我递归的20世纪内涵，在文学本体层面上，现代主义文学对文学规范的极度挣脱，极度逼近了文学自身。由于人的自我递归与文学的自我递归具有同构性，在内容上以人的自我生成为目的，在形式上以人的自我生成为手段的现代主义文学具有鲜明的人道主义性质，在这里，人道主义不但是文学的精神内涵，更是文学的语象外壳。由于人是一种自我向人的生成过程，文学是人学，根本上正是基于这一人道主义立场，因此文学具有人本性，文学的人本性决定了人道主义是文学与生俱来的性质，决定了“人道主义是文学的本体精神”①。

以人道主义为文学本体的李劼，将文学主体/文学本体纳入了主体本体与文学本体的双重辩证法中，使主体性话语的文学本体内涵具有了哲学高度与理论深度，因此李劼的《文学是人学新论》是主体性话语隐性维度的典型代表。可见，从钱谷融到刘再复、鲁枢元，再到李劼、刘晓波，与文学密切相关的主体性话语，无不暗藏着文学本体论话语的隐性维度。而在新时期的文学本体论话语中，与主体性话语密切相关的人学本体论，在80年代的“新启蒙”话语主潮与建构大写“人”的时代最强音中，显然比文学形式本体论更具号召力与说服力。

20世纪的中国，西学东渐之冲击如洪水猛兽，国粹精髓之顽抗如磐石精钢。20世纪的中国知识分子，从“北大红楼走上十字街头，又从十字街头逃向黄河之滨”②，指天画地，上下求索，出将入相，口诛笔伐，就是要将中国硬拖拽进现代化里去。从钱谷融到李泽厚、刘再复、鲁枢元，再到李劼、刘晓波，对“人”的核心的关注，对建构健全国民个体人格的迫切希望，彰显了20世纪知识分子的精英启蒙意图与现代化诉求。十年“文革”的惨痛酷烈，让当代知识分子急于在80年代得之不易而又怕失之交臂的学术之夏中，在历史与现实、传统与现代、个体与群体、历时与共时、本土与全球的多重现代性视域中，背负着无法卸却的“因袭重担”，反思历史，批判现实，建构未来。新时期文学已经不同于“五四”，新时期知识分子不但看到了现代也看到了现代的弊端，既迫切希望走向世界，又想在全球化语境中守住一方本土，多重交织的现代性焦虑造成了新时期文学的复

---

① 李劼：《文学是人学新论》，花城出版社1987年版，第154页。
② 韩毓海：《告别二十世纪的情绪》，见《摩登者说》，中央编译出版社1996年版，第184页。

杂含混,"向内转"与主体性话语亦是如此。

(二)"向内转"与"文学形式本体论"——兼论《文学理论》《人论》在"80年代"的接受与"误读"

20世纪以来西方哲学的"语言学转向"(the linguistic turn)引发了西方的形式主义—结构主义文论,以俄国形式主义、布拉格语言学派、英美新批评、法国结构主义—符号学、叙事学等为代表的形式本体论,强调文学语言、符号、形式的本体地位,致力于发见具有本体意义的语言形式与结构规律。这股语言论转向一方面促使形成了中国当代形式/语言/符号本体论文艺学,另一方面又与80年代初期意识流小说、中期现代派小说、中后期先锋小说等创作有着密切联系。80年代从西方引进的形式批评文论中,以韦勒克、沃伦的《文学理论》影响最大。1984年由刘象愚等翻译的中译本《文学理论》由三联书店出版,"连续印刷两次,发行数万册","在国内学术界产生了很大的影响"[①],并引发了文艺界关于内部规律与外部规律的大讨论。韦勒克与俄国形式主义、布拉格学派、英美新批评渊源颇深,其文学理论的核心是将文学看作是复杂的、多层次的艺术整体,强调从结构、符号、价值等方面透视作品,将作品的存在方式表述为声音(谐音、节奏、韵律)、意义(语言、文体)、事物(意象、隐喻、神话等)三个主要层面,这样文学作品就被看作是"一个为某种特别审美目的服务的完整的符号体系或符号结构"[②]。在此形式本体论基础上,《文学理论》将文学研究划分为"外部研究"(作家研究、文学社会学研究、文学心理学研究、文学与其他学科的关系研究等)与"内部研究"(作品的存在方式、叙述性作品的性质、类型、文体学、韵律节奏、隐喻象征、意象神话等形式因素,即文学作品之所以具有审美价值的内在因素)。与重视文学之所以为文学的"文学性"(文学自身的语言、形式、结构、技巧等)的20世纪现代主义文论(形式主义、新批评、结构主义)所一脉相承的《文学理论》,之所以划分内、外部研究,目的正是要突出强调内部研究的重要性,即其重心在形式本体论研究。但在中国曾引起极大影响的《文学理论》,其轰动效应实质上来源于80年代的选择性"误读"。1985年初刘再复在《文学研究思维

---

① 刘象愚:《韦勒克与他的文学理论(代译序)》,见[美]韦勒克、沃伦:《文学理论》,刘象愚等译,江苏教育出版社2005年版,"代译序"第1页。

② 刘象愚:《韦勒克与他的文学理论(代译序)》,见[美]韦勒克、沃伦:《文学理论》,刘象愚等译,江苏教育出版社2005年版,"代译序"第25页。

空间的拓展——近年来我国文学研究的若干发展动态》①中，指出了当时文学本体论研究的“内转”方向：“我们过去的文学研究，主要侧重于外部规律，即文学与经济基础以及上层建筑中其他意识形态之间的关系……近年来研究的重心已转移到内部规律。”②刘再复的文学“内部规律”是什么呢？他认为文艺美学的发展促进了文艺研究从外部向内部的掘进，首先是以李泽厚为代表的艺术审美特征研究：作为艺术创造过程的形象思维是包含着多种心理因素、心理机能的有机综合体；艺术创造的基本特征在于情感性；艺术创作过程中充满着灵感、直觉等非自觉性现象③。其中第二点“情感性”见解在刘再复看来，“对于作家把握文学的本质，促进文艺创作开拓人的内心世界，具有很重要的意义”④。其次是新的美学观念的引进，如结构主义美学、文艺符号学、接受美学等。关于艺术的形式美问题，刘再复认为“有意味的形式”促进了对艺术形式美独立价值的重视，但也往往导致形式主义，而李泽厚的内容、意义积淀为“有意味的形式”⑤得到了刘再复的认可，在他们看来整个艺术史是一种内容与形式的“二律背反”运动，但比较起来最伟大的艺术多半还是以内容取胜。可见《文学理论》的内部研究、内部规律在刘再复这里发生了错置与位移，刘再复的“内部规律”基本上等于文学的审美特性即文艺的自身规律，但这个自身规律不同于韦勒克的形式本体，而是一个包含艺术形式问题的宽泛概念，其中情感、心理作为艺术的根本特征是刘再复关心的重点，而纯粹形式在其论域中意义与价值十分有限，也就是说，刘再复对文学回归自身的呼唤，以及内部规律/外部规律的划分，其标准并不是文学形式本体论，而是充满了“新启蒙”意味的“人”，即其内/外是相对于主体“人”而言的。

与刘再复相比，鲁枢元的“内”与“外”显然更不同于《文学理论》，其主体（人）意义上的内/外划分更为明显。鲁枢元的“外”属于文学的“外部研究”，其“内”（即与主观心理、精神意识等问题相关的文艺心理学问题）显然也属于韦

---

① 《读书》1985年第2、3期。

② 刘再复：《文学研究思维空间的拓展——近年来我国文学研究的若干发展动态》，见《文学的反思》，福建教育出版社2010年版，第3~4页。

③ 刘再复所概括的李泽厚艺术审美特征研究，主要依据李泽厚的《形象思维再续谈》（《文学评论》1980年第3期）。

④ 刘再复：《文学研究思维空间的拓展——近年来我国文学研究的若干发展动态》，见《文学的反思》，福建教育出版社2010年版，第5页。

⑤ 刘再复所认可的“有意味的形式”积淀，主要来自于李泽厚《美的历程》（文物出版社1981年版）中的主要观点。

勒克、沃伦所界定的“外部研究”。在“十七年”与“文革”时期,“外部研究”一直占据统治地位,至新时期,这种在文学与社会间强制建立本质关系的文学社会化倾向,因为破坏了文学的独立性与自主性而受到了普遍质疑。刘再复的文学主体性、鲁枢元的“向内转”都在力图摆脱机械反映论和庸俗社会学而努力使文学回归自身。但是如果从《文学理论》来看“主体论”与“向内转”等主张,会发现“它们‘以人为中心’的理论建构所强调的仍然是人的社会价值”[①],它们力图摆脱社会学的阶级斗争解释模式,却又回到韦勒克、沃伦眼中的社会学人道主义解释模式之中。刘再复、鲁枢元以及新时期的“个性”、“自我”、“主体”、“向内转”等术语的内涵是非常“外部”的,它们不但缺乏20世纪现代主义文论的形式本体内涵,而且不同于西方19世纪的人道主义个人本位,依附于“思想解放”[②]的“主体论”、“向内转”与依附于“社会政治”的“十七年”、“文革”文学并没有本质区别,都是“中国式文学‘外部研究’的忠实信仰者和实践者”[③]。从19世纪后半期开始的象征主义与唯美主义把传统文论带入了现代主义阶段,20世纪的形式主义、新批评、结构主义等形式本体流派成为20世纪现代主义文论的主流,它们反叛强调外部研究的传统文论,把研究重心置于文学形式本身,即雅柯布逊的“文学性”。而李泽厚、刘再复、鲁枢元等新时期文学本体论所关注的文学本体则大不同于西方形式本体论,终究仍是徘徊于文学周边的“外部研究”,对“社会”、“人”、“内容”有着自始至终的割舍不下,可以说鲁枢元的“向内转”不但在主体性意义上仍旧是属于19世纪的,在文学本体意义上也是属于19世纪的。

像《文学理论》这样在援西入中时发生误读与错置的另一典型代表是卡西尔的《人论》,此书在80年代遭遇了更加严重,甚至是阴差阳错式的误读。1985年甘阳中译本《人论》出版后立即便成为全国头号畅销书,一年内即印出24万本,但《人论》的畅销与其主要观点并不相干,主要是因为其书名,“‘文革’刚结

---

① 程光炜:《韦勒克、沃伦的〈文学理论〉与中国现当代文学》,《文艺研究》2009年第12期。

② 在80年代,“新启蒙”与“思想解放”是完全不同而又互相纠葛的两个思想运动。“新启蒙”不是一个统一整体,其构成相当复杂,但其中最激进、最核心的东西,是其欲凭借“援西入中”,即凭借“西学”来重释“人”,企图开辟一个新的言说“人”的话语空间,建立一套“人”的新知识体系——这不但需要一种新的话语来对抗、替代“阶级斗争”论说,更需要通过这套“人”的新知识体系来占有对人、社会、历史及其关系的解释权。而“思想解放”是由国家主导的思想运动,其目标是清算、批判“文革”,并在此基础上建立以“四个现代化”为中心的政治、经济、文化新秩序。很明显,“新启蒙”与“思想解放”分歧甚多,因此在整个80年代,这两个运动彼此间不断发生冲突、挤压和妥协。参见李陀、查建英:《八十年代:访谈录·李陀》,见查建英主编:《八十年代:访谈录》,生活·读书·新知三联书店2006年版。

③ 程光炜:《韦勒克、沃伦的〈文学理论〉与中国现当代文学》,《文艺研究》2009年第12期。

束的时候就在谈人嘛，人道主义嘛，所以这个完全是阴差阳错的"[①]。卡西尔是20世纪30年代以后西方兴起的符号美学运动的先锋代表，《人论》是其三卷本《符号形式哲学》的内容精要，代表了卡西尔符号与形式哲学的主要观点。卡西尔指出，与其说人是理性动物，不如说人是符号动物，即运用符号创造文化的动物。动物只能对刺激、信号作出条件反射，而人则可以通过符号化过程，给予感性对象以多面联系与抽象结构。在时、空这两个最基本范畴中，符号功能对人类生活具有决定性作用。人类的全部文化（神话、宗教、语言、艺术、历史、科学等）均是由人以符号化活动所生产的符号形式。卡西尔的文艺本体论也是一种形式本体论，"在艺术中我们是生活在纯粹形式的王国中而不是生活在对感性对象的分析解剖或对它们的效果进行研究的王国中"[②]，艺术是"活生生的形式"，具有符号特性，审美即对形式的动态专注，即用心灵与理性去观照与感悟形式，因此"审美的幻相"所给予的是一种"新类型的真实"，即"纯形式的真实"[③]。卡西尔的符号形式哲学在80年代中国并未获得真正的认可，甚至被认为是与真理相去甚远的[④]，即便是熟知卡西尔主要观点的译者甘阳，对卡西尔也存在着选择性误读与80年代式批判。他在《人·符号·文化——卡西尔和他的〈人论〉》[⑤]，也即后来出版的《人论》的中译本序中将卡西尔的哲学归纳为"人—符号—文化"三位一体，即卡西尔的人的哲学、符号形式哲学与文化哲学是同一个哲学。正是符号功能建构起人之为人的主体性，文化成为人的符号活动产品，而人则作为自身符号活动的结果而成为"文化的主人"[⑥]。可见在卡西尔的符号形式哲学中，甘阳突出了卡西尔哲学的"主体性"内涵。同时，甘阳又从马克思主义批判视角，指出卡西尔哲学中的人是抽象的、消溶于符号中的、失却了感性实存的人。并且，由于卡西尔将文化归结为一种先验的构造而非历史的创造，所以甘阳认为卡西尔的哲学具有唯心主义性质，是"一种文化哲学的批

---

① 甘阳、查建英：《八十年代：访谈录·甘阳》，见查建英主编：《八十年代：访谈录》，生活·读书·新知三联书店2006年版，第203页。

② ［德］恩斯特·卡西尔：《人论》，甘阳译，上海译文出版社1985年版，第183页。

③ ［德］恩斯特·卡西尔：《人论》，甘阳译，上海译文出版社1985年版，第208～209页。

④ 例如：刘纲纪在《刘纲纪致本报编辑实践·反映·艺术——关于文艺反映生活的复杂性》（《人民日报》1987年4月1日）中认为："现代西方许多哲学家由于不懂得、不承认社会实践是人类社会一切现象产生发展的根基，因此他们常常迷失在各种表面现象之中，或已经走到了真理的面前，最后却又离开了真理，不能对他们所发现的东西作出合理的说明（卡西尔的符号形式的哲学就是一例）"。

⑤ 《读书》1985年第8期。

⑥ ［德］恩斯特·卡西尔：《人论》，甘阳译，上海译文出版社1985年版，"中译本序"第9页。

判唯心论”①。可见《人论》的畅销是一种特殊文化背景下的选择性误读式畅销②。所以,《文学理论》与《人论》在80年代所提供的符号、形式与语言发现始终“没有穿越人道主义思潮的‘主体论’”③。

《文学理论》与《人论》的误读与畅销暴露了西方形式本体论哲学/文论在80年代引进中国的“武器”意义,即作为文学理论“其功能意义远比其学术意义重要”④。需要指出的是,在中国新时期形式本体论中,形式、符号、语言三个术语往往没有明确区分,而成为笼统的含混的同义词⑤,如“所谓文学,在其本体意义上,首先是文学语言的创造”,“由于文学语言之于文学的这种本质性,形式结构的构成也就具有了本体性的意义”,即“文学形式由于它的文学语言性质而在作品中产生了自身的本体意味”⑥。可见形式、语言、结构是作为笼统的整体而具有了统一价值即作为“武器”的言说工具。

在80年代,凭借误读、误译所拿来的西学武器,更多的是一种知识策略,其功利目的正是用于社会改造与思维范式革命。80年代,现代化话语明显压倒了阶级话语而获得了普泛认同,而作为“他者”的反映论理论则一直处于此起彼伏的批判中。长期以来,以新批评为代表的西方形式本体论一直被视为资产阶级文化逆流,处于被主流文论压制的状态,80年代语境变换,“新批评”译介遂成气候⑦,但其直接原因或许是“‘新批评’与原来的批评范式最为抵牾”,即形式本体论与马克思主义反映论截然对立,也就是说“‘新批评’不在于‘立’,而在于‘破’,撕裂‘反映论’的铁幕,为‘新潮文论’的突围开辟道路”⑧,即他们是

① [德]恩斯特·卡西尔:《人论》,甘阳译,上海译文出版社1985年版,《中译本序》第9页。

② 《人论》作为一本哲学类理论批评著作成为全国畅销书,是中国1980年代的独特文化现象,但是时隔多年以后,也正是这本书成为各城市旧书店、旧书市场里最容易见到的一本,这从反面说明了《人论》的真正畅销,但也说明《人论》只是特殊文化环境下(即当时的“文化热”、“人学热”)“误打误撞”成了畅销书。参见彭海云:《突破与局限:1980年代文学批评研究》,华东师范大学2013年博士学位论文,第127页,注释③。

③ 贺桂梅:《“纯文学”的知识谱系与意识形态 “文学性”问题在80年代的发生》,见洪子诚等著、程光炜编:《重返八十年代》,北京大学出版社2009年版,第135页。

④ 陶东风、和磊:《当代中国文艺学研究(1949—2009)》,中国社会科学出版社2011年版,第423页。

⑤ 关于“新时期”形式本体论的相关史料,参见陶东风、和磊:《当代中国文艺学研究(1949—2009)》,中国社会科学出版社2011年版,第十八章“形式/语言/符号本体论文艺学”。

⑥ 李劼:《试论文学形式的本体意味》,《上海文学》1987年第3期。

⑦ 80年代“新批评”译介与研究以袁可嘉、杨周翰、赵毅衡、张隆溪等学者为代表。

⑧ 黄平:《“文本”与“人”的歧途——“新批评”与80年代“文学本体论”》,《当代文坛》2007年第5期,见程光炜主编:《文学史的多重面孔:八十年代文学事件再讨论》,北京大学出版社2009年版,引文见该书第20页。

“清道夫”。以俄国形式主义、英美新批评等为代表的形式本体论文论,其自身所具有的反对模仿说再现论、反对社会功能说、强调文艺内部规律、主张重估一切价值的意识形态性,与“新时期”反对“文革”极左文艺路线、机械反映论的诉求不谋而合。于是形式主义与“新批评”很快便成为“新时期”用以攻击“文革”而言说自身的有力武器。因此以“新批评”为代表的文学形式本体论,其在80年代的价值并不以其自身理论体系来确立,而是凭依对“反映论”的拨乱反正来实现。而实际上,崇尚文本的形式本体论与崇尚启蒙的80年代主潮并不相合,80年代对文学本体论的呼唤,一方面意在批判“反映论”,另一方面意在回归文学审美本性,但对“反映论”的批判并不一定走向文学审美本性,对文学审美本性的回归也未必一定走向文学形式本体,文学本体论尤其是形式本体论与“新启蒙”有着根本分歧。80年代初期文学本体论论争的终结,不是因为“反映论”的反扑与打压,而是其“自身逻辑演进的必然结果”[①]——“主体论”的崛起。作为“主体论”序幕的文学本体论论争,作为启蒙主义语境中“主体论”意义上的“本体论”,在思想压倒学术,启蒙压倒文本的80年代,其“清道夫”的“武器”身份必然导致自身建构的实质性匮乏。1985年“方法论热”刹那间将20世纪西方人文科学乃至自然科学,如信息论、控制论、系统论、符号学、现象学、文化哲学、接受美学、结构主义与解构主义等若洪水炸裂灌注进来,其实质建构缺乏的清道作用可见一斑。

再者,“向内转”之转向文学本体论的双重内涵,即转向人学本体论(生命本体论/心理本体论)与转向形式本体论的分歧,也是整个80年代实际并存的两种文学本体论[②],正如前文“主体论”一节所论,对于以“主体论”、“向内转”为代表的“新启蒙”主潮来说,相对于“人”这一真正本体中心,文学形式本体论也是一种“外部”本体论,如果把文学等同于形式、结构、符号,也就成为把文学禁锢于“‘文学的外部’的本体论”[③],可见,文学形式本体论的内部与外部在80年代中国发生了有趣的逆转。80年代启蒙主义所建构的新秩序,构成了新的压制与

① 黄平:《“文本”与“人”的歧途——“新批评”与80年代“文学本体论”》,《当代文坛》2007年第5期,见程光炜主编:《文学史的多重面孔:八十年代文学事件再讨论》,北京大学出版社2009年版,引文见该书第23页。

② 关于80年代的文学本体论分歧,参见严昭柱:《论“文学本体论”》,《文学评论》1992年第1期。

③ 陈剑晖:《文学本体:反思、追寻与建构》,《阜阳师范学院学报(社会科学版)》1988年第4期。

霸权,以至于在大写的"人"的时代,竟"容不下一个'精致的瓮'"①。

80年代前期的文学本体论被"主体论"所终结,80年代中后期至90年代的文坛形式/语言/叙事探索转向同样有着深刻的主体性内涵。80年代至90年代的社会转型期,"世界"与"市场"成为介入文坛的强劲势力,80年代的"寻根"、"现代派"都产生于80年代中/西、传统/现代、旧/新的二元对立思维框中,并根源于"'走向世界文学'的巨大压力"②,以"现代西方学术文库"为代表的80年代"现代西方知识谱系"③也已经具有了世界眼光与未来意识。以形式探索为主要特征的先锋小说否定日常现实的介入,以包蕴着强烈的文化精英意识的审美现代性反抗社会现代性,对启蒙理性所引起的社会现代性后果的反思,对过分社会政治化写作与功利化、商业化理性的不满,令"先锋小说"对个体、感性生命的极度凸显"既是建构以理性主体为中心的启蒙主义和人道主义的合逻辑深化,又是对它们的批判"④,其对形式本体与人之生存的意义探讨,在文学失却了轰动效应后,对这混乱而惶惑的现实做了心灵化处理。当理性与启蒙失却了雄心,当主体业已失却了意义之源的资格,当历史分裂为歧义丛生的概念,将主体破碎于文本实验中的现代性焦虑,凸显出了先锋小说的深层主体性危机与价值失范后的踯躅难行与彷徨无措。因此,"先锋小说"的形式实验、叙述圈套与语言革新,不仅具有文学形式本体意义上的"向内转"内涵,更具有主体性意义上的"向内转"深度。因此虚构的先锋小说与写实的新写实小说尽管差异甚大,但却"都显示出主体在'现代化'、'世界'在中国初步显形时的困惑感和无力感",而"先锋"与"新写实"的"新历史"转向也显示出"强大的'中国现代性'力量对

---

① 黄平:《"文本"与"人"的歧途——"新批评"与80年代"文学本体论"》,《当代文坛》2007年第5期,收入程光炜主编:《文学史的多重面孔:八十年代文学事件再讨论》,北京大学出版社2009年版,引文见该书第27页。《精致的瓮》(The well-wrought urn:Studies in the structure of poetry),是布鲁克斯最著名的文论著作,亦是"新批评"理论的经典之作。

② 洪子诚:《中国当代文学史(修订版)》,北京大学出版社2007年版,第201页。

③ 程光炜:《一个被重构的"西方"——从"现代西方学术文库"看80年代的知识立场》,在本文中,程光炜指出"重返80年代"有两个要点即"反思历史"与"走向世界",在此基础上程光炜将80年代知识谱系归纳为两大谱系:一是"文革"后中国学术知识谱系,"文革"所造成的酷烈灾难与深重危机是此知识谱系的主要历史依据,80年代主要思想、文学活动都围绕这一谱系展开,如李泽厚"主体性"哲学与著名"三论"、刘再复"文学主体性"、林兴宅鲁迅研究、刘小枫"诗化哲学"、刘晓波的"对话"、陈燕谷等"刘再复现象批判"等。二是以甘阳等国内外现代哲学界年轻学者所代表的以翻译为中心的"现代西方知识谱系",他们总体上认为讨论马克思主义异化问题和批判极左思潮虽然有现实针对性,但如果放置在世界视野中,仍是浅层次的命题,其"有效性"十分有限。

④ 王金胜:《中国现代性与"新时期"小说的自我认同》,《海南师范大学学报(社会科学版)》2014年第4期。

主体的规约”[①]。先锋小说的通俗化、大众化审美内涵从另一个侧面透露出先锋作家的主体性焦虑，退隐至形式探索中的先锋小说，其纯粹文学实验的壮举不过是种表演，他们卧薪尝胆地寻找突破口，迫切地渴望突入意识形态场域中心，以至于有机遇走出边缘时都显得有些“迫不及待”[②]。

以主体性、寻根文学、先锋文学乃至新写实文学所逐渐勾勒起的“纯文学”谱系，被理解为80年代“最具意义与价值的文学主潮”[③]，并在90年代成为文学规范与常识。80年代的“向内转”、文学主体性、文学本体论、文学形式探索在“纯文学”谱系中获得了历史性语境中的共性与统一。因此将“向内转”置于“纯文学”谱系中进行考察将十分必要。

（三）“向内转”与“纯文学”谱系

80年代的文学实践，在反叛极左文艺路线与建构“纯文学”的双向维度上交叉展开，其共同目的即当代文学的去政治化与当代中国的现代化。“文学本体论”、“寻根”、“文学主体性”、“向内转”、“语言学转向”、“先锋小说”等“纯文学”实践在80年代蔚然成风，颇具市场，被视为新时期文学挣脱政治桎梏、回归文学自主性的最有价值的文学主潮。这种“自生自发、难以遏止的趋势”，被描述为80年代颇具普遍性的审美意识时代变迁，“是一个新文学创世纪的开始”[④]。鲁枢元以“五四”、鲁迅为理想文学参照，用内向化、主观化的“纯文学”标准，按照李泽厚启蒙与救亡双重变奏的历史想象，将20年代后半期以至新中国成立后的文学（“十七年”、“文革”）统统纳入外倾的文学即非文学倾向的文学，将“新时期”看作是文学对文学自身的回归，并与世界文学的现代转向相接轨。可以看出，在“向内转”话语中内在地暗含着80年代的两大话语即反思历史与走向世界，而这两大话语又都统摄于80年代的核心主题“现代化”之下。80年代的各种话语，如人道主义思潮、文学本体论、文学主体论、纯文学等并不单独发挥作用，而是在80年代话语场中相互网织，共振共鸣，因此借助“纯文学”谱系为参照，可以令“向内转”话语的意识形态性（反思历史）与现代性焦虑

① 王金胜：《中国现代性与“新时期”小说的自我认同》，《海南师范大学学报（社会科学版）》2014年第4期。

② 吴义勤：《先锋的还原——九十年代文化转型的一个例证》，《文艺评论》1995年第1期。

③ 金理、陈思和：《思潮与争鸣：现实主义·现代主义·纯文学的反思——〈中国新文学大系（1977—2000年）·文学理论卷〉导言之一》，《南方文坛》2009年第4期。

④ 鲁枢元：《论新时期文学的“向内转”》，《文艺报》1986年10月18日。

(走向世界)更为明晰。

1. 从“纯文学”谱系看“向内转”的意识形态性

何为纯文学？何谓文学性？“五四”时期，以王国维、鲁迅[①]为代表的“纯文学”概念在此暂不作探讨[②]，而80年代的“纯文学”亦是一个内涵十分模糊，并在八九十年代语境中不断流变的概念。自70年代末“新时期”文艺界批判“文艺黑线专政”、拨乱反正“为文艺正名”时起，就已经开始凸出文艺自身的特征[③]，但80年代初的重提“纯文学”在当时并未产生真正反响，除却早期的“朦胧诗”外，文学的真正实质变革要在80年代中后期的“寻根文学”、“先锋小说”、“新写实小说”中发生，至此，“形式”的重要性凸显使文学观念讨论成为文学内部的“专业问题”[④]，因此“纯文学”在80年代后期得到普遍赞同，成为“重写文学史”的主要标准，并在90年代成为文学常识与主流文学概念。值得注意的是，这样一个在“新时期”产生重要影响的关键词，却一直没有具体的固定内涵以言说自身，即便是以“纯文学”为标准的“重写文学史”，对于这一标准也总是语焉不详：有时“纯文学”标准表现为对脱离单一政治视角，并以独立自主的创作主体深入生活，发见生活的本质，以主体的丰富接纳生活的丰富性的肯定；有时“纯文学”标准突出提倡的是作者的个性张扬、情感释放、自我审视的创作心态、独特的生命体验与真实的内心书写；有时“重写文学史”所使用的艺术感性的审美分析方法，是一种颇具主观性与个人性的东西，但是这种审美分析标准又不是纯而又纯的美，包含着各种政治无意识；再或者“纯文学”的标准就是

---

① 据旷新年等学者推断，王国维“最早提出了‘纯文学’的概念”，1905年王国维在《论哲学家与美术家之天职》(收入《静庵文集》)一文中首次使用了“纯文学”：“甚至戏曲小说之纯文学亦往往以惩劝为旨，其有纯粹美术上之目的者，世非惟不知贵，且加贬焉。”参见旷新年：《现代文学观的发生与形成》，《文学评论》2000年第4期。注释引文见姚淦铭、王燕编：《王国维文集》(第3卷)，中国文史出版社1997年版，第7页。1907年，鲁迅在《摩罗诗力说》中，明确提出“纯文学”概念，“由纯文学上言之，则以一切美术之本质，皆在使观听之人，为之兴感怡悦。”鲁迅：《摩罗诗力说》，见《鲁迅全集》第1卷，人民文学出版社1981年版，第71页。相关“纯文学”概念研究参见付建舟：《中国现代纯文学观的发生》，《文学评论》2009年第4期；刘小新：《“纯文学”概念及其不满》，《东南学术》2003年第1期；陈国恩：《“纯文学”究竟是什么》，《学术月刊》2008年9月号等。

② 张颐武在《“纯文学”讨论与“新文学”的终结》中，从“五四”以来的中国新文学视角，考察了80年代的“纯文学”建构与90年代，及新世纪以来的“纯文学”讨论。见《南方文坛》2004年第3期。

③ 《上海文学》评论员：《为文艺正名——驳“文艺是阶级斗争的工具”说》，《上海文学》1979年第4期。该文在探讨文艺作品公式化概念化的原因时，指出：“其中有一个主要的原因，就是创作者忽略了文学艺术自身的特征，而仅仅把文艺作为阶级斗争的一个简单的工具。”

④ 李陀、李静：《漫说“纯文学”——李陀访谈录》，《上海文学》2001年第3期。

柳青方向、赵树理方向的对立面[①]。

刘再复在回望与重估80年代[②]时指出，“纯文学”问题不要陷入“纯”与“不纯”的纠缠，纯/不纯其实质即美/功利的关系，也即心灵/功利的关系，文学是心灵的事业，不是功利的事业，它蕴含着功利的内容，却不追逐功利，而是审视功利，即不作功利判断，而只作情感判断即审美判断。南帆将“空洞的理念——纯文学”[③]在80年代的基本构思概括为两个方面，一是强调语言与形式本身的意义，二是强调内心世界的重要性，而聚焦于形式与内心探索的先锋文学使空洞的“纯文学”具有了朦胧的具体想象。从刘再复与南帆的相对明晰的“纯文学”描述来看，80年代的“纯文学”与“向内转”的双重内涵有着诸多重合，但也正与“向内转”一样，“纯文学”的内涵有着流变不定的当代特质。正与“文学性”[④]的界定一样，与其寻找文学固定不变之本质，并在文学的本质主义理解中陷入美、人性、无意识、语言形式等文学本质分歧，不如反观“他者”，以“他者”来界定自身。新时期的“纯文学”功能是在历史语境的谱系对话中产生的，超出历史之外的“纯文学”本身即历史赋予的想象，“空洞的理念——纯文学”因为在理论之轴上刻下了刻度“零”[⑤]，因此使另一批相邻或相对的概念找到了位置与关系。这些模糊不明、语焉不详的“纯文学”标准，都有一个共同点，那就是反抗僵化的“极左”文艺标准，以“武器论”、“工具论”的对立面而存在，力求当代文学的去政治化，以实现文学解放。但是，由于“纯文学”缺乏自身建构，语焉不详而又具有鲜明政治批判意识的“纯文学”只是文学/政治二元对立结构中的一个“空位”[⑥]，即离开政治主题（他者），“纯文学”无法言说自身。因此身处二元对立结构之中的“纯文学”之“纯”有着明确的政治意识形态性，因为“只要出现一个二

① 关于“纯文学”标准的不同内涵，参见宋炳辉：《“柳青现象”的启示——重评长篇小说〈创业史〉》，《上海文论》1988年第4期；王雪瑛：《论丁玲的小说创作》，《上海文论》1988年第5期；王晓明：《从万寿寺到镜泊湖——关于“二十世纪中国文学”研究》，《文艺研究》1989年第3期；陈思和、王晓明：《关于重写文学史专栏的对话》，见洪子诚主编：《中国当代文学史·史料选：1945—1999（下）》，长江文艺出版社2002年版；戴光中：《关于“赵树理方向”的再认识》，《上海文论》1988年第4期。

② 刘再复对80年代的回望与重估，参见刘再复、黄平：《回望八十年代——刘再复教授访谈录》，《现代中文学刊》2010年第5期。

③ 南帆：《空洞的理念——“纯文学”之辨》，《上海文学》2001年第6期。

④ 关于“文学性”的本质主义与非本质主义理解，参见南帆：《关于文学性以及文学研究问题》，《江苏大学学报（社会科学版）》2005年第6期。

⑤ 作为刻度“零”的“纯文学”，参见南帆：《空洞的理念——“纯文学”之辨》，《上海文学》2001年第6期。

⑥ “空位”这一形象表述，见贺桂梅：《“纯文学”的知识谱系与意识形态——“文学性”问题在80年代的发生》，见洪子诚等著、程光炜编：《重返八十年代》，北京大学出版社2009年版，第126页。

项对立式的东西，就出现了意识形态，可以说二项对立是意识形态的主要形式"①，而二元对立正是"中国现代性话语的最为主要的特征之一"②，也是80年代知识范式的一个"本质特点"③。伊格尔顿在政治批评中将"纯"文学理论看作是一种神话，因为所谓的"纯"文学理论在任何时候都不如它图谋全然要无视历史和政治时，更"清楚地表现出自己的意识形态性"④，新时期的"纯文学"亦是如此，"纯文学"企图挣脱政治意识形态之"纯"，是"纯文学"意识形态性的最佳明证。

80年代前期"纯文学"是在文学/政治的二元对立模式中建构自身的，这使其内涵渗入了浓烈的"反政治"/"非政治"意味，伤痕文学、反思文学、寻根文学、朦胧诗创作，以及文学本体论、文学主体论等思潮始终处于政治意识形态话语体制当中，并未形成新的自我言说方式，但到80年代中后期，先锋小说、第三代诗歌等"纯文学"开始依靠美学谱系（诗化哲学）、文学理论谱系（转向语言）、现代文学经典谱系（重写文学史）等专业化研究建构自身。而这三大谱系中运作的"纯文学"观念共享着一致的认知框架，即文学/政治二元结构、主体论二元框架（人/非人，文学/非文学）、中国/西方二元框架。⑤ 在这一重重的二元对立结构中，会发现文学现代化/"纯文学"在"新时期"的合法性正来自于转折中的新意识形态即国家现代化。"纯文学"组合在80年代"人道主义"讨论、"主体论"、"向内转"、"文学本体论"等众多"新启蒙"思潮中共同形成反思/反抗历史的力量与文学去政治化的合力，但是，去政治化本身即是政治实践，"纯文学"之"纯"本身即是新时期意识形态的提纯。因此反观90年代文学轰动效应的失却，其根本原因或许并不在"纯文学"概念自身，而在于"纯文学"与政治间巨大张力的消失。

同样的意识形态性也体现在以"纯文学"为标准的"重写文学史"中，以"文

① ［美］杰姆逊：《后现代主义与文化理论——杰姆逊教授讲演录》，唐小兵译，陕西师范大学出版社1986年版，第23页。

② 汪晖：《当代中国的思想状况与现代性问题》，原载《天涯》1997年第5期，有删节，后增订版全文刊发于《文艺争鸣》1998年第6期。

③ 杨庆祥：《审美原则、叙事体式和文学史的"权力"——再谈"重写文学史"》，见杨庆祥等著、程光炜编：《文学史的多重面孔：八十年代文学事件再讨论》，北京大学出版社2009年版，第35页。

④ ［英］特雷·伊格尔顿：《二十世纪西方文学理论》，伍晓明译，北京大学出版社2007年版，第197页。

⑤ "纯文学"建构的三大谱系与三种二元认知框架，参见贺桂梅：《"纯文学"的知识谱系与意识形态——"文学性"问题在80年代的发生》，见洪子诚等著、程光炜编：《重返八十年代》，北京大学出版社2009年版。

学现代化”和“纯文学”为两大支撑①的“重写文学史”，受1985“方法年”的催生，以文学的“向内转”为理想化文学史理论基础，在反“文革”的强烈潜意识下，依赖“重写”建构起“‘文革’——‘新时期文学’这一带有鲜明‘政治史时间’烙印的‘进化论’的想象秩序”②。也就是说，以“现代化”替代“左”倾文艺标准的“20世纪中国文学”，与以“纯文学”为旗帜的“重写文学史”本身即是“反政治”的政治实践，有着拨乱反正与矫枉过正的意识形态策略部署。这与“新启蒙”有意将“新时期”阐释为另一个“五四”，以对20世纪社会主义左翼现代性进行拒斥与否定的策略是一致的。但有意思的悖论是，“重写文学史”以“纯文学”为兜鍪兵戈，最终却同样以“政治”为单质的评价标准，甚至以与“政治”的距离远近来对作家作品进行价值重评③。也就是说“纯文学”的重写标准在真正的重写中仍旧是悬置的“空位”。“重写文学史”对极左政治意识形态化的文学史所遮蔽的历史“空白”进行了发现与重估，却又因为新的意识形态标准造成新的“空白”与遮蔽，即重写洞见终成重释盲视。1949—1978年的当代文学主流，甚至二三十年代的左翼文学，在新的意识形态中失却了与生俱来的有效性与合法性。到了90年代，在反思80年代“重写文学史”的学术自觉中，以“纯文学”和“现代化”为标尺的陈思和、洪子诚，在以边缘为中心的文学史重构与一体化的当代文学史阐释中，“新时期”意识形态积淀与80年代文学常识终究还是造成了不可避免的缺憾。这种重写的缺憾在“重写文学史”的当事人这里也有所自觉，因此陈思和将《中国当代文学史教程》界定为“一部不够完整也不够全面”④的探索性教材，而王晓明自己也深知“重写文学史”，“这种带有‘拨乱反正’性质的工作并不具备长远的价值”⑤。更需要指出的是，“重写文学史”的意识形态性不仅体现在文学史内容与观念上的“重写”建构，也不仅体现在“重写”本身以及“纯文学”标准所必然具有的意识形态性，还直接体现于“重写

① “重写文学史”的两大支撑，参见旷新年：《“重写文学史”的终结与中国现代文学研究转型》，《南方文坛》2003年第1期。

② 程光炜：《重返80年代文学的若干问题》，见《文学讲稿：“八十年代”作为方法》，北京大学出版社2009年版，第91页。

③ 旷新年在《“重写文学史”的终结与中国现代文学研究转型》（《南方文坛》2003年第1期）中指出：以“纯文学”为旗帜的“重写文学史”最终却选择以“政治”为最终评价标准，甚至以与“政治”距离的远近来排定文学史地位，如自由主义作家由于距离政治远而具有较高价值，左翼作家因为距离政治近而被认为缺乏艺术价值。

④ 陈思和主编：《中国当代文学史教程·前言》，见《中国当代文学史教程》，上海复旦大学出版社1999年版，前言第6页。

⑤ 王晓明：《旧途上的脚印》，见《刺丛里的求索》，上海远东出版社1995年版，第260页。

文学史”的“个性化叙事体式”[①]提倡,即强调文学史研究的主观性、批评家的主体性与研究者的精神渗透性。这种对主观、主体性、个性的大力倡导,显然与“主体论”、“向内转”等新时期启蒙思潮一致。“重写文学史”不但在努力建构“纯文学”体制与新时期文学规范常识,也在努力参与建构80年代大写的“人”,而“人”的主题无疑是80年代意识形态中最为夺目、最为恢宏、最具感召力的主潮话语。因此斯潘诺斯的历史机遇论[②]同样适用于阐释“重写文学史”,历史不同于传统的矢量时间,而是一个场域,充满了机遇与可能,因此一切历史都是当代史,对历史的解释、重释与重写,都布满了当代主体的历史成见。

夏中义将“新时期”全方位探寻文艺的审美本性概括为“主体论”与“本体论”,兵分两路、同步进行[③],而“向内转”正是在“主体论”与“本体论”的双重谱系中逼近了“纯文学”。“纯文学”内涵所指向的个性、心灵、无意识、审美、语言形式等与“向内转”的双重内涵有诸多重合,“向内转”知识谱系与“纯文学”知识谱系在“主体论”、“诗化哲学”、“语言学转向”、“重写文学史”等领域也有诸多交集,而90年代以及新世纪以来的“向内转”反思重评,也与“纯文学”的反思重评有诸多交叉之处[④],甚至认为“向内转”与“纯文学”在导致90年代文学囿困于“私人”与“形式”方面有合谋之处。将“向内转”置于“纯文学”之外,可以看到“向内转”为“纯文学”以及“重写文学史”提供了重要的理想文学参照与价值标准;而将“向内转”置于“纯文学”谱系之中,则可以看到“向内转”与“纯文学”一起共同产生了去政治化、审美启蒙、现代性重构等新时期文学建构的合力。更重要的是,“纯文学”谱系提供了反观“向内转”意识形态性的参照系,“向内转”无疑具有十分鲜明的意识形态性,但“纯文学”以及“重写文学史”却提供了“向内转”意识形态性是如何发生的参照。在政治/文学、“文革”/“新时期”的二元对立中,“向内转”以“文革”乃至“十七年”为“他者”,将“文革”乃至“十七年”文学划入外倾/非文学,并将“新时期”比作“五四”以突出“新时期”与“文革”的断裂关系。

---

① 杨庆祥:《审美原则、叙事体式和文学史的“权力”——再谈“重写文学史”》,见杨庆祥等著、程光炜编:《文学史的多重面孔:八十年代文学事件再讨论》,北京大学出版社2009年版,第41页。

② 斯潘诺斯的历史机遇论观点,主要来自于其著作《复制:文学与文化中的后现代机遇》(1987年英文版),参见朱立元主编:《当代西方文艺理论(第2版)》(华东师范大学出版社2005年版),第15章“斯潘诺斯的后现代主义诗学理论”一节。

③ “主体论”与“本体论”的双管齐下,参见夏中义:《历史无可避讳》,《文学评论》1989年第4期。

④ 参见李建军、张光芒等对“向内转”的反思研究,以及李陀、南帆等反思“纯文学”的相关研究。

正如德里达在《立场》①中所见，在一个传统的二元对立中，最明显的是一种不平等的等级关系，二元中的一项在逻辑、地位、价值等方面统治另一方，居高临下、发号施令。所以解构的基本策略便是颠倒这一等级秩序。福柯的《疯癫与文明》②正是要为被统治意识形态所排斥在外的异端与他者立言，为被无言的沉默者撰史。同样的，在"新时期"看来，在"新时期"之前的"文革"乃至"十七年"，政治统治文学，文学是被压抑的沉默者无法言说自身，因此"新时期"便以"向内转"、"纯文学"、"重写文学史"等策略来颠覆政治在政治/文学二元结构中的统治地位，为被压抑的失却了自身的文学立言立身。因此在"新时期"，政治/文学这一二元结构发生了有趣的逆转，政治（外倾/非文学）与"文革"、"十七年"一并成为异端与"他者"，而文学（内倾/纯文学）与"新时期"则成了有效与合法的文学正统，在二元对立中获得了统治地位。而且"纯文学"与"向内转"的意识形态性具有内在的辩证性，"纯文学"和"向内转"所力图挣脱政治枷锁的非政治性文学建构，正是以政治性意识形态为中介来发见新时期文学的非政治性，被表述为非政治性的"纯文学"与"向内转"在有关非政治性的政治意识形态话语中获得了意义，作为政治意识形态"他者"的非政治性"纯文学"、"向内转"，在成为非政治性的话语建构者的同时，其自身也成为关于政治性意识形态的话语。③ 一个基本事实是，这种"新时期"的新的意识形态是如此强烈与迫不及待，以至于"向内转"不惜以夸张与武断的最高级描述来肯定新时期前十年尚属十分稚嫩粗糙，甚至与旧的工农兵文艺尚有着实质性血脉延续的前十年文学实绩④，将"自生自发、难以遏止"的"向内转"文学表述为"当代文学整体动势中最显眼、最活跃的一部分"，将"内向化"的文学艺术观念表述为"已经成了新时期中国人民审美意识中的一个主要因素"，将"向内转"趋势表述为"人类审美意识的时代变迁，是一个新文学创世纪的开始"，将继承"五四"重又"内

---

① 德里达的二元对立观点来自于其著作《立场》（巴黎 1972 年版），参见朱立元主编：《当代西方文艺理论（第 2 版）》（华东师范大学出版社 2005 年版），第 13 章"德里达的解构理论"一节。

② 福柯的《疯癫与文明》，又译《疯癫与文明——理性时代的疯癫史》《疯癫史》《疯狂史》，本文据［法］福柯：《疯癫与文明》（修订译本），刘北成、杨远婴译，生活·读书·新知三联书店 2012 年版。

③ 本文"纯文学"与"向内转"意识形态性的辩证思辨，受王金胜《"寻根"作家的认同焦虑与构建"文化中国"的难局》（《社会科学论坛》2010 年第 21 期）启发，此文中，王金胜在反思"寻根小说"中传统/现代这一组二元结构时，对非现代性的传统的现代性作了精湛的表述。

④ 如以周克芹《许茂和他的女儿们》为代表的伤痕文学，以戴厚英《人啊，人！》、古华《芙蓉镇》为代表的反思文学，以张洁《沉重的翅膀》为代表的改革文学，在叙事方式上，并未脱离当代演绎观念式的"观念性结构"。但同时应当注意到，大部分伤痕文学、反思文学、改革文学的艺术价值，往往不在于此观念结构本身，而在于叙事结构的"缝隙"中，即作家的独特生命体验与历史思考深度。

转”的“新时期”表述为文学艺术自身运转轨道的真正回归，将新时期文学前十年表述为“普遍而又深邃的探索”，始终透露出“一种喷薄欲发的改革精神”①。

由此我们可以回答第一章中所遗留的问题，从艾德尔到鲁枢元，“向内转”的具体语义内涵发生了变异，这种接受与变异是如何发生的？正如“新批评”的借用与《人论》《文学理论》的“误读”，鲁枢元并不需要一个如此具有精神分析学内涵的西方“向内转”术语，而只需要借用这来自于“世界”（西方/现代/先进）的“向内转”术语，来发见并赋予新时期文学断裂于“文革”的所谓“新质”以最大的有效性与合法性。而“向内转”在80年代所引起的轰动效应与“向内转”争鸣实质建设性理论成果的缺失，也正是由于“向内转”的“他者”/“空位”身份即“向内转”的意识形态性所发挥的功能性作用所导致的，当蕴含于“向内转”中的政治张力消失后，“向内转”也便失却了轰动效应②。同时还应当注意的是，由于“向内转”与“纯文学”有着意识形态性上的同构同态，“纯文学”所造成的“遮蔽”与“空白”也为反思“向内转”的洞见与盲视提供了重要参照。

2. 从“纯文学”谱系看“向内转”的现代性焦虑

“向内转”借用来自于“世界”（西方/现代/先进）的术语，用无法阻挡的“世界”想象来增加自身言说的说服力。因此“向内转”不但在政治意识形态的催逼下迫不及待地用最高级来肯定新时期文学实绩，也在中国/西方（本土/世界）的现代性焦虑催逼下，迫不及待地通过“向内转”中介将新时期文学纳入世界文学。鲁枢元首先将文学的“向内转”归纳为整个西方文艺即世界文学19—20世纪转折时的主导趋势，而“现代派”则是这一历史转折中的先锋。而文学是具有世界整体性的，中国现代文学的“向内转”早在“五四”前后就已经开始，其突出代表就是鲁迅。鲁迅小说的“向内转”特征即“情绪性”、“心理性”、“象征性”、“暗示性”，不但是鲁迅小说区别于中国19世纪末社会谴责小说与欧洲19世纪批判现实主义小说的标志，更是“20世纪初世界文学的富有代表性的色泽”，因此，伟大的鲁迅“不仅仅是属于中国现代文学的，也是属于世界现代文学的”③。正是借助“世界”与“五四”这两个在80年代具有压倒性说服力的话语资源，新时期文学的“向内转”作为受到了世界现代文学的影响与诱发的，对“五四”文

① 鲁枢元：《论新时期文学的“向内转”》，《文艺报》1986年10月18日。

② 文学“轰动效应”的失却，与“纯文学”的边缘化，以阳雨（王蒙）：《文学：失却轰动效应之后》及“人文精神”大讨论为代表。参见阳雨：《文学：失却轰动效应之后》，《文艺报》1988年10月18日；王晓明等：《旷野上的废墟——文学和人文精神的危机》，《上海文学》1993年第6期。

③ 鲁枢元：《论新时期文学的“向内转”》，《文艺报》1986年10月18日。

学加以继承与发展的整体性文学潮流，在特定历史时期的“中国社会文化心理”①动因下，在“改革开放”与建设“四个现代化”的“新时期”，不但符合世界文学发展潮流，而且符合世界文学的“现代”趋势，不但具有“发生”的内在合理性，更具有继续“发展”以成“主流”的巨大合法性与感召力。

在“纯文学”的观念历史认知框架中，同样包含着中国/西方（本土/世界，传统/现代，旧/新，落后/进步）这一二元结构。“改革开放”的“新时期”意识形态本身即显示着清晰的“内”、“外”历史结构，来自“外”/西方的话语思想成为“内”/中国变革与建构的资源，即构造了一种新的历史进化论与新启蒙主义表述。在开放的“世界”/全球化想象中，现代的、进步的西方，成为80年代挣脱既有意识形态建构新的意识形态想象的思想源泉。因此“纯文学”知识谱系始终以西方为表述支撑，即便是本土的中国现代文学研究（以“重写文学史”为代表）也始终烙印着当代的“现代”意识，在观念建构与方法探索上都带有浓烈的80年代全球化想象投影。其中，“20世纪中国文学”是重写世界想象的典型代表，所谓“20世纪中国文学”是“一个中国文学走向并汇入‘世界文学’总体格局的进程”②，而且按照“20世纪中国文学”理念，不但要研究中国文学如何受外国文学的影响而产生的新变，也要对“世界文学中的中国文学”③，以及20世纪中国文学在世界上的地位与影响进行研究。可以说，“世界文学”在80年代并不是一个静止的概念或固定的对象，而是一种雄浑壮阔的国际想象，其中内涵着中国自身的现代性想象即高度开放的“自我想象”④。

如前所论，“重写文学史”的两个有力支撑是“文学现代化”与“纯文学”，而这二者之间有着内在的现代性逻辑推演。“现代化”曾是80年代中国知识分子与国家的共同共识，而“现代化”与现代主义文学（现代派）在80年代知识分子心中有着必然的逻辑联系，以徐迟⑤为代表的80年代知识分子，将西方现代派文艺看作是与西方经济高度发展相适应的“现代化”表达，而“新时期”的中国正在进行社会主义“四个现代化”建设，因此，“过去化”与“近代化”的文艺趣味

---

① 鲁枢元：《论新时期文学的“向内转”》，《文艺报》1986年10月18日。

② 钱理群、黄子平、陈平原：《论“二十世纪中国文学”》，见《二十世纪中国文学三人谈 · 漫说文化》，北京大学出版社2004年版，第11页。

③ 钱理群、黄子平、陈平原：《论“二十世纪中国文学”》，见《二十世纪中国文学三人谈 · 漫说文化》，北京大学出版社2004年版，第16页。

④ 旷新年：《全面开放我们的文学感觉》，见格非等：《当前文学创作与批评——新的现实与可能》（笔谈），《文学评论》2004年第1期。

⑤ 徐迟：《现代化与现代派》，《外国文学研究》1982年1月第1期。

均已不合时宜，在“新时期”应当探索与发展“现代化”文艺，即现代派文艺。也就是说，在80年代，“纯文学”标准与“文学现代化”标准在发生的同时几乎具备了相同的内涵，也即将“文学现代性”理解为“文学现代化”，又将“文学现代化”理解为“纯文学”，并最终理解为“现代主义”①。十分明显，这种逻辑推演渗透着强烈的80年代世界想象，并在“走向世界”的宏大意图中凸显着无处不在的中国/西方（本土/世界）现代性焦虑。

80年代“向内转”的双重内涵（主体/本体），其言说的话语资源和知识谱系与“纯文学”一样，皆来自于先进的现代化西方。除却对于“世界”的现代性想象外，委实还由于80年代知识分子自身言说话语的极度匮乏。在自40年代始逐渐建立起来，并在“十七年”与“文革”语境以及冷战意识形态中极端强化的“真理”（即新民主主义—社会主义知识谱系）思维模式中，自己的故事从属于国家故事，“个人的生存被理解为民族的生存，民族的集体话语成为个人话语的最高体现”②，也即在民族/国家/集体话语中，个人失声了。李泽厚将这种没有自己故事的个体消失，借用斯诺的记述生动地表现出来：“共产党员能够说出一切在青年时代所发生的事情，但只要他和红军一接触之后，他就把他自己丢开了……不是因为当作个人的他们，在那里做成了历史，而只是因为他们的红军到过了那里……”③在封闭的本土中隔绝了世界现代性话语的知识分子，在没有自己的故事的集体性焦虑中，缺乏言说自己的有效话语。因此80年代前期，在政治/文学的二元对立结构中，以“他者”而自立的“空位”文学，在批判与反思过去时总是受制于所批判的对立面，难以进行有效的自身话语建构。以人道主义讨论为例，利用马克思主义人道主义来驳斥极左文艺路线，可以取得迅捷的合法性与有效性，但这种权宜之计也同样受到其本身话语资源的限制，甚至在自圆其说时显得牵强与掣肘，论战双方由于运用的都是同一种有限资源，因此总在狭窄的根本命题上转来转去、彼此循环阐释，无法在更宏观的视野中获得根本性突破。有意思的是，批判“人性论”的正统马克思主义理论论者，在行文布局、驳斥论辩上都更具理论的系统性与严密性，但由于80年代解放与启蒙的

---

① “文学现代化”的标准，参见旷新年：《“重写文学史”的终结与中国现代文学研究转型》，《南方文坛》2003年第1期。

② 程光炜：《一个被重构的“西方”——从“现代西方学术文库”看80年代的知识立场》，《文学讲稿：“八十年代”作为方法》，北京大学出版社2009年版，第109页。

③ ［美］斯诺：《西行漫记》，转引自李泽厚：《启蒙与救亡的双重变奏》，见《中国现代思想史论》，生活·读书·新知三联书店2008年版，第31页。

时代氛围,使80年代前期有限的“新启蒙”话语获得了言说的胜利,可见这不是一种真正的理论言说胜利,而是时势使然①。因此言说自身的话语资源成为80年代知识分子的集体性诉求,80年代的美学、文艺学全民读书热,《文学理论》《人论》的畅销与误读,1985“方法年”,《现代西方学术文库》的有力影响等,都在“走向世界”的现代性焦虑中表达着80年代言说自我的集体性焦渴,也即甘阳所说的:“老是在和官方辩论,他要辩论就得使用官方能够接受的一套东西”,而《文化:中国与世界》丛书则真正进入了“西学”,“进入了一个非常广大的世界”②。

再者,从具体创作来看,“向内转”的新时期“纯文学”创作实践,如“东方意识流”、“寻根小说”、“先锋小说”、“新写实小说”等无不渗透着80年代“向内转”的中国/西方(本土/世界)现代性焦虑。新时期初期文学(如王蒙、徐迟、刘索拉以及“东方意识流”、“中国现代派”等),借助于将现代主义的反理性、非人性哲学内涵与现代主义的形式技巧进行剥离,来把现代主义作为现代化的推动力量,有力地纳入“新启蒙”建构。新时期中后期,作为“向内转”与“纯文学”具象实践代表的“先锋小说”,以已经成为世界文学传统的20世纪现代主义大师为自己的文学传统,在形式、语言、叙事等颇具“20世纪气息”的语言学转向中,在胸中所积淀的本土隔绝于世界30年所造成的落后焦虑里,将中国先锋派的意义界定为“赶上世界文学的潮流”,“和世界文学趋向了和谐”③。“寻根小说”同样深受西方现代主义影响④,潜藏着西方、现代化观念的“寻根”作家们与深植于民族文化土壤里的“寻根小说”,在开放与拿来中企图“释放现代观念的热能”⑤来重铸民族自我,即以民族志形式回归本土的“寻根”,其最终目标却是借助现代艺术“走向世界”。“寻根”之“根”是在传统/现代、文明/野蛮、中心/边缘等二元对立结构中建构起来的现代性范畴,是作为现代性“他者”的现代性无意识,“寻根”的现代性焦虑也即在现代性语境中建构“文化中国”的焦虑。而

---

① 关于“人道主义”论争的相关资料,参见程光炜:《人道主义讨论:一个未完成的文学预案》,收入《文学讲稿:“八十年代”作为方法》,北京大学出版社2009年版;陶东风、和磊:《关于人性和人道主义的讨论》,见《当代中国文艺学研究(1949—2009)》,中国社会科学出版社2011年版;贺桂梅:《“回到19世纪”——人道主义思潮》,见《“新启蒙”知识档案:80年代中国文化研究》,北京大学出版社2010年版。

② 甘阳、查建英:《八十年代:访谈录·甘阳》,见查建英编:《八十年代:访谈录》,生活·读书·新知三联书店2006年版,第197、198页。

③ 余华:《两个问题》,见《我能否相信自己:余华随笔选》,人民日报出版社1998年版,第180页。

④ “寻根文学”与“现代派”的关系,参见王尧:《1985年“小说革命”前后的时空——以“先锋”与“寻根”等文学话语的缠绕为线索》,《当代作家评论》2004年第1期。

⑤ 韩少功:《文学的“根”》,《作家》1985年第4期。

开放的、包容的、"善于吸收、借鉴现代主义各种流派"[①]的"新写实小说",则在现代化—全球化的现代性话语转换中,对现代化与民族/国家意识形态存在着抵触与质疑,并在现实与虚构的模糊境地中,将主体的焦虑,与本土/世界的逼仄展现为碎裂的困惑与怅惘、琐屑的无力与悲观。

为什么"世界"与"现代"在80年代如此具有说服力以致在整个80年代造成持续性的症候性现代性焦灼?除却80年代"改革开放"的国家意识形态下,以"现代化"来想象世界与建构自身的80年代启蒙主流外,还由于自"五四"以来所暗自沉潜至无意识的进化论思维模式在作祟。从根本上来讲,80年代并不是真正崇拜现代主义,而只是崇尚"现代",80年代并不是真正崇拜西方,而只是崇尚"进步"。因此李陀反思"纯文学"时仅仅对西方中心主义进行批判[②],这是不够的,反思的视角还应该对自"五四"以来的进化论思维模式,以及由此伴生的知识分子启蒙优越性进行批判性反思。

三、"向内转"与"新时期文学"历史实践

(一)洞见:作为方法的"向内转"

正如前文已述,"向内转"作为一种从"世界文学"的"现代"转向中借用而来的批评术语,洞见并归纳了新时期(主要是新时期前十年:1976—1986)文学创作的重要特征。"向内转"不但及时洞见了新时期文学断裂于"文革"、"十七年"的新质,更借助于"世界"、"现代"话语给予这新质以极大的肯定。"向内转"及"向内转"论争,与"主体性"话语谱系、"文学本体论"谱系、以及"纯文学"谱系,互相交织、浑响共鸣,共同为80年代拨乱反正、走向世界、文学现代化的"新时期文学"建构提供了最具批判性、断裂性的战斗话语,与最具有效性与合法性的言说话语。作为理论术语,"向内转"及"向内转"讨论,对发见并肯定新时期批评话语,促进新时期文艺学,尤其是文艺心理学建设有不可忽视的推动作用。鲁枢元在《向内转》[③]中,引用陆贵山、王先霈主编的《中国当代文艺思

---

① 《钟山》编辑部:《"新写实小说大联展"卷首语》,《钟山》1989年第3期。

② 李陀对"纯文学"的反思,参见李陀、李静:《漫说"纯文学"——李陀访谈录》(《上海文学》2001年第3期),《反思"纯文学"》(《北京日报》2001年3月18日),《文学批评要有自己的理论依据》(《当前文学创作与批评——新的现实与可能》笔谈,《文学评论》2004年第1期)等。

③ 鲁枢元:《向内转》,《南方文坛》1999年第3期。

潮概论》，张炯、邓绍基、樊骏主编的《中华文学通史》，鲁原、刘敏言主编的《中国当代文学史纲》，以及赵俊贤主编的《中国当代文学发展综史》中的高度评价来肯定“向内转”及“向内转”争鸣：“这场关于‘向内转’的讨论，对文艺向自身内部规律的转靠，对深入剖视文艺的主观因素的构成以及摆正文艺在由审美主客体建构起来的审美关系中的本体位置，起到了不可忽视的促进和推动作用”①；“新时期‘向内转’倾向是残缺的、异化的文学向全面的、本真意义上的文学的回归……被‘向内转’所概括的那些文学创作显然代表着新时期文学的业绩，应予以充分肯定”②。这些带有明显新时期常识以及80年代意识形态的高度评价虽有失偏颇，却也道出了“向内转”的新时期建构意义。而“向内转”的文学，以及“向内转”后的“纯文学”创作实践确实是新时期文学创作中的高水准成果，80年代中后期以及90年代的部分小说创作，尤其是长篇小说创作，即便置放于整个20世纪中国文学中也毫不逊色。

更重要的是，“向内转”与“文学主体论”、“文学本体论”、“纯文学”等文学思潮一起，在80年代的意识形态话语场中，建构起新时期的文学规范与文学常识，并沉潜至文学界、批评界、知识界，乃至学术界无意识深层，直接影响了80年代至今的文学创作、批评与学术研究实践。而且“向内转”不但提供了一种重估的价值标准，一种发见的研究视角，一种建构的理论基础，还提供了一种言说的方法，即作为方法的“向内转”。这种方法的运用，在以《中国现代文学三十年》为代表的“重写文学史”中最为典型。如果说1987年版《中国现代文学三十年》③的80年代意识过于浓厚，那么翻开《中国现代文学三十年》（1998年修订本），“向内转”式的表述仍然随处可见：“对人的精神创伤与病态的无止境的开掘，使鲁迅的小说具有一种内向性”；小诗体“从外部客观世界的描绘转向内心感受、感觉的表现”；30年代马克思主义与自由主义的论争“始终集中在文学艺术发展的外部关系……而文学艺术内部关系问题、美学范畴问题，却未能得到全面的探讨”；“回到自我内心世界，回到诗的艺术世界中”的后期新月派，区别于同时期中国诗歌会诗人对“外部世界的叙事的偏重”；《在延安文艺座谈会上

---

① 陆贵山、王先霈主编：《中国当代文艺思潮概论》，转引自鲁枢元：《向内转》，《南方文坛》1997年第3期。（洪子诚、孟繁华主编：《当代文学关键词》，广西师范大学出版社2001年版，第182页。需注意的是，在《向内转》中，“陆贵山”被误写为“陈贵山”，应为笔误。）

② 赵俊贤主编：《中国当代文学发展综史》，转引自鲁枢元：《向内转》，《南方文坛》1999年第3期。（洪子诚、孟繁华主编：《当代文学关键词》，广西师范大学出版社2001年版，第183页。）

③ 钱理群、吴福辉、温儒敏、王超冰：《中国现代文学三十年》，上海文艺出版社1987年版。

的讲话》考虑的主要是“文艺‘外部关系’问题，而对文艺本身的规律的细节讨论较少”①等等。可见“向内转”不止提供了发见新时期文学与重估“十七年”、“文革”的方法，也提供了发见“五四”、“现代文学”以及整个“20世纪中国文学”的方法，甚至为90年代文学研究、作家作品研究②、外国文学以及文艺理论研究③等提供了方法与切入视角。

同时还应注意的是，这些“向内转”表述只是《中国现代文学三十年》(修订本)的表层表述，“向内转”、“主体论”、“文学本体论”等“纯文学”/“现代化”观念是渗入并浸透整部文学史的核心观念，从1987年版到1998年修订本，典型的80年代文学观与文学史观得到了基本保存，因此原本与修订本都是典型的80年代文学史。但是相对于原本，《三十年》修订本还是作出了较大调整，除却具体章节上的重写与改写外，整体上看增补了沈从文专章，将通俗小说的发展独立分章叙述，40年代文学不再划分为三个地区分别论述。其中通俗文学的独立文学史价值与地位的确立，是《中国现代文学三十年》(修订本)的“特出之处”④。尽管通俗小说对“三十年”的合法介入并非来自于通俗小说在中国现代文学中曾虎踞半壁江山的历史实存，而是由于通俗文学“由旧文学向现代性的新文学缓慢过渡的一面”⑤即通俗文学的现代性特质，但通俗文学的有效介入为

---

① 钱理群、温儒敏、吴福辉：《中国现代文学三十年》(修订本)，北京大学出版社1998年版，第31、98、155、277、353页。此外，修订本中还有其他“向内转”式表述，如浅草社等浪漫主义团体“也是孜孜于‘向内，在挖掘自己的魂灵’”(第22页)；现代派强调“转向内心，寻求自我，探究人生的主题”(第23页)；施蛰存小说的母题是“由人的内在生命来表现人性，表现男女情爱”(第253页)；中国新诗派的“现实”“既指外部现实，也指人的内心世界”(第448页)等。

② “向内转”作为方法运用于作家作品研究，如颜纯钧：《转型中的香港小说》(《小说评论》1997年第2期)；徐珺：《新写实主义的行吟诗人——锦云》(《上海戏剧》2002年第11期)；刘昕华：《西部诗歌创作的新变——沈苇、杨梓诗歌阅读印象》(《唐都学刊》2003年第3期)；杨士斌：《论文化内转背景下的孙犁抗战小说》(《江汉论坛》2008年第2期)；翟业军：《向内：“分享艰难”的一种方法——论刘醒龙〈天行者〉》(《文艺争鸣》2011年第16期即第八届茅盾文学奖评论专辑)；臧晴：《新时期初期女性写作“向内转”的失败——从〈三生石〉到〈北极光〉》(《文学评论丛刊》2013年第1期)等。

③ “向内转”作为方法运用于外国文艺研究，如：陈燊：《谈现代外国文学“向内转”的走向——从一颗露珠见花园》(《外国文学评论》1988年第4期)；张江：《当代西方文论：问题和局限》(《文艺研究》2012年第10期)；胡疆锋：《西风东渐30年——西方文论与新时期中国文论建设》(《当代文坛》2008年第3期)；步朝霞：《自我指涉性：从雅各布森到罗兰巴特》(《外国文学》2006年第5期)等。

④ 吴晓东：《文学史叙事的内在理念》，见《现代文学的观念与叙述——〈中国现代文学三十年〉笔谈》，《文学评论》1999年第1期。

⑤ 钱理群、温儒敏、吴福辉：《中国现代文学三十年》(修订本)，北京大学出版社1998年版，第70页。

被现代性、现代化所界定的现代文学①纳入了或隐含了非现代性的异质性，这种异质性凸显了《中国现代文学三十年》（修订本）在经历了80年代的盲目理想主义乐观与自信、90年代乌托邦破灭的困惑与彷徨后，在文学史叙事上所呈现出的暧昧动摇与“犹豫不决”②。这种充满矛盾与困惑的文学史重写暴露出80年代文学理想与文学规范的内在漏洞与弊端。80年代乐观主义与理想主义的时代氛围，将西方现代化模式不加怀疑地想象为中国现代化的理想模式，对现代化自身的必然负面予以盲视，西方中心论与撞击——回应模式使现代文学史叙事遮蔽了左翼文学现代性的历史意义，历史进化论与历史决定论的文学史观又将复杂、破碎、矛盾、多元的文学史进行了不可避免的化约处理。80年代末至90年代，中国知识分子经历了不亚于“文革”的深刻剧变，从80年代的单纯自信到90年代的彷徨疑惑，“似乎是从堂吉诃德转向了哈姆雷特——尽管骨子的堂吉诃德气仍要时时显露”③，因此低调、稳重的《中国现代文学三十年》（修订本）在坚持原有80年代文学史规范的基础上，已经透露出游离、逃逸、质疑、反思80年代的蛛丝马迹。这种游离、逃逸不但透露出修订本对80年代“现代化”理想的惶惑犹疑，也透露出重写者对80年代文学规范这一实质上仍是单质、单维建构的质疑，并企图以更多元、更多维的视角和方法来介入文学史，以期对文学史进行更有效、客观、立体、全面的把握，这与当下“民国文学”研究热的初衷是一致的。但由于以“向内转”为代表的80年代文学观、文学史观仍是修订本的核心观念，这种逃离与质疑只是一种可贵的探索尝试。

（二）盲视：发见终成遮蔽

那么，以“向内转”、“纯文学”、“重写文学史”为代表的80年代理念与规范到底出了什么问题？“文革”结束至今已经30多年，“向内转”等80年代文学建构，也已经积淀起了厚厚的心理板结层，而90年代至今的文学创作中也残存着许多自80年代所遗留下来的弊端，因此有必要对80年代“向内转”所造成的盲

① 在《中国现代文学三十年》（修订本）的《前言》中，“现代文学”被界定为是“用现代文学语言与文学形式，表达现代中国人的思想、感情、心理的文学”，而且“文学的现代化”，与本世纪中国所发生的政治、经济、文化等全面现代化的历史进程相适应，是其不可或缺的有机组成部分，并在促进思想现代化与人的现代化方面发挥了特殊作用。

② 旷新年：《犹豫不决的文学史》，见《现代文学的观念与叙述——〈中国现代文学三十年〉笔谈》，《文学评论》1999年第1期。

③ 钱理群：《矛盾与困惑中的写作》，见《现代文学的观念与叙述——〈中国现代文学三十年〉笔谈》，《文学评论》1999年第1期。

视与遮蔽进行反思。

从共时性角度来看,“向内转”在对内转的新时期创作实绩进行发见与肯定的同时,也内在地对其他新时期文学乃至“五四”至80年代的文学都作出了价值评判(甚至对80年代后的文学也埋下了“内转”的导向期待),即内转的文学是有价值的、高水准的、符合世界文学潮流的、具有现代性的文学,这类文学是新时期的已有成绩并应当在将来成为新的主流。但是,这种内在的价值判断,不但对新时期的非向内转文学造成了遮蔽与压制,也对“向内转”文学自身的复杂性形成了遮蔽与盲视,即由“十七年”、“文革”文学“外”对“内”的压制转向为新时期文学“内”对“外”的压制。也就是说“向内转”对“内”的洞见终究造成了对“外”的盲视。这种“内”对“外”的压制不仅体现在对新时期具体的某一部作品、某位作家的评价上,也体现在不同作品、不同作家的价值比较上,更体现在新时期的文学史重写、学术研究与文艺理论建设界的洞见与盲视上。以“向内转”、“纯文学”、“新启蒙”、“重写文学史”所建构起的80年代文学主流不但对新时期文学自身的非主流造成了压抑,也对新时期主流文学内部的分裂、多元、异质性造成了遮蔽。

再者,从新时期主流文学内部的“向内转”本身来看,“向内转”从西方到中国的接受与变异本身已经遮蔽了“向内转”尤其是“向内转”文学的突出代表——现代派文学自身的异质性。西方现代主义文学是现代非理性哲学与现代心理学结合后的产物,叔本华唯意志论、尼采权力意志论、存在主义哲学、柏格森直觉主义、弗洛伊德精神分析学说等理论基础使现代主义文学带有浓重的“非理性主义和悲观主义色彩”①。现代主义的否定性美学即“艺术的非人化”②,作为审美现代性对启蒙现代性的反叛表现之一,以人的废墟化与碎片化,将人道主义终结。但在新时期,“现代派”是“现代化”的需要即社会与时代的需要,所需要的“现代派”是具有革新精神的“中国现代派”③,其中带有浓烈现代主义色彩的“朦胧诗”新诗潮促使新诗艺术迈出了“崛起性的一步”④,是对中

① 郑克鲁主编:《外国文学史·下》(修订版),高等教育出版社2006年版,第114页。

② 王金胜:《叙事的自我认同及其危机:1980年代与1990年代小说的辩证》,《青岛大学师范学院学报》2010年第2期。

③ 关于“现代派”的讨论,参见冯骥才、李陀、刘心武:《关于“现代派”的通信》(《中国文学需要“现代派”——冯骥才给李陀的信》《“现代小说”不等于“现代派”——李陀给刘心武的信》,《需要冷静地思考——刘心武给冯骥才的信》),原载《上海文学》1982年第8期,引文见洪子诚主编:《中国当代文学史·史料选:1945—1999》(下),长江文艺出版社2002年版,第677页。

④ 徐敬亚:《崛起的诗群——评我国诗歌的现代倾向》,《当代文艺思潮》1983年第1期。

国现代化的有力回应。因此,必须对现代主义进行误读、剥离、本土化利用。通过拿来主义,80 年代成功将反启蒙、非理性、反人道主义、非人化的现代主义纳入到理性与启蒙(人的现代化与文学的现代化)的轨道中来。但这一纳入,又不可避免地纳入了现代主义的消解力量,并潜在地埋下了"新启蒙"内部的异质性解构力量。但 80 年代的压倒性主流意识形态,在拨乱反正、走向世界与现代化的急切现代性焦虑下,以"向内转"式误读为代表的 80 年代现代主义崇拜,遮蔽了现代主义的异质性,也盲视了现代与现代化的负面后果,即上文所提到的《中国现代文学三十年》(修订本)的犹豫不决与钱理群反思"20 世纪文学"时的哈姆雷特气。

从历时性角度来看,以"向内转"为代表的断裂性叙事,在洞见"新时期"时,也对"新时期"之前的"文革"、"十七年"乃至整个左翼/革命文学进行了选择性盲视。新时期文学主流(以"重写文学史"为突出代表),对"十七年"、"文革"的主流文学进行了暴力介入性阐释与有意识地空白化处理。"新时期"之前的文学史叙述(除去以胡适等为代表的二三十年代"新文学史"①撰写),对于"五四"以来的文学史,主要运用新民主主义论与社会主义论来架构现代文学史与当代文学史,使现代文学成为国家叙事的一部分,新中国与"五四"被组织成统一叙事,而新中国则是"五四新文学"与"五四新文化"的唯一、必然、合法继承人,这样的文学史,不可避免地要排除旧文学,要排除新文学的"右派",甚至还要在左翼/革命文学内部进行优劣区分、不断提纯。随着政治实践的不断激化,现代文学史(包括当代文学史)成为左翼文学史、无产阶级革命文学史、社会主义革命文学史。这样的文学史叙事,将多元、复杂、异质、矛盾的文学实践进行化约、规训,在政治意识形态的强力渗透下整合为有机统一整体,对与此有机整体相偏离、对抗的文学形态进行了剔除与压制,造成了文学史上的诸多空白。但正如前文已述,以"向内转"为代表的断裂性"新时期"表述,在政治/文学的二元对立结构中,在新的意识形态下,以洞见发现空白,却又因偏见而造成了新的空白,即洞见终成盲视。在新时期,文学回归"五四"、重新反思国民性具有巨大的号召力,但是这种以"向内转"为代表的从"五四"到"四五"式表述,尤其是以再反思国民性为主要诉求的部分新时期文学创作,无疑体现着文学创作自身

① 20 世纪 20 年代的新文学史以胡适《五十年来之中国文学》为代表;30 年代的新文学史主要有:王丰园《中国新文学运动述评》,吴文祺《新文学概要》,朱自清《中国新文学研究纲要》,钱基博《现代中国文学史》,陈子展《最近三十年中国文学史》等。参见洪子诚:《〈中国现代文学三十年〉的"现代文学"》,见《现代文学的观念与叙述——〈中国现代文学三十年〉笔谈》,《文学评论》1999 年第 1 期。

探索发展所需的正当诉求，却又在无意间造成了巨大的现代性空白。在“新时期”的无意识中，从“五四”到“四五”漫长的现当代文学中段里，中国国民性没有进行真正的建设性现代化，即这是一段漫长的停滞的非现代化历史，这样的意识观念建构，无疑遮蔽了左翼文学现代性的历史实存与历史实绩。而且，由于“向内转”的断裂性表述，“新时期”实质上将“文革”、“十七年”，乃至“左翼文学”均视为需要批判的“他者”，这种整合实质上淹没了“文革”、“十七年”、“左翼”之间的阶段性不同，更遮蔽了“文革”、“十七年”、“左翼”每一个阶段自身的多元性、复杂性。将20年代革命文学、30年代左联文学、40年代延安文学、50—70年代当代文学，这一20世纪左翼文学脉络作为一个笼统的对立者进行反叛，不但遮蔽了当代文学的主流与潜流的复调性，更遮蔽了当代文学主流与潜流各自内部的复杂性与矛盾性。如果盲视了左翼文学内部的分歧与矛盾，那么将无法回答这样一些问题：如果在“新时期”看来，“五四”文学传统中断于“五四”到“四五”，那么从“五四”到“四五”，左翼文学传统就真正得以继承了么？在“五四”到“四五”的漫长流变中，“左翼”文学传统是否也已经发生了质变而失却了最初最可贵的品质？“新时期”在回归“五四”时所呐喊出的“五四”传统中断问题，是否也遮蔽了“左翼”传统的中断与变异问题？所以，对新时期之前的文学脉络进行化约处理，委实不利于对整个当代文学的探索与反思，也许，只有对当代左翼现代性脉络内部的断裂、流变、推演、异化进行详细追索考察，才能更加洞见当代文学的痼疾与病症所在；笼统地否定与批判，并不能深入到当代主流话语内部，也无法对话语内部的幽灵加以照见和反思。

另一方面，以“向内转”为代表的新时期断裂性表述，在凸显“新时期”断裂于“文革”（乃至“十七年”，以及二三十年代的左翼文学传统）时，对“新时期”与“文革”、“十七年”的内在血脉联系进行了有效遮蔽。80年代前期的论战与建构性话语，正是来自于作为“他者”的“十七年”与“文革”。在80年代中前期拨乱反正意识形态下，文学史叙述借助将“十七年”、“文革”中的众多“非主流”文学、作家、流派发见并“回收”①至主流以对当代文学进行重写，并赋予“复出”、“归来”、“伤痕”、“反思”等关键词以颇具主流历史特征的命名意义。但是，压制是文学制度形成与建立过程中，不可避免的必然现象，“十七年”、“文革”的非主流一旦因为被发见、被重评而参与80年代主流建构后，就会在新的主流中

① “回收”这一形象表述来自于程光炜：《文学史与80年代“主流文学”》，见《文学讲稿：“八十年代”作为方法》，北京大学出版社2009年版，第51页。

获得压制性力量，对80年代的非主流及“十七年”、“文革”的主流文学进行压制。新时期文学在确立新文学经典、建构新文学成规时，恢复并借用了“十七年”、“文革”中某些仍未耗尽的活力以及被遮蔽的潜质、新质作为补充，而“十七年”对新时期文学建构的参与，则通过“改头换面”①以使自身合法化。随着“向内转”、“主体性”、“纯文学”等一系列核心概念的提出，“新时期”终于建构起了自己的主流文学史叙述，而这一建构的完成，很大程度则是通过放大“十七年”、“文革”的政治性与非文学性来加以推进的。悲剧性人物胡风、冯雪峰、周扬的生前死后无正名与《白毛女》所遭受的持续性批判，戏剧性地展现了极左与“新时期”不同意识形态建构的同构同质性遮蔽与压制。胡风、冯雪峰、周扬至死都坚信自己是忠诚的马克思主义者，是根正苗红的“左”，资产阶级作家、理论家视他们为异端实属情理之中，而“左翼”主流派却也把他们当作“右派”、异端，以及混进革命队伍中的资产阶级分子而大加挞伐，更为尴尬的是，“新时期”在阐释胡风等人时，却竭力将他们从“左翼”阵线中剥离，以证明其作为异端的“‘遗产’价值”②，而这同样是一种强制性界定与选择性规范化。同样的戏剧性，也发生在歌剧《白毛女》身上，“文革”前夕以及“文革”期间，由于该剧设计了杨白劳自杀情节，并表现了喜儿逃出黄家前性格发展的渐进过程，《白毛女》被指责为“宣扬资产阶级人性论和站在地主阶级立场歪曲、丑化劳动人民形象”③，甚至被冠以“反对革命文艺路线”④的重大罪状，而到了八九十年代，《白毛女》又变成了“极左路线下的产物”⑤，批评者甚至认为黄世仁与杨白劳之间不存在阶级斗争关系，而只是债权人与债务人的关系，喜儿应该与杨白劳开豆腐店挣钱发家，《白毛女》所突出的阶级斗争主题，是“解放区文学的党派褊狭性”⑥，应当从根本上给予否定。可见，不论在“十七年”、“文革”还是在八九十年代，不同的意识形态，却有着相似的误读与利用（选择性放大与遮蔽）。

---

① “改头换面”这一形象表述来自于赵黎波：《“重返八十年代”与“十七年文学”研究》，《理论与创作》2010年第2期。

② 洪子诚：《中国当代文学史》（修订版），北京大学出版社2007年版，第46页。

③ 贺敬之、张鲁、瞿维：《白毛女·2000年重版前言》，见贺敬之、丁毅执笔，马可等作曲：《白毛女》，中国青年出版社2000年版，“2000年重版前言”第4页。

④ 贺敬之、张鲁、瞿维：《白毛女·2000年重版前言》，见贺敬之、丁毅执笔，马可等作曲：《白毛女》，中国青年出版社2000年版，“2000年重版前言”第4页。

⑤ 贺敬之、张鲁、瞿维：《白毛女·2000年重版前言》，见贺敬之、丁毅执笔，马可等作曲：《白毛女》，中国青年出版社2000年版，“2000年重版前言”第4页。

⑥ 贺敬之、张鲁、瞿维：《白毛女·2000年重版前言》，见贺敬之、丁毅执笔，马可等作曲：《白毛女》，中国青年出版社2000年版，“2000年重版前言”第5页。

除却明显的"十七年"、"文革"作为80年代建构自身的"他者"参与新时期文学建构，以及"十七年"、"文革"的"非主流"为80年代提供的直接话语资源外，"十七年"、"文革"的主流文学以及内涵于主流中的思维模式、认知方式、论辩形式、话语资源等(如政治决定论、二元对立模式等)也直接参与了80年代文学的建构。即便是80年代中后期的刘晓波，在与李泽厚、与当代文坛论辩时，使用的正是"新批评术语与'红卫兵话语'"①相结合的论辩语言，并因为这"红卫兵"式语言而获得了咄咄逼人的战斗效力。因此，作为"他者"与"资源"的"十七年"、"文革"与80年代血脉相通，即"'80年代'是以社会主义自我改革的形式展开的革命世纪的尾声，它的灵感源泉主要来自它所批判的时代"②。此外，"向内转"、"纯文学"、"重写文学史"等80年代文学规范，在利用"五四"、"鲁迅"、"现代文学"、"20世纪中国文学"，乃至西方文学与文论资源时，亦是进行了选择性放大与遮蔽式误读。

如果说，80年代所反抗的"十七年"、"文革"话语是80年代知识分子无可挣脱的因袭重担，那么80年代所逐渐建构起来的文学规范、历史观，在90年代至今的知识界，凭借高校教材，尤其是钱理群等著《中国现代文学三十年》、洪子诚版《中国当代文学史》、陈思和版《中国当代文学史教程》、朱栋霖等主编的《中国现代文学史》等主流文学史教材，通过学院教育加以巩固，在成为学科规范性常识的同时也积淀起厚厚的心理板结层，并沉潜至知识界无意识，成为文学创作、批评与研究的新桎梏。以赵树理症候为例。洪子诚在《中国当代文学史》(1999版)包括修订本(2007版)中对赵树理入选第一次文代会前后出版的两套大型文学丛书，即周扬主编的解放区文学创作重要作品选辑《中国人民文艺丛书》与茅盾主编的1942年前就已有重要作品的作家作品选辑《新文学选集》作了重点研究评价。在洪子诚看来，赵树理作为"两套丛书都入选的唯一作家"③，反映了"文学新方向"确立的急切，与"新人民文学"建构者的自信心缺乏。因此对赵树理的"特殊处理"以及将赵树理与郭、茅、巴、老、曹一并誉为中国现代"语言艺术大师"④，显示了以"赵树理方向"为代表的当代文学体制建构

---

① 程光炜：《一个被重构的"西方"——从"现代西方学术文库"看80年代的知识立场》，《文学讲稿："八十年代"作为方法》，生活·读书·新知大学出版社2009年版，第112页。

② 汪晖：《去政治化的政治：短20世纪的终结与90年代》，生活·读书·新知三联书店2008年版，《序言》第1页。

③ 洪子诚：《中国当代文学史》(修订本)，北京大学出版社2007年版，第16页，注释①。

④ 洪子诚：《中国当代文学史》(修订本)，北京大学出版社2007年版，第89页。

将赵树理“经典化”的迫切心情。洪子诚在史实的考辨上有明显的错讹,那就是赵树理并不是两套丛书都入选的唯一作家,即便仅仅以其注释中所罗列的代表性作家作品来看,《中国人民文艺丛书》中有《太阳照在桑干河上》,《新文学选集》中有丁玲专辑,可见丁玲也是两套丛书都入选的作家,那么不是作为两套丛书都入选的唯一作家的赵树理,是否还是两套丛书的“特殊处理”呢？答案是肯定的,原因在于赵树理并不是1942年以前就有重要作品问世的作家,其代表作品《小二黑结婚》出版于1943年,因此“文学新方向”对赵树理仍然做了急于经典化的特殊处理。洪子诚对这一赵树理现象的评判基本是正确的,只是由于急于以赵树理的特殊性来洞见当代文学体制建构而盲视了赵树理的非唯一性,并因此无法将赵树理与同样双入选的丁玲进行比较研究。更重要的是,洪子诚所作出的赵树理“唯一都入选”判断,以及此判断中所内含的对当代文学体制建构的判断,多年来作为常识被广泛接受,而鲜有人来指出错讹或予以质疑。或许,被深信不疑的,不是赵树理到底是不是唯一双入选,而是赵树理被唯一双入选在当代学术界看来,是多么合理合情、理所当然的事情,这根本就是不待论证的。但正如“文学是人学”在新时期被“不待论证”后便遭遇了实质上的漠视与冷遇,赵树理被唯一双入选也由于是“不待论证”的而被漠视与淡忘了。可以说,这一“赵树理症候”中内含着自80年代以来所沉潜至学术界的集体无意识,这一颇具政治/文学二元对立意识形态的80年代知识规范心理板结层,自夏志清《中国现代小说史》,80年代“重写文学史”中质疑“赵树理方向”、反思“柳青现象”,以及左翼文学淡出后的文学经典重排等以新时期规范来重构新文学史起,便已经埋下了洞见与盲视的隐患,形塑并桎梏了80年代及以后的文学研究、批评与创作。因此,必须重返“80年代”,重返新时期,重返“向内转”,甚至重返“赵树理症候”,并凭依“重返”进行反思、解构与再建构。

结语　“写什么”、“怎么写”与“写得怎样”

行文至此,关于“向内转”与“新时期文学建构”已经言说殆尽,与其在结语处作重复式总结全文,不如以开放式结尾提出新的问题。与“向内转”有关的“内”“外”之争,以及关于“向内转”在“写什么”与“怎么写”两个维度上的反思与争鸣,实质上忽视了一个最重要的关键问题——“写得怎样”。“内化”与“外转”,“写什么”与“怎么写”都不过是一种创作导向,而“写得怎样”则是一种价值判断。在脱离了80年代的二元对立话语模式后,当下的“向内转”反思应当跳出"内"与"外"的二元之争,以及建立于二元模式之上的"内"、"外"中和论,以更高的视角反思"内"、"外"与文学的价值问题。也就是说,"内"或"外","写什么"或"怎么写"都不重要,重要的是"写得怎样"。文学终究是以文学的形式介入现实,而现实是不分"内""外"的,在文学的价值判断面前,"写什么"与"怎么写"亦无法成为有效的决定性标准。所以,说得武断些,文学的"内"与"外","写什么"与"怎么写"正与"内容"与"形式"一样,在"写得怎样"面前,这些二元之分都恰如碎裂的绚丽虹影,凋落的无实之花,是些伪命题。

杰姆逊运用符号矩形阐释意识形态理论①时指出,任何二元对立都是意识形态,而二元对立是无法解决任何问题的,如果只是囿于对立的二项之间,那就陷入了永久的二元死角,被圈进意识形态的封闭系统中,找不到出路,因此,必须有第三项为凭依,以跳脱出二元对立的矩形结构,找到问题的突破口。当下以还原"民国生态",还原现代文学内部自身多重张力的民国文学研究,正是要突破长期以来的一元进化、二元对立思维模式,以新的时间、空间介入,为现代文学研究注入破除积淀规范的新血液与新维度。同样地,将后现代精神维度引入 80 年代与 90 年代的对立思考中,会发现,长期以来在 80 年代到 90 年代的转折性表述中,当代文学研究习惯于在市场经济与大众文化的维度中将 90 年代表述为具有空间化、平面化、碎片化、无深度、无主流后现代特质的文学,而 80 年代则是"现代"的。从 80 年代到 90 年代的转折,似乎是从"现代"转向了"后现代"。而如果以利奥塔德的"后现代文化精神"②来反观 80 年代与 90 年代的文学,会发现,反叛权威、告别传统,以充满活力的创新与破坏精神来与旧规范藩篱决裂的 80 年代更具有后现代文化精神,而继承并沉淀了 80 年代文学规范的 90 年代则是现代主义的,而非后现代主义的。以后现代文化精神反观 80 年代文学的前后期转向,同样会发现,80 年代前期更具有后现代主义精神,而 80 年代后期则由于逐渐建立起自己的新规范、新权威、新秩序、新和谐而失却了后现代主义摧枯拉朽的革新精神,因此 80 年代后期是对 80 年代前期的继承与积淀。以后现代文化精神来反思 80 年代的前后期转向与 80—90 年代的文化转折,会突破以往建立在线性时间基础上的一元进化论思维,对转折与断裂中的

---

① 参见[美]杰姆逊:《后现代主义与文化理论——杰姆逊教授讲演录》,唐小兵译,陕西师范大学出版社 1986 年版,第 123 页。

② 利奥塔德的"后现代文化精神",来自于其著作《后现代状况:知识报告》(明尼苏达 1984 年版),参见朱立元主编:《当代西方文艺理论(第 2 版)》(华东师范大学出版社 2005 年版),第 15 章"利奥塔德对后现代知识状况的研究"一节。

规范延续与权威继承进行去蔽性反思。而对于“内容”与“形式”、“外”与“内”、“写什么”与“怎么写”等对立的二项而言，“写得怎样”这一价值标准作为第三项的引入，同样可以起到帮助突围二元矩形，提供问题解决维度的作用。以毕加索的《格尔尼卡》为例。以表现得怎样（写得怎样）这一价值标准来看《格尔尼卡》这一立体主义作品，会发现《格尔尼卡》的形式（怎么写/内）与内容（写什么/外）具有同样重要的价值。《格尔尼卡》所叙写的是西班牙内战时法西斯对格尔尼卡实施的惨绝人寰的大屠杀，而且由于毕加索此画乃为募款所作，因此此作在内容与主题上具有双重的政治意义。毕加索以立体主义的表现手法，将形式中的象征密度与浓度放大至最大，使《格尔尼卡》所叙写的不再是格尔尼卡一个村庄的苦难，而是变成对所有战争的沉痛控诉，形式上的高度内涵性，使《格尔尼卡》具有了形而上的普遍意义。毕加索在平面绘画中对透视与空间的突破，以及在空间中所表现出的无声无息却又振聋发聩的呐喊感窒息感，使《格尔尼卡》的表现内容挣脱了平面画框的限制，而具有了时间与空间上的双重永恒价值。以表现得怎样（写得怎样）来反观《格尔尼卡》的内容（写什么/外）与形式（怎么写/内），会发现正是内容与形式的双重成功，使《格尔尼卡》在具体/个体与普遍/永恒的双重维度上具有了旷世杰作的价值水准。

再以乔伊斯的《尤利西斯》、福克纳的《喧哗与骚动》这两部在心理意义与形式意义上都十分“向内”的作品为例。“向内转”的典型代表——意识流小说卷帙庞杂、浩若烟海，却也良莠不齐、珠目并存。但《尤利西斯》与《喧哗与骚动》却是其中公认的佳作。这不仅仅是因为乔伊斯与福克纳在深层心理探索与艺术形式探索上取得了巨大突破，更重要的是二者通过鲜活创新的艺术形式和独具魅力的质感语言，传达了深厚的个体思想与深刻的个性情感体验，给予读者以穿透时空、跨越文化的精神感染力。而这份穿透力则是以对“外部”的哲学思考高度、人文关怀深度为内核，借助意识流小说形式和纯熟精湛的语言驾驭共同达到的。因此，以“写得怎样”来介入“内”与“外”之争，会发现围绕着“内”“外”二元之争内部的诸多问题都已失却了继续纠缠与搁置的价值，因为“内”与“外”已经不重要，写得好才更重要，文学作品的价值本身才是最重要的话题，而作品价值是不能单单通过是“内”还是“外”就可以简单判定的。

一代知识分子的精神自救

——论张炜的《你在高原》

王　琦*

一、为何自救：关注知识分子的精神处境

张炜所代表的上世纪50年代生人知识分子从启蒙到自救的心路转变，是由知识分子生存处境造成的。从历史政治来看，统治者对知识分子的恐惧利用、控制消灭心理一直存在，知识分子始终生存在政治的高压和统一的意识形态统治之下，思想单一、缺乏个性、缺少勇气，对传统文化不能有效地继承，对西方现代文明不能深入地认识，一旦受到打击就容易陷入逃避自守。从现实社会来看，90年代以来的商品经济大潮和随之而来的大众文化浪潮几乎击溃了这一代知识分子的启蒙理想和文化信心，他们失去了救治社会和引导大众的勇气，也丧失了以现代性精神抗击世俗文化的信心，他们只能独善其身，在物欲现实中舔舐自己的痛苦，疗救自己的心灵。

（一）历史政治原因

《你在高原》不仅写了很多解放前的革命故事，也写了很多"文革"时期的故事，回顾历史不是为了算旧账，而是为了记住历史的教训。中国的许多问题都是历史与现实纠缠不清，不忘历史就是关怀现实。"我没法忘记，因为我觉得这个世界上被遗忘的东西太多了——是遗忘毁掉了世界，毁掉了我们的现在，还要毁掉我们赖以生存的一切，毁掉将来。恰恰是因为人有遗忘的本能，我们才要不断地重复——重复那些往事。我发现人类即便是不断地重复，也还是可以轻易地失掉，失掉记忆。于是一切再从头开始，危难接踵而至。比如说征战、可怕的争斗、强悍的暴政、昏庸的管理，它们会一次又一次地降临人间。贫困和

---

* 作者简介：王琦，1986年生，女，山东烟台人，2013年毕业于山东大学中国现当代文学专业，获硕士学位；指导教师张学军教授。

灾变会在遗忘的间隙里乘虚而入”①。张炜无法忘记的历史大多是一些知识分子与政治统治的记忆，无论是在革命时期还是“文革”时期，政治对知识分子的高压从未改变，知识分子依附于政治，依附于统治意识形态，逐渐失去了独立人格和自由思想，成为政治历史的悲剧。如何摆脱政治的压迫，重建知识分子的独立性，就成为小说关注的问题。

亚里士多德说：“人是政治的动物。”而知识分子更是热衷于政治的动物。他们的学识和素养决定了他们对社会政治问题更敏感，也更有话语权，所以知识分子往往都有参与政治的热情。在中国更是如此，现代知识分子继承了古代文人的出仕传统，“学而优则仕”的儒家传统思想深深烙印在中国知识分子的集体无意识当中，读书做官，官学一体的社会制度更是加强了古代文人与政治的关系。先秦时期，士子依附于统治阶级权贵，借助统治者的力量宣扬自己的思想，实践自己的政治理论。史书记载，战国四公子喜好养士，门下食客都超过三千人，这些食客大都是依附于权贵的读书人，他们游说统治者，为他们出谋划策，从而达到影响政局的目的。孔子周游列国，孟子劝解梁惠王都是为了推行自己的政治理想和施政方针。两汉魏晋时期也是如此。到了隋唐，随着科举制度的建立，官学一体的关系最终制度化，士子阶层彻底沦为皇权的工具。一千多年的传统使“先天下之忧而忧，后天下之乐而乐”、对国家社会的忧心、对人民大众的悲悯深深植入读书人的血脉，社会责任和政治参与成为他们重要的存在价值，为知识而知识的读书理念在中国文人的脑海当中相当淡薄。

但是官学一体、依附于政治就一定能达到士子阶层关心政治、参与政治的目的吗？恐怕不尽然。从中国几千年的封建历史来看，古代文人和政治的关系一直是微妙、矛盾、难以长久、时刻潜藏着危机的。为秦国变法的商鞅遭遇车裂之刑，勇于改革的王安石被罢相，古代无数士子遭遇贬谪、流放、处斩，更不用说在清朝文字狱中被诛灭九族的读书人下场之凄惨。古代文人要实现自己的政治理想，依附于皇权，就必然成为皇权统治的工具，自身命运任由皇权摆布，封建统治者对文人则是防备加利用，士族和皇权的矛盾一直贯穿中国历史。中国近现代社会科举制废除，士子对政治的依附关系解除，出现了一大批具有独立思想意识和批判精神的现代知识分子。

《你在高原》描写了中国近现代几代知识分子的悲剧命运。曲予和宁周义所代表的是第一代知识分子。他们都出身富裕之家，有较高的社会地位，具有

① 张炜：《你在高原·曙光与暮色》，作家出版社2010年版，第190页。

自己独立的思想和个性，不屈服于传统和权威，不迷信教条和理论，在纷繁的政治风云面前能够保持冷静和理性，有自己的独立思考和选择，并且能为自己的行为负责，是近代自由主义知识分子的代表。曲予年轻时带着家里的丫头闵葵私奔，反抗封建家长制，敢于追求自己的幸福。后来他刻苦学医，回家乡开办了第一所现代医院，疗救大众，实现了自身的社会价值。在革命形势激化，人民陷入水深火热之时，他同情底层人民，支持革命，竭尽所能帮助革命者。宁周义是旧社会"学而优则仕"的当权者，他对当时中国的政治和政党有着更为理性和超前的认识，他既看到了自己所在的统治阶级必然走向腐朽灭亡的命运，也看到了红红火火的大革命背后的弊端，革命者没有根基，只有乌托邦的政治理想，他们假借民众之名实现自己的政治目的。在经过痛苦和彷徨之后，宁周义拒绝了殷弓之流的软硬兼施，无奈选择维护旧的统治这条无望之路，直到走向死亡。

小说主人公宁伽的父亲宁珂是作者重点描写的第二代知识分子，他是浪漫主义知识分子的代表。小说多次描写宁珂的父亲宁吉是一位具有侠客精神的乡绅，父亲的浪漫气质和执拗精神遗传给了宁珂，使他在政治道路上浪漫激进、义无反顾。他的政治乌托邦理想和殷弓等人一致，所以坚定地站在了革命者的队伍当中，但是在实现终极目的的手段上，他并不赞同殷弓等人的冷酷卑鄙，他直觉认识到目的的崇高不能掩盖手段的卑劣，所以在暗杀李胡子、处决小河狸、诱捕宁周义等事件上他都持不同意见。正是这种知识分子良知的显现使得殷弓认为他不是一个真正的革命者，是个异类，从而有了解放后的冤案和迫害。在受到冤枉、被囚禁、被毒打、被迫做苦力之后，宁珂依然不屈服、不求饶，到死都默默忍受着加诸其身的痛苦。宁珂的悲剧在于他放弃了知识分子的理性，完全臣服于一种政治意识形态，失去了自我主体，最终也丧失了人身自由。

吕瓯、陶明、曲涴等在"文革"当中受到迫害的知识分子和他们的学生朱亚等是作者描写的第三代知识分子，他们保持知识分子独立性的话语武器是科学理性。这一代知识分子并不直接参与政治，甚至有的不懂也不关心政治，他们潜心学术、刻苦钻研，靠著书立说在社会上实现自己的价值。但是当统治者试图借助政治权力让他们屈服的时候，他们决不妥协，坚持理性的原则，拒绝一切迷信和权威，讲究正义和真理。曲涴在改造农场时不愿成为蓝玉欺世盗名的枪手，最终逃走。朱亚反对统治者盲目的东部大开发，坚持用科学数据说话，遭到03所的排挤，也得不到家人的理解，最后在医院孤独痛苦地死去。他们用科学真理对抗政治权力的力量不够，最终失去了社会位置，使自己陷入悲剧的境地。

虽然前三代知识分子对待政治的态度不尽相同，但是他们都有一个共同的特点，就是对自己所选道路的坚定不移。无论他们受到怎样的冤屈和折磨，都忠诚于自己的理想，他们忠诚的不仅仅是某个政党或某种政治思想，更是心中对美好生活的向往，对善和道德的追求，他们恪守的是内心的纯洁信念，对人性的肯定，对民众的真诚感情。而到了20世纪50年代生人的知识分子，这种坚定的理想和信念失去了，代之以精神的空虚和内心的怀疑、彷徨、逃避。宁伽带着父辈的屈辱和童年的苦难记忆，始终无法消除对统治者的怀疑、排斥，他与冷酷无情、固执已见的岳父格格不入，他厌恶柏老、黄科长的欺世盗名，痛恨霍文海、"闵小鬼"的卑鄙无耻。在他看来统治阶级就像橡树路上的凶宅，象征集权统治的老妖虽然在革命中被杀死了，但它的灵魂依然存在，继续腐蚀影响着下一代统治者。权力滋生着腐败和堕落，吞噬了苍白青年和凹眼姑娘这些本来善良的年轻人；权力还伴随着罪恶，占有着王小雯、帆帆这样美丽柔弱的女性。所以他与一切统治者都保持距离，划清界限。吕擎父亲的悲惨遭遇使他对政治权力厌恶并且警惕，他在房间里打沙袋、锻炼身体就为了反击政权的暴力。庄周是橡树路上的权贵子弟，苍白青年的堕落死亡使他对政权产生憎恶，为了抵御权力的腐蚀，他毅然离家出走，成为乞丐流浪他乡。50年代生人的知识分子在政治上缺少参与的热情和勇气，在社会责任上消极逃避，在精神上缺乏理想和信念，所以他们无力影响社会，也抵御不了打击和挫折。

（二）社会现实原因

当今世界发展的潮流是现代化，"现代化一般指非西方社会按照现代性文化观念对本土文化的一种价值重塑，是从传统社会向现代社会转型过程中，以西方的工业化为模板的经济、政治和文化等各方面的总体性社会变迁"①。现代化包括科学技术的大发展、工业生产的大爆炸、政治官僚化、文化世俗化等社会方方面面的变化，它的目标是达到现代性。现代性文化观念的哲学核心是工具理性主义，重视工具和手段，追求效益的最大化，它认为"人应该一劳永逸地摆脱传统社会价值观念的束缚，相信科学技术、社会进步、历史传统的现时态的终结以及'现代'的瞬间永恒化。这种现代性价值观念就是在现代社会中为现代人所珍惜的、占主导性地位或意识形态霸权的种种价值目标，如'工业化、都市化、技术化、官僚化、科学主义、工具主义、世俗化、平等主义以及唯物主义'，等

① 张彭松：《乌托邦语境下的现代性反思》，中国人民大学出版社2010年版，第140页。

等"[①]。从19世纪末,中国在西方的坚船利炮下打开大门开始,就被迫走上了现代化的道路。一开始是洋务运动进行的技术现代化,后来是维新变法推行的制度现代化,最后是新文化运动提倡的观念现代化。从中国的现代化进程可以看出,中国的现代化关系着国家存亡、民族振兴,目标是强国富民,抵御外来侵略,立于世界民族之林。经过一百多年的艰难探索,中国的现代化建设取得了举世瞩目的成果,然而我们的现代化是被逼的、被动的,它所带来的弊端也日益显现,成为无法回避的社会问题。

1. 现代化的危机

"工具理性的泛化一方面使人类的物质生产能力大大提高,创造了前人无法想象的大量物质财富,使人类社会的社会制度管理更加有效,大众文化的知识普及获得了空前的繁荣。这都是有目共睹的、为我们现代人所自豪的'现代性成果'。但是,我们又不能由此忽视由工具理性的泛化所直接带来的现代性负面因素:生态危机、资源危机等,以及间接的乃至更深层的现代性后果:信仰危机、情感危机、认同危机等。前者涉及人与自然之间的关系,后者则指向人与人、人与社会、人与文化之间的关系。"[②]中国传统文化讲求天人合一,人与自然和谐相处,但是现代化的工具理性追求效益最大化,为此可以不择手段。因此人们打破了人与自然的和谐关系,把自然当作人可以自由支配的客体,贪婪地掠夺自然、攫取资源以发展工业、生产消费品,满足人们无限膨胀的消费欲望。在人类无限度地榨取下,草木凋敝、土地荒芜、动物锐减,海里漂着污水和黑油,鱼虾大量死去,并且开始严重威胁到人类的生存。看看昔日恬淡宁静的乡村如今已经大变样:"这些村子已经被一片片的脏水和毒烟、日夜轰鸣的噪声给害苦了,坐卧不安且无处躲藏,大片的土地没法耕种,背井离乡的人越来越多。特别是近几年,得恶性病的人突然增多,常常是一个村子一下出现十几个人。不止一家生出了怪胎,这被指认为末世之兆。"[③]

人与自然的危机眼前可见,人与人、人与社会、人与文化的危机却掩藏更深。中国传统文化是建立在农业文明之上的,人与自然的危机带来了乡村生态环境的破坏,工业化发展带来了农业生产方式和生存方式的崩溃,传统的农业文明遭到摧毁,必然带来中国传统文化的危机。张炜对流传于乡村的神话传说

---

① 张彭松:《乌托邦语境下的现代性反思》,中国人民大学出版社2010年版,第133页。

② 张彭松:《乌托邦语境下的现代性反思》,中国人民大学出版社2010年版,第148~149页。

③ 张炜:《你在高原·荒原纪事》,作家出版社2010年版,第4页。

有很大兴趣，小说中讲述了凶宅、老妖和镇妖的故事，雨神、旱魃和鲛儿的传说，海神和仙岛的传说，乌坶王、煞神老母和憨螈的神话，鸟和岛的传说，武侠故事等。当高楼水泥路代替了桃源阡陌，当空调电灯代替了清风明月，我们还能到哪里寻找神话传说的想象力和诗词歌赋的诗情画意？在辛亥革命颠覆了清王朝打破了中国传统封建宗法制社会的时候，以儒学为核心的中国传统文化就失去了存在基础，为了拯救国人的价值失范，五四知识分子曾经将民主和科学作为新的信仰。然而科学只是解释客观世界的方法，它是知识层面的，不是价值层面的，它只能让人关心物质世界，不能促进人的精神追求，它只能告诉人什么是真，却不能告诉人什么是善，什么是美。而且科学带来的大量物质财富会使人沉迷其中，麻醉人的精神，忘记了自己的价值和尊严。所以，科学无法赋予人的生命以终极意义，它无益于新的精神文化建设。而民主是一种政治制度或社会意识形态，它可以保护人的自由和权利，却不能保护人的精神和文化，它是一种促进社会进步的工具，却不是人的终极价值。解放后我们还将马克思主义作为人的价值信仰，然而马克思主义和民主一样，也是一种意识形态。意识形态关怀的是民族和国家，而不是人的终极价值，它和现实社会无法拉开距离，因而缺乏批判现实和超越现实的意义。所以当今中国社会“一方面是传统伦理秩序已经失范，另一方面又尚未形成新的人际关系和道德规范；一方面是老权威已失去了信仰的有效性，另一方面又找不到足以替代的新的信仰共识，人的精神自然处于某种无所依傍的流浪状态”①。

2. 大众文化的泛滥

现代社会，人的精神无所依傍，物质却得到长足发展。现代化的经济形式市场经济解放了生产力，极大促进了经济的发展和财富的积累，但是对市场经济的有效制约还未形成，市场经济效益至上的功能刺激了消费主义和享乐主义的盛行，人们陷入金钱物欲的无节制狂欢。在现代社会，金钱是万能的，它能使卑贱者变得高贵，使粗鄙者变得优雅，使残暴者变得仁慈，人们跪倒在金钱面前，丧失了独立人格，成为金钱的奴隶。宁伽曾经工作过的杂志社改企之后，社长娄萌、主编马光在金钱面前扭捏了一会就把尊严丢了个干净。为了弄钱，杂志社为一切有钱但卑劣的人服务，给斗眼小焕这样品行低下的人开讨论会，给霍文海这样无耻残暴的权贵立传，向公司老总献媚乞讨，靠各种赞助生存。后来变本加厉，干脆成立了公司，与财阀勾结，搞起了房地产开发，彻底丧失了它

① 许纪霖：《许纪霖自选集》，广西师范大学出版社 1999 年版，第 360 页。

的文化功能，成为赚钱的工具。为了追求金钱物欲，人们不仅抛弃了文化和价值，而且丧失了道德和良知。大公司投资海岛搞起了旅游开发，在岛上建起了别墅和各种旅游设施，其中有游戏厅、色情酒吧等，还提供外国小姐和未成年少男、少女，进行肮脏罪恶的交易。它们还给孩子们发卡，引诱孩子们玩游戏、洗桑拿、泡酒吧和迪厅，尚不能分辨是非的孩子们在它们的污染下，学会了抽烟、看暴力和色情片、偷窃、强奸、杀人。不仅成年人在金钱欲望面前丢失了尊严和良知，连下一代都开始走向堕落，整个社会陷入绝望的狂欢之中。

在这个消费主义、享乐主义盛行的时代，人类几千年来积累的精英文化、传统文化都被市场经济的大潮冲散了，文化在金钱的引诱下走向粗鄙和下流，世俗性大众文化空前繁荣。大众文化“不是人们在生产劳动和社会实践中自发形成的具有深厚的传统文化底蕴，内含着人类的深层情感体验或寄托的文化形式，而是依靠现代大众传媒技术，人为地、理性化地加以传播和操纵的、能够为大众所接受并可供消费的即时性文化形态。大众文化往往与科学、技术、传媒和信息等现代手段捆绑在一起，具有极强的打破时空限制的扩张力和同化能力”①。在市场经济当中，文化已经沦为一种商品，是人们闲暇时娱乐和消遣的对象。在追逐利益最大化的市场规则下，大众文化失去了传统文化的那种厚度和深度，成为满足人们感官需求和情感发泄的消费品。人们被五光十色的电视电影和信息爆炸的互联网晃得眼花缭乱，越来越多的人将目光聚焦在荧屏前，陷入集体性的精神恍惚。人们选择浅薄浮躁的大众文化，放弃深度阅读也放弃深入思考，将悠久的传统文化和道德伦理抛诸脑后，丧失了创造力，泯灭了人性，陷入精神的荒芜和颓丧。纯文学市场冷冷清清，通俗文学却卖得红红火火。城市街头的一个个书摊上摆满了印有露骨的书名和撩人的图片的黄色书籍，内容下流甚至不堪入目，但是畅销南北，获得了极大的收益。书商李大睿有一个天才小姨子“小煤”，不到20岁就能写出非常老辣的黄书，让人像中毒瘾一样欲罢不能，李大睿靠着她赚取万贯家财。曾经的沙龙是热爱文学艺术的人交流思想、碰撞火花的场所，他们在这里谦逊地讨论问题，分享着精神的食粮也无私奉献着物质食粮。而如今的沙龙却在变质，充满着窃窃私语、高声浪笑、突然的争辩、忘情的叙说，活跃在这里的是一些自命不凡的黄口小儿、精神病人、馋鬼色痨、妄想狂、呓语者，甚至还有无赖、恶棍和痞子，他们穿着夸张、行为失矩、语不惊人死不休。

① 张彭松：《乌托邦语境下的现代性反思》，中国人民大学出版社2010年版，第185页。

3. 道德精神的堕落

现代社会，不仅人的文化和精神堕落了，人的道德和良知也丧失殆尽。现代化崇尚实用主义，“极端的实用主义几乎变成了我们的信仰……在有的人那里，这种极端实用主义甚至成为新的正义守则和个人伦理。只要不是实用的、极端实用的，就是不道德的。所以那些公然提倡公正、公然为社会不平等而愤怒的人，就成为一种不道德——至少他们是虚伪和虚假的——他们不道德。没有人再相信牺牲、献身、为真理冒死一搏这类神话”①。当谨守道德只能带来冷眼和牺牲，败坏道德却能获得种种便利和丰厚报酬时，各种败德之事就会抵挡不住地纷至沓来。医生、教师等职业服务于他人，除了带来清贫和家人的埋怨，还得不到服务对象的理解和感激。而李大睿这种卖黄色书籍的无良书商却能获得巨大利润，“闵小鬼”这样玩弄权术的无耻政客却能大权在握。道德已经成为一个历史的概念，现在社会发展的重点是搞活经济，既然道德的土壤贫瘠，那就把经济建设移植在不道德的肥沃土壤里。乌头艺术水平不高，钻营的本事却不小，他千方百计陷害画家桤林排除异己，勾引有夫之妇李咪，这样道德败坏的人却靠巴结权贵当上文化界领导。环球集团雇佣童工、污染环境、贫富分化、教唆民女卖淫，这样一个无恶不作的公司却能积累大量的财富，发展成为大集团。当道德伦理不再是社会的准则无法规范人的行为的时候，人与人之间的交往就会在金钱和权力的驱动下目标越来越明确、实用，人们情感上的沟通、道义上的相助都要为利益让步，人与人之间就会缺乏信任，人心处于孤立和寂寞当中，缺少真实感和安全感。这样的人精神空虚、迷茫，“他完全暴露在‘绝对的肯定精神’之前，而完全丧志了基本的判断力。谁的金钱多，谁就可以占有他。谁的拳头大，谁就可以掌握他。谁的声调高，谁就可以支配他”②。医生失去了救死扶伤的职业操守，向金钱看齐。学生骆明肚子疼得在地上打滚，医院不先实施急救却先逼要押金，对骆明的痛苦视而不见，延误治疗导致死亡。事后还推卸责任，借教育局长、卫生局长、园艺场场长的权势向骆明的家人、同学和老师施压，借金钱和权力摆平医疗事故。医院还为强奸幼女的权贵遮掩，把手术器械落在病人体内，残害同僚，嫌贫爱富，本应是救死扶伤的神圣之所却堕落成为藏污纳垢之地。社会的道德伦理规范崩溃了，人性中暴力和贪婪的一面失去了制约，科技和财富的积累得到无限膨胀，反过来又强化了人性的堕落，暴力和贪婪终

① 张炜：《你在高原·荒原纪事》，作家出版社 2010 年版，第 425 页。
② 殷海光：《中国文化的展望》，商务印书馆 2011 年版，第 527 页。

有一天会毁灭了科技和财富的积累,甚至毁灭整个人类社会。

(三)50 年代生人知识分子的迷失

上世纪 80 年代之前,中国社会的中心是政治,知识分子被排斥在社会政治生活之外,知识分子不得不依附于政治权力和统治意识形态,失去了独立人格和自由思想。80 年代以后,政治退位,经济上升为中国社会的中心,社会舞台的中央是一些富豪和明星,知识分子再次边缘化。“当国家体制和资本主义商业体制作为系统性的力量,扩张到自由的公共文化空间,受控于权力和金钱的当代社会,传统知识分子所赖以生存的最后一块净土沦陷了,生活世界被系统世界殖民化,自由的翅膀被折断,不是寄生在学院体制,就是以签约化的方式在资本主义文化企业或媒体中讨生活。”①在这样的情况下,哪里还有知识分子的自由精神和纯洁心灵?他们的位置在哪里?知识分子明白,他们不一定能够改变整个社会,但必须为自己寻找到精神和现实的位置。50 年代生人知识分子既经历过政治生活的高压,又面临着经济生活的腐蚀,他们的精神面临更多挑战,更加需要自我拯救,为自己寻找到安身立命之所。“我们这一代人好像奇怪到了极点:很不凑巧地生在了两个时代的接缝上。我们命中注定了要被挣扯、分裂,要在地上到处转圈儿,像丢了魂儿似的,四处寻找。”②在这样的情况下,50 年代生人知识分子陷入价值迷失,选择了不同的生存道路。

他们有的虽然还未找到安身立命之所,但依然坚持着精神的独立和纯洁的心灵。宁伽是个寻找的流浪者,他无力改变现实环境,只能独善其身,离开官僚的 03 所和腐败的杂志社,像个流浪汉一样,带着父辈留下的历史创伤,奔走在家乡东部平原上,或短暂栖息在城市或葡萄园,心灵没有方向,也没有归宿,但还有希望,对西部高原的美好向往,他会一直寻找直到死亡。庄周是个绝望的流浪者,好友苍白青年的堕落和死亡给了他巨大的打击和警醒,为了躲避橡树路上权力的腐蚀,他毅然抛弃家庭和工作,成为一个真正的流浪汉,靠打工和乞讨去往理想中的精神家园——高原。吕擎是个倔强的抵抗者,父亲的惨痛经历给了他无法磨灭的心灵创伤,造成忧郁的性格,他爱好一切又怀疑一切,喜欢读书又怕遭到迫害而拒绝做一个知识分子,最后辞去了大学老师的工作下海经商。他为了抵御父亲那样的厄运,苦练拳击,然而在真正的金钱和权力的暴力

① 许纪霖:《中国知识分子十论》,复旦大学出版社 2003 年版,第 52 页。

② 张炜:《你在高原 · 橡树路》,作家出版社 2010 年版,第 158 页。

面前，他无力抵抗。纪及坚守知识分子的良心，坚持学术真实，不肯为利益和威逼而学术造假，被人别有用心地陷害也不妥协，最后被强夺去学术研究的权力。他的爱人王小雯被无耻权贵霍文海霸占，但是他无力营救，只能坚持爱情的坚贞，靠时间的自然力量等待王小雯脱离苦海。

还有的知识分子在权力和金钱上找到了安身立命之所，彻底丧失了知识分子的尊严、良知和独立性，沦为无耻文人或无良奸商。林渠是一个中间性的复杂人物：一方面他是一个学贯中西、具有真知卓识的知识分子，还是一个感时忧国的壮怀激烈之士，为了实现救世理想，他努力赚钱成为一个大富翁，捐钱做慈善，建造学校和收容所；另一方面，财富积累的肮脏、理想实现的困难使他堕落和空虚，他对人失去信任，有着极大的疑心和戒心，他也没有抵御住欲望的诱惑，与阿蕴庄的小姐"白鲸"保持着不正当的关系，过着声色犬马的生活，然而金钱和欲望也填补不了他精神的空白，他依然陷入沮丧甚至绝望。苍白青年本是一个善良而有才华的人，但是他没有抵挡住橡树路的腐化，用低级的身体欲望来填补精神上的空虚无聊，最终把自己毁灭。李大睿从教师堕落成黄色书商，完全拜倒在金钱门下。王如一学术不精、人品卑劣，靠妻子出卖色相巴结上司，靠陷害同僚取悦权贵，完全堕落成为权力的走狗。

二、怎样自救：张炜的精神探寻之路

（一）流浪平原

现代化的一大标志是都市化。工业化改变了农业生产方式，解放了农村劳动力，大量人口涌入城市，新的城市不断出现。中国的城市化发展迅速，新城镇不断扩张，城市人口从 2011 年开始就已经超过了总人口的一半。然而在张炜看来，城市不适宜人类诗意地栖居。城市就像盆景，什么都是假的，没有高山就造假山，没有江河湖海就造人工湖，没有野物就造动物园，曲折复杂的道路常常让人迷失，把人圈在一个小地方兜兜转转。城市的土地被水泥和沥青覆盖，人失去了存身的根基和固定的泥土，被工业污染的空气刺激着人的嗅觉，高楼大厦遮挡着人的视线，汽车噪声折磨着人的听觉。"哪怕在午夜，处在同一片阴影下的广大地区都安息下来时，我们的城市依然口吐呓语。它百病缠身，癫狂已经深入骨髓，欲壑难填，日夜呻吟。到底是什么人才会在它的怀抱中感到心满意足呢？我想它对于有些人是一个狂欢场，对于另一些人则像一台焚烧炉。汽车的轰鸣,人流,耸起的高楼和肮脏的马路,闪闪跳跳的霓虹灯,一股脑混在一起,分别组成了这个怪兽的嘶叫,血液,身躯和鳞片,以及复眼……切开它的截面、一个小小的剖面,即可发现痛苦的呼号,屈辱的挣扎,妻子的不贞,丈夫的不轨,荒唐青年和扒手骗子,拥在一起的俊男淑女。”①

“城市是一片被肆意修饰过的野地,我最终将告别它。”野地则是相对于城市而言的未被现代化修饰过的大自然。野地对于张炜来说是一个极其重要的概念,他认为知识分子的精神源自野地。野地辽远开阔,远离世俗炊烟,“时空在这儿变得旷敞了,人性也自然松弛”,它释放了现代化的瘀毒,解放了人的眼睛、耳朵,还有心灵。泥土滋生一切,“人将得到所需的全部,特别是百求不得的那个安慰”,自然的丰富和包容滋润了人的心灵,让人感到安逸和快乐。所以张炜“做梦都想像一棵树那样抓牢一小片泥土。我拒绝这种无根无定的生活,我想追求的不过是一个简单、真实和落定”。最重要的是野地还能治疗人精神的空虚和孤独。现代人的孤独感来自于现代化的生活方式,人们忙于追求利益,抛弃了道德伦理,行为失去了规范,人心多了疑虑和戒备,心与心之间的沟通被截断了。不过人的心灵可以分解,如果不能跟他人沟通,还可以让自己心灵的不同部分对话,但是这需要有一个绝对安静的环境,人才可以听到自己心灵内部的声音,这样的环境只有自然才可以提供。而且自然滋生、包容着万物,它的语言可以沟通四方,所以人还可以和自然对话,投入自然的怀抱。“这是一个喃喃自语的世界,一个我所能找到的最为慷慨的世界。这儿对灵魂的打扰最少。在此我终于明白:孤独不仅是失去了沟通的机缘,更为可怕的是频频侵扰下失去了自语的权利。”②野地的中央是故地,它是通向野地的钥匙和入口,张炜的故地是东部平原,这儿繁衍生长着他的整个精神世界。故地总是美好的,张炜的平原也是如此,它缄默、自尊,给了张炜生命和力量以及精神上的抚慰和愉悦。他总是不厌其烦地像个画家一样深情描绘着平原的美景,像个地质学家和生物学家一样细致考察着东部的自然地理和动植物形态,不惜笔墨、长篇累牍地用文字表达着他对平原的深情。

张炜贴近平原的方式是流浪。“在张炜看来,流浪是以回归自然来叩问土地和人生的存在意义,流浪是追求生命价值和完善自我的艰辛过程……流浪的本质就是坚守与战斗:对现存的生活精神现状的背弃和逃离、愤懑与抗争、对未

① 张炜:《你在高原·无边的游荡》,作家出版社2010年版,第285页。

② 张炜:《融入野地》,见《张炜自述:野地与行吟》,中国社会出版社2007年版,第4~23页。

知世界的渴望与探觅。”[①]人的心灵没有归宿只有驿站，不可能找到永久的居所，所以只能流浪，在流浪中寻找生命的意义、精神的驿站。流浪可以延长生命，因为曲线总比直线要长，人的生命短暂，直线的生活更是短促、单调，通过流浪奔波可以使生命的轨迹变得曲折、漫长。张炜在平原上流浪，总会遇到一些朴实的流浪汉和憨厚的村民，他们拥有被山野和劳动洗涤、磨练出来的淳朴和单纯，并将这种单纯注入张炜的心灵，教给他忠诚和真诚地去爱。小说主人公宁伽长着一双奔波流离的脚，他童年时因为父亲的政治问题受到同龄人的排挤，没有朋友，只好在家附近的树林、海滩流浪，和小动物交朋友，孤独的心灵在流浪中得到抚慰。少年时为了躲避因父亲带来的政治迫害，他在大山中流浪，用流浪对抗不公正的待遇。中年时他虽然在城市里已经有了一个温馨的小家，有了亲爱的家人和知心的朋友，但是他依然找不到精神的归宿。城市的嘈杂、拥挤和污浊让他无法容忍，时刻想要逃离被污染的危险。每次回到城市一段时间，他的心灵就会在城市的污染和俗文化的侵扰下变得干燥、焦虑，他渴望获得大自然的滋润和故土的抚慰，所以总是忍不住背起背囊踏上流浪东部平原的道路。流浪的知识分子不仅有宁伽，还有他的先辈和朋友。曲涴逃离改造农场，在大山中流浪，拒绝政治的扭曲，抵抗暴力，获得身体和精神的自由与独立。庄周把流浪当作治愈橡树路上传染的富贵病和心灵创伤的良药，他逃离橡树路，用流浪抵御一切，获得坦然和无畏。吕擎和阳子曾经在南部山区流浪，他们用流浪来医治心灵、磨砺意志，贴近生命的本真，获得抵御世俗世界的精神力量。

（二）退守葡萄园

宁伽一次次地在东部流浪，在现实世界里不断退避，他渴望有一个小小的角落，能够隔绝俗世的喧嚣，宁静、单纯得让灵魂得到安息。“也许我那种匆匆奔走的欲望就源于一种恐惧，我想找到一块能够扎下根的泥土。它不需要太大，它只需要一二平方尺，只要能够让我立足、能够伸下根须就行。我那时就真的像一棵植物了，汲取大地的水分和养分，伸出叶片接受阳光，开始生长。我只想做一棵树，我真的没有太大的奢望。”“我实在只是向往一种淳朴，因为我内心祈求的只是一种极其质朴的东西：友谊、爱情、劳动。”[②]这就像中国文人自古的

① 封旭明：《伤痕就是生命的年轮——张炜长篇小说的“救赎”多重主题》，《理论与创作》2007 年第 2 期。

② 张炜：《你在高原·曙光与暮色》，作家出版社 2010 年版，第 189 页。

退隐传统一样，当他们在现实世界遭受挫折之后，为了不同流合污，不向世俗或者权力屈服，保持自身精神的纯洁，无数古代文人选择回归田园，在一方泥土上自守，在田园生活中获得诗意和宁静。但是张炜和古代退隐文人的做法还有不同，首先他选择扎根的泥土是他的故乡。张炜在他的家乡龙口的海边、港栾河入海口、万亩松林当中筑起了一座书院“万松浦书院”。书院环境优美，自然条件优厚，是一处现代藏书访学和研修之地。张炜在这里和朋友们享受远离尘世的宁静，感受大自然的美好，静下心来读书创作。小说主人公宁伽也选择扎根故乡的泥土，因为他几十年来流浪的足迹都自觉不自觉地围绕着故乡，这里就像藏了生命的磁石，对他具有长久而又强韧的吸引。就像一粒种子渴望落地，它最适宜的生存之地还是它的出生地，当年宁伽从这里出发开始背井离乡地流浪，如今步入中年的他越来越渴望回到这里治疗几十年奔波不定的沧桑和疲惫。于是他辞去杂志社的工作，离开城市的家人，到故乡买了一个颓败的葡萄园，在拐子四哥的帮助下，他们通过辛勤的劳动把园子打理得生机勃勃。园子里有最能干的帮手四哥和他的大老婆万蕙，有勤劳淳朴的农村少男少女肖明子和鼓额，有忠实的护院狗斑虎，还有园子边的朋友武早、肖潇和罗玲，他们一起辛勤地劳动、快乐地生活，吃着大自然最丰盛的天然食物，秋天收获着晶莹的葡萄。宁伽在这里躲避了城市的喧嚣和污染，获得了心灵的宁静，劳动的充实救治了他心中的焦躁和不安，连失眠都治愈了。

另外，张炜所崇尚的田园生活的内容也和古代退隐文人不一样，退隐文人大多四体不勤、五谷不分，他们远离劳动，只喜欢吟诗作文，虽然在观看农业劳动时获得了喜悦，但是很少有人亲力亲为。然而张炜和朋友制定了一个公约，不仅要爱护书院的自然环境还要为书院做事，不能只当一个脑力劳动者，还要与体力劳动相结合。他们在书院里种菜，农事、木工、园林、陶艺什么活都做。宁伽更是积极参与到劳动生产当中，他培育新种、浇水施肥、修剪枝条、打药、赶鸟、看园子，把葡萄园亲手料理得蒸蒸日上。他在劳动中忘记了诗意，却在泥土和汗水中不经意地发现了真正的诗意，修剪枝条的刀剪、松土的锄头、施肥的铁锨成了他最好的笔，写出了真正的生命之歌。这就像海德格尔所说的：“诗人的天职是还乡，还乡使故土成为亲近本源之处。”故乡的泥土是诗人生命的本源，还乡就是回到本源。“但是，唯有这样的人方可还乡，他早已而且许久以来一直在他乡流浪，备尝漫游的艰辛，现在又归根返本。因为他在异乡异地已经领悟到求索之物的本性，因而还乡时得以有足够丰富的阅历……”①宁伽就是经历了几十年的流浪后才回到故乡，建立了葡萄园，有了暂时的安身立命之地。父辈的屈辱、童年的苦难和几十年的流浪经历磨砺了他的意志，给了他丰富的人生阅历，让他能够真正体味生活的真谛，产生生命的诗意。所以当葡萄园的经营渐渐走向正轨之后，宁伽就想办一份杂志，一份有诗有史、有文有画，真正脱离庸俗、不同凡响的杂志。他费尽周折、求人办事，终于和朋友们一起办起了这份杂志并取得了成功，获得了心灵的硬度和自由，得到了精神满足。“这时在我的心里，已经有了两片田园：葡萄园和杂志。是的，它们是双双并列的两片绿洲。在我心中，后一片田园生长在前一片田园之中，它更为茂盛和繁荣，它当然需要同样的精心耕耘，有长长的而不是一蹴而就的培育期。对此我必要树立信心和蓄养恒力。这对我们几个人而言，既是一个梦想，又是一个伸长了手臂便能触摸的现实。”②宁伽和他的朋友们有了两片绿洲的滋养，生活欢欣甚至幸福，他们耕作、阅读、编著、考古、酿酒、欢庆，精神获得了暂时的安居之所。

（三）守望高原

小说书名《你在高原》，高原的含义是什么？它应该有两层所指，一方面是实指的，另一方面是虚指的。从实指来讲，高原就是地理上的我国西部高原，“这里高，这里清爽，这里是地广人稀的好地方！”③“东部太热、太挤/我愿来世降生在/寒冷的西边/那个贫瘠的高原。”④从小说的描述可以看出，东部又挤又热，窝了一团脏气，会把人憋死、闷死，而西部海拔高、地广人稀、空气清爽，可以让人畅畅快快地呼吸，呼出肺里积攒的废气、脏气，还可以让人在大片的土地上自由耕种，虽然土地贫瘠，但是不受现代化的影响，可以保持原始自然的生活方式。所以西部高原是一个逃离现代化、逃离城市的避居之所，在这里因为自然条件和发展水平的限制，更加贴近自然，更淳朴、单纯，在这里能够获得自然的滋润和包容，保持精神的独立和自由。小说中逃离橡树路的庄周、逃离集团追捕的小白、遭受养父掠夺和欺压的凯平最后都踏上了去往西部高原的道路，凯平还在高原安下了家，建了一个大农场，生活得幸福快乐。

---

① ［德］海德格尔：《人，诗意地安居——海德格尔语要》，郜元宝译，上海远东出版社 1995 年版，第 87 页。

② 张炜：《你在高原·人的杂志》，作家出版社 2010 年版，第 37 页。

③ 张炜：《你在高原·无边的游荡》，作家出版社 2010 年版，第 451 页。

④ 张炜：《你在高原·橡树路》，作家出版社 2010 年版，第 375 页。

从虚指上来讲，高原是张炜的乌托邦理想。乌托邦就是“不在场”、“乌有之乡”的意思，指的是一个不在场的事物，是相对于现实世界的主观想象，在理想层面上确认了人对未来生存发展的种种设想和可能。乌托邦理想古已有之，西方有柏拉图的“理想国”、奥古斯丁的“上帝之城”、托马斯·莫尔的“乌托邦”、康帕内拉的“太阳城”等，中国有儒家思想下的“天下大同”、道家思想下的“小国寡民”和“世外桃源”。现代社会科技发展、文化进步，但是人们依然不满足于眼前的生活，构想了很多乌托邦理想，例如傅立叶和欧文等人的“空想社会主义”、赫茨卡的“自由之乡”、威尔斯的“现代乌托邦”。乌托邦不仅仅是一种政治构想，有时它也成为人的精神寄居地，甚至是人追求的终极价值。张炜的乌托邦理想寄托在贫瘠、原始、自然的西部高原，远离城市和现代文明，是一首农业文明和传统文化的田园牧歌。张炜的乌托邦理想表达了他对现实世界的不满，是站在保守的立场上拒斥现代化，是对物欲横流、道德沦丧的现代社会的厌弃和逃避。同时它也成为张炜批判现实状况的一个准则，这是理想的一个重要作用。“即使这些理想不能实现，也能使我们了解现实，有助于我们理解真理的内在特征。这些理想给我们制定了一个准则；我们可据以弄清现存制度和状况的缺陷、反常现象和变态以及人们的行为应力求遵循完美的标准。将现实和理想相比较，差异便显而易见。”[①]乌托邦理想还有一个作用是激发人的想象和幻想，把人的思想引向精神解放，鼓励人们大胆探索更加美好的事物，使人超越现实世界的束缚，走向社会实验。张炜乌托邦理想的核心价值是自然崇拜和道德理想。自然崇拜是把自然当作有生命、有意志、有能力的对象来尊崇。张炜热爱大自然，强调大自然的作用，认为人能在自然中学会单纯和爱，获得安慰和救赎。所以他的高原乌托邦是一块未经开化的自然之地，有广袤的土地和纯净的空气，远离现实世界的现代文明。道德理想来源于张炜深重的道德感和忧患意识，他渴望用伦理道德消除现实世界的罪恶和苦难，拯救当下的生存危机，建造起一个美好和谐的道德天堂。小说里去往高原的人物都是道德高尚、人格纯洁的理想中人。比如庄周就像一个苦行僧一样放弃橡树路的优越生活，用流浪自我救赎，他爱惜朋友，努力劝阻苍白青年的堕落，与宁伽等保持着真挚的友谊；他乐于助人，为了挽救在流浪路上萍水相逢的冉冉去开矿做苦力；他洁身自好，坚决抵御橡树路权力和欲望的腐蚀。小白嫉恶如仇，为了揭露集团的恶行、维护村民的合法权益他无私地组织村民反抗，不顾自身安危，他为朋友两肋插刀，

① ［美］乔·奥·赫茨勒：《乌托邦思想史》，张兆麟等译，商务印书馆 1990 年版，第 266 页。

对爱情忠贞不渝。凯平内心纯洁、无私，他爱上家里的小保姆帆帆，对她尊重、爱护，当帆帆遭遇凯平养父的欺辱、霸占后，他不离不弃、积极帮助。乌托邦寄托了人们对未来或终极世界的美好希望，激发了人们对抗现实世界的勇气。“人类精神最大的魅力就在于它能无限地超越任何被给定的存在物，尽管这种超越在具体的现实中可能是极其有限的，但它能使人产生存在的‘勇气’，使人们面对自身的困境能不断地产生希望，以维持自我发展的源泉。放弃了乌托邦追求，就意味着人失去了所有发展的可能性，人也就不再成为真正意义上的人了。”①正因为有了一个高原理想在支撑着他，宁伽才能始终不舍弃现实生活中的东部，继续流浪、探寻、抗争，即使屡屡碰壁也不放弃，所以在小说终卷的最后宁伽宣言：“然而我还是难以停止东部的游走：从山地到平原，踏遍了每一个角落。”②

三、自救失败：张炜精神探寻的局限

张炜不仅流浪平原，躲避现代化的侵蚀，在大自然的怀抱中获得慰藉，而且退守葡萄园，在故乡的安慰中获得平静，在劳动的充实中获得满足，同时他还守望着一个高原乌托邦，在理想中获得对抗现实的勇气。然而，张炜既无力改变物欲横流、道德沦丧的社会，也找不到对抗权力和金钱暴力的有力武器，甚至也没有找到心灵真正永恒的安身立命之所，他的精神依然处在焦虑、漂泊和无尽的寻找当中，小说最后一卷题目《无边的游荡》就是他精神状态的最佳写照。张炜的精神自救只能解一时之困，最终却没有达到终极目的，考察他精神自救失败的原因，可能有以下几点。

（一）乌托邦的幻灭：张炜精神资源的匮乏

张炜成长的20世纪六七十年代是一个思想意识形态高度统一的时代，这个时代众口同声、齐声同唱，既反对封建文化，又反对个性解放，于是张炜所能接触到的思想资源极其匮乏，除了政治意识形态之外，张炜所能汲取的文化资源只有乡村的传统民间文化。张炜在民间长大，又做过下乡知青，对乡村农业文明非常熟悉，在外部政治高度统一的压迫下，在内心对精神文化资源的渴望

① 王辉：《纯然与超然：张炜小说创作论》，中国社会科学出版社2007年版，第58页。

② 张炜：《你在高原·无边的游荡》，作家出版社2010年版，第451页。

驱动下，在乡村生活的耳濡目染当中，传统乡村文明在张炜的思想上打上了深深的烙印。乡村的温情使他深陷在对传统文化的依恋当中无法自拔，难以认识到传统文化当中的弊端和不足，长期的思想禁锢也阻碍了他后来对于西方现代文明的客观接受，不能真正深入地了解现代文化，在现代文明的浪潮中裹足不前。所以，张炜的精神资源既缺少对传统文化的合理批判，也缺少对现代文明的有效吸收，资源的匮乏必然导致他的精神探寻之路缺少有力的支撑，于是精神自救难以为继、收效甚微。

1. 平原和葡萄园的缺陷

平原不是与世隔绝的世外桃源，它只是遭受现代化的改造比较晚、也比较慢，权力的掌控和金钱的腐蚀依然可以到达这里，平原的自然环境脆弱没有防御能力，平原的传统乡村文化缺少有效的自我修复能力，一旦受到侵扰必然走向毁坏、堕落。所以，张炜把精神自救的希望放在平原肯定是无法长久的。张炜渴望平原的自然环境给心灵提供一个安静、释放的空间，然而随着现代化进程的推进，乡村逐步城镇化，工业生产污染了环境，平原的生态资源遭到了破坏。为了攫取资源，东部山区里矿山遍布，有金矿、采石矿，他们贪得无厌地日夜挖掘导致地底掏空、土地塌陷，农民无法耕种，自然植物无法生长。同样在海里也有一场肆无忌惮的掠夺。人们疯狂地捕捞导致渔业资源急遽下降，不用说鱼虾越来越少、越来越小，就是以前海滩上遍地的蛤蛎和海蜇也不多见了，往日海滩上壮观的拉网场景已经无法存在。为了发展经济，乡村也建起了一座座工厂，成立了一个个大集团，这些工厂只为利益不顾后果，它们排出的废水废气，毒害了乡村的河流、土地，植物难以生长、动物渐渐绝迹，也严重危害到人的生存和健康。昔日生机勃勃的田园美景不见了，土地荒芜、田园凋敝、污染遍布，茂密的树林不见了，鸟语花香不见了，欢腾的野物也不见了，代之以荒凉的土地、变臭的河水、污染的大海。在这样的荒原上只有死亡的气息，哪里还有大自然的繁荣和宁静?

平原不仅自然环境毁坏，人文环境也大不如前，人心在金钱的驱使下堕落了。吕擎、阳子等人到南部山区打工游荡，他们发现困在深山里、贫穷落后的山村也抵御不了金钱和世俗的侵袭。原野上有很多人贩子，他们贩卖人口，骗人妻女，五十张狗皮就可以换一个老婆。山区里还有一些犯罪团伙走私黄金、雇用打手、无恶不作。本来淳朴的山里人被城市的俗文化诱惑，喜爱女明星的挂历，把它当宝贝，把看电视当成村里最重要的娱乐活动。被城里人骗得多了，村里的人也变得谨慎多疑，他们不再相信陌生人，甚至把外来人当成特务捉起来拷打。一些恶霸成为乡村的土皇帝，无恶不作："三毒腿"欺男霸女、为非作歹；"二秃驴"强抢民女月月，逼死母女；"老尚"横行一方，连地方官都要敬着他。现在村民都不种地了，纷纷出去赚钱。一些人不顾性命做矿工，用血汗换钱；一些孩子在村里的工厂做起了童工；还有一些年轻的村姑到城里的宾馆做服务员，出卖自己的身体。村头个个开起了小轿车，乡间的大集跟城市一样热闹，不择手段出去挣钱的人盖起了大房子，乡村在利益的驱动下也变得乌烟瘴气。在这样的环境里，张炜哪里还能找到心灵的安慰？哪里还有纯洁精神的安身立命之所？

葡萄园的最终命运和它所栖身的平原一样。当葡萄园在宁伽等人的精心打理下产量越来越高、收益越来越好时，就招来了村里人的眼红，村头老驼以各种名义开会，向宁伽要钱，否则就派人到园子里来骚扰破坏，有些村里人在路上堵截、设障，抢夺葡萄、阻碍运输。还有一些不明身份的人让宁伽交钱"纳税"，常来骚扰园子里的人，把罪恶的黑手伸向毫无防备的葡萄园，最终善良的小姑娘鼓额被强暴。导致葡萄园彻底毁坏的是矿区和工厂。矿区的过度开采导致土地塌陷、地裂，海水倒灌，再加上金矿淘金的剧毒氰化物毒水和造纸厂、化工厂的污水都排入河中、流向大海，污染水资源，进而污染土地，导致植被坏死、寸草不生。最终使得葡萄园土地坑坑洼洼、塌陷裂开，葡萄无法生长，茅屋倒塌。还有葡萄园为了办杂志成立的酒厂，遭到垄断酒商凌春利的破坏，他联合工商、质检、公安等政府部门搞破坏，栽赃宁伽等人造假酒，查封了他们的酒厂。物质的葡萄园塌了，精神的葡萄园也难以为继。书商李大睿为了追求经济利益，私下借他们的杂志发行部发行黄色书刊，闵小鬼、宽脸为了自己的利益威胁宁伽、破坏杂志，两方的陷害导致宁伽被冤入狱，受尽屈辱和折磨。最后，杂志因为某些政治人物的干预，在政治的强权下停办。葡萄园的精神小庙在世俗经济和政治权力面前依然不堪一击，无法给张炜的精神提供长久的安身立命之地。

实际上，人与自然之间很难建立真正的和谐关系，人为了生存对自然往往是攫取和伤害，而自然也常常用它残暴的力量回报给人类一个个灾害的惩罚，人与自然是在对抗与合作当中相处。"诗意地栖居"、天人合一、融入野地等都只是人的理想，或者说是人对自然的审美想象。"大地虽然在某种程度上与生命、存在有一致性，但大地彰显出来还是物质形式，它受到伤害是在所难免的。如果大地是我们的家，那我们就可能永远没有家，人本于尘土而归于尘土是指着人的肉体部分说的,人灵魂的答案并不在此。"①所以,张炜的野地只有审美意义,没有现实力量,它拯救不了城市,更拯救不了人的精神。

2. 高原理想可望而不可即

乌托邦是社会的理想却不是理想的社会,它只能存在于人的想象当中,却无法在现实中实现。一方面是因为社会理想是整个社会所有人共同企盼的理想,而人不可能有共同理想。人是一个个个体,不是一个统一的整体,从人的本性上来说,人有自己的个性和独立性,每个人对理想社会的想象都是不尽相同的,如果不强制束缚的话是很难统一到一起的。而乌托邦的社会理想则认为人可以有共同理想,有共同的目标和追求,这是违背人的本性的,要么根本不能实现,要么就是通过统治意识形态强迫人们接受它、实现它,最终导致极权、专政的出现。"关于理想社会的设计与实践必然导致理想专制主义,因为社会生活中的每一个人的生活理想都是不一样的,而为了理想社会的目的,就必须作出'自我牺牲'。"②高原理想只是张炜个人的乌托邦理想,它只能存在于张炜的想象当中,仅仅通过张炜一个人的力量是不可能实现的。另一方面,一个人的知识是有限的,用有限的知识去设计想象无限可能的未来世界是不合理的,所以有效的、理性的理想社会是不可能被真正想象出来的。"关于理想社会的设计所需要的知识在数量上是无法计算的,在质量上是永远处于变化之中的,所以它绝对超出了任何人的认识能力和理性能力,也就是说,任何人都不可能掌握设计理想社会所需要的所有知识,因而这种设计是一项看似理性实则非理性的行为。"③张炜也不可能掌握所有知识,他所想象出来的西部高原也一定不是理性、合理的存在,这样的理想当然难以实现,所以张炜自己都对它不自信,虽然宁伽常常说"我的心呦,在高原!",但是他从来也没有想过要去高原,可能他心里也明白高原理想并不真正存在。

社会乌托邦难以实现,精神乌托邦更加虚幻。张炜的高原乌托邦是一种幻想人性美好、道德高尚的精神乌托邦,它的存在缺乏物质基础。西部高原土地贫瘠、生产方式落后,仅仅靠着理想人无法生存,物质都难以维系何来精神的满足?把高原乌托邦当作精神的终极家园也不可行,因为运动是绝对的,社会总在变化发展着,人的思想也在变,人类精神的完美境界是永远也不可能达到的,

① 谢有顺:《大地乌托邦的守望者——从〈柏慧〉看张炜的艺术理想》,见孔范今、施战军主编,黄轶编选:《张炜研究资料》,山东文艺出版社 2006 年版,第 207 页。

② 陶东风:《社会转型与当代知识分子》,上海三联书店 1999 年版,第 241 页。

③ 陶东风:《社会转型与当代知识分子》,上海三联书店 1999 年版,第 242 页。

所以从思想意义上，西部高原的乌托邦理想也不可能永远存在。西部就在东部的边缘，随着全球化进程的加快，西部高原也不能抵挡现代化的历史大潮，高原最终也会失去自然、空旷和宁静，所以地理意义上的高原也不会永久存在。"西部对我来说永远是一种苍茫无定，它深远无际，既让人遥想又让人恐惧……人穷尽一生也走不穿西部那片苍茫。"①终极的精神家园可望而不可即，"我觉得我踏上了一条奇怪的道路。这条路没有尽头"。"我想自己苦苦寻找的东西就好比幻化的精灵，它游动跳跃在空中，可望而不可即。它是一个存在，以我们无法明了的方式存在着。"张炜所能做的就是不断寻找，"我发现自己一直在寻找和解释同一种东西，同一个问题——永远也寻找不到，永远也解释不清，但偏要把这一切继续下去"。"我不停地往前走，一直走，浑身汗渍，口干舌燥。有一只超人的手指像犁子一样划开了一条游戏的通道，我视沟底为坦途。人的视野太有限了。那些极其阔大的曲折，由上帝一手策划的阴谋，我们望也望不穿。"张炜相信，坚持寻找虽然也不能找到精神的终极家园，但是可以无限接近这个终极价值。"可以解释的只是某一个阶段的，更具体更浅近的什么问题，它们汇集一起也不等于我要解决的那个大问题。但我相信这样做可以接近它，有意义。"②

（二）文化保守主义：张炜思想认识的片面

1. 张炜的保守主义立场

社会的变化发展是历史的必然趋势，但是对于这种趋势，不同的人有不同看法，有的激进、有的中庸、有的保守。保守的看法是怀疑社会进步，拥护传统，最好是能回到过去的稳定状态，持这种看法的人的思想被划归为保守主义。"保守主义的理论基础是对于历史和传统的尊重，它认为，任何社会实在都可以在其历史发展过程中找到。""同时，保守主义倚重经验而怀疑理性，尤其是人通过理性的设计人为地创建社会秩序的能力。"③保守主义的共同特征是：一方面从尊重经验出发，维护长久存在的、旧有的社会传统和历史文化；另一方面因为怀疑理性，而排斥新的事物和新的变化。从这个特征来看，张炜是一个保守主义者，他积极提倡传统乡村文化和伦理道德，坚决拒斥现代化和现代世俗文化，

① 张炜：《你在高原·曙光与暮色》，作家出版社2010年版，第450页。

② 张炜：《一辈子的寻找》，见孔范今、施战军主编，黄轶编选：《张炜研究资料》，山东文艺出版社2006年版，第12～13页。

③ 陶东风：《社会转型与当代知识分子》，上海三联书店1999年版，第57页。

他具有中国保守主义的共同特点。“中国的保守主义一方面涉及对于传统的态度，即强调在维护与继承中国传统基本政治制度和文化价值的前提下，对社会的结构与文化的价值进行有限的、逐渐的改造；另一方面又涉及对于西方文化的态度，即主张审慎而局部地吸收西方文化。”①张炜的思想认识比一般的保守主义更加保守，他对传统文化过度依恋，故意忽视传统文化中的糟粕，不愿进行任何改造，甚至希望回到现代化未曾开展的落后历史时期，而对西方现代文明则完全不能接受，对科技、理性、大众文化都全盘否定。他的思想过于保守、不合时宜，容易被偏见和固执锁住进步的脚步，被社会历史发展淘汰。这种无法与历史同步、与社会和谐的思想认识怎能为精神找到安静的家园？

张炜的文化底质是保守的、传统的。“从历史角度看，是向后看的，是逃离城市、回归农村、融入野地；从伦理角度看，是脱俗、非功利的，是远恶趋善、避害全身；从审美角度看，是取静求和谐。这一切都与农业文明息息相关，其作品毫无疑问打上了传统文化的烙印。”②张炜也将自己定位为保守主义者，而且积极呼唤真正的保守主义者。在他看来“真正的保守主义者因为极其纯洁而变得可爱”③。因为他们能够抵御实用主义、功利主义的诱惑，坚持真理、坚守自己精神的纯洁，在世俗世界的流毒中洁身自好、坦然无畏，所以他们往往品行端正、道德高尚。他们的思想还为渐渐失去理性控制的现代化打上了一剂镇静剂，为突飞猛进发展的现代社会提供了必要的提示，弥补了现代化的不足，提供了另一种发展模式的参照。

张炜的保守主义思想集中表现在他对现代化的怀疑和拒斥，对传统文化的留恋和拥护。在他看来，现代化是一头未经驯服的猛兽，如果我们没有克制它的机制，没有自觉的反抗精神，那么现代科技和工具理性不仅不会给人带来智慧和便利，还会让人变得愚蠢和危险。当人缺少冷静的头脑、独立的精神和伦理道德的制约时，电视、网络等现代媒体就成为制造世俗文化的工厂，污染人的心灵，基因、核能等高科技就成为制造恐怖、罪恶的催化剂，把人拖入堕落、毁灭的深渊。所以今天因为我们的道德水平和伦理程度不够高，我们不配拥有现代化的技术和工具，只能将现代化这头猛兽关在笼子里。“从某种意义上来看，片面追求全球性的现代化只能是一场使这个世界加速毁灭的疯狂的欲望行动。

① 陶东风：《社会转型与当代知识分子》，上海三联书店1999年版，第74页。

② 昌切、刘继明：《〈柏慧〉与当下精神境况》，《山花》1995年第11期。

③ 张炜：《缺少保守主义》，见《批评与灵性》，文汇出版社2005年版，第21页。

我们反对现存的‘现代性’内容，是因为我们要追求人类生存的真正智慧，遏制追逐财富的无限欲望，引导人类的理性思维，以抵达物质与精神、人类与自然的和谐幸福。”①张炜为了追求这种极端的智慧与和谐，不惜否定社会进步，歌唱历史倒退。他在书中深情款款地回忆那个政治高压下的禁欲时代，那个时代政治思想高度统一、等级分明、男女授受不亲，没有卖淫滥交、没有高科技、没有花花绿绿的消费品、没有眼花缭乱的俗文化，人们思想单纯，那是一个淳朴而安宁、贫穷而慰藉的时代，人们活得简单但是知足。这种明显违背历史发展规律的思想是张炜精神局限性的表现，他片面地强调现代化的恶果，看不到它对人类社会进步作出的贡献。

张炜反对现代性，拒斥现代化，片面追求传统文化，他所提倡和拥护的传统文化主要包含崇尚自然和伦理道德两个方面。崇尚自然是受到道家文化的影响。老子宣扬“无为”，野地是自然的、没有经过人为修饰的土地，最能保持人类自然纯朴的天性，城市则是人造的地方，容易受到现代科技和金钱的改造，导致人性堕落，所以张炜主张远离城市、融入野地。庄子主张天人合一，人与自然和谐相处，张炜也反对现代化对自然资源的掠夺、对土地的侵占、对传统生产方式的改变，认为人应该尊重自然规律，保护自然环境。张炜的自然观包括对土地的依恋、对劳动的赞美和对传统生活方式的推崇。土地滋生一切，可以包容人，给人以安慰。劳动可以带来丰收的喜悦，战胜精神的迷茫和颓丧，给人以充实。土地上繁衍、传承的传统生活方式教会人简单的生活、简单的幸福、纯粹的爱。崇尚伦理道德是受到了儒家传统文化的影响。儒家文化的道德伦理思想以“三纲五常”为主要内容，以“仁”为核心。“五常”即仁、义、礼、智、信，是用来调整并规范人的关系和行为的。儒家特别推崇伦理道德在社会生活中的作用，它的政治思想就是在宗法伦理的基础上建立起来的，只有人人遵守伦理道德，人与人的关系才会和谐，社会才能健康发展。张炜也极其推崇伦理道德的作用，他是现代社会少数道德理想主义人物的代表，他主张用伦理道德规范和平衡现代化的发展，挽救人们日益堕落的人性。他在小说中把社会比作细胞，现代化的毁灭和破坏力量就像“自由基”，不断攻击人类社会细胞，它的攻击力量不断积累，如果人类无法防御，社会细胞就会崩溃。防御就来自于伦理道德，道德是社会细胞的细胞膜，伦理是细胞的抗氧化剂，这二者能够有效抵御自由基的攻击，维护社会细胞的健康安全。

---

① 张炜、王光东：《张炜王光东对话录》，苏州大学出版社2003年版，第43页。

张炜坚持保守主义立场，坚决维护中国传统文化，推崇自然和伦理道德，反对现代性。他对传统文化的迷恋和拥护已经失去了理性和辩证，有时走上了思想倒退的迷境。小说中就表现出了对一些有争议的、具有封建思想残余的传统文化的盲目推崇。张炜赞扬忠贞甚至愚忠的品格，他塑造了忠仆清滆这一形象，一生都忠于曲府，完全没有自己的私利，一切都是为曲府服务。他不肯改掉"老爷"的称呼，因为这是他根深蒂固的身份认同，被迫离开曲府后，他打造了一个海边小茅屋，种了一片果园，为曲府的太太、小姐提供了最后的栖身之所。还有鼓额一家也是类似于清滆的忠仆形象，他们贫穷善良、淳朴忠诚，对给鼓额提供工作的宁伽感恩戴德，鼓额即使负担着沉重的劳动心中也充满感激和幸福。他们的忠诚和淳朴除了来自于天性的善良之外，实际上也是贫穷造就的麻木和愚昧。还有小动物阿雅是个纯洁无欺的献身者，它日复一日地为主人捡来金子，辛辛苦苦却无怨无悔，即使遭到主人的遗弃、放逐甚至捕杀，它还是一腔忠诚、百死不悔。张炜塑造这样的形象，歌颂他们，实际上就是在歌颂封建愚忠思想，这与现代意识觉醒、个性解放相违背。封建忠贞思想还带来了对封建宗法伦理的认同。小说多处流露出张炜的家族、血缘观念，他认为人从出生那刻起就必定落在一个地方，也决定了自己的身份，这是人还没出生时就规定好了的。宁伽属于那个坚贞不渝的知识分子家族，他们和政治统治者属于完全不同的两个家族，虽然这种区分不是由生物学上的血脉划分的，而是由精神气质和伦理道德的认同传承的，但是它依然牢固、坚韧，没有什么能够将其挣断或斩开。所以即使宁伽和柏慧相爱，但是由于他们生来就不是一个家族的，最后也必然分开。这种家族血脉的认识使张炜把人截然地对立起来，主观的道德评判成为评价人物的法则，"非我族类其心必异"，这种脱离客观存在的评判显然是片面的、偏激的。张炜还极其推崇古代侠义思想，塑造了独身大侠李胡子。李胡子高大威猛、智勇双全，他劫富济贫、行侠仗义，后来被殷弓的仗义感化投入到革命纵队，但为了报答个人恩情他不听命令，私自放走了战四少，给革命造成了损失和麻烦。李胡子是一个做事全凭个人喜好的侠客，他不服从组织、不听从命令、违背法律制度，是现代法治社会所不能容的。但是张炜盛情地赞扬了他，还把拯救东部的希望放在了他的身上，暴露出张炜留恋古代侠义精神，违背现代法制精神的思想局限。他的这些封建思想残余，既不利于真正发扬光大我们民族的优秀传统文化，也违背了现代性的精神，不利于现代社会的进步，更无法给人的精神以真正的滋养。

2. 传统与现代二元对立

张炜秉持保守主义立场，在传统和现代的问题上，提倡“二元对立模式”，强调现代文明的弊端，维护传统文化的优势，把对现代文明的包容当作丧失道德底线的表现。张炜的文化保守主义思想片面而又顽固，他只看到大自然美好的一面，看不到大自然危险的一面，只看到了人类破坏大自然的危害，却看不到人类利用大自然的合理性。他逃离城市，远离现代生活，拒斥现代文明，在大自然中寻找精神自救的良药。这种向后的、逃避的态度对于解决现代社会的种种问题毫无帮助，只会屡屡陷入困境。大自然的脆弱和现代化的深入使这个自然的精神家园也难以持久、固定，最终张炜日渐焦虑和愤怒，精神自救失去了有效途径。实际上，传统和现代不应该是一对截然对立的概念，他们只是不同价值尺度评价标准下的两个概念，传统是伦理尺度下社会规范的必要制约，现代是历史尺度下社会发展的必然要求。伦理尺度和历史尺度是两种不同的评价标准，它们互不相容也无法互相替代。评价我们今天的现代化进程，用历史尺度来衡量，这是促进社会进步的必然趋势，而用伦理尺度来衡量则会看到经济发展在一定程度上摧毁了传统道德规范，在伦理道德上是一大退步。但是不能因为伦理尺度下的道德失范就否定历史进步，应该在批判中建构，而不是拒斥历史的进步。“以伦理尺度取代历史尺度，强行将历史纳入伦理规范，用伦理尺度衡定一切，这是泛道德主义。以历史尺度取代伦理尺度，把它当成绝无仅有的评价一切精神现象的价值尺度，这是泛历史主义。二者都逾越了各自的权限和边界。”①张炜以静止的姿态看待历史，以伦理尺度衡量一切，将历史和伦理相抗衡，将传统和现代二元对立，必然违背历史发展的规律。

应该看到，现代化是社会历史发展的必然趋势，现代中国社会不是过度现代化的危害大，而是现代化的程度还不够高。当前中国社会所面临的最大问题是物质和文化的双重贫困，物质匮乏，人的生存受到威胁，文化贫瘠，人的精神苍白空虚，所以中国社会的发展方向是实现物质和文化的双重现代化，文化保守主义者所幻想的田园牧歌只能化入历史的尘埃。张炜所歌颂的传统文化和农业文明因为不能适应现代化，无法和现实社会有效联系，而失去了在现实世界的立足之地。“现代化是一个不可逆的历史大潮，任何一个现代的终极关怀系统要超越现代化，就必须首先适应现代化，在价值层面上肯定现代化的一些最基本要素，然后才能谈到批判和超越，谈到创见性的回应。试图回避现代化

① 昌切、刘继明：《〈柏慧〉与当下精神境况》，《山花》1995 年第 11 期。

的基本命题而直接进入后现代社会,经验上已经证明只会造成空前的历史大倒退。”①

(三)思想局限:张炜精神自救的阻力

1. 知识分子的软弱无力

知识分子长期过着精神生活,脱离劳动和底层,与社会现实脱节,产生了种种问题。长期以来,知识分子群体有着一些共同的弱点:“坚忍而又脆弱,天性多疑,听信谣言,容易起哄,幼稚,感情用事,结果不是好心办坏事,就是坏心办了恶事。”②其中软弱怯懦是知识分子一个较为明显的精神局限。知识分子的思想精神处境艰难,既要受到统治意识形态的干预,又要受到世俗大众文化的侵扰,长期的两方挤压使知识分子的精神变得脆弱不堪,面对外来强权,手无缚鸡之力的知识分子常常是无能为力。宁伽在路上看到一个捡垃圾的老太太,她满头白发、满面灰尘,趴在垃圾堆上费力地寻找着有用的东西,宁伽感到内心痛楚,但是“面对着具体的苦难,我所能做的只不过是尽快地背过脸去……我就是这样的一个男人,不敢盯视残酷。我不知有多少人都像我一样,正在背过脸去……”③。看到苦难的场景,知识分子虽然不会麻木不仁,但是除了内心的酸楚和怯懦的逃避,他们无能为力。在骆明的医疗事故座谈会上,作为被骆家信赖和嘱托的邻居和朋友宁伽竟然一言未发。他几十年来一直以故地为中心徘徊流浪,从没有向着一个方向勇往直前,他总是犹豫、猜度、裹足不前,勇气只在心中回荡却没有变成行动。宁伽还对社会现实黑暗的一面认识不清、抱有幻想,他面对霍文海等人的构陷,第一反应是不敢相信:“这不太可能……”,“不会,绝对不会”,“总觉得这未免有点夸张”。当暴力迫害来临,知识分子常常不能作出有效的判断和防御,只能逃避现实,还会抱有不切实际的幻想。宁伽遇事犹豫不决、瞻前顾后,常常因此误事,缺乏果断处理问题的能力,抵御权力和金钱的伤害的唯一办法还是求助于权贵,结果肯定是失败。为了办杂志,他求不法书商李大睿帮忙,却没法抵挡他的背信弃义,为了葡萄园的生存,他求村头、耆老办事,却无力防备他们的见钱眼开。工厂和集团污染了村里的环境,村里人去闹事讨说法,宁伽只会反复强调手段要和平,既不能有效地预防流血冲

---

① 许纪霖:《许纪霖自选集》,广西师范大学出版社 1999 年版,第 376 页。

② 张炜:《你在高原 · 海客谈瀛洲》,作家出版社 2010 年版,第 65 页。

③ 张炜:《你在高原 · 荒原纪事》,作家出版社 2010 年版,第 87 页。

突，也不能在暴力发生后有效地阻止。知识分子的软弱怯懦、犹豫不决在现实社会面前毫无解决实际问题的办法。

2. 知识分子的精神贵族化

知识分子在社会上立足的依据很大程度上来源于他们对人类几千年来积累的传统文明的传承，因此他们把这些文化传统当成神圣不可侵犯的精神遗产。知识分子把持着精英文化，站在高处孤芳自赏，容易脱离底层和民众，陷入精神贵族化当中。廖縈卫和妍子夫妻受过高等教育，爱好读书和弹琴，廖縈卫喜欢歌剧，妍子喜欢写诗，他们每天晚上晚饭后牵着手散步，为了买钢琴拼命攒钱，总是买最新潮的电器，打扮得很时髦，与当地的生活水平和生活习惯不相符。他们自命清高，过得小资化、特殊化，脱离群众的同时也遭到周围群众的排挤，即使有困难了也得不到群众的理解和帮助。知识分子的传统文化优势常常会使他们产生自视过高的优越心理，站在高处打量、审视人民群众，而不是平等地处理和民众的关系。葡萄园破灭之后，宁伽私下里给拐子四哥在城里买了一套房子，没有询问四哥的意见就自己做主，他的出发点是想给朋友提供一个安身之地，但是他既没有真正为朋友考虑，又带有潜意识的上层对下层的独断和施舍心理。精神贵族化使知识分子陷在传统文化当中闭门造车，在现实社会面前固步自封，脱离了人民群众，失去了大众和底层的创造力。精神贵族化还使知识分子固执地坚守精英文化阵地，一味地否定和排斥世俗大众文化，只看到大众文化肤浅、浮躁、丑陋的一面，看不到它的正面意义。实际上，大众文化也具有革命性的积极意义，它是中国社会现代化转型的必备工具。“如果没有80年代文化界与知识界对于准宗教化的政治意识形态、个人迷信的充分解除，改革开放的历史成果是不可思议的。在这个意义上，我坚持认为，世俗化无论有多少负面后果，它仍具有消解一元的意识形态与一元的文化专制主义，推进政治与文化的多元化、民主化进程的积极历史意义，而当前以消遣娱乐为本位的大众文化在客观上也具有消解政治文化与正统意识形态的功能。”①所以知识分子应该抛弃精神贵族化的立场，以开放的姿态包容大众文化，以辩证的眼光看待大众文化，而不是一味地厌恶和恐惧。“知识分子拒绝进入世俗生活，在某种意义上也可视作一种恐惧心理的作祟，他们恐惧世俗生活会将自己迅速吞灭并丧失自身作为知识分子的全部合法性，从而要求坚守自己的一方净土。如果知识分子的合法性仅仅建立在自身知识传统的承继和对世俗生活的一概拒斥中，

① 陶东风：《社会转型与当代知识分子》，上海三联书店1999年版，第170~171页。

那么,这种合法性是极其脆弱的,他的思想资源会日渐枯竭,精神亦会走向僵化、武断和专制,批判常常只能演化为道德批判。一个批判知识分子应该正视世俗生活的全部挑战,以一种理性客观全面的态度,并把其中革命性的因素升华转换成更高层次上的价值理性,进而纳为自己的思想资源。这种空间的转换对于知识分子的思想资源是非常重要的。而且,这样知识分子才不可能将自己封闭在精神的象牙之塔,如救世主般怜悯地远远俯视着这芸芸众生,或者永远扮演一个面目可憎的道德法官。"①

3. 对苦难的体认和救赎不足

张炜认为:"苦难是人性中最不可超越的那一部分。苦难对于我们来说简直就是天生如此。——苦难既然是天生的,人类的历史中就会充满苦难。"②苦难不仅困扰着普通人也给知识分子的精神带来痛苦,怎样体认苦难、拯救苦难就成为作家精神自救的必要前提。张炜对苦难的体认比较简单、浮浅,他把人截然地分成好人和坏人,好人道德高尚但是遭受着苦难,坏人道德沦丧对好人施加着苦难。他在小说中一方面深情地歌颂了那些遭受苦难的好人,比如柔弱天真的姑娘王小雯、帆帆、小蕾、加友、冉冉,正直坚韧的知识分子朱亚、凯林、纪及、靳扬,淳朴善良的乡民鱼花、女房东、庆连、小华,单纯洒脱的流浪汉小锚、老乞丐夫妇、养蜂人等;另一反面,无情批判了那些无耻的恶人,比如飞脚、瓷眼、乌头、霍文海、太史、闵小鬼、蓝玉、岳贞黎等等,他心中充满激愤,揪住坏人的恶行紧紧不放。"把体认苦难始终限制在昭示罪孽的程度上,又企求以这一对待罪孽的知性方式去消除生存苦难,进而将人类划分为绝然对立的两群,并赋予不同的情感与价值判断,而且将这种二元对立的区分扩展到第二个层面(第一个层面是人伦,第二个层面是人与自然),从而进一步强化了这一局限。这就给体认与超越人类生存的苦难处境带来了双重影响,最后既没有达到超越罪孽的宽容,也无法实现对苦难的超越。"③只有真正体认苦难、超越罪孽才能达到宽容、爱和悲悯,从而超越苦难,如果只是义愤填膺地揭露罪孽,揪住仇恨不放,那么只能聚集仇恨,不能超越苦难。"而且退一万步说,就算在道德理想主义者看来,世人都像堕落的蛀虫一样在世俗的染缸里翻滚,不洁、无耻、苟活,一个真正的圣徒也应当怀着悲悯一心想着拯救他们,把他们看作是'迷途的羔羊';而不

① 蔡翔:《理想主义者成为批判知识分子的可能》,《作家》1995 年第 11 期。

② 张炜:《守望于风中》,上海三联书店 2004 年版,第 143 页。

③ 宋炳辉:《面对苦难的现身说法——论张炜的三部长篇小说》,见孔范今、施战军主编,黄轶编选:《张炜研究资料》,山东文艺出版社 2006 年版,第 219 页。

是动辄义愤填膺、暴跳如雷，甚至于磨刀霍霍、磨拳擦掌，恨不得斩尽杀绝、开除其人籍、置之死地而后快。”[①]在悲悯的情怀和原罪的理解上，张炜所做的远远不如宗教，基督被钉在十字架上是为了启示人们爱和宽容，对于犹大的出卖基督没有仇恨，他甚至要教会人们爱自己的敌人，宗教的悲悯和宽容是真正的人道主义精神。张炜对苦难的体认达不到爱、宽容和悲悯，只有激愤和不宽容，他只爱弱小的善良者、恨无耻卑鄙者，对急功近利者缺少悲悯，例如宁伽的同学斗眼小焕就是个急功近利、好大喜功者，宁伽对他的恶行不加劝阻，只在内心里痛苦地批判，最后忍受不住自己内心的厌恶而和他绝交。宁伽还以貌取人，他认为凡是长了一张让人腻歪和憎恨的脸的人就不会有一颗纯洁善良的心。张炜对待罪孽的武断和激愤使他内心与外部世界的关系越来越紧张，精神不仅得不到宁静和救赎，还陷入愤怒和焦虑当中。宗教对于疗救人紧张的心灵很有作用，因为它把人的世界分为此岸世界和彼岸世界，当人在此岸世界经受苦难，精神得不到满足的时候，就可以到彼岸世界寻找安慰。而张炜不仅不吸收宗教的思想资源，还反宗教，他在庄严的教堂只感到阴森和腐朽，他感受不到宗教的宽容和悲悯对于精神自救的作用，只感受到宗教的专横。“地上需要宽容和悲悯的东西太多了，而这些高耸巍峨离真正的泥土地又太远。它们都指向遥远的虚空……”[②]这正是张炜的精神自救不如宗教有效的一个原因，他把此岸世界与彼岸世界混淆在一起，二者没有明显的界限，就无法让人在此岸的恶中获得彼岸的希望，达不到宗教的张力，这种混淆使张炜精神的彼岸世界沉沦世俗，达不到精神救赎的作用。

结　语

张炜所代表的50年代生人知识分子面对1990年代以来的商品经济大潮和随之而来的世俗大众文化浪潮，他们只能独善其身，在物欲现实中舔舐自己的痛苦，疗救自己的心灵。为了精神自救，张炜不仅流浪平原，逃离城市，躲避现代化的侵蚀，在大自然的怀抱中获得慰藉，在流浪当中寻找精神的终极家园；而且退守葡萄园，在故乡的安慰中获得平静，在劳动的充实中获得满足；同时他还守望着一个高原乌托邦，在理想中获得对抗现实的勇气。然而，由于平原和

① 陶东风：《社会转型与当代知识分子》，上海三联书店1999年版，第230页。
② 张炜：《你在高原 · 无边的游荡》，作家出版社2010年版，第159页。

葡萄园在现实面前不堪一击，高原理想又可望而不可即，除此之外又缺乏更加有力的精神资源，所以张炜的精神探寻之路只能是无功而返。张炜坚持文化保守主义立场，将传统和现代二元对立起来，用对抗和封闭代替了融合和开放，在现代化的历史发展必然趋势面前无法立足，精神自然找不到家园。再加上知识分子软弱无力和精神贵族化的痼疾以及对苦难的体认和救赎不足的思想局限，张炜的知识分子精神自救只能以失败而告终。他既无力改变物欲横流、道德沦丧的社会，也找不到对抗权力和金钱的有力武器，他的精神依然处在焦虑、漂泊和无尽的寻找当中，直到小说最后，张炜也没有给知识分子的心灵找到真正永恒、宁静的安身立命之所。

服饰·女性·革命

——以解放前丁玲的小说创作为例

史　森*

绪　论

在中国现当代文学的百年历史中，女作家丁玲始终是一个特别的存在，她浪漫传奇而又坎坷多艰的一生，她惊世骇俗的叛女气质与热忱忠贞的战士形象，她于文学中求真、于革命中求索的漫长征程，都标示出丁玲人格上的独特性和复杂性。作为五四时期新女性的代表，自上世纪20年代到40年代，丁玲经历了30年风起云涌的革命时代，同时在文学中笔耕不辍，完整地呈现出社会变迁对人们尤其是对女性的深刻影响。

学术界对于女作家丁玲的研究，始于上世纪30年代，一直绵延至今，尤其是新时期以来，国内外学者纷纷把目光投向这位风格独特、忠于革命耕耘不懈的女作家，取得了丰硕的研究成果。新世纪以来，学术界引进新的批评方法和视角，呈现出多元化的趋势，丁玲研究主要可分为以下三种类型：

1. 多方面探讨丁玲与中国女性文学。尽管90年代研究者就对女性主义思潮略有涉及，如分析“丁玲女性小说的特色和贡献”、“丁玲在中国女性文学中的地位”、“女性解放之路”等都做过一些研究，但是新世纪以来，研究者倾向对丁玲创作文本中所投射的女性意识和女性立场进行多角度的研究，成果更为深刻广泛，例如探讨丁玲小说中女性话语的现代建构、女性形象的嬗变、政治话语和女性意识的冲突、丁玲小说中的性别意识等。还有一部分学者侧重于做比较研究，将丁玲与萧红、张爱玲等女作家的创作进行比较，对于拓展丁玲研究的广度和深度作出良多贡献。

2. 进一步关注丁玲延安时期的创作，并以多角度进行阐释。如对丁玲解放

* 作者简介：史森，1988年生，女，山东曲阜人，2014年毕业于山东师范大学中国现当代文学专业，获硕士学位；指导教师贾振勇教授。

区创作的话语困境的思考、对延安时期丁玲小说的再解读、对小说中人物形象的剖析、对解放区文艺思潮演进的叙述等，有学者还以丁玲创作为个案探讨知识分子向左转的问题，具有较为深刻的研究意义。

3. 侧重史料的挖掘与分析，研究者立足于还原事实、还原历史的立场，探究丁玲与文化人的关系，如丁玲和毛泽东的关系、丁玲和冯雪峰的关系、丁玲和沈从文的关系、丁玲和周扬的关系等，对研究丁玲的创作和政治生涯具有客观有力的参考价值。另外，还有一批学者关注丁玲早期的编辑生涯，研究丁玲与《北斗》《中国》以及文学研究所的关系，将丁玲放在历史的维度中进行研究。随着文化批评的出现和繁荣，有一批研究者从文化视角入手，探究丁玲与湖湘文化的关系，从而更全面地对丁玲及其创作进行阐释。

本论文在以上研究成果的基础上，立意于创新，以文本细读的方式，探讨解放前丁玲小说作品中的服饰话语，以此展开文学与社会时代的互文式解读。"服饰话语就是关于服饰的话语，它包括谈论服饰或以服饰为中心的各种言说，比如关于服饰性状的描绘，对某种服饰的评论，关于服饰的故事或与服饰有关的故事等等"①。文学艺术以具体的个体或群体生活为表现对象，穿衣打扮素来是人日常生活的基本内容之一，即使作品出现全身赤裸的人物，也是对一种装扮方式的描写与突出，因此也可以纳入服饰话语的范畴。法国文学批评家和理论家罗兰·巴特指出："即使服饰话语和摄影或绘画中的服饰所指为同一人物身上所穿着的同一服饰，作为两种不同的实体，服饰话语的实体体现为词语，其关系不是逻辑的，至少也是句法的"②。文本中的服饰作为一种话语，成为一种充满意味的符号，不仅是作家的写作策略，以服饰装扮为中介，搭建读者与人物形象沟通的桥梁，同时对人物服饰的描写涉及当时社会的阶级状况、文化背景、时代面貌等宏观主题以及个体的生存状态、精神心理世界等微观层面，可以说服饰是一个人的社会皮肤，深具物质和精神上的双重价值。不可忽视的是，对服饰的描写在体现作家个体生命体验的审美趣味与倾向之余，作为一种符码，它还提供了一条通往作家内心深处创作动机的途径，了解作家深层潜意识层面的创作心理，在文本的缝隙中，跨越时空的局限，还原历史与人性的本相。因此，服饰并不仅仅是被叙述的对象，同时也可以挣脱文本语言的制约和束缚，衍

① 任湘云:《服饰话语与中国现代小说研究》，四川大学出版社2010年版，第40页。

② [法]罗兰·巴特:《流行体系——符号学和服饰符号》，敖军译，上海人民出版社2000年版，第3页。

生出新的意义，它在被叙述的同时，又在主动传达和讲述着某种文化内容和心灵的真相。

在丁玲解放前创作的众多小说文本中，存在着大量的服饰话语，引导笔者以此为切入口和线索，思考服饰、女性、革命之间深层的联系。诚然，女性、革命与服饰在某一个维度上，呈现出同质性，都是社会文化、时代文化的产物，同时又都是社会文化、时代文化的载体，承载着丰富的文化信息。

文本中出现的服饰描写，作为不易被察觉的细节，其背后包含了一个内容丰富庞杂的世界，有论者曾说“衣服具有作者无法完全把握的生命流动，每一次演出都源于作者，却逸出了最初的情境，重建为另一个时空下的现场版本”①，无怪乎张爱玲在《童言无忌》中会发出“衣服是一种言语，随身带着的一种袖珍戏剧”②之类的感慨。因此，可以说某种程度上在丁玲的创作中，服饰话语常常溢出作家理性的创作动机和预设理念，以一种潜在文本的方式存在。服饰话语为我们提供了一条还原历史本相的途径，洞察真实的社会境遇中，女性与革命的关系到底是如何展开的，而轰轰烈烈的时代革命又带给了“娜拉”式女性何种真实的生命体验，这其中充满了喜悦欢欣与困惑无奈，个中滋味，如人饮水，冷暖自知。透过丁玲创作中的服饰话语，笔者试图在服饰与女性——两种话语、两种文化符号的交织与碰撞中，发现文本叙述的缝隙，聆听存在于文本中互相矛盾的不同声音，探索作家以及同时代为女性解放而奋斗的众多知识女性，在革命中经历的生命轨迹，走进她们的心灵深处，观照革命大时代中女性作为生命个体的真实体验，以及女性作为群体的曲折命运，探讨女性解放实现的可能与虚妄共存的悖论存在。

同时，笔者通过对服饰话语的解读，力图挖掘革命的历史背景下，社会对女性个体与群体的影响以及女性自身精神嬗变。在男性对女性的窥视和女性互相打量的目光下，探讨处于革命伦理与生命伦理调和而又冲突时代的女性如何定位自己在革命中所扮演的角色，阐释丁玲对革命时代女性命运的思考，解读革命对女性参与者的解放、诱惑、奴役以及压制，剖析通过革命她们获得的解放以及付出的代价，进而在更高层次上审视革命与普遍人性的多重关系，探讨革命理念与现实斗争中的解放和奴役的悖论。笔者认为，这正是本论文研究的学术目标和主要价值所在。

---

① 宋晓萍：《女性书写和欲望的场域》，北京大学出版社 2011 年版，第 197 页。

② 张爱玲：《童言无忌》，见《张爱玲散文全编》，浙江文艺出版社 1992 年版，第 102 页。

一、衣橱中的狂欢与沉沦

——喜忧参半的“出走娜拉”

正所谓“衣食住行”，凡俗的日常生活中，人们习惯把衣放在首位，是一种必不可缺的存在物。然而细想之下，服饰确有其独特之处，有论者提出，“服饰既是身体的私密性经验，又是身体的公开表达”①。诚然（服饰）作为人的一层社会皮肤，于内外两个向度上，演绎着其丰富的魅力，既是一种隔阂，又是一种敞开：将人的肉体与外界阻隔开来，从而符合一定的社会规范，获取参与社会的基本权利；同时又以此架构出一道内心通往外界的桥梁，在稍作保留的前提下，以独特的姿态展露自我。从服饰的诞生之日起，它就不仅仅被视作实用的遮羞工具，审美价值、身份象征等诸多要素也一直附着在它身上，使其呈现出物质和精神的多重价值功能。可以说，服饰是一种文化，体现着文化的特征，色彩、款式、质地等细节都储存着文化的符号和密码，使服饰成为一个文化传播系统，成为一种带有象征意味的话语，以身体语言的方式述说着情绪、心理、生理、政治、社会的故事。

“符号学论证说，物质现实绝不能认为是理所当然，把它的意义强加于人。现实始终是被建构的，并通过意义在文化上特殊的各种系统而使人能够理解它……世界存在着，但其可理解性要依赖意义的各种代码或者符号系统”②，因此，罗兰·巴特说：“服饰可以被用作符号来对待，一面是样式、布料、材质，另一面是场合、职业、状态、方式，或者我们可以进一步将其简化为一面是服装，一面是世事”③。文学作品中出现的服饰描写，绝非是多余之笔、可有可无，事实上，它有可能是一种途径，通过它我们可以走进人物和作家的内心深处，挖掘其深邃的精神世界，洞悉其意识之下的潜意识。

此外，服饰还是一种群体记忆，是荣格所谓的集体无意识行为，反映特定时代人们潜在的精神追求，如同戏剧、小说、诗歌一样，穿过厚重的历史烟云，仍然难掩其自身承载的时代文化风姿，我们可以透过它去重拾一段逝去的岁月，还原一段历史的现场，回望那些岁月里静默流淌的人世百态。人文文本正是在与

① 任湘云：《服饰话语与中国现代小说研究》，四川大学出版社2010年版，第2页。

② ［英］多米尼克·斯特里纳蒂：《通俗文化理论导论》，商务印书馆2000年版，第123页。

③ ［法］罗兰·巴特：《流行体系——符号学和服饰符号》，敖军译，世纪出版集团2000年版，第24页。

社会历史文本的交往对话中获得广阔的空间和昂扬的生命力，在《互文性》一书中，论者提出："在文化研究的视野中，文学文本和社会历史文本之间的关系不是单向的解释与被解释的关系，而是多重复杂的'互文'关系。因为围绕着'文学文本'的社会历史语境也是以'文本'形态出现的，所以两者之间的关系是相互交织的"①。在中国现代文学史上，文学立足于表达现代人的生活、思想和情感，建构各个阶级对于现代生活的认知和想象，塑造新人，引领潮流，与服饰达成了某种同质性，因此二者之间具有深刻的互文关系。

在这种彼此参照的视野中，我们关注20世纪初的中国妇女服饰，可谓是多姿多彩、瞬息万变，大都会的摩登生活在此处演绎得淋漓尽致、挥洒自如。随着西学东渐的日益兴起和民主平等观念的广泛提倡，妇女开始走出一直困囿她们的家庭，参与公共政治空间，争取女性的社会地位。然而这其中首当其冲的一个问题是，妇女要以何种面貌姿态走向解放，迈进男女平等的社会。服饰改革便是不得不考虑的重要方面，此前的女性服饰是封建闺阁中的，一成不变的，诚如论者所说，"社会不变，服饰也不会改变"②，具有恒久的稳定性。但是历史进入20世纪后，社会改变了，西方人用坚船利炮打开了中国的国门，民主科学的思想观念也如潮水一般涌入中国，长达两千年的封建社会和秩序伦理行将枯木，土崩瓦解。先进知识分子所倡导的民主观念要求女性人格解放，转变社会角色，参与性别平等的公共领域。女性不再只是父之女、夫之妻、子之母，不再仅仅附属于家庭，这一陡转的角色定位使一部分女性毅然张开羽翼，成了出走的"娜拉"。角色的转变诉求于服饰的更新，以往的宽袍大褂、三寸金莲显然已不合时宜，女性亟须由封建闺阁服饰转变为民国妇女解放的社会服饰，因此在着装领域掀起了一波又一波改良翻新的潮流，如同一台精彩的戏剧，高潮迭起又冲突重重。

（一）"五四"的尚美之风——美是一种权利

女性挣脱了千年传统的束缚捆绑，终于可以登上政治社会舞台，对"舞裙和舞鞋"（即社会服饰）是相当期待的。但值得注意的是，此时只是改朝换代之初，绝大多数女性依然固守家中，出走的"娜拉"尽管是勇敢坚决的少数，但仍然没有摆脱"女为悦己者容"的历史惯性思维，作为女性中的"兴风作浪者"，她们仍

① 王瑾：《互文性》，广西师范大学出版社2005年版，第141~142页。
② 吴昊：《中国妇女服饰与身体革命（1911—1935）》，上海东方出版中心2008年版，第43页。

旧是男性观赏和窥视的对象，在意识深处，她们无法废除女服尚时髦、尚新颖、尚精美的特性。因此，女性新的时代到来了，伴随着观念的倡导和个人欲望的觉醒，娜拉们冲出家庭，以美丽绝伦的姿态开启女性解放之路，“五四”的尚美之风给了女性一份自信张扬却未必坦然自如的尴尬姿态，她们像是穿了一件风格迥异的新装，迈开了走向外部世界的第一步。

丁玲，从初登文坛伊始，就是一位敏锐洞察世事的作家，正如有论者所说，“丁玲的文学著作是独特的，它们不是作家个人生活的描述，而是社会生活的反映”①，早期丁玲的小说创作主要关注五四革命时期的女性，她们在启蒙话语的引领下，走出家庭，参与社会公共领域，主动追求个性的解放和精神的自由。可以说关注社会一直是丁玲写作的一个支点，正是在这个支点之上，丁玲探讨革命时代中，女性参与者如何实践革命精神，以及革命对生命个体的深刻影响。作为一位女性，丁玲更能体察五四时期一代“娜拉”式女性的心路历程，她一次次将细腻的笔触伸向女性的一处独特领域——衣橱。在那里女性被打造成一个个美丽饱满的形象，以前所未有的自信迈进公众的视野，同时又无声地消解着女性作为生命主体的价值。在那里女性通过对自身美的渴望与追寻，获得了欲望的觉醒以及对自我价值的确认，同时又为美所诱惑奴役，无法摆脱精神沉沦的危机和困境。有感于鲁迅“铁屋子”的空间隐喻，有论者提出女子的闺房——“‘铁闺阁’是铁屋中的铁屋，或可称为‘深层铁屋’”，而衣橱正是铁闺阁里的“塞壬”，美艳动人却又暗藏危机，给予女性无限的乐趣享受，同时又使女性深陷其中不能自拔，最终难逃被窒息的厄运，可以说衣橱就是女性生命中带有悖论意蕴的存在空间。

在丁玲的小说创作中，活跃着一批美衣华服包裹着的女性形象，她们身姿绰约，常常是大都会中一道亮丽的风景线。丁玲的小说处女作《梦珂》中，就借梦珂之口，说出了对服饰之美的期待和诉求：“为什么一个人不应该把自己弄得好看点？享受点自己的美，总不该是不对的吧！一个女人想表现自己高尚，自己的不同侪属，难道就得拿‘乱头脏服’去做商标吗？”②梦珂是丁玲笔下的一个生命鲜活的女性形象，在她的这段话里，我们可以看出衣饰精美时尚是女性追寻自由解放的一个重要尺度。正如《服饰心理学》中论者提及的：“健全的人都

① [美]加里·约翰·布乔治：《丁玲的早期生活与文学创作(1927—1942)》(节译)，见《丁玲研究在国外》，孙瑞珍、王中忱编，湖南人民出版社 1985 年版，第 101 页。

② 丁玲：《梦珂》，见张炯主编：《丁玲全集》(第 3 卷)，河北人民出版社 2001 年版，第 24 页。

有一种实现倾向的心理愿望与意识动机，而实现倾向正是生命的驱动力量。在服饰的应用中实现自我着装倾向，使自己的整体着装形象更加特异化、更加独立、更加美丽，正是人的正当的精神需求。”①换句话说，美就是一种权利，是标示女性通往社会公共领域决定自我形象和身份建构的一部分。梦珂是受到五四文化熏陶而走出家庭、拥抱广阔世界的新女性，她有权利决定自己穿什么衣服，以什么形象示人，这种对美丽的渴望同时又指向自我的满足，是女性旺盛生命力和饱满生活激情的一种表征，还是对自我权利建构和表达的确认。

在丁玲的小说创作中，《梦珂》是一部服饰话语非常密集的文本，贯穿于梦珂生活的始终，是一条十分微妙的认知线索。前文说道，对精美衣饰的选择是一种美的权利；那么对衣饰的鉴别评判，则可以说是一种审美权利，在打量他者的目光下确认自我形象。作品中写道：“梦珂并不称许那一套漂亮衣服，尤其是那套大红小坎肩，多么刺眼的颜色呀！袍子也太花，不如表姐那件玄色缎袍，只下边袍缘上一溜织就的金色小浪花……”②而那个自称“中国苏菲亚”的穿着短裤的革命女性，也让梦珂产生拒斥的心理。梦珂是一位美术学校的学生，擅长绘画，对色彩和美有一种敏锐的洞察力和感悟力，对着装也具备一定的鉴别能力。她不喜欢杨小姐的衣饰，色彩艳俗、图案花哨，这身衣服热闹得过了头，反给人一种轻浮之感；而她赞誉表姐的服饰搭配，玄色是一种沉静内敛、暧昧模糊的颜色，绸缎的柔软质地再加上精致简洁的装饰，素雅清新、款款大方，不招摇不轻佻，充分彰显女性的浪漫气质与柔和美感。专注于社会革命的“中国苏菲亚”，身着属于男人装的短裤，表情夸张、粗鲁、浅薄，显然未获得梦珂的好感和敬意，这不得不说是她拒斥加入其中的原因之一。文本中出现的这位“中国苏菲亚”是丁玲笔下出现得最早的女性政治革命工作者，她采用内视角的方式，实际上是完成了对当时政治革命的否定，坚持无政府主义的信仰，这与丁玲早期的政治思想是一致的。诚然，“中国式苏菲亚”是当时真正触及政治革命的女性先驱者，在她们的视野中将男性自觉地当作自己的行为模式标准，强调“巾帼不让须眉”，以服饰、行为等方式向男性靠拢，从而获取参与政治的权力。当时的这股潮流显然没有波及丁玲的思想，政治革命对于五四时代的多数女性而言，还只是一个空虚的能指，她们沉浸在自由与解放的新鲜氛围中，对政治显然还无暇顾及。

---

① 华梅：《服饰心理学》，中国纺织出版社 2004 年版，第 21 页。

② 丁玲：《梦珂》，见张炯主编：《丁玲全集》（第 3 卷），河北人民出版社 2001 年版，第 16 页。

文本中的服饰话语言说着梦珂,使其获得鲜活美好生命的原初律动,至少在爱情理想没有破灭之前是如此的。她在爱美女性表姐等人的熏陶下,穿着考究得体,美衣华服给了她更为自信的姿态走向她想象中的爱情乌托邦,扩充了她追寻自由的领域和体验,对衣饰美的鉴赏力同时内化为她的审美追求,帮助她完成想象中的自我建构。对梦珂来说,美是一种权利,而美衣华服正是对这种权利的体现和确证,拥有美是女性的权利和自由,就像每个人拥有爱情的权利和自由一样,是不可剥夺与压制的,衣橱为女性准备了一场盛宴,霓裳艳影处顾盼流连,是衣饰的狂欢,更是女性甩开镣铐、拥抱美丽的狂欢。

五四时期,在丁玲以及众多作家笔下,我们都不难发现如梦珂一样衣着精致、品味高雅的女子。她们作为五四女儿勇敢冲出家庭,告别封建家庭,脱去闺阁中的宽衣大袍,着上一袭素雅精美的衣裙,款款地走在女性过去很少涉足的公共领域。她们追求时尚,正如齐梅尔所说,"时尚彰显女性自身独立,又避免了对男性的过分依赖……时尚使得她们有一种卓越感,一种个体被强调的感觉,一种个人人格的装饰"[①],在个性化服饰的时尚追寻中,获得一种精神的愉悦和满足。此外随着西方文化传入中国的衣着时髦观念,也使都会中女性的着装作风发生巨变。她们全力以赴地掀起了一股尚美求新的风潮,尤其在上海"时时变更,三数年间,往往有如隔代"[②]。作为五四革命中向往民主、自由的女性,她们勇敢地实践着美的权利,如同发现新大陆一般惊奇兴奋,使女性解放和个性解放的权利更为具体化和可见可知。据马尔库塞《审美之维》中所言:"个体感官的解放是普遍解放的起点,甚至是基础。自由社会必须根植于崭新的本能需求中"[③]。诚然美衣华服是属于那个女性狂欢时代的一场自觉感官满足与享受,是对自身美的深深陶醉,是女性与美保持特殊联系的本性在封建文明与现代文明裂缝之间的短兵相接。

(二)都会风景——美是一种欲望

有论者提出,"女性自觉的两个成长标志,首当其冲的就是女性肉体的觉

① [德]格奥尔格·齐梅尔:《时尚的哲学》,费勇等译,北京文化艺术出版社 2001 年版,第 196 ~ 197 页。

② 吴开人:《上海三十年艳迹》,见《我佛山人短篇小说集》,花城出版社 1984 年版,第 358 页。

③ [美]赫伯特·马尔库塞:《审美之维》,李小兵译,生活·读书·新知三联书店 1989 年版,第 134 页。

醒，女性欲望的觉醒”①。千百年来封建男权文化以规训的方式控制着女性的身体和精神自由，窒息着她们的欲望，使她们自身沦为附属于男性世界的客体存在物。这种规训为了隐藏其粗暴性，便冠以美丽的说辞，将对女性身体的约束和惩罚纳入审美范畴，以权力运作的方式界定这种美丽，三寸金莲、束腰平胸这些耸人听闻的存在物都成了审美欣赏的对象。女性作为美丽说辞的实践者，却是没有权利去定义何为美、何为丑的。而这一切在五四时期发生了变化，封建父权文化衰微，现代文明倡导的民主平等思潮打破了男性一统天下的霸权，权利的天平开始向女性倾斜。而那些走出家庭的“娜拉们”，首先需要的是一种“自我定义权”，就是“个人所具有的自己决定自己行为，处理自己身体、欲望等的权利”②，是一种主体性地位的确立，可以说，这是女性解放最重要的标志之一。

从女性主体立场出发，我们不难发现，美服秀袍的多姿多彩，不仅唤醒了女性深藏的欲望，还使这种欲望得以延展来确立一个具有生命热度的自我。据心理学论述，“女性希望被爱的白日梦和希望被看的白日梦有着同质的地方”③，弗洛伊德认为人的一切行为都受到力比多即原欲的影响，女性渴望被爱，实际上都是力比多找不到释放的途径，受到压抑而产生的释放欲；同时渴望被看，对自身怜惜和高度关注，是一种自恋的形式，也是一种心理补偿机制。因此，华衣美服之下律动着的是欲望的觉醒和表达，是生命本体的回归和生命能量的释放。

于是，女性对自身美的追索呈现出孜孜不倦的执着与坚持，她们被公共领域拒绝了千年之久，她们哑寞地被父权制的家庭禁锢的岁月太长，而终于等到新的时代，等到了社会大门对其敞开的时代，她们几乎是迫不及待地走向那个被看被关注的中心，披着一身新装在展露自我中确立自我，满足女性生命存在的欲望。因此，我们不难发现在丁玲早期的文学创作中，有相当一部分摩登女性的人物形象，尽管其有时充当的仅仅是故事的配角，但是那抹艳丽的影子是难挥难掩的，她们衣饰摩登、美艳动人，并以此显现出一个女人鲜活的爱美之心，对美衣华服的欲望点燃了她们生活的热情。作品中丁玲有意选取都市或者繁华的县城作为叙述空间，在那里展开一系列的服饰表演，同时也展示了一道

① 常彬：《中国女性文学话语流变（1989—1949）》，人民文学出版社2007年版，第185页。

② 徐仲佳：《现代性爱的中国形象简史——中国现代爱情小说抽样分析》，黑龙江人民出版社2009年版，第61页。

③ 刘玉霞：《中国当代言情小说女性原型研究》，中国社会科学出版社2011年版，第35页。

欲望与被欲望化交织缠绕、难分难解、带有悖论色彩的独特都会景观，十里洋场繁华绚烂又滋生罪恶，放任女性沉浸在聚光灯下挥洒欲望，也将女性推向被欲望享用的悬置舞台。

在小说《梦珂》中，杨小姐和表姐充当着引领梦珂闯进华服世界的启蒙角色，梦珂初到姑妈家的时候，首先就是“表姐提议到她的那件黑线呢长袍已经过时，应该还长些，并且也大了……第二天一清早便把自己刚做好的一件咖啡色纽约绸的夹袍送来”①，梦珂在表姐及其好友杨小姐处触碰到都会上海服饰的精美和服饰迅疾的潮流之变。这是她在美院学生时期不曾关注的领域，从此穿衣打扮成了她生活中的一个重要内容，甚至不惜物价的昂贵，为自己置办时兴的衣裙。华美艳丽的衣饰唤醒了梦珂对自身美的欲望和渴求，就像她对匀珍说的，享受自己的美也是一种正确向上的人生态度，也是一种高尚。《暑假中》描写的几位女教员，在极端无聊寂寞的境遇下，为游艺会尽心尽力地做准备，尤其是在服饰上，可谓是精益求精。在小说中，丁玲对各自衣饰打扮的描写不吝笔墨，颜色、质地、款式，甚至是小小的装饰，都作出细腻的、不厌其烦的描述。在武陵这座县城里，几位女教员一直是人们关注的焦点，她们剪着利落的短发，穿浅色衣裙，游艺会作为武陵县一年一度的重大活动，女教员们也受邀参与其中表演节目，走上舞台前，她们为自己的衣饰大费脑筋，务必要尽善尽美。文中写道：“嘉瑛只闭着眼睛，心却依旧惦念到许多小事上去。无论怎样，总像不放心似的。《游园》《惊梦》是自己顶熟习的，娟娟的笛子，也跟得上。那件仿西式的淡湖色长衣，尤其是承淑亲手缝上去两朵人水钻花，在煤气灯底下耀着，一定漂亮透了。只是头发，玉子用几根粗钢针把它烫得蓬蓬卷卷的，又勒上一条花缎带，自己不表演跳舞，这样梳着好像不合适……”②诚如前文所说，女性天然拥有被看欲，她们希望把自己推向目光聚焦的舞台，承受他者的赞誉和认可，从而得以确证自己。就服饰心理学而言，欲望又缘于一种“显示动机”，即“想通过创造理想的着装形象，提高人本体的全部价值……以致在着装者群众引起轰动效应，以显示自我的存在，显示个体的卓然独立，与众不同”③，美衣华服满足了被看的欲望，使显示动机得以达成，她们穿梭于衣橱与都会之间，穿梭于人们的目光流转之间，从而以一种美丽款款的姿态步入她们此前从未涉足的社会领域，

① 丁玲：《梦珂》，见张炯主编：《丁玲全集》（第3卷），河北人民出版社2001年版，第12页。
② 丁玲：《暑假中》，见张炯主编：《丁玲全集》（第3卷），河北人民出版社2001年版，第91页。
③ 华梅：《服饰心理学》，中国纺织出版社2004年版，第24页。

怀着欲望满足的属于女性的隐秘心理，勇敢地张开羽翼完成飞翔，尽管此后的命运证明这羽翼未必如她们当初所想的那样丰厚，也未必能够决定飞翔的时间长度。

此外，欲望并不仅仅只是心理学所说的被看欲和被爱欲，都市还为走出家庭的“娜拉们”准备了过去全然未知的一种欲望——物欲。琳琅满目的商场公司、繁华的街市、灯红酒绿的娱乐场所，这些都是女性过去从未体验过的公共领域，华丽的橱窗陈列着各种各样的精美商品，它们静默无声，却散发着致命的魔力，让经见者叹为观止，那种对物的欲望如潮水一样冲撞回荡在心灵深处，使人寝食难安。

从晚清洋务运动开始至20世纪初，资本主义的生产方式、理念等相继传入中国，国内的资本主义实业呈现迅猛发展的势头，当时的中国与晚清相比，可以说实力倍增。但是这种由生产力带来的发展成果并没有惠及占社会大多数的劳动人民，而是集中在少数人的手里，拥有财富者为了标榜自己的身份地位，夸耀身份，逐渐形成了一种华丽奢靡的衣着风尚。而这一小部分人因手中握有财富和权利，又可以左右社会发展的整体动态。于是，追求华贵富丽、时尚新潮，穷尽奢侈与美艳的服饰几乎成为那个时代的一大特色。有论者曾提到，“上海各阶层市民的阖家老小，闲来都爱逛公司，在充满商品诱惑的窗橱前‘溜玻璃眼’，进百货店消磨上数小时，即使不买，饱饱眼福……”①，这些推销东西洋商品的大型百货公司成了民众的“梦工厂”，而这梦正与那日益剧增的物欲息息相关，或者说正是强烈的物欲编织起市民的浮华一梦。

在小说作品《阿毛姑娘》中，丁玲敏锐地将物欲（对美衣华服的占有欲）作为一个命题而提出。历久以来，由于《阿毛姑娘》不是描写时代落潮的知识女性的苦闷，也不符合作家自身转变后的政治主张，因此一直没有受到学术界的关注研究。但是，历史的车轮碾过时代人世的浮尘，今天我们重新解读这部曾经不受重视的作品，却能看到作品超越于时代之上的内涵思考。笔者将阿毛归为“出走娜拉”之列论述，尽管在实际生活层面来看，阿毛从父家嫁入夫家，至死身体都没有走出家庭，但是在精神思想层面，阿毛是一个自我放逐者和决然出走者。

诚然，阿毛的多重悲剧导致她无路可走而自杀的命运结局，然而这多重悲剧又是在阿毛有了自我意识、自我欲望获得觉醒后体察的，是什么唤起了她的

① 吴昊：《中国妇女服饰与身体革命（1911—1935）》，2008年版，第70页。

自我意识、欲望呢？最初的初见繁华这一解答显然让人不以为意，当时当地的热闹街巷并没有使她对自身觉醒，她只是觉得一切新鲜不同，甚至好奇街上穿着华衣的游行太太与她同样都是女性。正是小二为其买布这一事件，成为阿毛自我意识和个人欲望的萌动之初。文中这样写道："三姐替她捡了一段绿色的自由布，夹着一缕缕的白条，像水的波纹一样，她欢喜地跳了，但三姐自己捡的，却令她更喜欢。她希望同三姐一样，然而三姐笑了。三姐说小二哥只给她一块钱，若是要买三姐买到的假花哔叽则要两块多了。阿毛本没有想到要做衣，小二要去爱惜她，自由布本已使她满足，但既懂得因钱少买不到假花哔叽，自自然然她忘记夫婿的好意……本来也是，引诱她产生欲望，又不能给她满足"①。阿毛内心萌动的物欲唤醒了更深层个人欲望，使她开始认识到自己虽然是无知无识、深山乡野中走出的阿毛，但也有打扮漂亮、过上幸福美满生活的权利与可能性。人们常说，爱美是女人的天性，而穿衣打扮正是日常生活中与美关系最为密切的行为，因此对外部服饰的期许通常成为唤醒人自身欲望发现的第一步，以此改变一个女人原有的生活轨迹，这也与梦珂的觉醒之路不约而同。

物欲，作为人自身对外在物质的强烈占有渴望，一定程度上支配着人的内在精神世界，在不知不觉中使其发生巨大的转变。正如丹尼尔所说："在过去满足违禁的欲望令人产生负罪感，在今天，如果未能达到欢乐，就会降低人们的自尊心"②。当然物欲也包含在他所说的欲望中。20世纪之初的中国都会、城市，最先接受资本主义国家的影响，包括物质的输入和精神的启蒙，作为资本主义生产的思维策略，物欲横流是刺激社会生产发展的兴奋剂，它直接作用于人的内心，使人在心理上对物质产生无可救药的依恋，从而转动社会大生产沉重的车轮，将社会、时代的物质文化推向极致。然而如同兴奋剂是一种药品，对人自身存在伤害一样，物欲之于社会参与者无疑又在毫不留情的异化和蔑杀生命主体的存在，它神奇地使人获得个人欲望的觉醒，也同样神奇地将人引入被异化的歧途，物欲使生命主体因盲目追寻物质的满足而放弃作为主体的形而上的思考，无形中消解了生命主体的生存价值和意义，而沦为生存的客体。用自由主义的话说，就是物欲让人丧失了人之为人的尊严和自由。

丁玲历来是一位敏锐把握社会动态的作家，她笔下的物欲并不仅限于十里

---

① 丁玲：《阿毛姑娘》，见张炯主编：《丁玲全集》（第3卷），河北人民出版社2001年版，第126页。

② ［美］丹尼尔·贝尔：《资本主义的文化矛盾》，赵一凡、蒲隆、任晓晋译，生活·读书·新知三联出版社1989年版，第119页。

洋场大上海的摩登男女所特有，而是属于生活在时代之中的平凡女性，知识女性如梦珂者，农村女性如阿毛姑娘、三姐者，都在物质——精美时髦服饰的占有与追求中获得了个性、自我的苏醒，也同时都无法逃脱物欲的蛊惑，成为时代悲剧的受难者。华衣美服，成功地一次又一次唤醒了潜藏于人内心的物欲，并使这种物欲以最大的限度在最短的时间内扩充延展，女人崇尚美丽的天性在华彩艳服的召唤下，得以挥洒得淋漓尽致，然而令人颇为无奈的是，得到总是伴随着逝去，美丽之下是惨重的代价。衣橱的狂欢协奏着生命的沉沦，走出家庭的女性，在华衣美服的包裹下，或者是在对其的狂热追求中，觉醒后紧跟着又是更深的困惑迷惘，美是一种欲望，但这种欲望以双刃剑的形式存在，欲望的觉醒者同时也成为欲望的被奴役者。

五四运动，掀起了男女平权的风潮，女性们在先驱知识分子的启蒙召唤下，得以走出家庭，参与公共领域，获得作为生命主体的自我。这是革命倡导的理念，也是一种乌托邦的想象建构，然而真实的道路却并非如此光明。封建社会要求女性严守妇道，相夫教子，终生作为附属品而隶属于家庭，女性生命存在的价值更多地被认知为一种繁衍后代的生育工具。这是旧时代女性的悲剧。走进新时代，女性一定程度上得到了相应的权利，得以与男性同时参与社会。但是封建观念的残余势力以及资本主义社会滋生的欲望，并没有使女性生命存在脱离固有的物化认知，一定程度上，女性从一种工具被加工制造，而成为一种欲望商品。身着华衣美服的女性，走出家庭，就必须承载着男性窥视的目光，不可避免地成为男性的欲望对象。

《梦珂》中有这样一段对表哥晓淞心理的描写："及至梦珂穿好袍子时，他却狠狠的懊恼着适才自己不该催促她穿衣。这件宽袍真把腰间的曲线也给遮住了。因为这样倒不能不称许女人的袍子是应当要瘦小点才好……"①寥寥几笔写出了一位男性对女性着装的窥视和暗想，充满了一种欲望和僭越色彩。《暑假中》写道："男客那边，都是穿着长衫颇为斯文的一些中年人，他们破例地走到这拥挤的会场来受热，是同那起年轻人一样，想来看看女教员们的新奇化妆跳舞的……"②经过服饰改良后的美衣华服（旗袍居多），一改过去宽松的式样，纤瘦贴身，使女性行动方便的同时还凸显着女性丰满的身体。伊丽莎白·赫洛克

① 丁玲：《梦珂》，见张炯主编：《丁玲全集》（第3卷），河北人民出版社2001年版，第17页。
② 丁玲：《暑假中》，见张炯主编：《丁玲全集》（第3卷），河北人民出版社2001年版，第90页。

认为,“自我夸耀和试图赢得别人称赞的心理是服饰起源的动机之一”[①]。然而在男性充满欲望的目光打量下,称赞同时又是一种福柯式的身体规训。赞美成为一套行之有效的说辞,它使女性的着装打扮深受男性思想的影响,而在当时的都会,华丽的衣裳并不一定提升了女性的地位,相反,它将女性包装成了都市色相市场中的欲望商品,从工具到商品,对女性生命主体的认知仍然没有逃出被物化和被异化的藩篱。

然而此时的诸多女性始终是懵懂的,其觉醒带有很强的不确定性和不彻底性。女性拥有被看和被爱的欲望,但是这种欲望恰巧又为附庸于男权社会提供了一种可能,使男性的话语力量得到放大,美衣华服之下并非解脱,而是取悦于他者的如履薄冰和小心翼翼。在丁玲的早期作品中,还有另外一部分女性形象,颠覆了女性被控制被规训的局面,而使女性的个性解放和欲望觉醒更具深度和宽度,她们以《莎菲女士的日记》中的莎菲、蕴姐,《野草》中的野草为代表。

以服饰话语叙事进行考察,不难发现,在丁玲早期的创作中出现了两种不同的出走女性形象,一种是梦珂式的,她们复现了鲁迅关于“娜拉走后怎样”的预言——“不是堕落,就是回来”[②]。精致的装扮和美丽的仪态没有使她们走向真正的解放,相反却成了她们被再次禁锢的遗憾的开始,是万劫不复深崖前那束娇美诱惑的恶之花。而另一类出走女性,则是莎菲式的,在对莎菲们的叙述中,美衣华服自动地隐退了,成为她们身后模糊的一道背景,甚至可以说是作者故意让精美的服饰与她们无关。

在《莎菲女士的日记》中,莎菲与凌吉士初遇之时,有这样一段细腻的心理描写:“凌吉士,他能那样毫无拘束的在我这儿谈话,像是在一个很熟的朋友处,难道我能说他这是有意来捉弄一个胆小的人?我为要强迫地拒绝引诱,不敢把眼光抬平去一望那可爱慕的火炉的一角。两只不知羞惭的破烂拖鞋,也逼着我不准走到桌前的灯光处。我气我自己:怎么会那样拘束,不会调皮的应对……唉,他一定以为我是一个乡下才出来的姑娘了”[③]。两只破烂拖鞋使莎菲深感自卑,无法走近一见钟情的男子,只能窝在病床上低着头沉默寡欢,恨自己无法活泼自然地与他交谈。此处我们不难看出,莎菲是与梦珂截然不同的女子,她不

① [美]伊丽莎白·赫洛克:《服饰心理学——简析赶时髦及其动机》,孔凡军、黄四清、王志明译,中国人民大学出版社1990年版,第22页。

② 鲁迅:《鲁迅经典文集》,中国画报出版社2011年版,第342页。

③ 丁玲:《莎菲女士的日记》,见张炯主编:《丁玲全集》(第3卷),河北人民出版社2001年版,第47页。

事雕琢，不施粉黛，没有将自己包裹在美衣华服里，甚至连家居的拖鞋都是破烂粗糙的。这一切对于莎菲这种追求精神层面者而言，显然是理所应当的，但是这种情况在她与凌吉士见面的一刻，发生了急剧的转变。莎菲作为一个生于传统家庭，而又叛逃于传统家庭的女性，与生俱来的就负有传统的基因，因此“女为悦己者容”的思想观念在这一刻，获得了冰释的契机。莎菲骨子里爱美的欲望被唤醒了，她开始希望自己言行得体、神采飞扬地与眼前这个打开她芳心的男子深聊，她开始萌动出她那渴望爱与被爱的自由情感，然而莎菲的独特之处，或者说是深刻之处就在于，她对自由的渴望远多于对美与爱的渴望。自始至终，莎菲没有为了凌吉士而精雕细琢地梳洗打扮，她是华服美衣的局外者，因此她的形象是模糊的、抽象的，在外表上我们很难定位莎菲的美丑，她是一缕魂一样的存在，是一种精神、一腔呐喊，带着女性天然的游离状态而无法被简单界定。

在丁玲的小说作品《野草》中，再次印证了莎菲这一类出走女性的深刻性，在作品的开头就有这样一段描写：“春来了，阵阵的和风从窗外吹来，送来花的香，芬芳的；草的香，湿润润的……小蝴蝶们将粉翅去轻轻触那颤袅的花枝。年轻的人，都将浅色的，新的单衣换上，娇嫩的脸颊上，添了绯红，黑眼珠放着光，成群邀着，四处去踏青……野草，一个二十四岁的姑娘，打扮地像中年女人一样，穿一件灰色的夹袍，常将自己深闭在一间小房里，为她小说中的人物苦恼着，她忘记春了……”①同样作为一位出走的娜拉，野草显然将自己放逐于声色犬马之外，她年纪轻轻却打扮得像个中年人，式样简朴的夹袍是灰色的，连衣服的质地作者都不愿费笔墨，只是草草两笔，描绘出一个朴素女子的轮廓，显然丁玲在此是将此类女性有意放置于华衣美服之外的。她要让她们颠覆“女为悦己者容”的男性世界固有的规训，从而逃出一种男权社会的制约，以此获得精神探索和自我解放的机会和权利。野草在作品中的每一个场合里，都穿的是褪了色的旧衣服，与华彩纷繁的锦袍鞋帽始终是疏离的，而也正是在这种疏离中，拒绝了某种来源于女性骨子里根深蒂固的对美的偏执欲望，同样摒弃了以华丽外表取悦男性、依附男性的固有思维方式，以此获得了自我个性解放的一线生机。我们不难看出，在丁玲早期作品中，只有这些华衣美服的自动放弃者在女性自我发现和自我解放的道路上，走得更坚定，也走得更为长远，精神向上的力量最终抵御住了感官的欲望，从而为灵魂的自由与深刻艰难地打开了一道天窗。

---

① 丁玲：《野草》，见张炯主编：《丁玲全集》（第3卷），河北人民出版社2001年版，第248页。

(三)消费文化——美是一种奴役

“我是谁？我是同你一样的人”，在易卜生的《玩偶之家》中，这是娜拉发出的一声震撼世人的呐喊，中国的“娜拉们”当时也有一句经典的五四时代名言：“我是我自己的，谁都没有干涉我的权利”①。丁玲早期的小说作品中，出走“娜拉”一直是她不厌其烦再三刻画的女性形象。五四革命作为一场资产阶级性质的革命，将资本主义社会中的民主、科学、自由、平等、博爱等观念推向一个制高点，使这些先进于封建伦理的观念得以深入人心，可以说，是五四革命成就了“娜拉”的出走，为她们打开了自由和解放的大门。然而踏过这道大门，“娜拉们”果真如理念所宣扬的那样，前途一片光明吗？答案当然是否定的。

资本主义文化与出走娜拉，实际上存在着深层的悖论关系，她既成全了娜拉的出走，又陷害了走出去的娜拉，二者之间紧紧相扣，彼此构成了一个关于女性解放言说的整体。“娜拉”是否能够成功实现解放与自由，关键并不在于她能否有勇气跨出家门，然后一劳永逸地收获平等与民主，而是“娜拉”必须作为一个独立的生命个体，在独立的前提下走向广阔的社会空间为自己进行奋斗。而独立的第一个层面，涉及的就是经济上的独立。“娜拉们”在未获得经济独立之前，或者说没有充分的物质准备之前，毅然告别家庭，这一行为本身的风险是远远多于收益的。丁玲早期的文学创作中，单就服饰话语的言说来看，就已经道出了这一层含义，梦珂、阿毛等都印证了资本主义文化中，出走的“娜拉”无不像折翼天使，理想的翅膀被现实风吹雨打，美丽的想象成为奴役的枷锁，最终逃不过困惑、沉沦与消亡。

在资本主义文化中，消费与享乐历来是它的关键词之一，而上海作为“东方的巴黎”，消费主义情结尤其浓厚。资本主义大生产使人被无穷无尽的商品所包围，而这些商品又以引发欲望的方式作用于人的内心，人的购买欲不断膨胀，正如基督教、佛教等宗教倡导的一大教义，物质的发展将阻碍人自身的发展。20世纪初的上海，十里洋场上物质的极大丰盛，于初入社会的“娜拉们”来说，绝非是好事，商品以其致命的魔力完成了对人的异化，人们妄图通过对商品的占有而获得身份的想象性建构，因此服饰的品质好坏，似乎成了决定人高贵与卑微的关键要素。人无法自己界定生存的价值，而必须通过服饰来定义自己，这正是美的一重奴役，正如别尔嘉耶夫所说：“美的诱惑与奴役总是意味着个性

① 鲁迅：《鲁迅经典文集》，中国画报出版社2011年版，第93页。

价值的弱化，甚至是消灭，意味着转移个性生存的中心，意味着把人的一方面变成整体。人将成为自己的部分状态的奴隶，控制着他的感情美丽的奴隶”[①]。

梦珂的姑母家无疑就是一个消费主义和享乐主义浓重的空间领域，作品中有这样一段描写：“天气已一天冷似一天，梦珂看见自己的旧棉袍已不暖和，想另做一件新的，并且那紫花洋绸的面子，和蓝大布罩袍，都有点害羞拿出来……表姐们出去时都披斗篷了，自己只想花五六十元做件皮袍也好……”[②]显然，渐渐习惯了姑母家生活的梦珂，通过对旧日服饰的羞于出手而完成了对过去自己的否定，在身份想象上也开始向表姐们靠拢。而买棉袍时的情景使这种倾向再次得到确证：“她邀表姊同去买衣料，但表姊硬自作主张替她买了一件貂皮大氅，和些帽子、皮鞋、丝袜零星东西，一共便去了两百四十五元。表姊还在挑剔那些东西的坏处，后来又只能把自己的许多好的手套、香水送给她……”[③]表姊的自作主张显然并没有引起梦珂的气恼和反感，她热情地帮助梦珂挑选精美的服装和配饰，并以切实的行动让梦珂在物质享受上得到提升，从而也就把她拉到了与自己身份平齐的位置。自此，我们可以看出，服饰心理学上的“融近动机”，即“想以服饰形象的微妙设计成果使自己与受众接近，或融于受众之中”[④]，使得梦珂不自觉地被表姐之流同化，坠入享乐主义与消费主义的深渊，不惜高价购置华丽的服饰，在对华衣美服的享用中确证新的身份认同。一个美丽精致的梦珂被商品打造出来了，同时也无可幸免地成了某种与商品同质的消费对象。李欧梵在《上海摩登》中曾提到，“服饰的高消费不仅表明了上海城市生活的一般商品趋势，也说明了人们对某些商品的迷恋——把女人身体作为商品似的呈现，她们成了男人注视和欲望的物质对象”[⑤]。因此，梦珂们通过美衣华服包装获得的身份建构，实质上是成了一重虚妄，一重奴役，华衣美服为她们贴上一纸标签，她们不过是一场骗局中彻头彻尾的受害者。

在当时的上海，或者说是当时的中国都市，这种用服饰建构身份的行为是非常普遍的，这种行为又造成了另外一个问题，那就是身份表象的混乱不堪。梦珂最后成了一位电影明星，作者写她初进化妆室的场景：“她走到大镜子面

---

① ［俄］尼古拉·别尔嘉耶夫：《论人的奴役与自由》，张百春译，中国城市出版社 2001 年版，第 280 页。

② 丁玲：《梦珂》，见张炯主编：《丁玲全集》（第 3 卷），河北人民出版社 2001 年版，第 21 页。

③ 丁玲：《梦珂》，见张炯主编：《丁玲全集》（第 3 卷），河北人民出版社 2001 年版，第 22 页。

④ 华梅：《服饰心理学》，中国纺织出版社 2004 年版，第 25 页。

⑤ 李欧梵：《上海摩登——一种新都市文化在中国》，毛尖译，人民文学出版社 2010 年版，第 33 页。

前,她看见她被人打扮出来的那样儿,简直没有什么不同于那些在四马路上的野鸡……"[①]电影作为一个新兴的传媒系统,在当时还不够规范,其中存在着大量服装混淆的现象,电影明星为了达到轰动效应,疯狂地追逐时装,甚至不惜将自己打扮得像个妓女来勾起观众的观看欲望。美衣华服从自我身份的建构与认同,演变为社会领域内女性的身份混乱,女性靠穿衣服做的美梦就此惊醒,而只求满足感官刺激来麻醉自我,实际上演出了一场令人啼笑皆非的闹剧。

《阿毛姑娘》中的三姐,也是一个颇为值得关注的女性形象,一定程度上,可以说她是阿毛悲剧的导火索,同时她又是另外一个"阿毛",虽然在作品中,三姐自父家嫁入夫家做妾,自始至终未有出走行为,是不在"出走娜拉"这一考察维度之内的。但是,我们可以将她看作阿毛的一个对立面,出走与固守,成为阿毛与三姐故事的一条线索,固守的三姐显然并不是一个安分的女子,她用美丽的衣饰唤醒了女性的同性嫉妒心理,进而唤醒了阿毛内心难以达成的种种欲望。作品中的三姐无疑是一个村间的摩登少女,她穿着考究,向往广阔的都市生活,军官妾室的前途身份不仅没有使她羞愧,反而是她荣耀的光环和憧憬的未来。文中这样写道:"闲了,依旧在三姐处学来许多故事,三姐津津有味地愿意教她。不知是三姐觉得谈讲这些有趣味,还是想从这不倦的言谈中暂时一慰自己对于许多物质的希求……"[②]三姐对物质的垂慕之情自此可见一斑。究其深层原因,我们不难发现,三姐和阿毛存在的一个重要区别就在于她们所处的家庭环境不同。阿毛是一位土生土长的农村姑娘,未出嫁以前甚至没离开过大山,一直与父亲相依为命,成长环境单纯而封闭。但是三姐不一样,严格界定来看,三姐成长于城郊地带的家庭中,尽管自身贫瘠,但是周围多是豪华的度假别墅酒店,出入的都是富有的都市游客。城郊是一个值得良多思量的地理位置,它处于一种双重的边缘化中,城市的边缘与农村的边缘,因此这里的文化同样具有陈思和先生所说的"藏污纳垢"[③]的特质。一方面是封建残余观念中的奴化思想,一方面是向往都市的享乐主义、拜金主义,而三姐的家庭正是城郊地带文化的缩影。父亲为了荣华富贵,可以毫不犹豫地将自己的女儿送给军官做姨太太;母亲不以为耻、反以为荣,陪女儿上街置办物件,兴致勃勃地把女儿打造成精美的可以交换的货物商品;而三姐呢,成长于这样的家庭,更是浑然不知自己的悲剧,反

① 丁玲:《梦珂》,见张炯主编:《丁玲全集》(第3卷),河北人民出版社2001年版,第39页。
② 丁玲:《阿毛姑娘》,见张炯主编:《丁玲全集》(第3卷),河北人民出版社2001年版,第127页。
③ 陈思和:《中国现当代文学名篇十五讲》,北京大学出版社2013年版。

而是欢天喜地、眉开颜笑地全然接受并万分感激于这种安排，不免让人唏嘘不已。

在三姐看来，华衣美服就是人生的幸福，是她高贵于周围阿毛、阿招嫂们的身份凭证，是她闪亮生活的一重印证。姣好的外貌为她赢得军官的青睐，因此这外貌、容颜和装束便成了她前往荣华富贵之路的通行证。不难看出，文中三姐对服饰和外表的重视异常，起初懵懂的阿毛就是在三姐的带领下，第一次踏进城市五光十色的衣料店。三姐在阿二限定的资金额度内，为阿毛挑选了自由布，这本来是可以让阿毛十分心满意足的，而她为自己买的假花哔叽物美价高，让阿毛更为欣羡，自由布显得黯然失色。服饰的优劣再一次重重地作用于人心，美衣华服成为建构身份的象征，三姐讲究的打扮装束无疑是在宣誓自己不同于阿毛之流的身份，或者说她借助服饰在完成对自我角色的扮演。作品中有这样一段描写："等到三姐再回来，已变得不再是从前的三姐了。穿着一件闪光的肉红色花长袍，一双彤花皮鞋，虽然不是高跟，但走路的样式，已随着好看多了。特别是连髻子也剪去，光溜溜的短发贴在头上，垂在鬓旁，那意气，比什么都变得使人惊诧。她不再同阿毛们随意说笑了。走的时候还同阿招嫂闹点小气走的。三姐的娘也觉得阿招嫂竟敢开罪于她的女儿，是可气的事，女儿走后，数说了阿招嫂几句……"①自夫家归来的三姐虽只是姨太太，却显得盛气凌人、高高在上，精美的服饰彰显着她与众不同的身份，在阿毛眼里无疑成为一道艳羡惹眼的风景。"是阿毛不了解，为什么别人要轻视她，同时又趋奉她。阿毛只觉得三姐更可爱，跑到比自己更高的地方去了。她把三姐的骄矜，看得很自然。那比三姐穿的更好的女人，不是显得更骄矜吗？她并且想，如若她得有三姐的那些好衣服穿，那她的气概，也会变成三姐那样了。所以她始终都敬重三姐，还特别敬重那未曾谋面的三姐的丈夫……她明白了什么东西把同样的人分成许多阶级"，可以说，三姐是阿毛生命中的一个魅影，她是阿毛的参照物，她的华衣美服映衬着阿毛的寒酸困苦，也提醒着阿毛欲望无法达成的痛苦和不甘。一个人，因衣而荣，因衣而辱，这看上去仿佛是不可思议的，但却是女性之间不可避免地攀比嫉妒心理在起作用，使服饰不仅成为塑造自身形象的要素，还是构建自我身份的考量，不可理喻地将把女人分为三六九等。三姐表面的风光无限终难掩她悲剧的人生，阿毛痛苦的欲望挣扎黯淡了生命本有的光华，华衣美服是她们共同的梦魇，是奴役她们灵魂的暗黑囚牢，原本美好的心灵在衣橱中无一

① 丁玲：《阿毛姑娘》，见张炯主编：《丁玲全集》（第3卷），河北人民出版社2001年版，第133页。

幸免地受困沉沦。

而与阿毛、三姐们形成鲜明对比的莎菲、野草，显然在心智和思想上比之前者成熟，野草是莎菲未来出路的一种可能性设想，走过从依赖到独立的一条必经之路，她们没有华衣美服的妆点，或者说是主观上放弃了华衣美服，因此躲过了被奴役的厄运。她们思考的问题以及所面对的人生显然要比同时期的其他女性更具现代性，正如论者所说："现代生活中最深层的问题，来源于个人试图面对社会强势力量，面对历史传统的重负、生活中的物质文化和技术，保持独立和个性"①。华衣美服作为物质层面的内容，对女性而言，本就是一把双刃剑，是光环也是枷锁，莎菲将新做的棉袄剪成碎片，搜不出香水的抽屉，野草对男性衣饰的反观与嫌恶等等，都是以行动在做一种抗争，拒绝以衣构人的狭隘身份建构与认同，拒绝人被服饰等物质标示决定的状态，拒绝一种现代性的奴役。应该说莎菲、野草是以更深刻更坚定的姿态走近女性解放之路，清醒地意识并避开了女性过度沉迷于衣饰的危险，正如论者所说，"性别化的'向上流动'是一种鬼魅班的道路"②，女性对美衣华服的过度狂热实质上加剧了现代势力场域中性别化的诱惑压力，从而无法改变性别二元对立的固有模式。

"出走的娜拉"在充塞着锦袍艳服的衣橱里，狂欢与失落交织，欢喜同沉沦并行，她们渴望美丽的心本是无罪无邪的，然而自身独立性准备的匮乏以及社会、家庭诸多要素准备的不充分，将她们推入了万劫不复的深渊。今天，我们回望五四那个青春活力而又不免躁动不安的时代，回首丁玲笔下的五四女性，有学者评价说，"丁玲早期小说主人公几乎都是时髦青年，她们与丁玲一样是具有独立思想的妇女……但是她们又像丁玲一样，发现原先许诺的自由是虚幻的"③，用"时髦青年"来形容五四出走的"娜拉"是十分恰切的。启蒙主义者所倡导的民主与科学等资本主义理念在当时掀起了一股来势汹涌的思想伦理革命，作为新鲜事物迅速成为青年男女追随的潮流，她们将走出家庭、参与社会、思考人生等视为一种摩登的行为方式，而通过对衣着的自由选择而完成的对自身美的高度重视，也成了一种社会的流行趋势。然而需要注意的是，服饰作为

① ［德］格奥尔格·齐梅尔：《大都会与精神生活》，朱生坚译，见《西方都市文化研究读本》（第2卷），广西师范大学出版社2008年版，第91页。

② ［美］颜海平：《中国现代女性作家与中国革命（1905—1948）》，季剑青译，北京大学出版社2011年版，第186页。

③ ［美］加里·约翰·布乔治：《丁玲的早期生活与文学创作》（一九二七——九四二）（节译），见孙瑞珍、王中忱编：《丁玲研究在国外》，湖南人民出版社1985年版，第106页。

一种符号表征，并不能代替全部的思想内容，也就是说并不是服饰革新就意味着女性深层意识发生了根本的改变，同理众多五四时期的“娜拉”诉诸服饰的求新逐异、尚美多变，也无法掩盖她们实质层面上独立意识、平等观念以及自由思想、理性精神的匮乏。作为女性解放的起点，其背后存在的隐忧如同一道长长的阴影，与妇女解放长期并存着。有论者提出，“没有一个主动的，独立于男子的，一般意义上的女性能够在性二元论下生存”①，显然性别上的二元对立没有在五四时期终结，反而在启蒙知识分子所信奉的达尔文进化论和葛斯理性理论中得到强化，男优故而女劣。女性解放运动在男性的启蒙引导看似风生水起，但隐藏的危机对于出走的“娜拉”来说却是致命的威胁，在当时众多的五四女性中，她们将参与革命视作追随时尚潮流的摩登行为，作为一场充满感性的浪漫宣泄，显然这种行为的背后阻碍了她们对革命、对社会、对自身的理性思辨。如果革命仅仅浮夸为一种时髦，那么在此后漫长的岁月中，它将一步步地撕下神秘的面纱，以独特而深刻的方式向这一代参与者证明，什么才是真实的革命。

二、换装易服

——女性的弃却和坚守

历史进入20世纪20年代末、30年代初，轰轰烈烈的五四革命运动完成了它的使命，绝尘而去，新的思想观念不断输入，中国现代文学走进了第二个十年，即我们所谓的“左翼文学时期”。在这一时期，国民党政权由建立到相对稳定，但是国内矛盾不断激化，随着马克思列宁主义的传入，革命先驱者们尝试着用阶级理论分析当下国情，因此在这一时期，阶级意识相比此前的自由意识要浓厚得多。中国现代文学时代的转向，归根到底是由众多作家的作品创作汇聚而成的。在其中，丁玲就是独特而又鲜明的一位，此时的丁玲开始寻求更为广阔的文学空间，继续在她的文学探索和女性解放之路上前行，但值得注意的一点是，左翼文艺运动和工人运动如火如荼地进行，使她不再仅限于对时代女性苦闷的表达，而是聚焦于革命中的男女。因此，我们可以说，左翼文学运动的初期，革命话语与爱情话语既彼此融合，又各自冲突，有论者提出这正是“欲望与

① 王政：《美国女性主义对中国妇女史研究的新角度》，见鲍晓兰主编：《西方女性主义研究评价》，生活·读书·新知三联书店1995年版，第267页。

理性悖论调试的理路"①,然而服饰话语在两种话语之间仍然以一种微妙的姿态存在着,以文本缝隙的形式提供了良多复杂与深刻的信息,作为一种象征的符号,本章重点探讨的是新的革命时代下,女性解放之路与革命以及爱情的重重纠葛,革命以巨大的吸附力将男性牵引过去,同时对出走的"娜拉"也是一次突袭,它强势地要求女性换装易服,同化为与男性同质的革命参与者,在这个过程中,女性面对的困惑、彷徨以及失落是可想而知的,在阶级革命的浪潮中,她们弃却了什么,又坚守住了什么,思想发生了哪些转变或者是转变的迹象,正是本章所要重点解决的问题。

(一)《韦护》—— 一场被动的换装表演

《韦护》是丁玲创作思想开始发生变化的一部标志性作品,是丁玲对当时文坛上流行的"革命+爱情"范式的一次尝试,作品以丁玲好友王剑虹与瞿秋白的爱情故事为原型,描写革命者韦护与新女性丽嘉从相遇、相知到相爱、相离的缠绵悱恻的爱情故事。与当时诸多"革命+爱情"的文学作品相比,丁玲创作的《韦护》以其独特的叙述方式和女性的立场,使作品不流俗于理念先行的沟壑,以艺术的真实和生活的真实,展现出丰富的可解读空间和饱满的情感温度。服饰话语的介入,为文本细读和体认找到了一条独特的思维路径,沿着这条路走下去,不难发现《韦护》讲的远不仅仅是革命与爱情的故事,它实际上在借一场被动的换服表演,言说瞬息万变的革命时代,人性深处的矛盾冲突与巨轮般不可抗拒的革命之间的挣扎困境,换装既然是被动的,那革命也可能是被动的,是被洪流巨大的力所卷入裹挟着往前走的。

文本之初就有这样一段描写:"韦护穿一件蓝色工人服,从一个仅能容身的小门里昂然地踏出来……"②借服饰的符号表明了韦护是一位无产阶级革命者。然而与柯君进西餐厅遭到食者的白眼后,"他轻叹道,忘了到对门那家天津馆去了。那火烧很不错呢。柯君,我很失悔到这地方来,我没有换衣呢"③,显然服饰与外部场合发生了联系,韦护近于无意识地感觉到蓝色短褂对优雅安静的街边西餐厅是不合时宜的,这种服饰与场所的不恰切使他感到不自在。在这个小小的细节中,我们很容易就可以觉察到,韦护并不是一个真正的无产阶级革命者,

① 徐仲佳、张光芒:《欲望与理性悖论的调试——论中国现代文学的"革命+恋爱"思潮》,《福建师范大学学报(哲学社会科学版)》2005年第2期。

② 丁玲:《韦护》,见张炯主编:《丁玲全集》(第1卷),河北人民出版社2001年版,第3页。

③ 丁玲:《韦护》,见张炯主编:《丁玲全集》(第1卷),河北人民出版社2001年版,第3页。

他的出身和身份都不可能是一个纯粹的无产阶级者。正如有论者所说，“服饰本身既是变化的内容，也是变化的符号”[①]，作为身体表面的覆盖装饰，尽管能够在一定程度上表征生活发生的变化，却无法在实质上取代身体、精神上的本质存在。换句话说，蓝布短褂本就是韦护强加于身的，那并不真正属于他，只是他工作需要彰显他信仰的一件工具而已。

他与丽嘉初遇时，正是穿着这件蓝布短衫，并给丽嘉留下了深刻的印象，此后韦护觉知因为工作他们相爱终难相守时，问丽嘉可否一同去乡下生活时，丽嘉不假思索地说，“那正好呢。那时候你仍然穿你的蓝粗布短衣，我们第一次见面时，你穿的那件。你的头发长了起来，胡须也不剃了。你一定变得更好看，而且强壮。我呢，我也做一件蓝布衣穿，我最喜欢赤着脚在草地上走……”[②]，在丽嘉单纯的毫不设防的回答中，透露出的是她深爱韦护的心，爱情话语和服饰话语的融汇交织，将一个少女美好甜蜜的爱恋动情地言说。丽嘉假想中到村野生活的韦护，穿蓝布短衫，披头散发，不修边幅，显然在对男性的审美上来说，这是不符合常规的，也就是说不可能是好看英俊的。但丽嘉却可以超越这个审美维度的常规，肯定那时的韦护“变得更好看”，原因不外乎“情人眼里出西施”，只有对一个人深深的爱，将这份爱升华至精神和灵魂，才不会顾及他的外表变化。可见丽嘉对韦护的一往情深，不掺杂质的爱恋。

丽嘉从一开始便在爱的驱使下，一直认真地注视着韦护，文中有这样一段描写：“丽嘉并没有注意，转过脸去，拿眼去瞅韦护的新洋装了。简直是专为油画用的那沉重的深暗的灰黄的颜色，显然是精选的呢料，裁制得那么贴身，使人一想起那往日蓝色的粗布衣，就觉得可笑，仿佛背项都为着有直褶的衣显得昂然了。丽嘉又看他脚，穿的是黑漆的皮鞋，反射出蓝色的油，整齐地适与那衣服相配合。发是薄薄的一片：涂了一点油，微微带点棕黄，软软地，松松地铺在脑盖上。在上了胶的白领上，拖出一个素净的面孔，带着一点高兴，又带着一点烦恼，常常露出好像是我知道了的微笑，真是具有一副稍近中年的不凡男子的气质，自自然然会令人生出一种爱好的心，不杂一点狎弄的。丽嘉端详了他半天，她那惯于嘲讽的嘴，已失去了效用，只能将眼睛睁大，然而却不是惊愕的神情……”[③]脱下蓝布短褂的韦护，恢复了他的常态，考究的穿着服饰，以及对日常

① 任湘云：《服饰话语与中国现代小说研究》，四川大学出版社2010年版，第78页。
② 丁玲：《韦护》，见张炯主编：《丁玲全集》（第1卷），河北人民出版社2001年版，第102页。
③ 丁玲：《韦护》，见张炯主编：《丁玲全集》（第1卷），河北人民出版社2001年版，第36页。

生活的讲究,暗示出他“绅士”的一面,再次表明他并不是一个彻底的革命者。但是丽嘉显然不是因为他的革命者身份才同他相爱,她追求的爱情是具有精神支撑和情感慰藉的爱情,她深爱着的是韦护内在的特质,与外在可以统统无关的。

以服饰话语进行文本考察,我们不难发现一个颇值得寻味的问题,那就是在丽嘉身上,相比于韦护,显得稀薄得多,这其中又有什么深意和内涵呢?回到男女主人公初遇时的情景,韦护初见丽嘉时是这样一幅情景:“一件宽大的绸衣,遮隐了那身体,蓬松的短发,正散在脸面上,一双雪白的脚,裸露着不同姿势的伸在椅子外面去了。韦护不觉在心上,将这美的线条,作了一次素描,他愿意这女人没有睡着……”①即到丽嘉停止捉弄柯君,正式与韦护相见时,韦护望丽嘉“……一头乌黑的头发,黑得发亮,蓬松得很高,发又长,直披到肩上了,将一个白的颈项,显得越白。这一件大的白绸衣,领口斜着,可以到肩头,见到一个小小的圆涡……”②,丽嘉的服饰是简单的,款式、质地都是平凡素朴的,服饰话语的相对空白实际上是叙述者的一个叙述策略,韦护显然是已经将目光穿过了那件轻薄的绸衣,而去窥视那绸衣包裹着的处女肉体的美,男性的一见钟情背后包含着满足内心深处的性欲,这是不言而喻的。

此外,文本中还出现了两处关于丽嘉的服饰话语,一次是街上与韦护不期而遇,穿着紫绛色夹衫;另一次是珊珊为她准备的紫绛色缎袍,根据色彩心理学研究,丽嘉所喜欢的紫绛色,在这里是一重隐喻,这是一种十足女性化的颜色,男士服装在当时来说是很少会选用这种颜色的,紫色寄托着浪漫的情怀,而偏深的紫绛色杂糅着深红,更加显现出生命的热烈和饱满,丽嘉与紫绛色相得益彰,达到了心灵相通后的和谐,因此丽莎穿紫绛色服装很美。

珊珊作为丽嘉唯一的闺中好友,对丽嘉关爱备至,文中这样写道:“珊珊告诉她已经替她缝了一件镶了边的缎炮,是她所喜欢的紫绛色,因为天气冷起来了,她一定会忘记这件事的。她真欢喜,她觉得那紫绛色最配她那白颈项的。但是珊珊自已缝的却很坏,很不值钱,珊珊说钱不够了,只好先尽她,因为她正在恋爱中,应当穿得好一点。她反对这意见,但不好说出来,她觉得即使她穿破一点,韦护还是爱她的……”③文本中出现了服饰话语言说的爱情与友情的不谐

① 丁玲:《韦护》,见张炯主编:《丁玲全集》(第1卷),河北人民出版社2001年版,第9页。
② 丁玲:《韦护》,见张炯主编:《丁玲全集》(第1卷),河北人民出版社2001年版,第10页。
③ 丁玲:《韦护》,见张炯主编:《丁玲全集》(第1卷),河北人民出版社2001年版,第87~88页。

之声，珊珊为丽嘉准备了精致的服饰，而因金钱拮据，自己的新衣服却是廉价劣质的，可以看出珊珊对丽嘉的爱护与关怀非同一般，在丽嘉甜蜜地睡在爱情梦乡之时，还能一如既往地关心着她，并想方设法让她穿戴得漂亮精致一些，似乎认为这是恋爱对女性提出的要求一样觉得理所应当。

萧红在《女子装饰的心理》中就曾提到，“女子为了达到其获得伴侣的欲望，因此也要借种种手段取悦异性了。这种手段，便是装饰……”[①]，显然关爱朋友的珊珊是受这一传统思维方式的影响，不明就里地精心为丽嘉裁制衣裙。但是丽嘉却是不领情的，在她看来好友的这一行为，无疑是在质疑她所执着深信的爱情，她根本不用华衣美服的装扮来取悦她的爱人，以挽留住他的心。但是丽嘉想的并不全对，尽管丽嘉不是用华贵裙裾吸引了韦护，但是让韦护驻足停留的，也并不是她自以为的精神和灵魂，而是剥下衣服的那具纯洁美丽的躯体。这正是韦护和丽嘉的爱情最终无法保全的一大原因，一个十分隐秘又客观存在的问题，正是在两性的爱情中，他们并没有真正达到灵肉合一的境界，丽嘉的爱投入得坚贞、带有形而上的柏拉图意味，可以提升到精神和灵魂的领域，而韦护却未必如此，他对丽嘉的爱，相比丽嘉给予他的，在灵肉上是失衡的。这并不是说韦护不爱丽嘉，而是韦护对丽嘉的爱，更多的要借助于外在的东西，是对丽嘉美色的青睐与留恋。

因此，我们不难想象这段爱情的无疾而终，有着它自身存在的难以解决的问题，表层看来是爱情与革命的冲突，是理性对决欲望的碰撞，但是更深层次上则是男女两性对待爱情的无法协同必然致使的爱的夭折，是人性与爱情之间恒久存在的矛盾状态。因此，可以说不是革命战胜了爱情，而是人性冲撞了爱情，是爱的不完整和附有条件，使韦护终究无法摆脱固有的二元对立的矛盾性格思想，使他最终不幸地被撕扯，然后离去，在强势的革命浪潮中，冲刷涤荡，试图寻求男性世界所谓的理性挡箭牌。

韦护走后，丽嘉的世界如同突然崩塌，最后她感慨道：“唉，什么爱情！都过去了！好，我现在就听凭你。我们好好做点事业出来吧，只是我要慢慢地来掌持呵……”[②]这也就意味着，丽嘉将步爱人的后尘，成为一名革命者，但是丽嘉选择革命的动机是什么呢？与其说是对革命的热情和期望，不如说是对爱情遗憾的弥补和转移注意力的无奈之举。因此，丽嘉的革命选择，一定程度上是一位

① 萧红：《女子装饰的心理》，见《商市街——散文》，凤凰出版社2010年版，第254页。
② 丁玲：《韦护》，见张炯主编：《丁玲全集》（第1卷），河北人民出版社2001年版，第111页。

双重悲剧者无可奈何的换装表演，脱去女性的裙袍，淡却欲望的满足，她得到过自我期许的爱情，却不能长久拥有，爱人最终被强大的革命事业吸附，而放弃背叛了她。而她为了能在失去爱情后不至于世界崩塌，则必须要为自己选择一条出路，最后坚守的底线就是人格的独立，是不依托于爱情还能活下去的最后阵地，而这坚守又伴随着令人痛惜的弃却的代价，她必须放弃浪漫热烈的女性气质、色彩斑斓的欲望满足等等，她必须经历换装的过程，弃掉流光溢彩的紫绛色缎袍，取而代之的是革命队伍中男女同化的短裤短衣，革命作为群体行为，首先就是要消除人的个体性。这一切相对于丽嘉来说，都是被动的，是她生命中不情愿的一场冲撞境遇，革命如同时代的巨轮，以它固有的并不断增长的强力，朝她滚滚而来，使她无处遁逃，只能参与其中。

（二）《一九三〇年春上海（之一）》——一次懵懂的易服行为

在走向左翼文学的过程中，丁玲的思想及其创作并不是一蹴而就地呈现向左转的趋势，而是显示出一位知识女性走走停停，不断前行也在不断思考的过程。“革命＋恋爱”模式小说的创作，可以说是一种由自我迈向集体的心理中间地带，或者说是一个引渡和衔接。《一九三〇年春上海（之一）》是丁玲对于此种模式创作的再次尝试，它讲述了一位小资产阶级知识女性冲出自私恋人的爱情樊笼，紧跟时代步伐，毅然参与社会革命活动的故事。从文本的表层意义看，这是出走娜拉的又一次胜利出走，而更值得庆幸的是，这一次出走是有目标指向的，她即将要走进的是光明温暖的革命大家庭。但如果用服饰话语来进行文本细读和探索，却会发现存在于其中诸多的叙述裂缝，那是未参加革命时的丁玲无能为力填补的空缺，也隐含出作家的深层怀疑与困惑。笔者将美琳出走参与革命，解读为一次懵懂的易服行为，在这个行为过程中，美琳需要进行弃却与坚守的艰难抉择，但是抉择之后，美琳自身的问题却远远没有解决，甚至可以说她只是由一个樊笼走进另一个樊笼而已。

男主人公子彬在小说中出现的第一个场景是在先施公司购物，作品这样写道：“子彬刚从大马路回来，在先施公司买了一件葱绿色女旗袍料，预备他爱人做夹袍；又为自己买了几本稿纸和笔头，预备要在这年春季做一点惊人的成绩……”①购物作为人的一项日常活动，是再寻常不过的，但叙述者却将其作为

① 丁玲：《一九三〇年春上海（之一）》，见张炯主编：《丁玲全集》（第3卷），河北人民出版社2001年版，第267页。

详细叙述的内容，并在顺序上做了十分巧妙的设置。子彬在商场首先为恋人美琳挑选精美的衣料，再为自己置办工作需要的文具，可以看出他对恋人的重视和体贴。作为一个典型的小资产阶级男性，他追求物质生活的高品质，以及精神上的愉悦满足。然而属于小资产阶级的时代已属黄昏岁末，疾风暴雨的30年代革命异军突起，成为广大知识青年的摩登标识，因此子彬陷入了精神危机的困境，固守小资产阶级的思维方式和生活方式，将属于自己的东西紧紧抓牢，不管是对恋人还是对事业，都不敢有半丝松懈，这其中包含着灵魂深处的恐惧与失落。

因此，子彬与美琳的甜蜜爱情带有强烈的占有成分，并不是平等和谐的恋爱关系，表面风平浪静，实则暗礁重重。子彬为美琳提供富裕的物质条件，将美琳打扮得花枝招展，给她买很贵的糖和水果，这种种行为的背后，都并不是发自于纯真热烈的爱，而是狂热的霸占，以疼爱和体贴之名为美琳打造温柔豢养的囚牢，实际上这是非常残忍的，将美琳视作他的私有物品。于是华衣美服、秀袍丽装将美琳衬托得更为娇艳可人的同时，也为她筑起了一间铁闺阁，将她与外界隔开，她的美只属于子彬一个人。这正是美琳的第一重悲剧——爱情悲剧。

在这种极端自私的情爱中，美琳渐渐体察到她与子彬出现问题，她将其视为沟通交流上的障碍，子彬不会把精神上的困惑迷惘倾诉于她，又专制地把她置于家中，像是一只笼中的金丝雀。美琳不再满足于美丽的衣饰和精致的糖果，她与莎菲一样追求的是灵肉合一的爱情，是建立在彼此精神理解和灵魂相通之上的爱情，但是子彬给的爱，却仅仅是体贴的爱，给她物质的满足，精神上无法对话。爱情作为一种崇高纯洁的精神活动，在此遭遇了失落，深究之下不难发现，子彬和美琳之间或许本来就无所谓爱情，而是一种交换。在子彬的眼里，美琳是他“在少数知识分子女人之中，挑选了一个容貌上、仪态上、艺术修养上都很过得去的年轻女人”①，如同在琳琅满目的商场挑拣商品一样，他对美琳的感情根本谈不上是爱，与之前讨论的韦护一样，男人所需要的爱情的发生，植根于女人外在的东西，而并非是女人自以为的精神慰藉和灵魂陪伴。他需要美琳，不是因为他爱她，而是因为他需要她的崇拜，以及必须有她参与支撑的幸福假象的出演，来满足他的强大虚荣心，掩饰住他对世界以及未来的恐惧和无奈。

美琳的内心渴望爱、渴望精神的愉悦，但显然这些都不再是子彬能给予她

① 丁玲：《一九三〇年春上海（之一）》，见张炯主编：《丁玲全集》（第3卷），河北人民出版社2001年版，第268页。

的,因此她必须走出这一重以爱之名的迷障,选择更为广阔的天地去追寻。这是娜拉的又一次出走,是对两性情爱臣服的拒斥,但是这一次的叛逃同样具有不可避免的悲剧性,告别爱的樊笼,又将陷身于摩登革命的囹圄。引导美琳走近革命的男性是子彬的好友若泉,在时代的感召之下,毅然投身革命事业,从事社会活动,并且衷心希望子彬同他一样,为革命贡献自己的力量。但是子彬显然与好友的信仰思想相左,这让若泉颇为痛惜无奈,出乎若泉意料的是,美琳愿意在他的引导下参与社会革命事务,这使他喜出望外。笔者认为,在这里出现的问题值得我们探讨寻味,美琳求助于若泉,是真正受到革命的感召还是借以出逃家庭的一种假设?是源于对革命事业发自内心的热爱还是需要新的崇拜,或是紧跟时代的摩登事物来标秉新女性身份和价值认同与追求?而革命男性又是以怎样的姿态和眼光迎接准备投身革命的女性呢,理念中的革命大家庭中是否能够容纳下一个女性革命者,而不是被革命雄化的女性,易服是对女性参与革命的服饰话语隐喻,革命为女性易服提出了要求,但是服从要求易服之后的女性,能否如愿进入理念宣扬的乌托邦世界,实现自我的解放和提升呢?

显然,这些问题溢出了文本叙述预设的空间,成为小说深层维度上的叙述缝隙。细读文本我们不难发现,若泉的革命者身份是明确的,而革命话语却并不明确和深刻,只是一种理念的反复重述,而对他革命工作的具体内容也并没有详细叙述,因此由他发出的革命感召声音的强度可想而知,远远不是振臂一呼、应者云集。美琳通过若泉与革命建立了联系,但是作为导体的若泉根本没有能力将革命的热度传输给美琳,革命感召对美琳来说是虚渺的。与其说美琳需要参与革命,不如说美琳需要的是出走家庭、逃出狭小空间的一条路径,由于接触的世界实在有限,而革命者若泉又是子彬之外与美琳相熟的人,加之革命对当时的都市青年来说是现代摩登的标志符号,种种因素促成了美琳向革命的倾斜。可以说,美琳根本不了解什么是革命,更谈不上是热爱了。作品中关于革命有这样一段叙述者的声音:“一些漂亮的王孙小姐,都换了春季的美服,脸上放着红光,眼睛分外亮堂,满马路的游逛,到游戏场拥挤,还分散到四郊,到近的一些名胜区,为他们那享福的身体和不必忧愁的心情更找些愉快。这些娱乐更会使他们年轻貌美,更会使他们得到生活的满足。而工人们呢,虽说逃过了严冷的寒冬,可是生活的压迫却同长日的春天一起来了,米粮涨价,房租加租,工作的时间也延长了,他们更辛苦、更努力,然而更消瘦了;衰老的不是减工资,便是被开除;那些小孩们,从来就难于吃饱的小孩们,去补了那些缺,他们的年龄和体质都是不够法定的。他们太苦了,他们需要反抗,于是斗争开始了,罢工的消息，打杀工人的消息，每天新的消息不断地传着，于是许多革命的青年，学生，××党，都异常忙碌起来，他们同情他们，援助他们，在某种指挥之下，奔走、流汗、兴奋……春是深的，软的风，醉人的天气！然而一切的罪恶，苦痛，挣扎和斗争都在这和煦的晴天之下活动……”①。尽管这一段描写存在对革命简单化理解的倾向，但至少揭示出阶级不平等带来的社会不公现象，以及革命运动的必要性。紧接着，是一段关于美琳的描写：“美琳每天穿了新衫，绿的，红的，常常同子彬在外面玩，但是心里总是不愉快，总不满足，看满街的人，觉得谁都比她富有生存的意义……”②身着美衣的美琳不同于“王孙小姐”，愉快地享受丰盈的物质生活，但与革命青年同样出入甚大，她并没有关注到民间的疾苦，而是始终聚焦于自我的世界，走近革命表面上是美琳主动地追求，而实际上是美琳懵懂的选择。

作为革命男性的若泉在引导美琳的过程中，伴随着的是男性对女性的一种窥视，在这里我们可以把美琳与作品中另外一名女性秀英做一个服饰话语言说的对比，便可以觉察到其中的良多微妙之处。作品中描写美琳秘密约见若泉时的情景：“他掉头望时，看见美琳站在他身后，穿一件白底灰条纹的单旗袍，罩一件大红的绒坎肩……”“于是他随着她朝东走，看见她的高跟黄漆皮鞋，一步一步地踏着，穿的肉色丝袜，脚非常薄，又小，显得瘦伶伶可怜。他不知道是她的脚特别小，还是脚一放在那匠心的鞋中才显得那末女性，那末可怜”③。显然在若泉眼中的美琳，衣饰精致、仪态美艳，同时还强烈地激发了男性的保护欲——性欲的一种。革命男性越轨的窥视目光，消解了革命理念建构的乌托邦想象，男性并不会因为参与了革命而放弃固有的性别压迫，相反革命似乎成了一道男性以此被崇拜的光环，而诱惑着像美琳一样的懵懂女性参与其中，以臣服于他们的姿态陪伴革命。然而这里又出现了一个颇为吊诡的现象，美琳参加革命文艺讨论会时，“她除了对于自己那合体的虽不华贵却美观的衣服微微感到歉仄外，便全是倾心的热忱……”④，与工人运动联系密切的革命为小资产阶级提出

① 丁玲：《一九三〇年春上海（之一）》，见张炯主编：《丁玲全集》（第3卷），河北人民出版社2001年版，第285页。

② 丁玲：《一九三〇年春上海（之一）》，见张炯主编：《丁玲全集》（第3卷），河北人民出版社2001年版，第286页。

③ 丁玲：《一九三〇年春上海（之一）》，见张炯主编：《丁玲全集》（第3卷），河北人民出版社2001年版，第292页。

④ 丁玲：《一九三〇年春上海（之一）》，见张炯主编：《丁玲全集》（第3卷），河北人民出版社2001年版，第295页。

了换装的要求,美琳精致漂亮的服饰已经不能为她即将投身的事业容纳,因此她需要对同其他女性一样,剪发,穿素朴的类似于男人的衣服,只有完成这个换装过程,革命的大门才能向她敞开。无疑,秀英就是大门中的成员,然而服饰话语对她的叙述却是一片空白,在若泉的视角关注下,秀英只是一个空洞的符号而已,甚至是无性别的,而换装前的美琳,才是一个鲜活的女性生命存在。这便是美琳的第二重悲剧。

笔者将美琳界定为一个懵懂的易服者,显然在这位美丽的年轻女性身上,我们看见了女性紧跟时代脚步、迈向广阔世界的一色曙光,但更多的还是对她前途的隐忧和哀叹。她坚守人格独立的生命追求,不惜放弃与恋人的甜蜜梦乡,然而坚守和弃却在一个懵懂女性身上是十分模糊和不确定的,爱情对她是牢笼,那么别的东西就能期许她精神的自由和灵魂的愉悦吗?显然答案是否定的。

(三)《一九三〇年春上海(之二)》—— 一种拒斥的换衣姿态

美国著名女性主义学者桑德拉·吉尔格特和苏珊·古芭合著的《阁楼上的疯女人》一书中,提出女性写作中塑造的天使与妖妇对立统一的女性生命存在问题,认为在文化人格上所有女人都具有精神分裂症,她们既是天使也是妖妇,既想遵从父权制社会文化提出的标准,又试图忠实于自己的感情和经验,所以在父权制文化统治下生存的女性是一种文化人格分裂的矛盾体。这在丁玲的众多作品中都有鲜明的体现,《一九三〇年春上海(之二)》中的玛丽就是一个典型的处于精神分裂矛盾中的女性形象,她单纯热烈地追求爱情、忠于恋人望微,无疑是可爱天使的化身;然而又痴迷于物质享乐、试图主宰爱情,将恋人拉出革命事业,钟爱自由不受约束,显然具有妖妇的影子。应该说,在玛丽的身体中潜藏着两种相互抗衡的力量,爱情和自我,而在玛丽和望微的彼此交融的世界中,又潜藏着欲望和理性的短兵相接。革命与爱情再次以无法调和的状态发生冲突,服饰话语的参与使叙述文本呈现出某种巨大的张力,难以两全的故事结局使人颇为无奈的同时,也体现出作者独特深邃的目光和立场,即一种双重批判,但这批判又带有不彻底性,溢出作家笔端,流露出其迷惘的一面。

细读文本,我们不难发现这是一篇服饰话语、爱情话语、革命话语密集共存并且彼此激烈冲突的作品,甚至在一定程度上它超出了作家创作的心理预设,从而呈现出某种叙述困境。作者对玛丽高贵娇美容颜的描摹中,对其华衣美服的展现丝毫不吝笔墨,珍贵华丽的丝绒大衣、精致的紧身旗袍、放光的缎鞋,它们不仅是玛丽尊贵身份和鲜明个性的象征，同时协奏着世纪末颓废都市文明的复调之音。玛丽出身于娇生惯养的富贵家庭，良好的经济条件不仅使她有能力追逐时尚，置办大量的华衣美服，更重要的是给了她高高在上的心理优势。不难看出，优越的成长环境以及教育背景，是玛丽身上一道瞩目的光环，她习惯于活在被看以及被赞誉的目光焦点之下。端庄的容仪、优雅的谈吐，花样的年纪以及价格不菲的穿戴，共同打造出了一个女王式的都市摩登女郎形象，带有唯我独尊的骄傲和盛气凌人的压迫感。叙述者对玛丽的描摹可以说算得上是浓墨重彩，是丁玲作品中不多见的惊艳四座的“出走娜拉”，她敢爱敢恨的勇气、直白真诚的内心表达、浪漫热烈的情感诉求、奢华的物质享受，都昭示着这是一位追求独立人格和自由意志的女性，坚守自我立场，拒绝两性爱情的“性臣服”①和革命的“文化规训”②。的确，表面看来这个美艳绝伦的玛丽似乎的确拥有这些精神特质，但是如果我们用服饰话语进行剖析，就会发现结果大相径庭，玛丽作为一个非常真实的生命存在体，有着鲜明的两面性，即一种二元对立的矛盾性格。

文本中写道：“她脱了那件值一百二十块钱的大衣，只穿一件薄薄的葱绿色软缎的紧身旗袍，那些身体上动人的部分，都隐隐在衣服下面微微现了出来……”③昂贵艳丽、款式精美的服饰将玛丽一次又一次地推向了舞台的中心，她毫不吝啬地展现她的美，正如前文第一章提到的女性内心被爱的欲望和被看的欲望，使她沉醉于恋人以及他者赞叹的目光，成为她至爱的一种腔调附加品。而这种被看欲延伸便是女性的自恋心理，服饰话语细密地对玛丽的自窥自赏进行叙述，文中写道：“最后她又从箱子底下拖出一件薄的棉旗袍，黑绸面子的稍稍旧了一点。她面向着衣柜，将大衣脱了下来，从不明的光线中看见自己那美丽的身躯，微红的颜面，掩覆在浓厚的黑发之下，托在葱绿的高领上，真是又显得娇贵，又显得动人。她慢慢去解那单袍的钮子，一缕粉红衬衣的绲边钻了出来。她向自己半裸的肉体投射着爱慕和玩弄的眼光，欣赏那白的颈项和臂膀好一会儿，她才将那件棉袍罩上来。这袍子很长，衣边都覆在脚背上了，因此更将

---

① [奥]西格蒙德·弗洛伊德：《性学与爱情心理学》，罗生译，百花洲文艺出版社2009年版，第136页。

② [英]米歇尔·福柯：《规训与惩罚》，刘北成、杨远婴译，生活·读书·新知三联书店1999年版，第29页。

③ 丁玲：《一九三〇年春上海（之二）》，见张炯主编：《丁玲全集》（第3卷），河北人民出版社2001年版，第305页。

人显得颀长了。她真是美丽,真是宜人,不拘穿什么样色的衣服,都只有增加她的美的。她打开衣柜,里面几乎全是空的,一件衣服也没有……”①可以说是将自恋在玛丽身上表现得淋漓尽致。望微带玛丽去参加革命会议时,有这样一段描写:“吃过中饭,她便开始打扮,精意打扮,她料想到会的人,穿得一定都破烂得很,比望微还可怜,听说这些人都穷得很的。而她呢,她并不是去骄傲,或炫示,但她要他们惊诧,惊诧她的美丽。她要将那些革命者的头脑扰乱。她很高兴她的这些浪漫设想,这些设想的胜利实现……他忽略了她的衣饰,慌张地在前走着……”②到了会场,与会者也没有如她所愿的为她华贵的美丽而倾倒赞叹,这让玛丽大失所望,会还没有结束就借故离开了。即至在酒店遇到昔日故友——也同是都市摩登女郎的末兰以及一行时髦青年,“那些人的眼睛都时时跟踪着她的……大家都对她那精心打扮的服装望了一眼,这是她今天花了几个钟头的功夫,预备去博得一声赞美的”,即至后文“天气温暖起来了,她要预备点入时的单衣,穿得好一点才有兴致在外面玩,春天人要不玩真使人难过……”③。服饰话语不厌其烦地重复着玛丽身上最为鲜明的性格特点——自恋与虚荣,而它们正是指向了玛丽人性深处的弱点——自卑与依赖以及唯美主义的颓废倾向。玛丽太看重那些赞美和崇拜了,将自己置于高高在上的王位之上,以俯视的姿态接受他者仰望的目光,“她要永远保持着这王位,她不愿自己让任何人攫去”④。正如尼采的生命哲学以及自由主义哲学都探讨的悖论——自由与奴役,当玛丽要求他者臣服崇拜她的时候,实际上正是“被王位所奴役”,她无异于将自己放在了生命客体的位置上,在生命客体化的过程中,她的独立意志和自由意志被消解殆尽,因此可以看出玛丽的独立强悍都只是外在表层的显现,而其内心深处则是依赖脆弱的。这构成了玛丽人格维度焦灼的精神分裂症,她无法拥抱自身独立自由的生命主体,而只能将兴趣和注意力放在华美的物质享受之上,挥霍青春年华,找寻不到精神层面的归宿以及出路,这使她表现出一种唯美主义的颓废情绪。

---

① 丁玲:《一九三〇年春上海(之二)》,见张炯主编:《丁玲全集》(第3卷),河北人民出版社2001年版,第308页。

② 丁玲:《一九三〇年春上海(之二)》,见张炯主编:《丁玲全集》(第3卷),河北人民出版社2001年版,第320页。

③ 丁玲:《一九三〇年春上海(之二)》,见张炯主编:《丁玲全集》(第3卷),河北人民出版社2001年版,第330页。

④ 丁玲:《一九三〇年春上海(之二)》,见张炯主编:《丁玲全集》(第3卷),河北人民出版社2001年版,第309页。

站在这一视角上，我们再来分析玛丽与望微爱情失败的原因，以及玛丽拒斥换装参与革命，就会得到新的发现。对于玛丽来说，革命事业夺去了望微对她独有的崇拜，女王的王位无疑受到了革命的挑衅，这是她无法容忍的事情。但是她的性格又使她不能追随恋人的脚步，共同迈向革命事业，尽管望微千方百计引导玛丽走近革命，但是革命中的平等伦理对玛丽而言应该说是致命的。玛丽不可能甘于做一个平凡的革命劳动女性，那样就会使她失去生命的源泉——高高在上的被仰望和被赞誉的心理满足感，她是不可能走下王位拿掉皇冠，穿粗布大衣，成为革命队伍中螺丝钉式的成员的。因此可以说对革命理念中平等伦理的不接受和抗拒，导致玛丽终以坚决的换衣拒斥者姿态，游离于社会时代的革命大潮之外，也造成了最终爱情无法圆满的悲剧。

《韦护》《一九三〇年春上海（之一）》和《一九三〇年春上海（之二）》，是丁玲在时代文化感召下进行的革命文学探索，但是由于革命体验的先天缺席，使这种探索一定程度上脱离了革命理念预设的视野，使文本中存在诸多的叙述困境和缝隙。笔者将服饰话语作为一条文本细读与剖析的途径和视角，在这些叙述的缝隙间，重新发现超越时代地域、革命理念无法覆盖的真实的女性生命个体，并以此探讨女性解放之路上出现的种种问题和人性的挣扎冲突以及悖论存在。

30年代轰轰烈烈的阶级革命展开，阶级的解放取代人的解放，成为此时的主要革命任务。随着五四革命的落潮，出走的“娜拉”逐渐由感性的放纵上升至理性的思考，她们开始意识到必须走出个人的一己天地，参与社会政治事务，改变社会结构，发挥女性的社会价值，才能实现女性解放的理想，从根本上提升女性的地位。“革命作为一种最高、最后的唯一能指，作为崇高的象征与乌托邦，为30年代追求理想而苦闷颓废的青年提供了伟大的抚慰、承诺与肯定，为迷途的灵魂提供了温暖的、辉煌的归宿”①，丁玲笔下的女性与她一样，理性思想的注入使她们把目光投向广阔的政治革命舞台，一方面希望在那里找到自己的用武之地，打破性别二元对立的固有模式，改变性别压迫的不公平境遇；另一方面，前期根植于个人主义的自由追求和反叛怀疑精神又不自觉地显现在她们意识的深处，使“换装易服”这一行为本身并非一蹴而就，而是有一个潜在的过程。30年代的阶级革命对女性提出“换装”的要求甚至可以说是命令，女性如果想参与社会、参与革命，想拥有与男性平等实现自身的价值，就必须按照革命的要

① 旷新年：《1928：革命文学》，山东教育出版社1998年版，第104页。

求，消除个体差异，可以说服饰的改造就是对一种人生价值观的改造，通过对服饰的替换更改达到对身份的改造。在这种要求之下，女性的性别意识必须做淡化处理，“符合事理，易于操作，又不引发欲望”[①]的衣服将女性装扮男性化，从而在外观上使女性拥有进入革命队伍的合法性。革命通过服饰，实现了对女性身体的“规训”，从而在抹杀性别差异与个体差异的前提下，达成对妇女的绝对领导。然而时代的革命洪流并没有留给她们充分的时间与知识储备进行思考，它以一种不容置疑的强势催促着女性作出选择。

从五四民主革命，到后来的阶级革命，革命话语与服饰话语实际上在碰撞中揭示了女性在性别压迫中觉醒，又在性别异化中沉睡的命运。丁玲作为一位五四时出走的“娜拉”，此时实质上还是“换装”的潜在践行者，她力图在革命参与中实现对女性弱者命运的扭转和女性生命价值的高扬，革命理念为她期许了一个男女平等、不存在压迫的理想乌托邦，然而应然与本然之间的鸿沟却让这种平等的实现带有虚妄色彩。“异化，作为一个哲学概念，其含义是指把自己的素质或力量转化为跟自己对立的、支配自己的东西。异化最主要的特征就是那些看来彼此辩证相关的事物或人，其实是彼此分离或是完全对立的”[②]。革命队伍作为其理念浓缩的空间领域，为达到所谓的男女平等，不惜将女性置于中性角色中，“女性必须消灭自己以换取允诺给女性的平等权利”[③]，这种虚妄的平等不正是男权中心文化一统天下格局的确证吗？

根据马克思对妇女解放的思想，他指出在阶级社会中，要实现广大妇女的解放，首先必须解决阶级压迫问题，因此参与阶级革命成为女性解放的必经途径。丁玲通过“革命＋恋爱”模式的小说创作，开始显现出对中性角色认同的迹象，但是文本中存在的潜在话语，仍然可以泄露出她对革命所持有的矛盾态度，而持有这种态度者远远不仅是丁玲一人，包括一代五四知识女性甚至是男性知识青年，他们实际上处于徘徊状态，认同革命是解决一切问题的手段和大势所趋，同时又不愿意完全放弃自我，甘做一枚革命队伍中的螺丝钉。相比于五四时期，走出家庭的女性显然已经有了更多的人生阅历和理性思考，向着真正意义上的社会革命迈进了一步，随着这种洪流的愈加汹涌，革命的砝码在内心的

① 许地山：《妇女子底服饰》，见《许地山选集》，山东画报出版社2007年版，第113页。

② 吕旭龙：《“性别”压迫的抗争、困惑与再诠释——从丁玲的困惑看女性主义和马克思主义的冲突和融合》，见《丁玲与中国当代文学》，厦门大学出版社2012年版，第242页。

③ 刘慧英：《走出男权传统的樊篱：文学中男权意识的批判》，生活·读书·新知三联书店1996年版，第29页。

天平上不断累积，终将在现实层面上彻底改变她们的人生轨迹和命运。

三、剥衣露体与完成换装

——抗战时期的女性躯体和服饰

1936年对于作家丁玲来说，绝对是生命中意义特殊的一年，在中国共产党的帮助下，丁玲逃出国民党政府的秘密囚禁，飞向了当时的革命圣地延安。毛泽东为欢迎她的到来，赋诗《临江仙》："壁上红旗飘落照，西风漫卷孤城。保安人物一时新。洞中开宴会，招待出牢人。纤笔一支谁与似，三千毛瑟精兵。阵图开向陇山东。昨天文小姐，今日武将军"①。从此，丁玲开启了她崭新的文学时代——延安时代。

这里有必要值得一提的是，在延安的前一站洛川，丁玲进行了一个卓有意味的换装仪式，她剪掉长发，有论者提出，"头发是身体的一部分，处于身体的外部，而它以何种形式出现则受到人们的高度重视，所以它往往又被视为身体的装饰，因而它又是身体的形式。因为身体的这种属性，使它成为人的身体中唯一可以以部分象征身体整体的'喻体'，也因此，身体政治常常以头发为中心"②。在《丁玲自传》的扉页照片上，我们可以很清晰地看到上海时期的丁玲与延安时期的丁玲简直判若两人，把头发剪短，换上统一的灰色军服，表情上一扫往日的多愁善感，而显得雄姿英发，活脱脱是"花木兰"的翻版。如果说左翼时期，换装还只是发生在想象层面，那么延安时期就是将这种换装进一步延伸到现实层面，女性服饰男性化成为当时延安非常普遍的现象。丁玲通过断发换装的行为仪式，完成了其身份上从"文小姐"到"武将军"的转换，民族革命的境遇使女性存在失去了某种合法性，也就是说，女性必须要自行削弱其性别差异，才能赢得进入革命队伍的机会，并且实现革命话语言说的性别平等，这其中实际上就存在一种对女性政治上的压迫和哲学意义上的异化。作为革命的参与者，以及这种压迫和异化的承载者，我们不难发现走进延安的丁玲在创作上呈现出迥异于此前强烈的政治倾向，文学与革命意识形态的结合更为紧密。笔者在此仍然以服饰话语作为切入口进行考察，发现其深层言说的内容远比文本表层复杂丰富，某种程度上，可以说正是或隐或现的服饰话语还原了历史的本相，

---

① 杨桂欣：《情爱丁玲——惊世女子骇俗恋》，文化艺术出版社2006年版，第255页。

② 葛红兵、宋耕：《身体政治》，上海三联书店2005年版，第58页。

使我们在服饰与文学的互文中,发现现实层面上的革命,以及革命境遇下真实的女性生命体验。也正是在这些不易察觉的细节中,蕴含了丁玲对革命的思考,这其中有对前途光明的希望,同时也隐含着对现实革命的困惑迷离。

(一)服饰话语的强暴缺席——言说烽火连天处的受辱之躯

延安新的政治气象和生活体验,给了丁玲创作上极大的热情,在此时期她在完成政治工作的同时,积极进行文学创作,并尝试多种表现手法和创作体裁。但是,在横向与其他解放区作家创作的作品对比,以及纵向作家自身的创作比较中,不难发现她在文学中大胆开创性地塑造了战争中一类特殊的女性形象,即失贞女性形象。如果说前一时期的左翼文学,其服饰话语共同言说的是换装的革命期待与要求,那么延安时期丁玲的这两篇文学作品,无疑是刻意地带有强暴意味地隐灭服饰话语,从而把叙述的焦点直接对向女性裸露的身体,尽管服饰话语隐没了,但正是以这种隐没的方式完成了必须由它缺席的使命——言说战争中的受辱之躯。

七七事变标志着日寇对中国的全面入侵,抗日战争打响,此时民族矛盾成为当时中国的主要矛盾,也就是说,民族危在旦夕,国人面对的是亡国灭种的危机,家园和生命朝不保夕,处于一种悬置的状态中。而战争氛围之下的女性,历来被视为弱者,正如颜海平反复论述的由西方传入的"生物种性政治"①的社会运作,男性统治的漫长历史使女性失去了话语权,从而被粗暴地贴上了"弱者"标签,成为男权社会中对女性性别的界定。但战争作为一种非常态的存在,其内部机制本身就带有强大的颠覆性,而丁玲正捕捉到了这种颠覆的力量。《我在霞村的时候》叙述不幸沦为日军随行慰安妇的贞贞投身革命,从事间谍的工作,染病后回家疗养,却受到同村人歧视,不得不离开家乡远走延安,进行自我的改造。《新的信仰》描写惨遭日军奸污的陈老太通过奔走宣讲自己的受辱,揭发日寇的滔天罪行,从而激发全民族抗日的复仇热情。两个文本都将战争中的受辱女性呈现于叙述的舞台中央,书写受辱失贞的女性躯体,显然作者对陈老太和贞贞是持有一种正面态度的。她在受辱女性身上,发现了存在于女性身体中的潜在力量,这种力量使她们确立了生命的主体,并以主体的姿态参与到民族革命中,从而摆脱了女性一直以来的弱者地位,高扬了女性生命存在的价值。

---

① [美]颜海平:《中国现代女性作家与中国革命(1905—1948)》,季剑青译,北京大学出版社 2011 年版,第 13 页。

与肯定的态度相对比,丁玲继承五四时期的批判精神,审视人心深处的封建伦理观念的残余,其中最具有代表性或者是最为根深蒂固的,就是封建礼教伦理灌输给人的贞操观念。对于一个女性来说,贞操比生命更为重要,这种观念禁锢了女性千年之久,是女性性别遭遇异化的一大元凶,对女性造成的伤害是无以复加的。因此,尽管贞贞以自己的血肉为革命工作,传达军情,一定程度上也可以算作是保家卫国的战士,却仍然被村民们不耻诟病,是被"糟蹋过的人",在村民眼中贞贞成为被歧视的对象,只有死对贞贞来说才是合理合法的,才是正常的,可见封建文化不仅是异化了女性,更异化了人性,使人与人之间如此残酷冷漠。而在《新的信念》里,陈老太的遭际也让家人倍感蒙羞,当陈老太向外人讲述自己惨遭日军奸污时家人大惊失色,觉得老太婆是疯了。在进行文化审视批判的过程中,丁玲以革命为受难者提供了一重保护,也就是说在革命的观照下,女性受辱之躯不再如往常一样,被认为是卑污的,恰恰相反,她是崇高的,带有坚韧力量的。言外之意,也就是说女体因受辱而得以获取进入革命、参与革命的可能性,反过来革命因女性身体的付出,而对其进行合法性的庇护。但是这种庇护在多大程度上有效呢?显然在文本中,丁玲女性立场的叙述与革命意识形态预设的理念又一次发生了冲突。村民们对贞贞的态度以及贞贞对自己"是个不干净的人了"的认知,陈老太最后宣讲所感受到的"崩溃",都成了文本中潜藏的另一种声音——女性的声音。

尽管这个声音在文本中若隐若现且非常微弱,但终究还是存在的,那是来自女性自身在强大的革命话语氛围里的痛楚和质疑。对丁玲延安时期文学的症候式分析提出,《我在霞村的时候》和《新的信念》两篇作品讲述的内容都附加了作者自身的体验。南京三年的幽禁生活,使丁玲在政治上始终存在说不清道不明的纯洁度嫌疑,这一直是丁玲的隐痛。政治上高度重视自己名誉和前途的丁玲,实际上是想借贞贞和陈老太,来表明自己为革命的付出以及投身革命的忠诚。因此,《我在霞村的时候》和《新的信念》文本表层是明朗的,浮现着革命乐观主义的光辉,她在强调受辱之躯参与革命、为革命作出价值贡献的崇高与伟大,并且肯定革命可以颠覆封建观念对人的残害,为受害者提供了光明的未来。

但是不可否认的是,丁玲一直又是一位拥有个性主义人格机制的女性作家,因此她不可能完全放弃作为生命个体的思考和质疑,这就使她的文本中一再出现难以弥合的叙述裂缝。强大的革命话语,归根到底是男性话语的时代变体,尽管乌托邦的革命想象理念一再宣扬性别平等,但这种平等仍然是男性来界定的，一家之言如何谈得上是平等呢。丁玲笔下的受辱之躯，更深层面上，质疑革命为女性解放的实际效能。如果我们将受辱女性与革命两者进行考量，会发现一个事实，也就是强势的革命利用了弱势女性的受辱之躯，女性的身体成为一种工具，女体通过受辱刺探军情，鼓舞人民扩大革命队伍，革命的伟大遭到了一重消解；革命不仅利用了女性躯体，还以高于她的姿态，将收留看作对她的恩赐，裁决她的生命价值，革命的崇高遭到再度解构。至高无上的革命在此不免有些冠冕堂皇，在实际生活的层面上，对于贞贞和陈老太而言，受辱都成为自身“致命的残缺”，革命提供的保护以及对女性生命尊严的抚慰是远远不够疗愈这种创伤的。

因此我们不难看出，文本中存在的两种声音互相矛盾，以不同的音调和节奏各自展开，革命战争一方面将人带入非常态的生活境遇里，从而为其内部颠覆提供了可能，其中包括了性别观念的颠覆，它指向了女性解放的光明前程，女性可以在革命中获得生命主体的觉醒，并通过革命的参与实践，走向独立，实现生命主体的价值。而另一方面，真实的革命与乌托邦理念中的革命又是存有一定距离的，本质上仍然是以男权为中心的，伟大崇高的背后又不免泥沙具陈、藏污纳垢，革命既没有彻底革除人心深处的封建观念，实现真正的性别平等，结束人们对于“失贞就是残缺”的认识，也没有正视女性生命的尊严，而是强势地把受辱的女性身体作为革命的手段工具，漠视对女性生命个体造成的创伤疼痛。因此我们可以看出，与革命同步进行的女性解放运动，在革命伦理与女性生命伦理纠葛碰撞中，一定程度上相互促成，而更多的却是作为强者（革命）一方对弱者一方（女性）的阻滞与压迫。

（二）“换装”完成——“昨日文小姐，今日武将军”

如果左翼时期，丁玲创作的“革命＋恋爱”模式的文学作品，提出的是革命对女性断发换服的潜在诉求，换装还是停留在想象的未来层面之上，那么延安时期，显然换装已经在现实层面上得以完成。《在医院中》素来被认为是丁玲最具代表性的作品之一，讲述了来自上海的青年知识女性陆萍，参加革命来到解放区，成为解放区后方医院的一名产科医生，理想与现实的矛盾冲突使这位具有昂扬政治热情的年轻革命者对革命产生怀疑，迷惑不解。最后在一位病人的精神指导下，对革命重树信心，离开医院，继续在革命中学习工作，锻炼自己。

小说的开头这样写道：“那天，正是这时候，一个穿黑色棉军服的年轻女子，跟在一个披一件羊皮大衣的汉子后面，从沟底下的路走来。这女子的身段很灵巧，穿着男子的衣服，就像一个未成年的孩子似的……”①显然，陆萍瘦小的身材与笨重的黑色棉军服搭配起来并不是美的，但是作为革命队伍的一分子，陆萍对自己的着装形象是没有选择的，个体必须服从集体的行为规范，当然包括服饰。黑色棉军服作为表征革命的符号，带有强烈的政治化倾向，女性身体在黑色棉军服的裹挟之下，如同“未成年的孩子”，看不出性别，掩盖了本该属于女性的美，想象中英姿飒爽的女战士形象在此遭遇一重颠覆。在抗战的艰难岁月中，革命队伍没有条件也没有能力考虑服制上存在的性别差异问题，宽大厚重的棉军服适用于革命中的每一个人，对服饰实用价值的追求远远超过了对审美价值的追求。

然而细究这件毫无美感可言的黑色棉军服，作为革命意识形态化的服饰，赋予了着装者政治上的身份，同时也遮蔽了性别上的差异，表面看来体现出革命中人人平等的价值理念，但是这种平等其深层又包含着一种对性别尤其是女性的漠视和压迫，也可以说是革命集体对生命个体自由的强势消解。陆萍作为一位来自上海的青年知识女性，年轻、聪明、热情、活泼、思想活跃、富有激情，棉军服作为政治身份的表征，笨重灰暗，青春的女性身体与厚重的男性服装形成强烈的对照反差，其间不仅仅是着装上对美的遮蔽，更是对个体自由意愿以及个性的无视与抹杀。陆萍党性很强，富有政治热情和才华，热衷于革命政治工作，而组织却安排她在后方医院做一名产科医生，为此她为自己争取过、哭诉过，但是个人的声音在集体面前，在党的需要面前是微不足道的，所谓军令如山，决议是无法根据个人的喜好而有任何改变的。

在红色根据地，革命作为一种强有力的政治意识形态通过对理念的认同，召唤着一批又一批的知识青年。然而当革命落实到现实层面，往往存在与理想的巨大反差。红色根据地当时是中国共产党的大后方，在国民党统治时期，这里是不被承认的“共匪”基地，自然条件和物质生活都十分艰难贫瘠，广大根据地的农民大众物质上的匮乏直接影响了他们的精神面貌。在文本中，有这样一段描写：“两个女人跪在草堆里，浑身都是草屑，一个掌着铡刀，一个把着草束，专心地铡着，而且拨弄那些切碎了的草……她一头剪短了的头发乱蓬得像个孵蛋的母鸡，从那头杂乱得像茅草的发中，露出一块破布似的苍白的脸，和两个大而无神的眼睛”②。这里尽管没有具体写到两位延安农村妇女的着装，而是以杂

① 丁玲：《在医院中》，见张炯主编：《丁玲全集》（第3卷），河北人民出版社2001年版，第234页。
② 丁玲：《在医院中》，见张炯主编：《丁玲全集》（第3卷），河北人民出版社2001年版，第236页。

乱的短发作为服饰话语出现，依然准确地传达出贫困生存状态下的苟且与不修边幅。根据马斯洛人本哲学理论，“认为人的需要可分为两类：基本需要和特殊需要。基本需要是全人类共同的需要，是由体质或遗传决定的，具有似本能的性质。特殊需要则是在不同的社会文化条件下形成的各自不同的需要，如服饰、嗜好等”①。显然延安的多数军民处于基本生存资料没有得到满足的生活水平，生存的需要远远优先于审美要求。经济基础决定上层建筑，落后的生产力水平直接影响了人们的思想文化和精神高度。因而，尽管延安是革命的圣地，受物质生活水平低下困扰的大众尽管生活在社会体制发生根本变革的红色根据地，但是人们的精神未必真正得到解放。这一点在院长以及总务处长夫人的言行中也可窥见一斑。

院长曾经是一位种田的农民，早年因为参加革命而以前辈自居，被任命为后方医院的院长，对医疗专业知识知之甚少。医院作为救死扶伤之地，人命关天，稍有不慎便会成为葬送生命的地狱，革命集体中这种不合理的人员配备安排实际上是对生命的不负责任。再来看这位院长，在接待陆萍的过程中，流露出对女性的不屑与轻视，“以一种对女同志并不需要尊敬和客气的态度接见陆萍，像看一张买草料的收据那样懒洋洋的神气读了她的介绍信”②，对于后来陆萍针对医院提出的批评意见更是不以为然。作为革命的参与者，他的行为显然与革命理念倡导的平等相去甚远，但是他绝对不是唯一的一个，在下文那位病人的话中，我们可以看出，像院长这样的革命者不在少数。政治身份并没有赋予他们与革命理念相切合的价值观念和精神追求，反而成为他们自视高人一等甚至是享有特权的凭证。

再来看那两位医院的女看护，她们因为是革命干部的家属而显得盛气凌人、傲慢自得，特别是对那位总务处长夫人的描写更是惟妙惟肖：“……摆着十足的架子，穿着自制的中山装，在稀疏的黄发上束上一根处女带，自以为漂亮，骄傲地凸出肚皮在院子中摆来摆去”③，在服饰话语的言说下塑造出一位可笑又可悲的女性形象。因为丈夫是革命队伍中的干部，她们也成了革命集体中的一员，但是精神依然处于落后的状态，表面看来她们从事革命工作，实质上却是无可奈何而为之。总务处长夫人以不伦不类的服饰彪炳自己与众不同的身份，以

① ［美］马斯洛：《马斯洛人本哲学》，成明编译，九州出版社2003年版，第24页。
② 丁玲：《在医院中》，见张炯主编：《丁玲全集》（第3卷），河北人民出版社2001年版，第240页。
③ 丁玲：《在医院中》，见张炯主编：《丁玲全集》（第3卷），河北人民出版社2001年版，第243页。

此为手段取悦丈夫，试图压倒其他同性女子，稳固自己作为妻子的地位，这些封建传统伦理观念对人的禁锢与戕害可谓是令人发指。而更让人感到忧虑的是这样的女性在革命队伍中并不是凤毛麟角，而是一个不小的群体，甚至她的行为可以被当时的军民看作是正常的，那么革命作用于人心的实际引领究竟是什么呢？这正是丁玲对现实革命难以释怀的深深困惑。

以建立一个理想社会为终极目标的革命，是符合时代发展趋势的，但是当革命在现实层面上展开的时候，却表现出理念与口号之间的巨大落差。在陆萍的眼中，这些革命的参与者曾经勇敢反抗不公平的社会制度，在强大意识形态的召唤下为未来的理想社会而奋斗，本应该是崇高伟大的，是应该受到尊敬的。然而现实中，他们的精神仍然处于没有解放的落后状态，性别压迫、歧视所带来的对女性的伤害与异化仍然存在着，并有可能一直存在下去，女性仍然没有改变自身的生存困境和精神困境。那么伴随着抗战的胜利，女性的解放以及真正意义上人的解放还要有一段怎样艰辛跋涉的征程呢？作为自觉参与革命的女性，革命实际上究竟为女性营造了什么样的社会环境，那种不受外界压迫与歧视、个性可以自由发展的理想世界是否真的可以通过革命实现？丁玲在小说中以光明的尾巴收笔，然而这些忧虑依然难以挥除地存在着，无法得到意识形态的明确解答，甚至这种声音的公开表达都成为革命队伍中的禁忌，被认为是不合法的小资产阶级思想倾向而被打压厌弃。

自此，五四时期彻底退出了时代舞台，个人的意义与价值终结，取而代之的是以劳苦工农为代表的集体。然而作为五四时期觉醒的一代知识分子，正是有了对个体意义价值的发现，使她们发出自我的呼声，确立了生命主体的立场。以这种姿态确立了社会解放以及民族解放的目标，从而投身至革命的队伍中，加入更高一级的集体中。从追求自我到放弃自我，革命的想象性建构和现实世界，对革命的参与者提出一条带有悖论意味的道路抉择，这正是让一代革命者为之困惑又难以名状的问题所在。

丁玲作为一位革命的忠贞追随者，将女性解放置于社会革命的广阔平台之上，试图实现一种双赢，这也是一代革命女性的希冀，然而应然与实然的背离，却残酷地揭开了女性解放的悲剧境遇——无法实现的自由理想。如前文中提到的，“换装易服”、“断发男装”是革命以服饰话语的方式作用于女性的一种“身体规训”，从这一权利运作方式入手，我们也就不难发现女性将自身解放的愿景建构于革命之上，就注定了其无法实现的前途命运。就女性解放本身而言，革命的参与绝非是实现它的机会，却恰恰让它陷入被诱惑和被奴役的境地，这一点显然是深受社会达尔文主义熏陶并奉为信仰的革命女性始料未及的。

我们来从革命的角度分析，为什么革命无法实现女性解放所要求的自由理想？这要追溯前一段的历史，30年代马克思主义的传入，使阶级观念开始深入人心，知识者们发现了一个重大的社会问题，即阶级矛盾的日益激化，俄国十月革命的胜利为成功改造社会提供了蓝本，因此旨在解决社会问题的阶级革命如火如荼地开展起来。正如汉娜.阿伦特的发现，"不是自由，而是富足，成为革命的目标"①，自由是从必然性中的解脱，而这场以解决财富分配不均、贫富差距等社会问题的阶级革命，显然是在必然性的统治之下进行的。因此这场革命不但无法守护自由，而且必须要在驱逐自由中得以进行。一直到抗日战争时期，红色根据地延安，阶级革命与斗争依然是政治生活中的主要内容。追求自由的女性解放，与弃却自由的阶级革命，就目标而言，根本就是悖反的。革命以女性"换装"的完成，在现实层面上实现对其参与者欲望的消除和自由的压制，使革命在严苛的禁欲主义的旋律中，将必然性的统治力量充分发挥。

同时，应该注意的是，此时革命中人权的赋予者，不再是前一时期解放了的小资产阶级阶级，所谓"人权转化为无套裤汉的权利"②，因此革命的参与者必须通过转变自己的身份，而成为权利的拥有者，这样才能成为当之无愧的无产阶级战士。对华衣美服的彻底抛弃表征着自我欲望的遗忘，在穿衣着装都无法自由选择的革命队伍中，自由理想与革命现实之间的距离已经遥不可及了。

但是，即使意识到革命目标与自由追求之间、身份与权利拥有者之间存在差距，依然还有众多知识女性参与其中，不只是女性，五四时期信奉自由的广大知识分子都义无反顾投身于这场阶级革命。一定程度上，这源于黑暗现实与革命如巨轮机器般的强大吸附力，以及革命理念的无限吸引力，这三者共同作用于青春型文化特征的五四儿女身上，使革命发出了一种对人"宿命般"的召唤，使这种"换装"变得不可抗拒。如别尔嘉耶夫所说，"革命企图建立的未来总是合理性的未来"③，它以理念的方式构建起乌托邦的世界，这个世界指向过去和未来，它期许了一个全新的符合参与者奋斗目标的未来世界，这其中一定是包含自由的。而革命理念显然与革命是不能等同的，"革命"源自一个天文学术语，指规律的天体旋转运动，这并非人力所能影响的，具有不可抗拒性，是不受

① [美]汉娜·阿伦特:《论革命》，陈周旺译，译林出版社2007年版，第52页。

② [美]汉娜·阿伦特:《论革命》，陈周旺译，译林出版社2007年版，第49页。

③ [俄]尼古拉·别尔嘉耶夫:《论人的奴役与自由》，张百春译，中国城市出版社2001年版，第226页。

人控制的。因此，体现人为意志的革命理念，无法挟制真正的革命，不能使它行进于预设的范围内，革命的参与者不可能是理念中自由的当局者，革命者逃不过被革命诱惑、奴役和绞杀的命运。

结 语

我们纵观丁玲从五四时期开始一直到40年代延安时期的文学创作，会发现在30年的文学生涯中，丁玲一直坚持书写女性的解放，关注女性在革命时代和革命境遇中的思想转变，她意欲通过文学探索女性解放的出路，作为敏锐感知时代脉搏的女性作家，她将自己的体验和经验整合进文学，问询和解答女性摆脱"弱者身份"的途径，如何能在解放的路途中实现女性生命主体自由与女性社会价值，正是其一生追索的一大命题，我们不难发现，不管是丁玲自身的信念，还是她在文学中坚守的言说内容，其对女性解放建立于双重的维度，即向内与向外，既包含着精神自由和欲望满足的追寻，又存在着对女性社会价值贡献的实现，两者相互依存缺一不可。在革命的大时代中，从启蒙主义的引领到革命意识形态的召唤，女性独特细腻的生命感受在宏大的叙事中呈现出隐性的特质，而正是服饰话语为我们言说了不易被体察的女性与革命之间的融合与纠葛，以及革命时代背景下的女性心路历程。从出走的"娜拉"到革命召唤的"中国式苏菲亚"，再到真正意义上的革命女性，妇女解放一步步得到深化，起初是感性上对自由与民主的渴求追寻，带有追随时尚潮流的意味；随着社会时代的变迁，逐渐将感性上升至理性，将实现性别平等的理想根植于社会解放的基础之上，从而逐步突破了女性狭小思维空间的弱点，但是这时的理性主要发生在思想层面，还未落实到实践领域；抗日战争时期，革命以真实的面目与女性参与者交锋，这其中既有对妇女解放运动的推波助澜，又存在着性别压迫与性别异化问题，女性解放对独立、平等、自由的价值诉求在现实革命的层面看，依然是无法实现的。在服饰话语的絮絮言说中，历史现场的还原以及文学文本与社会文化的互文解读，使我们得以逐渐清晰地发现，革命理念与现实的冲突为女性解放布设了重重迷障与困境，其道路显得曲折漫长，充满女性的血泪代价。

时代革命之门为女性慷慨敞开，使女性得以走出家庭，获得生命主体意识的觉醒，开始了自身解放与精神探索的征程。然而茫茫的女性解放之路，革命又成了诱惑和奴役她们的一重陷阱，是女性难以超脱的时代宿命。晚年时期的丁玲，经过多年的反思也开始意识到，革命与自由之间不可调和的矛盾冲突，正如有论者所说,“对政治的敬畏、关注,与对自由的向往、呼唤,二者的并存与矛盾,使我们再一次看到了另外一个丁玲的存在”①,也看到了随着时代思想不断变迁的女性,她们复杂而又艰辛的一生。漫漫女性解放的征途中,女性生命伦理与革命伦理碰撞交融,相依相随却又相左的悖论关系,经由服饰话语的言说,为我们解答了一代女性理想与困惑双生、希望与失望共存、欢乐与痛苦交织的复杂坎坷而又丰富独特的人生境遇。

① 秦林芳:《丁玲最后的37年》,中国文史出版社2005年版,第225页。

新月书店的文学出版研究(1927—1933)

韩　松*

引　言

新月书店1927年7月1日创办于上海,1933年9月23日由胡适出面与商务印书馆商洽,将其债务与书稿尽皆转入,该店正式关张。前后历时6年有余,是民国时期新月社同人涉足出版界以表达其文学、文化和政治诉求的重要平台,它作为一家同人性质的出版机构,曾出版众多新月同人、朋友的著作、译作,发掘推介了一批文学新人的作品,并为新月知识分子的文学、政治、文化主张的传播起到了重要作用。

据笔者查检、对照相关资料显示,其间新月书店共出版文学作品(含创作著作与译作)约50种,另有文学理论书籍若干,如胡适的《白话文学史》(上)和梁实秋的文艺批评著作《浪漫的和古典的》等。这些书籍在数量上与大型出版机构如中华书局和商务印书馆等相比虽不够多,但对新文学的演进与发展依旧产生了重要影响。

除文学书籍的出版外,1928年3月10日创刊于上海的新月同人主办之杂志《新月》月刊,在第一卷的全部12期内几乎皆为文学作品或与文学相关之论文,除却第2、3卷(各有12期,其中第2卷6、7期合刊,第3卷5、6期合刊)的部分政论文章,自第四卷起,杂志又回归文学为主,直至1933年6月1日第4卷第7期结束。

作为民国上海的重要出版平台,新月书店以其在文学出版方面的成绩,在现代新文学的生产与传播、及对新月同人、朋友的文艺理念与文学思考的传播方面,作出了重大贡献。

此前,无论是出版史志类书,如2000年出版的《上海出版志》,还是新文学

---

* 作者简介:韩松,1988年生,男,河北省藁城人,2014年毕业于青岛大学中国现当代文学专业,获硕士学位;指导教师魏韶华教授。

研究资料，如《中国现代文学运动·论争·社团资料丛书》，抑或研究新月社的专著，如刘群所作《饭局·书局·时局：新月社研究》和王一心、李伶伶所著《徐志摩·新月社》等，再如邓集田所作《中国现代文学的出版平台》等，虽对新月书店的诸多史实多有涉及，但均未对新月书店的文学出版情况，即书籍出版情况、书籍出版与编辑人员关联性、新月书店经营状况等作出详尽的研究。

然而，新月书店作为中国现代文学史上重要的出版机构，其为何要出版这些书，为什么选择了这些书，这些书在当时造成了何种影响，其与编著者个人、与新月同人的关系如何，新月书店的出版经营状况和书籍运营详情等，都尚待深入探究。

基于此，本文将对新月书店的文学出版情况作较全面而深入的探索，以时间前后（1927 年 7 月 1 日—1933 年 9 月 23 日）为节点，以新月书店为研究本体，以新月同人的社会文化活动为背景，以现代文学史料和编辑出版知识为依托，从该出版机构的实际出版情况出发，着力探寻其书籍出版历程和新月出版共同体的发生发展，并在对核心人物行谊的钩沉和不同类别文学书籍的出版分析基础上，以写人事带写书事，从书籍编者、著译者、经营者、作品与社会背景的联系诸角度研究论证新月书店在文学出版方面的成效，并以此为切口，寻求现代中国文学出版的独特规律与演进线索，以期清理围绕在该出版机构周边的迷雾，重绘其新文学出版景观，进而对当下的文学出版提供有益借鉴。

一、新月书店的文学出版历程

（一）新月书店的创办缘起、组织结构与发展历程

1. 新月文人的南下聚合

“知识群体的整体空间转移一直可视作中国近现代史上政治与文化转向的风向标。1926 年前后，居于北京的以高校教师为主的知识分子受困于政治的高压与经济的窘迫，开启了一股引人关注的迁移潮流。他们中间大多数人选择上海为落脚之地，少部分人辗转到武汉、南京、广州、厦门等地”①。

随着国民革命军北伐的推进，大战前紧张的气氛破坏了徐志摩与陆小曼在

① 王建伟：《逃离北京：1926 年前后知识群体的南下潮流》，《广州社会科学》2013 年第 3 期。

硖石的不到两个月的蜜月生活，令其逃难至上海，过着“最不健康的栈房生活”[①]，同时也使得一大批生活于北京的新月同仁被迫南下。

闻一多曾在1926年3月因为国立艺专“学潮”之事辞去了该校教务长一职，并于当年7月全家返回湖北，恰又逢北伐军进达长江流域，因而又在秋冬间应清华留美好友潘光旦的邀请赴上海吴淞国立政治大学任教（潘于1926年夏获哥伦比亚大学硕士学位后，同年8月到该校教课并任教务长），后于1927年2、3月间去武汉，4、5月间又抵达吴淞，在杭州一番游历后赴上海。[②]

同样于1927年，叶公超时任北师大和北大英文系讲师，他经过其叔父叶恭绰的朋友——上海暨南大学校长郑洪年聘请至这所大校任教；当时任北大物理系教授及系主任的丁西林也赶到上海筹建物理学研究所并担任所长；另据余上沅夫人陈衡粹的回忆，“上沅与我和实秋夫妇从北京南下，一同到东南大学任教，……1927年后，上沅、实秋均非当局欢迎之人，又同船到上海，另找饭碗”[③]。

这批文人自北方南下得并不从容，颇有几多“逃难”之感。北洋军阀严酷的统治为其生活增加了许多麻烦，政府常常积欠薪水，学者文人的经济生活已陷入困顿。那时在北京的李璜（他曾与闻一多共同倡导国家主义）曾言，当时其薪水为每月280元大洋，仅拿了两个月，后来便每月56元，只够个人食住了。

在经济压迫之外，精神的束缚亦有许多，北洋军政府禁售新文学作品（如胡适《胡适文存》、陈独秀《陈独秀文存》等），并且焚毁书籍，禁演新剧。教育总长章士钊也大事批判白话文学，鼓吹复古文风，使得新文学作家在精神上都感到令人窒息的沉闷[④]。同时，政治血案也接连发生，1926年4月26日《京报》总编辑邵飘萍被枪杀，1927年4月6日李大钊被杀害，这些既使学者作家们感到威胁，又直接导致了报刊报馆的被查封与被压制。

张慰慈在1927年1月16日致胡适信中写道：“现在北京一般人的口都已封闭了，什么话都不能说，每天的日报、晚报甚而至于周报，都是充满了空白的地位……同时一切书信与电报受到严格的审查”。[⑤]

时局动荡变幻，既让新文学作家们感到惶恐不安，也迫使新月同仁先后离

---

① 《徐志摩致胡适》(1927年1月7日)，见虞坤林编：《志摩的信》，学林出版社2004年版，第277页。

② 参见刘群：《饭局·书局·时局——新月社研究》，武汉出版社2011年版，第195页。

③ 陈衡粹：《实秋忌辰周年祭》，见陈子善编：《回忆梁实秋》，吉林文史出版社1992年版，第9页。

④ 参见司马长风：《中国新文学史·上卷》，昭明出版社1980年版，第248～258页。

⑤ 《张慰慈致胡适》(1927年1月16日)，见《胡适来往书信选》（上册），中华书局1980年版，第421页。

开了北京这个新文化运动的发源地，选择了上海作为新的栖居之所。梁实秋在《忆〈新月〉》一文中写道："这时节北方还在所谓'军阀'的统治之下，北平的国立八校经常的在闹索薪风潮，教员的薪俸积欠经年，在请愿、坐索、呼吁之下每个月也只能领到三几成薪水，一般人生活非常狼狈，学校情形也不正常，有些人开始逃荒，其中一部分逃到上海。徐志摩、丁西林、叶公超、闻一多、饶子离等都在这时候先后到了上海。胡适之先生也是在这时候到了上海居住。[①] 同时有一批批的留学生自海外归来。那时候留学生在海外受几年洋罪之后很少有不回来的，很少有人在国外久长居留作学术研究，也很少人耽于物质享受而流连忘返。如潘光旦、刘英士、张禹九等都在这时候卜居沪滨"。[②]

胡适作为新文化运动的领军人物，其到达上海正符合了徐志摩的期待："左右没有你，就没有人商量，闷哉！"（见徐志摩致胡适，1926 年 9 月 12 日）"目下闷处在上海，无聊到不可言状，……你能早些回来，我们能早日相见，固然是好，但看时局如此凌乱，你好容易呼吸了些海外的新鲜空气，又得回向溷浊里，急切要求心地上的痛快怕是难的。"（见徐志摩致胡适，1927 年 1 月 7 日）

于是不经意间，新月文人有了新的聚合，而他们正是在这次聚合中，开始了新舞台的筹建。

2. 新月书店的创办

提及新月派，人们往往想到新月诗派及《新月》杂志，其实新月书店是早于《新月》月刊的前一年出现的。叶公超对此曾说道："谈'新月'的活动，固然以《新月》杂志为主，书店也不能忘记。"[③]然而对于新月派而言，新月书店是传播其文化政治思想理念的重要出版平台。20 世纪二三十年代的许多同人杂志，不少就是借助于现有的出版机构来发行。一些有经济条件的文化社团，常常倾向于成立同人性质的出版机构。这些中小型的同人书局，不仅担负着发行自己社团刊物的功能，也为其同人著作的出版提供了很大便利，它不仅很有助于开辟同人自己的言论阵地，更由于作为实体的存在意义，而为知识分子群体的交往提供了场所。

---

① 胡适于 1927 年 5 月 20 日乘船抵沪。此前他因参加中英庚款会议留在欧洲，1926 年 8 月 27 日他在给徐志摩的信中检讨道："自己回国九年的生活太 frivolous，从前办《努力》等并不足以表明自己的成绩"，他因此发愿，"我预备回国后即积极做工……带些什么还不能知道。大概不会是跳舞"。最终，他听从顾颉刚、丁文江、高梦旦等朋友的建议在日本停留三周后，选择了上海作为生活的新起点。

② 梁实秋：《忆〈新月〉》，见《梁实秋文学回忆录》，岳麓书社 1989 年版，第 106 页。

③ 叶公超演讲，周锦笔记：《关于新月》，《联合报》1980 年 8 月 6 日，见程新编：《港台·国外谈中国现代文学作家》，四川文艺出版 1986 年版，第 161 页。

新文艺书店的不断涌现成为上海的一个明显现象，陈望道即指出，“现在国内已有小书店潮”[①]。新月书店便是一方面作为《新月》月刊发行的重要依托，一方面形塑了研究围绕其间的文人交谊和出版经营与编辑活动的重要主体。

关于新月书店的成立确切时间，有诸多说法。依陈从周自费印制的《徐志摩年谱》所言，是“1927 年春与胡适之邵洵美等”设立，胡适担任董事长，张禹九任经理，书店设在了华龙路，总发行所在四马路，编辑所设立于麦赛而蒂罗路159 号[②]。然而新近的研究结果显示，“新月书店组成并开始运转是在 1927 年 5 月”[③]。目前所能见到的最早提及新月书店的创办的文字（《新月》月刊创刊于次年），应当是徐志摩写于 1927 年元旦的日记，其中写道：“新月决定办，曼的身体最叫我愁”[④]。但那时距离新月书店的真正成立还有 7 个月之久。在上海《时事新报·青光》1927 年 6 月 21 日发表的署名“小囸”的《新月书店》一文中也描述了将要开业的新月书店的消息：

> 胡适之、徐志摩等创办之新月书店，闻已租定法界麦赛尔蒂罗路一五九号为店址，现已付印之新书约十余种，正在整理待印者尚有四十余种之多，店址不广，但布置甚佳，开张之日，传说有要略备茶点之意。而此种茶点，又传说有要作为招待来宾之用之意。
>
> 书店总经理已聘定余上沅先生。余先生者，戏剧专家也，对于人生，有深邃之了解，对于艺术，更有精湛之研究，今总理小店，如烹小鲜，措置裕如。闻沪上各界，纷纷要求认股，而定额早已超出数倍，无法应付云。
>
> 诗人闻一多，亦该店要人。诗人工铁笔，近为该店雕刻图章一枚，古色斑斓，殊为别致。

此文中作者“小囸”依据陈子善先生的考证，乃是时任《时事新报·青光》

---

① 《陈望道致汪馥泉》（1928 年 1 月 17 日），见孔另境编：《现代作家书简》，花城出版社 1982 年版，第 112 页。

② 参见陈从周编：《徐志摩年谱》，上海书店出版社 2008 年版，第 66 页。

③ 倪平：《新月派的两个支柱：书店、月刊的起讫》，《中国现代文学研究丛刊》2005 年第 6 期。

④ 《徐志摩日记》（1927 年 1 月 1 日），见《徐志摩未刊日记（外四种）》，北京图书馆出版社 2003 年版，第 224 页。

编辑的梁实秋。[①] 文中提及其时书店已开始运作，付印的新书有10余种，整理待印的书也有40余种。经笔者比对1927年新月书店出版的书籍名录发现，实际上不过十几种。故而可见上述文字的“宣传”妙用。

依据刘群在《饭局·书局·时局——新月社研究》一书中对新月书店的成立时间的考察与梳理，1927年7月1日是新月书店正式开张的日子。笔者亦曾查证，在1927年6月29日、30日和7月1日，《申报》连续3天刊登了《新月书店开张启事》：

> 本店设在上海华龙路法国公园附近麦赛而蒂罗路一五九号，定于七月一号正式开张。略备茶点，欢迎各界参观，尚希贲临赐教为盼。

7月2日，新月书店开张第二日，梁实秋主编的《时事新报·青光》又刊出了署名“严家边”的《新月书店参观记》，详细报道了书店刚刚开张时的情形（此文于他处常见，故不赘录）。文中述及新月书店所在的麦赛尔蒂罗路就在法国公园前面，即书店的发行所和编辑部最初皆设于麦赛尔蒂罗路（今兴安路）159号，新月书店的招牌是蓝底白字，挂招牌的铁棍上有一把涂金的象征新月的镰刀；新月书店的经理是戏剧家余上沅，他还兼任编辑；楼下为发行所，《浪漫的与古典的》和《翡冷翠的一夜》等稿子正在校对，楼上正房是编辑室等。

1927年6月27日和28日《申报》连续刊登了宣布新月书店成立的《新月书店启事》，更是明确了它的创办人：

> 我们许多朋友，有的写了书没有适当的地方印行，有的搁了笔已经好久了。要鼓励出版事业，我们发起组织新月书店，一方面印书，一方面代售。预备出版的书，都经过严格的审查，贩来代售的书，也经过郑重的考虑。如果因此能在教育和文化上有点贡献，那就是我们的荣幸了。
>
> 创办人　胡　适　宋春舫　张歆海　张禹九
>
> 　　　　徐志摩　徐新六　吴德生　余上沅　同启

这段文字之中，明白无误地显示了新月同人希冀创设属于自己的言论阵地

---

① 陈子善先生指出，“小圃”当为梁实秋，梁自1927年5月1日至8月9日主编《青光》，而7月5日，15日《青光》所刊署名“王小圃”的《戒烟》和《是热了！》，均已收入梁实秋署名“秋郎”的杂文集《骂人的艺术》，且其时梁与胡适、徐志摩、余上沅等过从甚密，也已入股新月书店。参见《新发现的新月派史料》，见陈子善：《雅集》，上海人民出版社2012年版，第32～44页。

的思考。其之所以开办独立出版机构，既是为同人出书提供便利，以求参与现代出版事业的发展，也想积极涉足当时的文化现场，展示其在教育和文化等方面的独特效用。

这份创办人名单，也纠正了新月书店创办者说法不一的情况①。胡适排在名单的第一位，既显示了他于书店创办时的作用，也不得不说新月同人是在借助其名望。此八人中，至少有五人（胡适、张歆海、张禹九、徐志摩、余上沅）是北平新月社时期同人，新月书店与新月社的承继关系是明显的。其余三位（宋春舫、徐新六、吴德生）都是上海商界及文化界名人，如此"豪华"的阵容自然会吸引读者。据新月书店分管发行的店员谢家崧回忆，胡适虽为新月书店首任董事长，但徐志摩为书店的发起人，且他还是新月的灵魂人物。

创办新月书店，可称作是新月社在北京创办《诗镌》《剧刊》之后的第三个大动作，其视野已不局限于文坛。"文人自己办书店、印书，是为了摆脱资本家的控制，和创造社办出版部是同一思路。活动空间从北京转向上海，更是预示着思想文化文学中心的南下，这一过程要到 1928 年新月社在上海创办《新月》月刊、创造社创办《文化批判》及《语丝》编辑部设于上海才完成"②。

3. 新月书店的组织结构和发展始末

新月书店产权实行股份制，梁实秋与谢家崧均在回忆中提到 100 元为一股，50 元为半股，梁认为筹到了 2000 元（另有 4000 元说法），谢回忆筹到了 3000 元，这说明作为一家规模不大的同人书店，其股份确是 100 元为一股，50 元半股，其开办经费在新书店中其实是不算少的③。但相比大书局而言，又显得微不足道：

> 上海书业公会会员共四十余家，资本九百余万元。其中商务印书馆五百万元，中华书局二百万元，世界书局七十万元，大东书局三十万元，此外都是一二十万元以下的了。非书业同业公会会员尚有五种：一、彩印局，一一有公会。二、石印局。三、铅印局。四、旧书店。五、新书店。资本大概

① 陈从周在《徐志摩年谱》中指出是徐志摩、胡适、邵洵美等筹设了新月书店；陈衡粹则说是 1927 年大革命失败后，余上沅"到上海与胡适、邵洵美、徐志摩、梁实秋、饶孟侃等办新月书店"（可参考陈衡粹所作《余上沅小传》，见张余编：《余上沅研究专集》，上海交通大学出版社 1992 年版，第 6 页）。

② 《新月书店的开张与关门》，见钱理群：《中国现代文学编年史：以文学广告为中心（1915—1927）》，北京大学出版社 2013 年版，第 577 ~ 578 页。

③ 南京国民政府于 1927 年 4 月定都南京后，即于 1927 年 9 月颁布修正后的《大学教员薪俸表》，大学教师的薪俸大幅提高，教授薪俸每月提高至 400 ~ 600 元，副教授每月 260 ~ 400 元。参见陈育红：《民初至抗战前夕国立北京大学教授薪俸状况考察》，《史学月刊》2013 年 2 期。笔者翻阅当时所出之书，每本定价多不足一元钱。

数千元乃至数万元，十万以上的很少。[①]

新月书店创办之初的股东究竟是哪些人，限于资料原因难以清晰了解。其董事会成员又究竟是谁？依据店员谢家崧的回忆，"成立时有一个董事会，以胡适之为董事长，其余的董事是：徐志摩、潘光旦、闻一多、梁实秋、董任坚、张歆海、吴经熊、余上沅、张嘉铸等。成员中大部分是要为新月书店编写图书的著作人，少数是凑热闹的"[②]。显然，董事会中胡适起着举足轻重的作用，虽然他一度闹出退出新月书店的风波。

新月书店另设有一个编辑委员会形式的编辑组织，其成员经常探讨编务工作，开始是设在环龙路，后又搬到福煦路673号徐志摩的家中，有时会在极司斐尔路49号的胡适家。这一点颇有商业时代成熟出版的味道和民主决策的气息。据谢家崧回忆，编辑委员会的成员有胡适、徐志摩、梁实秋、潘光旦、叶公超、余上沅、闻一多、饶孟侃、张嘉铸等人，其中"余上沅系书店经理有固定工资，其余都是义务的，所以他们在徐志摩或胡适之家讨论编务时，所有烟酒甚至茶饭都由徐、胡两人招待"[③]。

如前所述，余上沅是新月书店的首任经理是确定无疑，又《新月》月刊第1卷第7期刊有《余上沅启事一则》：

启者上沅现已辞去新月书店经理及编辑主任，嗣后一切事务，请经向各负责人接洽为盼此启。十七年九月七日。

由此可知自1927年7月1日至1928年9月7日，余上沅任新月书店经理共计一年两个月。

余上沅之后，关于新月书店经理任职人员有很多说法，据梁实秋在《忆〈新月〉》里记载，认为是张禹九继余上沅后任经理，最后则是潘光旦的兄长潘孟翘收尾。而谢家崧回忆认为，余上沅之后是潘孟翘，之后才是张禹九[④]。《福州路文化

① 陆费逵：《六十年来中国之出版业与印刷业》，见张静庐辑注：《中国现代出版史资料补编》，中华书局1957年版，第278～279页。

② 谢家崧：《我记忆中的新月书店》，原载《古旧书讯》1983年第1期，转引自俞子林编：《百年书业》，上海书店出版社2008年版，第77页。

③ 谢家崧：《我记忆中的新月书店》，原载《古旧书讯》1983年第1期，转引自俞子林编：《百年书业》，上海书店出版社2008年版，第78页。

④ 谢家崧：《我记忆中的新月书店》，原载《古旧书讯》1983年第1期，转引自俞子林编：《百年书业》，上海书店出版社2008年版，第79页。

街》一书显示，新月书店经理顺序为余上沅、潘孟翘、张禹九。台湾学者秦贤次所作《刘英士年表》称余上沅之后由张嘉铸接任经理，梁实秋接书店编辑主任。研究者刘群在《饭局·书局·时局——新月社研究》中也提供了有价值的线索。故笔者综合诸位研究者的看法与结论，认为新月书店的经理任职情况如下：

时间	经理人员
1927年7月1日—1928年9月7日(第一任)	余上沅
1928—1930年(余上沅之后)	潘孟翘
1930—1931年(潘孟翘之后)	张禹九、萧克木(时间上有重叠)
1931年4、5月间至1933年9月23日(最后一任)	邵洵美(由胡适出面与商务印书馆接洽，将新月书店的债务与书稿一并转之，新月书店关门)

＊若有第六任经理，则为1932年的某几个月由林徽音担任，且梁实秋未曾任职经理。

新月书店最后一任经理是邵洵美，由于他的加入，使得新月书店从资金、印刷、经营策略、社会关系等方面注入了新的动力。作为新月书店的股东，邵洵美在书店开张伊始仅为清水股东，并不参与书店实际工作①，但这一点有待考证。

1930年7月25日的胡适日记中写道：

> 新月书店开董事会。店事现托给萧克木与谢汝明两人，而他们两人便不能相容，谢攻萧最力，甚至捏造股东清查委员会名义，遍发信给往来户头，要求搜求证据来毁萧。两个人便不能合作，此真是中国人之劣根性！②

胡适在这段日记中提到了萧克木和谢汝明两人的情况，看来在此之前书店应是由此二人来经营。此后，直到邵洵美接任之前，新月书店是由萧克木来经营。邵洵美于1931年7月在给胡适的信中提到，“六月底结帐，萧克木经理期内，外版书代售竟会亏本！依道理讲，应当挣几千块钱呢”③。虽然萧、谢二人经营新月书店的时间与张禹九有所冲突，但正如梁实秋所言：“后来上沅离沪，仍然实际上由谢先生主管，名义上张寓九当经理，只是遥领，盖盖图章而已。”④张

① 林淇：《邵洵美传》，上海人民出版社2002年版，第40页。

② 见1930年7月25日胡适日记，曹伯言整理：《胡适日记全编》第5册，安徽教育出版社2001年版，第738页。

③ 《邵洵美致胡适》(1931年7月5日)，见《胡适来往书信选》(中册)，中华书局1980年版，第74页。

④ 梁实秋：《忆〈新月〉》，见《梁实秋文集》(第3卷)，鹭江出版社2002年版，第62页。

禹九应只是名义上的经理，实际店务由萧、谢两人负责。如此，也印证了笔者的推断，即新月书店的经理次序为余上沅、潘孟翘、张禹九（萧克木）、邵洵美。

新月书店的总编辑，在余上沅之后，当是梁实秋接任[①]。除此可确定之外，再之后的新月书店编辑限于史料所缺，并不十分清楚。

由于第一本书《天堂与五月》所经历的出版困难，1928 年 3 月 10 日邵洵美独立创办了一个小型出版机构金屋书店（1931 年初关张）。这一年的 7 月 1 日，他还与滕固、章克标合作第二次复刊了《狮吼》杂志（同年 12 月 16 日出版第 12 期后宣告终刊），之后又于 1929 年 1 月独立创办《金屋》月刊（1930 年 9 月停刊，共出 12 期）。可见在新月书店初期，邵洵美正忙于自己的书店和刊物、书籍的出版，并无过多精力对新月书店有实际介入。据章克标回忆："志摩说服洵美协助一同办好新月书店，要洵美在经济上想办法，洵美情面难却，答允就新月书店经理之职。洵美可说是为了志摩的缘故而加入新月书店的"[②]。徐志摩在 1931 年 5 月 17 日写给郭子雄的信中谈到，"新月书店颇见竭蹶，邵洵美加入，再图再起"。然而，邵氏的加入也难缓解新月同人分化离散的局面。

据梁实秋的回忆，"到了民国十九年，新月的一伙人差不多都离开上海了。闻一多本来不在上海，十九年夏他到上海来，我们两个应杨金甫邀赴青岛参加正在筹备中的国立青岛大学。胡先生和志摩都到北大去了，上沅也早就到了北平。《新月》杂志在罗隆基编辑之下逐渐变了质，文艺学术研究的成分少了，政治讨论的成分多了，这是我们始料所不及的事。书店在潘光旦的长兄潘孟翘先生的勉强支撑中也不见起色。所以，胡先生有一次途经青岛时便对我们说起结束新月的事，我们当然也赞成，后来便由胡先生出面与商务印书馆王云五先生商洽，由商务出一笔钱（大约是七八千元）给新月书店，有这笔款弥补亏空新月才关得上门，新月所出的书籍一律转移到商务继续出版，所有存书一律送给商务，新月宣布解散"[③]。民国十九年，即 1930 年。那时闻一多已不在上海，正和梁实秋在青岛。胡适和徐志摩也步余上沅后尘抵达北平。

1932 年 4 月，时任经理的邵洵美为新月书店事往北平见诸位同人，沿途便与时任天津《益世报》主笔的罗隆基交谈，又在北平面见了胡适、潘光旦、叶公超、全增嘏、沈从文、梁实秋、梁宗岱等同人。新月书店诸位股东已各奔东西，无

① 秦贤次编：《刘英士年表》中言余上沅辞职后，"由张嘉铸接书店经理，梁实秋接书店编辑主任"。见秦贤次编：《刘英士纪念文集》，兰亭书店 1987 年版，第 370 页。

② 陈福康、蒋山青编：《章克标文集》（下），上海科学院出版社 2003 年版，第 148 页。

③ 梁实秋：《忆〈新月〉》，见《梁实秋文学回忆录》，岳麓书社 1989 年版，第 116 页。

暇顾及书店经营，于是“决定关门了事”①。由于新月书店与《新月》月刊的耦合关系，月刊的政治倾向和书店的经营不善，加之新月书店同人的纷纷离去，便促成了1933年由胡适出面与商务印书馆的转让②。

（二）新月书店的文学书籍出版历程

1. 新月书店历年文学书籍出版统计与分析

新月书店在初期的运营状况并不十分理想，尤其在次年《新月》月刊创刊之后，更是文祸不断，这就使得书店的经营飘摇不定。1928年8月，徐志摩在给旅居巴黎的友人刘海粟信中说，“我们新月同人也算奋斗了一下，但压迫已快伤身，如果有封门一类事发生，我很希望海外的同志来仗义执言。”③那时新月同人已由于在《新月》月刊上展开的对国民党当局的猛烈抨击，而使书店和月刊面临被查禁的局面。到1930年左右，新月书店就真正面临了无书可出的处境。

笔者综合国家图书馆馆藏和1929年刊印的《新月书店书目》及新月书店所出文学书的各种广告进行考察统计得出了新月书店时期（1927年7月1日至1933年9月23日）其历年所出书目的较详细结果，如下：

版次 / 时间	初版本	重版本
1927年	14种	0
1928年	23种	
1929年	7种	8种
1930年	7种	7种
1931—1933年	约24种	10余种

故合计由新月书店所出之书为92种（不含重版），此统计中包含翻译作品、

① 林淇：《海上才子：邵洵美传》，上海人民出版社2002年版，第93～97页。

② 据谢家崧回忆：“新月书店出版物的存货（包括纸型等）则由胡适之和潘光旦两人与当时商务印书馆总经理王云五、副经理潘光炯（系潘光旦之弟）协商，折价（书籍好像是三折）全部卖给商务印书馆，一共卖了多少钱，这笔钱又作如何处理，他们都没有向股东们作交代。”见谢家崧：《我记忆中的新月书店》，《古旧书讯》1983年第1期，转引自俞子林编：《百年书业》，上海书店出版社2008年版，第83页。

③ 《徐志摩致刘海粟》（1929年8月），见《志摩的信》，学林出版社2004年版，第156页。

以及丛书类（丛书类每一题名的书算一种）。①

其中：

小说类13种。诗集11种。文史类（文学相关）13种（含胡适《白话文学史》与潘光旦《读书问题》）。文学类译著13种。故合计文学类（含文学相关）所出书为50种。

另：

新月书店以丛书之名出版的有七种，笔者能见到的其中的文学类书籍有：

（1）英译名著百种丛书：5种，即《造谣学校》《诡姻缘》《可钦佩的克莱敦》《潘彼得》《威尼斯商人》。

（2）中国戏剧社丛书之一：2种，即《国剧运动》《卞昆冈》。

（3）现代文艺丛书六种（只见《志摩的诗》《花之寺》《西滢闲话》《少年歌德之创造》）：4种。

（4）旧诗词研究丛书之一：1种，即《清照词》。

（5）现代文化丛书50种：1种，即邵洵美所著《现代诗》，仅有预告，未见。

（6）中华市政学会丛书：（略）。

（7）基本知识丛书：（略）。

又：

在《新月》月刊上出现书目预告但不确定是否出版之文学类书：7种，即《坛外集》《旧恋的新欢》《近代英美诗选》《近代英美散文选》《一只马蜂》《何家槐小说初集》《现代诗》。

再：

国家图书馆收录而未在《新月》杂志上出现广告之文学类书（上述表格已计入）：2种，即顾一樵的《我的父亲》与李惟建的《祈祷》。而宋春舫的《一幅喜神》虽在国家图书馆注目为新月书店出版，但《新月》月刊第4卷7期已表明是"特约代售"，有待考证。卞之琳的《三秋草》和臧克家的《烙印》均为新月书店代售。

借由上述统计可见，短短六年余的时间里，新月书店所出版的文学类（含文学相关）书籍达到50种之多，且其中不乏分量较重的作品，这在20世纪二三十年代的中国文学出版领域当属不易之举。

---

① 另据刘群所著《饭局·书局·时局——新月社研究》中显示，新月书店共出版有各类书籍87种，与笔者所言有所出入，更待详查。

在综合国家图书馆馆藏、中美百万数据库和1929年刊印的《新月书店书目》及新月书店所出文学书的各种广告进行考察统计后，笔者绘制了新月书店出版各类书籍之表格，从中可得出一些著作者、译者与新月书店的出版之关系，尤其是文学出版方面，亦可见出新月书店出书同人、新月派同人、新月社同人及新月诗人之间的联系与区别。如下：

新月书店历年出版之小说作品

小说类	1927	1928	1929	1930	1931	1932	1933
沈从文	《蜜柑》	《蜜柑》《阿丽丝中国游记》《好管闲事的人》			《从文子集》		
胡也频	《圣徒》（短篇小说集）						
陈春随（登恪）	《留西外史》（长篇小说）	《留西外史》（长篇小说）					
陈衡哲		《小雨点》（小说集）		《小雨点》（小说集）			
凌叔华		《花之寺》（短篇小说集）	《花之寺》（短篇小说集）				
陈铨		《天问》（长篇小说）					
林徽音					《舞》（短篇小说集）		

（续表）

小说类	1927	1928	1929	1930	1931	1932	1933
丁玲，胡也频					《一个人的诞生》		
李青崖							《上海》（短篇小说集）
顾一樵							《我的父亲》（传记体中篇小说）

计 13 种。

新月书店历年出版之诗集作品

诗集类	1927	1928	1929	1930	1931	1932	1933
徐志摩	《翡冷翠的一夜》（诗集）	《志摩的诗》（修订初版）、《翡冷翠的一夜》（再版）		《志摩的诗》（修订版）（再版）	《志摩的诗》（修订版）《猛虎集》	《志摩的诗》（修订版）《云游》	《志摩的诗》（修订版）（6版）
闻一多		《死水》	《死水》		《死水》（3版）		《死水》
陈梦家					《梦家诗集》（1、2版）《新月诗选》		《梦家诗集》（3版）《新月诗选》（再版）
曹葆华						《灵焰》《落日》	
李惟建							《祈祷》

计 10 种，又及《诗刊》季刊共 4 期。

新月书店历年出版之戏剧论著与剧本作品

戏剧论著与剧本	1927	1928	1929	1930	1931	1932	1933
余上沅	《国剧运动》						
徐志摩、陆小曼		《卞昆冈》（7月初版）					
熊佛西					《佛西论剧》		
袁牧之					《两个角色演底戏》		
丁西林					《西林独幕剧》		
顾一樵						《岳飞及其他》（四个多幕剧）	

计6种。

新月书店历年出版之文史散文类作品

文史类	1927	1928	1929	1930	1931	1932	1933
梁实秋	《浪漫的与古典的》（文集）、《骂人的艺术》（署名秋郎）	《浪漫的与古典的》（文集）、《文学的纪律》		《骂人的艺术》（4版）	《浪漫的与古典的》（文集）（3版）、《文学的纪律》		
陈学昭	《寸草心》	《寸草心》		《寸草心》	《寸草心》（4版）		

（续表）

文史类	1927	1928	1929	1930	1931	1932	1933
徐志摩	《巴黎的鳞爪》（散文集）	《自剖》（散文集，10月再版）		《巴黎的鳞爪》（散文集）（3版）	《巴黎的鳞爪》（散文集）1931年5版、《自剖》（散文集）（3版）		
潘光旦	《小青之分析》		《冯小青》	《读书问题》			《读书问题》（3版）
陈西滢		《西滢闲话》	《西滢闲话》		《西滢闲话》（3版）	（4版?）	
胡适		《白话文学史》（上卷）（1、2版）、《庐山游记》		《白话文学史》（上卷）（3版）、《庐山游记》（2版）		《白话文学史》（上卷）（5版）、《淮南工书》	《庐山游记》（5版）
卫聚贤		《古史研究》（第1集）					
张寿林					《清照词》		《清照词》（再版）
费鉴照							《现代英国诗人》

计15种，《小青之分析》《冯小青》算1种。

新月书店历年出版之译著作品

译著类	1927	1928	1929	1930	1931	1932	1933
徐志摩、沈性仁合译	《玛丽玛丽》（小说）	《玛丽玛丽》（小说）			《玛丽玛丽》（小说）		
陆侃如	《左传真伪考》						
陈西滢	《少年歌德之创造》	《少年歌德之创造》		《少年歌德之创造》			
胡鸿勋（纪常）		《近世资本主义发展史》		《近世资本主义发展史》（修正再版）			
梁实秋		《阿拉伯与爱绿绮思的情书》	《阿拉伯与爱绿绮思的情书》《潘彼得》		《阿拉伯与爱绿绮思的情书》	《织工马南传》	
邓以蛰		《若邈玖袅新弹词》					
郭斌佳		《历史哲学概论》					
梁实秋选辑、吴宓等译			《白璧德与人文主义》				
伍光建译，梁实秋校并序			《造谣学校》				

（续表）

译著类	1927	1928	1929	1930	1931	1932	1933
伍光建译，叶公超校并序			《诡姻缘》				
赵少侯			《迷眼的沙子》				
邢鹏举			《何侃新与倪珂兰》				
潘光旦			《自然淘汰与中华民族性》				《自然淘汰与中华民族性》
顾仲彝译、梁实秋校				《威尼斯商人》			
余上沅译并序，时昭沄校				《可钦佩的克莱敦》			
黄肇年				《共产主义论》（再版）			
蒋廷黻				《族国主义论丛》			
冰心					《先知》		
邱辛白					《政治》		
刘英士					《妇女解放新论》		

（续表）

译著类	1927	1928	1929	1930	1931	1932	1933
王英生						《政治学概论》（再版）	
崔毓珍（晓岑）							《国际金融争霸论》

计24种。

新月书店历年出版之政治、社会、教育类作品

政治、社会、教育类	1927	1928	1929	1930	1931	1932	1933
潘光旦		《中国之家庭问题》《人文生物学论丛》，再版改名《优生概论》（人文生物学论丛第一辑）		《日本德意志民族性之比较的研究》			
世界室主人（张君劢）	《苏俄评论》		《苏俄评论》（再版）				
陈耀东		《国民外交常识》	《国民外交常识》（再版）				
董修甲（鼎三）		《市宪议》					

（续表）

政治、社会、教育类	1927	1928	1929	1930	1931	1932	1933
彭基相		《法国十八世纪思想史》					
刘英士			《欧洲的向外发展——帝国主义研究之一》				
胡适、罗隆基等				《人权论集》	《人权论集》（再版）		
张忠绂（子婴）					《英日同盟》		
罗隆基					《告日本国民和中国的当局》	《政治论文》	
王造时					《救亡两大政策》	《国际联盟与中日问题》	
胡适等著，潘光旦编						《中国问题》	
储安平编					《中日问题与各家论见》		

（续表）

政治、社会、教育类	1927	1928	1929	1930	1931	1932	1933
董任坚						《大学教育论丛》	
余楠秋						《学生问题》	

综合上述表格可见，新月书店所出文学类书目中，当以胡适、徐志摩、梁实秋、沈从文、闻一多、陈梦家、余上沅等人为主要力量。

前文已述及，新月书店到1930年左右正面临着无书可出的局面。据上表可见，新月书店文学出版界同人在1930年的小说类书籍出版极少，1932年亦然。诗集方面，也仅有1929年闻一多的《死水》和1930年徐志摩的《志摩的诗》（修订再版）。文史类方面，1930年仅有潘光旦的《读书问题》面世，而当年梁实秋《骂人的艺术》（4版）、陈学昭《寸草心》（4版）、徐志摩《巴黎的鳞爪》（3版）均为再版再印的。文学翻译作品中，1930年有《少年歌德之创造》《威尼斯商人》《可钦佩的克莱敦》，且其中《少年歌德之创造》为重印。

对比上表可知，1930年新月书店出版了潘光旦的《日本德意志民族性之比较的研究》，但笔者认为更重要的一点，是当年出版了以胡适、罗隆基、梁实秋等人为作者的《人权论集》，集中阐发了这批新月政治学者对时局和人权的看法，由此在社会上掀起了广泛的波澜。

可见新月书店的书籍出版不仅与当时的社会局势有关，也与新月书店同人的关注点的转移相关。1930年前后，他们似乎对政治的热情更加高涨，由此导致的文学出版的低谷也在所难免。同时，《新月》月刊的编撰者和新月书店同人群体有着较大的重合度，故由于《新月》月刊内容的向政治方向的倾斜，使得新月书店的出版倾向也有所转移——仅1931年，除了《人权论集》的再版，更有政治学家张忠绂的《英日同盟》、罗隆基的《告日本国民和中国的当局》、王造时的《救亡两大政策》及储安平编订的《中日问题与各家论见》的初版本出版。

2. 新月书店与《新月》月刊——文学出版共同体

对于迫于时势等原因聚集于上海新月书店周围的新月同人而言，仅仅是书店还不够，他们是不甘于没有自己的独立发言机构的。创办一份刊物，更是其实现知识分子言论自由的美好愿望。新月同人于1928年创办的《新月》月刊，不仅使得其拥有了较为稳固的发言阵地，也意味着他们作为独立的文化思想派别而出现在中国现代思想的舞台上。

自1917年新文化运动肇始以来，创办社团杂志已经是中国的自由主义者借以表达其思想立场和政治态度的常规途径。借由这些杂志的创办与发行，知识分子们向社会传达着其对中国的责任意识，并在文化场域内力图形成一种对变革社会的有力的力量准备。

胡适、徐志摩、梁实秋、闻一多这批新月同人曾进行过各种或独立或合作的办刊努力，借由徐志摩在《晨报副刊》上开辟的《诗镌》与《剧刊》专栏，新月知识分子实现了初次聚集。“与其终日言不及义，倒不如大家拼拼凑凑来办一个刊物”①。依据现存资料看之，新月书店初成立时，其同人还没有创办《新月》月刊的动向。然而，1927年底，徐志摩已开始筹备《新月》的出版发行了，在其一封致父母的信件中，还自称是“负责的总编辑”。

据梁实秋在《忆〈新月〉》及《〈新月〉前后》中回忆，《新月》月刊最初筹划时，初定由胡适、徐志摩、余上沅负责，后余上沅到潘光旦家中告知由胡适任社长，徐志摩任主编。因为此次社长、主编的人选并无推选和选举，徐志摩在众人的反对下当即主张改为集体编辑。《新月》月刊编辑人选最终定为徐志摩、闻一多、饶孟侃。饶孟侃曾说道：“因为大家都认为《诗镌》有成绩，便决定由徐志摩、闻一多和我来编这个纯文艺的《新月》月刊。办法是采用集稿制，每人只负责编一期，以便在轮转中有足够的时间去约稿、选稿，并料理自己的事情”②。

1928年3月10日《新月》正式出版发刊。月刊初期由徐志摩、闻一多、饶孟侃编辑时，每一期都设计有很多插图，作者包括徐悲鸿、刘海粟、江小鹣等。后随着《新月》由文艺而政治及徐志摩、闻一多等人的退出，插图也不再出现。

徐志摩在《新月》月刊发刊词《“新月”的态度》中写道：

> 我们这月刊题名新月，不是因为曾经有过什么“新月社”，那早已散消，也不是因为有“新月书店”，那是单独一种营业，它和本刊的关系只是担任印刷与发行。新月月刊是独立的。
>
> 我们舍不得新月这名字，因为它虽则不是一个怎样强有力的象征，但

① 梁实秋：《忆〈新月〉》，见《梁实秋文集》（第3卷），鹭江出版社2002年版，第55页。

② 饶孟侃：《关于新月派》（未刊手稿），转引自王锦厚：《闻一多与饶孟侃》，电子科技大学出版社1999年版，第299页。

它那纤弱的一弯分明暗示着，怀抱着未来的圆满。

我们这几个朋友，没有什么组织除了这月刊本身，没有什么结合除了在文艺和学术上的努力，没有什么一致除了几个共同的理想。

凭这点集合的力量，我们希望为这时代的思想增加一些体魄，为这时代的生命添厚一些光辉。

……

我们对我们光明的过去负有创造一个伟大的将来的使命；对光明的未来又负有结束这黑暗的现在的责任。我们第一要提醒这个使命与责任。我们前面说起过人生的尊严与健康。在我们不曾发见更简赅的信仰的象征，我们要充分的发挥这一双伟大的原则——尊严与健康。尊严，它的声音可以唤回在歧路上彷徨的人生。健康，它的力量可以消灭一切侵蚀思想与生活的病菌。①

徐志摩此处着力强调了《新月》月刊是"独立"的，不仅由于1927年前后南京国民政府的成立使得之前与梁启超研究系关系密切的新月社同人不得不有所注意，而且也是在树立一种公正、客观的言论姿态，进而为其同人对当时思想文化界和社会诸多问题展开评论铺平了道路。徐志摩认为《新月》月刊与新月书店是相互独立的，月刊同人的聚合完全是基于月刊本身，也"没有什么一致"。但就因了文中提到的"几个共同的理想"，及现实中《新月》月刊编撰同人于新月书店编辑出版同人的高重合度，又及胡适、徐志摩等人的核心凝聚力量，使得《新月》与新月书店在文学出版上形成了相互补充相互促进的"文学出版共同体"。

一方面，《新月》月刊上经常刊发新月书店的书籍广告，并配以介绍，有助于书籍的推广销售。另一方面，新月书店的经营状况的优劣也会直接影响到《新月》月刊的出版与发行。甚至在新月同人言论尺度较大时，书店与月刊均面临过被查封的风险。

由于《新月》和新月书店同人的重合度，其思想见解的重合度及现实利益的重合度也会相应较高。作为"文学出版共同体"的新月知识分子群体，由于各自有着鲜明的立场和倾向，又由于其基于自由主义立场的基本价值判断，他们的核心成员在本质上，可以归属为一个"利益共同体"。徐志摩在《新月》发刊词

① 徐志摩：《"新月"的态度》，《新月》1928年第1卷第1期。

中所说的“使命”“责任”和两大原则——“尊严与健康”,正代表着不仅仅是他本人,也是自北平而南下在上海聚集的新月同人们的核心理念。

这种独立精神明晰,且对其时文化界诸多乱象作出否定并认可自身担当的做法,加之新月书店的创办与《新月》月刊的出版发行,使得新月知识分子有了表达文学主张与立场,展现自身话语的力量,也标志着其正式跻身于中国现代思想的舞台,并“直接构成了同各种其他思想文化势力,尤其是以留日、留苏群体为主体的左翼势力的对立”①。

《新月》月刊于1928年3月10日创刊,直到1933年6月1日第4卷第7期停刊,前后历时5年余,共出版43期(其中第2卷6、7期合刊,第3卷5、6期合刊)。它的前期是上海新月书店出版发行,自第4卷第2期起至终刊改由北平新月书店发行,虽为月刊,但从第1卷第8期始,就已经不能按时出版了。到罗隆基任月刊主编时,从第3卷第3期起到第4卷第1期(1930年12月到1932年9月——此为实际出版时间,下同),版权页均未印刷出版日期,之后叶公超主编时又恢复常态。《新月》最后的两期出版时,实际上已是季刊了,1933年6月,在未刊登任何终刊启事的情况下,《新月》悄然停刊。

如前所述,《新月》月刊的内容导向间接会影响到新月书店的出版倾向。从在《新月》第2卷第2期(1929年6月)至第5期(1929年10月),胡适先后发表的《人权与约法》《我们什么时候才可有宪法?》,梁实秋的《论思想统一》《资产与法律》(译稿),每篇论文的写作时间均较预定出版时间晚一个月甚至两个月,难以按时出版可知,其时的新月文人已陷入了“人权论战”而对文学出版的热情有所减弱,或者说,他们已无暇过多顾及文学出版领域了。

在《新月》第2卷6、7期合刊(1930年1月)的《敬告读者》一文中写道:“天有不测风云,刊物也许不能永年,在中国现在这事真说不定。为保险订购者的利益起见,我们还可预先声明,假如月刊遇到意外的情形不能继续出版时,我们可以剩余订价改用本版书籍抵还”。这说明当时《新月》月刊处于危险的境地,政治上与当局的拮抗,正是《新月》无法按时出版的原因之一。

再即新月书店经营管理不善,也是月刊无法顺利出版之原因。书店经理萧克木赶赴北平之前,“校对稿放在书店中,编辑部和印刷局不接头,店中人又不

---

① 周晓明:《多源与多元:从中国留学族到新月派》,华中师范大学出版社2001年版,第258页。

问，所以无形中又延迟了"[①]。对此罗隆基也作出努力改变现状，"已与印局订合同，每月十二前交稿，卅前出书。任何方延期，都要受罚。合同前天签字。今后最少可以做到不延期一点"。[②] 之后，《新月》（第3卷）第7期至第12期（1931年5月至1931年10月），基本做到每月都能出版一期。虽如此，罗隆基毕竟是热衷政治，在他主持《新月》时期，其同人便呈现游离态势。失去了众人支持的主编，不得不于1931年底离沪赴津，而之前的11月19日徐志摩乘机遇难，更使得新月同人萌生去意，月刊的出版更难以继续。

《新月》在第4卷第1期"志摩纪念号"（1932年1月）出刊后，停刊达半年之久。直到1932年9月，由叶公超将《新月》第4卷第2期移到北平继续出版，在按时出版4期后，第6、7期又出现脱期情况，月刊终于止步于第43期。

梁实秋在《忆〈新月〉》中坦言："虽然我是书店的总编辑，我不清楚书店的盈亏情况，只是在股东会议上听取报告。《新月》月刊每期实销多少我也从来不知道"[③]。《新月》月刊转向谈论政治之前，每期售价或为三角，或为四角，销量也仅达到三四千份。[④] 而当其转向谈论政治，梁实秋等与鲁迅及左翼阵营知识分子展开论战，胡适等与国民党当局发生激辩时，便引得社会很大关注，销路也渐趋好转。

《新月》月刊的办刊方向，初始时主要刊登文艺类稿件，从第2卷第2期到第3卷终（1929年6月至1931年10月），历时两年四个月，几乎每一期都有政治文章。从第4卷起，又回归到了文学杂志面貌。虽然新月书店的编辑人员暂无法详细确定，但《新月》月刊的编辑者则可知晓。笔者查阅《新月》月刊的版权页编辑名单，并参见王锦泉所作《〈新月〉月刊出版日期考》得出其编辑者的变化，如下：

卷期数起止	时间（实际出版日期）	编辑人
第1卷第1期至第2卷第1期	1928.3—1929.4	徐志摩、闻一多、饶孟侃
第2卷第2期至第2卷第5期	1929.6—1929.10	梁实秋、潘光旦、叶公超、饶孟侃、徐志摩

① 《罗隆基致胡适》（1931年3月27日），见《胡适来往书信选》（中册），中华书局1980年版，第54～55页。

② 《罗隆基致胡适》（1931年5月20日），见《胡适来往书信选》（中册），中华书局1980年版，第68页。

③ 梁实秋：《忆〈新月〉》，见《梁实秋文集》（第3卷），鹭江出版社2002年版，第62页。

④ 参见《新月》第1卷第7期（1928年9月）"编辑余话"言："半年来承读者的期许，使我们能够得着三千到四千的同情者。"

（续表）

卷期数起止	时间（实际出版日期）	编辑人
第2卷第6、7期至第3卷第1期	1930.1—1930.9	梁实秋
第3卷第2期至第4卷第1期	1930.11—1932.1	罗隆基
第4卷第2期至第4卷第3期	1932.9—1932.10	叶公超
第4卷第4期至第4卷第7期	1932.11—1933.6	叶公超、胡适、梁实秋、余上沅、潘光旦、罗隆基、邵洵美

《新月》月刊在第一卷第一期到第二卷第一期之间，由于闻一多1927年底即赴南京任教，饶孟侃也在上海任政府秘书，故实际是在徐志摩的主导下。这一时期在月刊上发表的文章，大都是诗歌、小说、散文、文学评论、书评、译作、剧本等，的确体现了其在文艺上的成绩。

这一时期即1928年到1929年初的新月书店，1928年出版有小说类——沈从文《蜜柑》的再版及《阿丽丝中国游记》《好管闲事的人》的初版，陈春随的长篇《留西外史》，陈衡哲的小说集《小雨点》，凌淑华的短篇小说集《花之寺》，陈铨的长篇《天问》，是该书店小说出版的"丰收年"。1928年，闻一多的著名诗集《死水》初版和徐志摩的《志摩的诗》（修订版）均由新月书店出版，徐志摩和陆小曼合作的剧本《卞昆冈》也出于同年。文史类作品中，1928年重版了梁实秋的《浪漫的与古典的》，陈学昭的《寸草心》，并初次出版了梁实秋的《文学的纪律》，徐志摩散文集《自剖》，陈西滢的《西滢闲话》，以及胡适著名的《白话文学史》（上卷）（1929年便印至第三版）和《庐山游记》。译著中，总共13种文学与文学相关的作品，在1929年及之前便有9种之多。

可见，新月书店前期的文学出版成就，主要集中在1929年及之前。由于存在新月书店与《新月》月刊的"文学出版共同体"，使得新月书店的出版经营走势会随着具体编辑《新月》月刊的编者注意力的转向而发生变化，尤其进入30年代，办刊理念也已由同人兴趣转而为读者受众来考虑，商业价值起到了较大作用。在徐志摩于1931年去世后，虽然新月书店又出版了一些文学作品，但那和有徐志摩这位灵魂人物存在时的"新月书店"，已经发生了较大的面貌改变。

二、新月书店的文学出版编辑理念

如上述，新月书店以丛书为名出版的书籍共有七大类，在此之外，其出版内容所涵摄的领域更是包括了政治、教育、法学、社会等人文学科。但借由新月聚餐会、新月社、新月派进而新月书店的承接关系，其尤其侧重于诸如小说、诗集、文史、戏剧，文学译著等文艺方面，而借助丛书之名来出版印行并屡屡做广告，一方面显示新月书店经营者确欲编订丛书，另一方面却也有心有余而力不足之嫌，事实上并未全部出齐①。

研究新月书店的文学类书籍出版核心人物与编辑出版理念，从人物本身参与书店经营和编辑，及书籍的写作与出版等角度深入下去，会发现书店这个出版平台与主持者的关联性，与书籍作者的关联性，以及与其时社会环境的相关性。

（一）新月书店文学书籍出版核心人物研究

笔者从前述书籍出版情况表中，单独摘列了徐志摩、梁实秋、胡适、邵洵美四人在新月书店时期的出书情况表，据现有资料看，邵洵美虽任职新月书店后期经理并大力主持工作，但其并未在新月书店出版书籍，详细如下：

	1927	1928	1929	1930	1931	1932	1933
徐志摩	《翡冷翠的一夜》（诗集）、《巴黎的鳞爪》（散文集）、《玛丽玛丽》（小说，与沈性仁合译）	《志摩的诗》（修订版）、《翡冷翠的一夜》（再版）、《卞昆冈》（7月初版，与陆小曼合著）、《自剖》（散文集，10月再版）、《玛丽玛丽》（小说）	《志摩的诗》（修订版）（再版）、《巴黎的鳞爪》（散文集）（3版）	《志摩的诗》（修订版）、《猛虎集》《巴黎的鳞爪》（散文集1931年5版）、《自剖》（散文集，3版）、《玛丽玛丽》（小说）	《志摩的诗》（修订版）、《云游》	《志摩的诗》（修订版）（6版）	

① 参见瞿光熙：《新月社·新月派·新月书店》，《中国现代文学史札记》，上海文艺出版社1984年版，第268～274页。

（续表）

	1927	1928	1929	1930	1931	1932	1933
梁实秋	《浪漫的与古典的》（文集）、《骂人的艺术》（署名秋郎）	《浪漫的与古典的》（文集）、《文学的纪律》《阿拉伯与爱绿绮思的情书》（译著）	《阿拉伯与爱绿绮思的情书》《潘彼得》（译著）、《造谣学校》（梁校对）、《白璧德与人文主义》（梁选辑，吴宓译）	《骂人的艺术》（4版）、《威尼斯商人》（梁校对）	《浪漫的与占典的》（文集3版）、《文学的纪律》《阿拉伯与爱绿绮思的情书》	《织工马南传》（译著）	
胡话	《白话文学史》（上卷，1、2版）、《庐山游记》	《白话文学史》（上卷3版）	《白话文学史》（上卷5版）、《人权论集》（与罗隆基等合著）	《庐山游记》（5版）、《淮南王书》《人权论集》（再版）			
邵洵美	暂未发现其于新月书店出版书籍						

1. 徐志摩：新月之灵魂

新月派的灵魂人物徐志摩，既是新月书店的主要发起者之一，也是《新月》月刊的创办人。从表格可见，其在新月书店时期所出版的《翡冷翠的一夜》、《志摩的诗》（修订版）、《猛虎集》和遗作编订的《云游》共同构成了其新月派核心诗人的地位与影响力，可谓“新月诗人中的诗人”。

其实，徐志摩的编辑生涯早在1925年8月已开启了，此时其第一部诗集《志摩的诗》便是自费于中华书局出版。同年10月1日他正式主编《晨报副刊》，1926年4月1日又与新月诗人闻一多、朱湘等创办了《晨报副刊·诗镌》，可见在新月书店开业之前，徐志摩已深谙编辑出版之道。

1931年1月20日，《诗刊》正式印行，之后徐志摩在新月书店出版了其第三本诗集《猛虎集》。其中“猛虎”二字，原是翻译自美国诗人布莱克的《猛虎》一诗，其“本意是借用‘猛虎’这一意象来象征自己1931年顷向往复活，向往‘力’的趋势”①。他在《猛虎集》的序言里写道：

> 整十年前我吹着了一阵奇异的风，也许照着了什么奇异的月色，从此我的思想就倾向于分行的抒情。②

而徐诗的特性之一便是抒情，且是来自于生活的抒情，他并不似朱自清所言新月派的“理想的抒情”的特征，也不似闻一多的波西米亚风格的“为艺术而艺术”，他的作品是献给潜在的读者的，如《翡冷翠的一夜》献给陆小曼，《志摩的诗》初版本是“献给爸爸”，而《猛虎集》据考证则是献给林徽因③。徐志摩在其著名英文演讲《艺术与人生》中所言“我们没有艺术，正因为我们没有生活”和他所主张的“真”“美”“善”“爱”“自由”等共同显示了其一以贯之的对美好诗意的追求。

徐志摩的散文集《巴黎的鳞爪》是新月书店1927年的第一批出版物之一，写的大多是法国、英国、意大利的人物故事和自然风光。其散文集《自剖》于1928年1月出版，包括“自剖辑”、“哀思辑”、“游俄辑”三部分，随后的3月10日徐志摩在《新月》月刊创刊号上作《新月的态度》一文，阐述“《新月》是独立的”，不仅表明月刊编者欲与当时社会上的各种政治势力保持一定距离，不附庸，不谄媚，对时局保持独立判断，且也间接表达了新月书店同人持中的编辑理念。

然而，新月书店的主事者，无论是股东，董事会，还是编委会组织，有不少欧

---

① 蓝棣之：《徐志摩的诗史地位与评价问题——从〈徐志摩诗全编〉出版谈起》，《中国现代文学研究丛刊》1988年第4期。

② 见《猛虎集·序》，上海新月书店，1931年8月。

③ 蓝棣之：《徐志摩的诗史地位与评价问题——从〈徐志摩诗全编〉出版谈起》，《中国现代文学研究丛刊》1988年第4期。

美留学归来的自由主义者。故在书店经营中，不可避免地也有着大量的译介工作。徐志摩不仅在编辑《新月》月刊时尽力使得杂志充满欧美文艺气息，还为介绍西方文化留了充足的版面，文章内容不仅包含文学艺术，还有政治、历史、哲学等方面。《新月》月刊还从 1928 年 9 月第 1 卷第 7 期开始增设了“海外出版界”固定栏目，介绍海外出版之新书。与此同时，他本人也参与了外文作品的翻译，1927 年 8 月出版的《玛丽玛丽》便是其与才女沈性仁合作翻译自爱尔兰作家 James · Stephens 的长篇小说。该书讲述了女佣家庭的小姑娘玛丽朦胧地喜欢上一位威风的巡警，在贫苦的家庭和卑贱的地位中按捺着对巡警的憧憬，而当巡警大胆来求婚时，玛丽却拒绝了他。《玛丽玛丽》由徐志摩翻译了一半之后才由沈性仁翻译完成，成为同类爱情小说中知名作品。

徐志摩唯一的一部剧本也是在新月书店出版的，其本意在激励妻子陆小曼创作，剧本故事由陆小曼提供，徐志摩执笔成书。在戏剧家余上沅任新月书店经理的最后时期，他还为此书作序说道：

> 志摩根本上是一个诗人，字句的工整，音节的自然、想象的丰富，人物的选择，在《卞昆冈》里处处流露出来，而《卞昆冈》人物对话之所以如此逼真动人，那不含糊是小曼的贡献，尤其是剧中女人说的话。[①]

可见，新月书店时期的徐志摩不仅诗集创作丰富，在散文和剧本方面也有收获，他丰富的编辑出版经验既为书店的经营注入了活力，又使得相对“独立”的《新月》月刊放射着文艺之光。在书店和杂志这现代出版的两翼上，徐志摩显示了其新月灵魂作用，而他对新人（如靠其踏入文坛以写作维持生活的沈从文及何家槐、赵景深、曹葆华等）也尽量提携并关怀，不带冷淡和歧视。[②] 另 1929 年 11 月 1 日《学衡》杂志第 72 期曾刊登一则《新文艺丛书》的广告，作者涉及 11 人，共计 12 本书，其中包括徐志摩本人的小说集《轮盘》，该丛书由他主编，亦可见出其对编辑工作的热忱。[③]

2. 梁实秋：文艺理论家

梁实秋在主持《时事新报 · 青光》时，曾在其上发表百余篇小品文，皆以讽

① 余上沅：《卞昆冈 · 序》，见柴草编：《陆小曼文存》，三晋出版社 2009 年版，第 122 ~ 133 页。

② 关于徐志摩对文学新人的关照，可参见刘群：《饭局 · 书局 · 时局——新月社研究》，武汉出版社 2011 年版，第 243 ~ 244 页。

③ 《20 年代末文坛的一道独特风景线》，见吴福辉主编：《中国现代文学编年史：以文学广告为中心（1928—1937）》，北京大学出版社 2013 年版，第 97 页。

刺现实生活中丑陋现象为主，他于1927年10月在新月书店出版的《骂人的艺术》便是从中选择了46篇文章编定的。《浪漫的与古典的》是一部浪漫主义与古典主义相交融的批评论文集，出版于同年8月。据前述，梁实秋当是在余上沅之后担任新月书店编辑部主任，但新月书店的编辑委员会主任和书稿审查委员会主任等要职的人选仍未清晰。

观察梁实秋的文艺理论建构，可见从1927年始至1929年其选辑《白璧德与人文主义》在新月书店出版为止，是其文艺理论思想作为专门著作集中出版的时期。广为人知的鲁迅与梁实秋的论战，便是肇始于梁发表于1927年10月《复旦旬刊》的《卢梭论女子教育》（该文于1926年12月15日曾刊印于《晨报副镌》），鲁迅随之于1928年1月7日在《语丝》发表《卢梭与胃口》予以辩驳。其实早在新月书店成立前不久，梁已撰文称鲁迅为"杂感家"和"语丝派的首领"了。当新月书店成立后，新月同人帮助其出版批评论文集，也从另一面为其论战形成助威之势。

梁实秋在1928年出版的《文学的纪律》中，认为全部的浪漫运动一个对新古典派的主张的抗议，它是感情的而非理性的，是破坏的而不是建设的。他认为从事文学事业的人，与文学的标准所发生之关系，就是"文学的纪律"问题。

在1923年，梁实秋赴美留学，期间所受哈佛大学比较文学权威白璧德教授影响颇大，以至于他后来受吴宓之邀编辑了《白璧德与人文主义》一书，而梁本人也多从事翻译工作。1928年曾在《新月》月刊部分刊发的《阿拉伯与爱绿绮思的情书》和1929年宗教题材的儿童戏剧《潘彼得》均为其英文译作。1929年其校对出版了戏剧《造谣学校》后，又于1930年校对了莎士比亚早期名作《威尼斯商人》，这也为其日后全译《莎士比亚全集》打下了基础。新月书店在邵洵美任经理期间，梁还翻译出版了英国作家乔治·哀略奥特的《织工马南传》。

在对他人书籍的品评方面，梁形成了自己的书评话语风格。他不仅在1928年评论过潘光旦的《小青之分析》和徐志摩译作《玛丽玛丽》，还对胡适的《尝试集》和陈西滢的《西滢闲话》作过书评。与评论国内作品相比，其对西方著作的评论成就要更大，这从其上述新月书店时期所作文艺批评著作的内容便知。

3. 胡适：核心领袖

胡适在1928年6月于新月书店出版了两本书，即《白话文学史》（上卷）和《庐山游记》，前者随后印行至六版，1934年10月改由商务印书馆出版共印四版，此后又重印、影印不断。这部文学史虽曰"白话""文学史"，实际上是以白话文写就的中国文学史，是中国第一部具备现代学术视野的中国文学史研究著作。该作从第一编“唐以前”的“古文是何时死的”直写到第二编“唐朝(上)”之“元白的诗”便截笔,之后再未有下卷出版。李泽厚曾指出:“胡适自己以及所谓‘胡适派’的许多人的工作,都多半表现为一些细枝末节的考证、翻案、辨伪等……对中国通史、断代史或思想史、哲学史,都少有具有概括规律意义的宏观观点、论证或论著。”①这或许能说明胡适这种做学问的方法论的“缺点”,正是其不能完成下卷的原因。

《庐山游记》则是胡适在1928年4月以三天时间游历庐山后写就的白话文游记,他在书中提出了庐山三处史迹东林、白鹿洞、牯岭代表的三大趋势,再一次亲身践行了其“大胆地假设,小心地求证”的治学方法。作品随记着山行的所见所闻,似于无心之处而得见解,得游山之乐,体式新颖。

《淮南王书》本是胡适学术名著《中国中古思想史长编》中的第五章,以半月时间写就。作者认为这是最重要的一章,故专门抽出,于1931年12月由新月书店单独出版。之前的1930年,胡适与罗隆基、梁实秋等人合著《人权论集》一书也出版了,其中便包含胡适在人权和法制问题上向国民党打响第一炮的《人权与约法》一文(1929年《新月》第2卷第2期刊)。在新月书店前期,胡适不仅因对国民政府的政策制度展开批评而在学术与政治之间左右,在1928年《新月》月刊创刊之时,胡适还闹出一场欲“辞职”“撤股”“抽去书稿”的风波。

1928年1月28日,胡适致信徐志摩,写到五个请求,一是辞去董事职务,二是辞去书稿审查委员会之职,三是将妻子江冬秀、儿子胡思杜和友人张慰慈的股份退还,四是将自己的一股也退还,并不取红利,五是抽走已排好部分的《白话文学史》书稿,并愿补偿书店损失。那时胡适抵达上海不久,正处于北洋政府与南京国民政府均不讨好的境地,《新月》创刊前由余上沅宣布的胡适任社长一事遭到诸友人反对,自然刺激了胡适的自尊。

胡适在1928年4月4日的日记中写道:“我们这个民族……简直不能组织小团体……新月书店与云裳公司便是二例。这样小团体已不能团结,何况偌大的商务印书馆?我们只配作‘小国寡民’的政治,而运会所趋却使我们成了世界上最大的帝国!”②可见其对此事一直有所不满。

新月书店后期,《独立评论》于1932年5月22日创刊于北平,“大火已烧起来了,国难已临头了。我们平时梦想的‘学术救国’‘科学建国’‘文艺复兴’等

---

① 李泽厚:《中国现代思想史论》,东方出版社1987年版,第97~98页。

② 胡适日记,1928年4月4日,见《胡适日记全编》(第5册),安徽教育出版社2001年版,第26页。

等工作，眼看见都要被毁灭了……《独立评论》是我们几个朋友在那个无可如何的局势里认为还可以为国家尽一点点力的一件工作"①。可见，作为中国思想界的重镇，胡适在思想研究道路上走得很远，在构建自由言论空间方面一直发力，其热衷谈论政治的建设性参与意识也一直存在，而他作为新月书店的董事会及股东成员的一面，则仅是其数种身份之一了。

4. 邵洵美：后期支柱

查看王京芳所作《邵洵美年表》②可知，1926 年邵洵美在上海筹备婚事期间，曾与狮吼社成员滕固等人交好，以致认识了徐志摩、张禹九、刘海粟等人。当年 12 月，其第一本诗集《天堂与五月》在光华书局印行。1928 年 3 月，他于上海创办了金屋书店，多出版唯美文艺类书籍，此间其积累了不少编辑出版经验。之后 1929 年 7 月，张禹九受徐志摩之托拉邵洵美入股已陷入亏损的新月书店。

1931 年 1 月《诗刊》季刊创刊，由徐志摩和邵洵美一同担任主编，当年 2 月，邵洵美借由徐志摩借给新月书店作者丁玲一笔钱，助其返乡避难。之后的 4 月底 5 月初，邵氏正式接任新月书店经理。他有较充裕的资金和广泛的交游圈，加之也深谙书籍杂志出版之道，对新月书店的后期发展助力良多。

在新月书店经营手段上，邵洵美曾运用"捆绑销售"等优惠方案，如在《新月》第 4 卷第 4 期上有广告如下：

> 《诗刊》与《新月》月刊合订者，全年只收大洋一元。

经计算发现，这比单独订阅二者一年所需的一元四角便宜四角，优惠幅度较大。彼时，新月书店还代售报纸杂志和书籍，如潘光旦主编的《年华》周刊和《独立评论》，售卖自制信纸和英文杂志，前述卞之琳之《三秋草》和臧克家之《烙印》便在店内代售。

然而，1932 年"一·二八"淞沪抗战发生，上海局势动荡。在该年 7 月陈梦家将徐志摩遗作编定为《云游》出版后，8 月《新月》月刊便再版了第 4 卷第 1 期的"志摩纪念号"。此时的新月书店仿佛在邵氏的勉力支撑下风雨飘摇，由于他另外出版的《时代画报》印刷成本太高，其父子二人决定分家，经济状况有所下降。加之新月同人多有离去，夹在政治和文艺之间的《新月》月刊也由叶公超移至北平继续出版，新月书店渐渐显出了颓势。

---

① 胡适：《丁文江的传记》，见《胡适全集》（第 19 卷），安徽教育出版社 2003 年版，第 509 ~ 510 页。
② 参见王京芳：《邵洵美：出版界的堂吉诃德》，广东教育出版社 2012 年版。

这一年的夏末，邵洵美往北平访新月旧友，之后《新月》第4卷的最后6期由他担任发行人，其时代印刷厂为月刊进行印刷。然而独木难支的情况终究无法长久，1933年9月23日新月书店由胡适出面，全部转入了商务印书馆。

综观这四位新月书店主要成员的出版经营活动可见，新月书店确如其创办之前的理念一般，为新月同人的书籍出版提供了便利条件，在为其成员的文学与思想文化传播方面也起到了较大的作用。如果说新月书店同人具有一定的相似性，那这相似性则更多的是来源于其对共同的知识背景和价值理念的认同，而这些共识的酝酿、产生与发酵，终于成就了新月书店独特的出版道路。

（二）新月书店文学书籍出版编辑理念分析

1. 小说类

借由笔者在第一部分中所做的新月书店书籍出版情况表可以看出，新月书店开办第一年即1927年，出版了沈从文的短篇小说集《蜜柑》，左翼人士胡也频的短篇小说集《圣徒》和陈春随的长篇小说《留西外史》。其中小说集《蜜柑》为沈从文在1927年4月于北京东城创作，所含的8篇小说分别在1927年的《现代评论》和《晨报副刊》发表过。沈从文自1924年时开始发表作品，并与胡也频合编《民众文艺周刊》的《京报副刊》。1928年沈从文到上海与胡也频一起编辑《中央日报》副刊《红与黑》，后二者又与丁玲合作编辑《红黑》杂志和《人间》杂志。可以说这段时期，三人的关系较为密切。当时文坛上正展开关于“革命文学”的论争，新月书店不仅出版与徐志摩交往甚密的沈从文的作品，还出版与之有关的左翼人士的书籍，依新月同人的自由主义价值取向，若非有这一层关系，恐怕《圣徒》并不能在此出版。

《留西外史》记叙了旅欧勤工俭学的中国学生的故事，是陈登恪（陈寅恪之胞弟）以笔名“春随”所著，王德威曾言：“与鲁迅、郁达夫、冰心同时，作家像向恺然的《留东外史》（1925）、春随的《留西外史》（1927）等，依然按照晚清叙述的老路子，揭发、嘲弄留日或留欧学生的百态”①。可见该书在当时依旧难脱旧路子叙事模式，然而其关注的近代留学生题材，正是当时的热点。梁实秋在《回忆〈青光〉》一文中也谈到，“他撰写《留西外史》长篇小说，算是给我捧场的，等我离开‘青光’，他也辍笔了。后来《留西外史》在新月书店出版，仍是未完稿”②。

---

① 参见王德威：《小说中国——晚清到当代的中文小说》，麦田出版股份有限公司1996年版。

② 梁实秋：《我与〈青光〉》，见《雅舍谈书》，山东画报出版社2006年版，第503～504页。

可见此书正是陈登恪的玩票之作。

1928 年《蜜柑》和《留西外史》再版了，沈从文的《阿丽丝中国游记》和《好管闲事的人》也于新月书店出版。这一年，新月诗人凌淑华的短篇小说集《花之寺》和 40 年代被作为“战国策派”而广为人知的陈铨的长篇小说即成名作《天问》也于该店出版。

《天问》分上下两册，《新月》月刊第 1 卷第 5 号刊发了此书“不日出版”的消息，并说道：“《天问》里面，像整个的人生一样，包含着一出古今相同的悲剧”①。据笔者查验，《新月》月刊至少三次刊登了不同的关于《天问》的广告，虽变换花样极尽赞美，但正如 30 年代常风在评论此书时所言，“人物的描写与性格的分析方面”“有不少的缺陷”②，一语道破此书的不足。陈铨在《天问》之前的小说《革命前的一幕》及其后的小说《彷徨中的冷静》等，都是叙述爱情故事的，且具有儿女情和英雄气的特征。但作为余上沅任职书店经理期间的最后一部小说，也作为新文学最初 10 年不发达期的一部洋洋 20 万言的著作，此书在新月书店出版，不啻表现了新月同人对长篇小说多样性的看重。

26 岁的沈从文的《阿丽丝中国游记》出版于 1928 年 7 月，这部作品作为他唯一一部长篇小说，被看作是赵元任所译的《阿丽思漫游奇境记》的中国续书。该书最初在《新月》月刊上发表，也就是在这部长篇中，沈从文初步确立了都市和乡村的二元对立叙事模式，并着手对现代文明展开反思和批判，开始在文化身份上皈依其苗裔血统。他让书中英国 12 岁的小阿丽思小姐和 45 岁的兔子绅士傩喜先生，不远万里来到中国的大都会和边远乡村，让二人遇到各种荒诞不稽、离奇古怪的故事，以映射出其时中国由于战乱、灾荒、外国入侵而饿殍遍地的惨状。该书严厉批判和讽刺了其时中国社会的迷信、愚昧和黑暗。沈从文的小说集《好管闲事的人》中的 7 篇作品，除 1 篇《或人太太》在《小说月报》发表，其余均在 1927 年至 1928 年的《晨报副刊》和《中央日报》副刊发表过。《晨报副刊》的主编由徐志摩于 1925 年 10 月 1 日正式担任，直至 1926 年 10 月卸任，而沈从文与徐志摩的交谊甚深，由徐志摩作精神核心的新月书店继续为其出版小说集，当是不二之举。

徐志摩为凌叔华的第一部小说集《花之寺》作序称：“作者是有幽默的，最恬

① 见《新月》月刊第 1 卷第 5 期《天问》广告，1928 年 7 月 10 日。

② 常风：《陈铨：〈彷徨中的冷静〉》，转引自袁庆丰、阎佩荣选编：《常风：彷徨中的冷静》，天津人民出版社 1998 年版，第 32 ~ 33 页。

静最耐寻味的幽默，一种七弦琴的余韵，一种素兰在黄昏人青时微透的清芬”①。这也是他一生中唯一一次为人作序。他称凌淑华为“中国的曼殊菲尔”，一度曾与其交往甚密。《花之寺》收录了凌淑华在当时创作的共 12 篇短篇小说，于 1928 年 1 月出版，内容大多是以细腻而幽雅的笔调刻画高门大族和中产阶级人家中“婉顺”女性忧郁的灵魂。沈从文也因此书而称凌淑华是“富于女性的笔致，细腻而干净，但又无普通女人那类以青年的爱为中心的那种习气”。

1928 年的新月书店，还于 4 月出版了由陈衡粹为姐姐陈衡哲作了封面的小说集《小雨点》。该书是陈衡哲唯一一部小说集，而其所作的因被夏志清称作“新文学史上第一篇现代白话小说”而广为认知的《一日》即收入此集中。1930 年 3 月，新月书店出版了其再版本，则将胡适称赞《一日》的序言删去，此新文学运动史上的“地位”问题也渐渐隐退。

前文述及 1929 年与 1930 年间，由于新月派同人的政治热情高涨，使得新文学小说类书籍的出版减少。1931 年新月书店 4、5 月间，邵洵美接任了新月书店的经理。这是该出版机构的一次转折，或说此前是新月书店的前期，而邵氏接任后，则是新月书店的后期了。其时《新月》月刊刊登了一则《新月书店编辑部迁移启事》：“敝处成立以来，甫经数月，现因内部更事扩充，原有地点不敷应用，特于五月一日起开始入九江路四川路转角中央大厦二楼 19 号内。自后倘蒙明达，不吝教诲，或惠赐大作，均请径寄该处，以免贻误，无任感盼。”②该年新月书店于 5 月出版了沈从文的《从文子集》，6 篇作品中曾有两篇分别刊于 1929 年和 1930 年的《新月》月刊上，并林徽因的短篇小说集《舞》也出版了。

1931 年 2 月，“左联”成员胡也频遭上海龙华警备司令部杀害，彼时丁玲刚刚生下孩子不久。新月书店同人为帮丁玲渡过难关，于 5 月出版了仅署名丁玲的小说集《一个人的诞生》，其中包含胡也频作品两篇。该书稿是沈从文帮助其通过徐志摩委托新月书店出版的，而后徐志摩又为丁玲向邵洵美借得一笔款项，才使得沈从文与丁玲假扮夫妻将孩子送至湖南乡下③。

由于 1930 年 11 月至 1932 年 1 月，是罗隆基主持《新月》月刊的编辑工作，若考虑到月刊与书店的密切关系，则不难理解直到 1933 年新月书店才又出版了法国文学翻译家李青崖的短篇小说集《上海》和顾一樵的传记体中篇小说《我

① 徐志摩：《花之寺 · 序》，上海新月书店 1928 年版。

② 王一心、李伶伶：《徐志摩 · 新月社》，陕西人民出版社 2009 年版，第 281 页。

③ 参见刘群：《饭局 · 书局 · 时局——新月社研究》，武汉出版社 2011 年版，第 242 ~ 243 页。

的父亲》,或就是由于1931年与1932年,新月书店的出版重心转移到了政治、社会、教育等方面——仅1931年便再版了《人权论集》,并新出了热衷政治的新月同人著作有《英日同盟》《告日本国民和中国的当局》《救亡两大政策》《中日问题与各家论见》;1932年又出有《政治论文》《国际联盟与中日问题》《中国问题》《大学教育论丛》《学生问题》。可见,新月书店同人始终在文艺与政治之间摇摆,当和平安宁之时便兴起文学的浪潮,而当对当局有所建言与批判时,他们也绝不推辞。

新月派是一个自由主义色彩浓厚的派别,其同人对审美和文学的追求也展现了与此类似的特征。他们的小说作品展现了以徐志摩所言的“健康”、“尊严”为中心的对人性的宽容、对美的事物的称赞。其艺术表达则显示着理性与节制的态度。然而纵观新月书店的小说出版,其同人属性并不十分强烈,这似乎昭示着股份制书店的经营策略,在不违背主要成员思想意志的前提下,首先便是要生存下去。

2. 诗集类

“新月书店六年多时间共出版书籍近百种,而1931年至1933年间就出书四十余册,约占总数目一半左右,还不包括重版书籍”①。这或可说明新月书店的出版在其后期获得了一定的发展,乃至达到某种程度的繁盛局面。结合笔者所列新月书店历年诗集出版表格可见,除徐志摩在1928年出版的《志摩的诗》(修订版)及《翡冷翠的一夜》,及闻一多在1928年出版的诗集《死水》外,其他诗集均在1931年之后出版,这其中便有徐志摩的《猛虎集》《云游》,陈梦家的《梦家诗集》及其编定的《新月诗选》,还有曹葆华的《灵焰》(此诗集是其1930年12月第一部诗集《寄诗魂》的选本)《落日》及李惟建的《祈祷》(此诗集由70首十四行诗组成)。

1931年4、5月间新月书店经理开始由邵洵美担任,新月诗人们如陈梦家、方玮德等却已在其上任之前的1月20日,将达86个页码的《诗刊》创刊号出版了。《诗刊》虽然只存在了4期(最后一期为“志摩纪念号”),但使得“新月派”诗人们又得以聚集在一处,发出如徐志摩所言的“痴鸟”般的吟唱。他们“在相似或相近的气息之下禀着同样以严正态度认真写诗的精神”②,让新月诗派重新获得了机遇。

① 刘群:《饭局·书局·时局——新月社研究》,武汉出版社2011年版,第220页。

② 陈梦家:《〈新月诗选〉序》,上海新月书店1931年版,上海书店1981年11月影印版,第8页。

在《诗刊》的第1至第3期中，大部分都是新月诗人的诗作，仅有两篇论诗的文章。在这新月书店后期里新月诗人们对"纯诗"立场的坚持，正如1927、1928年徐、闻二人出版诗集的热潮回溯一般。徐志摩在《〈诗刊〉序语》中写道："第一我们共信诗是有前途的；同时我们知道这前途不是容易与平坦，得凭很多人共力去开拓；其次我们共信诗是一个时代最不可错误的声音，由此我们可以听出民族精神的充实抑空虚，华贵抑卑琐，旺盛抑消沉；再次我们共信诗是一种艺术"①。这在新月同人倾向发表政治言论的时期，显得尤为可贵。

好景并未太长久，1931年11月19日徐志摩乘机遇难后，《诗刊》季刊也在1932年7月30日出版了第4期终刊号。据研究者统计，共有106首诗作、3篇诗论和16首译诗在全部4期《诗刊》上发表，加之1931年9月《新月诗选》由陈梦家从《诗镌》《新月》月刊及《诗刊》中选出18位诗人共80首诗作编定出版，整个新月诗歌流派的历史面貌得以完整呈现。

《诗刊》的创办与发行，聚集了后期新月派的诗人群体，他们多与徐志摩有师承关系，视其为精神旗帜，第二代新月诗人的群体崛起由此肇始。然而后期新月诗人的创作中，由于较多地使用了象征与暗示的现代主义手法，使得其作品的含蓄隐晦程度较之徐志摩、闻一多等前期新月诗人更甚之。他们的这种转型与"唯美"、"颓废"的发展姿态，使得新月"精神之领袖"胡适与新月"首席文艺理论家"梁实秋表示了不满。卞之琳就观察到，自"叶公超开始接编《新月》杂志，实际上使刊物面貌已有大改变。诗歌方面发表了更多除了语言风格，实质上已非《新月》派正统诗的格局"②。叶氏主编的《新月》月刊出版时间是在1932年9月至10月间，之后便与人合编。卞之琳所言新月派诗风的转变，当不晚于1932年9月。胡适与梁实秋等人更倾向于明白晓畅的白话，而非现代主义的诸多手法与技巧。但自1928年左翼文艺界倡导无产阶级革命文学始，新月派诗人——无论前期还是后期——均表现了与之截然相反的思想理路。新月诗人要求趋向诗人的内心世界，而非进行阶级斗争，他们反对将诗歌作为阶级斗争的"宣传工具"与"意识形态的传声筒"。这样的艺术见解与其时新月自由主义者对左翼运动及红色革命的反感相互映衬，更强烈地预示着现代中国思想及文艺领域的分野。

---

① 徐志摩：《〈诗刊〉序语》，《诗刊》1931年第1期。

② 卞之琳：《纪念叶公超先生》，见叶崇德主编：《回忆叶公超》，学林出版社1993年版，第21页。

3. 文史散文类

1927年7月2日，即新月书店正式开张营业第二天，梁实秋主编的《时事新报·青光》刊发了一篇署名“严家迈”的《新月书店参观记》，其中写道：“书桌上我偷偷看，压着的有《浪漫的与古典的》和《翡冷翠的一夜》等等正在校对的稿子。”可知新月书店出版的首批书籍中，有文史类的论文集《浪漫的与古典的》。可见，该年8月便出版的此书在新月书店正式开业前已在排版和校对了。此书包含了《现代中国文学之浪漫的趋势》《亚里士多德的诗学》等著名文章，一方面阐发了作者的文艺理念，另一方面借助对外国文艺理论家的论述来表达其思想观点。

然而，梁实秋在《忆〈新月〉》一文中谈及新月书店的第一本书，认为是胡适的《白话文学史》，且是“最畅销的一本书”①。学者瞿光熙则认为徐志摩的《自剖》初印行于1927年5月，当属新月书店第一本书。事实上，此书初版本是1928年1月。以新月书店正式开张为界，其第一本书应为《浪漫的与古典的》及《玛丽玛丽》（徐志摩、沈性仁合译），因为后者的出版已在《申报》“出版界消息”上刊登：

> 新月书店已有新书两种出版，第一种为梁实秋著之《浪漫的与古典的》，内含文艺批评九篇，装订精美。第二种为徐志摩、沈性仁合译之《玛丽玛丽》，都八万言。②

且据笔者查阅，其版权页确实标注了8月出版。文史散文类著作同在新月书店于8月出版的还有徐志摩散文集《巴黎的鳞爪》③。当年还出版有陈学昭女士的散文集《寸草心》和潘光旦的《小青之分析》，前者的出版是作家鉴于国内局势恶化，欲求法国留学，故依靠上海北新书局之《烟霞伴侣》和新月书店之《寸草心》稿费作为出国的旅费。后者是作为社会学家的作者对明代万历年间的奇女子冯小青之事运用精神分析等方法作出的解析。梁实秋署名“秋郎”的《骂人的艺术》也是这一年印行的。

从笔者数据统计可见，1928年乃是新月书店文史散文类著作出版的“丰收年”。该年3月，梁实秋《浪漫的与古典的》印行第二版，其又一部论文集《文学

① 梁实秋：《忆〈新月〉》，见《秋室杂忆》，中国工人出版社2012年版，第117～118页。
② 见“出版界消息”，《申报》1927年8月26日。
③ 见“新书广告”，《现代评论》第6卷第145期，1927年9月17日。

的纪律》也于同年印行；5月，胡适的《白话文学史》（上卷）出版，当年便印至二版；10月，徐志摩的《自剖》再版。该年不仅有陈西滢的《西滢闲话》出版，6月还有胡适的《庐山游记》印行，考古学家卫聚贤的《古史研究》（第一集）也出版在这年。据前表格及分析可知，1929年4月之前，《新月》月刊名义上虽是由徐志摩、闻一多、饶孟侃三人负责，而实际主持编务工作者仅徐志摩一人，而这阶段（1930年之前）任新月书店经理者，第一位是余上沅，第二位就是潘光旦之长兄潘孟翘。

1929年，潘光旦的《小青之分析》修订后更名为《冯小青》出版，《西滢闲话》和《庐山游记》均印至二版，《白话文学史》（上卷）已出至三版。1930年，《骂人的艺术》《寸草心》《巴黎的鳞爪》均重印，而该年新出之文史类书，仅潘光旦之《读书问题》。对比看，潘光旦在1931年之前曾在新月书店出版有社会学类著作《中国之家庭问题》，优生学著作《人文生物学论丛》（后再版改名作《优生概论》），及《日本德意志民族性之比较研究》，而其1931年以后便再未于新月书店出版类似书籍，仅1933年有《读书问题》的三版印行和一本《自然淘汰与中华民族性》的译作。

笔者无意详细罗列书籍出版情况，但取潘光旦此一例子，或可看出新月书店主持者与新月书店出书之间的关系。余上沅、徐志摩都曾在潘光旦家居住，相互引为知己，而书店第二任经理与潘光旦为同胞兄弟，自不待言。由此“出版横切面”的管窥，不难发现，新月同人在新月书店出书时与主持《新月》月刊和书店的人员之间的微妙关系——相互熟悉会为出书带来较大的便利。这一点，也不失为对《新月》和新月书店互为帮衬的“文学出版共同体”又添佐证。

1931年，新月书店所出文史类作品还有胡适的历史研究著作《淮南王书》和张寿林的《清照词》，后者于1933年再版。直到1933年费鉴照的《现代英国诗人》新出版，失去了灵魂人物徐志摩的新月书店文史散文类出版的光芒逐渐暗淡下来。

4. 文学翻译与戏剧类

在新月书店所有24种翻译类作品中，共有13种文学作品，占到一半以上，参与文学翻译作品工作的共有13人，分别是徐志摩、沈性仁、陈西滢、梁实秋、邓以蛰、伍光建、叶公超、赵少侯、邢鹏举、顾仲彝、余上沅、时昭沄、谢冰心。其中属于新月派同人译者的有徐志摩、梁实秋、叶公超，余上沅，而陈西滢与其妻子凌叔华皆是新月社同人，其《西滢闲话》便在新月书店出版。这13人多是《新月》月刊的作者，余上沅和梁实秋曾同在美国为中华戏剧改进社成员，冰心则与梁实秋同船赴美留学，其与徐志摩亦有交往。

在这13部文学译作中，来自英文的有10种之多，若不局限于文学翻译类，则数量更多。据邓集田研究所作“1902—1949年间我国历年出版翻译文学书籍种数及变化趋势图”[①]可见，1928年是文学翻译书籍激增的年份，而新月书店同人的欧美经验与背景正使其成为这一时期文学翻译的重要力量。这或与其时时局较为平静有关。

另外，在新月书店翻译作品的译者中，费鉴照与赵少侯均曾在梁实秋任国立青岛大学外文系主任时作其下属[②]。也难怪1932年6月16日闻一多致信饶孟侃称：“我们的罪名是‘新月派包办青大’”。瞿光熙先生称新月书店的外来译者多是“他们的关系人”，当为确论。

而新月书店在戏剧类著作出版方面，除了前述徐志摩、陆小曼于1928年7月所合作的《卞昆冈》，还有1927年余上沅作首任书店经理时的《国剧运动》，及文学研究会成员熊佛西的1931年9月印行的《佛西论剧》，同年还出版了戏剧家袁牧之的《两个角色演底戏》、戏剧家丁西林的《西林独幕剧》及戏剧家顾一樵的历史剧作《岳飞及其他》（后二人均有科学家身份）。

在新月书店戏剧作家中，余上沅和熊佛西均为1926年的“国剧运动”的发起人，他们意欲改革中国戏剧事业，并曾得到新月社同人徐志摩、梁实秋、陈西滢、叶公超等的帮助，组建了中国戏剧社，并参与发行了15期《剧刊》。新月书店的戏剧作品出版，结合了其外国剧作的译介，为中国的戏剧改良运动提供了支持。

新月书店的外国文学作品翻译，与彼时国内大环境有关，而上海作为现代出版业重地，自然担负首要职责，而现代戏剧的上演多在发达的大城市，上海作为迎接欧风美雨之地，也适合了戏剧发展的需要，戏剧类书籍的出版正当其时。

综上可见，1931年对于新月同人而言是个转折的年份，对于文学类相关著作的出版也是一个转折点。该年的《新月》月刊主持者已由文学家梁实秋转为政治家罗隆基担任，而这年的4、5月间，正是张禹九、萧克木二位从经理任上退下，邵洵美接受好友徐志摩的邀请来主持新月书店的时刻。该年新月书店虽有梁实秋的、陈学昭、徐志摩、陈西滢、胡适的文史类著作重印，且《巴黎的鳞爪》及

① 邓集田：《中国现代文学出版平台：晚晴民国时期文学出版情况统计与分析（1902—1949）》，上海文艺出版社2012年版，第162页。

② 龚明德：《梁实秋恳荐部下书稿》，见《旧日笺：民国文人书信考》，中华书局2013年版，第52～64页。

《白话文学史》都达到了五版之多，胡适的中国古代哲学专著《淮南王书》和张寿林的李清照研究专著《清照词》初版印行，但综观新月书店文学类相关著作出版全局可见，在经过这一年诸多事件导致的书店由繁盛而急转衰落之后：

（1）新月书店的小说出版渐入低谷，1933 年李青崖和顾一樵的作品出版，当属昙花一现。

（2）新版诗集的出版也未有起色，1932 年曹葆华与 1933 年李惟建的诗集出版，已无法代表新月诗派的后期转向与趋势，而《志摩的诗》《死水》《梦家诗集》《新月诗选》的再版再印，无疑逐步奠定了新月诗派的历史地位。

（3）新月核心成员的文史散文类著作已不再在新月书店出版。不仅胡适和梁实秋在此无新作，其他学者也不将新作品投放于此。1933 年费鉴照新出的《现代英国诗人》也无法代表新月派同人的学术方向。

（4）戏剧论著和剧本作品迅速减少，仅顾一樵于 1932 年出版了 4 个多幕剧的剧本集《岳飞及其他》。

（5）新版译作大量减少，与文学相关的仅 1932 年梁实秋所译的《织工马南传》。

笔者截取 1931 年作为新月书店出版研究的一个横断面，也借由上述对此横断面所表现的和隐藏的一些细节的分析，可以较确信地认为：这一年由于新月灵魂人物的失去和新月书店经理人选的更迭，加之新月同人由文艺向政治的转向，使得新月书店的文学出版发生了本质变化。其深层次的原因，或也由于同人群体本身的松散性和自由主义知识分子的个体意识浓厚，一旦失去了纽带，便呈现分散之势。

然而，这 1931 年的关键年份的转折，并不能决然影响到新月书店的成绩。新月书店在为同人争取言论空间，为同人的思想传播进行有力推动，且逾越门户之见出版书籍（如出版左翼作家的作品和文学研究会会员的作品）方面，均显示了其作为一家较为成熟的商业出版机构的力量和姿态。它的不拘泥守旧且适应新生事物发展需要的出版理念，一方面与其知识分子同人群体的文化力量和自由主义思想立场有关，另一方面则与核心人物的一再助力密不可分。

结　语

本文力图将新月书店的文学出版经营活动进行梳理，以求得出较新颖的结论。在第一部分中，着力探讨了新月书店的文学书籍出版历程，并加以分析判断，从中得出新月书店与《新月》月刊作为文学出版共同体有着相互帮衬与补充的作用；在第二部分中，以徐志摩、梁实秋、胡适、邵洵美四位新月书店核心人物为轴心，加之对其所出文学类书籍的分类解析，探究了其文学出版以“新月”精神文化传统为主导的内在理路。

借由对新月书店的出版经营方向、著作人群体的透视、书店性质与运作等方面的较深入探索，文章尝试重估了这家在新文学发展史中不容忽视的出版机构的历史地位——即其不仅作为新月同人的言论阵地与公共空间，亦作为民国上海自由主义思想文化传播的营地，在繁杂的书籍出版机构中——同人性质明显，经营也颇费周折，其成绩是明显的。

新月知识分子群体的聚合和发声不是偶然的。他们既有各自的独立人格和学术或文艺专长，又能关心时局阐述观点，并作批评言论。尤其在1927年至1933年间以新月书店为基础，出版传播了不少新文学新思想的著作。综合上述论证可知，新月书店不是新月社的附属，也不是新月派的出版机构，它是承传了新月文化传统的，是有内在的独立品格的。这个机构的发生，发展，中兴，陨落，见证了上海二三十年代的社会生活变迁和中国社会的多样性变化。从这个角度来说，新月书店不仅是一家包容性强的出版机构，它更具有承载同人精神和绅士沙龙文化的标志性意义。

历史掩埋了太多未曾开掘的真相，限于史料匮乏，对新月书店的具体编辑人选，对其书籍编辑活动的整体面貌，对其书籍的装帧印刷和销售情况等，还有待进一步探索。借由这篇论文，或在某种程度上重绘了20世纪二三十年代之交新月书店的文学出版景观，并借此一窥新文学出版史的风貌，当是其价值之一。

略论生态文化视野下的海子诗歌

丁永秀*

一、引言：海子诗歌中生态意识的影响来源

18 世纪，梭罗在《瓦尔登湖》中说："我们安居在大地上，忘记了天空。"①若干年后的今天，这句话正逐渐变为现实。物质和技术主义的盛行，如肆虐的洪水泛滥了整个新世纪的舞台，功利化和鄙俗化盛行，使"诗意地栖居"变得如此遥远；钢筋水泥取代了山花烂漫，机器工厂取代了田园绿野，人类与自然的心灵隔绝，加速了现代人的孤独和不安；沙漠化、水污染、空气污染等带来了自然家园的破坏和损伤，人类正在失去某些最宝贵的东西；大片森林只剩下突兀的树根，珍稀野生动物失去了最后的避难所，人类面临的不仅是生态危机，更是急速发展带来的价值观危机。

在现代化内部的环境冲突和精神冲突中，有不少人保持着先见者的睿智与冷静，物质主义盛行的时代里，梭罗、卢梭、海德格尔等人主张简单生活，回归自然。随着工业文明的弊病逐渐显现，生态环境问题日益凸显，一些人开始反思工业化和现代化背后掠夺式的发展和泛滥的技术主义、理性主义的后果，利奥波德在《沙乡年鉴》中提出了对现代工业化的质疑与反思，并认为人类文明的过度发展干扰了自然正常的生态规律。1962 年蕾切尔·卡逊写出了《寂静的春天》，指出，遭受人类严重污染破坏的自然，将变得没有了生命、活力、希望，没有了鲜花、小鸟和绿草，人类的春天将变得死气沉沉，了无生机。《寂静的春天》在美国，乃至全球引发了一场关注环境和地球的热潮，人们逐渐意识到"自然"之于人类的重要性，意识到自然的枯竭死亡就意味着人类终极困境的来到，意识到人类的任何发展进步均离不开自然的供给，意识到"人定胜天"背后的荒谬和

---

* 作者简介：丁永秀，1988 年生，女，青海西宁人，2013 年毕业于曲阜师范大学中国现当代文学专业，获硕士学位；指导教师刘聪教授。

① ［美］亨利·戴维·梭罗：《瓦尔登湖》，徐迟译，上海译文出版社 2009 年版，第 33 页。

自大。在卡逊之后，更多的人开始关注生态环境，呼吁停止对自然的过度索取、侵犯、污染和破坏，并反思人类行为包含的自私狭隘。罗尔斯顿在《哲学走向荒野》中提出了"生态整体主义"的观点，即将自然万物看作和谐统一的整体，以生态整体的利益为最高利益，共建人与自然和谐共处。

随着生态关注度的不断提升，一大批国内外研究者们，开始探究生态危机背后的文化精神因素。对于生态问题而言，可怕的不是危机本身，而是对危机的无知和忽视，以及危机背后扭曲的价值观。生态文学研究就是在这股生态思潮的背景下应运而生，对特定的生态文学作品或是将文学作品进行生态学视野下的解读，以期发现其中的生态价值抑或是反生态成分，从而对人类社会生活，起到警醒和启发的作用，这是生态文学批评的初衷。随着现代生活的高度机械化、数字化、技术化，诗意的生活日益稀少，"建筑物虚张声势，华而不实。公众设施对细节和便利的忽略，日常生活对传统文化和习俗的疏远和放弃，西方奢侈品带来膨胀空洞的虚荣心，在潮流中的自我失落感，热衷娱乐，审美低劣，跟风盲从，以恶和荒诞引起瞩目。人际疏离、冷漠、自私、不信任，食物对数量化的追求而产生品质，失去自然的滋味和芳香，城市热岛效应，季节缺乏细腻和清明的层次感"①，人与自然的隔绝日益加深，缺乏归属感和安全感，从生态环境到精神都出现了危机，而解决忧患的唯一途径，便是思想认识的改变，从过去的发展至上，转变成有节制的发展，从科学至上，到提倡不违背道德与人性的科技，从征服与控制自然，到尊重与呵护自然，这样的转变代表了人类发展的进步和明智。我们需要经历一场从思想到价值观念的洗礼，重新审视自然的价值，走与自然友好共生之路。文学，作为改造人类心灵世界与思想价值的特殊载体，对转变人类盲目而贪婪的发展观，发挥了不可替代的作用。生态文学的研究，旨在更深层地挖掘导致人类生态危机的思想根源，克制膨胀的物欲，转而关注自然与人类的和谐、平静。在"征服与控制自然"的观念横行之时，从文化层面对其进行批判，意味着一种清醒和睿智；在生态危机不断加剧的当下，关注生态问题背后的思想价值危机，这样才能从根本上解决生态问题。

20 世纪，生态思潮逐渐兴起，生态文化学、生态经济学、生态心理学等学科如雨后春笋般崛起。在生态文学研究方面，我国学者也做出积极努力，鲁枢元、曾繁仁、王诺等一批研究者，分别从生态文艺学，生态美学和欧美生态文学阐释等方面，就生态文学研究作出了理论和学术的贡献。鲁枢元在《生态批评的空

① 安妮宝贝：《春宴》，湖南文艺出版社 2011 年版，第 343 页。

间》中指出了生态批评的必要性;曾繁仁则提出了"生态存在论"的美学论观点,从中国儒道思想和西方生态思想出发,阐释了生态存在论美学的内涵;王诺则对欧美生态文学研究的现状做了大致的梳理,使国内学者对生态文学研究有所借鉴。另外还有很多结合我国现当代及古代作家作品,阐释生态文学理论的研究,如盖光的《文艺生态审美论》,蒙培元的《人与自然——中国哲学生态观》等探究了我国古代丰富的生态思想;对当代作品的生态解读,有张承志草原小说中的生态内涵挖掘,于坚生态诗歌的解析等。在新时代下,这些文学层面上的生态研究和解析,对于发掘正确的生态思想、价值观念,转变现代化以来盲目而贪婪的发展观念具有重要作用和价值。

海子,是当代中国颇具影响力的诗人,然而其诗歌中的生态价值一直未受到充分关注。作为钟情于"麦子",歌颂着"乡村",高举着"神性",热爱着"大地"的诗人,他的诗歌有对于宇宙自然的尊崇,有对自然是人类之母的认识,有对自然精神的歌颂,有对人与自然相互融合境界的向往,有对现代性的合理批评……这些均传达出了诗人对于自然的召唤,对欲望化、物质化对人性戮害的认识,以及对于质朴,纯真,厚重,缄默的"大地品质"之召唤,而这些正是现代社会和现代人所普遍匮乏的。

海子生活的时代,中国社会正进入新时代以来的转折期,从封闭的计划经济体制,转向了进入了市场经济之下的商业主义浪潮中,人们开始从时髦的服饰,高大的摩天大楼,都市化的生活中,找寻生活的意义。在这个时期,海子敏感地认识到了城市化之下的机械、冷漠,依然执着于乡村代表下质朴、纯真的精神品质。透过貌似繁盛、喧闹的近代工业文明,海子看到了其背后的肤浅虚无。在人类自负的优良安逸中,诗人指出一切的来源,是自然和土地,是那"喂养我性命"的麦子,是土地宏大的母性慈悲。

苇岸在《怀念海子》一文中叙述道:"海子曾到我这找过关于大地的书,他说至今尚未看到一本这样的书"①。而在海子去世后,苇岸偶然发现了一本海子生前寻找的好书,他动情地写道:"好兄弟,现在我告诉你,有一本一定更合乎你心意的书,已被介绍过来,书名译作《沙乡的沉思》。生态学家,环境保护主义的先驱,'土地道德'首倡者,可敬的奥尔多·利奥波德所著。"海子生前喜欢梭罗的《瓦尔登湖》,梭罗的简单生活观,自然诗意等对于海子均有一定的影响。而作为在乡村中长大的海子,他对土地和土地上的生命,有着天然的亲和力,他用诗

① 崔卫平编:《不死的海子》,中国文联出版社1999年版,第42页。

歌书写着生养一切的土地之温情与痛楚，谢冕这样评价海子："他的一生都在用饱含汁液和水分的声音，呼唤这生长了谷物和生命的大地。他关于土地和土地上的生命的歌唱，有着绵远而浩瀚的背景——那里闪耀着人类高贵心灵的光芒。"①海子诗歌中那质朴、厚重、温情、坚忍的品质，将永远是人类历史发展以来永不褪色的光芒，而自私、肤浅、残酷、贪婪将永远是人类需要不断克服的障碍，从这个意义上来说，海子诗歌中闪耀的生态思想价值，将永远是人类高贵心灵的一部分。

（一）中国传统文化中的生态思想及其对海子的影响

老子和庄子，对历代文人产生了重要的影响，道家思想尤其蕴含了丰富的生态思想，"天人合一"、"物我同一"、"顺乎天性"的思想，旨在反对文明、理性对自然本性的戮害，主张过一种浑然天成、顺应天性的生活，以恢复自然人性。在科学、技术无比发达的今天，老庄思想中的闪光点，对于我们克服由理性和技术而来的机械主义、对自然缺乏敬畏等思想，无疑是具有重要价值的。

1."天人合一"的生态思想

道家提出了"天人合一"的思想，即人和天地万物处在相互融合的整体中。庄子说"人与天，一也"②，就将人和天统一起来，人也是"天"的一分子，"天"中也包含了人。老子提出了"人法地，地法天，天法道，道法自然"③的思想，强调要顺应自然规律，合乎自然道法的运转。这种"天人合一"和"道法自然"的思想，对后世产生了深刻影响。顺从自然规律和天性，而不是去扰乱自然的正常运行，这对现代社会盲目追求经济效益而忽略了自然生态系统平衡、自然规律的发展，是一种警醒和鞭策。海德格尔提出了"天地人神"四方合一的思想，老子的"天人合一"也具有浑然天成、完整合一、互相融合、和谐统一的生态思想，在《思念前生》中海子写道："庄子在水中洗手/洗完了手手掌上一片寂静/庄子在水中洗身/身子是一匹布/那布上粘满了/水面上漂来漂去的声音"④。"庄子"幻化为"布"，"布"上又充满了"水面上漂来漂去的声音"，这种物我不分的境界，将个体消融在浑然天成世界中，强调了万物合一的观念，诗人海子对老庄思想的借鉴由此可见。道家强调作为个体生命的自然天性的重要

① 崔卫平编：《不死的海子》，中国文联出版社1999年版，第1页。
② 方勇译注：《庄子》，中华书局出版社2010年版，第187页。
③ 老子：《道德经》，金盾出版社2009年版，第17页。
④ 海子：《海子诗全集》，作家出版社2009年版，第46页。

性，而“天人合一“的思想，则是人在顺乎天性的基础上，和天地万物浑然一体，分不清哪是自我，哪是万物，进而超越世俗意义上的欲望，而进入“逍遥游”的悠然境界。

庄子提出了“齐物”的思想，“天地与我并生，而万物与我为一”①，这并不是强调各个物种、生命的绝对平等，而是强调作为个体存在的物质，不论大小，都具有无法替代的特殊性，因而大千世界便是由这纷繁、众多的生命所组成的和谐统一体，这与现代生态思想中的生态整体观念相契合，真正美好与伟大的是自然天地的伟大，因此人要学习倾听“地籁”和“天籁”：“夫大块噫气，其名为风。是唯无作，作则万窍怒呺。而独不闻之翏翏乎？山林之畏佳，大木百围之窍穴，似鼻，似口，似耳，似枅，似圈，似臼，似洼者，似污者。激者、謞者、叱者、吸者、叫者、譹者、宎者，咬者，前者唱于而随者唱喁，泠风则小和，飘风则大和，厉风济则众窍为虚。而独不见之调调之刁刁乎？”②“人与自然生态的关系应有一种‘无为’的境界，在满足基本生存需求后，更多地从精神性、审美性方面获得满足”③。而庄子这样的论说正是超脱了世俗审美眼光，与自然万物合一，倾听风的节拍和树木的吟唱，这样的境界是何等潇洒？！正是这样的“潇洒”，使得人具有了生命美感和存在的价值，脱离了束缚和捆绑，得以在天性的自由境界中翱翔。这种对自然的态度，即将自然看作与自我同一，物我两忘的观念，在海子的诗歌中也有所体现。海子诗歌具有诡谲的想象，经常将诗歌意象与自然事物相联系，并且相互融合，诗歌中人和树木、河流等自然事物的同化，使人具有了森林、树木、河流的味道，具有了自然的灵性，如“我所热爱的少女/河流的少女/头发变成了树叶/两臂变成了树干”④，少女的头发和两臂变成了树叶和树干，物与我浑然一体，“风很美/小小的风很美/自然界的乳房很美”⑤，诗人对自然之物由衷的赞美，正是站在了与自然平等的位置，表现了齐物和均等的观念。海子在诗歌中反抗文明理性对人性的异化，反抗现代工业主义、商业主义隔离了人与自然，在这种情况下反观老庄思想，用土地和麦子的抒情诗歌，来建造久已失散的人与自然的联系。

① 方勇译注：《庄子》，中华书局出版社 2010 年版，第 31 页。
② 方勇译注：《庄子》，中华书局出版社 2010 年版，第 16 页。
③ 盖光：《文艺生态审美论》，人民出版社 2007 年版，第 167 页。
④ 海子：《海子诗全集》，作家出版社 2009 年版，第 418 页。
⑤ 海子：《海子诗全集》，作家出版社 2009 年版，第 107 页。

2.“不为物役”的生态思想

庄子提出了“不物于物”[①]的思想，即不被日益发展的物质所奴役、统治和异化，而主张恢复人的自然天性，庄子认为过量过度的物质，只会加增人的欲望，加重生命承受的苦痛，因而人很容易异化成为物质的工具，认为人生在世，却将生命浪费在“与物相刃相靡”[②]上，实在是悲哀。“今世俗之君子，多危身弃生以殉物，岂不悲哉”[③]，“人在日益被‘物’所统治，被自己所造成的财富、权势、野心、贪欲所统治，它们已经成为巨大的异己力量，主宰、支配、控制着人们的身心”[④]。和梭罗在瓦尔登湖中提出的最大程度简化物质需求的思想相似，早在古代老庄就提出了一种满足于清简的生活，不为物质所累心的生活观，这种观点在物欲化程度加重的当代看来，无疑是有价值的。上世纪80年代，是商业、物质刚刚繁兴的时代，海子在那个时候就已经看到了物质对人的奴役控制，生命本真的力量和情感却全部异化为“自我官能的抽搐和内分泌”[⑤]，在形而下的东西变得日渐繁盛时，庄子对物欲乃至物质本身的批评，和海子在时代发展的狂热中感受到的悲哀，如出一辙。

庄子对技术、人工机巧等也提出了一定程度的批评，认为这是对天性的某种损害。“有机械者必有机事，有机事者必有机心，机心存于胸中则纯白不备”[⑥]，机器、技术、人工印痕，当一切都可以人工制造时，田野中的花朵被塑料花所取代，电子技术取代了人的感官感知，过分发达的交通取代了人的脚步时，人和自然的隔绝在加深，和自然天性也渐行渐远，技术发展的代价便是，欲望推动下，自然破坏的脚步加快，那些上苍赋予的天然之物本身所具有的美感，正在一点点消逝，而这种自然的美，却是任何工厂制造不出的。自然所具有的和谐、美丽和芬芳，是看似先进的机械工厂所无法取代的。庄子说“天地有大美而不言”，充分肯定了自然之物的美与和谐，而人工机巧对人、对自然的损害则是这种和谐、美感的破坏，代以异化的形态。

庄子同时认为文明、理性对人性同样造成了一定程度的损害，人要回到天真“无为”的状态中，回到与自然万物相互融合、依存的境地：“当是时也，山无蹊

---

① 方勇译注：《庄子》，中华书局出版社2010年版，第318页。
② 方勇译注：《庄子》，中华书局出版社2010年版，第21页。
③ 方勇译注：《庄子》，中华书局出版社2010年版，第331页。
④ 李泽厚：《中国古代思想史论》，天津社会科学院出版社2003年版，第169页。
⑤ 海子：《海子诗全集》，作家出版社2009年版，第1070页。
⑥ 李泽厚：《中国古代思想史论》，天津社会科学院出版社2003年版，第169页。

隧,泽无舟梁……同与禽兽居,族与万物并……民居不知所为,行不知所之,含哺而熙,鼓腹而游,卧则居居,起则于于,民知其母,不知其父,与麋鹿共处,耕而食,织而衣,无有相害之心,此至德之隆也。"①人正在越来越多地丧失天性本能,比如人越来越依赖服饰、房屋,因而丧失了感知温度的本能,越来越依赖舟车行走,便丧失了"鼓腹而游"的本能,这种丧失使人和天地万物的隔绝加深,人的天性因而越来越陷入一种被遮蔽的失明状态。当然,在科技如此发达,人类对物质、技术的依赖如此之深的今天,不可能提倡人类去过一种"与禽兽居"②、"与万物并"③的原始生活,然而庄子回归原始生活的思想中,所包含的发扬人的天性,抵挡外来的物质、技术对人性损害的思想,却具有积极和进步的思想,尤其是在当下技术和物质的发展已经到了空前繁荣,而人对技术的依赖也到了绝无仅有之程度的今天,提倡人们关掉电视、电脑,放下手机,去感受自然本身的丰富性和多样性,相信对于人性的健康发展是十分有益的。海子在诗歌中描述了带有原始巫术色彩、原始神秘色彩的场景,对原始生活状态的描述,旨在让人性回归到一种天然、无为的状态中。"'无为'即'顺应、适应万物的变化规律,按照万物运行的规律行动,而不违规律行动,而不违规形式'"④,要减少对工具理性和机械技术的依赖。在《思念前生》中海子写道:"庄子想混入/凝望月亮的野兽/骨头一寸一寸/在肚脐上下/像树枝一样长着。"⑤庄子的回归原始浑然天成,与野兽、月亮、大地共处安息的思想表露无遗。在现代社会中,个体机能在物欲和机械化生活中,造成的生命"缺氧",个体生命的本真力量羸弱不足,海子在诗歌中描述的原始场景,是对天性复归自然的一种愿望,是人不被物所奴役的一种憧憬。

(二)梭罗和荷尔德林的生态思想及其影响

海子逝世时,所带的书本之一就是梭罗的《瓦尔登湖》,海子曾经对好友苇岸说过,想寻找一本具有大地意识的书,《瓦尔登湖》沾一点边,海子在文论中曾将梭罗和中国传统文人作对比:"我恨东方诗人的文人气质。他们苍白孱弱,自以为是。他们隐藏和陶醉于自己的趣味之中。他们把一切都变成趣味,这是最

---

① 转见于李泽厚:《中国古代思想史论》,天津社会科学院出版社 2003 年版,第 170 页。
② 方勇译注:《庄子》,中华书局出版社 2010 年版,第 143 页。
③ 方勇译注:《庄子》,中华书局出版社 2010 年版,第 143 页。
④ 盖光:《文艺生态审美论》,人民出版社 2007 年版,第 167 页。
⑤ 海子:《海子诗全集》,作家出版社 2009 年版,第 46 页。

令我难以忍受的。比如说：陶渊明和梭罗同时归隐山水，但陶重趣味，梭罗却要对自己的生命和存在本身表示极大的珍惜和关注。这就是我的诗歌理想，应抛弃文人趣味，直接关注生命存在本身。”[①]海子认为，梭罗在瓦尔登湖的生活，更充满了对存在和生活真义的探究。海子在诗中这样形容梭罗对自己的影响：“梭罗手头没有别的/抓住了一根棒木/那木棍揍了我/狠狠揍了我/像春天揍了我”[②]。“那木棍”或许就是梭罗所具有的对生存本真的体验，对个体生命的自由和意义的探索。

1. 梭罗的生态思想及其影响

(1) 梭罗简单生活的观念对海子的影响

梭罗在《瓦尔登湖》中提出了一种简单生活的可能性，并身体力行地在缺乏现代文明干扰的瓦尔登湖生活了两年。梭罗认为，随现代工业革命而来的商业主义、物质主义，使人心变得充满了种种不必要的欲望，因而人生活得疲惫不堪，机械化和模式化的现代生活，抹杀了生活的诗意和本真，因此他提倡一种简单的生活，“人完全可以活得更简单、更质朴；人如果在物质生活方面只要求满足最基本的需要，他可以活得幸福快乐，活得更从容、更轻松、更充实、更本真；人完全不必也完全可以做到不在物质的网罗里苦苦挣扎，异化成工具或工具的工具”[③]。梭罗提倡在满足最基本的物质条件之下，停止过度的物欲追求，认为宝贵的生命不应该用来追逐自我官能的满足：“如果吃东西不是为了养活我们的生命，也不是为了激励我们的精神生活，而是为了在肚皮里缠住我们的蛔虫。一个猪爱吃乌龟、麝鼠或其他野蛮的事物，一个漂亮太太爱吃小牛蹄做的冻肉，或海外的沙丁鱼，他们是一样的……你，我怎能过如此卑劣的禽兽生活，只是吃吃喝喝。”[④]梭罗认为只由物质堆积和注重感官享乐的生活享乐是可鄙的，生命意义在于体验本真的生活，恢复人性的自由和安宁。梭罗的这种简单生活观，在当时并没有产生巨大的影响，然而随着工业革命发展带来的种种弊端逐渐显现，环境污染、物欲横流、现代生活中的焦虑、孤独、恐慌等问题接连出现，这时人们才开始重新翻阅梭罗的《瓦尔登湖》，并看到梭罗早在19世纪初，就指出了工业革命所带来的这种种弊端。在瓦尔登湖，梭罗过着一种自食其力的生活，自己耕作、打猎、建造房屋，这样一种看似原始、落后的生活，却有着充溢着生命

① 海子：《海子诗全集》，作家出版社2009年版，第1040页。
② 海子：《海子诗全集》，作家出版社2009年版，第166页。
③ ［美］亨利·戴维·梭罗：《瓦尔登湖》，徐迟译，上海译文出版社2009年版，第159页。
④ ［美］亨利·戴维·梭罗：《瓦尔登湖》，徐迟译，上海译文出版社2009年版，第202页。

的本真和力量。梭罗也对物质过剩和社会不公提出了批判:"我们面临一个残酷的时代……这个世界上的一部分人生活在不必要的又令人日趋退化的物质过剩之中,而另一部分人则死于食物,饮水和住所的严重匮乏…… 自然,即大地,绝不意味着金钱,而必须意味着生命。自然是一个神圣的储藏室。"①在此梭罗提出了一个有关生态正义的问题:物质财富的分配差距加大,带来了资源和物质的不均等,即"一小撮人拥有许多剩余的东西,而大多数的人民则缺乏生活必需品,这显然是违反自然法的,无论人们给不平等下什么样的定义"②,物质不公带来了腐化。梭罗认为过一种简单的生活则可以最大限度地避免灵魂掉在物欲的泥坑里。这种简单的生活,在梭罗眼里充满了常人无法领略的美好和安宁:"乍看起来,好像玩乐的次数和花样一多,就可以增加人的幸福,而平淡单调的生活将使人感到厌倦,但仔细想一想,事情正好相反,我们发现心灵的甜蜜在于享乐适度,使欲望和烦恼无由产生。"③诚然,过多的欲望,会让人变得失去自我,从而在欲望的泥淖中不可自拔。海子也是一个"简单生活"的身体力行者,诗人所描述的土地、土地上的劳作、麦子……这些简单而平凡的事物,具有避免生命向物欲堕落腐化的力量。和梭罗一样,海子对土地也情有独钟,梭罗认为土地是锦绣的,是富有生命力的,而海子在诗歌中正是把土地描绘成为具有着恢弘生命力的所在,强调在诗意体验中过一种本真生活,在这点上,海子和梭罗无疑具有某种内在一致性。他们反对物质过剩,都在身体力行地过一种清简的生活,都提出了对商业主义、理性主义的质疑,都提倡返璞归真的生活,批评虚荣、浮华、焦躁交织的现代生活,都喜爱自然和自然之物,对自然之物充满了好奇和真诚的喜爱、尊敬。梭罗的简化物质、提倡心灵充实和生命本真的生存态度,无疑对海子产生了深远的影响。

(2)梭罗的自然意识对海子的影响

梭罗是一位具有自然意识或者说自然品质的思想家,在他为数不多的著作中,均阐明了对待自然态度:尊重、平等、敬畏。在工业主义盛行的时代,人们被科技、物质所带来的新鲜、丰盛迷昏了头脑,沉浸在工业化看似繁盛的"成果"中时,很少有人能体察过度工业化所带来的弊端,也很少有人能体察工业化下自然生态所遭受的创伤。而梭罗却看到了工业化背后的阴暗,对于这位在瓦尔登

① [美]亨利·戴维·梭罗:《瓦尔登湖》,徐迟译,上海译文出版社2009年版,第139页。

② 王诺:《欧美生态文学》,北京大学出版社2011年版,第146页。

③ [美]亨利·戴维·梭罗:《瓦尔登湖》,徐迟译,上海译文出版社2009年版,第147页。

湖的森林中生活了两年的作家来说，自然毋宁说更像一个朋友，一个就在我们身边共同呼吸的朋友，自然是瓦尔登湖上那只会翩然起舞的水鸟，是森林里那些馥郁芬芳的树木，是那些终日在觅食和睡觉间过活的田鼠……在这些自然存在的生命中，梭罗看到了一种美、和谐和诗意，而这样的生活，却是文明世界中的人所缺乏的。现代分工制下的人，每天要被闹铃吵醒，被异化为工具的工具，生命最初被赋予的本真美好，被机械化、模式化、标准化所扼杀，梭罗提醒人们要去经历最本真的生活："按照你的天性而狂放地生活，好比那芦苇和羊齿，它们是永远不会变成英吉利干草的啊。"[①]梭罗强调人的自然天性不被理性工具异化的重要性，保持天性的自由舒展，过一种顺应自然的生活，认为"人的发展绝不是物质财富越来越多的占有，而是精神生活的充实和丰富，是人格的提升，是在与自然越来越和谐的同时人与人之间也越来越和谐"[②]。这种和谐即意味着自然人性的舒展，是生活的简单充实，是人与自然万物的融合，正如梭罗通过劳作领悟的快乐："我爱上了我的一行行的豆子……它们使我爱上了我的土地，因此我得到了力量，像安泰一样。"[③]安泰是希腊神话中的巨人，海神与地神之子，传说在战斗时，只要他身体不离地，就能从大地身上不断吸取力量。海子诗歌中表现的"大地意识"，就有对梭罗这种崇尚自然、亲近土地的品质。海子认为人类真正的进步，始终离不开那种质朴、健康的大地品质，而这也是梭罗这位喜爱大地，提倡在大地上生活得诗意而充实的人所赞扬的。

人类以功利化、实利化的态度对待自然，对此梭罗也提出了批判。梭罗认为自然事物要按其本性去发展、生长，而不应以人的功利性去干扰，因此，在梭罗眼里自然事物——一株花、一只鸟、一条河……它们有自身存在的美感和价值，并不仅仅为了人类而存在。这种对待自然的无功利化的态度，与现代人类对待自然的态度大相径庭，人"只想到金钱的价值；他的存在诅咒了全部的湖岸，他竭尽了湖边的土地，大约还要竭泽而渔呢……他甚至为了湖底的污泥可以卖钱，宁愿淘干湖水"[④]，"由于我们没有一个人能摆脱掉的贪婪、自私和一个卑辱的习惯，把土地看作财产……风景给破坏了，农事跟我们一样变得低下"[⑤]。梭罗的眼光无疑是深远的，在人类普遍的"短视"之下，他看到了"自然"在利欲

① ［美］亨利·戴维·梭罗：《瓦尔登湖》，徐迟译，上海译文出版社2009年版，第192页。
② ［美］亨利·戴维·梭罗：《瓦尔登湖》，徐迟译，上海译文出版社2009年版，第160页。
③ ［美］亨利·戴维·梭罗：《瓦尔登湖》，徐迟译，上海译文出版社2009年版，第143页。
④ ［美］亨利·戴维·梭罗：《瓦尔登湖》，徐迟译，上海译文出版社2009年版，第182页。
⑤ ［美］亨利·戴维·梭罗：《瓦尔登湖》，徐迟译，上海译文出版社2009年版，第153页。

熏心的人手中所经历的苦难，时间证明了梭罗的伟大，工业化后期对自然产生了不可恢复的影响，生态环境受到了严重的污染，雾霾等环境问题加重，造成了人们对“碧水蓝天”的渴慕思念。梭罗同时也具有很强烈的生态整体观，人类只是大自然的一分子：“我望了这么久广阔田地，广阔田地却并不当我是主要的耕种者，它撇开我，去看那些给它洒水，使它发绿的更友好的影响。”[①]人类利益只是大自然整体中的一部分，自然万物存在的价值并不都是为了人类。同样，自然也不是仅为人类而存在，“豆子的成果并不由我来收获，它们不是有一部分为土拨鼠生长的吗？麦穗也不是它的生产之全部……真正的农夫整体劳动，并不要求土地的生产品属于他所占有”[②]。人类如果能放下自我利益，而融入自然中，为一棵草、一只鹰的生长而欢欣，那就进入了真正的诗意、包容、美好生活的境地。在21世纪，仍然有大部分人以功利化的眼光看待自然，仍然以极端自私化的手段对待自然，或许正如梭罗所言：“非到我们失去了这个世界之后，我们才开始发现我们自己，认识我们的处境，并且认识了我们的联系之无穷的界限。”[③]

梭罗的思想对海子产生了深远的影响，在诗歌《梭罗这人有脑子》中，海子这样写：“梭罗这人有脑子/看见湖泊就高兴”[④]，“梭罗这人有脑子/用鸟巢做邮筒/两封信同时飞到/还生下许多小信/羽毛翩跹”[⑤]。梭罗思想中的自然主义意识显露无遗，正是通过洒脱的自然情结，梭罗带给了海子自然、健康的自然观。和梭罗一样，海子也是一位具有强烈自然精神的诗人，20世纪80年代改革开放的春风，吹来了商业主义的气息之下，海子的诗歌中却鲜有有关城市、物质、商业的气息，诗人在诗歌中极力描绘对生存的洞察、对质朴简单之物的书写，对强健生命力的推崇……这样的书写，无疑和梭罗一样，致力于恢复人生存的诗意，弥补生存本真的破坏，通过痛苦而艰难的歌唱，让人在贴近大地的生存中，获取生命最真诚的力量，在与泥土黏合的过程中，逐渐净化为赤白的婴儿形态。海子说：“梭罗这人就是/我的云彩，四方邻国/的云彩，安静/在豆田之西/我的草帽上。”[⑥]正是在有着“云彩”、“豆田”、“草帽”的诗意盎然中，生活才变得不同寻常和富有意义，梭罗用“倒在林间路途上/让床在木屋中生病”[⑦]的精神，贴近

① [美]亨利·戴维·梭罗：《瓦尔登湖》，徐迟译，上海译文出版社2009年版，第154页。
② [美]亨利·戴维·梭罗：《瓦尔登湖》，徐迟译，上海译文出版社2009年版，第158页。
③ [美]亨利·戴维·梭罗：《瓦尔登湖》，徐迟译，上海译文出版社2009年版，第158页。
④ 海子：《海子诗全集》，作家出版社2009年版，第166页。
⑤ 海子：《海子诗全集》，作家出版社2009年版，第166页。
⑥ 海子：《海子诗全集》，作家出版社2009年版，第166页。
⑦ 海子：《海子诗全集》，作家出版社2009年版，第166页。

自然，力求在一种简单、质朴的生活中，体验生命的诗意和美好，体验与自然万物和谐共处的妙处。上世纪80年代，海子诗歌中具有的质朴、健康、谦卑的大地精神，那充满生命温情和力量的自然精神，在历经时间的洗礼后，依然以深刻而隽永的思想光芒，照耀着诗意匮乏下的大地，在融合了中国老庄思想和西方存在主义的影响后，这种精神逐渐成为海子诗歌气质中一种独特而真诚的品质。

2. 荷尔德林的生态思想及其影响

荷尔德林是海子倾心的艺术家之一，在《我热爱的诗人——荷尔德林》中海子指出："从荷尔德林我懂得，诗歌是一场烈火，而不是修辞练习。"[①]无论是生活经历，还是诗歌气质，海子和荷尔德林都强烈地契合。海子与荷尔德林精神深处的共鸣，体现在他们同样以燃烧式的方式进行写作，同样在艺术生命达到巅峰时个体生命陷入衰亡；同样在捕捉"元素"中巨大的生命力，在书写自然精神的不朽和力量；同样热爱着久已丢失的家园，做着"返乡"的梦；同样地不可遏制地被命运之神拉向炽烈的"太阳"。

海子和荷尔德林都是用生命写作的诗人，在当代"海子"成为一个象征，一个用生命践行诗歌的象征，甚至海子本身和他的诗歌具有了同等重要的意义，成为一个时代的精神象征。海子诗歌中的土地，麦子，太阳，乡村……之所以如此真挚、触动心扉，是因为诗歌揭示了人类存在的本真，彰显了纯正的诗歌品质，正如荷尔德林对"本源"的道说，对"诗意"和"栖居"的道说。海子和荷尔德林，他们都是"人格与艺术相统一的艺术家"，是"写作与生活之间没有任何距离"[②]的人，是用赤诚的生命，践行艺术理想的伟大灵魂。

（1）荷尔德林的神性书写之于海子的影响

荷尔德林是一位注重神性书写的诗人，在神性普遍被商业主义代替时，荷尔德林却在诗歌中高扬了神性："神，意兴盎然地舞动神奇的光。这上界的灵，卓然幽处，神色皎然，似乎乐于赠予生命，乐于与我们一道，创造喜悦，时常地，这神灵深谙尺度，深谙呼吸，也曾犹疑地、审慎地，将极乐至福，恩赐给千城万户，慷慨地开启大地"[③]，"天神的宁静安慰我心灵的歌唱"[④]（无题），"在我的童年时代，一位神常常救我脱离人们的叫骂和鞭笞，于是我安心而友好地跟林中

---

① 海子：《海子诗全集》，作家出版社2009年版，第1071页。

② 崔卫平编：《不死的海子》，中国文联出版社1999年版，第173页。

③ ［德］荷尔德林：《荷尔德林诗新编》，顾正祥译，商务印书馆2012年版，第13页。

④ ［德］荷尔德林：《荷尔德林诗新编》，顾正祥译，商务印书馆2012年版，第56页。

的花儿嬉游天空的微风也来跟我嬉戏”①。荷尔德林笔下的“神”亲切、恩慈,神性是自然宇宙万物,是天空、微风,以及一切生命。这样的神性书写,赋予了生命和自然特殊的魅力,同时也赋予了世界诗意存在的意义。“天神陶醉于那种真实:每一物/都如其所是地存在”②,在生命悠然自如的存在中,就有着神灵的彰显,荷尔德林这样告诫年轻人:“对诸神要热爱,对世人要心怀善意!”③荷尔德林的神性几乎总与自然相连,这种自然神性的书写,彰显着人对于那创造了宇宙万物之力量的尊崇和敬意,体现了人因自我的有限性,在自然的伟大面前表露的“谦卑”。以这种“谦卑”的态度对待自然,人与自然的紧张关系必然能够缓解,荷尔德林的神性书写,同时赋予了自然万物:山川、草木、河流、天空等生命的灵性,即每一个自然物在神圣者的光照下都是特殊而美好的,因此荷尔德林呼吁人应该:“拿神性来度测自己”④,“我们此地之所是,神于彼处/能以和谐、永恒的奖酬及宁静充实之”⑤。诗人发自内心地歌颂着:“哦, 切忠实的亲切的神祇!但愿你们知道,我的心多么喜爱你们!”⑥海子对荷尔德林自然神性的书写之借鉴,主要体现在工业时代下神性丧失的悲痛感,世界在现代性中不断“去魅”的无奈,“目击众神死亡的草原上野花一片/远在远方的风比远方更远/我的琴声呜咽泪水全无”⑦。诸神的死亡,意味着世界进入一个无可避免地黑暗境地,神性被科技、工业、理性所消解,世界变得机械、麻木,丧失了神性色彩下的朦胧梦幻,诗意安宁。“秋天深了/神的家中鹰在集合/神的故乡鹰在言语/秋天深了王在写诗/在这个世界上秋天深了/得到的尚未得到/该丧失的早已丧失。”⑧或许我们没有得到的是世界发展所应带来的人与万物的和谐、交融,我们失去的是万物本来富有的生命灵性和魅力,随着近代工业的发展,在人类过分地掠夺自然资源、污染自然环境下,自然的神圣美感破坏了,万物成为被功利化对待的对象,成了机器声中征服的对象,这是多么悲哀的场景。“灵性必定要在人群中复活”⑨,海子呼喊着。

① [德]荷尔德林:《荷尔德林诗新编》,顾正祥译,商务印书馆2012年版,第9页。
② [德]荷尔德林:《荷尔德林诗新编》,顾正祥译,商务印书馆2012年版,第26页。
③ [德]荷尔德林:《荷尔德林诗新编》,顾正祥译,商务印书馆2012年版,第36页。
④ [德]荷尔德林:《荷尔德林诗新编》,顾正祥译,商务印书馆2012年版,第18页。
⑤ [德]荷尔德林:《荷尔德林诗新编》,顾正祥译,商务印书馆2012年版,第27页。
⑥ [德]荷尔德林:《荷尔德林诗新编》,顾正祥译,商务印书馆2012年版,第29页。
⑦ 海子:《海子诗全集》,作家出版社2009年版,第205页。
⑧ 海子:《海子诗全集》,作家出版社2009年版,第431页。
⑨ 海子:《海子诗全集》,作家出版社2009年版,第1022页。

(2)荷尔德林的自然书写之于海子的影响

荷尔德林的大量诗歌都描写了自然与自然之物,诗人钟情于自然的蓝天白云、河流草木……这些生命,赋予了荷尔德林的诗歌强烈的自然气息。在《归乡》中自然是诗意、美好的化身:"阿尔卑斯的夜依然晴澈,浮云,凝聚着喜悦,将空谷深锁。轻嬉的山风,飘忽无定,啸傲着,一缕幽光,从冷杉垂落,倏然隐没"①;在《浮生的一半》中,自然是宁静、和谐的写照:"悬挂着黄梨长满野蔷薇的湖岸映在湖里可爱的天鹅你们吻醉了把头浸入神圣冷静的水里。"②,在《在我的童年时代》中,自然是爱和温暖的象征:"沙沙的森林的和音陶冶过我,我在花间学会了爱"③;在《还乡曲》中,自然是魂牵梦绕的故乡:"你们,和煦的风!意大利的使者!和你,白杨夹岸的亲爱的河流!你们,连绵起伏的山峦!呵,你们,座座阳光普照的山巅,你们还是这般模样吗?"④自然,在荷尔德林笔下成为一种寄托,一个巨大的宝库,一个人可以寻找一切安宁、诗意、美好的所在,是一位母亲:"当我还在你的面纱旁游戏还像花儿依傍在你身旁,还倾听你每一声心跳,它将我温柔颤抖的心环绕,当我还像你一样满怀信仰和渴望,站在你的图像前,为我的泪寻找一个场所,为我的爱寻找一个世界"⑤,"当小树林里气息浮动,你的灵魂,你欢乐的灵魂,在寂静的心之波里摇荡,那时金色的日子将我怀抱"⑥,这寻找泪和爱的场所,这"金色的日子"是大自然母亲给予的,诗人对自然的拟人化、母性化,便是对自然最大的尊重和热爱。值得注意的是,海子在诗歌中也有将自然母性化的倾向,从土地、麦子、太阳、水这些具有母性精神的意象身上,我们看到了自然、天地、宇宙中的包容和创造精神,这些自然事物共同构建了一个诗意、平和、宁静的世界,在那里,万物如其本来面目存在着。同时,荷尔德林对自然秩序和宇宙精神的体察也一定程度上影响着海子。荷尔德林说:"那种巨大的元素,天国之火和人类的宁静,人类在自然中的生活,以及他们的局限性和满足感,持续不断地紧紧把我抓住。"⑦荷尔德林的"元素"深深地影响了海子的写作,海子在《我热爱的诗人荷尔德林》中说:"必须从景色进入元素,在景色中热爱元素的呼吸和言语,要尊重元素和他的秘密……忍受他的秘

---

① [德]荷尔德林:《荷尔德林诗新编》,顾正祥译,商务印书馆 2012 年版,第 14 页。
② [德]荷尔德林:《荷尔德林诗新编》,顾正祥译,商务印书馆 2012 年版,第 19 页。
③ [德]荷尔德林:《荷尔德林诗新编》,顾正祥译,商务印书馆 2012 年版,第 67 页。
④ [德]荷尔德林:《荷尔德林诗新编》,顾正祥译,商务印书馆 2012 年版,第 52 页。
⑤ [德]荷尔德林:《荷尔德林诗新编》,顾正祥译,商务印书馆 2012 年版,第 53 页。
⑥ [德]荷尔德林:《荷尔德林诗新编》,顾正祥译,商务印书馆 2012 年版,第 54 页。
⑦ [德]荷尔德林:《荷尔德林诗新编》,顾正祥译,商务印书馆 2012 年版,第 192 页。

密。忍受你的痛苦。把宇宙当作一个神殿和一种秩序来爱。忍受你的痛苦直到产生欢乐。这就是荷尔德林的诗歌。”[①]从深层的精神内涵上，海子把握住了荷尔德林所说的“元素”精神，这种精神影响了海子的自然观、诗歌观，并使海子提出了寻找诗歌中的“实体”，注重自然内在生命力书写。在荷尔德林的影响下，海子的诗歌中充满了自然生命的张力，以及四季轮回、鸟兽变迁的自然精神写照：“白色美丽的树！在黄金和允诺的地上，陪伴花朵和诗歌，静静地开放，安详地死亡。”[②]“月亮打树，无风自动/生物潜入河流或身体/梦见人类，无风自动。”[③]荷尔德林说：“若是大师使你们怯步，不妨请教大自然。”[④]这样的告诫，便是强调对自然天性的顺从和遵守，抛弃经院派的刻板教条，学习大自然的灵动活泼，在自然中体察那已然存在的伟大精神品格。这种学习自然的态度，也影响着海子：“从荷尔德林我懂得，诗歌是一场烈火，而不是修辞练习。”[⑤]海子质朴、真挚的文风，注重诗歌精神性的品质无疑是受到荷尔德林的影响。

(3)荷尔德林的家园书写之于海子的影响

在荷尔德林的诗歌中，家园意指诗意栖居的场所，是灵魂的归属，“返乡”在荷尔德林这里更多地指向灵魂的回归。在近代心灵漂泊无依的状况下，故乡，成为一种诗意的寄托，成为心灵安宁的港湾，荷尔德林写下了《故乡吟》《还乡曲》《返乡》等众多“家园主题”的诗歌，旨在表明现代性压迫下的人类，应该完成的精神回乡：“正如船夫带着他的收获/从遥远的岛屿快乐地返回恬静的河边；我会回到故乡的，假如我所收获的多如我所失落的。从前哺育我成长的可亲河岸，你难道能医好爱情带给我的烦恼？”[⑥]“在清凉的小溪边，我看过水波激荡，在大河之旁，我望着船儿驶航，我就要重返旧地；你们，守护过我的亲爱的山峰，还有故乡的令人起敬的安全疆界，母亲的屋子乃至兄弟姐妹们的亲爱的拥抱，我就要向你们致候，你们的拥抱像是绷带，会治愈我的心病。”[⑦]“故乡”成为可以医治创伤、安放心灵的“家”，成为温情和慰藉的化身，在故乡的诗意生存中，有着人间最本真、最温暖的情感和记忆。荷尔德林写到了故乡的祖母：“当我在远方看到自己在偌大的世界上有所作为。我尝试过，梦想过，拼搏后胸口

① 海子：《海子诗全集》，作家出版社2009年版，第1071页。
② 海子：《海子诗全集》，作家出版社2009年版，第389页。
③ 海子：《海子诗全集》，作家出版社2009年版，第49页。
④ 海子：《海子诗全集》，作家出版社2009年版，第1068页。
⑤ 海子：《海子诗全集》，作家出版社2009年版，第1068页。
⑥ ［德］荷尔德林：《荷尔德林诗新编》，顾正祥译，商务印书馆2012年版，第63页。
⑦ ［德］荷尔德林：《荷尔德林诗新编》，顾正祥译，商务印书馆2012年版，第65页。

的伤痕你抚平。亲人呵，祖母呵，我要学着像你一样活到高龄，有个安详的晚年。”①“祖母”所代表的柔和、安定和沉稳的特质，是人在焦躁的现代生活中所缺乏的品质，因而也是人应当追寻的本质性事物，这些故乡中的静静流淌的时光，是诗人一生的精神财富。在海子的诗歌中可以看到有同样的故乡主题，以安庆为依托的乡村故土，成为诗人热爱、归属的地方：“村庄水上运来的房梁漂泊不定/还有十天我就要结束漂泊的生涯/回到五谷丰盛的村庄废弃果园的村庄。”②“村庄”是让人结束漂泊，回归安息、洋溢着家园五谷和果香的美好之地，在荷尔德林笔下，故乡也成为远游的精神流浪儿心底的港湾：“你呵，宁静的家园！无望的日子过后，你曾闯入远方思乡者的梦里，你呵，我的家舍，和你们昔日的游伴——山丘上的树木，对你们我记忆犹新！”③在对故乡的追忆中，故乡重新又成为给予人勇气的源泉：“再见！故乡的天空呵，请重新收容和祝福我的生活吧！”④“故乡”成为漂泊者精神归属的所在。在荷尔德林这里“故乡”更多层面上是指精神的故乡，那里有人的诗意栖居，有归属和安定。作为15岁便离家远行的海子，故乡，无疑成为凝聚着童年美好时光、乡村安宁与苦涩交织的生活场景以及漂泊者无限怀想的精神家园。海子在诗歌中描写了农耕民族生存的种种场景，描写了由麦子、饭碗、劳作构成的乡村故乡的生活，这些故土场景和“村庄”所寓指的精神家园，成为精神普遍失落年代下的乌托邦，诗人在诗歌中满怀眷恋地写下了故乡：“大地在耕种/一语不发，住在家乡/像水滴、丰收或失败/住在我心上”⑤；“五月的麦地上天鹅的村庄/沉默孤独的村庄/一个在前一个在后/这就是普希金和我诞生的地方。”⑥海子笔下的“村庄”代表着故园，是诗意而具有包容性的所在，因而诗人说“村庄母亲怀中的普希金和我”⑦，“安睡在雨滴中”⑧，家园可以成为一处避雨地、一处在其中人便具有了归属栖息的地方。同时海子也描写了漂泊者在故乡之外的种种遭遇，并由此引发了对失去家园的悲痛感。在机器和发展的轰鸣声中失去家园的人，所产生的“无根”的焦

① ［德］荷尔德林：《荷尔德林诗新编》，顾正祥译，商务印书馆2012年版，第68页。
② ［德］荷尔德林：《荷尔德林诗新编》，顾正祥译，商务印书馆2012年版，第70页。
③ ［德］荷尔德林：《荷尔德林诗新编》，顾正祥译，商务印书馆2012年版，第73页。
④ ［德］荷尔德林：《荷尔德林诗新编》，顾正祥译，商务印书馆2012年版，第76页。
⑤ 海子：《海子诗全集》，作家出版社2009年版，第340页。
⑥ 海子：《海子诗全集》，作家出版社2009年版，第341页。
⑦ 海子：《海子诗全集》，作家出版社2009年版，第341页。
⑧ 海子：《海子诗全集》，作家出版社2009年版，第341页。

虑。“远离了五谷丰盛的村庄”①,灵魂是多么孤独无依,因而诗人发出了“我要还家”②的呼喊,这样的呼喊也是许多现代失去了家园之人的呼喊。作为海子最喜欢的诗人之一,荷尔德林对海子的影响是巨大的,这两位具有相同的气质才赋的诗人,同样具有相似的悲剧性命运,荷尔德林的存在,让海子在找到了精神偶像的同时,也意味着在诗歌道路上越走越远。

(三)乡村成长经历对海子生态意识形成的影响

1. 乡村生活经历的影响

海子15岁之前,一直生活在安庆一个叫渣湾的小村庄,1979年作为村里仅有的几名大学生之一,踏上了去往北京的求学之路。极有天分又能刻苦努力的海子,在15岁便踏入了中国最高学府北大,然而海子内心深处始终念念不忘的是乡村。他有许多乡村题材的诗歌,著名的麦地组诗、村庄组诗都取自乡村,可以说,没有乡村,就没有海子,没有这段生活经历,便无法成就海子在诗歌上的辉煌。海子诗歌的灵气,灵魂的根,一直在乡村。

乡村有着优美的自然精神,劳作其中的祖祖辈辈的人们,麦地里金黄的麦子,月光下搪瓷碗里喂养人性命的粮食……乡村生活的单纯、宁静以及辛酸、复杂,这些潜移默化地变成海子血液中的一部分,变成他精神中根深蒂固的一部分,海子的精神之根始终在乡村,他心目中的家园也始终在乡村。15岁前往北京,都市的繁华、喧闹。物质的丰盛,复杂的人际……这些都是海子未曾经历过的,简单安宁的乡村生活与都市生活形成的反差,对海子造成了一定的冲击,在老家安庆;人们关心的是粮食,收成,而在北京,人们不再局限于“粮食”。物质的对比,都市的浮华与乡村的质朴,在这些比照中,海子显然更倾心于乡村,海子体察到了貌似繁盛、强大的城市背后的空虚、麻木,因此他认为人们需要一种生长在地底下、有根基的东西,而这样厚重的精神品质,显然是都市无法给予的。

2. 乡村情结

海子诗歌中有着很浓的“乡村情结”,诗人不断从乡村的“麦地”、“村庄”中汲取灵感,写出了一首首动人的诗歌,乡村成为一种精神象征,对海子的生态意识形成具有重要意义。乡村生活经历成为诗人取之不尽的诗歌源泉。在海子

---

① 海子:《海子诗全集》,作家出版社2009年版,第388页。

② 海子:《海子诗全集》,作家出版社2009年版,第384页。

大量的诗歌中，我们可以看到对麦地、河流的书写，对草原、湖泊的礼赞，然而却几乎看不到对城市生活的直接描写，可见以乡村为依托的精神资源，已成为诗人写作的一大养料，是诗人生态思想孕育的摇篮。正是乡村，培育了诗人对麦地的感恩，以及以麦地为基点的乡村生存的书写，祖祖辈辈在田地中劳碌，最后又归于田地的朴素生活方式所具有精神价值和强度。"村庄"在海子笔下既是充满着诗意、宁静色彩的精神家园，同时也是见证着生存困难的乡土生活的写照。海子的诗歌对乡村题材比较偏爱，这也许可以看作诗人对非功利化，天真懵懂的童年生活的思念与追忆。"从天然的穹庐走进人造的居第，这一步的意义对于人类而言是至关重要的"[①]，"我们对城市本身的爱，往往不如我们对大地的爱"[②]。海子诗歌中的"村庄情结"，蕴含着物质化生存与精神性追求的高度和谐统一，乡村成为一种精神象征；同时乡村联结着的耕耘、收成、土地、生存、汗水……这些构成了生活的真实性和深刻性。

乡村养育了诗人，给予了诗人灵感和精神养料，因此诗人"要结束漂泊的生涯/回到五谷丰盛的村庄/废弃果园的村庄"[③]。村庄作为家园的象征，是宁静和归属的世界，这个世界隔绝了现代化下充斥着欲望、空虚浮泛的物质生活，而成为一处精神的安居地，村庄里有"家乡静静生长的姑娘……没有一点声响"[④]。海子的"村庄"，尽管贫瘠，但也是收容"穷孩子夜里提灯还家/泪流满面"[⑤]的母体。在海子的"村庄"里有麦子、农家少女，这些村庄中的人和事以及村庄中千百年来沿袭的旧习，都成为一股温情而隽永的人性力量，在一切都瞬息万变的现代社会中，成为宝贵的"慢生活"节拍，在高效高速的社会需求下，村庄中那看似落后、闭塞的生活方式，却蕴含着人性深层的温暖和宁静。海子在困窘和孤独中，歌颂这厚重平凡的"村庄"，是因为诗人同样想成为"衰竭实利"的时代中，默默耕作的农夫，用汗水和劳作，洗涤时代中缭绕的欲望和功利，他用"成熟的黄麦秸"地里，妈妈那"健康的眼神"，引领着人性复归自然和母体。海子诗歌中的村庄连结着生存艰辛和诗情的土地，这饱含着深刻性和真实性的"村庄"，教会了诗人如何对待自然万物，如何对待自我。村庄中的人们和时光的静静流淌，本身就诉说着古老的农耕民族在漫长历史中所凝聚的安宁、坚忍、劳作，生

① 王诺：《欧美生态文学》，北京大学出版社 2011 年版，第 186 页。
② 王诺：《欧美生态文学》，北京大学出版社 2011 年版，第 187 页。
③ 海子：《海子诗全集》，作家出版社 2009 年版，第 196 页。
④ 海子：《海子诗全集》，作家出版社 2009 年版，第 187 页。
⑤ 海子：《海子诗全集》，作家出版社 2009 年版，第 179 页。

存，海子用极大的热情和耐心描述着村庄中的诸多人和事："西藏村庄/神秘的村庄/忧伤的村庄/你躺倒在路上/你不姓李也不姓王/你家给的男人/脾气怎么样/神秘的村庄/忧伤的村庄/你生了几个儿子/有哪些闺女已嫁到远方。"[①]海子正是15岁之前的乡村生活经历，让诗人以关怀者的语气关怀那些至为普通平凡的乡村命运者，这样的关怀洋溢着人性的温暖和道义，是人情、信任和安全缺失的都市生活中难以存在的精神，同时"村庄"正是因为具有这种低敛、舍己品质的精神，而成为诗人精神上的母体。"秋夜美丽/使我旧情难忘/我坐在微温的地上/陪伴粮食和水/九首过去的旧诗/像九座美丽的秋天下的村庄/使我旧情难忘"[②]，这样念念不忘的"旧情"是对在精神给予人温情和慰藉的村庄母亲的眷恋，是现代性生活中所缺失的温情和美丽。村庄同时也具备缄默而富有内涵的精神特色，作为在乡村长大的海子，村庄的安宁沉默和城市中的喧嚣浮躁形成对比，诗人无疑更倾向于前者的精神品质。"夜里风大/听风吹在村庄/村庄静坐/像黑漆漆的财宝/两座村庄隔河而睡"[③]，"静坐"、"睡"等静态的动词修饰"村庄"，使"村庄"具有了沉敛宁静而有力的精神内涵，成为游子回归的梦乡，海子的好友西川曾这样评价海子："他曾自认为关于乡村，他可以至少写作15年。"[④]正是乡村的培育，给予了海子诗歌厚重、温情的光芒，给予了海子对土地和自然那深刻的谢恩意识。

乡村生活经历中的温情和苦涩，使得海子笔下的"村庄"具有了深刻性和复杂性，"村庄"并不等同于田园化的村庄，村庄中生存的艰涩、饥肠辘辘的回忆、粮食等生存苦难如同时间一样亘古，海子并没有理想化"村庄"，村庄的贫瘠、落后，对粮食的特殊情结等，赋予了海子的"村庄"温情和艰涩并存，诗意和沉重并列的厚重感，"村庄"并不是文人墨客用来消遣情绪的世外桃源，而是郁结着汗水、劳作的村庄，然而不论这生存感多么强烈，村庄那安宁、单纯的本质不变，相对于浮华绚烂的城市，"村庄"因其物质性的简陋，而在本质上更接近圣洁、安宁的栖居，村庄的"打麦场"、"摸黑吃下高粱饼"的瞎子艺人，那笨拙而又质朴的村庄中的人与事物，却散发着如同大地本身一样强韧的意志力和善良温情，因此诗人说："我就是那女儿/中国农民的女儿/波兰农民的女儿"[⑤]，"在所有的人

① 海子：《海子诗全集》，作家出版社2009年版，第203页。

② 海子：《海子诗全集》，作家出版社2009年版，第340页。

③ 海子：《海子诗全集》，作家出版社2009年版，第341页。

④ 崔卫平编：《不死的海子》，中国文联出版社1999年版，第24页。

⑤ 海子：《海子诗全集》，作家出版社2009年版，第138页。

中/只有我粗笨/善良的只有我/熟悉这些身边的木头/瓦片和一代代/诚实的婚姻"①。这诚实、质朴的村庄,尽管是荒凉而贫瘠的,但依然是诗人内心深处、是现代人内心深处所索求的喧哗时代的真精神。"村庄,在五谷丰盛的村庄,我安顿下来/我顺手摸到的东西越少越好!/珍惜黄昏的村庄,珍惜雨水的村庄。"②作为现代生活中精神被物质和欲望吞噬的人群、作为在丧失了土地和村庄之后,成为无家可归的人的处境,乡村,交织着生存的温馨和不易,以永远沉默的质朴面容,成为时代变迁的洪流中,不变的精神依托。乡村成为海子短暂一生中孜孜不倦歌咏的对象,在海子的"村庄"里包含了诗意的生活和坚忍的生存斗争,包含了麦粒上的光芒和汗水,土地的伟大和质朴,正如西川所说:"每一个诵读过他诗篇的人,都能从他身上嗅到四季的轮转,风吹的方向和麦子的成长。泥土的光明与黑暗。"③

二、海子诗歌中的自然观

(一)富有内在生命力的自然

海子笔下的自然,并不是静态的,而是具有生命力和灵魂的自然。诗人写出了与自然亲密无间的美好,和人与自然相互融合而具有的内在归属和安宁。在当下对自然普遍缺乏敬畏的情形下,这样的书写无疑更有意义。海子认为对于自然万物,不应仅仅抱有一种自私的、占有性的态度,而应去体察大自然本身恢宏的生命力,要"热爱景色中的灵魂"④,"风景中大生命的呼吸"⑤,反对以功利化的态度对待自然,海子笔下的自然是具有呼吸、生死、衰亡和自己的生命周期的。这样的描述显然是以脱离了"人类中心主义"的视角来看待自然,站在自然本身的立场去体察自然,因而海子说道:"做一个大自然的儿子"⑥,"热爱河水的生和死。有时热爱他的养育,有时还要带着爱意忍受洪水的破坏"⑦。因此,人要学习用生命化的态度对待自然,看到自然秩序的伟大,自然生命在生存

① 海子:《海子诗全集》,作家出版社2009年版,第138页。
② 海子:《海子诗全集》,作家出版社2009年版,第114页。
③ 崔卫平编:《不死的海子》,中国文联出版社1999年版,第24页。
④ 海子:《海子诗全集》,作家出版社2009年版,第1070页。
⑤ 海子:《海子诗全集》,作家出版社2009年版,第1070页。
⑥ 海子:《海子诗全集》,作家出版社2009年版,第1040页。
⑦ 海子:《海子诗全集》,作家出版社2009年版,第1040页。

中的不屈不挠，在《麦地与诗人》《答复》这两首描写“麦子”的诗歌中，“麦子”不再是普通意义上的植物，而是具有了恩慈、痛苦的生命，“麦地，别人看见你，觉得你温暖、美丽，我则站在你痛苦质问的中心，被你灼伤”①，“麦子”被赋予了更多的精神性内涵，诗人对“麦子”的生命化倾向，也是十分明显的。在《春天》这首诗中，诗人更多地显现了“春天”具有的创生性品质：“冰雪消融”、“大地微微颤栗”②，而野花则“是一夜喜筵的酒杯”、“是一夜喜筵的新娘”③、“是我包容新娘的彩色屋顶”，在突出了“野花”绚烂美好的特征之后，也写出了“野花”带给春天的欢庆、沉醉的品质，因而“春天”在历经漫长的冬日忧患后，具有了冲破冰雪的宝贵气质，从而“活化”了春天。《大风》中写道：“起风的黄昏好像去年秋天，树木损伤的香味弥漫四周”④，“黄昏幽暗降临，大风刮过天空，万风之王起舞，化为树木受伤”⑤。树木在大风的吹摇中损伤断裂而发出香味，诗人站在与树木平等的角度，运用了“损伤”一词，体现了诗人对树木内在的尊重和平等相待，在幽暗的黄昏降临之时“万风之王起舞”，本来平凡的风吹木折的场景，因而具有了一种生态美学的图景，“风”、“树木”不再是冰冷的，而是具有了灵魂和呼吸。“太阳”在海子诗歌中以某种具有永恒性和燃烧性的姿态出现，人类在漫长的时光中，都是处在日光的照耀之下，因而这“日光”变得同时间一样久远，具有了某种生命的归属性，“我就打着赤脚站到太阳下看太阳”、“你来人间一趟，你要看看太阳”⑥，日光融化了一切的虚假、浮华，“赤脚”的形象，是赤子站在“太阳”之下以纯白、本真的面目回归“太阳”，“太阳”照耀着历代的人，来去匆匆，时空苍茫中的悲怆感，似乎也在被“太阳”所攫取。

海子诗歌中的自然，具有内在的生命力和时空感，因而自然之物具有了不可替代的特殊性，人不再只是关注自然之中的自我，而是将关注投入其他生命以及自然自身的秩序中，在这样包容性的书写中，给予了自然尊重和热爱。

（二）个体与自然融合

海子在诗歌中，突出了人与自然融合，与万物和谐共处的美好。人与自然

① 海子：《海子诗全集》，作家出版社2009年版，第413页。
② 海子：《海子诗全集》，作家出版社2009年版，第122页。
③ 海子：《海子诗全集》，作家出版社2009年版，第122页。
④ 海子：《海子诗全集》，作家出版社2009年版，第483页。
⑤ 海子：《海子诗全集》，作家出版社2009年版，第483页。
⑥ 海子：《海子诗全集》，作家出版社2009年版，第62页。

的关系不是割裂的、隔绝的，而是合一的、协调的、整体性的。只有在和自然的和谐相处中，人才能获得诗意性的生存，才能突破工具理性和实用主义带来的心灵桎梏，在存在中获得生命的解放。海子十分强调人与大自然，与自然生灵的共存体验。诗人笔下，人与自然的关系不再是隔阂的，而是亲密无间。在《大自然》这首诗中，诗人这样描述“大自然”：“让我来告诉你，她是一位美丽结实的女子，蓝色小鱼是她的水罐，也是她脱下的服装。”①在拟人化的譬喻下，“自然”化身为美丽的女子，“自然”所具有的美丽、亲和、温暖也表露无遗；“你坐在圆木头上亲她，每一片木叶都是她的嘴唇。”②“亲”这个动作，写出了对自然真诚的喜爱、亲近；末句“但你看不见她，你仍然看不见她，她仍在远处爱着你”，则表达了一种深刻的热爱和敬意：我们无法穷尽自然的幽深神秘，但自然仍然以母性的慈爱仁和“爱着”我们。在《感动》这首诗中描述了这样的场景：“早晨是一只花鹿，踩到我额上，世界多么好，山洞里的野花，顺着我的身子，一直烧到天亮，一直烧到洞外，世界多么好。”③“花鹿”、“野花”、“早晨”、“山洞”所组成的世界，如此安宁、美好，富有诗意，因为有花鹿“踩到我额上”，因为有野花“顺着我的身子，一直烧到天亮”，这世界才变得美好。这些大自然中的精灵，带给人的不只是美好，还有性灵深处的生命感动，这种人与自然诗意共存的图景，是现代机械化生活所无法给予的，因而也就显得弥足珍贵。

在海子描述的原始画卷中，人与狮豹等野兽、与河流森林等自然物共同生存，并在这样的生存中获得生命的和谐。原始时代的人类，与自然融为一体，自身变成了自然的一部分，因此与自然是水乳交融的关系，在海子描述原始力量的长诗中，经常出现“母狼”④、“月亮”⑤、“豹子”⑥、“河流”⑦这样富有自然色彩的意象，人与这些意象的共存，不论是杀戮、安详、争战、平静，都构成了某种动态的和谐，而人的色彩也染上或者说变成了这些原始兽类和自然事物的一分子。“豹子在丰收中骑着我的头颅”⑧，“原始诸水的昔日宁静，今日被破坏无一

① 海子:《海子诗全集》，作家出版社 2009 年版，第 174 页。
② 海子:《海子诗全集》，作家出版社 2009 年版，第 174 页。
③ 海子:《海子诗全集》，作家出版社 2009 年版，第 151 页。
④ 海子:《海子诗全集》，作家出版社 2009 年版，第 699 页。
⑤ 海子:《海子诗全集》，作家出版社 2009 年版，第 699 页。
⑥ 海子:《海子诗全集》，作家出版社 2009 年版，第 701 页。
⑦ 海子:《海子诗全集》，作家出版社 2009 年版，第 700 页。
⑧ 海子:《海子诗全集》，作家出版社 2009 年版，第 701 页。

幸存”[①],“月亮土地的内脏倒退回到原始的梦境”[②]。海子认为原始事物具有朦胧而宁静的梦境特质,而现代社会则将这样的和谐安宁破坏殆尽,原始时期,人与自然不是对立,而是成为一体,现代社会中这种人与自然的划分,已经从某种意义上承认了人与自然隔绝的既定事实。诚然,在现代社会如果达到人与自然像原始时代那样的完全融合,是不可能的,然而,这并不能成为人类继续加重与自然隔绝程度的借口,诗人在诗歌中力图塑造的“原始梦境”的意义,也正在于某种层面和意义上的复归自然。

(三)敬畏自然

海子是一个对自然怀有敬意的诗人,他看到了人类在工业化中的自负、愚昧,并认为人应该在自然面前保持谦卑。“我们知道什么呢?缄默吧,请如寂静无声的木柴,灵魂”[③],人知道自己的渺小、局限以后,便会对大自然持有敬畏的态度。海子认为,人要放下自我的聒噪和自负,变得如同自然一般缄默,这是海子追求的生存状态,因而在诗歌中,生存苦难之下的人类,是既渺小又充满抗争的矛盾体,然而无论如何,人类的生存、发展,需要依赖自然,因而海子在诗歌中书写了自然的母性特质,不论是土地、麦子、太阳还是其他自然之物,它们连同整个自然秩序本身,都成为人类生存的动力和能量来源,“土地的不幸是我们全体的不幸,我们生在其中长在其中最终魂归其中”[④],诚然,自然的不幸也是我们全体的不幸,我们生在其中,长在其中,最终魂归其中,对自然如此本质性的书写,彰显了人作为自然的孩子,永远不可能超越自然的属性。

在写给高原的一首首诗歌中,充盈着一股自然凛然不可侵犯的神圣。《青海湖》中“波涛从孤独的十指退去/白鸟的岛屿,儿子们围住/在相距遥远的肮脏镇上”[⑤],《绿松石》中“这时候绿色小公主/来到我的身边/和水相比土地是多么肮脏而荒芜/绿色小公主抹去我的泪水/说,你是年老的国土上/一位年轻的国土,老年皇帝会伏在你的肩头死去。/土地张开又合拢”[⑥],和人类的“肮脏”相比,自然界的湖泊具有高洁、神圣的气质,抚慰着人的心灵,“高原的心坎充满豪

① 海子:《海子诗全集》,作家出版社2009年版,第702页。
② 海子:《海子诗全集》,作家出版社2009年版,第702页。
③ 海子:《海子诗全集》,作家出版社2009年版,第1147页。
④ 海子:《海子诗全集》,作家出版社2009年版,第1142页。
⑤ 海子:《海子诗全集》,作家出版社2009年版,第482页。
⑥ 海子:《海子诗全集》,作家出版社2009年版,第484页。

情，生生不息的诞生和创造/一遍又一遍揭示出这个蓝色星球的质量和魅力/使我的灵魂骚动着，生命之鹿在向森林深处奔跑/我的呼吸和晨光一起飘扬，早晨的风中/露珠像灿烂的星座落满我的手臂”①，“祝福你朝霞，祝福你残酷的天葬/让无用的躯体去填充狂暴的生命/撕裂声是对死亡和过去最好的祈祷/祝福你带咸味的湖水/让她继续怀念三叶虫时代的海洋”②，高原赋予的神秘、充满生命和宇宙奥妙的色彩，使这首《高原节奏》整体具有了一种自然神性色彩。曾繁仁在《生态存在论美学观》中说：“对于自然部分神秘性的恢复与自然的适度敬畏，与工业革命中的‘祛魅’相对立。”③因而恢复对自然的敬意，也是恢复久已丧失的诗意和美好。自然，以永恒而恩慈，神秘而无法穷尽的面目出现，因而自然神性的丧失，则已成为时代的一种贫乏。“目击众神死亡的草原上野花一片，远在远方的风比远方更远/我的琴声呜咽泪水全无/远方只有在死亡中凝聚野花一片/明月如镜高悬草原映照千年岁月”④，草原在明月“映照千年岁月”的历史时空中具有的恒久魅力，因为神性的丧失，而变得失去生机。失去了自然神性的大地，失去了人心敬仰的天空，将是一片乏味和沉闷。

海子的“自然观”是复杂而深刻的。自然，绝不仅仅是抒情的对象，而是生命的另一种形式，在人与自然的对立日益加重，人类对自然的干扰、毁坏日益加重的今天，海子诗歌中那充满诗意、神性、富有生命力的自然，为我们更好地理解工业化下自然的处境、人类的处境，具有重要的意义。

三、海子诗歌中的家园意识及原始追溯

（一）家园，永恒的梦

家园，意味着故土，栖息，大地……总之，家园，是一个具有母性意味的词。海德格尔这样定义家园：“‘家园’意指这样一个空间，它赋予人一个处所，人唯有在其中才能有‘在家’之感。”⑤家园，对每一个漂泊的现代人，是心灵的召唤。在现代社会，技术分工和实利化导致大多数人丧失了家园，人类对于家园的永

① 海子：《海子诗全集》，作家出版社 2009 年版，第 1094 页。
② 海子：《海子诗全集》，作家出版社 2009 年版，第 1094 页。
③ 曾繁仁：《生态存在论美学论稿》，吉林人民出版社 2009 年版，第 87 页。
④ 海子：《海子诗全集》，作家出版社 2009 年版，第 205 页。
⑤ ［德］荷尔德林：《荷尔德林诗新编》，顾正祥译，商务印书馆 2012 年版，第 15 页。

恒追忆和寻找,是“家园”曾经投射在人们心灵层面上的平静安宁和美好的反观。因而,家园感的追寻,实质是悲凉的,因为丧失才追寻。

海子的家园,是一个混合体:安庆那片小村庄和其中一辈辈人的生活,大地的呼吸与命运,四季的轮回,麦子的温情与痛苦。在海子看来,家园是接着地气,有着浓厚生命力的所在。而在所有这些中,排斥了机械化和数字化下的都市。家园的寂寞宁静,始终不变的沉默,召唤着游子的到来。海子,15 岁只身前往北京,远离故土,在陌生的都市求学,看到了现代社会的虚浮喧嚣,渴望那种真正接近生命本质之物,家园,是这种本质之物的一部分,它使灵魂趋于安闲沉静,海子对家园的寻找既包括对家园精神的追寻,也包括对民族乃至人类家园的历史性探寻。

1. 寻找栖息——故乡在沉醉的大地

寻找家园并不是回到那个实体,并不是回到物质形态上的家乡,而应是寻找那种安闲沉静的家园精神。这种精神连接着生活的真谛。这种寻找,应是一种回归,回到本真、童年、质朴,回到大地、自然、生灵。不同于以物质和技术,填充生命的质感,寻找家园的过程,应是那种寻找本真的生命力,寻找大地精神,寻找世代生存的智慧,寻找辛勤劳作中的哲性生命。家园,是静默地生存于其中的人们,是童年时代的美好回忆,是质朴而永恒的生活。安庆,是海子出生成长的地方,在这里诗人最早接触了田地,树木,谷物,劳作……这些简单而质朴事物,让海子懂得了谢恩,给予了诗人生命的重量和根基。《给安庆》这首诗的格调是淡雅而沉重的,“五岁的黎明,五岁的马,你面朝江水,坐下”①,是多么寂寞安宁的童年,自在无忧却又暗含生命的悸动;而在《面朝大海,春暖花开》中诗人似乎描写了一个乌托邦意义上的家园:“从明天起,喂马,劈柴,周游世界……我有一所房子,面朝大海,春暖花开。”②这首带着悲凉与祝福,绝望与温情的诗歌,也许既是诗人心中的家园,也是明知家园在尘世无法获得的幻灭,这首异常平静的诗歌,以温暖而超然的笔触,显示了诗意的归属,疲惫灵魂的向往,但因着这向往也看到了诗人超拔的态度背后深沉的绝望苦痛。荷尔德林说,返乡的过程,乃是对本己之物的学习,只有懂得了这种“本己之物”,才能真正回到家乡。海子的另一首诗歌《新娘》,则描绘了一个农家女子嫁为人妻的故事,其中饱含着对一个平凡农妇的关怀,“故乡的小木屋、筷子、一缸清水,和以后许许多

---

① 海子:《海子诗全集》,作家出版社 2009 年版,第 339 页。

② 海子:《海子诗全集》,作家出版社 2009 年版,第 504 页。

多日子，被你照耀”①，“过完了这个月，我们打开门，一些花开在高高的树上，一些果结在深深的地下”②，生活的辛酸与欢欣，漫长岁月的煎熬和平静，转化成短短的几行诗，新娘，是一个漫长的开始，需要付诸耐心和时间。海子曾说过，诗歌不是技能的练习，而是对“实体”的寻找，这个“实体”融合了生命感和历史感，时间感和空间感。《玉米地》写道：“我浇水，看着这些小小的可爱又瘦小的叶子。”③对树叶同情、关爱和呵护显露无遗，他将自己的生命和玉米地的生命联结着。“太阳远远地燃烧，落入一座空空的山谷”④，一种生命的寂寥感油然而生，“树叶是采自诸神的枪枝和婚床”⑤。对自然的描述，是诗人对实体的寻找，正是这种对世世代代沉默而艰辛生存的意义探寻，对本真质朴之物的书写，取代了物质和欲望，让人双脚坚实地站立在土地上。因为这样的书写，人得以回归自由，得以脱掉虚浮的外在之物和沉重的功利主义，这样的书写，使精神得以回归自由本真的家园王国，得以真正的栖息。

故乡的实体，也表现在灵魂的沉醉，心灵的陶冶。当欲望和物质取代了亲情、自然、爱和温暖，生活变得机械、冷漠、繁忙，竞争感和程序化的生活，取代了原初生活的诗意、朦胧、纯洁。于是诗人开始找寻灵魂的沉醉，这种沉醉是诗意和欢乐的化身，是人性和自然统一的尝试。这种沉醉，既是“称山为兄弟、水为姐妹、树林是情人”⑥的甜蜜融合，也是“蓝色的月光下”，“我的双脚踏在故乡的路上变成亲人的双脚”的安详归属。罗素说，在沉醉状态中的人，“他觉得世界充满了欢愉和美；他的想象从日常顾虑的监狱里面解放了出来”⑦。海子的故乡，正是这个意义上的“故乡”，是沉醉着的，因而让人心灵无限柔软，拥有了创造的力量和诗意性。

2. 回到我们的山上——历史层面上的回归

海子的诗歌追溯着东方农耕民族的历史家园，追溯着散落在历史深处的民族精神，诗人歌唱屈原，书写庄子，书写世世代代活在这土地上的人们静默的生存，书写时间的隐忍和曲折，最终赋予这一切太阳般的无所不照耀，大地般的无所不包的坚忍不拔，从而瓦解了现代生活中种种的肤浅和虚伪，他以深入土地

① 海子：《海子诗全集》，作家出版社 2009 年版，第 7 页。
② 海子：《海子诗全集》，作家出版社 2009 年版，第 7 页。
③ 海子：《海子诗全集》，作家出版社 2009 年版，第 381 页。
④ 海子：《海子诗全集》，作家出版社 2009 年版，第 381 页。
⑤ 海子：《海子诗全集》，作家出版社 2009 年版，第 381 页。
⑥ 海子：《海子诗全集》，作家出版社 2009 年版，第 382 页。
⑦ ［英］罗素：《西方哲学史》，何兆武等译，商务印书馆 2012 年版，第 39 页。

和时间深处的笔触，带给人坚实和忍耐。《亚洲铜》这首诗，弥漫着强烈的民族历史感，“亚洲铜，亚洲铜，祖父死在这里，父亲死在这里，我也将死在这里，你是唯一的一块埋人的地方”[①]，黄土地，是所有华夏儿女共同的亚洲铜，是真正的故土，是永恒的家园。这块埋着祖先，又将埋着“我们”的土地，无不深情，无不伟大。

海子的诗歌以其大气、从容的意象和境界，带领人脱离狭隘的日常生活的桎梏，进入一个全新的大地。他的诗歌超越了华丽、温婉，超越了一切人工雕琢的精巧，直接进入粗糙、质朴的大地，直接进入生存的本质和民族乃至人类存在的根源。他的诗歌因而具有一种探索源头的意味。“夜里我头枕卷册和神州，想起蓝色远方的四姐妹”[②]，以地为床，以天为被的气势，既是传统的“天人合一”思想的熏染，也是诗人理想家园的体现。海子从来不是一个人类中心主义者，他的家园，是宁静、苦痛，空虚、充实，欢乐、悲凉的混合体，正如生存本身从来都不是单一性的。在绝笔诗《春天，十个海子》中，他写道：“春天，十个海子全部复活……这是一个黑夜的海子，沉浸于冬天，倾心死亡/不能自拔/热爱着空虚而寒冷的乡村”[③]；《重建家园》中写道：“放弃沉思和智慧，如果不能带来麦粒，请对诚实的大地，保持缄默，和你那幽暗的本性，风吹炊烟，果园就在我身旁静静叫喊，‘双手劳动，慰藉心灵。’”[④]如果说“家园”一词包含了沉醉的诗意、安闲、归属，那么这种归属并不是静态的，即这种诗意的安闲并不是静止的画面，海子的家园包含了更广阔的意义，不仅仅是港湾和停泊的所在，而是生存的一切。诗人以一种质朴的方式展现了村庄中人们的质朴生活，其中包含了食物带来的辛酸，包含了日子的绵绵无期的寂寥和空虚。“双手劳作，慰藉心灵”，也是诗人对自己的一种鞭策，“为了生存你要流下屈辱的泪水，来浇灌家园”[⑤]，“家园”在这里是一个精神理想的所在，在看不到曙光的漫漫长夜里，诗人试图用汗水浇灌、培育理想中的家园。

《夜晚的月亮》中有着对历史、祖先、本原的追寻，“我静静坐在/人的村庄/人居住的地方”[⑥]，“人的世世代代的脸/一切不幸”[⑦]，历史就像“一只祖先们像

① 海子：《海子诗全集》，作家出版社2009年版，第3页。
② 海子：《海子诗全集》，作家出版社2009年版，第512页。
③ 海子：《海子诗全集》，作家出版社2009年版，第415页。
④ 海子：《海子诗全集》，作家出版社2009年版，第415页。
⑤ 海子：《海子诗全集》，作家出版社2009年版，第415页。
⑥ 海子：《海子诗全集》，作家出版社2009年版，第417页。
⑦ 海子：《海子诗全集》，作家出版社2009年版，第417页。

后代挖掘的井”①，在漫长的时光里，世代、村庄、祖先、太阳……这些永恒的事物在时间流逝中具有亘古不变的情怀。《家园》这首诗写道：“远方就是你一无所有的家乡/风吹来的方向/庄稼熟了/磨快镰刀/坐在秋天/大地/美好的房子/风吹/居住在大地上的灵魂/那是圣洁而美好/回到我们的山上去。”②家园中的一切简朴、原始，庄稼、房子、风、大地这些最普通、平常、不需要人费尽心机的东西，恰恰构成了最圣洁美好的所在，这首诗中还提到了敦煌、麦积山、龙门、云冈……这些表征着中华民族历史感的意象。家园是中华大地上一座贫瘠而荒凉的村庄，在这座村庄“神祗从四方而来，往八方而去，经过这座村庄后杳无音信”③。家园如深秋般孤独，然而在村庄的家园里，回忆的家园里“那时圣洁而美好”，在物质堆积，灵魂失去依托的时代，海子笔下的家园，紧连着大地，在风中荡漾着果实的香味，家园，是归依，是灵魂安宁而美好的所在。在时代轰隆隆的脚步中，“家园”显得落后、孤独而忧伤，但却善良美好，是每个灵魂的根源和归属。“当我比你丑陋，我深爱你容貌的美好，当我比你罪恶，我钦佩你善良和高尚”④，家园，在此成为一种仰望，一种鞭策，督促人性和灵魂的不断向上。

3. 忍住你的痛苦，不发一言

海子的家园，是在自我内心孤独、苦闷中的一种憧憬和期冀，正如他在诗中所说：“我本是农家子弟”⑤，在漂泊的城市孤独、苦闷的游子，在家园的怀抱中却得到了安宁和平静，“陪伴我的全是海水和尘土，全是乡亲”⑥。这份亲近感和疏离感交织的矛盾心理，是海子身上的流浪气质和家园意识交融的结果。海子曾说：“在夜色中/我有三次受难：流浪、爱情、生存”⑦，生存的艰辛、屈辱和诗人身上的浪漫主义气质相悖，在世俗中找不到方向的诗人，却在诗歌中找到了自己的王位和太阳，在《太阳和野花——给 AP》这首诗中，诗人写道：“总是有寂寞的日子，总是有痛苦的日子，总是有孤独的日子，总是有幸福的日子……答应我，忍住你的痛苦，不发一言，穿过这整座城市。”⑧当诗歌碰上现实后，就难免见出“生存的屈辱”，难免见出在现实世界中的种种残缺和不完满，诗人以其天真、

① 海子：《海子诗全集》，作家出版社 2009 年版，第 417 页。
② 海子：《海子诗全集》，作家出版社 2009 年版，第 708 页。
③ 海子：《海子诗全集》，作家出版社 2009 年版，第 704 页。
④ 海子：《海子诗全集》，作家出版社 2009 年版，第 705 页。
⑤ 海子：《海子诗全集》，作家出版社 2009 年版，第 383 页。
⑥ 海子：《海子诗全集》，作家出版社 2009 年版，第 545 页。
⑦ 海子：《海子诗全集》，作家出版社 2009 年版，第 444 页。
⑧ 海子：《海子诗全集》，作家出版社 2009 年版，第 451 页。

敏感来碰撞现实的功利苛刻，在昌平那座郊区小城，海子满怀温情想念那些家园中温厚、和暖、善良的人和物，那些由土地和家园赋予的精神，绵长隽永。海子的诗歌描述着麦子、村庄、农家少女和新娘，甚至是栽枣树的婆婆："三婆婆没有孩子，她栽下枣树，老人再造术，能占有一小块安眠的地方，这是习俗……什么时辰，什么人来收枣，善良的枣。"[①]这善良的枣，一个沉默的农家婆婆，沉默的一生，最后无声地归入土地，质朴而宁静的东西中，永远隐藏着真正的光芒和力量，正是千千万万个劳作着，沉默着，同时也善良着的土地上的耕作者，带来了土地的兴旺，也带来了生命的兴旺。海子在困窘和孤独中，歌颂着这种厚重平凡的大地精神，是因为诗人同样想成为衰竭实利的时代中，默默耕作的农夫，用汗水和劳作，洗涤时代中缭绕的欲望和功利，他用"成熟的黄麦秸"[②]地里，妈妈那"健康的眼神"[③]，引领着人性复归自然和土地。

海子对于自然的渴求，不同于中国传统文人的隐士情调，而是有些类似梭罗，即过一种自然、简约充满劳作的生活，充实着心灵，裨益灵魂，但并不意味着完全脱离现实。生活的诗意栖居是家园必不可少的条件，然而这并不是家园的全部，家园还包括了汗水，劳作，对岁月和命运的坚忍承受，对各种苦难的包容和努力。不论是诗人还是农夫，都是在耕耘一块土地，诗人像一个农夫，忍住痛苦，一言不发，用缄默和劳作，浇灌家园，告慰大地。在理想主义远去，而实利主义前所未有般盛行的当下，海子的劳作，耕耘，对家园的书写和呼唤，是功利时代里的一颗星星，它以微弱但强有力的闪耀，召唤着存在和生命。海子诗歌中的家园，是自我的，也是民族的，更是全人类的。

（二）原始追溯——回到童年

梭罗在《瓦尔登湖》中指出："野蛮人仅只喜爱安宁和自由；他只愿自由自在地过着闲散的生活……相反地，社会中的公民则终日勤劳，而且他们往往为了寻求更勤劳的工作而不断地流汗、奔波和焦虑。"对原始生活状态和原始人性的描述，是针对现代文明中科技、物质、理性的发展带来的人性压抑和心灵束缚，卡西尔认为"初民心性的特色，不是它的逻辑，而是它的生命的一般情操"[④]。

---

① 海子：《海子诗全集》，作家出版社 2009 年版，第 1104 页。

② 海子：《海子诗全集》，作家出版社 2009 年版，第 670 页。

③ 海子：《海子诗全集》，作家出版社 2009 年版，第 671 页。

④ ［德］恩斯特·卡西尔：《论人：人类文化哲学导论》，刘述先译，广西师范大学出版社 2006 年版，第 118 页。

诚然，对于原始状态下的自然及人性的怀念，更多的是具有一种精神实践的意义，而非物质实践。

如果说任何一种科技、物质的进步，都是以其他方面的退步作为代价，那么人们就有理由重温原始力量及原始状态下的“充盈”，这种“充盈”既是自然资源方面的，也是人类生命机能、人性复归方面的，原始人类的生活，因为物质条件的极端简陋，对人类自身命运的无力把捉，在自然伟力面前人类自身的渺小感，因而敬畏自然，人性有着复归自然的康健。这种简单而野性的力量，成为支撑原始初民信仰和生存的意义，因而会看到图腾崇拜的祭祀仪式，进而看到文明是如何瓦解了这一信仰。也许原始初民的敬畏是来自无知，然而我们仍然需要像祖先们那样葆有对生命的好奇，对自身局限性的认可，我们仍然需要以天真而崇敬的目光注视自然。

在西方工业革命时期，卢梭，梭罗，卡森等人，他们不约而同地将目光投注向一种返璞归真的生活，即去掉物质主义和形式主义带给人性的枷锁，重建被现代文明阻断的、与自然的联系感，因为人类童年时代就是与自然极度融合，相互依存的状态。因此，对这一时期人类的精神、物质形态的发掘，更有利于修复与自然的断裂，找寻丢失了的和谐美好。

海子的诗歌，尤其是后期诗歌，就有一种追寻远古文明，获取原始力量的倾向。在和商业化、功利化象征下的工业文明对垒之下，原始文明，以其神秘、野性、质朴、充满生命力的感召，复归着人性的康健，拯救着人类精神不被异化。在人类文明不断发展的进程下，回归原始尽管有可能导向另一种极端，然而，在文明压抑天性，钢筋水泥取代了原始地表的今天，海子诗歌中的原始召唤，绝不是背弃文明，而是为文明的健康发展提供了另一种动力。在现代文明人不断野蛮地对待水、矿、土、空气、动植物等地球资源的同时，被文明人所不屑的“野蛮人”却在用他们的图腾崇拜、祭天祭地等看似落后迷信的行为，表达着对自然天地的敬意。卡西尔说：“原始人绝不缺乏把捉自然的经验上的区别的能力，但在他的概念中，所有这些差别为一种更强烈的感觉所抹去了：一种基本的不能涂抹的生命的休戚相关的深信，沟通了它的各个单一是的多端和杂多的情形。在自然的等级中，他并不归与他自己以一个独一的特权的地位。”①海子诗歌中的生态意识，便是这种对“生命休戚相关”的统一性的阐释和书写。海子在诗歌中

---

① ［德］恩斯特·卡西尔：《论人：人类文化哲学导论》，刘述先译，广西师范大学出版社2006年版，第118页。

描绘了狮子、豹子、湿婆等带有原始色彩的意象,因为“在隐隐约约的远方,有我们的源头、大鹏鸟和腥日白光”①,而“对着这块千百年来始终沉默的天空”②,我们无法叙述净尽那些横亘在岁月中的无数“辛苦的,拥挤的,甚至是些平庸的日子,是少数人受难而多数人不并不幸福的”③,这种远古的追忆,将诗人带到一种虔诚的境地。海子不是一个人类中心主义者,他描述野兽、书写大地,其中散发的质朴、虔敬、卑微、勤劳、缄默的大地品格,是现代人缺乏的,也是所需要的。海子诗歌中的原始回归,将人带入一种与万物休戚与共的大呼吸中,对人类生存困境的超越、对自然万物的爱、对人类自我的准确定位。而原始人“他的自然观既不是仅仅的理论的,也不是仅仅的实用的,它乃是同情的”④,正是对千百年来人民生存的同情,对“故乡、壮士”、“和人挣扎的日子”、“月光下无数生灵的不眠之夜”……的同情,对“草木人兽并同苦难,无不深情”⑤的书写,海子诗歌中的原始力量,具有了强烈的精神高度。

1. 原始色彩——意象的缤纷

无论是在长诗还是短诗中,海子都大量使用了森林、石头、狮子、歌巫等原始意象,这些意象的运用,将诗歌的意境拉回远古时代,脱离了物质、技术、经济等,在澄明而透彻的诗歌画面中,向我们显示着诗人心中的神圣和幽深。原始意象,以一种逆时光的形式,打破了现代社会中充斥的高楼林立,车水马龙,在远古静谧而充满野性的世界里,时间获得一种凝视的意味,当诗人回到那超越了时空的历史开端时,一种充斥着存在感、时空感和沧桑感的回味,正穿透了现代人虚荣掩盖下的欲望、文明伪饰下的野蛮、教化装扮下的贪婪,在古今的时空对比中,有着一种穿越时间的力量,一种对生命的尊重和景仰。海子诗歌中的原始意象,诉说着那些生命得以沉稳而坚实存在的力量,带人直入那些超越了物质、文明和理性的本真,在原始之物的本真素朴中,人类的生存也去掉了诸多虚浮的形式化。

海子的长诗中多次出现象征着原始的意象,“河流上的狮子”、“绿色的豹子”、“湿婆”……原始意象以其原始性,退回到文明之前的岁月。海子认为现代

---

① 海子:《海子诗全集》,作家出版社 2009 年版,第 1021 页。

② 海子:《海子诗全集》,作家出版社 2009 年版,第 1021 页。

③ 海子:《海子诗全集》,作家出版社 2009 年版,第 1022 页。

④ [德]恩斯特·卡西尔:《论人:人类文化哲学导论》,刘述先译,广西师范大学出版社 2006 年版,第 118 页。

⑤ 海子:《海子诗全集》,作家出版社 2009 年版,第 1024 页。

文明的束缚，让“我们睁开眼睛——其实陷入失明状态”①。而原始兽类的意象选用则让诗歌的意境变得大气幽远，在《原始力》一诗中，“狮子”、“豹子”、“在酒精中和解”②，“女祖先衣衫华贵——土”③，这样看似相悖的论述，使得这些原始意象变得伟大起来，原始生命看似粗犷的表象下，具有的本真质朴显露出来。在《抒情诗》中诗人同样提到了马，绿色狮子，兽骨，山顶洞等意象，使诗歌充满了原始的神秘气息，充溢着一股粗狂和野性交织的味道，“荒野无尽的孕育使我惊慌”④，这种原始的抒情，其巨大的生命质感，和文明社会下的无力乏味形成多么大的反差！而在《红月亮……女人的腐败或丰收》中诗人又一次提到了“灰蓝的豹子”、“黑豹子”、“群狮”的意象，这些带有色彩的豹子，混同了凶猛性、自然性、神圣性、威严性，代表了原生的创造力。“丰收时/望见透明的母豹脉动的母豹/盘桓崖壁再生小豹”⑤，丰收和生殖，原始朴素而庄严的法则，混合着自然的脉动，神圣而永恒。安宁、梦幻而又神秘、有力的原始图景，带领人脱离了狭隘而庸俗的日常视角，从全新的角度看待自然万物，《王冠》中写道：“头发变成了树叶/两臂变成了树干”⑥，野性、神秘而又充满诗意的原始清凉画卷，使意境超然于尘世，“王冠”充满了森林女神的大地芬芳。《在昌平的孤独》中“孤独”化身为“睡着的鹿王”⑦，是“柏木之舟中的两个儿子/和所有女儿，围着诗经桑麻沅湘木叶”⑧，鹿王，诗经，桑麻……这些充满了自然神秘感和历史感的意象，使得“孤独”的主题变得梦境一般无法言说而又充满意味。

在《太阳·断头篇》中，湿婆、药巫、歌王等带有原始祭祀色彩的人物，使得诗歌的意境更加神秘苍远，奇异诡谲的想象，将原始力量的神秘和人类的局限性、渺小感，表露无遗，湿婆唱着那“天风”、“天石”的歌，在“天风吹过暖暖的灰烬”⑨，“天风吹过暖暖的火苗”⑩，这看似呓语般的说唱中，人类亘古以来就有的

---

① 海子：《海子诗全集》，作家出版社2009年版，第1081页。
② 海子：《海子诗全集》，作家出版社2009年版，第679页。
③ 海子：《海子诗全集》，作家出版社2009年版，第679页。
④ 海子：《海子诗全集》，作家出版社2009年版，第737页。
⑤ 海子：《海子诗全集》，作家出版社2009年版，第701页。
⑥ 海子：《海子诗全集》，作家出版社2009年版，第418页。
⑦ 海子：《海子诗全集》，作家出版社2009年版，第125页。
⑧ 海子：《海子诗全集》，作家出版社2009年版，第125页。
⑨ 海子：《海子诗全集》，作家出版社2009年版，第570页。
⑩ 海子：《海子诗全集》，作家出版社2009年版，第570页。

生存困惑、神性向往流露出来，在那“最初的歌者之夜”[①]响起“日出而作日入而息”[②]，“南风之熏兮，可以解吾民之愠兮，南风之时兮，可以阜吾民之财兮”[③]的简单信仰面前，原始时代那素朴纯真，却又深沉伟大的情感，经过时间的积淀，变得更为光亮和圣洁。

海子诗歌中带有原始色彩的意象，兽类、歌巫等，无不以充满野性和神秘的特质，使诗歌脱离了现实语境，进入一个原始的超然世界。卡西尔认为，艺术家的职责便是带领人脱离日常狭隘庸俗的琐事造成的局限，而进入一片澄明的世界。海子，无疑是做到了这种尝试，在原始色彩的缤纷意象中，我们发现了现实世界所缺失的生命力量和审美视角。

2. 原始野性——涌动的生命热情

原始野性带着一股不可抵挡之势，冲刷着文明淤积的泥土，将健康、鲜活的生命里注入文明、制度、理性压抑下“营养不良”的现代社会。野性，通常与粗暴、野蛮，反文明等词汇相连，然而，随着近代社会的发展，出现了越来越多的对原始野性的憧憬和向往，这种原始呼唤是针对财富、分工、等级等对人性的压制而产生的机械麻木、冷漠势利而产生的。艾默生认为现代文明中过分地便捷，可能意味着某些生命原动力丧失。尼采的酒神精神提倡一种“沉醉”，即生命需要一种精神的沉醉，需要一次与原始先民在山顶上的篝火晚会。在原始时期，自然本能压倒了理性，生命热情压倒了束缚，生命力得以焕发，生命的状态处于旺盛的燃烧状态。当然，对原始野性的追寻更多是指精神层面上的。原始时期初民们的物质享乐要比现代人少很多，然而他们精神上的野性不羁，天真烂漫，充沛的生命张力，则是现代人所缺乏的。这种精神上的回溯复古现象，是工业及现代文明发展的必然结果，对原始性的吁求，毋宁说更类似于反思，唯有通过不断地反思，才有不断地进步。

“诗，我的骨头，我梦中的杯子……这只原始的杯子/使我喜悦/部落愚昧的血使我喜悦。”[④]对原始野性的描述，是海子诗歌的一个主题。从某种意义上，海子更偏向于原始野性而不是现代文明，他歌颂一种新鲜的、充满生命质感的实体，原始血性和野性便是这实体的一个载体。原始的野性，唤起了人们对旺盛生命力的渴求，在充满原始打斗和血腥味的意境中，焕发着原始生存竞争的精

① 海子：《海子诗全集》，作家出版社 2009 年版，第 589 页。
② 海子：《海子诗全集》，作家出版社 2009 年版，第 589 页。
③ 海子：《海子诗全集》，作家出版社 2009 年版，第 589 页。
④ 海子：《海子诗全集》，作家出版社 2009 年版，第 666 页。

神，这种释放着生命本能、散发着生之热忱和光华、璀璨而壮烈燃烧的精神，是健康而美丽的。贾平凹在《怀念狼》中阐述了生命的打斗、竞争对生存的意义，如果生命处于一个慵懒、停滞的状态，生命的光芒也就逐渐黯淡，原始本能的发挥，让健康、充实的力量注入生命，无论是海子还是贾平凹，其所歌颂的并不是暴力、打斗，而是这些形式之下，生命能量的运转，是对现代社会中人性扭曲、压抑的反抗。另一首诗《黎明》写道："走遍印度和西藏/从那儿我长途跋涉走遍印度河西藏……让少女佩戴花朵般鲜嫩的嘴唇/让少女为我佩戴火焰般的嘴唇/原始黑夜的头盖骨掀开/让神从我头盖骨中站立。"[①]黎明，代表了一种原生的创造力量，诗在开篇刻画了一个行走和跋涉在高原的苦吟诗人的形象，"从那儿我长途跋涉走遍印度和西藏/在雪山、乱石和狮子之间寻求/天空的女儿和诗"[②]，雪山、乱石、狮子，这些野性而又有神圣威严的事物，赋予了长途跋涉神圣而庄严的含义。"采纳我光明言辞的高原之地，田野全是粮食和谷仓"[③]，在明亮而充实之中，诗人请求"地母"将"黎明"，那黑暗孕育了的孩子赋予他，而"花朵般"、"火焰般"这些美丽而燃烧的生命力量，也赋予生命涌动的热情。在《原始力》这首诗中，诗人书写了"鼓"，这代表着欲望和死亡，打击和节奏的事物："擂起我们流血的鼓面/滋生玉米腐败的土地变乱的太阳/鼓！节奏！打击！死亡！快慰！欲望！/鼓！欲望！打击！死亡！/退向旷野！退向心脏！退向最后的生存……鼓！打击！独立！生存！自由！强烈而傲慢！"[④]诗人赞扬了一种"鼓"赋予的打击、斗争、独立、自由的品质，这些充斥着原始力量的事物，同时也寓意着和平、安宁，这两种截然相反的力量，在彼此的冲突、和解中，带来了生命的和谐。

海子的诗歌在不断"追索那种人类神秘生命力的向往和解读，来构筑原始人们对生命自由精神的期望"[⑤]，过于依赖科技和物质的生活模式，已经抹杀了现代人的某些生命机能、敏感度，而原始野性成为一剂拯救现代疾病的药方，虽然这剂药不见得能对生态危机、精神危机的化解起到立竿见影的效果，但至少会对人们过于精致化和物质化的生活起到一定的冲击，在宣扬生命力的解放和释放中，对生命张力的诉求上，野性的呼唤无疑是必要的。

---

① 海子：《海子诗全集》，作家出版社 2009 年版，第 510 页。
② 海子：《海子诗全集》，作家出版社 2009 年版，第 510 页。
③ 海子：《海子诗全集》，作家出版社 2009 年版，第 510 页。
④ 海子：《海子诗全集》，作家出版社 2009 年版，第 683 页。
⑤ 盖光：《文艺生态审美论》，人民出版社 2007 年版，第 180 页。

3. 原始情境——生命的休戚与共

原始时代依赖自然生活的特性，使得那个时期的人们，对于自然万物有一种天然的依赖感。当原始先民围着篝火，一同为得来的食物，为丰收的粮食而欢歌起舞时，天地间充满了圆融和谐、朴素天真的情感。由于生活在自然之中，因而对自然有一种天生的敬畏。他们在展现野性和生命激情之外，也显示了一种内在的和谐，在生命懵懂无知、天真烂漫的状态下，具有某种人性美，未被现代文明浸染的部落民族，对天地的敬畏，和万物的休戚与共，对自然韵律的体察，以及人性的自由烂漫，原始情境下的生命共通感，是现代社会中与自然关系断裂的人们所不具备的感情。人在文明的进化中，已经丧失了许多大自然赋予的本能、智慧，人们不再对着月亮膜拜，因为科学已证明月亮上不过只是一堆冰冷的石头，也不再和狮子、森林、石头具有任何共同的情感，因为我们早已丧失了和这些事物平等共处的心性。原始图画中那些生命休戚与共的图景的描绘，以景仰的动物作为图腾崇拜的习俗，包含着与自然的连接，融合。原始人"他们不是孤立的，他们的欢乐为整个的自然所感受到，并为他们的祖先所分享。空间和时间消失了，过去变成了现在，人类的黄金时代回来了"①，而"如果人没有一种对连接一切事物的共同联系的坚信的话"②，人类生活将是多么的孤寂和乏味。

"忘不了生前，即使是被挖空的木碗和花石头"③，"河流上狮子的手采摘发亮的种子，发亮的水，绿色的豹子顺着忧郁的土地一路奔跑"④，"狮子和豹子个中和解，兄弟拥抱睡去，退向旷野，退向心脏，退向最后的生存"⑤。在原始情境中，狮子、豹子不再可怖，他们和解一同睡去，少女和豹子也一同出现，万物按着本来的面目出现，本真而自然。在原始的情境中，生死轮回，欲望生存，似乎都在一种暴烈中得到了和解。在时间的长河中，万物甚至时间，似乎都混沌了。生命的更替、生存的抗争，生死的分割都融为一体。在短诗《岁月》中诗人写道："千秋，我怎么记得住，已经过去的一千个秋天"⑥，漫长的岁月，无涯的岁月，

---

① ［德］恩斯特·卡西尔：《论人：人类文化哲学导论》，刘述先译，广西师范大学出版社2006年版，第114页。

② ［德］恩斯特·卡西尔：《论人：人类文化哲学导论》，刘述先译，广西师范大学出版社2006年版，第133页。

③ 海子：《海子诗全集》，作家出版社2009年版，第580页。

④ 海子：《海子诗全集》，作家出版社2009年版，第681页。

⑤ 海子：《海子诗全集》，作家出版社2009年版，第681页。

⑥ 海子：《海子诗全集》，作家出版社2009年版，第1130页。

“我突然想起一具陈旧的箩筐”①，陈旧的箩筐，岁月的绵远，冗长，其中的落寞，无奈，悠长。前几句“直木头上，雨水已淡，营地的马，摇动尾巴”②，仿佛回到了原初的生活状态，因为脱离了现代人的语境，而只想了木头，营地，马，森林……的气味，岁月的流淌，时间的静止与循环。《麦子熟了》写道：“收麦这天我和仇人/握手言和”③，“我们各自领着/尼罗河、巴比伦或黄河的孩子/在河流两岸……洗了手/准备吃饭”④，一种原初状态下，人的纯真、自由、快乐、劳作、充实的状态被充分激发，不同于技术主义下人与人之间的冷漠、个体的压抑，人性的扭曲，在亲近土地的劳作中，人的本性得以释放，人得以回归到原始时代般的烂漫快活。“最早的世界/歌/属于一点一滴的/关于大地的感受和回忆……耀景星、降甘露、生朱草、涌醴泉、止凤凰、孽嘉禾……泰和的天地和无事的百姓坐在老哥巫身旁”⑤，关于歌唱的描述，亦是关于生命的描述。在史前人与自然浑然一体的时代，原初先民们混沌天真烂漫的生活与天地万物融为一体，化作清凉而久长的歌曲，老歌巫用柔和的歌讲述土地、星星、甘霖、嘉禾……所有的那些平淡，充满不幸与喜悦的日子，都化作暮色苍茫中一首久长的歌。最初的诗歌，正是对这“疯疯癫癫，浑浑无涯”⑥的原始生活的感受、回忆，因而“所有的歌人都是后来的”⑦。这世界上最早的歌，以诗意、悠扬、凝重、哀乐并存的感受，在“黑而漫长的夜中”，穿越时空和历史，诉说着人类的生长，这样的生长让人在沧桑的存在中，不禁泪流满面，生命与生命的互通，人与自然万物的融合，与劳作、星辰运转的融合，带给人一种生存的温暖和平静，使人类得以抗拒那绵绵无期的无静止的空虚和黑暗。

另一首诗《打钟》则表现了初民生活的诗意、自由和天真懵懂，“打钟的声音里皇帝在恋爱/一枝火焰里/皇帝在恋爱”⑧，原始的意味和人性的自然化得以展现，“打钟的声音里皇帝在恋爱”，这是多么美好的叙述，甚至不管爱人是“敌军的女儿”⑨，超越了理性和道德的束缚，“皇帝”身上的权威被打破，“在众人的包

① 海子：《海子诗全集》，作家出版社2009年版，第1130页。
② 海子：《海子诗全集》，作家出版社2009年版，第1130页。
③ 海子：《海子诗全集》，作家出版社2009年版，第79页。
④ 海子：《海子诗全集》，作家出版社2009年版，第79页。
⑤ 海子：《海子诗全集》，作家出版社2009年版，第592页。
⑥ 海子：《海子诗全集》，作家出版社2009年版，第592页。
⑦ 海子：《海子诗全集》，作家出版社2009年版，第593页。
⑧ 海子：《海子诗全集》，作家出版社2009年版，第92页。
⑨ 海子：《海子诗全集》，作家出版社2009年版，第93页。

围中，苦心的皇帝在恋爱”[①]，皇帝化身为具有普通情感的人，人性向着自由飞跃，原始本能赋予了人纯粹的无暇。

“原始的生存状态极度依赖自然，在科学、理性未出现之前，原始先民对大自然是崇敬的、敬畏的，在原始的，朴素、简单的生产状态下，人们的生活离不开自然的供给，因此‘不管自然给予他们的是优存的条件，还是生存的危难，自然总是他们的亲情伴侣和膜拜的对象’。”[②]诚然，原始时代中的天地人已然融为一体，人就是自然的一份了，享受自然的恩惠，也承担自然给予的灾难，自然是人最亲密的伴侣，这样和谐共处的关系，是现代工业文明社会所要汲取的精神品质。

4. 原始本真——素朴的境界

海子的诗歌语言十分素朴、诚挚，缺少大部分现代诗歌所具有的华美温婉，他的语言甚至如孩童般质朴、天真而生硬。然而，这种粗朴的诗歌美，却造就了其他诗歌所缺乏的精神品质。海子认为诗歌应该是一场大火，而不是技巧和语言的演练，这也就造就了海子诗歌的阅读感如此直接、强烈，而又深入人心。朱光潜指出：“当人还和自然浑然一体时，他所表现的诗是反映客观规律的，是素朴统一的。而当人与自然割裂时，他所反映的诗是努力追寻自然而形成的感伤。”[③]当人类还在童年状态时，对于自然，从来没有对象化的概念，因为那时人类已和自然融为一体，自己就是自然的一分子，因而原始初民对自然的态度，缺少现代文明介入下的刻意性，感伤性。我就是自然，自然就是我，因为没有失去，所以没有忧伤。在天真烂漫的初民心态中，自然就是人道与天道的结合。席勒指出：“当人‘还是纯粹的自然’，‘还作为一个和谐整体而发挥作用’时，‘他的感觉是从必然规律出发的，他的思想是从现实出发的’……但是一等到人进入文化状态落到人巧的掌握中，他原有的那种感性的和谐就被消除了，从此他就只能作为道德的统一体而表现自己了。”[④]现代高度发达的文明，在带给人类前进的步伐之外，也不可避免地对自然和人性造成了一定程度的戮害。回到原始力量，并不是让人回到原始生活，而是让人性脱离文明的重压和枷锁，恢复自然天性，回到天真烂漫，粗野质朴、焕发着生命力的原始力量中心。在那里，拒绝一切形式的华而不实，拒绝一切虚假，拒绝一切膨胀的欲望。在那里诗歌

① 海子：《海子诗全集》，作家出版社 2009 年版，第 93 页。

② 盖光：《文艺生态审美论》，人民出版社 2007 年版，第 193 页。

③ 朱光潜：《西方美学史》，人民文学出版社 1979 年版，第 452 页。

④ 朱光潜：《西方美学史》，人民文学出版社 1979 年版，第 452 页。

用不着或矫揉造作，或真情实意地感伤追念，因为，人类的童年时期，在与天地诸神的连接、统一、和谐中，从未失去根基，人还未丧失诗意、真诚生活的基石。在海子的诗歌中，我们发现了素朴、本真的美好，他的诗歌没有中国历代文人病恹恹的感伤，那是因为海子不是在追念，做无病呻吟的呼喊，而是深入到本质中，深入到原始境界中，用诗歌的语言，构筑人类起源的奥妙。而我们之所以感伤，是因为失去了那曾经浑然一体的懵懂幸福，是因为技术、物质、工具、机械、数字……割裂了我们与自然母体的脐带连接，人失去了根基而茫然无措，虽然技术的强大，物质的振兴，足以短暂弥补灵魂的空虚，然而失去了自然的人类，在物质与精神领域所具有的矛盾已日益凸显。人类对自然状态的渴望，对童年和初民阶段的本能怀念，是因为"这些对象就是我们自己曾经是的东西，而且还要再是的东西"①，而"近代社会分工、理性、技术之一，使人与自然分裂甚至对立，人被排除在自然以外，因而人开始想念自然。怀念自然，怀念与自然统一的人类童年时代。'我们依恋自然，是'由于在社会关系，生活情况和道德习俗各方面，我们违抗自然''"②。海子在诗中写道："白雪不停地落进酒中/像我不停地回到镇里/回到原始力量和王座"③。这样的回归亦是因为缺失，缺失了与人类童年和自然万物本有的联系，而海子在诗歌形式和诗歌内容上的素朴回归，返璞归真，则是对现实中纷繁而没有根基、嘈杂而没有意义的事物的一种抵制。回归原始力量，在时代变迁的脚步中，依然坚守一种素朴的信心，对最初的时光，赋予美好的回忆，在人类的源头中，发现我们一路进化丢失的宝贵，这是原始力量富于现代人的启示和思索，海子对原始力量的书写，召唤着人性的自然化，召唤着对自然和生命恢复起初的敬意。

四、海子诗歌中的自然精神

自然精神，在我国古代亦称为"自然之道"。"自然大道"，多指自然运行规律，而在海子的诗歌中，自然精神除了包含自然秩序、自然规律的内涵外，还含有自然生命力的彰显，苦难精神衬托下的人类生存的坚忍，自然万物相互依存的休戚与共，自然神性的书写等。海子是一个热衷歌颂自然，挖掘自然中的温

① 朱光潜：《西方美学史》，人民文学出版社1979年版，第449页。

② 海子：《海子诗全集》，作家出版社2009年版，第726页。

③ 海子：《海子诗全集》，作家出版社2009年版，第726页。

情与力量的诗人。在他的笔下，自然既是给予人粮食的伟大母亲，又是孕育着风雨雷电、按着亘古不变的法则运行的精神和力量。这种宇宙间最神秘的力量，却以一种最简单的方式彰显，大到日月星辰，小到花草动物，在这些自然的馈赠中，人得以探究生命最深层的奥秘，得以彰显有意义、有价值的生活。

自然精神，即天地万物运行的大道，是生命的奥秘和宇宙的意志，是古往今来一切智者哲人所竭力揭示与描述的。从中国古代的大道，到西方的宇宙世界，自然精神代表了宇宙间生命的大呼吸，代表了四季转化、生殖死亡、生命轮回、万物生长涌动的力量，自然精神是争斗和解，冲突对话，死亡新生……这种天地精神，是不具备道德意志却具备着和谐品质的。"我用了许多自然界的生命来描绘（模仿和象征）他们的冲突，对话与和解。这些生命之兽构成了四季循环，土火争斗的血液字母和词汇——一句话，语言和诗中的元素，它们带着各自粗糙的感情生命和表情出现"[①]。正是"这种粗糙的感情生命和表情"，带来了海子诗歌中素朴的自然精神。

（一）温情与力量——自然生命力的书写

海子在诗歌中描述了众多自然生命：麦子、土地、月亮、太阳以及世代在土地上生存的人们、少女、豹子、鱼、湖泊、花朵……这些诗歌的描述对象，彰显出一种生命特有的精神，卡西尔在《论人：人类文化哲学导论》中说道："生命在它的最卑微的形式和在它的最高等的形式之中，具有同样的宗教神圣性。人和动物，动物和植物，都是在同一个平面上的"[②]。海子热爱生命、尊重生命，将其他生命看作与人类一样，有感知，有痛觉，有生命意识，有生命力的生命。在《玉米地》这首诗中，海子写道："我浇水，看着这些小小的可爱又瘦小的叶子"[③]。这里面暗含着一种生命对另一种生命的尊重，以及发自内心的纯洁而善意的关怀。这些瘦弱的植株在寂寞的太阳照耀下，静静地生长，海子以为，正是这种力量——生长和缄默，等待和绽放，支撑着人类和世界的生存。"幻变无常的人类，可还记得白色的杨树，美丽而平静"[④]。海子曾说："自然是巨大的……但它

① 崔卫平编：《不死的海子》，中国文联出版社 1999 年版，第 284 页。

② ［德］恩斯特·卡西尔：《论人：人类文化哲学导论》，刘述先译，广西师范大学出版社 2006 年版，第 119 页。

③ 海子：《海子诗全集》，作家出版社 2009 年版，第 381 页。

④ 海子：《海子诗全集》，作家出版社 2009 年版，第 389 页。

寂静"[①]。海子在诗中，包括在为数不多的几篇随笔中都提到了自然"寂静"、"如水"、"缄默"的本性，这些自然物，它们是生命的供养，却平静安宁。"吃麦子长大的/在月亮下端着大碗/碗内的月亮/和麦子/一直没有声响"[②]，月亮和麦子，静默地存在，映照着千年不变的生存道理；"一夜之间/草原如此深厚/如此神秘/如此遥远"，草原的美丽神秘，映照着深厚遥远。海子在另一首诗中称城市为破碎的，在这里草原却如夜一般深厚、神秘、遥远，在诗人眼里，草原蕴含着无尽的生命力和法则。诗人靠着与自然的和解，拥抱生命的温情，来对抗生之虚无和荒诞。在《青海湖》一诗中，诗人写道："这骄傲的酒杯/为谁举起……青海的公主/请把我抱在怀中/我多么贫穷，多么荒芜，我多么肮脏/一双雪白的翅膀也只能给我片刻的幸福"[③]。在荒凉的高原，诗人歌颂青海湖，祈求她原谅自己的贫穷，荒芜和肮脏，在圣洁的"蓝色公主"[④]面前，自然的寂寥和伟大凸显，青海湖就这样拥抱了诗人，给予诗人生命深处的安慰，在青海湖"我孤独的十指化为天空上雪白的鸟"[⑤]。在另一首描绘青海湖的诗歌《绿松石》中，诗人表达了同样的情感："和水相比/土地是多么肮脏而荒芜/绿色小公主抹去我的泪水"[⑥]，自然的温情和广大，包融了一切。在《日记》一诗中，诗人写道："姐姐，今夜我在德令哈，夜色笼罩/姐姐，我今夜只有戈壁"[⑦]。戈壁的广袤空荡，粗粝坚忍，这种抒情无关莺歌鸟语，风沙走石中自有一片赤白干净，"今夜我只有美丽的戈壁/空空/姐姐，今夜我不关心人类，我只想你"[⑧]，仿佛远离了人世，而在世界之外的一处戈壁，面对着空空的世界，内心安然平和。《无名的野花》描写了一个卑微的生命："看不见你，十六岁的你/看不见无名的芳香的/正在开花的你"[⑨]，"看不见你，小小的年纪/一身红色地走在/空荡荡的风中"[⑩]。这首诗歌中的野花，既寓意所有无名的，默默地生长在天地间，也许一生都不会有人观赏的野花，也暗含着所有"无名"地生长着的生命，乡间朴实的姑娘，默默耕耘生活的农夫……海子认为他们静默生存的一生，有着无法忽略的意义和价值，这种

---

① 海子：《海子诗全集》，作家出版社 2009 年版，第 1017 页。
② 海子：《海子诗全集》，作家出版社 2009 年版，第 410 页。
③ 海子：《海子诗全集》，作家出版社 2009 年版，第 726 页。
④ 海子：《海子诗全集》，作家出版社 2009 年版，第 482 页。
⑤ 海子：《海子诗全集》，作家出版社 2009 年版，第 482 页。
⑥ 海子：《海子诗全集》，作家出版社 2009 年版，第 484 页。
⑦ 海子：《海子诗全集》，作家出版社 2009 年版，第 487 页。
⑧ 海子：《海子诗全集》，作家出版社 2009 年版，第 487 页。
⑨ 海子：《海子诗全集》，作家出版社 2009 年版，第 489 页。
⑩ 海子：《海子诗全集》，作家出版社 2009 年版，第 489 页。

来自另一种生命的温情和力量，馈赠世界坚忍和善良。海子的后期诗歌中，反复出现了“雪”的意象，雪象征着纯洁，无瑕疵，在这样的对照下映出人的肮脏，世界的污浊。雪还象征着冰冷，安静。在1989年海子接连写作了数首与雪有关的诗，“天堂大雪纷纷/一人踏雪无痕/天堂和寂静的天山一样/大雪纷纷”①，“阳光下的大雪刺痛人的眼睛，这是雪地，使人羞愧/一双寂寞的黑眼睛多想大雪一直下到他内部……大雪今日为我而下，映照我的肮脏”②，在“雪”构筑的世界里，冰凉，寂静，却安静，平和。“雪”去除了生命多余的欲望，回归了生命的单调寂静，纯白无瑕。

（二）冲突与和解——调和的自然规律

“和谐之所以美，就因为它代表有限事物所能达到的最近于上帝的那种整一”③。海子诗歌中的自然，并不只是一幅静物画，一幅美丽的风景，相反，它包含了生命的对话和冲突，和解和平衡。“生存的斗争与调和也是必然的，它促生了生物体间的能量交换，在这种交换关系中生命体各自确证着自己的本质，同时也确证着对象的力量”④。自然界中的生命乃至人类，为了生存所做的艰辛斗争，同险恶环境、变幻灾难等的斗争，正如四时的变幻一样，蕴含着生命的可贵。这种斗争和调和，不是自私地占有，而是对生命、生存和自然更为可贵的人事。生命的冲突和和解，赋予了生命内在的意义和价值，是自然中生命的大呼吸，包含了万物的相互联系，人与万物，“现在、过去和未来相互混合在一起，而没有任何截然的分割之线”⑤。因此海子说：“不仅要热爱河流，还要热爱河流的生命”⑥。这里的生命，应是一个动态的词汇，即天地间孕育生命，诞生生命的力量，这是一种创生力，因此，腐败的枯叶也可能是生命的一种，因为它酿造着新生命的诞生。自然中死亡与新生，矛盾与平衡的交织，构成了独特的和谐，这是万物得以运转的力量。“有限世界在本质上虽是杂多的，却具有上帝所赋予的整一或和谐”⑦，而生命的苦难、生存的艰辛这些看似消极的力量，在整个宏大的

---

① 海子：《海子诗全集》，作家出版社2009年版，第505页。

② 海子：《海子诗全集》，作家出版社2009年版，第502页。

③ 朱光潜：《西方美学史》，人民文学出版社1979年版，第126页。

④ 盖光：《文艺生态审美论》，人民出版社2007年版，第63页。

⑤ ［德］恩斯特·卡西尔：《论人：人类文化哲学导论》，刘述先译，广西师范大学出版社2006年版，第120页。

⑥ 海子：《海子诗全集》，作家出版社2009年版，第1071页。

⑦ ［英］罗素：《西方哲学史》，何兆武等译，商务印书馆2012年版，第58页。

自然精神面前，却具有积极的意义，因为生命的力量，自然的精神在冲突和斗争中彰显。海子是一个善于书写生命冲突和调和的人，抒发着在困苦和恶劣的环境中，生命焕发的坚忍和温柔。“最早的世界/歌/属于一点一滴的/对于大地的感受/和回忆……耀景星、降甘露、生朱草、涌醴泉、止凤凰、孳嘉禾”①。关于歌唱的描述，关于生命的描述，原始先民们混沌天真的生活，对天地万物的感受都化做清冽而久长的歌，老哥巫讲述的土地、星星、甘霖、嘉禾……所有那些平淡、充满不幸与喜悦的日子，都化作暮色苍茫中的一首久长的歌。真正的歌，应是包含在土壤、生命、人民中，包裹在温厚、柔软而带有温度的生命里，是生命轮回、生存变迁的写照，更是关于泥土、人、鸟、鱼、水的自然法则。“同一个人也是全体人/甚至是土层是岩石之蕊/是水是鱼是鸟是鲲鹏之变/是地狱之火/是天上北斗的柄……这日夜的轮回/是我信奉的哲学”②，“这轮回，这在骨殖泥土上不断变换的生命/或者不曾向人鸣叫的天空/日夜”③。海子的哲学便是自然精神，或者说是自然之道，他指出了人既是孤立的个体，也是“全体人”，甚至是“土层、岩石……”，这种生命与万物的融合归一，体现了深刻而强烈的生态思想，在《民间歌谣》中诗人写道：“平原上的植物是三尺长的传说/果实滚到/大喜大悲/那秦腔，那唢呐/像谷地里乍起的风”④。民间歌谣里有某种永恒的东西在放射光辉，自然和人生的所有道理，均蕴含在这朴素的歌谣里。在生态文学的范畴中，人类和自然万物属于同一个生命系统，因而在某种意义上互相联系、互相融合，生态整体论的思想在这里得以体现，生命的本源是相同的，因而便有了一种敬畏和理解，无论是多么微不足道的存在，在日夜轮回和土地的变迁中，都可以成为诗歌咏的对象，或者说是日夜轮回、生殖、变换……赋予了生命力量的永存，这种人在顺应自然规律的生活中，所具有的“顺应天时，天人合德”的生态人文主义精神，在诗歌中极具感召力。

海子诗歌中亦有生存苦难的描述，这种描述让生命的价值认识更趋成熟，人在生存苦难的体验中，认识到人类与万物不是静止的，而是生生不息，具有不断创造的生命活力，在《月光》这首诗中，诗人写道：“今夜美丽的月光，你看多美丽，羊群中，生命和死亡宁静的声音，我在倾听”⑤，“不要说死亡的烛光何须倾

① 海子：《海子诗全集》，作家出版社2009年版，第596页。
② 海子：《海子诗全集》，作家出版社2009年版，第596页。
③ 海子：《海子诗全集》，作家出版社2009年版，第597页。
④ 海子：《海子诗全集》，作家出版社2009年版，第243页。
⑤ 海子：《海子诗全集》，作家出版社2009年版，第393页。

倒，生命依然生长在忧愁的河水上”①。诗人探讨了生与死，在月光普照下，生死并同，寂然无声。如果将生和死不只是局限在人类自身，而是放置到整个生命链，自然和宇宙中，那么生命的诞生和死亡，是能量的轮回，是自然新陈代谢和生命循环的一种真理，因此，不再有恐慌和惧怕，诗人甚至用了“美丽”、“宁静”这样的字眼，诚然，这样的态度，是对生命的诞生与终结的最大敬意。另一首诗《活在这珍贵的人间》写道：“活在这珍贵的人间，泥土高溅，扑打面颊，活在这珍贵的人间”②。如同“阳光打在地上”一样，“高溅”、“打在”这样的动词性语词的使用，使得生存变得有了质感，因而脱离了虚飘的生命之轻，而变得沉甸甸。这种沉重之中，自有一种生命的力量，奋争、忍耐、背负、行走。动态的生命，诠释着力量和精神的永恒。海子诗歌的经典意象“麦子”，也正是蕴含着一股强烈的生命力：“那一年兰州一带的新麦/熟了/在回家的路上/在水面混了 30 多年的父亲还家了”③，生存的艰辛和隐忍的艰辛，在短短几行诗句中彰显着，“有人背着粮食/夜里推门进来/灯前/认清是三叔/老哥俩/一宵无言”④。这种“无言”即是生存苦难对生命的洗练，正如海子描述荷尔德林时所说：“荷尔德林，早期的诗，是沉醉的，没有尽头的，因为后来生命经历的痛苦——痛苦一刀砍下来——，诗就短了，甚至有些枯燥，像大沙漠中废墟和断头台的火砖，整齐，坚硬，结实，干脆，排着，码着”⑤。这样的“坚硬”、“结实”、“干脆”，是人直面生存苦难，带来的内心变迁，从抒情式向本真的转变。生存苦难带来了人的抗争，生命力的激发，生命变得厚重而又有分量。从面对生存，顺应生存的坚忍到与生命的和解，这种冲突和某种程度上的和解，构成了人类生存图景的精神品质，对宇宙和自然，在反抗中包含着顺应，在顺应中又包含着人的自我努力，在冲突和和解的对话中，抵达某种平衡。《日光》这首诗写道：“梨花/在土墙上滑动/牛铎声声/大婶拉过两位小堂弟/站在我面前/像两截黑炭/日光其实很强/一种万物生长的鞭子和血！”⑥“日光”，温暖而刺眼，明亮而苍白的“日光”在这里具有了一种动态的力量，如同梵·高的向日葵，燃烧并且鞭打着“万物生长“，这种自然的力量，海子将其人格化，在这里日光即是生存场景，人们在日光下成长，得其

① 海子：《海子诗全集》，作家出版社 2009 年版，第 393 页。
② 海子：《海子诗全集》，作家出版社 2009 年版，第 61 页。
③ 海子：《海子诗全集》，作家出版社 2009 年版，第 70 页。
④ 海子：《海子诗全集》，作家出版社 2009 年版，第 79 页。
⑤ 海子：《海子诗全集》，作家出版社 2009 年版，第 1072 页。
⑥ 海子：《海子诗全集》，作家出版社 2009 年版，第 72 页。

滋养抚慰，也得其鞭打，日光具有了一股力量，温存和灼热，苦难和安详。在这种悖论式的描述中，日光，变得无可言说。海子曾说："要热爱生命，要感谢生命。这生命既是无常的，也是神圣的"①。对于生存，诗人同样是满怀爱意，因为这生存既是苦难的，也是真诚的。

（三）土地和耕耘——劳动精神的书写

海子诗歌中有着强烈的劳作意识或者说耕耘意识，这种素朴的生活观，可以上溯到墨子、梭罗等的影响。墨子提出："赖其力者生，不赖其力者不生"②。而梭罗更是以在瓦尔登湖上的亲自耕耘种地、捕猎等，提出了人可以依靠自己的劳作而过得简单、充实并快乐。作为农家出身的海子，在诗歌中不遗余力地描写了"双手劳作，慰藉心灵"这样一种简单而质朴的生活哲学。海子发现了"麦子"这样一个普通的作物，其身上所蕴含的千百年来千百万人的辛勤耕耘所结实的果子，正是这果实养育了人类，繁衍着人类。劳作、土地、麦子、人民……构成一个统一的场景，这个场景即是对农耕民族存在感的描述和书写。海德格尔说："对某个其他东西的培育必定不同于人类对人类劳作活动的热情"③。劳作，让人有了口贴尘埃，负轭前行的生存体验，在这样的体验中，存在变得有了价值和意义。如果没有存在，连虚无都将不存在，诚然，劳作，是人类对抗虚无的一种方式，也是人在世上生存的一种必须背负的使命。黑格尔认为人的价值应通过劳动实现，通过劳作，人对生活、自然、万物的理解变得厚重起来，人不再只是徒具欲望的轻飘之物。

"自然在场于人类劳作和民族命运中，在日月星辰和诸神中，但也在岩石，植物和动物中，也在河流和气候中"④。这种劳作所彰显的人的自然生存能力，显示了一个朴素的道理："放弃沉思和智慧/如果不能带来麦粒/请对诚实的大地/保持缄默/和你那幽暗的本性"⑤。这种小农经济意识下的劳作意识，反映了中华民族千百年来辛勤劳作，努力耕耘换回艰辛生存的机会，这其中的由汗水、欲望、苦涩、欢庆，集合而成复杂的生活。"风吹炊烟/果园就在我的身旁静静叫

---

① 海子：《海子诗全集》，作家出版社2009年版，第1070页。

② 李小龙译注：《墨子》，中华书局出版社2007年版，第73页。

③ ［德］荷尔德林：《荷尔德林诗新编》，顾正祥译，商务印书馆2012年版，第66页。

④ ［德］荷尔德林：《荷尔德林诗新编》，顾正祥译，商务印书馆2012年版，第60页。

⑤ ［德］荷尔德林：《荷尔德林诗新编》，顾正祥译，商务印书馆2012年版，第415页。

喊/双手劳动/慰藉心灵”[①]。劳动让人懂得了“果实”的真正含义，因而对欢乐有了真正的理解，即这欢乐并不是物质主义下欲望满足的多少，而是人在劳作中内心的充实安宁，这样的书写，让人脱下虚浮的形式，直接趴在土地上，倾听汗水落地的结结实实的响声。“人在自然中的生存，充满艰辛、劳作，人遵循自然规律而生存”[②]，这样的动态生存图景，包含了“日出而作，日入而息，凿井而息，耕田而食”[③]的素朴生存，看似简单的劳作，洗刷和历练着生命，让生命向着更深厚的地基前行。荷尔德林写道：“在火中浸淫，炙烤，果实成熟了，在人地上得到考验，这是一个法则，一切都宛若长蛇”[④]。如果说自然以其不变的秩序，春夏秋冬的轮回，草木虫鱼的衰亡生长，揭示着自然之道，那么劳作，在海子的诗歌中，便成为这秩序的一部分，如同鸟类的迁徙，动物的捕食一样。劳作和耕耘，是自然法则设置下的人类生存的必经之途，劳作，带给人丰收和果实，带给人欢庆和安息，也带给人关于天地无常，生存艰辛的体验，这样的体验某种意义上是苦乐交加的，然而总体来说，劳作带来了生命的完满和谐。劳作本身，成为大地恢弘生命力的一部分，是人在世间的某种洗礼和历练。海子在诗歌中描述了月光下劳动的父亲，描述了“黑而秀美”的额济纳姑娘，描写麦子的成熟“麦子一根一根，弯腰拾起她的黄毛做王冠，于是成熟，金黄地迎接收个人，迎接山岗般伸过来喂养村庄的黑壮臂膀，这时，吹的丰收号就是她的椎角”[⑤]，这些事物都具有一种劳作赋予的健康质朴。海子诗歌中的劳作意识——土地上的耕耘，世代生存的粮食等，共同构成了一股对物质化大潮下的物欲化、功利化的抵抗力量，以土地上的耕耘，来对抗生存的虚无，对抗时代的肤浅和鄙俗，海子无疑是身体力行了这一点。

在与自然的隔离日益加深的时代，倾听自然的召唤，释放生命的热忱，追逐自然法则的运作，是人类回归自然，关注自然的一种努力，因为只有懂得了自然精神，理解万物生长行动的法则，才能尊重自然，理解自然，顺应自然，达到与自然的和解。海子曾经细致地摘抄过描写鸟儿生活习性的文字，他说，这个世界上还有其他除了人以外的生灵。一个诗人拥有了对除人类以外的生命的尊重，便拥有了爱的力量，自然，以其变幻莫测的星云，以无限轮回的四季，以万物“方生方死”的大宇宙精神，展现着浮躁世代中的永恒。

① 海子：《海子诗全集》，作家出版社2009年版，第415页。

② 盖光：《文艺生态审美论》，人民出版社2007年版，第117页。

③ 王秀梅译注：《诗经》，中华书局出版社2006年版，第13页。

④ [德]荷尔德林：《荷尔德林诗新编》，顾正祥译，商务印书馆2012年版，第56页。

⑤ 海子：《海子诗全集》，作家出版社2009年版，第1091页。

（四）海子诗歌中的现代性反思

现代性反思是针对现代社会经济、科技的发展，理性主义、物质主义、技术主义盛行以及随之而来的一系列问题，这样的反思和批评，涉及对理性主义、科学主义、发展至上以及城市化的批判，这与现代社会经济、物质发展之下暴露的种种弊端——机械化、冷漠化、物欲化以及生态危机加重等有关。这些问题的产生，是时代发展的产物，是特定历史阶段的政治经济发展的结果。但如果我们只是用一个必然性的态度来对待时代发展中的负面因素，而丧失了反思和怀疑的力量，那么人类社会将会失去前进，从这个意义上，诗歌将会帮助我们理解我们所生活的时代和世界，理解生活和我们自身的价值。诗人，他在建构一个超越我们日常狭隘而庸常的世界，并向我们展现日常生活中的伟大和卑琐，光明和黯淡，高贵和庸常，病态和健康。一个真正的诗人，必定是真诚而敏感的，他们透过犀利的目光，看到当下最宝贵的精神和最阴暗腐朽的一面，并指引我们正确的方向，海子便是有着敏锐的洞察力和时代使命感的诗人，从海子生活的20世纪80年代到现在，几十年的时间过去了，西方现代社会中出现的问题开始在中国社会重演，科学和理性主义在造福人类的同时，也带来了伦理问题和生化危机，城市化在加速发展的同时，也带来了千篇一律的生活模式，生活中诗意的匮乏已成常态，自然神性在丧志，游戏机取代了自然，成为下一代的启蒙教育，物欲盛行，麻将桌取代了理性旗帜，庸常绑架了生活本有的浪漫情怀，这时诗人的敏感就变得弥足珍贵。海子的诗歌有着对人生的思索，对生命的揭示，对自然的描写，更包含着对现代性的反思和质疑。随着生态主义的出现，海子诗歌中的现代性反思，同时也具有了主张人与自然融为一体、人性复归自然、生命本真的显现等生态内涵。值得注意的是，本文对海子诗歌中现代性反思的揭示，并没有贯以绝对化，在承认现代性的积极性、发展性和进步性的前提下，反思其存在的种种过度化、偏激化、去魅化的弊端，这样的尝试，在“走向中和”的途径中不致失于偏颇。

1. 对理性的反思

（1）理性的去魅化

“古典理性主义携带一把盲目的斧子，在失明状态下斫砍生命之树。天堂和地狱会越来越远，我们被排斥在天堂和地狱之外”①。在诗人眼中理性主义是

① 海子：《海子诗全集》，作家出版社2009年版，第1062页。

盲目而失明的，理性主义，把我们阻挡在天堂和地狱之外，让人类在光明和黑暗的夹层中尴尬存在。诗人引导我们对理性主义进行这样的质疑和反思。理性，通常是被认为只有人才具有的，带有某种高贵性且无比清晰透彻的品质，理性的发展，无疑对于人类政治、经济、科学、文化的发展具有助推作用，然而任何事物都遵循着哲学上的适度原则，当理性主义开始泛滥成一种生活和思维的唯一模式时，它的存在便是对多元化的人类精神和物质生活的扼杀。卡西尔说："理性的力量被歌颂为人的最高力量，但是除非人为一种特殊的神圣的启示所耀明，他永远不能知道的是，理性自身乃是世界上最成问题和最模糊不清的东西。理性不能够指示我们达到清晰、真理与智慧之路"[①]。对理性主义的否定和质疑，乃是对人类自身狭隘性和有限性的认定，是对人在浩瀚宇宙中对于自身身份的认同。事实证明，人类需要这样的认定。当理性主义认为它可以解决一切生活和宇宙问题时，实际上，是对自然宇宙神性和伟大性的否定，是对人能把握自身命运的过分夸大，而这种夸大很容易和物质主义、发展主义、人类中心主义结合，成为一股摧毁世界诗意性的力量。当万事万物在理性主义的乐观下过于透明化、清晰化、理智化时，人却因为失去了梦幻和朦胧的呵护，而陷入盲目和黑暗中。对此，英国作家蒙田说："让人靠他的理性力量使我理解，在什么基础之上他建造了那些他自以为他已经超越其他生物的巨大的利益。是谁使他相信，这可羡的天空的拱道的运动，那些高高在他的头上滚动的发光亮的永恒之光，和无垠的海洋的奇谲可怕的运动，应该为他的利益和方便而建造，并且延续这么多世代"[②]。诚然，答案是不肯定乃至否定的，人类理性指引我们走向人类的光明，却忽略了其他生物，其他生灵乃至宇宙中其他积极力量的存在，理性引导我们走向偏执的聪明，结果却是这种偏执成了最大的愚蠢。

"一旦世界失去幻想与光明，人就会觉得自己是陌路人，他就成为无所依托的流放者"[③]，理性，让人丧失了对生活和生命怀念的力量，而"怀念比科学的力量更为强大"[④]。"当月亮逝去，太阳升起，人类步入中年，月光下的梦境消失在

① [德]恩斯特·卡西尔：《论人：人类文化哲学导论》，刘述先译，广西师范大学出版社2006年版，第13页。

② [德]恩斯特·卡西尔：《论人：人类文化哲学导论》，刘述先译，广西师范大学出版社2006年版，第19页。

③ [法]加缪：《西西弗的神话》，杜小真译，天津人民出版社2007年版，第4页。

④ [法]加缪：《西西弗的神话》，杜小真译，天津人民出版社2007年版，第55页。

太阳的强光下，把童年的世界毁灭，把大地变成了牢房”[①]，理性主义的出现，使得童年梦境变成乏味的牢房，让人丧失了幻想的天赋和对世界葆有的好奇心。理性，让一切数字化和清晰化的过程，则是对世界神秘性的否定，它撕掉了遮掩在事物之上的朦胧面纱，让一切清晰，却让一切乏味。理性对生命的“砍斫”之一便是去象征化，科学理性使得事物的面貌变得绝对真理化。而在海子的诗歌中就有一种对科学理性的反抗，他用一种看似混沌、呓语式的书写方式，彰显理性和技术的贫乏。在《秋天》中诗人写道：“而鱼唱着梦着村落/水离开了行状/离开了手”[②]，在模糊而怪诞的话语中，诗歌意境的营造却在超越理性、明晰的话语背后生根开花；在《太阳和野花》中写道：“两个母亲在不同的地方梦着我/两位女儿在不同的地方变成了母亲/当田野还有百合，天空还有鸟群/当你还有一张大弓、满袋好箭/该忘记的早就忘记/该留下的永远留下”[③]，在看似怪诞的言语背后，诗人对现代化进程中的某些“忘记”，表达了难言的痛惜之情；在《山楂树》中写道：“又小又美丽的山楂的乳房/在高大女神的自行车上/在农奴的手上/在夜晚就要熄灭”[④]，将“山楂树”和“高大女神的自行车”这样完全不符合理性逻辑的事物联系在一起，却有一种惊人的诗歌美感，“山楂树”的形象，也变得高大美丽起来。在科学的含义里，圣诞老人和嫦娥奔月是不可能存在的事实，因而只是人一厢情愿的幻想。理性，让人的幻想和好奇显得荒谬而怪诞，然而我们依然愿意相信圣诞老人的礼物和月亮的传说；理性，抹杀了万物神圣的象征性，让世界变得冰冷无趣，然而人类的想象却一再地回到那个充满了魅惑的世界、回归自然。理性、技术主义诗人与自然分裂甚至对立，人被排除在自然以外，因而人开始想念自然，怀念自然，怀念与自然统一的人类童年时代。海子的诗歌便有了这种回归理性未曾出现的时代和世界的倾向，其中充满了象征的意味。诗人在诗歌中描述着原始时代和古文明的辉煌，追忆着人类童年时期那段懵懂无知、天真烂漫的生活，在对原始生活的追忆中，有对人类童年时代的思念，“初民心性的特色，不是它的逻辑，而是它的生命的一般情操”[⑤]。诚然如此，在混沌懵懂的时代，人类有着对世界和宇宙的神秘体验，有着对万物和自然

---

① [美]布鲁克斯：《精致的瓮——诗歌结构研究》，郭乙瑶等译，上海人民出版社 2008 年版，第 9 页。

② 海子：《海子诗全集》，作家出版社 2009 年版，第 428 页。

③ 海子：《海子诗全集》，作家出版社 2009 年版，第 452 页。

④ 海子：《海子诗全集》，作家出版社 2009 年版，第 485 页。

⑤ [德]恩斯特·卡西尔：《论人：人类文化哲学导论》，刘述先译，广西师范大学出版社 2006 年版，第 19 页。

法则的尊重，这样的体验，对于近代人来说，在理性的强光照射下，不复存在。当然，海子诗歌中对于原始生活和原始元素的书写，并不是引领人回归原始生活，而是透过诗歌，带领人复归一些我们久已丧失的美好。海子描写了原始生活的天真烂漫，而理性则消解了这种生活富裕的含混性，一切变得单一而明确，因而也就缺少了丰富。生命中最珍贵和易逝的品质，也从来都是非智性的，如一个人的善良和他的理性无关，当一个人带着他的理性，去包容和与万物和解时，理性便是一柄阳光之剑，而当人以理性为自高自大的理由，并以此藐视万物自我独尊，并由此而造成价值观和人生观的偏狭时，理性便是一把黑暗之剑。理性的诞生，标志着人之为人，也标志着人可能丧失为人的资格。工业文明时期，机械化、技术化、理性化造成了对人性的压抑，对温情与诗意的抹杀，因此，人的存在要突破工具理性而走向澄明之境。

(2)对理性压抑人性的批评

海子生活的时代，是理性主义、科学主义刚刚在中国抬头的时代，而在这样的时代里，诗人却过早地看到了理性主义背后的黯淡，理性对人性的压抑和扭曲。席勒说:“希腊人能‘把想象的青春型和理性的成年性结合在一种完美的人性里’。至于近代则‘划分一切的理智’在社会与个体以及个体内部都造成了分裂。‘给近代人性以这种创伤的正是文化本身’。这文化本身的毛病有两个，一个是科学技术的严密分工制，另一个是‘更复杂化的国家机器使得各等级和各职业之间更严格的割裂成为必然的’”①，结果是人性的内在联系也就被割裂开来了，一种致命的冲突就使得本来处在和谐状态的人的各种力量互相矛盾了②。近代社会的分工制和工业化，使得社会程序变得机械化，个体生命的个性被极度压抑，模式化和平面化代替了生命本身的丰富多样性，人的本能被压制，生命的热情和激情被压抑。“近代社会是一种精巧的钟表机械，其中由无数众多的但是都无生命的部分组成一种机械生活的整体……永远束缚在整体中一个孤零零的断片上，人也就把自己变成一个断片了”③。人性的被束缚和被分裂，使得自在的、健康的希腊式理性与激情相结合的生命不复存在。

海子在诗歌中致力于恢复生命在理想压抑之下的热情和野性，恢复对生命的虔敬和真诚，他带着极大的真诚和热情，在诗歌中表现生命之火。他在诗歌

① 参见朱光潜:《西方美学史》，人民文学出版社1979年版，第435页。
② 参见朱光潜:《西方美学史》，人民文学出版社1979年版，第435页。
③ 参见朱光潜:《西方美学史》，人民文学出版社1979年版，第435页。

中致力于恢复原始野性的生命力和自然精神，旨在恢复被现代理性所压抑的生命力。不仅仅是诗歌的内容上，就连形式上诗人也在用一种本真、质朴的方式，显现诗歌创作的理想。海子曾经说过："诗歌不是技巧的练习，而是一场烈火"①。诚然，我们无法通过学习写诗的知识，而成为一名诗人，诗歌因此很大程度上不是智性的，技巧的，诗人更重要的是心性的开悟，是对这个世界的敏感和把握，是胸腔内书写的烈火。而文明社会中过分的"审慎"，造成了"丧失生命中某些最美好的事物"②。海子的诗歌无论从语言还是方式，都如同他热衷歌咏的土地一样，质朴无瑕，却又暗含着巨大的能量，语词的运用简练、直白，但却像针一样能扎入内心最深沉的部位。诗人是如何去掉了浮华的雕饰，却仍能带给人灵魂的颤抖？在去掉了经院派的沉闷窒息后，海子的诗歌如一股清新的泥土芬芳，带给诗歌新的活力。在《七百年前》中诗人写道："在山洞里十二只野兽梦想变成老鹰，齐声哀鸣/这是山顶上最后的山洞梦想着天空"③。原始时空中的生命，带着野性的力量，显示生命的力量，是情感乃至生命的投入，使诗歌在海子这里并不是技巧的联系、游戏的玩乐，而是本能、灵魂和生命，海子直白、简练、真诚的语言，因为获得了一股奇异的穿透力，至此我们相信"最高的诗意却是心灵的现象而不是理智的现象，只有心灵才能产生出特殊的动力，把大量错综复杂地混合在一起的情感变成美的现象"④。在诗歌中，他只描述那些最普通的事物：麦子、村庄、土地、雪、兽类、少女……然而在这些平凡的事物身上，却有着神圣的光辉，当理性文明压制着本能走向了时代发展的前列时，心灵和感觉却保持了诗人乃至人类最初的也是最美好的心志。只有心灵和理智结合，才能孕育出健康的人性和世界。

理性的发展，是时代发展的必然前奏，然而我们也应看到世界的多元化，理性只是世界的一部分，理性自身并不能用来诠释所有的存在场景。适当的理性发展加上合理的生命本能激情的释放，才是真正符合自然规律的和谐生活。因而，"理性是思想的一种工具，而不是思想本身"⑤。海子对理性的批判，或许亦是对理性主义之下世界的去魅化、内在生命力在文明之下的掩蔽压制等弊端相关联，因此与理性和解的方式，便是重新回归和谐，"结束那种在我们自身与世

① 海子：《海子诗全集》，作家出版社 2009 年版，第 1071 页。
② ［英］罗素：《西方哲学史》，何兆武等译，商务印书馆 2012 年版，第 39 页。
③ 海子：《海子诗全集》，作家出版社 2009 年版，第 476 页。
④ 林贤志：《中国新诗五十年》，漓江出版社 2011 年版，第 11 页。
⑤ ［法］加缪：《西西弗的神话》，杜小真译，天津人民出版社 2007 年版，第 56 页。

界之间的永恒冲突，回复一切和平中的和平——它比一切理性更高——，把我们与自然统一起来而达到一个无限整体的统一性，这乃是我们全部追求的目标”①。

2. 对物欲化和技术主义的反思

(1)物欲化的弊病

20 世纪 80 年代，随着经济发展，物质文明的口号开始响亮起来，有人说欲望尤其是物欲是人类发展的动力，诚然，这样的说法有一定的道理。正常的物质欲望，会促进新发明和新技术的诞生，是人类文明的进步，然而必须有这样前提假设，物欲动力论才能是成立的，即物欲化不能泛滥、物欲不能成为人生存的唯一目标、物欲不能取代精神追求而成为人之为人的标志，对物欲的追求不能损害乃至危及其他生物以及整个地球的利益；而事实是，物质主义对我们的侵蚀，正逐渐弥漫乃至无所不在。梭罗在《瓦尔登湖》中曾提到了一种简约生活的可能性，并认为简单的物质生活——简单的饮食，简单的居住环境，简单的衣着，不妨碍欢乐感和安宁感的获取。事实上，简约的生活正是心灵清淡美好的来源，人可以把用来追求物质生活的精力和时间，放在做一些更有意义的事情上，放在做一些填充生命质感和追逐生命真意义的事情上。梭罗认为物欲戮害了一个人的心性，让他变得繁忙而庸俗，来不及享受生命的真正美意。梭罗的生活观，在今天看来无疑是非常低碳、绿色、环保的。而海子，这位喜爱着梭罗的诗人，同样也洞悉了物欲化带来的腐朽和病态。“今天的日子是一片沙漠，物质凶相毕露，追杀南方器皿和脑盖……而夜，小心脏围着人们，在物质中死亡”②，这样的沙漠便是我们贫穷到仅仅拥有物质。在经济利益的刺激下，自然资源过度开采，环境污染加剧，物欲泛滥，海子在诗歌中构建了一个由村庄、少女、芦花构建的世界：“不要问/打麦大地/处女/桂花和村镇/今夜美丽的月光你看多好！”③村庄里物质贫瘠，但却安宁静好，“夜黑漆漆有水的村庄/鸟叫不停浅沙下荸荠/那果实在地下长大像哑子叫门/鱼群悄悄潜行如同在一个做梦少女怀中”④，这梦一样的村庄，是现代物质文明的反面，却是诗意存在的家园。“八月逝去/山峦清晰/河水平滑起伏/此刻才见天空/天空高过往日”⑤，“明月

① [德]荷尔德林：《荷尔德林诗新编》，顾正祥译，商务印书馆 2012 年版，第 415 页。

② 崔卫平编：《不死的海子》，中国文联出版社 1999 年版，第 600 页。

③ 海子：《海子诗全集》，作家出版社 2009 年版，第 393 页。

④ 海子：《海子诗全集》，作家出版社 2009 年版，第 378 页。

⑤ 海子：《海子诗全集》，作家出版社 2009 年版，第 424 页。

如镜/高悬草原/映照千年岁月/我的琴声呜咽泪水全无/只身打马过草原”[①]。海子诗歌中的草原、高原，这些自然场景，远离了浮华的物质堆积，却有着最美好的精神品质。海子诗歌中的村庄、高原，无疑都是物质简约的所在，然而这些物质稀少的地方，却有着打动灵魂，令灵魂颤抖的精神力量，这无疑是对物欲化的一次不自觉的反击；而海子诗歌中的大地品质与土地精神，正是以其质朴、低贱、平凡却又深刻、高贵、伟大的属性，对照着物质世界中的虚浮、贪婪和自私。海子提倡一种“双手劳作，慰藉心灵”的简单充实的生活观，主张一种“你无法偿还麦地和光芒的情义”的谢恩意识，看重那些质朴如额济纳姑娘的人和事物。如果说物质发展中会必定产生诸如虚荣、攀比、自私等泡沫，那么这些朴素、真诚、坚定的力量，便是最好的阳光，让虚幻的泡沫在光的朗照下，自行消散。诗人的幸福是和自由的心性有关，“从明天起做一个幸福的人，喂马，劈柴，周游世界”[②]，“我无限热爱着新的一日，今天的太阳，今天的马，今天的花楸树”[③]。

物欲化下的消费主义、享乐主义，以及廉价的快乐主义，充斥着人类社会的发展的每一个角落。钱理群认为，物质、科学等并不是现代化的唯一条件，消费主义发展到顶端，就会造成对人生命、个体精神的戮害。梭罗说，“乍看起来，好像玩乐的次数和花样一多就可以增加人的幸福，而平淡单调的生活将使人感到厌倦；但仔细想一想，事情正好相反，我们发现心灵的甜蜜在于享乐适度，使欲望和烦恼无由产生”[④]。诚然如此，作家张炜、史铁生等也都不同程度地对消费主义提出了批判。消费主义和享乐主义，很容易让人变得只关心自我、物质，因而变得自私、浅薄，丧失了民族乃至人类发展的厚重精神力量支撑。海子的长诗中对史诗品质的追求，其中牵涉的对民族集体记忆、对原始歌巫的书写，对神性力量的追逐等，无疑是对于物欲化下的消费、享乐主义的一次抵制，在精神的世界一片贫瘠的状况下，诗人力图用诗歌的王国，带领我们进入那黄金时代，那些充满了生命质感、力量、美的年代，在那里汲取痛苦、眼泪，狂欢和幸福。尼采说最深的痛苦，可以使人变得高尚。在当今进入了一个廉价快乐主义阶段的时期，快乐变得肤浅化，充斥在媒体上的选秀节目横行一时，以审丑等手段抓住社会关注度的信息操纵，这一切都使得快乐变得如此容易和泛滥，因而丧失了快乐其本身的高贵特性。海子的诗歌中，有对幸福和快乐的书写，那是“全世界的

① 海子:《海子诗全集》，作家出版社 2009 年版，第 205 页。
② 海子:《海子诗全集》，作家出版社 2009 年版，第 504 页。
③ 海子:《海子诗全集》，作家出版社 2009 年版，第 467 页。
④ [美]利·戴维·梭罗:《瓦尔登湖》，徐迟译，上海译文出版社 2009 年版，第 147 页。

兄弟们，要在麦地里拥抱"[①]的平安和解，那是在遥远的天际，遇到一个秀美而质朴的额济纳姑娘时的感动，在怅望着祁连山的雄伟壮姿时的喟然长叹，那是"谁在美丽的早晨，谁在这一首诗中"[②]的透明澄清，是在冬天爱上你，如同"两只羊羔在途中相遇"[③]，彼此碰触鼻尖的幸福。这些快乐和幸福是带着精神的重量，是不再有生命不可承受之轻的沉稳和实在，这些是那必朽坏的物质和金钱所无法带来的快乐，是透过痛苦的洗礼之后提炼至纯的快乐。而当今以制造快乐和笑声为目的的娱乐、搞怪节目大行其道，当快乐变成一种机械化的产业链条，当幸福可以用数字考量的时候，它们也就失去了其最核心的价值。诗人用艺术的世界，引领我们超脱了日常生活的琐屑平庸，狭隘黯淡，去追逐属于每个人的王位和太阳。

对物欲化的抵制，则是提倡一种简单生活观，海子可以说是身体力行地做到了这一点，在诗人短暂的一生中，他的精神生活是极其富有的，而物质生活却始终是节俭朴素的。"人完全可以活得更简单、更质朴……人完全不必也完全可以做到不在物质的落网里苦苦挣扎，异化成工具或工具的工具"[④]。海子在诗歌中找到了超越物质世界的精神王位，他看到了人真正应该追寻的是那些生命的本真和生命的力量，是诗歌、元素、实体，而不是物质、财富、功利，他用土地一般的简单、伟大，来反抗这个物欲横流的世界。加缪说："反抗赋予生命以价值，它贯穿一种存在的整个过程，是它决定了存在的价值程度"[⑤]。正是这样的反抗赋予了生命和存在真实的意义。

(2)技术主义对世界的解魅

近代科学技术的发展，宣告了神话的死亡，宣告了理性复归，神性的退隐，因而海德格尔疾呼："这是一个贫困的时代，因为它处于一个双重的不之中，在已逃遁的诸神之不再和正在到来的神之尚未中"[⑥]。世界的去神圣化，表现在技术主义促逼下诸神的退隐。技术主义犹如一抹强烈而刺眼的光，将蒙在世界的最后一层朦胧面纱撕去，世界并没有因此变得更明亮，反而是陷入了一片赤白的"盲"中。在技术主义消解了神话的时代，诗人以一种逆潮流的方式，书写着

① 海子:《海子诗全集》，作家出版社2009年版，第409页。

② 海子:《海子诗全集》，作家出版社2009年版，第416页。

③ 海子:《海子诗全集》，作家出版社2009年版，第192页。

④ [美]利·戴维·梭罗:《瓦尔登湖》，徐迟译，上海译文出版社2009年版，第159页。

⑤ [法]加缪:《西西弗的神话》，杜小真译，天津人民出版社2007年版，第69页。

⑥ [德]荷尔德林:《荷尔德林诗新编》，顾正祥译，商务印书馆2012年版，第52页。

原始神话，展现着诗歌的神性向往，以这样的方式对技术主义发起无声的反抗。“现代所盛行的唯科技主义和工具主义之彼端就在于混淆了‘存在者’与‘存在’的界限，因而以‘物’遮蔽了‘人’，走上无限崇尚科技与物质之路，从而使人的根本生存状态遇到极大威胁”①。诚然，技术主义以不容置疑的数字化、模式化，破坏了世界的和谐，当人们越来越依赖电子、技术，生活越来越程序化、机械化，人心失去了感知四季变迁、万物生息的敏感和温情，欲望绑架了生命力，现代人类活在自我酿造的真空中，充斥的手机、电脑、游戏、高科技……隔绝了大地和天空的召唤，诸神退出，衰弱而实利的时代到来。海德格尔指出：“欧洲的技术—工业的统治区域已经覆盖整个地球。而地球又已然作为行星而被算入星际的宇宙空间之中，这个宇宙空间被订造为人类有规划的行动空间。诗歌的大地和天空已经消失了。谁胆敢说何去何从呢？大地和天空、人和神的无限关系似乎被摧毁了”②。而海子的诗歌中就闪现着一种神性的光辉，作为人性的最高升华——神性，它代表着人类的神性向往，灵魂向天空净化、升腾的动力。海德格尔“天地人神四方合一”说中，强调了这四方无限关联，缺一不可的和谐状态。而技术主义，则以过度的自信，搅乱了这种和谐，世界呈现出一种去神圣化下的无趣状态。随着神圣化的消解，诗意的消解也成为必然。马克思说：“技术的胜利似乎愈益成为别人的奴隶或自身卑劣行为的奴隶”③。如果技术胜利的结果不但没有成为人类取得福祉的方式，反而成为其对立面，那么就不得不对这样的发展存有批判和质疑。技术的过度应用和发展，带来的机械化、人工化的生活，越来越多地隔绝了人们和自然万物亲密存在的联系，科技主义使人走向功利主义、实用主义的极端。“在‘数字、水泥和塑料的冷冰冰的伪自然’占尽优势的时代，河流里的青蛙和森林里的野花毫无用处”④，技术的发展使人们的生活越来越便捷高效，但同时也让人们丧失了“慢生活”带来的自然享受。海子在诗歌中描述了万物亲密存在的原始生态图景。人，在土地上的劳作，与太阳、麦子、土地等，共同构成了人对生存的洞察和理解。而技术的发展，则取代了人们更为细腻地感受生活、感受自然的能力，这不能不说是一种悲哀。海子在诗歌中写到的黑夜、风、草原上的小姐妹、村庄、少女、芦花……这些自然而有温情的事物，成为一个具有无限柔和关系的整体，共同构筑了诗人心中的那“去技术

① 王诺：《欧美生态文学》北京大学出版社 2011 年版，第 142 页。
② ［德］荷尔德林：《荷尔德林诗新编》，顾正祥译，商务印书馆 2012 年版，第 59 页。
③ 王诺：《欧美生态文学》，北京大学出版社 2011 年版，第 87 页。
④ 王诺：《欧美生态文学》，北京大学出版社 2011 年版，第 87 页。

化”之下的生存场景，这样充满了质感的生存，是时代中的人们，应脱离技术化的桎梏，停下脚步寻索的所在。

3. 对城市化反思

城市文明以一种新奇、充满活力的姿态，带来了生活方式的极大转变。以科技和物质为载体的城市，代表了很多人的梦想。橱窗里精致的服饰、便捷快速的交通、精美的食品、优裕的居家环境……这一切都是城市梦的载体，也是城市化得以快速蔓延的重要因素。相比闭塞、落后的乡村文明，城市文明带来了生活质量的极大提升，是人类文明的一大进步。然而，近些年来城市化飞速的结果是，城市在丰富了物质生活的同时，在某种程度上限制了人们的生活，很多城市中空气正变得污浊不堪，堵车、噪音污染等成了常态，低廉而恶俗的娱乐充斥在灯红酒绿中，城市能够提供的种种优势，现在反而成了限制自己的牢笼。

(1)城市化对温情和诗意的掠夺

城市，作为一个盛产和承载梦想之地，是人们对好生活的憧憬所在。然而，随着城市化的大面积发展，城市生活的快节奏，打破了生活固有的质感和力度，机械化的生活方式，也给心灵戴上了冷漠、麻木的面具，交通拥堵、汽车尾气排放加剧，噪声污染、空气污染……城市生活中的弊端，也随之而来。城市化作为一种发展的必然结果，其直接结果则是在提高了人们的物质生活质量之外，剥夺了乡村田园牧歌式的浪漫和诗意。

城市化的一面是物质丰盈、生活便捷，另一面则是消费盛行，物欲膨胀，生活丧失了从物质到精神层面的温情和诗意。快节奏的城市生活、以物质为基准的生活衡量水准，造成了功利化的衡量眼光。数字化、机械化的生活模式，使生活的多元性和层次性丧失，生活陷入了大面积的单一化和平庸化，城市以工厂式的生产模式，产生出高效、高能的生活，却也丧失了生活的本真、乐趣和美感。

海子是上世纪最早洞见城市化诸种弊病的诗人之一，在诗歌中，他或直接或间接地批判了城市化对诗意生活的剥夺，书写了城市化下生活的匮乏与羸弱，如果说自然是盛产诗意的地方，城市化则使人与自然的隔绝日益加重，城市成为诗意匮乏的所在。海子在诗歌中写到了这种匮乏。《街道》中写道：“街道虽窄/仍然容得下/这么多售货员、护士长/和男秘书/他们出出进进/他们向左向右/没有人停住/听一听/其实也没有歌声/歌手已被小小的运粪的马车娶走”①。“歌手”的缺失，亦是自然、浪漫、诗意生活的缺失，这样缺失的后果将是：城市越来越成为一片匮乏的荒漠，在诗情、温情与魅力丧失的土地上，干涸存在。

城市外在的车水马龙，人群熙攘，高楼林立却阻挡不了内在的贫黯淡，物欲横流，嘈杂不安。因而，在高效、快节奏的城市生活，在精神层面上反而是贫乏无味的。经济发展带来的丰盛，如同泡沫一般的假象，掩盖了背后的黯淡、病态。在《日落时分的部落》中海子写道：“夜晚的血，梦中的火/照亮了破碎的城市/北京啊，你城门四面打开，内部空空/在太平洋的中央你眼看就要海水灭顶”②，“海水照亮着破碎的城，北京/你这日落时分的部落凄凉而尖锐/皇后带走了所有的蜜蜂/这样的日子谁能忍受”③。北京，在诗中仅是一个“内部空空”的“破碎”的城，这与人们印象中物质丰富、繁华异常的北京城大相径庭，诗人就是以物质的丰盈对照精神的贫乏，对照城市的粗暴、贪婪、功利驱赶了人类生活的温暖诗意。城市，以快节奏取代了慢镜头下生活的温润细腻；城市，以实利化，取代了熨帖温存的人性化。

（2）城市化带来的人际疏离和“家园感”缺失

城市化的另一个弊端便是人情的缺失，归属感、安全感的丧失。城市使得人像一叶被抛入大海的孤舟，虽然周围有无数的同类，却依然倍感心灵的荒芜和孤寂。人无法在熙攘的城市找到安放心灵的角落，个体的冷漠取代了集体联系的温暖，人不可避免地成为疏离、孤寂的个体。乡村“为了生活，人们虽然被束缚在一片固定的土地上，但是他们却有着持久的耐心和美德，总能怀着无比的敬意与土地、与自然和神明打交道”④。然而，在城市这样的敬意和美德不复存在，代之以隔膜和不信任带来的疏离感。城市化的结果是，越来越多充满人性温情的东西：传统、习俗……被摒弃为落后，被冠之以不时髦的名称，在一味追逐经济、利益、高效、物质的城市，丧失了人与人之间的信任、真诚和关怀。城市化，使得越来越多的乡村变为城市，使越来越多的邻居变为互不相识的陌生人。在以利益为准绳的城市，那些温暖、散发着人情味的事物，反而会显得突兀和不合时宜。

在《吊半坡并给擅入都市的农民》中诗人写道：“停留在西安，多少都城的外

① 海子：《海子诗全集》，作家出版社2009年版，第1128页。
② 海子：《海子诗全集》，作家出版社2009年版，第525页。
③ 海海子：《海子诗全集》，作家出版社2009年版，第515页。
④ 金松林：《悲剧与超越》，广西师范大学出版社2010年版，第216页。

围/多少次擅入都市"①,城市中有着物质的丰盈——"多少首饰的外围",然而也带着强烈的疏离感,"擅入"就是进入一个本不属于自己的地方,因而城市成为一个异己、排己之物。城市的发达与它所能给予人的安全感却是不成正比的,人在喧嚣的城市中处于一个无根的漂泊状态,脱离了土地的人,在城市中怀念泥土的芬芳和麦子的金黄,这些是高楼林立的城市所无法给予的。

《诗人叶赛宁》之七《浪子旅程》写道:"家乡赶走我/来到酒馆和城市/我本是农家子弟/我本应该成为/迷雾退去的河岸上/年轻的乡村教帅/从都会帅院毕业后/在一个黎明/和一位纯朴的农家少女/一起陷入情网/但为什么/我来到了酒馆/和城市"②。从小在乡村长大的海子,对由麦地、芦花、少女构成的乡村世界有着特殊的感情,乡村生活的诗意、单纯、温暖、宁静照耀着心灵,而城市则始终以其突兀而高耸的建筑物、繁忙而冷漠的人群,给人疏离感,在城市很难找到真正的心灵归属。城市在物质上的丰富,并不能给予人精神上的安全感,这也是许多现代人虽身处城市,却眷恋和向往着乡村的原因。城市中人与人的冷漠,互不信任,以及机械、麻木,让心灵丧失了得以滋养和抚慰的所在,城市的匮乏,不仅仅是精神层面的,随着现代经济的发展,越来越多的城市出现了空气污染加重、噪音不绝于耳,商业化充斥着大街小巷,丧失了生活的质感和力度。因此,诗人在城市,开始了精神上的还乡,开始怀念那朴素、单纯的成为"年轻的乡村教师","在一个黎明/和一个纯朴的农家少女/一起坠入情网"的生活,并发出了"但为什么/我来到了酒馆/和城市"的质疑。

(3)城市化下古朴乡村文明的消逝

城市文明以理性、科技、经济发展、物质丰盈为依托,极大丰富和发展了人类生活,然而也应看到城市化的过度追求之下,产生的生态污染、道德虚假、个体疏离和人性扭曲等弊端。然而,城市化依然如火如荼地进行着,并对传统的乡村文明构成了极大的威胁。城市化依然在入侵乡村,使得过去农耕文明下的乡村,也变得和工业、污染、物质开始挂钩,许多农民放弃了土地,转而涌入城市打工,丧失了土地以及依靠土地生活的技能,传统的乡村文明已经从青山绿水转向了和城市看齐的期待心理。这样的转变,是城乡巨大的物质文化差异带来的,然而却以丧失淳朴、自然的乡村文明为代价。城市化下的工业入侵,对乡村而言,则是以其淳朴、自然的乡村文明特性的摧毁为代价。工业文明的发展,使

① 海子:《海子诗全集》,作家出版社2009年版,第336页。
② 海子:《海子诗全集》,作家出版社2009年版,第384页。

得越来越多的乡村，变为郊区工厂或面临着被征地、被拆迁的命运，部分农民或者丧失了土地，或者大量涌入城市而丧失了传统的农耕生活方式，一方面是城市中污染加剧、交通拥堵、诗意匮乏，另一方面，乡村却因城乡差距，财富集中在城市等原因，对城市的向往在某种程度又达到了集中化的程度。这种围城式的状态，显示了某种畸形的发展模式，而“城市化的急剧发展，高楼林立，生活节奏的快速，人与人的隔膜，人与自然的远离，居住的逼仄与模式化，人们其实都正在逐步失去自己的真正的美好生活‘场所’”①。在城市化的弊端和对城市化的追逐的渴求，这样看似矛盾的并立中，现代生活的病态一览无余。在被驱赶入城市的诗人看来，乡村永远是永恒的精神家园寄托地，而物质、技术高度发达的城市，却只是承载着物质的贫乏所在。因为丧失了诗意生活的可能性，城市让原本生活便捷、美好的初衷，越来越远。在喧嚣的城市，失去与土地的连接、与万物休戚与共的生命共通感，人无比孤独和寂寞，因为“我们的人性绝对不只‘存在于‘我们自身，而是更多地’存在于’我们与世界的对话中”②，失去了这种对话的可能，便失去了生活的本真和美好。

海子诗歌中的现代性批评，无论是对理性、物质化、技术化还是对城市化的批评，都旨在引导人们重新回到那“天地人神”合一的无限联系中去，这种联系，确定了人只是整个宇宙、自然的一部分，人如果离开了与万物的这种亲密联系，只会陷入孤寂、乏味的生活状态中。在生态整体观中，也强调了在整个生态网络中，自然万物之间都存在着密切的联系，一种物种、自然元素的变迁，便会导致整个生态系统的整体动荡，因而维持一个和谐、互利、共存的生态网络生存图景，是人类归向自然，与自然融合的必要途径。海子诗歌中的现代性反思，毋宁说是一种对人类回归“诗意地栖居”，与自身、万物达成和解的尝试。

生态视野下的海子诗歌解读，是一种新的挖掘和探索。海子诗歌中具有的家园意识、现代性批评思想，对现代化进行反思的同时，也提供了人与自然生态和谐共处的某种答案。但同时也应看到海子诗歌中的生态内涵所具有的局限性和不全面性。海子在后期长诗中力求重建一种原始状态下人类生活的场景，这对于我们恢复与自然的联系是十分必要的，然而在现代化高速发展之下，这种逆流而上的行为又具有某种徒劳而悲壮的无效性。海子在批评城市文明，追怀乡村文明的过程中，看到了城市化之下乡村文明的瓦解和崩溃，对此始终处

① 曾繁仁：《生态存在论美学论稿》，吉林人民出版社2009年版，第123页。

② 王诺：《欧美生态文学》，北京大学出版社2011年版，第127页。

于精神漂泊状态下的诗人，真正成了无家可归的流浪儿。海子诗歌的生态意义和精神，引导现代人走向召唤自然的和谐之路。正如希腊神话中那个不懈地推动巨石的西西弗，海子本人及其诗歌所具有的不与时代和世俗妥协的精神，成为当代诗歌中具有强烈精神品质的所在。从这个意义来说，海子无疑是伟大的。

“断层”深处的人性悲歌
——论刘庆邦小说的“酷烈”叙事

刘宏飞*

引　言

在这浮躁而又充满诱惑的时代里，刘庆邦始终以谦卑的姿态默默行走在这众说纷纭和众声喧哗的文学道路上，执着地坚守着自己的个性。来自农村，当过矿工的他更多地将目光投向了农村和煤矿，他以知识分子的良知和责任关注并书写着那些生活在社会底层的农民、矿工和城市打工者的生存境遇和精神世界。强烈的人文关怀意识和内心的悲悯情怀使他的小说有着鲜明的善恶之分；既有着对理想人性的赞美和呼唤，又有着对酷烈人性的憎恶和批判。可以说，对人性的书写和思考是刘庆邦小说的重要情节支撑和叙事动力，也是他借以表达其对历史、对社会现实、对个体生命的认识和思考的重要方式。因此，对其小说中人性的解读和分析，成为理解刘庆邦及其作品的一个关键途径。

刘庆邦，1951 年生于河南沈丘农村。在中国当代文坛，刘庆邦有“中国当代短篇小说之王”的美称。30 余年的创作生涯和在文学创作领域所取得的丰硕成果，不仅奠定了他在中国文坛的地位，同时也给读者、学者、批评家提供了一系列优秀的文学作品。从 1978 年发表第一篇小说《棉纱白生生》到之后创作的《走窑汉》《鞋》《神木》《到城里去》《平原上的歌谣》《遍地月光》等知名小说再到最近几年书写的“保姆在北京”系列短篇小说和长篇新作《黄泥地》《黑白男女》，刘庆邦犹如一个勤劳、地道、朴实的农民在文学这片沃土上一直默默耕耘，而且收获颇丰。可以说，他总是“在路上”，他以文学的方式追逐着自己的信念和理想，坚守着知识分子的良知和责任；也以文学的方式探寻着存在的意义，叩问着生命的价值。他的作品多次获奖，其中短篇小说《鞋》获得第二届鲁迅文学

* 作者简介：刘宏飞，1986 年生，男，河南登封人，2015 年毕业于山东师范大学中国现当代文学专业，获硕士学位；指导教师季桂起教授。

奖，中篇小说《神木》获得第二届老舍文学奖，中篇小说《卧底》获得第十二届《小说月报》百花奖，长篇小说《红煤》获得第五届北京市政府奖，等等。这一个个奖项的背后无疑是刘庆邦辛勤的付出，同时也说明他的作品逐渐得到了大家的接受和认可。作家王安忆说："谈刘庆邦应当从短篇小说谈起，因为我认为这是他的创作中最好的一种。我甚至很难想到，还有谁能像他这样，持续地写这样多的好短篇。"①李敬泽说："在汪曾祺之后，中国作家短篇小说写得好的，如果让我选，我就选刘庆邦。"②

刘庆邦的写作有着坚实的生活基础，他出生并成长于农村，求学时代又因为时逢"文化大革命"不得不提前结束初中学业从学校回到农村参加劳动，在这片生于斯长于斯的土地上，他于无意识中积累了日后写作的素材和经验。他和当代许多知名作家有着相似的农村生活经历，却也有着不同的命运之路；他没有像莫言、阎连科那样通过当兵走出农村，也没有像贾平凹那样通过争取上大学的机会走进城市；但是他和他们有一个共同的想法：就是离开农村，走向远方。在长篇小说《远方诗意》中刘庆邦几乎是以自叙传的形式诉说着他在农村的那段时间的生活和想法；当机会来临时，他抓住了，他去了河南新密的一座煤矿当工人，开始了新的人生征程；从此他和煤矿结下了不解之缘，也为他之后的写作生涯准备了大量的第一手材料和直接的生命体验。应当说，19 年的农村生活经验和 9 年的煤矿工作经历以及后来的记者生涯和城市生活体验，给刘庆邦的文学创作提供了充足的写作资源和宝贵的写作财富。丰富的人生经历和阅历以及作家内心的良知责任、人文关怀和悲悯意识使刘庆邦的作品一方面有着强烈的现实感，直指人性深处的酷烈；另一方面又包含着诗意的想象，寄予了他对生命的思考和对人的精神世界的终极关怀。

刘庆邦的创作题材主要是乡村和煤矿，他小说中的人物大多是豫东平原上的平民百姓、煤矿上工作的矿工以及城市中的打工者等社会底层人物。早在上世纪 90 年代，评论家雷达就在一篇文章中谈到了刘庆邦的写作，他认为刘庆邦的小说主要由两大部分构成，"一半是农村、平原；一半是煤窑、竖井"③。新世纪以来，随着对城市了解的日益加深和城市生活体验的深化，刘庆邦也书写了一系列城市题材的短篇小说。刘庆邦说他写小说基本上是两个路子，"简单归

① 王安忆：《独立的，却一定不是孤立的》（代跋），见刘庆邦：《少年时代》，新疆人民出版社 2002 年版，第 328 页。

② 刘庆邦：《从写恋爱信开始》，见《到城里去》，花城出版社 2010 年版，第 122 页。

③ 雷达：《季风与地火——刘庆邦小说面面观》，《文艺评论》1992 年第 5 期。

纳起来，就是柔美小说和酷烈小说”。他认为柔美小说是理想的、出世的、抒情的，酷烈小说是现实的、入世的、批判的。他说：“我写了酷烈小说，写了一些残暴的行为，主要是想写生命的状态，写人性的丰富性和复杂性。”①

文学是关于人的生存与命运以及人性呈现的艺术，20 世纪中国文学的一个重要成就就是对人的重新发现和认识。事实上，关注人、探讨人性一直是文学的一个重要主题，也是作家写作的一个重要着力点。“文学的人性，是文学作为人学的起点或基本前提。否定了它，整个文学将失去最为绚烂的色彩，甚至整个庞大的文学大厦就将倾斜”②。学者曹文轩说：“人性是小说的最后深度。”③贾平凹认为，好的小说在写到人生、命运这些层面之外，也应该“写到人性层面，写到灵魂层面吧，生命之外肯定还有什么东西”④。应当说，刘庆邦在他的创作中对人性这一文学永恒的主题始终给予着密切的关注。人性是他的小说所要表现的一个重要主题，因此，对其小说中人性的解读也成了理解刘庆邦及其作品的一个重要突破口。

学术界和批评界对刘庆邦的关注和研究是在 20 世纪 80 年代后期随着刘庆邦的成名作《走窑汉》的发表而逐渐开始的。从早期对刘庆邦单篇作品的分析到近年来对其小说的综合研究，学术界一直在关注着刘庆邦这个重点书写煤矿和乡村的作家。特别是近年来对刘庆邦小说的综合研究日益增多，而且研究队伍不断扩大，高校教师和研究生也开始写文章评论刘庆邦的作品，可以说刘庆邦已经完全进入了学术界和批评界的研究视野，当然这与他创作数量的增加、创作质量的提升以及他的频繁获奖有着密切关系。学者余志平通过对相关资料的收集、整理、分析归纳出的关于刘庆邦研究状况的“早期的评论奠定的良好基础”、“中期研究进展缓慢”、“近期研究发展迅猛”⑤三个阶段的划分。笔者认为有一定的合理性和参考价值，认同他关于刘庆邦研究的三个阶段划分的观点。事实上，刘庆邦已经成为当代文学研究的一个热点作家。根据《中国学术期刊网全文数据库》收录的关于刘庆邦的研究文章，特别是对其中的 30 余篇硕士论文的重点分析，笔者认为当前学术界对刘庆邦的研究主要集中在以下 9 个方面：(1)对小说中女性形象进行分析研究。(2)探讨刘庆邦小说中的乡土文

① 刘庆邦：《民间》，新疆人民出版社 2002 年版，第 357 页。
② 董学文、张永刚：《文学原理》，北京大学出版社 2001 年版，第 49 页。
③ 曹文轩：《小说门》，作家出版社 2003 年版，第 254 页。
④ 郜元宝、张冉冉编：《贾平凹研究资料》，天津人民出版社 2005 年版，第 23 页。
⑤ 余志平：《刘庆邦小说创作研究的历史与现状》，《周口师范学院学报》2009 年第 4 期。

学叙事。(3)从童年经验、地域文化、人生经历等方面探讨无意识或者外在因素对刘庆邦小说创作的影响。(4)从底层叙事层面探讨刘庆邦的小说创作。(5)综合性分析研究刘庆邦的煤矿小说。(6)探讨刘庆邦小说中的人文关怀、悲剧意识、民间立场、苦难书写、人性书写等形而上的问题。(7)分析研究刘庆邦小说中的儿童形象。(8)探讨刘庆邦小说中的民俗文化。(9)综合分析刘庆邦的短篇小说创作。关于刘庆邦的研究文章中不乏对其小说中人性主题的研究,而且有相当一部分硕士论文也把视角对准了刘庆邦小说中的人性主题,例如:房欣的硕士论文《底层人生的执著言说——论刘庆邦小说的人性思考》,华志辉的硕士论文《直面底层,探究人性——论刘庆邦小说创作》,宋智宁的硕士论文《复杂人性的两极对话——刘庆邦小说论》,李丽红的硕士论文《生存环境与人性裂变——论刘庆邦的小说书写》,冯士乐的硕士论文《人性与现实的诗性超越——刘庆邦小说创作论》等等。笔者认为他们的论文研究多侧重于综合分析刘庆邦的小说,在对其"柔美"小说中的善和"酷烈"小说中的恶的对比分析中彰显出作家刘庆邦对恶的批判以及对善的赞扬和期待。本文试图避开这种将小说中所展现的人性的善与恶放在一起而进行的综合性对比分析的研究方法,而是重点考察刘庆邦的小说中所展现的人性"酷烈"的一面。本文试图比较全面地梳理刘庆邦自"新时期"以来所创作的小说,特别是对其展现人性之恶的"酷烈"小说进行梳理和分析,分析其小说中所展现的酷烈人性,讨论并思考其人性书写背后所隐含的思想向度,同时分析其"酷烈"小说的叙事特色,从一个新的层面和维度认识刘庆邦的写作。

学者刘保亮在分析刘庆邦的小说时说:"审视作家的酷烈小说,权力的腐败、复仇的暴虐、阴谋的陷阱、欲望的裸行、人格的蔑视,其酷砺冷血尽显人性的深渊。"①笔者认为刘庆邦的酷烈小说实质上是在现实的基础上通过艺术的想象和虚构对人性的可能存在性作出的一种理性思考。本文的选题从"断层"的生存状态切入对刘庆邦"酷烈"叙事的考察,用意在于试图通过对刘庆邦小说中人性主题特别是人性酷烈一面的探讨和思考,达到这样的目的:一方面从一个特定角度更加深刻地认识和理解作家的思想以及作品中所表达的深层内涵;另一方面通过对其小说的分析可以对历史、对社会、对生活有更加清醒和理智的认识,同时对人性、对生命有更深刻的见解和思考。

本文的关键词"酷烈",源于刘庆邦在一次访谈中谈起他写小说是两个路

① 刘保亮:《河洛文化视野下新时期河南文学的乡土风骚》,河南人民出版社2012年版,第198页。

子:柔美小说和酷烈小说。本文讨论的“酷烈”首先是指刘庆邦的酷烈小说;其次指小说中酷烈的生存环境;再次指小说中所展现的酷烈的人性之恶。根据《汉语大词典》的解释,酷烈有三层意思:(1)残暴。《荀子·议兵》:“秦人,其生民也陋陒,其使民也酷烈。”《新唐书·刘建锋传》:“凡宗权党散为盗者,皆以酷烈相矜。”章炳麟《訄书·平等难》:“若是,虽法吏之囚錮役作其罢民,亦酷烈自擅也。”(2)猛烈;强烈。《后汉书·荀爽传》:“酷烈之气,焚烧山林。”宋司马光《答李大卿孝基书》:“闻大卿所服之药,皆躁悍酷烈,他人莫能近口。”闻一多《说舞》:“他们所求的只是那能加强他们的生命感的一种提炼的集中的生活经验——一杯能使他们陶醉的醇醴而酷烈的酒。”(3)浓烈。《文选·司马相如(上林赋)》:“芬芳沤郁,酷烈淑郁。”郭璞注:“香气盛也。”唐王琚《美女篇》:“玉台龙镜洞彻光,金炉沉烟酷烈芳。”①本文主要采用酷烈的残暴之意。

一、多重因素影响下的作家写作

一个作家的写作不仅受到外在现实环境因素的影响,同时也在无形中受到内在的地域文化、童年经验、人生阅历等因素的影响,而且后者的影响往往是决定性的。刘庆邦在《不可改变的梦境》一文中说他夜里做梦,经常梦见儿时在农村老家时的场景。“看来儿时和地域的影响对一个作者来说是决定性的,如同我们不能自由地支配梦境,改变梦境。我们用小说做成的梦,也离不开生长期时所处的环境。”②可见,童年生活和地域文化对一个人所产生的潜移默化的影响已经深深地根植于他的记忆中,甚至以无意识的方式出现在他的梦境之中。他梦境之中的中原大地在现实中不仅是一个有着辉煌的、悠久的、深厚的历史文化积淀的地区,同时也是一个在历史上饱经战乱和灾荒的地区。种种复杂的因素影响并造就了中原地区特有的地域生存文化。成长于豫东平原的作家刘庆邦9岁时父亲去世,他的母亲带着他们姐弟6个人在苦难的环境中艰苦地生存,其生活的困难程度可想而知;因为“文革”,他初中没有毕业就回到农村参加劳动,之后又去煤矿工作,其生活和人生经历充满了坎坷。诚如刘庆邦所说他的人生经历比较丰富,“如大跃进、大饥荒、文化大革命、大串联等,很多大事我都亲身经历过。我还种过地,挖过煤,参加过宣传队,并当了多年的记者,跟多

① 罗竹风主编:《汉语大词典》(第9卷),汉语大词典出版社1992年版,第1409页。

② 刘庆邦:《不可改变的梦境》,见《在雨地里穿行》,百花文艺出版社2010年版,第181页。

个阶层的人都打过交道”①。应当说，中原地区特有的地域生存文化、童年的不幸生活经验以及成年后的种种人生阅历，不可避免地在作家刘庆邦心中留下了深深的烙印，与有意无意之间影响并制约着他的写作。

(一)中原地域生存文化对刘庆邦创作的影响

河南地处中原，自古以来就是一个多灾多难的地方。如果说北宋之前河南因为多次是国家首都的所在地而成为全国的政治、经济、文化中心也曾有过繁荣发展的话，那么北宋之后，随着王都的迁移，河南就逐渐淡出了主流政治舞台，曾经的辉煌也渐渐成为尘封的历史。在由中心到边缘的历史进程中，“河南大势已去。无论政治还是经济，这都是一片被中国遗忘的土地”②。当繁华不再，加之间或出现的战乱和旱涝等自然灾害，历史留给河南人民的则更多是苦难，饥饿。苦难、饥饿在直逼人的生存底线、挑战人性极限的同时，也激发了河南人民顽强的生存抗争精神，孕育了中原地区特有的地域生存文化。

“新时期”以来，在现代思想与传统意识的摩擦与冲突之中，“当代豫军的文学创作体现出强烈的地域文化特点：对河南人民严酷的生存环境发出悲悯的叹息，对河南人民的封闭、保守、唯上等封建腐朽思想进行批判，对他们的朴实、勤劳、坚韧的人格力量进行赞美”③，这些特点突出地表现在当代河南作家的作品之中。李佩甫《羊的门》中开篇对平原上二十四种草的描写颇有意味，这些草“‘败’中求生，‘小’中求活”的“草性精神”④其实暗喻了中原人民的韧性生存精神。阎连科《年月日》中的主人公先爷一个人在因为旱灾而村民纷纷逃离的荒芜的村庄苦苦坚守；在无边的田野对一颗象征着希望和生命的玉米苗用尽心力进行守护。他的无言的抗争和顽强的生存精神是对生命的尊重和呵护，也是对中原生存文化的一种诠释。刘震云《温故一九四二》中讲述了在战乱饥荒的岁月里，河南人民为了能够活下去并没有像古代的叔齐、伯夷那样饿死不食周粟，而是“有奶便是娘”。叙述者冷静地诉说着：“当时我的乡亲们，我的亲戚朋友，为日军带路的，给日军支前的，抬担架的，甚至加入队伍、帮日军去解除中国

---

① 杨建兵：《我的创作是诚实的风格——刘庆邦访谈录》，《小说评论》2009 年第 3 期。

② 李丹梦：《文学“乡土”的地方精神》，北京大学出版社 2014 年版，第 69 页。

③ 朱德发、魏建主编：《现代中国文学通鉴 1900—2010》（下卷），人民出版社 2012 年版，第 1798 页。

④ 洪治纲：《“人场”背后的叩问与思考——论李佩甫的〈羊的门〉》，《名作欣赏》2010 年第 9 期。

军队武装的，不计其数。”[①]“是宁肯饿死当中国鬼呢？还是不饿死当亡国奴呢？我们选择了后者。”[②]不可否认，这也是中原地区的一种生存文化，无意中也应和了当代作家余华在《活着》自序中所说的哲理性话语：“人是为活着本身而活着的，而不是为了活着之外的任何事物所活着。”[③]当代河南作家不约而同地把笔指向中原地区曾经的苦难、饥饿，指向河南的生存文化，一方面固然是对历史的追忆和补白，对河南人民曾经的苦难生活的一种关注，另一方面又何尝不是对中原地区这种在苦难和饥饿中孕育出的生存文化的一种理性思考。顽强地抗争和卑微而艰难地活着的地域生存文化背后是无法言说的伤痛和“不可承受的生命之轻”。

严家炎认为：“地域对文学的影响，实际上通过区域文化这个中间环节而起作用，即使自然条件，后来也是越发与本区域的人文因素紧密联结，透过区域文化的中间环节才影响和制约着文学的。”[④]在河南豫东平原上的农村成长并生活了19年的刘庆邦不可能不受到这种在苦难中孕育出的中原地域生存文化的影响。事实上，在他的作品中，我们可以明显感受到中原地域生存文化对他创作的影响。例如：他的长篇小说《平原上的歌谣》被评论界称为“中国第一部深度描写三年大饥荒的长篇小说”[⑤]。书中详细描述了在饥饿的日子里，文凤楼村的村民卑微而顽强的生命力、生存韧性和生存智慧，同时也展现了酷烈的生存环境中那酷烈的人性。他的短篇小说《到处都很干净》讲述的也是关于饥饿的故事，叙述者冷静地告诉读者，当饥饿使人们只剩下吃这一个欲望；当所有的道德和理性都被遮蔽，所有的行为都只是为了换一口吃的东西时；人性中那隐藏的东西就会悄然浮现出来。显然，在这些作品中，地域生存文化与人物那顽强的生存韧性和逆境中异化的人性有着密切的联系。正是在注意到地域生存文化对人性产生影响的这个基础上的写作，使得刘庆邦的作品有了更强的真实性，使他能够更客观地刻画人物那种酷烈的生存本相。

（二）童年经验对刘庆邦创作的影响

童年经验是作家创作取之不尽用之不竭的源泉，也是制约作家写作的一个

① 刘震云：《温故一九四二》，人民文学出版社2009年版，第478页。

② 刘震云：《温故一九四二》，人民文学出版社2009年版，第480页。

③ 余华：《活着——中文版自序》，见《活着》，作家出版社2012年版，第4页。

④ 转引自张建永、林铁：《乡土守望与文化突围：周大新创作研究》，作家出版社2009年版，第28页。

⑤ 刘庆邦、萧符：《写作是人生的一种修行》，《上海文学》2010年第11期。

重要因素。童庆炳认为:童年经验是指从儿童时期的生活经历中所获得的体验。“童年经验作为一种体验更倾向于主观的心理变异。童年经验的这种性质对作家至关重要,它意味着一个作家可以在他一生的全部创作中不断地吸收他的童年经验的永不枯竭的资源。”[①]显然,童年经验有着重要的作用,它在一定程度上影响着作家“对于创作题材的选择”,也影响着“作品情感或情绪的基调”[②]。

对于童年时期的生活,刘庆邦曾不无悲情地诉说:“我是家里的长子,过早经历的亲人们的生死离别,给我的心灵罩上了一层阴影,养成了我压抑、向心、敏感、自尊和负责的性格。”[③]在上世纪五六十年代的三年大饥荒时期,不满10岁的他便在饥饿的折磨中早早地感受到了生存的艰辛,他“吃过多种野草,多种树叶,还吃过榆树皮和柿树皮。我饿得变成了细脖子,细腿,鼓起的肚子像一层纸”[④]。应当说,刘庆邦的童年是不幸的,父亲、爷爷、弟弟这些他最亲的亲人相继离世使他的内心变得孤独和敏感;饥荒、贫困的家境这些外在的因素又造成了他生活上的困苦和无奈;“文化大革命”使他从学校回到农村更是灼伤了他稚嫩的心灵。从此,他不得不放弃学业,在农村参加生产队的劳动。庆幸的是,他的文艺天赋也在这片土地上得到了发挥,他写的稿子在村里的广播站通过喇叭传向了村里的每一户人家,随后他又参加了村子所在的公社的文艺团队,代表公社去村里或者去别的公社演出,发挥并培养了他的文艺才能。

显然,刘庆邦童年那不幸的情感经历和贫困的生活使他产生了一种缺失性经验。“所谓缺失性经验,即他的童年生活很不幸,或是物质匮乏,或是精神遭受摧残、压抑,生活极端抑郁、沉重。”[⑤]学者童庆炳认为作家的童年经验特别是缺失性经验可以转化为作家创作的动力。“童年的缺失性经验寓含更丰富更深刻的人生况味,从而更能激发作家的想象力,鼓舞作家的创作热情。”[⑥]事实上,刘庆邦的童年经验特别是缺失性经验对他的创作影响深远,在作品中不时地显现出来。长篇小说《平原上的歌谣》中,文凤楼村魏月明一家艰难困苦的生活实际上就是作家刘庆邦童年生活的一个缩影,小说中的人物长河也明显有着作家

① 童庆炳:《作家的童年经验及其对创作的影响》,《文学评论》1993年第4期。
② 童庆炳:《文艺心理学教程》,高等教育出版社2001年版,第94页。
③ 刘庆邦:《从写恋爱信开始》,见《到城里去》,花城出版社2010年版,第117页。
④ 刘庆邦:《走在回家的路上——在中法文学论坛上的发言》,《作家》2011年第7期。
⑤ 童庆炳:《作家的童年经验及其对创作的影响》,《文学评论》1993年第4期。
⑥ 童庆炳:《作家的童年经验及其对创作的影响》,《文学评论》1993年第4期。

自己童年时期的影子。刘庆邦在后记中说这部小说是对三年大饥荒时期他在农村的生活的一次记忆。在这带有强烈主观色彩的记忆和回忆中，童年经验于无意识之中已经影响了作家的写作。短篇小说《远足》《拉网》《户主》等小说中也都能看出作家刘庆邦童年时期的影子，童年的生活和经验深深地影响着他的写作。或许正如他所说："我之所以写了一点微不足道的东西，可以说很大程度上是童年和少年时期的生活造就了我，是母亲培养了我。"①

（三）人生阅历对刘庆邦创作的影响

如果说地域文化和童年经验往往是以间接的、无意识的、隐性的方式从记忆深处影响作家创作的话，那么人生的经历和阅历则是以直接的、有意识的、显性的方式参与作家的写作。刘庆邦说他是凭人生经验写作，他每一年都会去农村和煤矿走走、看看，"除了发现新的生活，增加新的情感积累，我还要寻找现实与历史的联系"②。从农村到煤矿再到城市，是刘庆邦人生的三段式生活道路，在煤矿的时间相比较于在农村和都市的时间是最短的，但他写小说选取的材料却是在煤矿生活的这一段最多。③ 显然，9 年的煤矿生活成了他人生当中的一段重要经历，那段生活所积累的人生经验也成了他从事写作的不竭源泉和宝贵财富。

刘庆邦说他在煤矿的矿井深处做过许多工种，"做过掘进，采过煤，也开过运输机"。矿井深处那繁重的劳动和潜在的危险因素使他深有感触地说："农村的生活已经很贫困了，没想到矿上的生活更加严酷。"④从早期的《走窑汉》《断层》《血劲》《神木》再到之后的《黑庄稼》《卧底》《红煤》《贴》等以矿工的生活、心理、人性为主要描写对象的小说，刘庆邦始终关注着煤矿和矿工这个他所熟悉的领域和群体。或许是那幽深的比黑夜还黑的矿井下极端的工作环境和劳动场景深深地震撼了他；或许是那煤矿工人在一次次的矿难中的悲惨遭遇触动了他内心的怜悯和同情之心；亦或许是那九年的煤矿生活使他早已融入了这个团体，把煤矿当作了自己的第二个家，把矿工当成了自己的亲人。总之，他就是这么执着地关注着煤矿这个领域，关注着那些默默劳动的煤矿工人。正是对煤矿和矿工生活的熟悉和执着的关注，他写出了一系列优秀的煤矿题材作品，对

① 牧阳、刘庆邦：《大美无言》，见刘庆邦：《遍地白花》，新世界出版社 2004 年版，第 389 页。
② 杨建兵：《我的创作是诚实的风格——刘庆邦访谈录》，《小说评论》2009 年第 3 期。
③ 刘庆邦：《得地独厚——谈煤矿生活与文学的联系》，《作家》1994 年第 1 期。
④ 范宁：《刘庆邦：写煤矿写乡村，写的还是人》，《长江文艺》2014 年第 5 期。

矿工个体生命和人性变异的理性思考和深度解析也使他的作品超出了一般意义上的题材类作品,从而有了深度意义。

如果说煤矿生活积累的人生经验是他写作的宝贵财富的话,那么19年的农村成长经历更是他写作用之不尽的源泉。例如,中篇小说《到城里去》中有这样一个细节描写:农村妇女宋家银为了从婆婆家要走一点盐,对婆婆声东击西,用尽心机;她先是以丈夫的名义向婆婆这个传统的、小家子气的农村妇人索要院子里的老母鸡,然后再向她要盐;在婆婆因为害怕失去老母鸡而不得不对她妥协退让允诺给她一些盐后,她就狠命地从瓦罐里往外倒盐,哪管婆婆"心疼的像盐杀的一样"的表情和让她"少倒点儿,少倒点儿"的无奈哀求①。她心安理得、毫不客气地倒了一多半出来,尽管瓦罐里面的盐也没有多少了。陈建功在评论这篇小说时说:"若无深厚的农村生活积累,根本无法挖掘出如此惟妙惟肖的性格特征和准确生动的生活细节。"②正是对农村生活的熟悉和对农村人物心理的了解,使得刘庆邦在作品中对农村生活场景的描写和人物心理的把握如此惟妙惟肖和出神入化,显得游刃有余、从容不迫。近年来,在首都北京生活了多年的刘庆邦在积累了一定的城市生活经验之后,也把他的写作视角转向了城市。他所书写的"保姆在北京"系列短篇小说既是对城市保姆这个底层生活群体的关注,也是对农民进城这一社会问题的思考,同时也是对他长期书写农村和煤矿题材的一个突破和创新。

综上,本文所重点讨论的刘庆邦的酷烈小说以及小说中所展现的酷烈的人性,显然受到了作家所生活的中原地区的地域生存文化,以及作家的童年生活经验和人生阅历这三个方面因素的影响。

二、"断层"深处的人性裂变

刘庆邦将他的第一部长篇小说命名为《断层》,小说描写的是野狼沟煤矿在矿长常江的带领下,大胆革新,战胜种种困难,最后使煤矿得到大的发展从而给国家作出了更多贡献。在小说《断层》中,断层是矿井深处的一种地形,要采更多的煤,就必须打通这个断层③。虽然小说明显有着新时期改革文学那种简单

① 刘庆邦:《到城里去》,花城出版社2010年版,第12页。
② 陈建功:《一镢头刨到骨子里》,《中篇小说月报》2003年第8期。
③ 刘庆邦:《断层》,中国文联出版公司1986年版,第222页。

的二元对立矛盾和清官情结，但是小说中对人的关注和对人性的表现却是值得肯定的。特别是“断层”这个题目的命名很有意味，有着“所指”和“能指”的功能。本文有意引用了“断层”这个词语，试图从“断层”的生存状态切入来分析刘庆邦酷烈小说中的人性裂变。具体到刘庆邦的小说文本中，“断层”在所指层面首先是指从田野到煤矿，劳动空间的断层；其次指从农村到城市，生活轨迹和社会身份的断层；再者指从传统到现代，思想意识的断层。在能指层面主要是指人性在“断层”中发生的裂变，具体是指矿工在地层深处特殊的劳动环境中人性的裂变；农民从乡村走进都市遭遇到城市的拒绝和排斥后人性的裂变；生活在广阔民间大地上的农民在传统与现代思想意识的交织中人性的裂变。虽然刘庆邦在他当时创作小说时尚没有完全意识到“断层”的这些含义，但他此后的小说创作却在有意与无意之间通过“酷烈”叙事把这些含义充分揭示了出来。

（一）从田野到煤矿，幽暗空间中那孤独的“舞者”

劳动空间的“断层”使煤矿工人在特殊的劳动环境中成了一个特殊的生存群体。他们在那黝黑的地层深处，“同样装扮的人结成一队，在那里进行神话般的‘舞蹈’，舞蹈的动作富有远古劳动的色彩，沉重而不屈，单调却强劲”①。“特别是轮到上白天班，有时两头不见太阳，在井上睡觉时是黑夜，到井下挖煤时是比黑夜还黑的黑夜”②。如果说黑暗给人的是一种孤独和压抑的感觉，那么地层深处那不可预知的直接威胁矿工生命的冒顶、透水、瓦斯爆炸等灾难则更让人胆战心惊。极端的工作环境使矿工的内心变得敏感、压抑和焦虑；矿上女性的缺乏使他们对异性充满了幻想、期待和渴望；不可预知的矿难使他们的生命意识和死亡意识有别于常人。应当说，刘庆邦敏锐地注意到了矿工这一特殊生命群体的生存世界，通过对矿工酷烈人性的展现，表达了他对个体生命和人性的关注和思考。短篇小说《走窑汉》中矿工马海州在妻子小娥被队长张清骗奸后，用尖刀捅向张清的心脏，之后被判刑。小说开始于马海州刑满释放后，继续在矿上挖煤而且和张清在一个班里。多年前的一刀并没有消除他对张清的仇恨，时间也没有淡化他心中的恨，反而助长了他内心的恨，马海州被仇恨的心理控制，仇恨使他着了魔，他所有的行动和生活的意义似乎都只是为了找张清继续复仇。他那阴沉冷漠的表情；怀里装着的故意让张清看见的尖刀；在黑暗的矿

① 刘庆邦：《民间》，新疆人民出版社 2002 年版，第 92 页。
② 刘庆邦：《红煤》，北京十月文艺出版社 2009 年版，第 5 页。

井深处幽灵般地出现在张清身旁的身影；一次次地直逼张清的心理防线。他断然拒绝张清主动和好的诚意，故意带着妻子小娥去找张清询问多年前那不堪回首的骗奸的过程，终于，在这酷烈而又压抑的复仇阴谋和行动中，张清的心理崩溃了，他自杀了。小娥在张清自杀后也跳楼而亡。其实小娥才是一个真正的受害者，她不仅承受着失去贞节后周围环境给她带来的压力，更忍受着丈夫对她的无情折磨和蹂躏；当丈夫马海州一次次地逼她重复她被张清侮辱的过程时，夫妻间的感情和情谊被消解殆尽，人性之变态和酷烈也悄然显现。真正的复仇者应该是小娥，马海州的复仇显然是对女性的漠视，是传统的大男子主义观的再现，是为了维护他那可怜的尊严和虚假的面子，复仇手段的阴险毒辣也直指人性深处的酷烈。短篇小说《血劲》似乎和《走窑汉》形成一种呼应，如果说马海州是在传统伦理观念和男性尊严的驱使下展开强势的复仇的话，那么《血劲》中的矿工雄在面对妻子和屠夫的通奸时却显得如此的软弱和可鄙，雄的一步步退让和妥协换来的是妻子四真和屠夫秤锤更加肆无忌惮的苟合和对他的漠视。雄虽然是一个老实本分的矿工，但是面对这种奇耻大辱，他也产生了仇恨心理，也想杀了奸夫或者至少给他一点厉害让他知道自己不是好欺负的，可是就在他借酒壮胆寻找屠夫复仇的现场，却被屠夫秤锤那冷血残酷的杀狗动作和场景吓住了，他怕自己也像狗一样被秤锤杀了，他退却了。雄成了工友们嘲笑的对象，但有一个矿工没有笑话雄，他是木。言语不多的木有着强烈的尊严感，他出面了，警告四真和秤锤，说他们的行为不是对雄一个人的侮辱，而是把窑上的矿工都欺负了。当然，他们根本没把木这个不起眼的矿工放在眼里，更没把木的话当回事。一大早上，买肉的人发现四真和秤锤被人杀死在床上，脑壳子都碎了。显然，这“活”是木做的，但是消息传到井下，正在挖煤的雄毫不犹豫地说是他干的。人性的复杂也显现出来，软弱和妥协的雄不惜承担杀人的罪名，是为了心中那无以复加的仇恨和屈辱终于可以宣泄，也是为了在工友们面前夺回那曾经失掉的尊严和勇气，更是为了维护自己那作为“人”的人格不可以被侮辱和损害。

其实，杀人是一种非常酷烈的人性，任何人都没有权力去剥夺别人的生命，更没有权力自己作为判官去裁判别人的生死。马海州也罢，木也罢，表面快意恩仇的背后是理性的缺失和原始本能的恢复。屠夫秤锤那酷烈的杀狗行为和蛮不讲理的处事方式，也暗指了这是一个符号化的没有感情的生命个体，他的存在只是简单的动物式的生存。

上世纪 90 年代社会上出现了“打闷棍、敲点子”的事件：就是在矿井下把骗来的矿工打死，然后施暴者冒充矿工的亲属向煤窑主诈钱。刘庆邦在中篇小说《神木》中鞭辟入里地描述了这种现象，矿工宋金明和唐朝阳在金钱的利诱下做起了“点子”生意，他俩在火车站观察着形形色色的打工者，很快就物色了一个点子，是外出打工的农民元清平。然后他俩带着点子元清平一起去偏僻山区的小煤窑上挖煤，在黑暗的窑底，趁元清平不注意，用铁镐杀死了他。一个活人、一个生命就这样被他们杀死在沉闷的窑底，那黑暗窑底的一声铁镐打在人脑袋上的闷响尽显了人性的酷烈。这已经是他们做的第三个点子了，当然这个点子让他俩如愿从窑主那儿诈出了三万块钱。更为残酷和不可饶恕的是他俩靠此为生又物色了第四个点子，这个点子是个少年，接触中他俩知道这个点子元凤鸣是上一个点子元清平的儿子，当他俩仍然把罪恶的黑手伸向这个无辜的少年时，人性已经彻底在他们身上沉沦。学者陈晓明在分析刘庆邦的作品时认为小说《神木》写出了一种“残忍的真实”，“小说以现实主义直面真实的笔法，表现了当今底层社会的人性和道德危机，刻画那些坚硬的事实和赤裸的人欲，具有前所未有的批判性，及发人深省的力量”[①]。如果说《神木》中矿工向窑主诈钱的手段是如此的残酷和让人不寒而栗，那么刘庆邦的另一部中篇小说《卧底》则更让人感到压抑和难以接受，人性何以如此酷烈？小说《卧底》中窑主把骗来的矿工当奴隶和牲畜看待，在没有安全保障和生活保障的情况下，每天强迫矿工在井下挖煤 12 个小时。偏僻的山沟、阴暗潮湿的窑洞、群吠的狼狗、彪悍的打手、没有工作服、没有澡堂、没有职工宿舍、更没有人身自由，所有的一切都是为了最大限度地榨取这些矿工的剩余价值。矿工老毕曾试图从戒备森严的小煤窑中逃跑，但是在快要成功时被打手那锐利的眼睛发现了，等待他的是残酷的刑罚，窑主让打手用烧红的煤铲往老毕脸上烙，当“好多窑工都站在门口往里看，他们的目光都很惊恐”[②]时，老毕的内心崩溃了，反抗无望，他用那烧红的煤铲烙掉了自己的手指，然后向窑主下跪，他企图用这古老的自残和牺牲尊严的方式换取窑主的一点怜悯之心，但是等到的却是窑主冷漠的回避和拒绝。卧底记者周水明试图发动矿工集体反抗，结果这些矿工一个个地向窑主报告，甚至包括老毕，他们想得到的只是“奴隶主”的一句赞扬或者是一个赏赐，酷烈人性被演绎到了极致。

在那幽深的矿井深处，还有多少悲剧并不因为不被人们发现而停止上演，

① 陈晓明：《中国当代文学主潮》（第二版），北京大学出版社 2013 年版，第 567 页。
② 刘庆邦：《卧底》，四川文艺出版社 2007 年版，第 27 页。

还有怎样的酷烈人性并不因为人们难以接受而不再展现？中篇小说《哑炮》中矿工江水君喜欢上了同班工友宋春来的妻子乔新枝，这让他很矛盾和痛苦。在一次井下作业中，江水君无意中发现了埋在煤堆里的一枚哑炮，但是他没有告诉正在采煤的搭档宋春来，因为他想起班长开玩笑时说的话：宋春来如果被冒顶砸住了，那他老婆就不知道是谁的老婆了。他借口去厕所离开了这个工作面，他在等待，但迟迟听不到爆炸声。他很失望，准备回来挖煤时，忽然发现宋春来正在哑炮附近用铁镐刨煤，他大吃一惊内心也随之紧张起来；他依然选择了沉默，他躲到黑暗的角落里等待着，很快哑炮响了。宋春来就这样死在了井下，完全可以避免的悲剧因为江水君人性的自私和丑陋又再次上演。当江水君事后主动去接近和帮助守寡的乔新枝，并最终和乔新枝一起生活时，内心始终无法摆脱良心谴责的暗影，人性也因为爱的欲望和赎罪心理的交织而更显矛盾和复杂。

短篇小说《别让我再哭了》中，人性呈现出的酷烈却是一种爱的酷烈。因为家里贫穷，因为儿女都没有工作，矿工郑师傅无奈之下在工作中故意死在了井下，他以这种决绝的自我牺牲的方式帮助自己的儿女，因为这样会有一笔抚恤金，矿上至少会安排他的一个子女工作，只是这代价太残酷了。处理善后工作的工会副主席孙保川了解了情况后嚎啕大哭，他忽然明白了他的父亲当年很可能也是为了家里人的生活而故意死在井下的，明白了为什么作为瓦斯检查员的父亲明知盲巷里有危险却要进入盲巷，明白了为什么他母亲老是说对不起他父亲。"他哭得一点也不好看，一点也不好听，他就那么咧着大嘴，破腔破嗓的，简直有些丑陋。然而就是这样的哭才是真实的，才是惊天地泣鬼神的。"①难以言说的伤痛背后，事实上是底层矿工那卑微而又倔强的生命在现实环境中，所遭遇的生存的艰辛与生活的无奈。

（二）从农村到城市，坎坷而又崎岖的生存之路

如果说城市意味着现代和文明而乡村象征着传统和愚昧的话，那么在整个世界日益现代化的今天，"到城里去"则成了一代代乡村人的梦想和追求。"成为现代人的欲望是一种原型，也就是一种非理性的命令，深深地扎根于我们的内心深处，它是一种坚决的形式，其内容则是不断变化、无法确定的：自称现代

① 刘庆邦：《别让我再哭了》，见《刘庆邦短篇小说选》（点评本），作家出版社2012年版，第150页。

并被接受为现代人的人，就是现代的。”①然而，从农村到城市却并不是一条康庄大道，农民想要进入城市获得身份认同成为现代人却是如此的艰险和困难。

“新时期”以来，随着农村家庭联产承包责任制的实施，农村的生产关系发生了重大变化，农民的生活也有了很大改变，其温饱问题正在逐步得到解决；但是农民依然没有摆脱长期困扰他们的生存困境，这不仅是物质层面的，更有精神层面的困境。1980 年代，贵州作家何士光的《乡场上》中主人公冯幺爸这个有着阿 Q 性格的长期受压迫的农民，在梨花屯的乡场上对村中权力人物发出了抗议之声，让我们耳目一新，对新时期农民的人格主体性和生命尊严的重新确立充满了期待，但现实是复杂多变的，在纷繁的文化语境变迁中，农民摆脱生存困境确立自我的主体性却是如此的坎坷和艰辛。1990 年代，中原作家阎连科的《乡间故事》中生动形象地描绘了乡村上层势力通过婚姻结成的复杂网状关系：“支书家的大姑女是队长的大儿媳，支书家二姑女是副支书家大儿媳，支书家大孩娃又娶了经联主任的大妹子。……没办法，都是亲戚。都是亲戚！乡间就是这场景、这面貌。”②这无奈的哀叹之中，暗示着农村政治势力和人情关系的复杂，也隐含着作家对这种权力网状的不满，以及对权力网之外的普通百姓的生活的担忧。“乡村上层势力依然通过各种方式编织一种新的威权大网，普通农民的权益依然受到侵扰，无法获得完整的生命尊严和完全的个体人格独立性。新的威权大网自然而又‘合法’地存在着，以至于成为没有具体结构目标的、无法突破的‘无物之阵’”。③

在这难以突破的乡间“无物之阵”中，底层农民显然处于一种生存困境中，在政治层面，他们并没有真正当家作主，有形无形之中依然受到权力阶层的欺压和愚弄；在经济层面，除了维持基本的温饱之外，他们难以在传统的田间劳动中有大的发展；在文化层面，现代科学知识的匮乏，使他们依然受到传统封建伦理和礼教文化的束缚，依然有着承受苦难的宿命观念和顺民意识，也依然保留着“小生产者的蒙昧无知、褊狭保守、自私苟安”的国民性格。但是，毕竟全球化的时代大潮已经到来，经济发展的巨大冲击力已经波及乡村并深深地影响了乡村的政治、经济、文化结构。无可否认，金钱正在逐渐战胜乡村传统的伦理道德文化成为农民自我身份认同和存在感的重要依据和精神支撑。那些不甘于现

① ［法］米兰·昆德拉：《小说的艺术》，董强译，上海译文出版社 2012 年版，第 162 页。
② 转引自张丽军：《对话与争鸣》，上海大学出版社 2009 年版，第 12 页。
③ 张丽军：《乡土中国现代性的文学想象》，上海三联书店 2009 年版，第 44 页。

状、力求摆脱生存困境的农民在时代大潮中纷纷踏上了离乡进城之路。他们希冀在城市赚到金钱以改变自己那卑微的生存处境，他们也更希望在城市获得身份认同，像城里人一样生活。当他们惴惴不安地带着希望来到城市，迎接他们的会是什么，他们的命运能够改变吗？当代中原作家刘庆邦敏锐地注意到了新时期以来中国农民离乡进城这一社会现象，并对这一社会问题进行了严肃而理性的思考。无论是小说《到城里去》《我们的村庄》《回家》《相遇》中在城市底层谋生的农民打工者形象，还是小说《家园何处》《兄妹》《回来吧妹妹》《东风嫁》中在城市出卖肉体谋求生存的农村女性形象；抑或是小说《找不着北》《说换就换》《钓鱼》《榨油》中在城市家庭中从事劳务工作但依然是农民身份的城市保姆群体；在这些小说中刘庆邦为我们塑造了一系列离乡进城的城市农民形象。通过对这些城市农民形象的解读，不难发现，他们多是在现实生存困境中或被动或主动地离开乡村到城里去，但是城市并非人间天堂，在城市底层的艰苦生活和城市人“傲慢与偏见”中，一方面是城市对农村的拒绝，另一方面也隐含着人性在城市物欲大潮中的异化。

不同于贾平凹《高兴》中的农民刘高兴对城市的强烈的自我身份认同，在刘庆邦的小说中城市农民形象多是一个无声的“他者”存在。这些离乡进城的农民在城市中是那么的孤独、落魄、无助，甚至他们的生命也在城里人的冷漠无视中显得微不足道。他们在城市只是一群不被接受和认可的“他者”存在。小说《到城里去》中杨成方的四弟在城市的工地上干活，因工伤而亡，在杨家与建筑队进行艰苦谈判之后，最后以一万三千块钱画上句号。也就是说杨成方四弟的生命在城市仅仅换得了那么一点钱，这点钱就可以等价于一个农民的生命价值。那么，同是在城市打工的农民杨成方又怎么样呢？用他的妻子宋家银的话说：“从县城，到省城，到北京城，现在又到了广州城，前前后后，他在城里混了20多年。他混了个啥呢，到如今还不是一个拾破烂的”①。杨成方的城市生存境况更是让读者震惊，他穿梭于城市的楼群之间，一手拿着蛇皮袋子，一手握着铁钩子，到处扒垃圾捡破烂。“饿了，他从某个楼下的垃圾口里扒出一块或整个馒头，把上面粘的脏东西捏一捏，就吃起来了。渴了，他拿出随身带的矿泉水瓶子喝一气。里面装的不是矿泉水，是在水龙头下面灌的自来水。连矿泉水的塑料瓶子也是捡来的。”②在这样的生存境况中，很难想象主人公杨成方会有强烈的

① 刘庆邦：《到城里去》，花城出版社2010年版，第78页。
② 刘庆邦：《到城里去》，花城出版社2010年版，第40页。

自我主体性身份认同,事实上,他是如此卑微地在城市生存,他把城里人放在墙边的梯子当破烂捡走,被城里人毫不客气地送进拘留所拘留了半个月。才40来岁,他已经像一个老年人了,头发白了大半,额上的皱纹也很深,门牙掉了一颗,"不知道是自己跌落的,还是被人家打落的"①。类似于杨成方和他的四弟在城市打工的境遇,小说《我们的村庄》中农民叶海阳在城市工地上打工被工头无故辱骂和殴打。小说《回家》中农村少年梁建明在城市找工作被骗入传销窝点受尽折磨。小说《相遇》中到城市打工的村民唐少文在城市里泯灭自己的良知和尊严向城里人讨钱骗钱。他们无疑都是生活在城市底层的农民打工者形象,他们的城市生存境遇除了给读者以深深的震撼之外,也说明了在城市繁荣的表层之下是底层民众生存的艰辛和难以言说的生存之痛;同时也隐含了人性中那适应艰难困境的"酷烈"韧性。

如果说杨成方这样的朴实农民在城市的艰苦求生境况让我们感到震撼和同情,那么刘庆邦小说中的那些在城市被迫沦落的失足少女形象更是深深地刺痛了我们的内心。小说《家园何处》中农村姑娘何香停因为父母双亡,和她相依为命的三哥也在外出打工中丢掉了一条腿成了残疾人,为了养活自己,为了给三哥一家减轻负担,在三嫂的逼迫下,停不得不走上了离乡进城之路,她要到城里去赚钱。她似乎很清楚到城市意味着什么,"外出打工,身单力薄的一个女孩子家,面对外头凶蛮强有力的世界,谁能保证自己不失身!……正是这最后一点让停最恐惧,最不愿意接受。"停所害怕的事情还是发生了,在欲望横流的都市中,"城市新生活的潮流如涛涛的洪水,作为一个农村姑娘,她一旦被卷入洪流,就身不由己了。"她是如此被动的一步步沦落,她的青春和身体成了城里人消费的对象,对于城市,她只是一个外在的躯体存在。"停好像是一条城市的下水道,一些肮脏的排泄物都通过她排走了。"②小说《兄妹》中农村姑娘心也有着和停一样的城市生存境况,面对来城市看望她的哥哥,她不得不以自己在工厂做工为名搪塞亲人的询问;令人难以接受的是,他的哥哥在城市的诱惑中,居然用妹妹出卖肉体换来的钱去嫖娼。而且面对妹妹无言的泪水,居然说出他早知道妹妹是干什么的,"兴啥啥不丑"的彻底抛弃伦理底线和道德底线的话语。一个可怕的怪圈,人性也在这怪圈中显现出酷烈的一面。小说《回来吧妹妹》中农民米青田来城里寻找已经两年没有回家的妹妹米青花,虽然人物米青花从未出

① 刘庆邦:《到城里去》,花城出版社2010年版,第73页。

② 刘庆邦:《家园何处》,见《不定嫁给谁》,时代文艺出版社2001年版,第346页。

场,但叙述者在隐含的叙述中暗示读者米青花在城市已经沦落。通过对这些失足农村少女的遭遇的描写,叙述者一方面揭示出这些来城市打工、渴望赚钱的农村少女面对汹涌的城市物欲生活几乎不可避免地被城市的现代化转型所伤害,不得不承受经济发展所带来的社会转型中的阵痛;另一方面也暗含了城市欲望化生活潮流对农民人性的异化和伤害。

近年来,刘庆邦创作了"保姆在北京"系列短篇小说。他说:"我国在城市化进程中,过去长期形成的城乡二元对立的观念仍然存在,这种观念必定会在保姆和雇主之间反映出来,并形成形形色色的矛盾冲突。在这种情况下,保姆像是打入城市的尖兵,又像是潜入城市的卧底"①。因此,他试图通过对保姆的描写来进入城市家庭的内部,反观城乡二元对立观念,同时看城里人的"内心世界和人性的丰富"。通过对众多保姆形象的塑造,刘庆邦不仅生动形象地展现了来自农村的保姆这一群体在城市的艰险生存境遇,同时也揭示出城里人对乡下人的偏见以及城市对农村的拒绝。小说《说换就换》中保姆郑春好在雇主家很勤快,对工作也很尽心,但还是要被辞掉,不需要理由,说换就换。"保姆就是一种工具,跟工具讲什么感情不感情,一讲感情,必惹麻烦。"②雇主魏国丹这句不经意的话语隐含着太多的深意,在"所指"层面是魏国丹对在她家里伺候她父亲的保姆的不信任,在"能指"层面则暗指城里人对农民的偏见,也就是说农民身份的保姆在城市家庭里并没有得到身份认同和信任。如果说雇主对保姆的"说换就换"已经显示出了城里人对农民的"傲慢与偏见",那么雇主对保姆的玩弄就更显现出了城里人对农民的无情伤害。短篇小说《找不着北》中老秦家是一个普通的城市家庭,年轻保姆的到来扰乱了他们平静的生活,因为老秦和保姆小赵通奸了。主妇梅玉珊知道却装作不知道,她怕她的吵闹会引起整个家庭的破裂,她故意外出游玩,给丈夫和保姆创造在一起的机会,她在等,等丈夫玩够了,她向丈夫提出让保姆离开这件事,老秦欣然答应了。保姆小赵以自己的贞操为代价去争取留在城市的可能,但是她却成了雇主的玩偶。短篇小说《钓鱼》中雇主老燕对保姆李秀美用尽心机,他故意在衣服口袋里散乱的放一些零钱,故意装作不知道、不在意保姆拿了他的零钱,他利用保姆爱占小便宜的心理,有意纵容了保姆一次次的偷窃。当保姆拿的钱到一定数目时,老燕说话了,他拿出了那本早就准备好了的清清楚楚地记着保姆每一次拿钱的时间和数目的账

① 刘庆邦:《进入城市内部》,见《找不着北保姆在北京》,北京十月文艺出版社2014年版,第2页。

② 刘庆邦:《说换就换》,见《找不着北保姆在北京》,北京十月文艺出版社2014年版,第107页。

本,要保姆晚上陪他睡,不然就送她去坐监。结局可想而知,保姆李秀美真的成了老燕钓上钩的"鱼",任他宰割。如果说《钓鱼》是雇主对保姆的步步为营,用尽心机的话,那么短篇小说《榨油》则是保姆对雇主的一次反攻和算计。《榨油》中保姆周玉影对人老色心不老的雇主老韩欲擒故纵,她似乎要榨干老韩身上所有的"油水"。她并不拒绝老韩的骚扰,也不拒绝老韩提出的陪睡的无耻要求,只要老韩给她钱。当她发现自己怀孕时,"差点笑出声来,怀上的孩子等于是一个把柄,通过这个把柄,她彻底把老家伙抓住了"①。周玉影一定要老韩娶她,尽管老韩是一个68岁的老头,但是这并不重要,重要的是老韩有城市户口、有存款、有房子,这就够了,周玉影费尽心机想要的不就是这些吗?而她一旦成为老韩的妻子,那这一切不也就是她的了吗?有孩子为筹码,周玉影心里有底了,一切都按照她的设计,在有条不紊地进行。老韩跟她领了结婚证,然后又补偿了她两万块钱,她才去把肚子里的孩子打掉。周玉影当然无心和老韩这个老色鬼过所谓的幸福家庭生活,她的胃口大着呢,她每天晚上悄悄地让老韩吃一些虎狼药片,刺激老韩的性欲,鼓励老韩,说他像个小伙子。很快老韩因为纵欲过度身体垮了,一命呜呼。"遗憾"的是老韩临死前意识到了周玉影的阴谋,提前写了遗嘱,让女儿继承他所有的财产,打破了周玉影这个无情女人精心编织的城市梦。她太精于算计了,为了成为城里人在城市生活,她不惜出卖贞操侍奉雇主,甚至泯灭良知害死雇主;是想成为城里人的城市欲望异化了她的人性,也是她自身在极端自私心理驱使下人性发生的异化。

事实上,不论是像农民杨成方这样从乡下来到城市的底层打工者;还是像农村姑娘何香停这样在城市喧嚣的物欲环境中被迫沦落的少女形象;抑或是小赵、李秀美、周玉影这些貌似已经像城里人一样生活在城市的保姆群体;他们都不得不面对这样一个事实:他们并不是真正的城里人,他们像那无根的浮萍一样漂浮在城市这潭深水的表面之上。她们在城市中那卑微而又艰苦的生存境遇,肉体和心灵所承受的巨大创伤,使他们在城市完全失去了身份的认同感,向城而生的艰苦探寻之路,再次抹杀并无限期拖延了农民自我人格和生命主体性的确立。他们只是城市里不被认同的"他者","城市是城里人的。你去城里打工,不管你受多少苦,出多大力,也不管你在城里干多少年,城市也不承认你,不接纳你。除非你当了官,调到城里去了,或者上了大学,分配到城里去了,在城

① 刘庆邦:《榨油》,见《找不着北保姆在北京》,北京十月文艺出版社2014年版,第71页。

里有了户口,有了工作,有了房子,再有了老婆孩子,你才真正算是一个城里人了"①。也许城市与乡村之间有着天然的鸿沟,从乡村到城市,需要跨越的绝不仅仅是客观存在的地理空间,必须注意到乡村与城市在政治、经济、文化层面的不同和差异,以及在现代性进程中城市相比较于农村所拥有的优越感。如同刘庆邦所说:中国的历史某种程度上说就是进城与反进城的历史。改革开放以来,城乡之间的壁垒在逐渐地被打破,农民进城也不再是遥不可及的事情,但是农民想要真正地进入城市,得到城市的认可和接纳却是如此的艰难和不可想象②。应当说,通过对这些从农村来到城市的农民形象的描绘,刘庆邦在表达农民真正进入城市的艰难性的同时,也书写了农民在城市底层生活困境中人性的坚韧以及城市环境对农民人性的异化和伤害。

那么真正成了城里人又怎么样呢?城里人的生活和人性观念又有什么不一样之处呢?叙述者的答案是令人失望和气馁的。短篇小说《走投何处》中已经成为城里人的楚东方面对从山西农村来到北京的老母亲孙桂凤,表现出罕见的冷漠。尽管母亲给他一家买菜做饭,照顾孙子一如她当年含辛茹苦地拉扯大自己的儿子那样用心和充满爱意,她愿意在晚年享受家人团聚的天伦之乐,她确实也想着就这样永远呆在城市,呆在儿子的家中和他们一起生活,可她遇到的却是亲人无言的排斥和冷漠,甚至他的亲生儿子也隐藏了内心真实的情感,要把拉扯他长大的寡母排挤出这个家庭。城市身份的亲家母和儿媳早就厌倦了她这个农村来的妇人,她们劝她找个老伴,实际上是让她离开这个家再找一个住的地方。当孙桂凤最终无奈地离开儿子的家,离开她心爱的孙子,住进另一个陌生人的家给人家当保姆时,城市生活中的伦理对亲情的伤害以及人性深处的自私和冷漠也就浮现了出来。短篇小说《骗骗她就得了》中,在北京拥有数套房产的城里人曹德海在面对自己身患绝症的发妻强秀文时表现出了深深的冷漠和厌恶之情。虽然他没有像《生死场》中全村最美丽的女人月英的丈夫那样表现得那样酷烈和决绝,但是他的无情和冷漠依然让读者难以接受和愤慨。他给妻子找了保姆,他似乎把妻子的一切都托付给了这个年轻的保姆陈香书。曹德海经常不在家,有时偶尔回来也不愿去看妻子一眼,更不可能去主动关心和安慰妻子,对于妻子想回老家看看的最后一个生命请求,他置之不理;显然,夫妻间的情谊已经消解殆尽,妻子已经成了他的累赘,他只想早早结束;出于内

① 刘庆邦:《到城里去》,花城出版社2010年版,第77页。

② 刘庆邦:《红煤》,北京十月文艺出版社2009年版,第372页。

心深处那残存的最后一点良知，他要送妻子最后一程，也许他觉得这样已经仁至义尽了。强秀文离世了，曹德海所做的就是叫了一辆殡仪馆的车，之后空着手回家。没有哭泣，没有仪式，没有亲属的参与，保姆甚至怀疑曹德海从殡仪馆回来那空着的双手，他把妻子丢得干干净净。曹德海把保姆陈香书介绍到了另一个年轻孕妇的家中伺候这个孕妇坐月子，但是，令陈香书吃惊和难以接受的是，这个孕妇居然喊曹德海老公。也就是说，曹德海在妻子病重期间，在外面又找了别的女人，另立新家，人性深处的冷漠和酷烈也由此显露无遗。“庆邦通过保姆陈香书的视野看到了她所看到的都市深处，这是一种完全溃败的生活，这种溃败在都市的细胞——家庭中展开就更加令人触目惊心。这不只是价值观的迷失和道德底线的洞穿，更可怕的是，在都市生活的深处，有一层坚冰铠甲覆盖在人心，那就是城里的冷漠与荒寒。”①

（三）从传统到现代，乡土大地上的一曲悲歌

事实上，从鲁迅开始，乡土就宿命般地成了作家一直关注的对象，当代作家更是痴情地守望着乡土。不论是莫言的高密东北乡系列、贾平凹的商州系列、阎连科的耙耧山脉系列、刘震云的故乡系列，抑或赵本夫的地母三部曲、李佩甫的平原三部曲，他们的目光始终都没有离开那近在心灵远在天涯的让人魂牵梦绕的乡土世界。刘庆邦也不例外，在豫东平原上的 19 年农村生活经历给他留下了太多的回忆和思考，曾经的记忆和经历经过想象和艺术加工转化成了他作品中栩栩如生的画面和鲜活生动的场景。应当说，刘庆邦对乡土农村的回忆和思考是严肃的、理性的、深刻的。他敏锐地注意到了农民那顽强的生存能力和生存智慧，同时也注意到了农民骨子里的愚昧麻木和狭隘自私。短篇小说《穿堂风》中农村妇女房林凤是盲人瞧在人间唯一的亲人，但是她并不愿意赡养这个老人，人前人后喊他瞎子，骂他还活着干什么。房林凤要给儿子翻盖房子，把瞧从屋中赶了出来，房林凤让他睡在大门口的过道里。深秋时节，风已经有了寒意，睡在过道里的瞧在等死，他心里什么都明白。秋雨中穿堂风的寒冷、亲人房林凤的冷漠无情从身体和心灵上彻底扼杀了瞧。“从小屋搬出来后，他只存活了八天。”生命的神圣和亲情的意义在这里是如此的不堪一击，人性深处的酷烈也因此而暴露无遗。短篇小说《秋风秋水》中李开梅的丈夫酒后掉河里淹死

① 孟繁华：《都市深处的冷漠与荒寒——评刘庆邦的短篇小说〈骗骗她就得了〉》，《北京文学》2013 年第 3 期。

了,但是亲戚三叔并不愿帮忙寻找,当李开梅提出给三叔50元钱时,三叔的态度马上变了,答应去河边帮着捞人。在亲人的生死面前,亲情、伦理、道义居然没有50元钱重要,莫大的讽刺背后无疑是人性的异化和沦落。短篇小说《开馆子》中外出打工的村民二宝回村里开了一家饭馆,生意很好,但是却引起了另一家饭馆老板汉收的嫉妒之心。为了打败竞争对手,发泄心中的愤怒和不满,汉收居然用老鼠药毒死了二宝。来汉收饭馆吃饭的人又多了,可是谁又能想到满面笑容招徕顾客的汉收却是一个有着如此酷烈人性、为了赚钱可以无情杀人的狠角色。

应当说刘庆邦的视野是宽阔的,他的作品既有着对当下现实的乡土生活的关注,又有着对曾经逝去的逐渐被人们遗忘的乡土生活的追忆、审视和思考。长篇小说《平原上的歌谣》讲述了三年大饥荒时期,农村人的生存韧性和生存智慧,也讲述了人性在饥饿威胁到生命的情况下发生的变化。在文凤楼村,面对逃荒而来的麻表哥一家,队长文钟山一家人的反应惊人的相似,文钟山有意问表哥:"你们是现在走呢,还是等一会再走。"妻子杨兰英回家看到逃难而来的麻表哥一家,马上把丈夫叫到一边说:"你马上让他们走,四个人四张嘴,我可让他们吃不起。"文钟山的母亲更是毫不客气地直接对外甥说:"你走吧,别在这跟我孙子争吃的了。"①亲人们冷漠无情的话语和拒之门外的态度,对麻表哥一家无异于是雪上加霜,让他们难以承受。几天之后,他们一家人饿死在了逃荒的路上。逃荒的人不断从文凤楼村路过,所有的人似乎都只是为了一口吃的,逃荒的人群中出现了一个妇女和她十七八岁的女儿红满,村里好事的人和热心的妇女看到了机会,他们要给村里的光棍汉粮仓保管员秃老电撮合一对亲事,让他用黑红薯片子馍换得这个少女做老婆。在那特殊的年代,如此荒唐的事情却透露着生存的真实和人性的酷烈。少女红满从心里厌恶这个"脸黑,头秃,两只眼睛还大得暴突着"的老男人,可是母亲的劝告和那些妇女的游说让她一时没了主意,就这样半推半就的她就被母亲和村里的妇女决定了终身大事;当然核心是她嫁到这个村会有口吃的,一口吃的就够了,还谈什么爱情、感情基础、好感和年龄差距;六个黑馍就是实实在在的彩礼和交换条件。如果说六个黑馍就扼杀了红满的意愿和爱情想象,已经非常酷烈的话,那么秃老电之后对红满娘的排斥和对红满的折磨就更显出人性的扭曲和异化。秃老电坚决不允许丈母娘住在自己家里,她的死活他不管,他更不允许红满把吃的东西送给寄居在村头

① 刘庆邦:《平原上的歌谣》,北京十月文艺出版社2009年版,第101页。

砖窑洞里的亲娘，秃老电把红满当成了私有物品和发泄对象，对她“抬手就抽，抬脚就踢”，极尽兽性的折磨和蹂躏。秃老电的种种兽行无疑是人性恶的一次大爆发。

长篇小说《遍地月光》依旧讲的是农村的故事。在上世纪60年代那个唯成分论的年代，在杜老庄，少年金种和银种兄弟因为是地主后代在村里受尽人们的欺负，本应是充满青春朝气的少年，却因为出生在地主的家庭，无形中就被决定了悲剧的命运。正在青春期的金种有着对爱情的渴望和向往，他暗恋着村里的姑娘自华，希望破灭后，又喜欢上了村里另一个姑娘全灵，但依旧是毫无结果，没有哪个家庭、也没有哪个姑娘愿意或者说有胆量敢和他这个地主后代结亲。外在的社会政治环境和村里人的冷漠无情扼杀了他所有的情感和希望，也彻底伤了他的心，他逃离了村庄，寻找新生。另一个地主家庭赵大婶一家也上演了一出悲剧，赵大婶要给大儿子自良换亲，因为金种的遭遇让她看到地主家的儿子娶亲有多难，她在惋惜金种的父母死的太早而没人给金种做主的同时想到了自己一家。这个传统的农村妇女，恪守着农村的传统观念，为了给儿子娶亲，她全然不顾女儿的感受，或者说她只能昧着良心自我欺骗，以决绝的姿态将女儿作为筹码和交易对象，与另一个村的地主家庭换亲。正是花季的女儿自华对于爱情和婚姻有着自己的想象和向往，当她知道自己忽然被换亲给邻村的一个半老头子并且是地主身份时，她内心的悲伤和痛苦可想而知。她怎么能愿意这门亲事，但是母亲那泪水中的诉苦和哀求让她妥协了。如果说母亲违背女儿的意愿、带有强迫性质的把女儿作为筹码与别人换亲已经很残忍的话，那么弟弟自民与哥哥自良的抢亲就更显人性之酷烈。自民也到了娶亲的年龄，他也有自己的想法。在这唯一的一次换亲机会中，他把哥哥当成了潜在的敌人，展现出了人性中自私和酷烈的一面。他拿了家里的鸡蛋去找村里的政治队长杜建春出主意，得到队长的默许后，他晚上偷了生产队的西瓜去换亲的杨家，一阵寒暄之后装作无意之中说出他哥哥小时候发过高烧留有病根的假话。结果，杨家改变了主意，通过媒人传话，要与弟弟自民换亲。手心手背都是肉，赵大婶除了恼怒自民的自私让他保证对哥哥好之外，也只能默认这个结果，只是苦了自良。当自良明白娶亲的不是他而是自民时，他气疯了，大闹婚礼现场，差点打死村里的队长，结果被队长召集民兵吊在屋中。之后，自良真的疯了，村里人用铁链子像对待牲畜一样把他锁在了一个小屋中，他的一生就这样毁了。难以言说的伤痛和无奈。其实，自良也好，自民也罢，他们之前都不认识换亲的对象杨纪英，更谈不上有什么感情基础，他们无情争夺的背后实际上是自私人性的较量，是酷烈人性对骨肉亲情的伤害。

在另外一些作品中,刘庆邦也注意到了长期存在于乡村的封建愚昧思想和麻木的“看客”心理对人性的伤害。短篇小说《抓胎》中,村民们对神庙里的神像在塑造的时候要借用人的灵魂的说法深信不疑。李老庄17岁的小伙子李平阳因为长得出众被雕塑神像的师傅看中了,他们在李平阳的脚印下抓走了一些土,并恭喜他快成神仙了。这就是抓胎的过程,也就是说李平阳这样就是被抓胎了。但是这简单的举动和仪式背后却是村民们紧张和害怕的心理。“李平阳意识到自己被抓了胎,心头一紧,一惊,脸霎那间变得刷白。”[①]村里人,李平阳的父母,甚至李平阳自己都认为魂魄因为抓胎已经被神像收走了,人没了魂魄怎么活命啊,很快李平阳就在恐惧和无助中虚弱地死去。与其说是李平阳是自己吓死了自己,不如说是外在环境中村人和亲人们愚昧的迷信思想害死了他。中篇小说《东风嫁》中米东风的悲剧形象暗示出那些为了生存从乡村走进城市的失足少女再也回不到她们成长的乡村世界。米东风无疑是众多城市失足少女的一个缩影,当她真的回到了乡村,结果怎么样呢?她遭遇到了难以想象的嘲讽和磨难,乡土大地上的村民把她看成了不贞、不洁的不祥之物。试想作家丁玲的《我在霞村的时候》中的主人公贞贞这个为民族解放事业而失去贞操的乡村女性形象尚且被农民排斥和不理解,那么米东风这个为了赚钱发展自己的小家而出卖贞操的农村少女,怎么可能得到这些习惯了封建伦理文化和“蒙昧无知、褊狭保守、自私苟安”[②]的小生产者的谅解,米东风的行为严重挑战了他们的伦理底线。米东风嫁人了,婆家很穷,纯粹是为了米家陪送的彩礼,即使这样,婆婆和丈夫依然极尽各种残酷手段折磨米东风这个让他们感到耻辱的女人。终于,米东风从非人的压迫和禁锢中逃走了,逃离了这个她再也无法回到的故乡。显然,传统的贞操观念和礼教文化依然在一些乡村民众的观念意识中有着根深蒂固的影响,是他们判断是非的重要依据和标准。面对米东风这样的失足女子,他们不愿意去理解,更不愿意去接受。长篇小说《黄泥地》中,叙述者不厌其烦地描述着上世纪80年代房户营村村民那麻木的“看客”心理:村民高子明的小卖部被骑摩托车的飞贼抢了,村民像看戏一样围住高家的商店,听高的老婆像祥林嫂一样诉说那被抢的过程。非但没有同情和帮助,他们中那些平时羡慕高家或者怨恨高家不肯赊账给他们的村民甚至为此暗自高兴。村里的知识

① 刘庆邦:《抓胎》,《西部》2008年第11期。

② 严家炎:《二十世纪中国文学精神:严家炎自选集》,人民日报出版社2014年版,第182页。

分子房国春这个为民请愿、试图唤醒民智的人物因为维护村民的利益而得罪了支书一家，当他在村中被支书老婆公然辱骂时，村民居然像看大戏一样对他们的争吵充满了期待心理，没有谁愿意为他说上一句公道话。在“五四”启蒙思想已经存在了半个多世纪的乡土大地上，当启蒙者在被启蒙者的眼中依然是“示众”的材料和“被看”的对象时，不能不说这是一个悲剧，同时也说明了乡村启蒙之路的艰辛和艰巨。

乡土大地上的人性悲歌从隐性层面反映出在现代启蒙文化烛照下的农村依然有着愚昧、麻木、“看客”心理、贞节大于一切等传统封建思想和伦理意识的存在和影响，而民主、科学、自由、法制等现代思想并未真正被农民接受和吸纳。

三、“酷烈”人性的思想向度

“辉煌历史留下的深厚文化积淀，边缘的现实和苦难的体验，形成了中原作家内敛、不事张扬的个性，也为他们提供了进行叙事文学创作的宝贵财富。他们总是默默地把自己内在丰富的东西不动声色地展示给大家。”①刘庆邦在一篇文章说：“我们写小说写什么呢？无非是写人，写人的喜怒哀乐，写人与人之间的关系，写多姿多彩的人生形式，写人性的丰富性。”②事实上，刘庆邦一直在关注着人性这个文学永恒的话题，“用掘进巷道的办法，在向人情、人性和人的心灵深处掘进”③。如果说他的《梅妞放羊》《鞋》《红围巾》《闺女儿》《谁家的小姑娘》等柔美小说展现的人情美和人性美，是一种桃花源式的、理想的乌托邦人性想象，那么他的《走窑汉》《血劲》《玉字》《黑庄稼》《东风嫁》等酷烈小说则因其中的冷漠、残酷、逼真、贴近现实而更显人性深处的酷烈和人性的真实。酷烈人性的背后其实是人性的异化和作家对历史和当下现实的批判性思考，以及对生命的深度叩问。

（一）生存困境中人性的异化

卡西尔说：“人类世界并不是一个独立的存在或自行其是的存在。人生活在物理环境之中，这环境不断地影响着他并且把他们的烙印打在人的一切生活

① 何弘：《中国新文学中的中原作家群》，《文学视界》2012 年第 2 期。
② 刘庆邦：《贴着人物写》，《美文》2005 年第 10 期。
③ 刘庆邦：《红煤》，北京十月文艺出版社 2009 年版，第 374 页。

形式上。"①外在的社会环境和文化影响着人的发展,也影响着人性的变化。分析刘庆邦酷烈小说中展现的酷烈人性,笔者认为是苦难、饥饿、权力、金钱、愚昧、麻木等因素对人性的异化。

当饥饿威胁到人的最基本的生存时,人性就被还原到了最原始的存在状态,一切都是为了生存,一切都是为了有一口吃的。在与实实在在的饥饿抗争的过程中,人性中善良、宽容、博爱、友爱互助的一面被遮蔽了,呈现出自私、冷漠、刻意无情、甚至残酷的一面,人性被饥饿异化了。作家莫言说:"长期的饥饿使我知道,食物对于人是多么重要。什么光荣、事业、理想、爱情,都是吃饱肚子之后才有的事情。因为吃我曾经丧失过自尊,因为吃我曾经被人像狗一样地凌辱。"②当生存压倒一切时,我们也就不难理解刘庆邦的小说《平原上的歌谣》中文钟山一家对亲戚麻表哥一家的冷漠拒绝,保管员秃老电用六个黑红薯片子面馒头换了一个如花的姑娘做老婆,村民老鸡的儿子油锤因为饿吃癞蛤蟆中毒而死,民兵连长文怀远的儿子虎唐偷吃生产队里的青玉米被活活撑死,村民在对饥饿的恐慌中集体参与了偷秋行动。也不难理解短篇小说《到处都很干净》中当全村处于饥饿中,大人小孩都没有吃的东西时,农村妇女杨看梅为了得到一口吃的,为了用吃的东西救活自己丈夫的命,她违背传统的道德伦理、牺牲自己的尊严和贞节对粮仓保管员周国恒这个曾经骚扰过自己的男人主动献媚和投怀送抱。

如果说饥饿因为直逼人的生存底线而使人性在物质生活困境中发生了异化,那么金钱、权力、肉欲等因素则因其在现实层面对人的极大诱惑力和吸引力而异化着人性。改革开放以来,当经济成为社会发展的主要推动力;当商品和消费成为人们日常生活的重要组成部分;当金钱占有量成为社会精英和风云人物的评判标准;当物质高于一切,精神退居次要地位时;金钱对人们的重要性和吸引力就不言而喻了。金钱作为商品交易的媒介,确实方便了人们的生活,但是一切唯金钱论,无限放大金钱的作用,认为金钱就是一切时,人就会受到金钱的束缚和奴役,人性也会受到金钱的伤害。阎连科在《乡村文事便笔》中谈到,他小时候家乡两程故里那有一个牌楼,牌楼下有个茶水楼和饭铺,有老人领着孩子路过,孩子哭时,老板会热情地给孩子一个烧饼;有人问路,就会有人详细地告诉你,甚至带你去那个地方;"那牌楼下的民风,就是这般淳朴清澈"。但是

① [德]恩斯特·卡西尔:《人论》,甘阳译,上海译文出版社1985年版,第256页。
② 莫言:《饥饿和孤独是我创作的财富》,《中国校园文学》2014年第4期。

今天，“想不付钱讨喝一杯茶水，或借一张凳子歇坐，却不是一件太容易的事，更不要说无缘由地让人请你一顿饭吃”①。“乡村的凋敝，人气的涣散，使得土地价值、乡村伦理的魅力已不复存在。”②应当说，刘庆邦也敏锐地注意到了金钱这一外在因素在当下现实生活中对人们生活的影响和对人性的异化。短篇小说《秋风秋水》中，李开梅的三叔在接到五十块钱时才肯出手帮忙，才肯用他的鱼网去打捞可能掉在河里的侄子。短篇小说《八月十五月儿圆》中，农村妇女田桂花的丈夫李春和在有了钱后，不惜抛弃家庭和可爱的女儿，常年不回家，在城市找了小老婆而且还生了儿子，过上所谓的新生活。中篇小说《到城里去》中，宋家银不惜用恶毒的语言和离婚的威胁逼迫自己的丈夫杨成方出去打工赚钱，即使是丈夫的弟弟在工地上出了大事，从弟弟死亡到葬礼的整个过程，她都对丈夫隐瞒着，不让他回家。残酷的是，她不是怕丈夫杨成方伤心，而是“她怕耽误杨成方赚钱”。杨成方的弟弟在工地上被建筑队的搅拌机搅成了肉泥，如此酷烈的工伤死亡，换来的是家人和建筑队的艰苦谈判，结果是包工头赔了一万三千块钱，也就是说杨成方弟弟的生命以一万三千块钱画上了句号。当生命可以用金钱衡量和交易时，生命所有的神圣意义也就被消解殆尽。中篇小说《神木》中，矿工宋金明和唐朝阳为了赚钱，以人的生命为筹码和交易对象，在黑暗的窑底杀死一个又一个无辜的“点子”时，金钱对人性的异化和伤害已经到了无可复加的地步。

“当代河南作家擅长写乡村权力、政治、官场的特点更加突出。”③不论是李佩甫《羊的门》《城的灯》，还是阎连科的《日光流年》《受活》，抑或是刘震云的《故乡天下黄花》《故乡相处流传》，这些作品都从不同的角度寄予了中原作家对权力的审视和思考。刘庆邦也以其敏锐的观察和思考在作品中写到了权力，写到了权力对人性的异化。长篇小说《断层》中野狼沟煤矿党委书记张国亮不关心生产和职工生活，热衷于玩弄权术和排挤其他矿领导，致使煤矿出现安全事故，他不但推卸责任，还对举报他的矿工乔川打击报复。张国亮把国家的煤矿当成了自己的私人财产和后花园，为所欲为，为儿子办婚礼的那天，矿上的吉普车在接送去他家赴宴的客人时，在路上撞死了一个小女孩，张国亮知道后，竟大言不惭地说：“农民，好说，给他们点钱不就完了？问他们要多少，让财务科把

---

① 阎连科：《阎连科文集感谢祈祷》，人民日报出版社 2007 年版，第 199 页。

② 谢有顺：《终归是无处还乡》，《当代作家评论》2010 年第 4 期。

③ 阎连科、梁鸿：《巫婆的红筷子》，漓江出版社 2014 年版，第 195 页。

钱给他们送去。矿上的车是去接领导开会,公事。"①如果说张国亮对于小女孩的死表现得如此冷血和大言不惭反映出了权力对人性的扭曲和异化的话,那么村支书利用小女孩的死大造声势,在为民请命的掩护下与张国亮谈判让矿上接收他的女儿为在编矿工时,权力对人性的伤害就更加凸显。中篇小说《家道》中岳父在矿上握有实权时,家里门庭若市,岳父退休后,家里很快就门可罗雀,人们看重的是岳父身上权力那耀眼的光环,是权力带来的实际利益。当昔日风光满面、众人恭维的岳父因为权力的丧失而变得孤独和无人问津时,权力对人性的异化也就悄然浮现。短篇小说《游戏》中权力成了村长赚钱的法宝,谁给村长送礼,谁送的钱多,村长就站在谁的一边帮谁说话,公平和正义已经被权力遮蔽,人性也在权力的滥用中异化。

刘庆邦在作品中也注意到了肉欲对人性的异化。中篇小说《找死》中杨素素和情人在单位偷情时被同事撞见,她为此离婚而且和小她许多岁的情人结婚,想以此向人们证明他们是有爱情的,他们的偷情是高尚的。暂且不说她这种自私的破坏家庭的做法对丈夫和儿子心灵上的伤害,单说她带着儿子与小丈夫一起生活时,因为儿子对小丈夫的排斥和不接受,她竟一次次地辱骂和殴打儿子;更让人难以理解和接受的是,当儿子森森看见并破坏她和小丈夫纵欲的场景时,恼羞成怒的她竟然亲手杀死了自己的儿子;骨肉亲情消失殆尽,肉欲对人性的扭曲和伤害以如此酷烈的形式呈现了出来。短篇小说《嫂子和处子》中,贫下中农二嫂和会嫂在肉欲的驱使下以阶级斗争的名义,对村里的批判对象地主后代民儿实施了一次次的猥亵。肉欲冲破了传统伦理的限制,也冲破了传统的贞节观。农村妇女二嫂和会嫂对少年民儿的引诱和纵欲一方面是她们对传统伦理和贞节观的挑战,另一方面又何尝不是肉欲这一身体欲望对她们人性的异化,使她们遗弃了女人的贞节和人性中的道德操守,也伤害了民儿这个无辜的少年。短篇小说《冲喜》和中篇小说《黑庄稼》中都写到了公公扒灰的事,不论是《冲喜》中的丈夫因为儿子病弱快要不久于人世而与儿媳通奸想要留下一个后代,还是《黑庄稼》中的苗心刚为了留住守寡的儿媳,精心设计要与儿媳通奸满足年轻儿媳对性的需要,他们堂而皇之的理由背后无疑是性的压抑,是肉欲对人性的异化。

如果说金钱、权力、肉欲在现实层面以其强大的诱惑力激活人们心中的物欲、权欲、性欲进而异化人性的话,那么民众骨子里的愚昧和麻木则在无意识之

---

① 刘庆邦:《断层》,中国文联出版公司1986年版,第145页。

中异化着人性。短篇小说《五月榴花》中，村里的少妇涂云被日本鬼子抢走了，当丈夫张成从鬼子军营中将她救出来时，等待她的竟是更为酷烈和难以想象的厄运。丈夫张成和瞎眼婆婆认为她被鬼子侮辱是一件极其屈辱的事，他们将涂云关在地窖下，想把她饿死在那里，这样就没有人会见到涂云，也就没有人再去说涂云被鬼子侮辱的事了。可是生命的力量使涂云从地窖中逃了出来，当她向村人大喊救命的时候，丈夫张成毫不犹豫地残忍地杀害了她。他固执地认为涂云被鬼子侮辱伤害了他们家的名誉，更伤害了他作为男人的尊严。短篇小说《平地风雷》中，村民们相互传递着村民货郎要杀队长的消息，并且期待着看货郎杀队长的场景，集体劳动的时候，这些村民像“看客”一样看着货郎和村长，他们在等待和期望那想象中的杀人场景。在村民的挑拨离间之下，货郎真的杀了队长，但是，这些在观望中惊呆了的村民在明白发生了什么事之后又集体疯狂地杀了货郎。残酷的杀戮背后是愚昧和麻木对人性的毁灭性伤害。短篇小说《走窑汉》《玉字》《美少年》中都写到了复仇。不论是马海州对张清的阴冷的心理战术；还是玉字为了复仇对仇人马三欲擒故纵、从而引出另一个仇人而作出的自我牺牲；抑或是少年文周为了报复无赖皮货对他的侮辱，夜里像杀人一样斩杀皮货地里的玉米苗；酷烈行动和自我伤害的背后虽然有着复仇的快意，但是这种凌驾于法律之上的复仇却又无不悲哀地透露出愚昧和理性的缺失对人性的异化和伤害。最让人揪心的是玉字那玉石俱焚的决绝的复仇。作家阎连科有一个短篇小说《平平淡淡》也讲述了村里的这种强奸事件：赵家的儿子奸污了苗家的女儿，但是在村里教师的调解下，结果居然是两家结成亲家，这对儿女结了婚，最后皆大欢喜。当侮辱的与被侮辱的结了婚，过上婚姻生活时，法律和道德都退居到了幕后。学者梁鸿说：“难以言说的复杂。面对这样的结局，你只想哭，绝望，为这样的妥协和纵容，却似乎又充满希望，因为它毕竟给两个生命又一次机会。”①当玉字知道奸污她的人是谁而又绝不肯妥协一定要复仇时，我们的内心同样是难以言说的复杂，一方面为她敢于反抗、不妥协、不纵容罪恶的精神和姿态而感动和赞叹，另一方面又为她生活在失贞的心理阴影中，以再次牺牲自己贞节和幸福的决绝的姿态嫁给仇人马三伺机复仇的举动而伤心和无奈。

① 梁鸿：《黄花苔与皂角树中原五作家论》，北京大学出版社 2013 年版，第 190 页。

(二)对历史的追忆、补白和理性思考

刘庆邦在长篇小说《平原上的歌谣》的后记中说,他一直以来都想写一部小说来记述"三年大饥荒"那段他经历过的历史和生活,"我暗暗对自己说,你不写这部小说,就对不起那些饿死的人和那段历史,也对不起自己的良心,一辈子都白活了"[①]。贾平凹在他书写"文革"的长篇小说《古炉》的后记中说:作为经历过"文革"的那代人,他有使命去记录那段历史,如果他们这代人有意去淡忘那段历史,那后来的人就更不可能知道那段真实的历史了[②]。正是作家内心的良知和责任,使那些正在被人们遗忘的生活、人物和故事逐渐"浮出历史地表"。如果说新时期的伤痕小说、反思小说、改革小说更多的是以一种倾诉和迎合当时主流政治的姿态去回顾和反映新中国历史的话,那么多年后当文学从中心到边缘回归到其本源位置的时候,当作家的心态逐渐放松开始真正的个人化写作的时候,那些经历过新中国成立以来众多政治运动的作家在作品中对历史的回忆、补白、审视和思考就多了一份理性和厚重。不论是贾平凹的《古炉》、莫言的《生死疲劳》、阎连科的《日光流年》,还是刘震云的《故乡天下黄花》、李锐的《无风之树》、苏童的《河岸》,抑或是张炜的《古船》、毕飞宇的《平原》、刘庆邦的《遍地月光》,作家以个体的生命体验和对历史的认识,试图在作品中还原被宏大历史叙事所遮蔽的真正的民间,被主流意识形态所掩盖的真实的历史。

"当小说中的历史成为符号时,历史和'人'其实就分不开了。但是在'人'的叙事中,我们还是可以窥见历史的影子,当人性无比柔韧地展开时,历史的面貌就呈现在人们面前。因为,'人'的痕迹铺就历史,从这个意义上倒过来讲,表达'人'就是表达历史。"[③]从这个层面讲,刘庆邦在作品中以其对人的关注和对酷烈人性的展现表达了他对那曾经逝去的生活和历史的追忆和思考。长篇小说《平原上的歌谣》讲述了在三年大饥荒时期,文风楼村的村民生活在苦难和饥饿之中,甚至出现了饿死人的悲剧,探究灾荒的原因,并不是所谓的天灾,更多的是人祸。在历史上中原地区确实经常出现旱灾、蝗灾、涝灾等自然灾害,但是"任你怎么使劲想,也想不起来一九五八年、一九五九年和一九六零年,这里有什么自然灾害"[④]。相反,那几年庄稼长得很好。拨开重重迷雾,还原历史本相,

① 刘庆邦:《平原上的歌谣》,北京十月文艺出版社2009年版,第359页。
② 贾平凹:《古炉·后记》,见《古炉》,漓江出版社2012年版,第579页。
③ 周新民、苏童:《打开人性的皱折》,《小说评论》2004年第2期。
④ 刘庆邦:《平原上的歌谣》,北京十月文艺出版社2009年版,第132页。

叙述者无意去诉说当局政策的失误，只是用一件件具体的事例向读者讲解着其中的奥秘。生产队里的粮食大部分都交到公社粮站去了，所有的村民都不怀疑粮食吃完了可以到公社粮站去取、想吃多少拿多少这个说法，但是同是中原作家的张一弓在《犯人李铜钟的故事》这篇小说中用李铜钟的悲惨遭遇回答了这个说法，公社粮站的粮食是动不得的。在集体食堂吃大锅饭时，似乎谁都不会吝惜粮食，而且都怕自己吃得少了吃亏，“社员们之间自觉地就展开了竞赛，你吃五个，他吃六个；你吃七个，他吃八个。有一个外号叫菜蟒的年轻人吃得最多，他一顿竟吃下去十五个馍”①。在“大跃进”那疯狂的年代里，为了响应上面的号召，发扬与天斗、与地斗、与人斗的精神，文风楼村的村民在队长的带领和督促下，把村里的旱田变成水田，不惜成本地往地里灌水；有意在下雨天集体到地里削红薯片子，要和老天爷对着干，结果这些红薯片子都发霉和坏掉了；为了应付公社干部组成的检查团对小麦种植情况的检查，夜里文风楼村的村民在慌乱中把红薯出了，然后又紧接着把小麦种上，事实上是大量的红薯被埋在了地下，小麦也种得很稀，那些红薯“如果估算一下的话，收上来的顶多有五分之一”；地里的豆子熟了，因为要开会传达上级精神，因为政治高于一切，所以即使豆子炸在地里，也不能先去割豆子，队长传达了会议精神，原来这几年闹饥荒饿死人是因为苏修逼账，我们的粮食都用来还债了，社员们也都信了，“人们长出了一口气，像是终于明白了”。透过这些历史事件，我们似乎发现了一些被主流历史所遮蔽和隐藏的历史碎片。三年大饥荒有着群众愚昧、麻木、盲从的一面，也有着上层领导政策上的偏差和基层干部盲目地跟风和机械地执行。

长篇小说《遍地月光》以一个村庄杜老庄里的村民在“文化大革命”期间的生活来反观那一特殊的历史时期。在始终不忘阶级斗争、一切唯成分论的时代里，杜老庄的村民以阶级斗争的名义从肉体到心灵深深地伤害了地主的后代少年金种和银种兄弟。金种对爱情和幸福的追求和向往也因为其身上的地主羔子的身份而被残酷扼杀，一切伤害都因为是贫农对地主的阶级斗争而合法化。为了生存，为了做人的尊严，少年金种选择了离开，多年后当他再次回到杜老庄时，村民依然对他采取漠视的态度，在这些村民的眼中，金种这样的人从一出生就注定了低人一等，他们不愿用平等的姿态和金种交往。与金种的悲惨命运形成鲜明对比的是村里那些出身贫农、根红苗正的政治人物的风光生活，即便是他们犯了错误，也可以网开一面。例如，政治队长杜建春的父亲造假粪骗工分

① 刘庆邦：《平原上的歌谣》，北京十月文艺出版社 2009 年版，第 133 页。

事件虽然引起了村民的不满和村里领导层的争论,但是最后不了了之。试想,如果是金种这样的人物出现骗工分的事情,结果会怎样?在那个年代里,他们肯定会让金种再次地被批斗、游街,从身体到灵魂再对他进行一次彻底的革命。事实上,村中权力阶层对杜建春的父亲骗工分事件的争论背后是生产队长和政治队长各为一派的权力争夺,是平时权力摩擦的一次集中爆发。杜建春始终站在父亲这一边,替他出谋划策,使他躲过了群众的批斗。从另一个层面讲,村中各派势力的争论以及政治队长杜建春毫不犹豫地庇护亲人的态度,无形之中消解和反讽了正在农村开展的史无前例的、触及灵魂的"文化大革命"。刘庆邦说他想通过这部小说对阶级斗争的极端化进行反思,也想通过理性的反思去"探讨人类的平等原则和人类生命对于平等的诉求"①。

长篇新作《黄泥地》以一个村庄房户营村为描述对象,回顾上世纪80年代中国农村的历史状况,并给予了理性的思考。联系当下农村的生活现状,应当说,小说《黄泥地》有着强烈的当下意义。在刚刚结束"文革"的农村,随着包产到户、发展私营经济等政策的实施,特别是一部分人确实先富裕了起来之后,村民的思想和生活渐渐发生了变化。刘庆邦敏锐地注意到了农村的这种变化,通过对一个村庄的描写,将这种变化展现了出来。小说中所描述的房户营村有着太多的故事,有着太多不和谐的现象。现任支书房光民在家聚众赌博,公然将村中的耕地出卖给邻村的砖厂主烧砖使用;村中偷情事件不断、伦理混乱,房守成几乎公然地和有病在身的房守景的妻子张春霞偷情通奸,表面斯文低调的高子明居然也和村里的寡妇关系暧昧,被人贩子带进村的女人成了陶家的儿媳,这个"外面来的女人"在村中以50元的价钱明码标价、公开卖淫成了村里男人都知道的秘密;村民房守现在村中非法行医以专治不孕不育为名侮辱妇女、诈骗钱财;村民高子明的小卖部被骑摩托车的飞贼抢了,村里的人们除了看热闹之外,就是附和着说报案没用,并列举村中多起没破的案件作为佐证;在这些故事中,我们看到了权力的腐败,村民的愚昧、麻木和妥协;也看到了乡村伦理的混乱,信仰的缺失,人性的自私和冷漠。叙述者塑造了乡村知识分子房国春这一启蒙者的形象,试图通过启蒙者的努力,改变农村那种种的落后和不和谐的现象,让村民真正地拥有自我意识,去追求民主、自由和幸福的生活。但是房国春自身启蒙意识的残缺和思想深处那浓厚的官文化情结限制并制约了他的乡村启蒙之路,同时乡村那庞大的"无物之阵"和被启蒙者的巨大生活、思想惯性

① 刘庆邦:《答舒晋瑜问》,见《到城里去》,花城出版社2010年版,第132页。

和惰性也使乡村启蒙之路异常多艰。回顾刚刚过去的历史，联系当下的农村现状，我们不难发现作家刘庆邦试图通过对农村历史的梳理、回忆和思考，探索当下农村的发展路径。应当说，他的这种探索和书写是可贵的，对乡村启蒙者这一人物形象的塑造，无疑为当下的农村题材的书写和农村问题的解决提供了一种新的思考方式和路径。

德国历史学家雅斯贝斯说，历史是回忆，"这种回忆不仅是我们谙熟的，而且我们也是从那里生活过来的，倘若我们不想把我们自己消失在虚无迷惘之乡，而要为人性争得一席地位，那么这种对历史的回忆便是构成了我们自身的一种基本成分"①。历史并未逝去，一代代的知识分子从未停止对本真历史的还原和思考。作家刘庆邦始终在关注并思考着曾经的历史，他在对历史的回忆中展现人性，又在对人性的展现中反观历史。应当说，他以理性的姿态注视着那曾经逝去的历史，以缜密的叙事试图发掘并还原那本真的历史。事实上，作家在对历史的文学书写中往往与有意与无意之间加入了自己的理解和思考，这在一定程度上也制约了作家所还原的历史的真实性。但是，正是作家对历史这种严肃书写和理性思考的姿态，为我们了解真实的历史提供了方法和路径。"也许不论作家怎么努力，想要还原本真的历史都是一种徒劳，但是通过作家对历史的叙述和思考，我们总是能在不经意间窥视到历史边缘的碎片，进而窥视到真实的历史"。② 如果说"一切历史都是当代史"，那么对历史的还原和思考也就有了很强的现实意义和当下意义。以史为鉴，历史的悲剧不能再重复，我们要做的是汲取历史的教训，遵循历史发展的规律，以理性的姿态，在以人为本的基础上合理地推动社会的发展和进步，进而使人们的生活更加幸福、和谐。

（三）对当下现实的批判性思考

改革开放以来，中国社会发生了翻天覆地的变化，人类物质财富快速增加的同时，伴随的却不是人文精神和社会道德的相应提高。相反，我们发现时下拜金主义盛行，一切唯金钱论，物质欲望代替了精神追求，世俗代替了高雅，肉体代替了心灵，平面代替了深度，社会道德滑坡，人文精神更是危机重重。刘庆邦在《凭良心》一文中说："现在不凭良心的人和事不算少了，你只要随便翻翻报

---

① 转引自陈晓明：《中国当代文学主潮》（第2版），北京大学出版社2013年版，第10页。

② 刘宏飞：《民间视阈下抗战本相的还原与沉思——论季桂起长篇小说〈长河谣〉》，《枣庄学院学报》2015年第1期。

纸，几乎每天都能看到：为官的，鱼肉百姓；执法的，贪赃枉法；做工的，偷工减料；经商的，掺水使假；等等。”①当一切向钱看齐，人们不再相信亲情、友情、爱情这些人间真情时；当个人欲望不断泛滥，一次次地冲破道德和法律的约束时；当“人们失去对彼岸世界和终极意义追寻的耐心而沉溺于现实的物质感觉中”②时；当精英文化和国家文化中的“理想、责任、使命、追求、信仰、崇高”等话语在大众文化的“当下、现实利益、烦恼人生、柴米油盐、消费、娱乐”等词语的包围中日益显出子虚乌有的“神话”特征时；当权威被蔑视、经典被解构、传统被颠覆，所有的深度和意义都被消解时；作家对现实的关注，对人性的深层思考就有了强烈的当下意义。他们力图通过作品来反映当下的现实和生活，让读者能够从中看到并领悟什么是真、善、美；什么是假、恶、丑。

鲁迅说：“真的知识阶级是不顾利害的”，“他们对于社会永远不会满意的，所感受的永远是痛苦，所看到的永远是缺点”③。苏童说：“而任何一个历史时期的社会现实，在知识分子眼里永远是该受到批判的。只有这样才能构成知识分子的权力和生存。”④正是知识分子对现实的批判的写作姿态和作家内心的良知和责任，使得刘庆邦对当下社会现实的描写和思考多了一份理性和深度。应当说，刘庆邦对社会现实的阴暗面的直视和关注；对贫穷、暴力、罪恶这些与主流意识格格不入却又确实存在的社会现象的书写；对权力腐败的批判；对人性扭曲的痛心；体现出了他对社会现实强烈关注和批判的姿态。那么，究竟是什么原因造成了人的自我迷失和放逐，造成了人性的扭曲和异化以致出现让人难以想象的酷烈人性？刘庆邦在酷烈小说中寄予了他的批判性思考，本节试图从文化语境，官本位文化、权力体制，传统守旧思想等几个方面进行分析。

其一，“新时期”以来在文化语境的变化中人性发生的变化。“文化语境其实也就是一种时代背景，是对整个时代的政治、经济、文化发生、变动和发展情况的整体把握。”⑤上世纪70年代中后期，随着“文化大革命”的结束和“新时期”的到来，中国进入了一个新的历史发展阶段，社会文化语境也随之发生变化。政治上，经济建设取代了之前的阶级斗争；经济上，市场经济体制取代了之

---

① 刘庆邦：《凭良心》，《小说界》2003年第2期。

② 张岚：《本土视阈下的百年中国女性文学》，中国社会科学出版社2007年版。

③ 转引自严家炎：《二十世纪中国文学精神：严家炎自选集》，人民日报出版社2014年版，第160页。

④ 苏童、王宏图：《苏童王宏图对话录》，苏州大学出版社2003年版，第12～13页。

⑤ 房福贤：《新时期中国文学生成语境研究十六讲》，山东文艺出版社2009年版，第2页。

前的计划经济体制；文化上，随着现代主义和后现代主义的传入和发展，呈现出多元化的发展趋势，大众文化、消费文化和精英文化、官方主流文化并存。应当看到，文化语境的变化对人们生活的影响有积极的一面，也有消极的一面。

改革开放政策的实施和市场经济体制的确立，极大地推动了社会的发展并大幅度地提高了人民的物质生活水平，这是值得肯定的。但是，当经济利益越来越成为人们追求的目标，消费逐渐成为人们生活的主导观念，人们对物质的追求更加关注、对轻松享乐的生活方式更加认同时，片面追求经济发展的弊端也就不可避免地显现了出来：环境污染、权力腐败、诚信缺失、贫富差距拉大等问题日益严重，金钱至上的观念开始影响人们的思想和生活，甚至对人性发生了扭曲和异化。德国社会学家马克斯·韦伯说："我们这个时代，因为它所独有的理性化和理智化，最主要的是因为世界已被祛魅，它的命运便是，那些终结的、最高贵的价值，已从公共生活中销声匿迹，他们或者遁入神秘生活的超验领域，或者进入了个人之间直接的私人交往的友爱之中。"①在被"祛魅"的社会里，经济的快速发展也在一定程度上影响了大众文化和消费文化的形成。金元浦认为，大众文化主要是指"兴起于当代都市的、与当代大工业密切相关的，以全球化的现代传媒（特别是电子传媒）为介质大批量生产的当代文化形态，是处于消费时代或准消费时代的，由消费意识形态来筹划、引导大众的，采取时尚化运作方式的当代文化消费形态"②。英国学者迈克·费瑟斯通在《消费文化与后现代主义》一书中认为："遵循享乐主义，追逐眼前的性感，培养自我表现的生活方式，发展自恋和自私的人格类型，这一切都是消费文化所强调的内容。"③当大众文化的娱乐性、流行性、世俗性、商业性的特点，使大众文化产品不再把美学和精神价值的弘扬作为主要追求，而是把商品的交换和使用价值当作最重要的目的时；当"消费不仅是对商品价值的消费，而且成为人们自我表达与身份认同的主要形式"时；"当人们消费的只是一种欲望，即进入某种社会等级的符号象征价值"④时；我们再次感觉到了金钱、商品、消费、娱乐、享乐等这些因素对人们生活态度和人生观念的影响，也隐约感觉到了在现代社会人性异化的某些

---

① ［德］马克斯·韦伯：《学术与政治》，钱永祥等译，生活·读书·新知三联书店 1998 年版，第 193 页。

② 转引自杨剑龙等著：《新世纪初的文化语境与文学现象》，中央编译出版社 2012 年版，第 226 页。

③ 转引自房福贤著：《新时期中国文学生成语境研究十六讲》，山东文艺出版社 2009 年版，第 157 页。

④ 转引自房福贤著：《新时期中国文学生成语境研究十六讲》，山东文艺出版社 2009 年版，第 158 页。

原因。

如果说经济的发展在显性层面影响了人们的物质生活的话，那么后现代理论的传入和被接受则在隐性层面影响人们的精神世界。上世纪80年代随着詹姆逊在北大为期四个月的讲演，后现代主义在中国逐渐传播开来，“在后现代看来，正是理性主义的泛滥造成了一系列社会问题和人类的灾难，因而批判、否定、解构理性主义，推崇非理性，成为后现代主义所致力的目标，由此派生的是后现代主义对于确定性的否定”。[①] 当“解构”、“碎片”、“边缘”、“不确定性”、“多元化”等这些具有后现代性质的词语像空气一样飘进当代的文化语境中时，文学作品中出现了“烦恼人生”、“不谈爱情”、“一地鸡毛”、“躲避崇高”、“过把瘾就死”等充满后现代意味的内容。如果说在新中国成立后很长一段时间里中国人民曾有着坚定的“红色信仰”，那么“新时期”之后随着后现代主义的传入，对经典和权威的解构，对理性的怀疑和批判，对偶像神圣意义的消解，在一定程度上动摇了人们的生活观和价值观；也使人们一度陷入信仰的真空，处于迷茫之中。信仰的缺失，多元化的价值观念势必影响人们的生活观念和精神追求，人性也在无形之中被影响和异化。

在刘庆邦的酷烈小说中，无论是《神木》中宋金明和唐朝阳为了赚钱做起了残酷的“点子生意”，而对那些无辜的矿工痛下杀手，还是《到城里去》中杨成方的三弟在工地的工伤死亡，仅仅换来一万三千块钱的赔偿；无论是《秋风秋水》中李廾梅的二叔在见到五十块钱这实实在在的东西时才肯出手帮助自己的亲人，还是《八月十五月儿圆》中，田桂花的丈夫李春和在有了钱之后抛家弃女，在外面找小老婆另立家室；无论是《找死》中杨素素为了自我的情欲和纵欲而残忍的杀死自己的儿子，还是《血劲》中四真的“包法利夫人式”梦想破灭后破罐子破摔的消极、放纵的生活姿态；无论是《钓鱼》中雇主老燕为了自己的私欲对保姆李秀美的步步为营，还是《榨油》中保姆周玉影为了留在城市对雇主老韩的费尽心机；无论是《卧底》中卧底记者周水明在窑主的金钱承诺和酒宴招待中放弃记者的尊严和良知而对窑主摇尾乞怜，还是《红煤》中宋长玉这个“于连式”的农民矿工在登上矿主宝座后，对昔日曾经伤害过他的情人和煤矿领导的无情报复；对煤矿所在村庄的村民利益的疯狂掠夺；对那些在矿底工作的矿工的生命的漠视；无论是《穿堂风》中房林凤对和她相依为命的叔叔瞧的咒骂和挤兑，还是《摸刀》中普安庄那废弃的水塘中不仅藏着杀人的尖刀，而且还浮现出无名的

① 杨剑龙等:《新世纪初的文化语境与文学现象》，中央编译出版社2012年版，第65页。

女尸；这些酷烈的场景和酷烈人性足以让人汗颜、震惊和愤慨。金钱至上的观念使他们一切唯金钱论，淡化了人们间的亲情和友情；信仰的缺失使他们失却了曾经的理想和追求，也使他们失却了对生命的敬畏之心以致多次出现杀人的场景；享乐主义的生活态度使他们越来越关注自我的生活空间和质量而忽视了别人的存在。

其二，传统的官本位文化和当下权力体制对人性的影响和制约。中国在漫长的封建社会历史中形成了一套自己的官文化，这种“以官为主体，以为官者的利益为核心，以压抑人性，维护专制统治为目的”①的官本位文化深深地影响了中国的社会发展和人民的日常生活。长时间作为封建社会统治中心的中原地区更是受到了这种官文化的熏染，以至于当代河南作家于有意无意之间都在作品中都写到了权力和官文化。不论是二月河的《康熙大帝》《雍正大帝》《乾隆大帝》等“帝王系列”系列小说对宫廷内部权力的描写和想象；还是李佩甫的《羊的门》《城的灯》《等等灵魂》《生命册》等小说对官场规则和权力运作的描绘；或者是刘震云的《头人》《官人》《官场》、“故乡系列”长篇小说，对权力内幕、官本位文化的审视和思考；抑或是阎连科的《日光流年》《受活》《情感狱》《坚硬如水》、“耙耧山脉”系列小说中展现的底层村民对权力的敬畏和迷恋以及权力对人性的异化和伤害；应当说，他们对权力的认识和思考是有深度的，体现出了他们“对当下社会的关注、体认与思考，对于历史进程中人性残缺的深深忧虑”②。事实上，在刘庆邦的小说中也出现了对权力的描写和思考，无论是《断层》中野狼沟煤矿党委书记张国亮在官本位意识的驱动下，大搞官场“圈子”排斥异己，利用手中的权力大肆腐败，还是《游戏》中胡马庄那个没有名字只有“村长”称号的权力人物在金钱的利诱下对村民的出尔反尔；无论是《红煤》中红煤厂村党支部书记明守福利用职权让自己的女婿宋长玉在村里办煤矿、并且参与了对村民集体利益的掠夺，还是《鸽子》中基层派出所所长以工作的名义到煤矿上吃拿卡要；官员特权和权力腐败的背后一方面是那浓重的官本位文化意识所造成的人性扭曲，另一方面也与当下权力体制的种种弊端有着不可分割的联系。

权力有着巨大的能量，“钱做不到的事还是有的，而权力做不到的事就没有

① 刘颖：《官文化：把人变成奴才的文化》，《社会科学论坛》2006年第9期（下）。

② 杨剑龙等：《新世纪初的文化语境与文学现象》，中央编译出版社2012年版，第223页。

了"①,如果对权力缺乏有效的监督和制约,那么权力的负面影响马上就会显现出来,而且往往是一发而不可收,权力腐败和权力对人性的异化就是一个突出的表现。"人性的首要法则就是要维护自身的生存,人性的首要关怀就是对于自身的关怀。"②从这一点上看,官员的私人欲望是权力腐败的一个重要原因。另外,公众在官本位的文化氛围中对权力的迷恋、想象和敬畏,对现代法律体制的质疑,对清官、好官的期待;我国现行法律体系的不完善以及法律在权力面前的暧昧姿态;官员自身的政治意识、群众意识、自律意识、服务意识的日趋淡薄;经济的快速发展中,金钱对权力的拉拢和腐蚀等因素也是造成权力腐败的一些重要原因,而且这些因素还影响并制约了社会的进步和人的发展,也制约了人性的发展。应当说,刘庆邦敏锐地注意到了这一点,从早期的小说《断层》中对"清官"的赞美和期待到后来的《游戏》《红煤》《鸽子》等小说中对权力的审视和反思,反映了他从简单地迎合时代主流政治回归到知识分子本身对社会进行批判性思考的转变和成熟。在对权力的描写和揭露中,刘庆邦窥视到了权力背后那复杂的因素,对传统的官本位文化和当下权力体制的弊端进行了一定程度的批判性思考。不可否认,中国的政治制度建设尚未实现真正的现代化,从人治到真正的法治还有很长的一段路要走,要"努力消除权力运作机制中的非制度性的消极因素"③,使权力在"阳光"下运行不仅需要执政者的政治智慧和体制内行之有效的监督制约机制,更需要民众的广泛参与和积极配合。

其三,传统守旧思想对人性的扭曲和对女性的伤害。随着"五四"启蒙运动对传统守旧思想的批判,现代与传统之间的矛盾成了作家在作品中着重强调的一个方面。也许是风云变幻的20世纪,中国人的思想经历了太多的混乱和转变,承受了太多的压力和负荷而无法集中时间和精力对传统守旧思想进行彻底的反思和消除;也许是传统守旧思想在千年的封建文化中过于根深蒂固已经深深地扎根于人们的无意识之中而无法在短时间内根除;在现代文明快速发展、现代主义和后现代主义已经对人们的生活产生了很大影响的今天,透过刘庆邦的酷烈小说,我们依然看到了那隐隐浮现的传统守旧思想,看到了这种守旧思想对人性的异化和伤害,特别是对女性身心的伤害。无论是《走窑汉》中小娥因为被张清骗奸而遭到村人的歧视、羞辱和丈夫马海州无言的冷酷折磨,还是《玉

① 阎真:《阎真文集·沧浪之水》(卷二),人民文学出版社2012年版。
② [法]卢梭:《社会契约论》,何兆武译,商务印书馆2003年版,第5页。
③ 杨剑龙等:《新世纪初的文化语境与文学现象》,中央编译出版社2012年版,第235页。

字》中玉字被强暴之后要面对村人别样的眼神和言语;无论是《红蓼》中矿工侯玉文对苦命女人宋小美无情的感情玩弄和欺骗,还是《家园何处》中农村姑娘停的三嫂在请教了阴阳先生和村里的老妇人之后认为家里不幸的原因是出了停这个丧门星而对自己的小姑子停大加排斥和挤兑;无论是《东风嫁》中米东风这个曾经的风尘女子在父亲的坚持和干预下嫁给懒汉王新开,想要重新做人却遭遇到王家母子的疯狂折磨和蹂躏,还是《黑庄稼》中苗心刚夫妇为了留住孙子这个血脉而对年轻媳妇田玉华严密监视、排斥她与别的男人交往,想让她像节妇一样永远为苗家守寡;无论是《平原上的歌谣》中逃荒的少女红满在母亲的默许和文风楼村妇女们的游说中以六个黑红薯片子馍为交换条件决定了终身大事,嫁给一个心理变态的老男人而饱受折磨,还是《遍地月光》中农村姑娘自华在母亲的泪水诉说中埋葬了自己的爱情和青春,答应给哥哥换亲而嫁给一个自己不爱的半老头子;女性难以言说的伤痛和泪水背后是传统的守旧思想、大男子主义、贞节观念、愚昧心理对人性的异化和伤害。

现代作家萧红说:“女性的天空是低的,羽翼是稀薄的,而身边的累赘又是笨重的!而且多么讨厌呵,女性有着更多的牺牲精神。”[①]波伏娃说:“女人本人也承认,这个世界就其整体而言是男性的,塑造它、统治它、至今在支配它的仍是些男人。”[②]无可否认,即使是在现代化快速发展和人们思想观念、价值观念发生重大变化的今天,女性依然没有真正取得和男性完全平等的社会地位,女性依然在众多社会领域受到潜在的不信任和误解。女性获得真正独立、平等和自由的道路依然漫长,这需要社会各个方面的共同努力。值得注意的是,刘庆邦在对女性的书写中并没有把女性描绘成男性作家和男性文本中那种常见的欲望化和想象中的形象,而是赋予了女性人物顽强的生命力和反抗精神。小说《走窑汉》中结尾处小娥以自杀的方式结束了丈夫对自己的折磨,她以死亡这种决绝的姿态表达着内心的不满和抗议,“小娥的自绝则是对男权双重侮辱后的惨烈抗议,她虽然不懂女权主义理论,却以实际行动表达了对丈夫复仇行为的质疑,显示了女性对起码的人格尊严的追求与捍卫”[③]。小说《玉字》中受辱的玉字坚定地走上了复仇之路,尽管是以再次牺牲自己的方式。小说《东风嫁》中米东风终于在丈夫和婆婆的折磨与蹂躏中意识到自己是一个独立的生命个体,

① 季红真编选:《萧萧落红》,人民文学出版社2001年版,第11页。
② [法]西蒙·德·波伏娃:《第二性》(第2部),中国书籍出版社1998年版,第678页。
③ 李丹梦:《文学“乡土”的地方精神》,北京大学出版社2014年版,第175页。

而坚决地逃离了这个地狱般的家庭。小说《黑庄稼》中田玉华也觉悟到了女性解放的意义，她反感像节妇一样压抑自己的情感和生活，她开始反抗公婆对自己的约束和限制，开始主动去追寻新的感情生活。应当说，她们的反抗姿态彰显了女性作为生命个体的尊严和意义，呼应了女权主义对女性的期待和希望，也隐含了作家对女性群体的关注和深刻思考。

“小说并非仅仅简单地反映其他学科所解释的社会变化，小说还可能包含着有关这些变化如何产生的更有启示性的记录，甚至还有可能是社会结果的一个原因——就其构筑生活故事的方式成为我们为自己的生活赋予意义的方式这一点而言。”①从这一点上说，刘庆邦在小说中对社会现实的书写和进行的批判性思考就有了深度意义。2014 年 8 月 7 日，河北邯郸法院公开审理了一起集体犯罪事件：21 名来自四川、云南等地的务工人员，在河北邯郸西部矿山组成一个团伙，以介绍工作为名，将进城找工作的农民工骗到偏远的煤矿干活，趁机在井下将其杀害，然后伪造矿难假象，冒用死者家属的身份与矿主谈判私了，诈骗钱财。7 日上午，邯郸市中级人民法院对该案进行一审判决，5 名主要成员犯故意杀人罪均被判处死刑，剥夺政治权利终身，其他 16 名成员也被判处相应刑罚。② 当小说《神木》中那酷烈的杀人场景和悲剧故事在当下的社会现实中再次上演时，我们感到了深深的震惊和痛心，痛心于那泯灭了良知的酷烈的人性之恶，同时也觉察到了作家对社会现实的阴暗面进行书写和批判的必要。唯有如此，才能让人们更清晰地认清现实，才能唤醒人们心中那沉睡的正义和良知，才能促使人们行动起来去保护那些被伤害的、善良的弱者。“人被宣称为应当是不断探究他自身的存在物——一个在他生存的每时每刻都必须查问和审视他的生存状况的存在物。人类生活的真正价值恰恰就存在于这种审视中，存在于这种对人类生活的批判态度中。”③

(四)对生命的深度叩问

多年以来刘庆邦“一直默默关注着底层社会的人和事，怀着对民间的热爱和关怀，对生命的敬畏与尊重，以朴实无华的语言记载着民间生活的苦乐酸甜，

① [美]华莱士・马丁:《当代叙事学》，伍晓明译，北京大学出版社 2005 年版，第 29 页。

② 转引自《21 人团伙作案上演真实版:盲井》，《钱江晚报》2014 年 8 月 8 日。

③ [德]恩斯特・卡西尔:《人论》，甘阳译，上海译文出版社 2013 年版，第 11 页。

挖掘着底层人物的灵魂，吟唱着民间社会生命的悲歌”[①]。应当说，刘庆邦是一个有浓厚生命意识和悲悯情怀的作家，在他看来，人作为一个复杂的、孤独的情感个体，其生命的本源和最终归宿应该是善良、宽容、尊严、道德、博爱和“诗意的栖居”。对生命的这种“应然”状态的向往和追求使他始终认为人性从根本上说是善良的、有爱的；而人性中的恶只是暂时的、个别的、并不具有共性意义。也许他对人性中暴露出的那无法原谅的酷烈的恶曾经失望过、痛苦过，但是他对人性从未绝望。“我们知道什么是丑的，才知道什么是美的；知道了什么是恶，才知道什么是善；我们痛苦过，我们才会感到幸福。”[②]也许这段话无意中道出了刘庆邦书写酷烈小说的初衷，道出了他在小说中展现酷烈人性的本意，也道出了他的生命观、价值观和人性观。

因为对现实的密切关注；因为对社会中出现的种种不和谐事件的理性思考和反思；因为对人性认识的深化；刘庆邦以现实主义的创作手法书写了一系列酷烈小说。他以质朴的文笔广泛地展示了乡间、矿区和城市的人生百态和人情世态，在对生活和人性的细微发掘中，他似乎窥视到了生命的本义。他想用“酷烈”叙事来警惕人性之恶，来反衬生命的“应然”状态。也正因为此，他的酷烈小说没有把读者引向一种绝望，而是在有意与无意之间让读者感受到了人性中那善良的光芒，尽管有时候这人性之光是如此的微弱不易被发现，但那毕竟是希望之光，是叙述者和作家对生命“应然”状态的希望和期待。

加德纳说：“人是一种复杂而矛盾的存在，他以自我为中心，但又不可避免地要和自己的同类交往。他是自私的，但他有可能做到最高的无私，他为自身的需要所控制，但又发现只有使自己与自身需要之外更广泛的东西联系，他的生活才会有意义。这就是人的自我中心和道德倾向之间的紧张冲突。”[③]显然，在自我中心和道德倾向的矛盾冲突中，叙述者更倾向于后者，于细微处彰显出道德的光辉和力量。短篇小说《走窑汉》中阴冷酷烈的复仇者马海州在冷血的复仇生活之外也展现了人性善良的一面，“他对每一个工人兄弟都很温和，劳改释放回来更是如此，连一句重话都不说，生怕伤了谁”[④]。当工友小四家里因火灾而需要救济时，他送给了小四二百块钱。这些点缀无意中告诉我们，如果没

---

① 余志平：《吹响民间底层生命的唢呐——底层叙事视野中的刘庆邦小说》，《南京师范大学文学院学报》2009 年第 1 期。

② 牧阳、刘庆邦：《大美无言》，见刘庆邦：《遍地白花》，新世界出版社 2004 年版，第 389 页。

③ 转引自杨剑龙等：《新世纪初的文化语境与文学现象》，中央编译出版社 2012 年版，第 66 页。

④ 刘庆邦：《走窑汉》，见《刘庆邦短篇小说选》（点评本），作家出版社 2012 年版，第 4 页。

有那件屈辱的事，也许马海州会是一个善良、腼腆的矿工，有着和常人一样的平凡的生活，只是仇恨迷失了他的心灵，使他在复仇的怪圈中越陷越深、无法自拔。小说结尾处，当马海州听闻妻子小娥自杀的消息时呼地站起来时，我们有理由相信那是他人性中未曾泯灭的善良和良知被深深地刺痛了。中篇小说《神木》结尾处，杀人不眨眼的"敲点子"老手赵长河终于无法躲避自己内心良知的拷问，他的人性在紧张和酷烈的杀人场景中复苏了。为了救下"点子"元凤鸣这个无辜的少年，赵长河不惜与合伙人反目而且亲手杀死了合伙人，然后他自杀于假顶之下。也许他是想用他的生命来救赎他那不可饶恕的罪恶；也许他在生命最后一刻只是想帮助元凤鸣这个和自己儿子年龄差不多大的孩子走向新的生活；也或许是他在杀了同伙之后内心又多了一份不堪忍受的杀人罪孽；总之，他自杀了，他让元凤鸣告诉窑主他是被冒顶砸死的，而且"一定要跟窑主说我是你的亲二叔，跟窑主要两万块钱，你就回家好好上学，哪儿也不要去了"①。当赵长河人性之中那被隐藏和遮蔽的良知被少年元凤鸣纯真的内心所触动和唤醒时，人之为人的本意也就显现了出来。赵长河那被唤醒的人性之光的瞬间闪现，也点燃了人性的希望之灯。孙郁用这样的话语评价刘庆邦："他感怀于良知的发现，所以在悲剧的地方，也能生出飘香的花草，让美的气息在此流动，那是唯有大爱的人才有的情怀。"②

如果说生存困境中酷烈的人性犹如阴影一样笼罩在生活的上空，人们因为长时间无法走出这个阴影，使生命充满了破碎和残缺的话；那么生存困境中个体生命那卑微而又倔强的人性坚守就有了"阳光"的意义，它透过阴影普照在坚实的大地上，闪现出人性之光，使生命在破碎的呢喃中又蕴含了希望和不可言说的美。长篇小说《平原上的歌谣》中农村妇女魏月明在艰苦的环境中始终坚守着人性的底线，以她的行动诠释着人性中的善良和爱。不论是她在饥饿威胁到人的生命的岁月里仍然守护着亲戚的情谊，而没有像队长文钟山一家那样冷漠拒绝亲戚的来访和求助、给亲戚脸色看、把亲戚撵走；还是她冒着得罪恶人秃老电的风险，悄悄地把被"猪狗不如"的秃老电折磨的生不如死的少女红满放走，并将家里仅有的三毛钱送给红满；抑或是她在丈夫去世后为了心中那把六个孩子养活大的愿望和目标，坚强而倔强地生存和生活，像男劳力一样"犁地耙

① 刘庆邦：《神木》，见《卧底》，四川文艺出版社 2007 年版，第 246 页。
② 孙郁：《刘庆邦：在温情与冷意之间》，《北京观察》2004 年第 5 期。

地，放磙扬场，和泥脱坯，挖河盖房”①；魏月明以一个平凡女性却又不平凡的生活，以其对苦难的抗争、对生命的坚守和对子女的爱，让我们感受到了那震撼人心的生命的力量和无以衡量的爱的力量。“人生虽然有无穷无尽的苦难，可是我们的心灵不能仅仅只感受苦难，不能让苦难把我们的心灵严严实实地包裹起来。我们应该用自己的心灵去包裹苦难，在包裹和消化苦难中体验做人的尊严与幸福。”②魏月明的苦难人生因为有了她对生命的坚守和对心中的爱的坚信，从而有了深层意义，她没有沉浸于苦难中被苦难折服，而是在抗争苦难的过程中获得了生命的尊严和幸福。短篇小说《草帽》中，矿工梅玉成在煤矿效益不好几个月不发工资的情况下依然每天去年轻妇女蓝翠屏的馄饨摊吃一碗馄饨引起了妻子刘水云的强烈不满和猜疑。但是在一次争吵中，当丈夫说出真相后，妻子刘水云的眼中禁不住噙满了泪水。原来蓝翠屏的丈夫小范在井下挖煤时因为误碰哑炮而死，班长梅玉成和工友们劝她坚强地活下去，并动员她卖馄饨以维持生计。掘进班的十二个矿工坚守着他们的约定，不论如何，他们每天都要去蓝翠屏的小摊上吃一碗馄饨。显然，这一碗馄饨已经超出了简单的“吃”的意义，而且在物欲横流、金钱至上的社会观念和时代氛围中彰显出了人性本真的善良和爱。“只有爱，能缝合精神深处的裂缝；也只有爱，能让你谦卑地俯下身，耐心地倾听来自生活内部的疼痛和叹息。”③这一碗馄饨的背后是掘进班矿工对生命的尊重和内心善的张扬，更是他们那“十二颗金子般的心”在苦难的茫茫黑夜之中闪烁出的爱的耀眼光芒。

值得注意的是，刘庆邦的酷烈复仇小说一方面有着对人性酷烈一面的展示和批判，另一方面却也与有意与无意之间透露着对人性尊严的维护，甚至是赞美和期待。尊严是刘庆邦所认识的生命“应然”状态的一个重要组成部分。不论是《走窑汉》中马海州为了男人的尊严对张清的执着复仇，还是《血劲》中矿工木为了维护矿工的尊严而对奸夫秤锤痛下杀手；不论是《美少年》中少年文周因为无赖皮货伤害了他敏感的自尊而对皮货家的玉米苗暗中破坏，还是《玉字》中少女玉字为了女性的自尊和贞节而对仇人实施的决绝的复仇；这些都让我们看到了小说中人物对尊严的坚守和呵护，尊严已经融入他们的生命，成为不可分割的重要组成部分。不可否认，他们的复仇有着太多的盲目、冲动和不理智。

① 北乔：《刘庆邦的女儿国》，社会科学文献出版社2006年版，第302页。

② 摩罗：《悲悯情怀》，中国青年出版社2008年版，第12页。

③ 谢有顺：《我们并不孤单》，中国社会科学出版社2001年版，第296页。

但是叙述者着意强调的是他们为了维护人性的尊严而表现出的复仇姿态，是他们那种"宁为玉碎，不为瓦全"，为了守护大写的人的尊严而采取决绝行动的精神。从这一点上说，他们的复仇因为有了对人性尊严的坚守而不能简单地被批判和否定。在现代文明快速发展和社会法制日益健全的今天，我们欣赏和推崇这种守护生命尊严的生活态度和决绝姿态，但是我们更希望看到的是用理智的、道德的、法律的手段和方法去守护生命的尊严，而不再是一种简单的、野蛮的、抛弃法律和道德的、甚至是牺牲自我生命和幸福的个人式的快意恩仇。也许，这也正是叙述者想要告诉我们的。

事实上，刘庆邦在书写酷烈小说的同时也书写了一系列的柔美小说。在这些柔美小说中，他以人性美、人情美、风景美、风俗美等理想模式直接寄予了他对生命"应然"状态的想象和向往。刘庆邦说："美感源于爱，源于对自然的爱，对生命的爱，对生活的爱，一个人心里鼓荡着爱，从一朵花、一棵草、一片云、一滴水里都能看出美好来。"①不论是短篇小说《鞋》中待嫁的农村少女守明给未婚夫做鞋时微妙的、细腻的心理活动和感情变化；还是中篇小说《心疼初恋》中少年张建生对同学李美云的纯真、朦胧的爱恋；抑或是短篇小说《梅妞放羊》中女孩儿梅妞在那天人合一的河坡里与羊的密密独语，"天然的母性就像花香一样在春天的阳光下从生命中流溢"②；人性之中那美好、善良、纯真、宽容和爱的一面跃然纸上呈现在读者面前。诚如刘庆邦所说："挖掘美，是为了鞭挞人性的恶。"③他"始终魂守着乡土并且永远以他那清新淡雅，几至炉火纯青的乡土乐章播撒着诗意和纯情，对抗着物欲横流和人性失真。"④这种理想的人性和生命状态不仅触动了读者内心那隐秘的生命之弦，引起读者对生命"应然"状态的深刻认识和思考；同时也寄予了作家刘庆邦深藏于潜意识中的"原乡"情结。按照王德威的解释，"原乡"中的"乡"较之本来的故乡，内容和含义已经发生了变化，它"不仅只是一地理上的位置，更代表了作者所向往的生活意义的源头，以及作品叙事力量的启动媒介"。⑤

其实，无论是酷烈小说中对酷烈人性的冷静展现，还是柔美小说中对理想人性的赞美和期待，刘庆邦通过对人性的书写和思考所努力探寻的正是生命的

---

① 牧阳、刘庆邦：《大美无言》，见刘庆邦：《遍地白花》，新世界出版社 2004 年版，第 389 页。
② 北乔：《刘庆邦的女儿国》，社会科学文献出版社 2006 年版，第 17 页。
③ 牧阳、刘庆邦：《大美无言》，见刘庆邦：《遍地白花》，新世界出版社 2004 年版，第 385 页。
④ 何希凡：《凝眸乡土诗意与都市文明的心灵变奏》，《名作欣赏》2004 年第 1 期。
⑤ 转引自李丹梦：《文学"乡土"的地方精神》，北京大学出版社 2014 年版，第 4 页。

"应然"状态，而这个探寻的过程于无意中也凸显了人的存在。如果说"真正属于人的'栖居'本质上就是'诗意'的"①，那么"人，诗意的栖居"也成为刘庆邦在对生命深度叩问之后所得出的一种理想的生命"应然"状态模式。正如他在《不可改变的梦境》一文中所说："我夜里做梦，梦见的多是儿时在河南农村老家的情景。还是那两间半草房子，大风一刮，房角的草檐直呼扇，眼看要被大风掀翻，卷向空中。这时勇敢的二姐爬上去了，用身子压住房檐，直到风渐渐小下来。门口一侧还是爷爷栽下的那棵石榴树，树上开满了红花，树下的地上也落了一层花瓣。"②与其说是离乡的游子心中那隐秘的思乡之情，以梦境这种无意识的形式对作家发出了归乡的精神召唤；不如说是刘庆邦以回到那充满诗情画意和田园牧歌式的有着人性美、人情美、风情美的童年的梦境的形式，向读者传递了他对生命应然状态的理解和希望。

四、"酷烈"小说的叙事特点

刘庆邦说："我的创作谈不上有什么别的主义，所走的不过是现实主义的路子。"③他以现实主义的创作手法关注着社会现实和曾经逝去的历史，作品中不论是对当下现实的敏锐感知和思考；还是对曾经的历史的追忆和反思；抑或是对酷烈人性的书写和批判；都表现得比较客观、真实、有深度。审视作家的酷烈小说以及在小说中所展现的酷烈人性，在叙事层面，本章主要从第三人称限制性叙事视角、极端化叙事策略和酷烈语言等方面进行分析。

（一）第三人称限制性叙事视角的叙事效果

在叙事作品中，视角作为"作品中对故事内容进行观察和讲述的角度"，它的特征通常是由叙述人称决定的。④ 按照热奈特的划分，叙事视角可以分为三种："非聚焦型视角"（也就是托多洛夫所谓的"叙述者〉人物"），"内聚焦型视角"（即"叙述者＝人物"），"外聚焦型视角"（即"叙述者〈人物"）⑤。在传统的叙事作品中，主要采用"非聚焦型视角"，也就是全知叙事："叙述者可以从任何

---

① 徐岱：《基础诗学——后形而上学艺术原理》，浙江大学出版社 2005 年版，第 171 页。

② 刘庆邦：《不可改变的梦境》，见《在雨地里穿行》，百花文艺出版社 2010 年版，第 181 页。

③ 刘庆邦：《超越现实》，《长城》2003 年第 1 期。

④ 童庆炳主编：《文学理论教程》（修订二版），高等教育出版社 2008 年版，第 256 页。

⑤ 胡亚敏：《叙事学》，华中师范大学出版社 1998 年版，第 24 页。

角度、任何时空来叙述:既可以高高在上地鸟瞰概貌,也可看到在其他地方同时发生的一切;对人物的过去、现在和未来均了如指掌,也可以透视人物的内心”[①]。显然,全知叙事这种无所不知的叙事姿态在一定程度上减弱了作品的真实性,也制约了读者的想象空间,因而受到了许多现代小说家的质疑。于是在现代性的叙事作品中,出现了限制性叙事视角,“叙述者知道的和人物一样多,人物不知道的事,叙述者无权叙说。叙述者可以是一个人,也可以是几个人轮流充当。限制叙事可采用第一人称,也可采用第三人称”[②]。限制性叙事视角又有内聚焦和外聚焦之分。内聚焦叙事视角的特点是:“不管叙述者显现为人物还是隐身于角色之内,其活动范围只限于人物的内心世界,只是转述这个人物的内心活动,通过这面屏幕来反射外在的人和事。”[③]外聚焦叙事视角的特点是:叙述者一般很少介入到故事中人物的内心世界,“叙述者所了解的情况少于剧中人物,如同局外人与旁观者”[④]。显然,第三人称限制性叙事视角更倾向于外聚焦叙事,这种叙事视角的采用避免了叙述者那种无所不知的叙事给读者带来的那种虚构的感觉,也避免了叙述者过多的主观情感的投入而使作品显现出自传倾向而削弱作品的客观性,从而可以较为有效、客观的描述人物、场景和事件,产生一种真实的叙事效果。刘庆邦在他的小说叙事中主要采用了第三人称限制性叙事视角,他所追求的就是这种真实的、客观的叙事效果。

“作家强调的是小说表现的真实而不是素材的真实”[⑤],在展现酷烈人性的酷烈小说中,刘庆邦力避全知叙事所带来的那种虚假的感觉,主要地采用了第三人称限制性叙事视角。在小说中,叙述者“平静的,不露声色的叙述仿佛榨干了生活全部的水分”[⑥],不仅增强了小说的真实性,渲染了酷烈的环境气氛,同时也给读者带来一种强烈的、有冲击性的阅读体验。不论是早期的《走窑汉》《血劲》《神木》,还是之后的《玉字》《别让我再哭了》《卧底》,抑或是近期出版的“保姆在北京”系列短篇小说,刘庆邦力避叙述者那种无所不知的姿态,叙述的焦点始终围绕着推动情节发展的主要人物,叙述者和读者一样或者说一起去猜测和期待人物的行动,去感受那紧张、压抑、酷烈的环境和气氛。在这种客观化

① 申丹:《叙述学与小说文体学研究》(第3版),北京大学出版社2004年版,第219页。
② 陈平原:《中国小说叙事模式的转变》,北京大学出版社2010年版,第59页。
③ 徐岱:《小说叙事学》,中国社会科学出版社1992年版,第200页。
④ 徐岱:《小说叙事学》,中国社会科学出版社1992年版,第207页。
⑤ 陈平原:《中国小说叙事模式的转变》,北京大学出版社2010年版,第89页。
⑥ 张学昕:《穿越叙述的窄门》,复旦大学出版社2013年版,第71页。

的叙事中，刘庆邦冷静地描述着人物的言行，避免叙述者过多地介入人物的内心世界，对人物的言行举止不作任何主观的评价，让读者参与进来，自己去想象、揣摩人物的心理，去评论人物的性格，评价小说中的善恶是非。

第三人称限制性叙事视角透过种种生活现象和人物的言行举止，直抵人性深处，同时因为叙事的焦点始终围绕着一个或几个关键人物，凸显了个体的生活体验、生命意识和存在意义，从而使小说中人物形象更加生动、逼真。生动的人物形象又反过来增强了小说的可读性和真实性。在短篇小说《走窑汉》中，叙述的焦点始终围绕着马海州这个被仇恨扭曲的人物，而对另外两个主要人物张清和小娥的描写并不多，或者说这两个人物的叙事功能主要是为了服务于主要人物马海州，来衬托马海州的酷烈举动背后被异化了的人性。当读者跟随叙述者的叙述视角，关注着马海州的举动时，一种逼真的身临其境的叙事效果就显现了出来。短篇小说《玉字》中，读者的目光始终跟随着玉字这个充满个性和叛逆色彩的复仇女性，玉字的哭泣、绝望之后不动声色的复仇举动深深地牵动和震撼着读者的心灵，玉字这个人物形象也因为限制性焦点叙事而显得更加真实。中篇小说《卧底》中通过卧底记者周水明在小煤窑的所见所闻、遭遇的困难和伤害来揭示那些偏僻山区小煤窑的恶劣工作条件、生活环境以及窑主的专横跋扈显然比叙述者用全知叙事介绍小煤窑的情况要取得更好的叙事效果，因为故事中人物的切身经历和语言举动更容易打动人心，更容易制造一种真实的感觉。

如果说《走窑汉》《玉字》等小说是围绕一个主要人物展开焦点叙事的话，那么短篇小说《血劲》则是围绕矿工雄、木、雄的妻子四真和屠夫秤锤四个人物展开叙事，叙述者依然采用了第三人称限制性叙事视角。“如果作者发现一个视点无法完美地表现观察对象时，可以选择两个、三个视点，从不同角度叙述事件进程。”①显然在《血劲》中叙述者采用了多个视点来表现中心人物雄的软弱。这其实是通过视角的转移来叙述故事，“表面上整篇小说没有固定的叙事角度，可构成小说的几个部分都有自己固定的视点，作家不过把单一视角的描述改为不同视角获得的场景的剪辑”②。多个视点的限制性叙事，增强了小说的阅读阻力，给读者带来一种新的阅读体验，同时也因为叙述者始终不超越焦点人物作全知叙事而加强了小说的真实性。

---

① 陈平原：《中国小说叙事模式的转变》，北京大学出版社2010年版，第86页。

② 陈平原：《中国小说叙事模式的转变》，北京大学出版社2010年版，第86~87页。

(二)极端化叙事策略

刘庆邦的酷烈小说总是呈现出一种极端化悲惨的现象:或者是心理的扭曲,或者是病态的人生,或者是死亡的结局;人性在其中被不断地异化。本文认为刘庆邦主要是通过在现实生活基础上的感性与理性的想象来建构这种极端化的叙事。如果说"碌碌人世所呈现的常常是一些假象,是想象把假象一层层剥下去,露出事情或痛苦或无奈的本来面目"①,那么想象或者说想象的能力对作家的创作来说就显得非常关键和重要了。刘庆邦甚至说:"想象对文学创作的作用是决定性的,任何作品的形成都离不开想象的参与。"②在刘庆邦的酷烈小说中,无论是《神木》中那残忍的用铁镐敲打在"点子"头上的酷烈杀人场景,还是《卧底》中偏远山区那酷烈的工作环境以及窑主对矿工的残酷剥削和无情打压;无论是《找死》中作为母亲的杨素素为了纵欲而残忍杀死自己儿子的酷烈行为,还是《东风嫁》中婆婆老侯和丈夫王新开对米东风那令人发指的非人的折磨和蹂躏;无论是《走窑汉》中马海州对张清不动声色的阴冷的复仇举动,还是《血劲》中矿工木用极其残忍的手段杀掉那对侮辱矿工尊严的奸夫淫妇;无论是《榨油》中保姆周玉影为了得到雇主老韩的钱财而对其色情诱惑,在嫁给他之后又引诱他纵欲而死以便最终获得老韩所有的钱财以及城市身份的险恶用心,还是《开馆子》中饭馆老板汉收为了发泄心中的不满和妒忌而用老鼠药毒死了同村的竞争对手二宝;小说中酷烈的环境、氛围,人物的酷烈举动,特别是那酷烈的杀人场景显然充满了叙述者的想象,但是因为这种想象是建立在作家对现实的认识和思考的基础之上,从而使作品在一定程度上有了真实的意义,也因此能够震撼读者的心灵,并使作品有了批判的力度。

"小说是创造一种假设的生活,这种假设的生活是在真实的条件下发生,派生出故事和情节。真实是虚构的源泉。"③也就是说,想象和虚构要在现实生活的基础上进行,"想象不能凭空,不能瞎想"④。"小说是尘世的艺术,也是现实的艺术。这种意识与人情世故和生活常识有着紧密的联系,一切想象只能在此基础上展开。离开了这个基础,想象就无从谈起。"⑤刘庆邦在谈及他的创作时

① 刘庆邦:《想象的局限》,见《到城里去》,花城出版社2010年版,第113页。
② 刘庆邦:《想象的局限》,见《到城里去》,花城出版社2010年版,第114页。
③ 王安忆:《小说课堂》,商务印书馆2012年版,第23页。
④ 刘庆邦:《想象的局限》,见《到城里去》,花城出版社2010年版,第116页。
⑤ 刘庆邦:《想象的局限》,见《到城里去》,花城出版社2010年版,第115页。

曾说《走窑汉》的写作是源于现实中的一个事件：一个煤矿采煤队的干部把矿工的妻子诱奸了，这个矿工对干部动了刀子，结果被送进了监狱。他没有在作品中写这个事件的过程，而是从矿工从监狱出来又回到采煤队工作开始写起，在虚构和想象中展开复仇情节，凸显出人性的复杂。《玉字》的写作背景是回家乡时听母亲说的一件真实的事情：在一个村子里，一个姑娘被人强暴了，姑娘知道奸污她的人是谁，但是她不说，憋在心里憋出了病，很快郁郁而终。刘庆邦说他从姑娘的复仇开始写起，虚构了一个复仇女神，表达心中的愤恨和反抗①。不可否认，在当下的现实生活中，还存在着许许多多的不和谐现象，一些坏人、恶人还在严重威胁着这个社会的和谐稳定，作为社会良知的作家有责任也有义务"通过文学作品揭露他们，鞭挞他们，以抑恶扬善"②。应当说，刘庆邦在作品中正是以想象的方式通过对酷烈人性和柔美人性的发掘和展现，力图达到对恶的揭露、鞭挞和对善的张扬。

"小说审视的不是现实，而是存在，而存在并非已经发生的，存在属于人类可能性的领域，所有人类可能成为的，所有人类做的出来的。"③可以说，在某种程度上刘庆邦是以想象的方式在作品中探讨着人性的可能存在性。"我们的小说与现实有所不同，它建设的是一个与现实相对独立的新世界，探求的是人生和生活新的可能性。这种建设，主要使用的是想象的力量"④。不论是黑暗的矿井深处那酷烈的生存环境和矿工的酷烈人性；还是乡村大地上那一曲曲人性悲歌；抑或是城市表层繁华背后的扭曲人性；其实都是作家在现实基础上的一种想象，只是这种想象是建立在对现实、对生活、对生命的深刻理解和认识的基础之上，从而有了真实的意义和震撼人心的力量。应当说，刘庆邦是一位"让自己的想象贴着地面飞翔"⑤的作家，丰富的农村生活经历和煤矿工作体验以及后来的记者生涯和城市生活体验使这个"来自平民、出自平常、贵自平实"⑥的作家的想象有了坚实的基础和依托。建立在这个坚实的现实基础上的感性与理性的想象使刘庆邦小说的酷烈叙事有了一种力量，"他不会让你觉得他的叙事有任何偏激或片面之处，相反，富有生活质感，情节和细节都富有逻辑性，人物性

---

① 牧阳、刘庆邦：《大美无言》，见《遍地白花》，新世界出版社2004年版，第385页。
② 牧阳、刘庆邦：《大美无言》，见《遍地白花》，新世界出版社2004年版，第387页。
③ 米兰·昆德拉：《小说的艺术》，董强译，上海译文出版社2012年版，第47页。
④ 刘庆邦：《平地抠饼，心中栽花》，《山花》2007年第1期。
⑤ 张学昕：《穿越叙述的窄门》，复旦大学出版社2013年版，第10页。
⑥ 林斤澜：《吹向自己的唢呐》（代序），见刘庆邦：《民间》，新疆人民出版社2002年版，第2页。

格和心理的描写都细腻而恰当"。[①]

(三)酷烈语言的叙事特色

罗兰·巴特说:"语言是文学的生命,是文学生存的世界"[②]。作家汪曾祺说:"语言不只是技巧,不只是形式。小说的语言不是纯粹外部的东西。语言和内容是同时存在的,不可剥离的"[③]。显然,语言对作品的重要性是不言而喻的,语言也因此成为作家在写作中精雕细刻的对象。阅读刘庆邦的作品,我们能明显感觉到他的小说有着鲜明的语言特色。他用地域方言、矿区行业话语、书面语、日常生活话语、大白话在小说中交织了一张具有浓厚生活气息和人间烟火味的语言大网。特别是他的酷烈小说,在不动声色的绵密叙事中,用酷烈话语完成了对人物极致状态的刻画和对那些凶狠场景的描写,给读者以强烈的真实感和精神震撼。这些酷烈语言一方面使人物的形象、人物的性格更加鲜明,使人性之中那酷烈的一面悄然显现出来;另一方面酷烈语言也推动了小说情节的发展,渲染了小说内在的环境氛围,使小说产生一种酷烈的审美效果。

审视刘庆邦酷烈小说中的酷烈语言,主要呈现出以下几个特点:首先,他的小说中的酷烈语言有着"市井化"的特点,"'市井化'是对于当代小说注重意识形态话语的'崇高化'的消解,是伴随着小说个人化趋势的必然结果"[④]。市井化的叙事话语使刘庆邦的小说在对煤矿、都市、乡村中酷烈的人性进行展现和思考时,呈现出一种美学效果:真切地再现了"那些同人们的生存状态与欲望状态产生直接联系的生活场景和生活细节",显示出了小说人物的"生命真实与人性内涵"[⑤]。中篇小说《到城里去》中,叙述者用形象的"市井化"语言叙述着女主人公农村妇女宋家银的尖酸、刻薄、自私、虚荣与势利。结婚前,宋家银苦苦逼着自己的婆家,"宋家银躲在幕后,通过父母,再通过媒人,以强硬的措辞跟杨家的人传话,说这没有,那没有,凭什么娶媳妇?把儿媳妇娶过去,难道让儿媳妇睡到月亮地里!"[⑥]如果说,宋家银和对象杨成方有感情基础的话,她的话语可以理解为一种矫情的撒娇,遗憾的是,宋家银从未考虑过感情,她不但向杨家隐

---

① 陈晓明:《中国当代文学主潮》(第2版),北京大学出版社2013年版,第568页。
② 转引自张卫中:《20世纪中国文学语言变迁史》,中国社会科学出版社2013年版,第158页。
③ 转引自张卫中:《20世纪中国文学语言变迁史》,中国社会科学出版社2013年版,第155页。
④ 季桂起:《从叙事模式的转变到当代小说的转型》,《文艺评论》2005年第3期。
⑤ 季桂起:《从叙事模式的转变到当代小说的转型》,《文艺评论》2005年第3期。
⑥ 刘庆邦:《到城里去》,花城出版社2010年版,第3页。

瞒了她曾经失身于村中另一个青年的事实，而且隐瞒了她仅仅是想把自己赶紧嫁掉以免陷入流言蜚语中的真实想法。她只是看中了杨成方是个临时工人能赚钱这一个条件，她从未想过感情这个话题。所以，她毫不犹豫地为自己打算着，根本不去考虑杨家那贫困的家境，也不打算考虑自己作为儿媳应有的谦让和礼节。结婚后，宋家银逼着杨成方出去打工赚钱，她根本不在乎丈夫的想法，甚至挑拨婆婆和丈夫的母子亲情。她说："千万别让咱娘知道你回来，千万别让那老婆子看见你。要账的把你们家的地坐成井，那老婆子急得上下跳，正等着跟你要钱呢！"[①]对婆婆直接以老婆子相称，而且是当着丈夫的脸面，宋家银的泼辣和傲慢可见一斑，人性之中的自私和冷漠也在这些话语的背后悄然显现。和那些勤劳朴素的农村妇女的生活理念不同，宋家银想法在村里炫耀自己的生活不同于别人，她买了自行车，在上世纪70年代的农村，自行车无疑是人们身份和社会地位的一种象征。宋家银乐于在村人面前炫耀，她也极力地维护着这份虚荣。她毫不留情地拒绝了亲戚们借自行车的请求，"别说小叔子，宋家银用杨成方的工资买下的自行车，她连杨成方都不让骑"；"让杨成方把自行车骑走，她就看不见自行车了，村里人也看不见自行车了，她拿什么炫耀呢"[②]。这些富含生活气息的语言真实地反映了小说中人物的心理，也形象地刻画出人性之中那自私、虚荣的一面。

其次，他的小说中的酷烈语言有着很强的口语化特点，通俗易懂的口语式语言使他的小说拉近了人物与现实社会和日常生活的距离，增强了小说的可读性和真实性，同时也真实地再现了酷烈的人性。中篇小说《神木》中，矿工宋金明和唐朝阳在火车站钓"点子"，他俩一唱一和，充满口语化的语言背后是他们那被金钱所异化的内心和扭曲的、酷烈的人性之恶。他们在车站的广场看中了从农村出来打工的老实巴交的农民元清平，然后开始了行动。宋金明拿着香烟走近元清平说"师傅，借个火"，之后搭上了话。谈到找工作的事，宋金明说他们要去一个矿，"那里天冷，煤卖得好。那儿回来的人说，在那个矿干一个月，起码可以挣这个数。说着弯起手指勾了一个九"[③]。在上世纪90年代的中国，对于一个农民而言，一个月可以赚九百块钱确实是值得一提的。元清平被这高工资吸引了，答应和他们一起去这个矿。宋金明说他说了不算，要听另一个同伴的

① 刘庆邦：《到城里去》，花城出版社2010年版，第15页。
② 刘庆邦：《到城里去》，花城出版社2010年版，第25页。
③ 刘庆邦：《神木》，见《卧底》，四川文艺出版社2007年版，第192页。

意见,于是领着元清平去见唐朝阳。他们要把戏演到最彻底的一面,唐朝阳故意假装没有见到宋金明和元清平朝他走来,当他听见宋金明对他说元师傅想和他们一块去煤矿时就破口大骂:"扯鸡巴蛋,什么师傅!我让你去买票,你带回个人来,这个人是能当票用,还是能当车坐!"然后是,宋金明的故作委屈状,"我跟他说了不行,他还是想见见你。不信你问问他,我说了不行没有?"①之后是点子元清平发自内心地恳求唐朝阳允许他一起去。最后,唐朝阳顺势而下答应带着点子元清平一起去矿上干活赚钱。如果说,这真的只是简单地找工作时的偶遇事件,唐朝阳和宋金明只是顺带地和另一个找工作的打工者一起去了煤矿,悲剧也就不会轻易发生。然而,这是一起有预谋的甚至说目的非常明确的杀人赚钱事件。当点子元清平和宋金明搭上话时,悲剧似乎已经不可避免地要发生了。简单的、口语化的言谈和对话背后一方面是元清平那简单的赚钱愿望和淳朴的农民作风,另一方面是宋金明这类丧失了良知、泯灭了人性的人物,他们骗取善良的民工的信任,将他们骗到煤矿那漆黑的窑底将其杀害,然后向窑主诈钱。叙述者以这种口语化的语言叙述整个"敲点子"的过程,在看似亲切、友善的谈话背后,形象客观地展现了人物内心的隐秘心理,也展现了人性深处那无法直视的酷烈。

再次,他的酷烈语言呈现出简洁精炼、冰冷无情风格。在不动声色的叙述中,人物的性格,人物的心理,紧张、压抑的环境氛围跃然纸上,使小说充满了阅读张力。短篇小说《走窑汉》中,叙述者这样描写马海州怀里藏着的钢刀:"'当啷'一声脆响,一把刀子落在地上。众人看去,这是一把中间带槽的尖刀,刀苗子窄而长,在微弱的灯光下闪着凛凛的寒光。有人一眼看出来,这把刀和几年前看见过的那把刀一模一样。"②为什么马海州去井下挖煤要带着刀?为什么有人说这把刀和几年前看见过的那把刀一样?锋利的闪着寒光的尖刀要杀谁?显然这是语言制造的紧张氛围,引出了问题和悬念。当工友们在井下谈论女人时,"一记猛烈的金属撞击声,使他们的说笑戛然而止。有人听出来,这是尖利的镐头劈在溜子槽上发出的声响,并很快作出判断,这是那个沉默寡言的人干的,用意不言而明"③。猛烈的、尖利的、沉默寡言的,这些形容词的运用不经意间透露出张清阴沉、凶狠的性格特色。同时这些词语也触动了读者的听觉、触

① 刘庆邦:《神木》,见《卧底》,四川文艺出版社2007年版,第193页。
② 刘庆邦:《走窑汉》,见《刘庆邦短篇小说选》(点评本),作家出版社2012年版,第1页。
③ 刘庆邦:《走窑汉》,见《刘庆邦短篇小说选》(点评本),作家出版社2012年版,第4页。

觉，使读者深入其中，随着小说情节的发展而引起情感的波动。短篇小说《玉字》中，叙述者用简洁冰冷的语言形象地刻画了玉字被奸污后那绝望的心理和形象："玉字哭得背了气，头软软的，一边脸贴地，呼哧呼哧大口抽气，出气很短，浑身大抖，昏黄的煤油灯下，她闭着眼，脸煞白，披头散发。"①语气词"呼哧呼哧"和动词"哭"、"贴"、"抖"以及形容词"软软的"、"煞白"等这些词语的运用是小说人物玉字那绝望无助的心理在这简洁、平实、冷静的叙述语言中跃然纸上。中篇小说《神木》中，叙述者不动声色地叙述着窑底那紧张、压抑的气氛："窑底是沉闷的，充满着让人昏昏欲睡的腐朽的死亡气息，人一来到这里，像服用了某种麻醉剂一样，杀人者和被杀者都变得有些麻木。"②"沉闷"、"昏昏欲睡"、"腐朽死亡"这些有着强烈感官色彩的词语形象地描述了那些小煤窑的矿工的工作环境，在这样沉闷的环境中，人们的感情似乎也被那幽深的窑底遮蔽了，以致那酷烈的杀人场景也成了司空见惯、不带任何感情色彩的物与物的一种碰撞，"当铁镐与点子的头颅接触时，头颅发出的是一声闷响，一点儿也不好听"③。人性中善良的一面在这里已经被完全遮蔽，有的只是简单的动物式的生存，物欲的驱使让这些还称得上"人"的人尽显人性的酷烈。

应当说这些酷烈语言的巧妙使用，一方面使人物形象变得更加逼真，彰显出了人物的内心情感和人性的欲望以及人性的扭曲，同时渲染了小说的环境氛围、在紧张、压抑的气氛中展现酷烈的人性；另一方面酷烈语言的运用也给读者带来了一种强烈的视觉、听觉、触觉的阅读体验，从而产生了一种酷烈的美学效果。

结　语

美国评论家苏珊·桑塔格说："一位坚守文学岗位的小说家必然是一个思考道德问题的人：思考什么是公正和不公正，什么是更好或更坏，什么是令人讨厌和令人赞许的。"④应当说，刘庆邦是一个有着"道德意识"的严肃的小说家，他无意在小说中直接进行道德判断和说教，而是把那酷烈的人性之恶展现给读者，让读者自己去思考和判断。酷烈小说中对酷烈生存环境的描写、对酷烈人

① 刘庆邦：《玉字》，见《刘庆邦短篇小说选》（点评本），作家出版社 2012 年版，第 31 页。
② 刘庆邦：《神木》，见《卧底》，四川文艺出版社 2007 年版，第 198 页。
③ 刘庆邦：《神木》，见《卧底》，四川文艺出版社 2007 年版，第 204 页。
④ 转引自张学昕：《残酷的诗意——刘庆邦短篇小说论》，《山花》2009 年第 7 期。

性的书写,也浓缩着作家刘庆邦深厚的生命意识和悲悯情怀。人性何以如此酷烈？人性还有希望吗？刘庆邦从生存困境中的困难、饥饿,人性中的物欲、权欲、性欲,国民性中的愚昧、麻木等层面解读了酷烈人性的成因;同时他又肯定了人性之中爱的光芒从未熄灭,即使是在苦难的茫茫黑夜之中。刘庆邦对现实是不满意的,他以批判的姿态在酷烈小说中思考着曾经逝去的历史和当下的生活;吟唱着"断层"深处那无尽的人性之歌。酷烈的人性是如此的让人紧张、压抑,甚至让读者对人性的沉沦感到失望乃至绝望,但是刘庆邦并没有把读者引向绝望。因为他不是一个绝对的"性恶论"者,他认为人性中有恶的成分,但他更相信人性中有善良和爱的存在,他期待和希望着生命的"应然"状态。所以他的作品中总是在不经意间闪现出爱的耀眼的光芒,即使是在那充满苦难、仇恨、欲望的酷烈小说之中。正是人性中善良和爱的存在,让我们对生活和生命又充满了憧憬和希望。

"文学存在的一个重要意义,是人们可以在文学中寻找到温暖和力量,这就需要人性的光辉可以穿透无边的黑暗,并展示个体在黑暗的人间的挣扎和突破。"①如果说在酷烈小说中刘庆邦尚能让爱的光芒穿越酷烈人性那黑暗的阴影而闪闪发光,那么在他展现人性美、人情美的柔美小说中,爱的光芒更是有了普照大地和众生的意义。他说:"我想通过我的写作,使人们得到美的享受,心灵得到慰藉,对改善人心起到一点促进作用。"②正是这种对人性严肃思考的姿态和作家心中那对善良和爱的坚信,使刘庆邦的酷烈小说"深入到人类情感的最深处,体验着人性的一次次不经意的颤动,记录着人们内心无处诉说的恐惧和寂寞。它诚实、自省,拥有意想不到的智慧,它最终像一把刀子插入了现实之中,剖开黑暗的绝望,释放的却是美好、温暖而无限飞跃的声音"③。

刘庆邦说写作已经成为他生存的一种方式,是他和世界建立联系并企图抓住世界的一种有效手段④。或许作家苏童的这段文学告白不经意间也道出了刘庆邦那隐秘的精神世界和内心想法:"小说写作完全是一种生活习惯,一种生产方式。对我来说,我是通过小说把我与世界联系起来的,就像音乐家通过音乐、政治家通过政治,其他人通过其他方式和途径,与世界联系起来一样。"⑤

---

① 吴雪丽:《苏童小说论》,中国社会科学出版社 2012 年版,第 192 页。
② 刘庆邦:《民间》,新疆人民出版社 2002 年版,第 361 页。
③ 艾伟:《水边的声音》,山东文艺出版社 2004 年版,第 212 页。
④ 刘庆邦:《民间》,新疆人民出版社 2002 年版,第 360 页。
⑤ 苏童、林舟:《永远的寻找》,《花城》1996 年第 1 期。

事实上，不少评论者在分析刘庆邦的作品时都指出他的作品存在题材雷同、重复的现象，学者梁鸿甚至用“单腿踏步的舞蹈”来形容刘庆邦的小说写作，说他的创作是“一种无可救药的重复”。① 刘庆邦在一次访谈中说到，因为哲学功底欠缺，抽象思维能力不够，创新能力不强，他的小说写得太实，往往写生存多，写存在少②。值得注意的是，刘庆邦并没有因此而停止对小说这一文体的探索和思考。他一直在默默努力着，他在坚守自己写作的基础的同时也在寻找新的突破。最近刚刚出版的长篇农村题材小说《黄泥地》以其对当代乡村知识分子、乡村启蒙、乡村政治以及乡村伦理等问题的关注和思考，再度引起人们对刘庆邦及其作品的关注。小说《黄泥地》也可以看作是刘庆邦写作的一次新的探索，他在书写煤矿和城市的同时，再次把目光投向了农村。在反映农村现状的同时，也寄予了他对农村问题的深层次思考。其实，正如多年前用“季风”和“地火”形象地形容刘庆邦小说的评论家雷达所说的那样，“刘庆邦就是这样一个让人‘走神’的作家，一个既关注农民又关注矿工的生存的作家，一个热衷于探究人的本体矛盾的作家，一个把创作的根子扎在民族人文传统土壤里的作家”③对于这样一个“踏在坚实的生活大地上”④。写作的作家，我们有理由对他的写作充满期待！

---

① 阎连科、梁鸿：《巫婆的红筷子》，漓江出版社2014年版，第205页。

② 刘庆邦、萧符：《写作是人生的一种修行》，《上海文学》2010年第11期。

③ 雷达：《季风与地火——刘庆邦小说面面观》，《文艺评论》1992年第5期。

④ 雷达：《季风与地火——刘庆邦小说面面观》，《文艺评论》1992年第5期。

附录：首届山东省中国现当代文学专业硕士研究生优秀学位论文奖评选办法

一、评选目的和评选范围

为推动我省中国现当代文学专业硕士研究生教育的发展，提高学位论文质量，激励研究生的学术创新热情和导师的责任意识，培育研究生严谨求实的学风，山东省中国现代文学学会和山东省当代文学研究会共同组织评选山东省中国现当代文学专业硕士研究生优秀学位论文奖。

首届评选的范围是我省高校 2013—2015 年获得硕士学位的中国现当代文学专业研究生毕业论文。

二、评选原则

评选工作遵循“客观公正，注重创新，好中选优，宁缺毋滥”的原则。为落实这一原则，评选实行差额、匿名评选的方式。候选论文不超过参评论文总数的十分之一，获奖论文不超过 15 篇。

三、评选标准

1. 选题具有较高学术价值。
2. 内容具有较强学术创新性。
3. 论证充分，说服力强。
4. 学风严谨，符合学术规范。
5. 功底扎实，有良好的文字表达能力。

四、候选论文的推荐方式

候选论文由各硕士学位授权点按评选标准择优推荐，推荐数量不超过该学位点参评论文总数的十分之一。

五、评选工作领导小组和评奖专家的产生

首届评奖设立评选工作领导小组，由山东省中国现代文学学会和山东省当代文学研究会的会长和秘书长组成。领导小组负责评选工作中有关重要问题的决策，不参与评选的具体工作。评选的具体工作由领导小组委托工作人员在保密的状态下进行。

评奖专家由工作人员从两个学会的常务理事或原常务理事中抽取，需经本人同意。候选论文的指导教师不能担任评选专家。

六、评奖工作时间安排

1. 7月10日之前各学位点推选出候选论文，并将论文电子版寄发到评选工作领导小组办公室。

2.9月10日前完成专家评选。

3.9月中旬将评选结果寄发给各常务理事，征求意见。

4.10月公布评奖结果。

七、联系方式

邮箱：lizonggang@126.com

电话：15169035065

八、具体事宜由评选工作领导小组负责解释

山东省中国现代文学学会
山东省当代文学研究会
2016年6月5日

后 记

2014 年 5 月 10 日，山东省中国现代文学学会第八届常务理事会第一次会议上，通过了几个重要的决议，其中之一是准备评选山东省中国现当代文学专业优秀硕士学位论文。至于如何评选，学会请各位常务理事负责征求各学校研究生导师们的意见。

2015 年 5 月中旬，山东省中国现代文学学会第八届常务理事会举行第二次会议。与会常务理事交流了各校研究生导师们对于评选山东省优秀硕士学位论文的意见，在充分发表意见之后，形成了一个粗略的评选方案，主要是在以下几个方面达成共识：

1. 与山东省当代文学研究会联合组织这次评奖活动；

2. 确立了“客观公正”、“宁缺毋滥”的评选原则，确定了差额、匿名评选等评选方式；

3. 委托学会秘书处根据各校意见和以上共识，形成一个详细的评选办法，提交下次常务理事会议讨论。

4. 要求各位常务理事向有关各校研究生及其指导教师广为宣传这次评奖的有关精神，继续征求意见，尽可能完善这次评奖活动。

2016 年 6 月 5 日，在山东省中国现代文学学会第八届常务理事会第三次会议上，与会常务理事认真阅读、讨论学会秘书处起草的《首届山东省中国现当代文学专业硕士研究生优秀学位论文奖评选办法》（草案）。在认真讨论的基础上，当场改定了如下内容：

1. 评选范围：我省有关高校 2013—2015 年获得硕士学位的中国现当代文学专业研究生毕业论文；

2. 评选原则：客观公正，注重创新，宁缺毋滥。为保证“好中选优”原则的落实，会议建议：获奖论文不超过 15 篇；

3. 评选标准：①选题具有较高学术价值。②内容具有较强的学术创新性。

③论证充分，说服力强。④学风严谨，符合学术规范。⑤功底扎实，有良好的文字表达能力。

4. 候选论文的推荐方式：候选论文由各硕士学位授权点按评选标准择优推荐，推荐数量不超过该学位点2013—2015年实际论文总数的十分之一。

5. 评选工作领导小组和评奖专家的产生：首届评奖设立评选工作领导小组，由山东省中国现代文学学会和山东省当代文学研究会的会长和秘书长组成。领导小组负责评选工作中有关重要问题的决策，不参与评选的具体工作。评选的具体工作由领导小组委托工作人员在保密的状态下进行。

以上意见征得山东省当代文学研究会主要负责人的同意后，将《山东省首届中国现当代文学专业硕士研究生优秀学位论文奖评选办法》（草案）寄给两个学会的常务理事，征求意见。

《山东省首届中国现当代文学专业硕士研究生优秀学位论文奖评选办法》（详见本书附录）正式通过后，各校的推荐工作立即展开。按照实际论文数十分之一的比例，从6月27日到8月3日，各参评学校陆续将候选论文报送到评选工作办公室，具体报送论文数量如下（以报送论文数为序）：山东师范大学13篇（含德州学院联合培养基地）；山东大学5篇；中国海洋大学5篇；曲阜师范大学5篇；青岛大学4篇；聊城大学3篇；鲁东大学1篇。

收到论文后，山东省中国现代文学学会和山东省当代文学研究会的领导不再介入这项工作，转交两个学会委托的工作人员：山东大学史建国副教授和山东师范大学刘子凌副教授全权负责接下来的有关工作。事后得知，他们主要做了四个工作：第一，匿名处理。去掉所有候选论文学校名、研究生姓名、导师姓名等所有可能暴露论文专有关系的信息。第二，聘请评委。聘请学术造诣深厚、为人正派、关系超脱的中国现当代文学专业教授5人组成评委会。第三，寄发材料。将匿名处理的论文及评分表寄给各位评委，请其评审、打分。第四，收回材料，统计评选结果。

2016年11月中下旬，陆续收回专家评分表，统计并产生评选结果。

2016年11月27日，山东省中国现代文学学会、山东省当代文学研究会对评选结果同时进行公示。

2016年12月，公示结束后山东省中国现代文学学会、山东省当代文学研究会向获奖研究生及其指导教师分别颁发了获奖证书。

2017年1月，本书的编辑工作开始启动。

以上算是对本次评奖活动的一个简单回顾。组织全省性的中国现当代文学专业优秀硕士学位论文评选,是前所未有的尝试。编选本论文集对于我们同样也是一个新课题。因此,这次活动和这本书都可能存在不少问题,请各位同行专家给予批评、指导。

感谢山东师范大学中国现当代文学学科研究生教育创新项目经费支持本书出版!

感谢史建国副教授和刘子凌副教授为这次评奖活动付出的辛劳!

感谢翟德耀编审为本书所做的大量艰苦、烦琐的编校工作!

祝贺所有获奖的研究生及其指导教师!

主 编

2017 年 9 月 22 日